LA BAHÍA
DE LA LUNA VERDE

LA BAHÍA DE LA LUNA VERDE

ISABEL BETO

Traducción de Jorge Seca

Barcelona • Madrid • Bogotá • Buenos Aires • Caracas • México D.F. • Miami • Montevideo • Santiago de Chile

Título original: *Die Bucht des grünen Mondes*
Traducción: Jorge Seca
1.ª edición: febrero 2013

© 2011 by Rowohlt Verlag GmbH, Reinbek bei Hamburg
© Ediciones B, S. A., 2013
   Consell de Cent, 425-427 - 08009 Barcelona (España)
   www.edicionesb.com

Printed in Spain
ISBN: 978-84-666-5212-4
Depósito legal: B. 33.024-2012

Impresión y Encuadernación Rotabook/Larmor

PRÓLOGO

Aquí, en esta bahía, el agua tenía una claridad desacostumbrada. Era tan clara que Amely, a la luz de la luna llena y de las estrellas innumerables, llegaba a ver los ojos de las pirañas, que desaparecían velozmente al avance de sus pies desnudos.

El pez raya, sin embargo, prefería permanecer en aquel fondo arenoso, especialmente en ese lugar en el que los granos de arena eran extremadamente finos. ¿No acababa de moverse sospechosamente el fondo de ahí enfrente? Amely se arrodilló lentamente, se alzó el camisón y se lavó la sangre de los muslos. Las pirañas la detectaron y regresaron, pero las espantó la mano de Amely al agitar el agua. Quizá se marcharon también porque comprendieron que Amely no estaba herida. No era la sangre de ella.

Se levantó y se escurrió el dobladillo del camisón. La gigantesca luna estaba en un punto muy bajo, se acercaba a las copas de los árboles haciendo que las sombras verdes se posaran sobre el agua. Aquella calma era desacostumbrada. Tan solo se escuchaba el cric constante de las cigarras hembras. Y un pez saltó ondulando las aguas. ¿Cuándo se haría de día?

Había visto muchas veces ese lugar a la luz del día, pero siempre de lejos, desde el río y sentada en la cubierta de su pequeña embarcación de vapor, y pensaba que esa pequeña bahía, rodeada por los troncos de los sauces que surgían del agua, era el lugar más hermoso del mundo. *No hay ningún otro lugar en el mundo como Brasil*, solía decir el señor Oliveira. *Y en ningún otro lugar se encuentra uno con la dureza de la vida tan a menudo y tan de repente.*

¡Oh, eso era tan cierto! ¡Tan cierto...!

Había visto muchas cosas en los meses que hacía que estaba allí, pero nunca había visto al boto. Una canción era capaz de invocarlo, decían los caboclos, los mestizos que habitaban a orillas del río Negro. Y a veces, de noche, cuando una de sus muchachas iba a la orilla del río a lavarse, ese peculiar delfín de río se transformaba en un hombre, bello y cautivador. Entonces ascendía a la orilla espantando a los peces raya. Seducía a la muchacha y se la llevaba corriente abajo hasta la ciudad encantada llamada Encante.

Y ahora es de noche, y estoy aquí.

Amely salió del agua para ir a buscar su violín. Apartó a un lado con el pie la pistola semienterrada en la arena. La invadió una sensación de alivio cuando tuvo en las manos su instrumento amado. Con cuidado retiró y sopló los granos de arena, enjugó con el camisón algunas gotas de agua de la madera. Deseó para sus adentros que no hubieran ocasionado ningún daño. Al menos estaban secos el arco y las cuerdas.

Evitó dirigir la vista al rostro desencajado por el dolor del hombre que estaba a sus pies. Por el rabillo del ojo veía unos mechones rubios y sudorosos que caían sobre unos ojos abiertos de par en par. Con mano temblorosa trataba él de tocarla. Su estómago ascendía y descendía con violentas sacudidas. La otra mano sujetaba convulsivamente la herida sangrante.

—Amely —susurró—. No me dejes morir.

Amely regresó a la orilla. Se colocó el violín suavemente en la curvatura del cuello y levantó el arco. Solo la canción más hermosa era capaz de atraer al boto. Estaba decidida a tocar como nunca.

LA CIUDAD DEL DINERO CANDENTE

1896

1

El salvaje no la había descubierto todavía. Gracias a Dios llevaba ropa oscura y el extraño arbusto tras el cual se había refugiado tenía una tupida vegetación. Él se movía con sigilo. Sus cejas pobladas sobre las prominentes cuencas de los ojos le procuraban un aspecto amenazador. Sujetaba firmemente la lanza con el puño, dispuesto a acabar con lo primero que se le acercara. Los dedos de la otra mano tamborileaban nerviosos sobre un instrumento similar a una flauta que colgaba de su cuello: una cerbatana, un arma tan silenciosa como mortal.

El corazón de ella latía a toda velocidad. ¿Había visto acaso en su vida una figura que inspirara tanto terror como aquella? En la nariz tenía clavado el colmillo de un animal, y era tan grueso que ella se preguntaba cómo podía respirar con aquello. Incluso la frente la tenía desfigurada por agujas de hueso. Unos tatuajes verdes y azules le cubrían las mejillas; unas cuerdas de cuero con cuentas de madera de diferentes colores le rodeaban los antebrazos y las muñecas. Y los cordones y trapos en torno a la zona lumbar realzaban su sexo. ¿Aquello era realmente un ser humano?

—Julius —susurró Amely—. Julius, ¿dónde estás?

—A solo dos pasos detrás de ti. Estate tranquila.

La cabeza del indio se movía en todas direcciones, y su mirada pareció dar con ella. Aquel extraño rostro desprendía hostilidad. ¿La estaba viendo? ¿O la había olido quizás?

—Arrodíllate —susurró Julius.

Amely se subió la falda. La tela crujió ruidosamente, ella estaba segura de eso. Hasta el corsé le apretaba más que de costumbre. Se arrodilló con mucha lentitud. Sobre su hombro percibió la mano húmeda de sudor de Julius y el aliento de él acariciaba su nuca.

—¡No tengas miedo, querida! —Tenía la voz de él pegada a la oreja—. Ese espantajo no te hará nada. Antes de que ocurra eso le sacaré los huesos de la cara con la escopeta.

—Pero... ¿y si no le aciertas? Seguramente no estará solo. Habrá más salvajes por aquí. ¡Están por todas partes!

—Chssst... ¿Tan poca confianza tienes en tu cazador de caza mayor? Si no queda otro remedio la emprenderé con toda la tribu.

Se le erizó el vello de la nuca. ¿Había sido una figuración suya o Julius le había estampado un beso sobre la piel desnuda, por debajo de la oreja? ¿Y en esa situación nada menos? Sintió las ansias de girarse y de abrazarlo, mejor aún, de contestar a su beso, pero entonces percibió lo concentrado que estaba para disparar. No debía moverse, ni siquiera debía respirar... También el salvaje estaba como petrificado. Tenía agarradas sus armas pero no hacía ningún ademán de querer utilizarlas, como si supiera que debía someterse al más fuerte.

—¿Qué están haciendo ustedes ahí?

Amely giró sobre sus rodillas. Había un guardia a pocos pasos de distancia como surgido de la tierra. Con su porra daba golpecitos a un letrero de hojalata haciéndolo tintinear.

—¿No ven ustedes lo que pone aquí? «Prohibido dar de comer y molestar a los animales y personas exóticas.» ¡Así que déjese de escondites, jovencito!

Julius dejó caer la rama al suelo y se puso bien las gafas con montura metálica. Estaba azorado. Ayudó a Amely a toda prisa a ponerse en pie. Ella se alisó la falda, que le llegaba hasta los pies, se compuso la chaquetilla de otoño y el sombrerito ladeado sobre el peinado en torre. Tenía el rostro colorado del niño al que han sorprendido metiendo los dedos en el tarro de la mermelada. No obstante, tuvo que hacer un gran esfuerzo para reprimir la risa. Murmurando una disculpa regresaron a través de una portezuela al camino de gravilla. Fue en ese momento cuando Amely se dio cuenta de que chispeaba y sintió húmedas las rodillas. Agarró el paraguas que había dejado colgado de la valla y lo desplegó. Se volvió a mirar atrás por encima del hombro. Aquel terreno no era ninguna selva, sino una pradera repleta de gigantescas tinajas en las que crecían plantas tropicales. El salvaje se había echado una manta por encima de los hombros. Su mirada vuelta hacia las amenazadoras nubes tenía un aire de melancolía. Utilizando su lanza de bastón se dirigió con paso cansino hacia las tres cabañas de paja delante de las cuales estaban sentados una mujer y algunos niños en torno a un fuego de campaña. También ellos llevaban agujas de hueso como adorno en los rostros y muy poca ropa en sus cuerpos de color café con leche. Se frotaban los pies unos con otros mientras cortaban unas raíces muy gruesas. Tenían los párpados muy caídos. Ni siquiera alzaron la mirada cuando se acercaron dos chicos ataviados con traje de marinero a curiosear en el interior de la marmita y dándose codazos el uno al otro al tiempo que reían.

—Tienen frío —murmuró Amely.

—¡Qué tiempo de perros el de hoy! —Julius la giró por el hombro y la atrajo hacia sí—. ¿Quieres que nos vayamos allá enfrente, al África? Allí no es que vaya a lucir el sol tampoco, pero de aquí a poco comenzará una danza tribal.

Ella pensó que siempre había un sol en los ojos claros de él, debajo de los cuales danzaban las pecas. No podía cambiar nada el hecho de que él, un día tras otro, se desgastara los cubremangas en el escritorio trabajando en la sombría oficina de su padre, el fabricante de bicicletas Theodor Wehmeyer. *Cazador de caza mayor*, pensó ella con una sonrisa. *Yo he sido tu única presa y así seguirá siendo para el resto de los días de nuestras vidas.*

—Prefiero ir al terrario. Dicen que hay sapos venenosos con los colores de las piedras preciosas. ¿O vamos primero al café Tanzania? Necesito tomar algo caliente.

—Todo sea como desees, mi querida señorita. —Le ofreció el brazo y ella se asió a él.

Había ríos de personas por los caminos, se reunían en grupos junto a las vallas que rodeaban los poblados de imitación de negros y de indios, jaleaban y aplaudían cuando había alguna actuación etnológica que admirar. Pasear al lado de la persona más querida le hacía sentirse muy adulta. Ciertamente no había nadie fijándose en la parejita, pues por todas partes había cosas mucho más interesantes que ver, pero esto era justamente lo que hacía tan verdadero aquel momento. De pronto Julius la llevó de un tirón detrás de uno de los anuncios de la altura de un hombre que, colocados por todas partes al borde de los caminos, elogiaban el *Espectáculo exótico de Carl Hagenbeck aquí en Berlín*. Actuó con tanta rapidez que no se apercibió de la boca de él hasta casi tocar sus labios. Con toda celeridad interpuso Amely el codo entre los dos.

—¡No! ¡No aquí delante de todo el mundo! ¡No puede ser!

—Pero aquí está este cartel. —Justus golpeó contra el soporte publicitario de madera—. Y ahí está tu paraguas. No puede vernos nadie.

Hizo el ademán de querer intentarlo una segunda vez. Amely trataba de desprender las manos de él de su talle.

—Para. ¿Y si se le ocurre mirar a mi padre por casualidad? Debe de andar por aquí cerca. Y entonces nos caerá una buena tormenta. Últimamente está de un humor muy raro.

Julius la soltó profiriendo un suspiro de abnegación.

—Vale, no quiero una tormenta de esas, aunque últimamente ya no lance ni relámpagos. Ayer, el aprendiz encendió el fuego de la chimenea de la oficina con papeles importantes, y no se llevó siquiera una torta. La cabeza del señor Wehmeyer solo presta atención a los dibujos nuevos y a los planos y listas, y no hay quien lo saque de ahí.

Amely volvió a cogerse del brazo de él y siguieron deambulando.

—Desde siempre se ha desvivido por el negocio, pero últimamente la cosa está pasando ya de castaño oscuro.

—Es el boom del caucho y él tiene que mantenerse en la onda. Las cosas son así hoy en día.

—¿Que el caucho hace *qué*?

—Se dice así. El caucho está de coyuntura alcista. Esto es así desde hace décadas, desde que Charles Goodyear inventó la vulcanización, pero de momento los precios están muy altos, más de lo normal. En todas partes necesitan goma, para los neumáticos, los motores, las prendas de vestir...

—Vale, ¿pero tiene que montar justo ahora este follón que está tan de moda? Una bicicleta es algo útil, sí, pero ¿un carro de propulsión propia? ¿Quién se va a comprar esas cosas tan caras? ¿Y para qué?

—Bueno, yo he oído ya de algunos ricos que se han agenciado un automóvil.

—Eso es lo que digo yo, se trata de un juguete para hombres que no saben qué hacer con su dinero. Y de esos no hay tantos, por desgracia. ¿Y va a organizar su negocio ahora en este sector? ¿Y por qué? ¿Solo porque un automóvil, a diferencia de un carruaje, está listo en diez minutos para partir? ¿Cuándo se ha tenido nunca tanta prisa?

—Mi amor, el mundo quiere ir cada vez a mayor velocidad aunque no tenga motivos para ello. —Sonrió con aire burlón al verla acalorarse intensamente—. Al menos eso es lo que me ha dicho hace poco tu señor papá.

—¿No puedes quitarle de la cabeza la locura esa del automóvil?

—¿Yo? —preguntó haciendo ese gesto que repetía mil veces al día: se subió por encima de la frente las gafas con montura de metal—. ¡Pero si yo soy tan solo su oficinista! Sin embargo, si me enviara a Brasil para explotar un pedazo de selva y extraer caucho para la empresa, me iría para allí sin dudarlo.

—¿Tú? En la vida harías eso. —Le echó a un lado con un empujoncito—. No soportarías para nada vivir sin mí.

—Tú te vendrías conmigo, por supuesto.

—¡Jamás! —Lo exclamó con tanta vehemencia que él la agarró como temiendo que se le fuera a escapar corriendo de allí—.

Un espectáculo de pueblos primitivos como este es muy emocionante en verdad, pero en la vida real no tengo por qué encontrarme con un indio de la selva tropical. No, de verdad que no. Quédate aquí a vivir bien, tú, mi querido cazador de caza mayor. Tu futuro son los papeles, la tinta y los tampones para sellar documentos.

—Si esa es tu voluntad, vida mía, seguiré arrastrando toda mi vida el carrito de los documentos por la oficina del señor Wehmeyer. Mira, allí está el señor.

Amely hizo señas a su padre y Theodor Wehmeyer agitó el sombrero en señal de saludo. Estaba sentado bajo un gran tejado de paja donde unos negros ataviados con chilabas blancas corrían por entre unas mesitas redondas sirviendo café y pasteles. Julius hizo una reverencia y ayudó a sentarse ceremoniosamente a Amely en una silla de mimbre. El padre extrajo un puro habano del bolsillo del chaleco y se lo extendió. Sin embargo no le ofreció que se sentara con ellos a la mesa; no estaba bien visto que un empleado se sentara junto al dueño de la empresa, ni siquiera tratándose del futuro yerno. Julius se guardó el puro en el bolsillo del abrigo y se situó a una respetuosa distancia.

—Bien, Amely, mi niña. ¿Te apetece una gaseosa?

—Prefiero un café. Tengo frío en las piernas.

—Ya lo veo. Tienes la falda sucia. Os habéis estado divirtiendo de lo lindo, ¿verdad? ¿Te está gustando esta exposición?

—Mucho. —Se giró hacia su padre y le estampó un beso en la mejilla—. Gracias, papá, por este hermoso regalo de cumpleaños.

—¿Que es el cumpleaños de la dama? —se entrometió un vendedor ambulante. En una bandeja de tabaquera sujeta con una correa al cuello exponía todo tipo de chismes exóticos. Sobre sus hombros oscilaban unos globos—. Entonces tendrá que recibir un regalito especial, ¿no es verdad, señor? —preguntó en dialecto berlinés.

—¿Quieres alguna cosa de esas, Amely?

Amely estaba más que sorprendida. A una persona como aquella, entrometida y molesta, la habría despachado normalmente con un movimiento de la mano en señal de enfado. Este repentino asomo de cordialidad avivó su preocupación por él, si bien se debía probablemente a que trabajaba en exceso.

—Con mucho gusto, papá. Este de aquí es maravilloso. —Agarró una cajita de cristal. Dentro había una mariposa de color azul, casi más grande que la palma de su mano.

—¡Caramba! La señorita domina el tema. Una *Morpho menelaus*. Es una especie muy, pero que muy rara. Procede del Amazonas.

Amely no dominaba ni una pizca el asunto de las mariposas, pero aquel ejemplar magnífico parecía llegado de un mundo imaginario. ¿Qué aspecto debió de tener cuando estaba todavía con vida aleteando y ondeando al viento? Destellaba en unos colores que no tenía ni idea de que existieran. Ya solo el tamaño cortaba la respiración de cualquiera. Su padre echó mano del monedero y ella apretó la cajita contra su pecho. No pudo apartar la vista de ella mientras se bebía el café.

—Bien, hija mía —dijo el padre expeliendo el humo del puro habano—. Soy todo tuyo durante la próxima hora.

—¿Una hora entera? No me lo creo.

—Que sí, de verdad. ¿Qué quieres que hagamos? ¿Echamos un vistazo donde los leones y los elefantes?

—¡Vayamos a la noria! —Puso la mano sobre el brazo de su padre—. Al menos desde allí no te podrás escapar de pronto a la oficina.

La sonrisa satisfecha de él producía una sensación tal de desdicha que por un momento desapareció de ella el buen humor. Sin embargo, el sol volvió a surgir por entre las nubes que iban clareando cada vez más, quizás era aquella una buena señal. Metió la mariposa en su bolsito de mano y dejó que Julius se hiciera cargo de su paraguas.

—Yo esperaré entretanto en el espectáculo de la danza tribal. ¿Oyes los tambores? —dijo Julius. La mano de él envolvió la suya y temió que fuera a abrazarla en presencia de su padre, pero en vez de eso se quitó la gorra y se despidió con cortesía.

Amely siguió caminando en dirección a la noria con Theodor

Wehmeyer a su lado. Esa aventura también era algo nuevo para ella. En cambio, su padre se subió con toda tranquilidad a la cabina. Incluso ahora parecía tener su pensamiento puesto en otro lugar muy lejano.

Cuando la cabina se elevó, el estómago de ella se quejó.

—¡Huy, papá! —Metió la mano en el bolsillo del abrigo de su padre y se echó a reír con una risa nerviosa.

Las sendas comenzaron a moverse a toda prisa, las gentes se hicieron pequeñas y la brisa de septiembre se hizo más fresca. Entre los árboles con asomos ya de los colores del otoño, los poblados del espectáculo, con sus plantas de hojas grandes, producían la impresión de islas tropicales. Amely quiso hacer unas señas a Julius, pero no lo supo encontrar entre toda aquella gente. Se recostó en el asiento acolchado y se puso a escuchar el murmullo de las voces y el engranaje de la noria.

—¿Te acuerdas todavía del *caso de la salsera?*

—¡Oh, por Dios, claro que sí! —dijo ella—. Todavía hoy sigo teniendo el trasero dolorido.

Bueno, tan presente no tenía en verdad aquel asunto que había ocurrido hacía ya quince años. Al fin y al cabo solo tenía seis cuando en una gran fiesta familiar volcó la salsa del asado junto con la fuente de la salsa sobre el regazo de su vecino de mesa porque este no hacía otra cosa que darle pataditas constantemente por debajo de la mesa.

—Ruben se puso a llorar a moco tendido porque la salsa estaba muy caliente, y yo recibí una buena tunda, sobre todo porque la salsera era de cerámica cara de Meißen, ¿verdad que fue así?

—Así es. ¿Te acuerdas también de su padre?

Se acordaba mucho más de Ruben por los berridos que profirió aquel mocoso de cinco años. Pero ¿y el hombre que se inclinó hacia ella después de su travesura, que le pellizcó en la mejilla y que prorrumpió en una sonora carcajada? Le habían ordenado que lo llamara *tío Kilian* aunque en realidad solo era el primo del cuñado de su padre. Creyó acordarse de un rostro de rasgos muy pronunciados, de unos cabellos rubios en melena, de una boca grande y abultada.

—El mostacho le quedaba impecable, y siempre andaba manoseándolo. De eso me acuerdo muy bien.

Claro que sí, y se acordaba además de que aquel hombre alegre propinó un enorme bofetón en el rostro a su hijo, que olía a estofado, en presencia de los cuarenta o cincuenta invitados a aquella fiesta, y aquel bofetón fue tan brutal que todavía en la cena podía verse en el rostro del chico la huella de su manotazo.

Su padre carraspeó.

—Me acaba de pedir tu mano.

—¿De veras? ¿Tanto impresioné a Ruben?

—Déjate de burlas. Me ha pedido tu mano para él, no para su hijo.

—¡Dios santo bendito! Jo, por suerte voy a ser la prometida de Julius desde el domingo que viene.

—¡Amalie!

Enmudeció asustada. Cuando su padre la llamaba así era porque se trataba de un asunto muy serio. ¿Era quizás esa petición de mano el motivo de sus cavilaciones y de su aire preocupado? ¡Pero aquello no podía ser verdad! Mientras él la empujaba contra el asiento acolchado con un silencio sombrío y profundo, en ella fue brotando la sospecha de que iba a tener que escuchar algo que jamás en la vida permitiría que escucharan sus oídos. Ni siquiera tenía potestad para escucharlo porque ella era enteramente de Julius.

—Mi niña, Amely... —Él le tocó la mano, pero en lugar de abarcarla con la suya, echó mano de su bastón. Dirigió la otra mano a su abrigo de paseo. Muy lentamente, extrajo una fotografía—. Mira, este es Kilian, con el aspecto que tiene en la actualidad. Bueno, la foto tiene ya algunos años, pero no importa. Acaba de cumplir cuarenta y tres, así que está en sus mejores años...

—Papá. —Le tembló la voz—. Papá, ¿por qué me enseñas esto?

—Mírala un momento primero.

No quiso. Su mirada rozó la cartulina de la fotografía, y eso le bastó. Un hombre orgulloso ataviado con un abrigo extravagante, de pecho amplio y una pequeña curva de la felicidad. Llevaba el bigote entretanto al estilo emperador. Tenía la boca cerrada; el rostro producía una impresión severa. Sus ojos rebosaban una fiera tenacidad.

—Quizá recuerdes que dejó su trabajo en los astilleros para convertirse en agente de emigración. Así ganó mucho dinero y finalmente cruzó él mismo el Atlántico. Ha hecho su fortuna en Brasil. Posee varias plantaciones de caucho; es uno de los hombres más ricos de Manaos.

—Pero él... él ya tiene una esposa.

—Ha muerto. Murió de la misma enfermedad que tu madre: tuberculosis.

¡No quiero! ¡No quiero! Estas palabras pugnaban por salir de su boca, pero pronunciarlas habría significado dar carta de realidad a lo terrible: su padre quería entregarla a ese hombre.

Pero eso era más que ridículo.

—Mira, Amely, mi niña... —El tono afable que adquirió ahora su voz no auguraba nada bueno—. No tengo nada en contra de Julius, pero ya sabes que siempre he deseado a alguien de más categoría para ti. Siempre he sido muy condescendiente contigo. Si yo fuera un padre severo, no habría consentido tu compromiso matrimonial, y entonces no te vendría ahora todo tan de sopetón. Julius Kohlmann es un buen contable, pero le falta ambición, toda su vida no será nada más que un buen contable. La empresa...

—¡Ah, vaya! Así que se trata de eso...

—Sí. Wehmeyer & Sohn fabricaron máquinas de coser durante décadas. Entonces el mercado quedó saturado y tu abuelo y yo nos pasamos a las bicicletas. Pero eso mismo hicieron muchos, la venta de bicicletas está a la baja y ya va siendo hora de cambiar de nuevo de montura. Tienes que ir con la época si no quieres naufragar. Y el tiempo va a una velocidad como nunca antes. El emperador quiere resplandecer ante el mundo entero con una flota de lujo. Los barcos de pasajeros navegan creando cada vez nuevos récords en las rutas sobre el Atlántico. Ya lo ves, hasta las norias tienen que ser cada vez más grandes en los parques de atracciones para que suba la gente.

—Y vas a construir carros con motor.

—Kilian invertirá el dinero que haga falta. Tengo que aceptar su oferta porque no le interesan las bicicletas. Así de simple es todo.

Así de simple, pensó ella. Palpó la cajita de cristal bajo la tela del guante. Desde hacía algún tiempo a su padre le gustaba hablar de temas como la emigración y Brasil, le había enseñado postales de sus clientes, algo que jamás había hecho antes. Le había hablado de una pariente lejana de Rostock que siguió a su marido al África Oriental Alemana y que fue feliz allí. Luego le había regalado un libro sobre los viajes a los trópicos de Alexander von Humboldt y sobre las nuevas aventuras de Old Shatterhand en Latinoamérica. Hoy, la excursión a la exposición etnográfica. Y ninguna de estas cosas le había llamado la atención. ¡Por supuesto que no!

—No se me habría ocurrido nunca esa idea a mí solo —prosiguió—. Pero entonces estuvo Kilian aquí, hace algunos meses, yo le hablé de mis planes para la empresa y que tenían que dar buenos resultados por fuerza para salvarla de la ruina. Me habló de las excelencias de su hijo y yo le hablé de ti, de la joven hermosa en la que te has convertido, de lo mucho que adoras el violín y la ópera. Nos reímos del caso de la salsera. Y una cosa llevó a la otra. Créeme que cuando lo pronunció me sucedió lo mismo que a ti ahora. No podía creerme que de un momento a otro todo fuera tan radicamente distinto.

—Pero si tiene el doble de años que yo. —Su voz no tembló ahora, sino que estaba ronca como la de un pájaro sacudido violentamente por la tormenta. Con la temerosa mirada que dirigió a un lado vio que su padre únicamente se encogía de hombros. Esa objeción no tenía en realidad ninguna importancia, al fin y al cabo era usual casarse con hombres mucho mayores que una. Ellos podían disponer de la vida de una mujer al tiempo que te empujaban desde la habitación de niña en la casa hasta el dormitorio de un extraño. Ya su madre le había dicho que el amor solo existía en las novelas de pacotilla. Y ella, Amely, había creído tener la rara fortuna de haberlo encontrado excepcionalmente en Julius.

—Te acostumbrarás a Kilian. Y te ruego que no comiences ahora a llorar. Todo está ya decidido.

Lloró. Sintió cómo se le enfriaban las lágrimas contra el viento.

—No es nada del otro mundo casarse con un hombre al que no conoces todavía. —Sus dedos se deslizaban por la cartera, que seguía sosteniendo—. No te va a pasar nada diferente de lo que les sucede a las demás mujeres.

—Pero ellas no tienen que hacer la travesía del Atlántico. No tienen que ir a la jungla.

—Te envidiarían tanto más por esa aventura. Y por cierto, Manaos se encuentra en mitad de la selva tropical, sí, pero es una ciudad con un elevado grado de desarrollo; tienen tranvía y teléfono, y una gran oferta cultural. La llaman la París de los trópicos. ¡Hasta Gustave Eiffel construyó allí, imagínate! No te iba a enviar a ningún lugar que fuera aburrido o peligroso, no te quepa la menor duda.

—Si yo me marcho, no habrá nadie que pueda heredar la empresa.

—Ya aclaramos también esa cuestión. Tu primogénito se quedará en Brasil. Al segundo chico lo enviará Kilian para acá cuando tenga la edad suficiente.

Su padre se había atrincherado tras una muralla invisible contra la cual rebotaban sus pobres objeciones. Su pecho luchaba contra el corsé. Lo llevaba muy ceñido y se asfixiaba. Se agarró convulsivamente a la cadena de la cabina que tenía ante su regazo, quería desengancharla para escapar. Ahora, inmediatamente, desde aquella altura enorme. Sin embargo, se reconvino a sí misma para que mirara a lo lejos. Había que seguir respirando. Todo aquello no era sino un error. Un juego. Un sueño. Todo, menos la verdad. La verdad estaba allí afuera; allí se extendía a sus pies el abigarrado parque zoológico. Por detrás, el amplio parque del Tiergarten, del que sobresalía la Columna de la Victoria, que resplandecía con el sol. Al oeste pudo distinguir la Puerta de Brandemburgo. A lo lejos, el mar de casas que alcanzaba hasta el horizonte. Su tierra.

—Quiero enseñarte una cosa más, Amely, mi niña.

No, nada más, y no me llames Amely, mi niña. Por el rabillo del ojo vio surgir de la cartera una postal. El dibujo que había en ella recordaba el poblado del Amazonas por el que acababa de estar en compañía de Julius. Un muro de árboles verdes, flores de colores y delante una cabaña. El padre giró la postal y se la tendió a ella. Amely dobló los dedos por encima de su regazo, pero no fue capaz de cerrar los ojos ante aquella caligrafía exageradamente ondulada.

Queridísima Amely: Sé que adoras la ópera. Aquí están construyendo un teatro de la ópera en estos momentos. Aquí, en mitad de la selva. La inaugurarán con La Gioconda. *Ilusiónate. Tuyo, para siempre, Kilian.*

Aquello no era solamente inconcebible, era grotesco.

—Los trámites de tu emigración ya están resueltos en su mayor parte —aclaró el padre. Con un gesto algo torpe introdujo de nuevo la postal en la cartera—. Como vas a tener un marido en Brasil, todo resultó muy sencillo. Ya está reservada la plaza en uno de los mejores camarotes de la sociedad naviera Hamburgo-Sudamérica. Y si quieres, puedes llevarte contigo a Bärbel. Ella está de acuerdo en hacer esa gran travesía por alta mar contigo.

—¿Cuándo se lo preguntaste?

—Hace algunas semanas.

—¡Vaya, la criada lo sabía ya desde hacía tiempo! ¡Pero tu hija, no, claro!

—Amely, mi niña...

—¡Y deja ya, *deja ya*, por Dios —le gritó llena de una rabia gélida—, deja de llamarme Amely, mi niña!

Él levantó la mano para soltarle una bofetada, pero en sus ojos solo había una expresión de susto y detuvo el movimiento de su mano. Ella se dio la vuelta y descubrió al instante a Julius entre el gentío. Desenganchó la cadena y se asomó por fuera de la cabina, que ya se aproximaba al suelo.

—¡Paren! —exclamó con tanta fuerza que todos los que estaban cerca se giraron a mirarla—. ¡Por favor, paren, me encuentro muy mal!

Detrás de ella estaba el padre exhortándola a la sensatez. Pero ahí estaba ya ella de pie, se apoyó en la mano de un joven y saltó afuera. Con la falda arregazada echó a correr por las sendas con una prisa nada burguesa. Aquí y allá se la quedaban mirando todos por sus sonoros sollozos, pero toda esa gente parecía pertenecer a una Edad de Oro que ya había pasado; no tenía por qué avergonzarse ya más ante esas personas. Julius se dio la vuelta. Ella se arrojó en sus brazos.

—Bésame —exigió ella y como él titubeara perplejo, se levantó sobre la punta de sus pies y estampó sus labios en la boca de él. *Debería haberte besado antes*, pensó. *Habría sido el sello que nos ha faltado en nuestra relación. Ahora ya es demasiado tarde.*

2

Naturalmente, durante las tres semanas que había durado la travesía, había ido saliendo con regularidad a cubierta. Había contemplado el mar, había disfrutado de su aroma, temerosa de su inmensidad. Sin embargo, durante las cinco o seis horas transcurridas desde que el barco había entrado por la poderosa desembocadura del Amazonas, Amely no se había movido de su camarote. Momentos atrás, un camarero había llamado a la puerta para anunciarles que en media hora atracarían en Macapá.

Amely cerró el diccionario y echó las piernas sobre la cama.

—Pongámonos en marcha, Bärbel, qué remedio nos queda.

—De acuerdo, señorita.

A la criada, huérfana de padre y madre y unos años mayor que ella, se le habían quitado las ganas de aventuras ya en la desembocadura del Elba, donde le entró un mareo que le había durado toda la travesía por el Atlántico. Con la cara pálida y tambaleándose, Bärbel se dispuso a recoger las pertenencias de ambas, que habían distribuido por la amplia cabina de primera clase, y a meterlas en una enorme maleta. Amely se apretó el corsé y se puso su vestido de viaje de color burdeos, con el escote y las mangas de resplandecientes volantes negros. Era el último regalo de su padre, y Amely pensaba que en realidad era el envoltorio de seda que cubría el regalo para Kilian.

—¡Ay, qué alegría salir ya de aquí! Yo es que soy una pirata de agua dulce —se lamentó Bärbel, agachándose para coger sus pantuflas. Los motores del barco retumbaban. Por lo visto empezaban ya las maniobras de anclaje.

—Se dice «marinero de agua dulce». Y en portugués... —Amely pasó rápidamente las hojas del diccionario—. No sale. ¿Cómo se dice «barco»?

—*Navio*.

—¿Y ojo de buey?

—*Vi...vag...* Eso, señorita, no creo que le vaya a hacer mucha falta en Manaos. Yo de todas formas no llegaré nunca a aprender esta lengua rara —dijo con fuerte acento berlinés.

—Oh, sí, vaya si lo harás. Y deja el berlinés, que los criados brasileños de la casa del señor Kilian Wittstock seguro que hablan alemán, pero a ti les va a costar lo suyo entenderte. Ayúdame con los zapatos.

—Claro, señorita Amely. —Bärbel le llevó los dos botines negros y se arrodilló delante de ella, pero enseguida se llevó la mano a la boca—. Perdone —murmuró—, otra vez me encuentro mal.

—Abre la ventana del camarote y respira hondo.

La muchacha tanteó el ojo de buey y le quitó el pestillo. Los sonidos de un mundo extraño penetraron en el interior. Hombres alborotando, cascos de caballos sobre el empedrado, el retumbo de las señales de los barcos que entraban y salían del puerto. Amely pensó que debía de sonar igual que al abrir la ventanilla de un tren a su entrada en la estación de Alexanderplatz, pero era totalmente diferente. Claro que lo era. Las voces eran mucho más frenéticas que en las calles de su tierra. Las voces gritaban, reían, vociferaban en una lengua extranjera, y volvieron a enmudecer.

—¡Dios mío! —exclamó Bärbel con un jadeo.

Amely se levantó de la cama y se le acercó corriendo, descalza. *Por favor, que no pase algo nada más llegar*, pensó, *que no pase nada malo*.

—Mejor que no vea usted esto, señorita Amely.

Amely le puso la mano en el hombro a la muchacha rechoncha y la apartó un poco. Al instante empezó a caerle el sudor por el aire que entraba, tan caliente y difícil de respirar como el del lavadero de casa. El río rezumaba un olor hediondo, como si la proa del barco estuviera removiendo una letrina. La pared del muelle se acercaba, negra y cubierta de algas, y en el bordillo se apiñaban los locales, entre los que corrían niños harapientos sin que les importara lo más mínimo estar rayando el borde. Los mulos cargaban montañas de cajas, sacos y calabazas. Los perros, famélicos y cubiertos de mugre, metían el hocico en todo lo que encontraban por el suelo. En medio de la multitud miserable se hallaba un carruaje deslumbrante, como si hubiera aparecido por arte de magia en un lugar en el que no le correspondía estar. Mujeres y hombres permanecían callados escuchando el repique de un tambor y observaban con atención lo que ocurría en la calle del puerto.

—¡Dios mío! —susurró Amely.

Un hombre estaba maniatado y con las piernas abiertas sobre un pedestal, y dos milicianos le colocaban un nudo corredizo en el cuello y se lo estiraban con cuidado. Iba desnudo de cintura para arriba y el sudor le corría a chorros por el pecho, cubierto de vello. Miraba más allá del gentío, hacia el barco, que no se interesaba por su suerte, ya que los marineros estiraban muelles y amarras y sacaban sistemáticamente las pasarelas. Movió la boca: ¿profería súplicas o quizá maldiciones? El tambor dejó de sonar. Un policía pronunció un breve discurso del que Amely no pudo entender palabra.

A continuación, tiró de la palanca de la trampilla.

—¿Señorita Wehmeyer? —Llamaron a la puerta. Era el camarero—. ¿Me permite recogerle las maletas?

Amely arrancó a Bärbel de la ventanilla y la cerró. Abrió la puerta al camarero, se sentó en la cama, mandó a la criada atarle los botines y, entretanto, vio a dos marineros fuertes sacando las dos maletas negras. Solo le quedaba el bolsito de mano. Y el estuche del violín, que solo podía tocar ella. Lo apretó contra sí y cruzó los brazos por encima. ¿Por qué, por qué no podía quedarse en el camarote y volver a Alemania sin más? Buscó el pañuelo y se lo apretó contra los ojos. *Nada de lloros*, se reprendió. Ya bastante había llorado en las últimas semanas en casa, y también durante los primeros días de viaje en el barco, pero en algún momento u otro se le habían secado las lágrimas y esperaba que no volvieran.

—Señorita Amely. Señorita Amely, tenemos que irnos. —Bärbel estaba en la puerta con la cabeza gacha.

Amely irguió los hombros, se colgó el bolso del brazo, agarró el estuche del violín y salió al pasillo, donde le esperaba el camarero. Este le pidió que la siguiera con un elegante movimiento de la mano. En la cubierta tuvo la sensación de chocar contra una pared de aire caliente. Constató con alivio que la muchedumbre había vuelto a cobrar vida. El patíbulo estaba desierto: cualquiera habría pensado que no era más que una grúa.

A lo mejor no había pasado nada. Seguro que no.

Puso el pie en la tierra extranjera y se dirigió al carruaje: seguramente lo había enviado Kilian. Sin embargo, este arrancó en cuanto lo alcanzaron.

—¡No me toques, sucio! —oyó chillar a Bärbel justo detrás.

Un niño se le apartó de un salto pero otro seguía toqueteando el vestido de Bärbel y el de Amely. Amely se apresuró a sacar un par de reales. Pero en cuanto el niño le arrebató las monedas de los dedos, apareció tras él una multitud entera. El estruendo que causaban las voces pidiendo limosna era ensordecedor. Amely tomó a Bärbel de la mano y tiró de ella.

—¿Y ahora adónde vamos? —se quejó Bärbel.

Se habían librado ya de los niños y ahora se encontraban frente a una hilera de casas. En las ventanas ondeaba la colada llena de lamparones. Apestaba a orines. Unas cuantas mujeres mayores se sentaron en un banco de hierro fundido, se apretujaron y, entre carcajadas, dejaron al descubierto sus bocas desdentadas. En las rodillas tenían gallinas medio desplumadas, y las plumas revoloteaban.

—¡Yo qué sé! —dijo Amely sacudiendo a Bärbel del brazo—. ¡No lloriquees!

Volvió en dirección al puerto. Kilian no le había explicado a su padre adónde debían ir al llegar a Macapá. Supuestamente, alguien iba a ocuparse de ella. ¿Y ahora qué? ¡Si por lo menos viera a los hombres con las maletas!

Como surgido de la nada, apareció un miliciano delante de ella. Tenía una expresión fiera por encima de aquel grueso bigote. Masculló algo incomprensible. Escupía al hablar.

—¡*Abrir!* —exclamó aquel hombre en portugués.

—No le entiendo.

Dio un golpe con el puño sobre el estuche del violín. Horrorizada, Amely apretó su preciado tesoro contra sí.

—¡*Abrir, abrir!*

—Un momento. Por favor.

Amely se apresuró a sacar el diccionario del bolso. Apenas podía sujetarlo con una mano y hojearlo. En medio de aquel griterío le resultaba imposible concentrarse. El sudor le corría a chorros por la espalda, dejándole, seguro, horribles manchas en el vestido. Las lágrimas le asaltaron por lo humillante de aquella situación.

—Por favor, abra el estuche del violín.

Un hombrecillo delgado, de piel morena y pelo engominado, le hizo una reverencia y se quitó el sombrero.

—No tenga miedo de nada, *senhorita* Wehmeyer.

Amely le obedeció perpleja. Se quedó sin respiración cuando el tosco policía sacó el violín del estuche. Sus manazas parecían capaces de aplastar el violín sin esfuerzo alguno. Estuvo palpando el acolchado de terciopelo, asintió con la cabeza y, a continuación, volvió a colocar el violín en su sitio. Acto seguido siguió su camino sin decir palabra.

—Qué bien que haya dado con usted a tiempo, *senhorita*. Si no, se la hubieran llevado al cuartel, y allí no la hubiera encontrado tan rápido. No ha sido muy acertado por su parte alejarse del puerto...

—¿Y cómo me iba a quedar allí? —Amely hacía esfuerzos para que la voz no se le quebrara—. ¡Allí, donde una tiene que presenciar ejecuciones y donde parece que los niños tengan algo contagioso! ¿Qué quería ese hombre de mí?

Claramente impasible ante todos aquellos acontecimientos atroces, el hombre se atusó el bigote al tiempo que esbozaba una sonrisita inocente. Su traje con corbata de seda, sencillo pero impoluto y seguramente caro, no se avenía en absoluto con aquel lugar horrible. Le extendió una mano cuidada, que ella estrechó con cierto recelo.

—*Encantado*. Permítame que me presente: Tomás dos Santos Oliveira, la mano derecha de su futuro señor esposo, que le envía saludos afectuosos. Me ha encargado venir a por usted. Lamentablemente he llegado un poquito tarde, cosa que, considerando las enormes distancias que ambos hemos tenido que recorrer, seguramente podrá comprender pero quizá no querrá perdonarme.

—Le... le perdono —balbuceó Amely, desprevenida.

—Se lo agradezco. Y por lo que respecta al violín... En las ciudades portuarias los controles son más rigurosos de lo normal. Se están haciendo grandes esfuerzos por impedir el contrabando de semillas de caucho. Si las semillas salieran de Brasil y se plantaran con éxito en cualquier otro lugar del mundo, los precios caerían y sufriríamos consecuencias catastróficas en la región, y sobre todo en Manaos. Por decirlo de alguna manera, el policía cumplió con su deber por el bien de su futuro esposo.

—¿Quiere decir que sospechaba que había semillas de caucho en mi estuche del violín? ¡Menudo disparate!

—Para ser efectivo, un escondite tiene que ser poco común.

—Pero si solo son semillas, debe de ser imposible impedir que salgan algunas del país.

—Son semillas bastante grandes, como el hueso de un melocotón. Y también todo depende de la cantidad —explicó con paciencia y amabilidad, y con un ligero acento que sonaba muy melódico—. Se necesitaría una tonelada de semillas para que creciera tan solo un puñado de plantas. Unos cuantos granos en el bolsillo apenas tienen valor, pero un talego que cabe en una funda de violín quizá ya sería otra cosa.

—¿Quiere decir que, entonces, el ejecutado...? —Calló, de tan horrible que le parecía—. ¿Era un contrabandista de semillas y nada más?

Tomás dos Santos Oliveira asintió.

—¡Qué barbaridad! ¡Y delante de todo el mundo!

—Bueno —dijo haciendo un gesto resignado con sus delicadas manos—. Da los resultados necesarios. La República de los Estados Unidos de Brasil tiene sus propias leyes. Y sobre todo Manaos.

¿Se suponía, entonces, que allí iba a ser peor? Debía escribir a su padre: no la habría enviado a aquel lugar si hubiera sabido lo que allí ocurría. Aun así, la idea tampoco le daba esperanzas, sino que la sentía como una dolorosa punzada: aunque pudiera permitirse creer en un posible retorno, ello solo significaría prolongar su lucha interna.

—Entonces, llévenos a Manaos, por favor, señor... Oliveira.

—Será un honor para mí, *senhorita* Wehmeyer. —Por su expresión calmada pensó que se sentía aliviado de que el percance no hubiera tenido mayores consecuencias—. Está a unas doscientas leguas brasileñas; en quilómetros, unas seis veces más. Es mi grato deber procurar que el viaje por el Amazonas les sea lo más agradable posible. Por favor, no se separen de mi lado.

Las gentes, incluso los niños andrajosos, le abrían paso de buena gana. Oliveira caminó por el muelle, pasando cerca de barquillas de pesca cubiertas de óxido y con buena parte de la pintura ya desconchada, y al lado de un barco más grande en el que unos trabajadores, encorbados, transportaban sacos.

—¡Ahí están las maletas! —gritó Bärbel—, gracias a Dios.

Efectivamente, las maletas de piel negra estaban delante de una pasarela que conducía a un buque de vapor pintoresco. Al ver el nombre escrito con letras blancas sobre la proa, Amely sintió el impulso de frotarse los ojos.

—¿Qué significa eso?

—Su esposo ha comprado este barco y lo ha bautizado *Amalie* —respondió él. Ella no alcanzaba a ver que Oliveira sonreía, pero lo notaba en su voz—. Es su regalo de bienvenida.

El señor Oliveira hizo una señal a un joven negro y larguirucho y le indicó el muelle. Ronaldo, que así se llamaba el muchacho, corrió hacia la caseta del timón para transmitir las órdenes al capitán. Enseguida, el *Amalie* se puso en movimiento, dirigiéndose hacia el verdoso muro de árboles, helechos, y lianas sinuosas. Ronaldo se deslizó por una escalerilla de cuerdas y poco después Amely lo vio en una canoa de aspecto frágil que hacía las veces de bote auxiliar, remando en dirección a los árboles que sobresalían del agua. Trepó por un tronco con gran habilidad; el follaje lo engulló casi por completo. Volvió a aparecer con un fardo de piel en el brazo y subió de nuevo al barco. Colgó al animal con cuidado en los brazos estirados de Oliveira, como si estuviera colgando un abrigo en una percha.

El señor Oliveira se acercó con el fardo a Amely.

—Puede acariciarlo.

—¿Qué es?

—Un perezoso, ¿no le parece bonito?

Lo cierto era que aquella opinión le parecía, cuando menos, exagerada. Creía, sin duda, que era uno de los animales más feos que había visto nunca. Pero ¿qué había visto ella? Estiró la mano, insegura. Aquel pelaje desgreñado tenía un tacto más suave de lo que se había esperado, y apenas olía. Se emocionó al ver una pequeña mariposa alzar el vuelo. El perezoso giró hacia ella la cabecilla, redonda y arrugada como la de un gnomo de los cuentos de los hermanos Grimm. A pesar de su fealdad, le recordaba a un bebé al que su padre hubiera despertado con dulzura.

—¿No hace nada? Tiene unas garras como para defenderse.

—Es inofensivo. Si quiere, nos lo podemos llevar.

—Oh, gracias, pero no, mejor que no.

Se lo devolvió a Ronaldo, que simplemente lo dejó en el agua. Amely quiso protestar, espantada, pero para su asombro el perezoso resultó ser un hábil nadador. El *Amalie* se dirigió de nuevo hacia la fuerte corriente, y del singular encuentro solo quedaron dos rasgones en las mangas de Oliveira. Al parecer poco le importó que su traje caro se hubiera estropeado.

Le pasó un estuche de piel del que Amely sacó unos gemelos dorados.

—Así también podrá admirar desde lejos la belleza de la selva —le explicó él—; no todos los animales de la selva son tan amigables como el perezoso.

En las pocas horas que habían trascurrido desde que habían salido de Macapá, Amely había tenido ocasión de escuchar muchas historias sobre la fauna del Amazonas. Le habían hablado de anguilas eléctricas cuya descarga era capaz de tumbar a los caballos, de anacondas de diez metros que podían dar alcance por el suelo a un hombre corriendo, de escarabajos más grandes que una mano, y de gusanos que, si uno se atrevía a saltar al agua fría, se le metían por la uretra de manera que solo era posible sacarlos mediante una operación. Pero no todo era tan horripilante, y, así, con los gemelos estuvo intentando dar con algún boto, un delfín de color rosado.

—Y las pirañas, por ejemplo —comentó Bärbel. Ella también estaba en la barandilla, viendo ensimismada cómo el paisaje se aparecía ante ella como salido de una novela de Julio Verne. Entretanto iba apartándose las moscas—. Metes el dedo del pie en el agua y ya te has quedado sin él.

—No todo lo que escribió Alexander von Humboldt es verdad —respondió el señor Oliveira con gesto divertido—. La mayoría de las veces las pirañas son huidizas.

Amely se arrepentía de no haberse llevado el libro, pero con toda su rabia lo había lanzado debajo de la cama y no lo había vuelto a sacar, tal y como había hecho con el de Karl May, si bien este estaba ambientado en un lugar muy diferente de América del Sur. Con los gemelos vio una nube de libélulas que revoloteaban haciendo temblar el ramaje. Se le cortó la respiración al ver una bandada de papagayos y, entonces, en un paraje sin árboles anegado por el agua, como salido de un cuento de hadas de tonos verdes tornasolados, vio una figura sombría agazapada en una canoa.

—Un indígena con un arco a la espalda —dijo sorprendida—. No, es una mujer. Y tiene... algo en la canoa. Parece un cocodrilo. No, no puede ser.

—¿Me permite?

Le extendió los gemelos al señor Oliveira.

—No, no se equivoca, *senhorita*. Es un caimán.

A su señal, el barco volvió a dirigirse a la orilla, pero esta vez pasó mucho más tiempo allí. A la otra embarcación le costaba abandonar la protección de su escondrijo. Sin embargo, el indígena acabó introduciendo el remo en el agua. La punta sobresalía del agua partiendo en dos la alfombra de hojas flotantes. En efecto, era una mujer la que salía de entre la sombra de los árboles y se dirigía a la luz del sol. Con sus ojos oscuros observó la embarcación mucho más grande que la suya. Unas trenzas negras le caían sobre los hombros, y era alta y delgada, se le apreciaban todas las costillas. Tenía un gesto desconfiado y dejaba los dientes al descubierto como queriendo soplar al barco. A pesar de la distancia y del ruido del motor de vapor, Amely respiraba sin hacer ruido. *Esto no se parece en nada al parque zoológico de Berlín*, pensaba. *No era ni siquiera una copia. No era... nada.*

—Se le ven los... —Bärbel bajó la voz hasta convertirla en un susurro de excitación—. ¡Los pezones!

Ronaldo había llevado consigo una navaja que ahora sujetaba Oliveira en alto. La mujer indígena se acercó todavía más. No llegaron a mediar palabra, tan solo unos pocos gestos sellaron el trueque. Ronaldo bajó a la canoa y cargó con el cadáver atado con cuerdas. A cambio, Oliveira le lanzó la navaja. La mujer la desenvainó y la probó cortando una astilla de la canoa. La hoja parecía cumplir con sus expectativas. Su mirada fría, o más bien de desdén, se clavó por un instante en Amely. Acto seguido volvió a meter el remo en el agua y dio media vuelta.

—Era tan delgada... —dijo Amely mirando el reptil de dos metros de largo—, me resulta imposible creer que fuera capaz de matar a ese animal. ¿Qué hacen ahora con él? ¿Es un trofeo?

—En absoluto —respondió Oliveira con una sonrisa de satisfacción—. La cola es un manjar exquisito. Tenemos vino tinto portugués a bordo, será un acompañamiento magnífico.

—Bienvenida al Amazonas —dijo alzando su copa—. ¿Le he contado ya por qué el río tomó ese nombre? En 1541, Gonzalo Pizarro, un hermano de Francisco, el famoso conquistador de los incas, anduvo buscando el legendario El Dorado. Cruzó los Andes sin tener ni idea de lo grande que era el continente. El Dorado no lo encontró, pero, al menos, quiso llevarse una india a España. Sin embargo, el grupo de mujeres que encontraron se defendió con armas, y de ahí que el río lo llamaran así, por las amazonas de la mitología griega.

—Después de lo que hemos visto, la leyenda me parece creíble —contestó Amely. Una mujer había matado un caimán, ¡y con arco y flechas! Y lo que le parecía aún más extraordinario: la carne era lo más delicioso que había probado nunca. Como guarnición habían comido feijoada, un guiso de frijoles, carnes ahumadas, lengua de buey, pimienta brasileña y muchas cosas más. Habría deseado irse bajo la cubierta para aflojarse un poco el corsé. Bärbel, en cambio, no había tocado su plato de porcelana.

Estuvieron sentados en la cubierta bajo un techo de paja del que colgaba una mosquitera. A Amely le gustaba que hubiera mosquitos cerca, puesto que eran lo único que le podía resultar medianamente familiar en aquel mundo. Al fin y al cabo, los mosquitos también les acribillaban a picaduras durante las excursiones veraniegas al lago Wannsee. Eso sí, los mosquitos del Amazonas eran más grandes y más ruidosos. El *Amalie* se deslizaba plácidamente por la corriente, entre pequeñas islas y orillas frondosas en las que los monos chillaban y saltaban de rama en rama para acompañar al barco. Ronaldo les iba dando aire con un gran abanico de paja, y un camarero sirvió una fuente con trocitos de calabaza, limas, plátanos y otros tipos de fruta totalmente desconocidos.

Amely se preguntó cuándo se había sentido tan bien en los últimos tiempos. Al menos no desde el momento en el que su padre la había empujado a aquel cambio de rumbo en su vida. Debía de estar soñando todavía; si no, no se lo explicaba. Y en el sueño había colores e imágenes que era imposible que existieran de verdad.

La primera semana de su travesía por el Atlántico la pasó en su camarote llorando sobre la cama. Ya en la segunda, había llegado a la conclusión de que no le quedaba otro remedio que aceptar su destino. Entonces, en algún momento de los últimos días de la travesía, había roto en pedacitos la fotografía de Julius. Debía sacarlo de su cabeza y de su corazón si quería que todo aquel asunto le resultara soportable.

Naturalmente, uno no olvida a alguien por el simple hecho de proponérselo. Sin embargo, aquel mundo parecía querer abrirle los ojos. No, no es que deseara casarse con Kilian, a quien no conocía, pero que ocurriera allí, en aquel sueño de tantos colores vivos, le parecía ahora un regalo y un consuelo, sentada a salvo en su propio barco y extenuada por aquel festín.

A Kilian también lo soportaré, pensó, *porque ya no quiero amar a otro hombre sabiendo que el amor te lo pueden robar en cualquier momento.*

Amely sorbió un poco de vino.

—Creo que es la primera vez que me ilusiona llegar a un destino aunque todo me dé todavía un poco de miedo.

—Quizá le resulte más agradable conocer a su esposo lejos de la ciudad. Actualmente pasa los días en uno de sus bosques de caucho. ¿Le gustaría ver de dónde procede su riqueza?

—¿Debo ir a la selva? ¿No será peligroso?

—Ese bosque ya no es la selva, han talado todos los arbustos y la vereda es ancha, por el camino no se preocupe. Lo malo son los mosquitos, por la malaria, pero para eso tenemos mosquiteras. Llegaremos allí en unos tres días.

Amely asintió. En cualquier caso era mejor dejar atrás el primer encuentro cuanto antes mejor.

—Entonces, ¿Ruben también estará? Siento curiosidad por saber si todavía se acuerda de lo de la salsera.

El señor Oliveira levantó una ceja sin comprender.

—Una vieja historia familiar. —Y sin la menor importancia, o al menos para él a juzgar por su mirada severa, se apresuró a beber un par de tragos para disimular el bochorno.

—Su hijo se llama Gero —replicó él.

Le sorprendió el tono cortante de su voz, normalmente tan dulce.

—Sí, he oído hablar de Gero —dijo enseguida—. Es dos años menor, ¿no es así? A él y a Kaspar, el más joven, todavía no los he visto nunca. No, quería decir a Ruben. Por aquel entonces tenía cinco años, cuando...

—Gero —insistió él—, solo tiene un hijo.

—Ahora estoy totalmente confusa —dijo ella bajando la copa.

—Pues así es... —respondió adoptando de nuevo la expresión de dulzura a la que ella ya se había acostumbrado—. Kaspar murió de malaria, y a Ruben lo mataron los indígenas.

Por el mantel se extendió una mancha de color rojo: se le había escurrido el vaso sin que se hubiera dado cuenta. Bärbel, pálida, agachó aún más la cabeza, mirando el plato sin tocar.

—Ruben... —musitó Amely. Le parecía estar viendo a aquella criatura de cinco años, chillando y llorando—. No puede ser... ¿lo asesinaron... los salvajes? ¿Por qué?

—Sucedió durante una excursión. ¿Que por qué? Porque sí. Los indios suelen ser pacíficos, pero no todos. Se dice que hay una tribu que mata solo por...

—¡No! —Amely se llevó una mano a la cara—. Por favor, no cuente historias ahora. Estoy totalmente consternada.

—Quédese quieta.

—¿Cómo dice?

Oliveira se levantó y bordeó la mesa. Para sorpresa de Amely, la agarró del brazo y se lo estiró. Tenía un bicho negro en el dorso de la mano. Amely estaba demasiado confusa como para asustarse, y más después de haber visto ya insectos mucho más grandes.

Oliveira se sacó un pañuelo del chaleco, lo puso sobre su mano y lo volvió a coger. Caminó hasta la barandilla del barco y sacudió el pañuelo hacia fuera. Acto seguido volvió a sentarse.

—Le ruego que me perdone, la hormiga debe de haberse caído del pelo del perezoso.

—Ah, ¿eso era una hormiga?

—Una hormiga gigante tropical. Su veneno no causa daños

irreversibles, pero produce los dolores más horribles durante un día, como si a uno lo estuvieran quemando vivo. Por eso también se le llama la hormiga de las veinticuatro horas.

Bärbel perdió el poco color que le quedaba en la cara.

—Señorita Amely, ¿le importa que me eche? —dijo con voz jadeante. Y sin esperar a obtener el permiso, se levantó de un salto y se marchó tambaleándose a la bodega de la embarcación.

Amely se frotó la mano. La hormiga no le había dejado rastro alguno. ¿Acaso ella no tendría que estar también a punto de desvanecerse? Sin embargo, tras haber oído la historia de los hijos fallecidos de Kilian, tan solo sentía un vacío.

—Perdone que la haya interrumpido, *senhorita*. Ya se puede usted imaginar que fue un duro golpe del destino para el *senhor* Wittstock, teniendo en cuenta que también había perdido a su mujer. En algún momento decidió combatir su tristeza prohibiendo que se hablara de Ruben y Kaspar. Para él ahora solo está Gero, al que adora como si fuera un dios, y si usted habla de... ¿cómo lo llamaba? Lo de la salsera, entonces quizá será Gero con el que tiene que ajustar las cuentas. ¿Lo entiende, *senhorita* Wehmeyer?

—¿Niega que Ruben y Kaspar hayan existido?

—Imagino que le parecerá extraño.

—Naturalmente.

—Piense siempre una cosa, *senhorita*: no hay ningún sitio en el mundo como Brasil, y en ningún otro sitio se encuentra uno con la dureza de la vida tan a menudo y tan de repente. Aprenda a vivir con ello, y entonces será feliz aquí.

¿Era posible que también le hubiera dado ese consejo a Kilian? ¿Pero qué habría ganado con ello? Amely suspiró. Quizá era necesario haber nacido allí para entenderlo.

3

Felipe detuvo el caballo delante de la casa que todos llamaban simplemente «la choza». No era la palabra más adecuada para aquella vivienda de dos pisos con postigos, miradores y un porche circundante. En aquel claro en mitad del bosque, desentonaba con el entorno, pero ¿qué mortal no podía juzgarlo ante la vastedad de su extensión como el hombre más rico de Brasil? Felipe saltó del caballo, lanzó las riendas a un mozo y subió los escalones. Inmediatamente después de golpear la aldaba en forma de serpiente de bronce contra la puerta, esta se entreabrió.

—Ahora no, *senhor* Da Silva —dijo un muchacho llevándose un dedo a los labios—. Se tendrá usted que esperar.

—Me ha mandado venir él. Y hoy me he esforzado mucho por llegar puntual. —Justo como le gustaba al señor Wittstock, aunque la puntualidad no era uno de los fuertes de Felipe.

—Ya, ya, pero algo está pasando ahí dentro. —Miguel alzó sus delgados hombros. Con el traje negro tenía un aspecto más enclenque que de costumbre—. Están todos muy nerviosos. No sé por qué, yo estaba en la cocina. Ahora están todos arriba, en los dormitorios. Yo creo que el *senhor* Wittstock está enfermo. Le diré a Maria *la Negra* que venga y le haga pasar ella. ¿Es por algo del nuevo bosque de caucho?

Felipe se sacó su paquete de Cabañas del bolsillo de la camisa con parsimonia, se sentó en el banco que estaba junto a la puerta y, apoyando un pie sobre la otra rodilla, se puso un cigarro en la comisura de la boca y encendió una cerilla con la suela de las botas.

—Ajá —asintió él. La primera calada era siempre impagable, y hacía ya dos horas que la esperaba. En el bosque de caucho estaba terminantemente prohibido fumar—. No creo que valga la pena explotar los bosques del norte. Tendríamos demasiadas complicaciones a las que hacer frente, y el camino... ochenta leguas en total. Mierda, sería todo tan fácil si estos árboles se decidieran de una vez a crecer en plantaciones. —Pero no era el caso de la *Hevea brasiliensis*. Se podían cortar los árboles y cosechar el jugo que brotaba de ellos en abundancia, eso no les suponía problema alguno. No obstante, todos los intentos por plantarlos habían resultado fallidos. El que lo consiguiera un día se adueñaría del mundo.

Miguel se sentó junto a él en el banco.

—Al *senhor* Wittstock no le agradará mucho escucharlo.

—Pues no, para nada. —En absoluto, de hecho, si era cierto que estaba enfermo. Seguramente sería la malaria, que le sobrevenía una vez al año. En esas ocasiones solía echar a su médico personal de la habitación y se dedicaba a beber hasta que perdía el conocimiento. Tres o cuatro días más tarde ya estaba de nuevo en pie. Felipe conocía a pocos hombres tan robustos como aquel alemán.

—Quizá tampoco esté enfermo —le susurró Miguel—. Quizás esté solo nervioso, porque enseguida va a llegar su nueva esposa.

—¿La va a recibir aquí? —preguntó Felipe perplejo.

—Eso ha dicho Maria. —El muchacho de diez años alzó la barbilla, como dándose importancia—. Por eso llevo yo puesto el traje.

—Así pareces un escarabajo pelotero.

—Pero la mierda la va arrastrando usted, *senhor* Da Silva. Maria la Negra le dirá cuatro cosas si lo ve aquí sentado, y además fumando. No le causará muy buena impresión a la nueva *senhora*.

Felipe se miró. A su camisa abierta le faltaban botones y la de debajo estaba rota y empapada en sudor. Tenía las piernas metidas en uno de aquellos tejanos norteamericanos, que aunque eran horribles no se rompían, y apenas se le veían las botas bajo las capas de barro seco. Con una de las puntas intentó quitárselo.

—¿No tendrás, por casualidad, un traje de sobra para mí?

Miguel se metió el dedo por el cuello de la camisa intentando aflojarlo. Con aquel traje demasiado oscuro parecía que fuera a un entierro.

—Cuando ella llegue, métase detrás de la casa y ya está.

—¡Escarabajo! —Felipe hizo un gesto con el puño, como si fuera a asestarle un golpe en la mejilla—. Pero tengo curiosidad. ¿Cómo será? Seguro que son rubias, altas y robustas, las alemanas. Quizás hasta sea lo contrario de la *senhora* Madonna, Dios la tenga en su gloria.

Se refería a Madonna Delma Gonçalves, hermana del dueño de una plantación de café. Con su pelo negro y peinado siempre hacia atrás y su mirada seria recordaba a una imagen de la Virgen. El nacimiento de los tres hijos —*de solo un hijo*, como le había corregido— le había hecho perder todas las fuerzas, de manera que para vivir ya no le habían quedado más.

Verdaderamente, una rubia regordeta le pegaría más a Kilian Wittstock. Las alemanas aguantaban lo que les echaran. Al menos las que él conocía de la casa del señor Wittstock. Trabajadoras, responsables, disciplinadas. Hacían todo lo que se proponían, hasta las últimas consecuencias. Así no era de extrañar que justamente un inmigrante alemán hubiera conseguido ser el barón más rico del negocio del caucho. Wittstock había llegado y se había adelantado a todos sus competidores. Los mejores bosques eran suyos. Hasta su nombre sonaba a dureza y a determinación: Wittstock, un nombre como un disparo de pistola. La lengua alemana era dura y afilada como el esqueleto de una vaca devorada por las pirañas. Y silbaba como las anacondas. *Comprar, vender, disparar, cagar, copular...* hasta el sexo sonaba a trabajo.

Y si quiere, pensó Felipe, *hasta se queda con el bosque del norte.*

Entonces dio un codazo a Miguel.

—Aquí llega. Oliveira va junto a la litera, como si llevara un perrito de la correa. Seguro que a ella le han encantado su formalismo y su corrección extrema.

Mientras Miguel se incorporaba de un salto, Felipe se quedó pensando si podía permitirse un segundo cigarrillo, pero más le valía guardarse de Maria *la Negra* si se enfadaba, así que volvió a meterse el paquete en el bolsillo de la camisa. Desde la casa, que temblaba bajo los pasos de Maria, salían voces nerviosas.

La nueva *senhora* hizo su llegada como una faraona egipcia, transportada a hombros por cuatro esclavos negros. La mosquitera que colgaba del baldaquín les impedía verla con claridad. Eso sí, muy robusta no parecía... A medida que se iban acercando, el *senhor* Oliveira se colocó bien la corbata y miró hacia la puerta. Saludó a Felipe con un movimiento de la cabeza. El escarabajillo pelotero se movía, como pensando qué demonios debía hacer ahora. La *senhora* se inclinó ligeramente y apartó un poco la gasa. Tez clara, mejillas rojizas. Los labios no muy grandes, pero pronunciados. Sus ojos también claros se movían intranquilos y denotaban agotamiento y nerviosismo. El pelo brillante se lo había recogido, y algunos mechones se le habían soltado y se le habían pegado a las sienes por el sudor. Con su vestido de color rojo oscuro con adornos de seda negros parecía una figura surgida del invierno europeo.

Se derrumbará viviendo aquí, se le pasó a Felipe por la cabeza.

La voz ronca de Maria lo sacó de su ensimismamiento.

—¡*Senhor* Oliveira! —gritó desde una de las ventanas que estaba por encima de él—. ¡Venga usted, rápido!

Las alemanas, confusas, buscaron con la mirada aquellos gritos en brasileño. Oliveira se dirigió a la señorita, seguramente para disculparse, y se metió apresuradamente en la casa, pasando junto a Felipe y a Miguel.

Felipe no se dio cuenta de que se había levantado hasta que las escaleras temblaron bajo sus botas.

Tan pronto como el señor Oliveira hubo entrado en la casa, Amely se sintió sola y desamparada. No le gustaba aquel paraje. ¡La visión de la vereda que habían abierto en plena selva era tan diferente a la de la ribera verde, tan llena de vida! Era como si una locomotora de vapor lo hubiera aplastado todo. Un camino de barro conducía directo al corazón del bosque, solo interrumpido por aquella casa de madera con sus muchas ventanas, sus balcones y un porche. La selva estaba extrañamente en silencio: los papagayos de plumas verdes eran los únicos animales que se aventuraban a salir al borde de la vereda. A Amely le llegaban las voces de los hombres que trabajaban en el bosque de caucho, a cien metros de donde se hallaba. A poca distancia se erguían árboles finos e insignificantes de cuyos troncos colgaban unos cubos. Indios y negros cortaban en espiral la corteza grisácea con cuchillos con forma de hoz y cosechaban el jugo blanco que brotaba. *El árbol que llora*: así llamaban los indios al árbol del caucho, según le había contado el señor Oliveira. Era el oro blanco que sustentaba la incalculable riqueza de Kilian Wittstock.

Y apestaba horriblemente.

Los porteadores no hicieron señas de apear la silla. Amely se moría de ganas de estirar las piernas. No le hubiera importado en absoluto haber ido caminando desde el lugar en el que habían atracado, pero el señor Oliveira se había empeñado en hacer uso de la litera. Se agarró la falda del vestido para salir por un lateral y tanteó la escalerilla con el pie. Ya reaccionarían los hombres si veían que estaba a punto de caerse al barro.

Le tendieron una mano. Amely vio una cara amistosa a la que buena falta le hacía un afeitado. El hombre tenía el pelo largo y greñoso. Con un gesto de desdén apartó la mirada de aquellos ojos igualmente negros.

El hombre necesitaba también un baño con urgencia.

Cuando por fin se puso de pie sobre el suelo más o menos estable —tenía las botas metidas en el barro, pero, al parecer, que se estropeara la ropa allí importaba más bien poco—, él le mantuvo la mano cogida durante más tiempo de lo que marcaba el decoro, mientras que, con la otra, revolvía en su bolsillo.

Amely se soltó. Para su asombro, él sacó un paquete de cigarrillos y se puso uno arrugado en la boca.

—Me la había imaginado de otra manera —dijo él con un alemán bastante comprensible.

—A lo mejor no sabe usted quién soy yo —respondió ella con un tono seco—. Si lo supiera, seguramente se comportaría de otra manera.

El hombre esbozó una sonrisilla burlona, dejando al descubierto unos dientes claros.

—Disculpe, quizá debería presentarme: Felipe da Silva Júnior. Soy el que se encarga de que el caucho fluya, contra viento y marea. El vigilante de los esclavos, por decirlo de alguna manera.

¿Lo decía en serio?

—¿Esclavos? —Volvió a dirigir la mirada a los porteadores negros, que estaban inmóviles como figuras de madera, y se sintió estúpida—. ¿A estos hombres no se les paga?

—No.

—Yo pensaba que la esclavitud ya estaba abolida.

—Y lo está. —Se sacó un paquete de cerillas del bolsillo del pantalón, le dio vueltas entre los dedos y finalmente decidió no fumar. ¿Las quemaduras de la piel serían de fumar? No, seguro que no. Tenía hasta la barbilla marcada con una de aquellas cicatrices—. Al menos en teoría. Pero tampoco le importa a nadie que esté prohibido disparar en la calle. Brasil tiene sus leyes, y Manaos especialmente. Aquí las cosas funcionan de otra manera.

¿Dónde había oído ya eso?

—¿Disparar? ¡Estará usted bromeando!

—Tanto con pistolas como con arco y flechas —respondió él volviéndose a guardar el paquete en el bolsillo de la camisa y mirándolo con cierto pesar.

Seguro que solo quería asustarla. ¡Qué hombre tan tosco! Sin embargo, de alguna manera le gustaba que le hubiera dado una bienvenida tan diferente a la que se había imaginado. Le seguían temblando las rodillas al pensar que en pocos instantes iba a encontrarse con Kilian, y justamente en aquel paraje tan extraño. ¡Como si, después de todos aquellos años, no hubiera podido esperarla un día más! Se agarró el vestido y dio un paso con cuidado. Debía de haber llovido poco antes: una de esas típicas lluvias tropicales, corta pero intensa. Entonces se abrió la puerta de la casa, que parecía una ilustración de *La cabaña del tío Tom*. Quizás era por la visión de la negra rechoncha que abrió la mosquitera de la puerta y se acercó a la barandilla del porche. Le tapaba el pelo una cofia y un delantal le marcaba la barriga prominente. Gritó desgarradoramente.

Da Silva Júnior y el joven la miraron. Ella bajó los tres escalones tambaleantes y se dirigió a Amely. Tenía el dobladillo del vestido lleno de barro. Se hurgaba la cara con sus dedos gordos. Hasta sus lágrimas eran gordas.

—¿La *sinhazinha* de lo país extranjero? ¡No bueno que viene ahora!

—*Maria! O que você faz?* —El señor Oliveira había salido corriendo de la casa detrás de ella.

Maria no le prestó la menor atención. Caminaba con paso cargado hacia Amely con los pechos oscilantes. Sin poder evitarlo, Amely anhelaba volver al barco. Ojalá los bellos días en el río no se hubieran acabado nunca.

—*Prezada sinhazinha, prezada sinhazinha!* ¡Mujer muy bonita para señor! —La negra intentó hacer una reverencia y se inclinó de manera casi amenazadora.

Amely se sintió incomodada y retrocedió. El señor Oliveira se acercó, parecía querer llevarse a la mujer, cosa que, considerando su delgadez, era una empresa inútil.

—Ah, soy Maria, siempre al servicio de *sinhazinha* —Los labios, tan gordos como sus dedos, le temblaban—. No tenga miedo, ¿eh? Todo está bien, ¡todo bien!

Era evidente que nada iba bien, aunque la sonrisa de la mujer intentara ocultárselo. ¿Estaba triste, aliviada? ¿Quién debía de ser ella? Tal vez una criada de la casa, o la cocinera. Maria se agarró el delantal y se secó la cara. Al volver hacia la casa, parecía una barca de pesca que partiera por la mitad un río invisible.

—*Senhorita* Wehmeyer, le pido disculpas por este incidente —dijo Oliveira inclinando la cabeza.

¿Se ha dado usted cuenta de las veces que me las ha tenido que pedir?, pensó ella para sí.

El señor Da Silva le susurró algo en portugués e hizo una señal con la cabeza hacia la casa. Por lo poco que Amely había conseguido aprender durante su travesía, parecía que le preguntaba qué había pasado.

—Su hijo... Gero... ha muerto. —Oliveira volvió a dirigirse a ella—. Fue todo de repente. Fue una surucucu.

Aquella palabra extraña quedó suspendida en el aire.

Seguro que ya me ha mencionado lo que significa y yo no he prestado atención.

—Una víbora. Su mordedura mata en cuestión de minutos —dijo él, como si estuvieran todavía en el barco contemplando el paisaje. Ella no sabía qué la horrorizaba más, si la noticia o su actitud imperturbable.

En la puerta apareció una sombra. Un hombre salió por ella arrastrando los pies. Alto, fuerte, con brazos largos y una barriga que le hinchaba el chaleco, con el pelo rubio revuelto, y un bigote del káiser Guillermo anegado en lágrimas. Miró a su alrededor con los ojos enrojecidos y unas abultadas ojeras.

—Amely —dijo con voz ronca. Con una mano palpó el banco que estaba al lado de la puerta y se dejó caer sobre él haciendo temblar la madera del porche. Amely no sabía qué hacer.

¿Acercarse a él? No se atrevía.

—Amely —volvió a repetir. Se pasó la mano por la cara, enjugándose las lágrimas y los mocos—. Mi hijo ha muerto.

Ella tragó saliva. Se quedó inmóvil para no caer en la tentación de darse la vuelta y salir corriendo hacia el embarcadero. *Dios mío, haz que pase rápido este día.*

No le sorprendió que un entierro fuera también diferente a ese lado del mundo. La última vez que había estado junto a una tumba fue en el de su madre, hacía siete años. Llovía y hacía un frío otoñal, tal y como correspondía a una ceremonia de aquel talante, y una ardilla en un tronco al otro lado de la tumba le había captado la mirada anegada en lágrimas. Aquí era un mono el que fisgoneaba entre el pequeño cortejo fúnebre, esperando pescar algún bocado. Amely lo iba mirando por el rabillo del ojo, agradecida por tener algo con lo que distraerse. Disimuladamente se metió la mano en el bolsillo de la falda e hizo como si buscara unas migajas. El mono se acercó a ella e inclinó la cabeza. Le dio pena no tener nada. Cuando Kilian Wittstock se aclaró la garganta, ella sacó rápidamente la mano y volvió a ponerse en actitud de orar. El animanillo fue de un lado a otro, subiendo y bajando árboles, corrió hacia la tumba y se puso a toquetear las flores. Amely pensaba que no le debía de molestar a nadie, hasta que Maria *la Negra*, sin vacilar un instante, cogió el bastón de Oliveira y empezó a revolver entre las flores. El mono se alejó corriendo y chillando de enfado.

Amely apenas escuchaba las palabras del capellán. Le pasaban demasiadas preguntas por la cabeza, y había demasiadas cosas a su alrededor que le llamaban la atención. No estaban en un cementerio, sino en una esquina apartada en medio de un enorme jardín situado al borde de un canal que conducía al río Negro. Esos canales, que Amely había visto por todas partes, los llamaban igarapés, una antigua palabra indígena. Al fallecido lo habían llevado en su barco de vapor: habían tenido que actuar con rapidez, puesto que con aquel clima el cadáver corría el peligro de descomponerse rápidamente. El hecho de que, aparte de ella y Kilian, solo hubieran asistido al entierro el señor Oliveira, Maria, Bärbel y el capellán hizo pensar a Amely si también querían olvidarse de él. ¿Por qué, si no, lo habían enterrado junto a las otras dos tumbas que supuestamente no existían pero cuyas lápidas se encontraban a pocos metros de allí? Entre las espesas ramas colmadas de hojas, Amely pudo distinguir «...aspar» en una de ellas, y «188...» en la otra. El mármol parecía estar bien cuidado.

Después de la ceremonia, Kilian se alejó casi a zancadas. Amely no se dio excesiva prisa por seguirle.

—Señor Oliveira, ¿por qué están los hijos...? O solo Gero, como usted quiera —dijo con un suspiro que dejaba adivinar que estaba ya cansada de aquel embrollo—. ¿Por qué no descansan en un cementerio? ¿Para que se les olvide? ¿Es que ahora también hay que olvidarse de Gero?

Se apoyó en su bastón, con la mirada errante.

—No —contestó él pensativo—. Kaspar y Ruben era todavía niños cuando murieron. Gero ya era un hombre plenamente integrado en el negocio de los Wittstock, no se le puede negar su existencia. Mire, la tristeza le lleva a uno a hacer cosas extrañas, y sobre todo si no conoce límites. Prepárese para cualquier cosa. Por lo demás, ahora todo es diferente, porque ahora la tiene a usted y en usted puede depositar él sus esperanzas.

—¿Sus esperanzas?

—Ha perdido a los tres hijos de su primer matrimonio. En Europa se podría pensar que tiene muy mala suerte. Pero aquí no es tan extraño. El dinero no puede protegerle a uno de su destino. En cualquier caso, ahora está usted aquí. Su nueva esposa. Y, como es natural, él espera algo de usted.

Ella se detuvo en seco. *Que yo a él... que yo...* No podía ni decirlo. No era propio de una dama.

Imaginó que su mirada de espanto ya lo decía todo.

—Sería bueno que lo consiguiera pronto, si sabe a lo que me refiero —dijo el señor Oliveira bajando la voz.

Detrás de él, Bärbel se sonrojó y se llevó la mano a la boca.

—Mire, el cementerio público no es seguro —dijo retomando el tema—. Uno va y a lo mejor ya no encuentra la tumba porque está cubierta de maleza. Además hay mucha gentuza suelta. Por eso sus hijos descansan aquí. En la casa se puede tener todo bajo control.

Quizá lo decía en sentido figurado, porque desde la mansión apenas podía vislumbrarse aquel rincón apartado.

—Entonces, niega a sus hijos pero manda cuidar sus tumbas.

—Sería muy poco cristiano dejar que las tumbas quedaran cubiertas de maleza. Maria *la Negra* se ocupa de ellas: él no viene nunca. ¿Le gustaría ver ahora la casa, *senhorita* Wehmeyer?

Kilian y Maria ya les habían adelantado un buen trecho. Por el momento, Amely decidió dejar el asunto a un lado. El mono pasó rozándole los pies por el camino de piedras y desapareció en un árbol de copa baja y frondosa. Amely percibía aromas exóticos y no había un solo árbol o arbusto que supiera nombrar. Por todas partes los jardineros se afanaban por limpiar la maleza y conferir un aire inglés al césped surcado de caminos serpenteantes. Si en Europa hubieran bastado dos o tres, aquí Amely contó al menos una docena de jóvenes de piel bronceada que se quitaban el sombrero y se inclinaban en cuanto ella pasaba. Una muchacha con un vestido negro de criada y un delantal de un blanco inmaculado se le acercó corriendo, hizo una reverencia y le tendió una bandeja.

—Ah, refresco de lima, gracias. —El señor Oliveira tomó los dos vasos llenos y le dio uno a Amely.

Su mano notó el contacto frío del vaso, en cuyo exterior se habían formado enormes gotas. En su interior flotaba el hielo. No, no quiso preguntar cuánto había disminuido el bloque de hielo original hasta convertirse finalmente en aquellos minúsculos cubitos. O cuánto costaba el lujo de tener una nevera.

Detrás de una hilera de palmeras se vislumbraba una escalinata blanca. Los criados se habían reunido. Kilian se encontraba con ellos y, a juzgar por sus reacciones de espanto, les estaba anunciando la noticia de la muerte de su hijo. Las mujeres no solo sollozaban, sino que hasta prorrumpían en lamentos que claramente incomodaban a Kilian. Rápidamente se deslizó entre la multitud y desapareció en el interior de la casa.

—Disculpe la falta de moderación prusiana de mis compatriotas —dijo el señor Oliveira.

—Ya me acostumbraré a esta mentalidad —le contestó Amely, a pesar de que por enésima vez en aquel día deseaba estar muy lejos de allí.

Acto seguido se recogió la falta y subió los diez escalones por detrás de Oliveira. Ante ellos se alzaba la mansión. *Casa no sol*, la casa en el sol. Los azulejos rosados de las paredes, las barandillas decoradas con volutas blancas, y los adornos arqueados entre las delgadas columnas suavizaban el aire pomposo de la casa. Los balcones de hierro forjado decoraban las esquinas del piso superior. ¿Cuántas habitaciones debía de tener la casa? Cada una tenía una puerta que daba al balcón circundante en el que se hallaban dispuestos sillones de mimbre, mesitas y palmeras en macetas. Sin poder evitarlo, Amely pensó en aquel hombre rebosante de vitalidad que había estado allí hacía pocos días, imaginando quizá qué retos y aventuras le deparaba el día antes de que una serpiente le mordiera el hilo de la vida como una norna caprichosa.

—La futura señora Wittstock —dijo el señor Oliveira, presentándola a los esclavos.

Todas aquellas caras de espanto la miraban con la boca abierta, como si les costara entenderlo. Más de treinta hombres y mujeres se inclinaron o hicieron reverencias.

—*Bemvindo, bemvindo* —murmuraban—. Bienvenida.

Oliveira se dirigió a ella y con un gesto la invitó a entrar por la puerta de dos hojas abierta.

—Bienvenida a su nuevo hogar, *senhorita* Wehmeyer.

Ante ella apareció un vestíbulo bañado por una luz casi crepuscular, ya que las palmeras circundantes le robaban la claridad. Sus botines hacían demasiado ruido sobre el suelo de mármol, que se asemejaba a un tablero de ajedrez. En jaulas de bambú graznaban unos guacamayos rojos y azules. Varios ventiladores zumbaban y esparcían un fuerte olor a petróleo. Gracias a Dios, el interior de la casa era más fresco que el exterior, donde costaba respirar.

—Consuela le enseñará la casa. Habla alemán, como muchos de los sirvientes, por cierto, aunque cada uno a su manera. Si me lo permite, me retiro a mi despacho. Pero volveré si me necesita.

—Gracias —asintió Amely.

Oliveira hizo una reverencia y entró por una puerta lateral. En su lugar le sonreía una muchacha joven, cuyos cabellos rizados le caían sueltos sobre los hombros. Amely la siguió por las escaleras hasta el piso superior. Allí las habitaciones eran más luminosas y cálidas. Contó más de diez hasta donde le alcanzaba la vista. Solo una permanecía cerrada: la del final del pasillo.

—La habitación de... —Consuela carraspeó— *cõnjuges*, de matrimonio. —A pesar de que tenía la mano puesta en el pomo dorado, su postura dejaba entrever que no le abriría la puerta hasta que no fuera la esposa de Kilian.

No es que yo esté ansiosa por entrar, pensó Amely.

—¿Dónde puedo asearme?

—Aquí, *senhorita* Wehmeyer. —Con entusiasmo le abrió otra de las puertas—. Esta es su habitación. Ahora le traigo agua fresca. Debajo está la habitación de la *senhorita* Bärbel, ¿quiere que se la enseñe?

Bärbel abrió los ojos como si tuviera que despedirse de Amely para siempre, y siguió a la criada por el pasillo a regañadientes. Amely entró en una habitación de dimensiones más bien modestas. La luz penetraba por las láminas de la puerta cerrada del balcón y confería a los delicados muebles un aire inglés. Estos eran los típicos de una habitación para una dama: un escritorio, un tocador, una mesita redonda con dos sillas y, contra una de las paredes, una cama pequeña, y delante, su maleta. Así que dormiría allí mientras no se hubiera casado.

Con sumo cuidado se sentó en el borde de la cama. Siempre había querido tener una habitación tan luminosa. En casa, en el barrio berlinés de Friedrichshain, no tenía más que una habitación oscura que daba a un patio interior. Su padre era, en efecto, muy ahorrador, y no le agradaban las viviendas demasiado pomposas. Ella había soñado con vivir con Julius en la planta noble: le hubiera gustado tener un papel pintado como aquel, flores delicadas y plateadas como aquellas, con los tallos sinuosos y que brillaran con la luz.

En el piso inferior los guacamayos estaban dando un auténtico concierto de trompetas. ¡Qué estruendo! Se cubrió los ojos con las manos e intentó contener las lágrimas. En vano. Una fuerza invisible la sacudía. No, no quería tener a Kilian. No quería tener que trasladarse algún día a la habitación del pomo dorado. ¡No quería, no quería!

Cuando llamaron a la puerta se enjugó las lágrimas de la cara. No podía llorar: al fin y al cabo ella era una prusiana de bien, y no una de aquellas suramericanas incapaces de reprimir sus sentimientos.

—Entre, por favor.

Consuela entró con una jarra de porcelana y una toalla colgada del brazo. Del cajón del tocador sacó una palangana, una envoltura de seda y un paño. Llenó la palangana de agua y se quedó esperando a Amely.

—Me gustaría ver una fotografía de Gero —se le ocurrió de pronto—, y de sus hermanos. ¿Sería posible?

—Sus hermanos... —murmuró Consuela, palideciendo bajo el moreno brasileño. Estaba luchando visiblemente contra la prohibición de hablar de los hijos. Al contestar, su voz no era más que un susurro—: Haré lo posible, pero no le prometo nada, *senhorita*.

—Gracias, sería muy amable por tu parte. No le diré nada al señor Wittstock.

Decir aquello era arriesgado, puesto que, al fin y al cabo, ella no sabía nada de la muchacha o de su discreción. No obstante, Consuela esbozó una sonrisa tranquilizadora. En cuanto se quedó sola, Amely se dirigió al tocador y se quitó la chaqueta y la blusa. Le habría gustado desnudarse entera: toda ella se sentía como si no se hubiera lavado en meses. Mojó el paño en el agua, frotó un poco de jabón y se lo pasó por la nuca. Un alivio. El agua le corría entre los pechos apretados por el corsé.

Notó una mano en el hombro.

Ella se dejó caer sobre el taburete. La mano de Kilian la siguió, acariciándole la piel. Ella quería salir corriendo, pero se quedó sentada, petrificada.

—Estoy un poco confuso, Amely —dijo él arrastrando la voz—. Tendrías que haber entrado en la casa cogida de mi brazo, y yo me he adelantado, sumido en mis pensamientos.

Con los dedos amasaba el paño empapado, de manera que el agua le caía a gotas sobre la falda. Naturalmente, lo más apropiado era decirle algunas palabras de pésame sobre su horrible pérdida, pero no encontró ninguna.

—No pasa nada.

En el espejo del tocador solo le veía los hombros. Que no se le viera la cara le hizo sentirse todavía más desamparada. Ni siquiera Juluis le había visto los hombros desnudos, y mucho menos se los había tocado.

—¿Te gusta la habitación?

—Sí, mucho.

—Era de mi difunta esposa. Querida Amely, dadas las circunstancias seguro que entenderás que nuestra boda no se celebre por todo lo alto.

—Claro que sí, Kilian, lo comprendo. —Su contrición no era fingida, dado que, ante todo, se sentía abrumada. Una boda tan a puerta cerrada como aquel entierro era justo lo que necesitaba.

—Bien —dijo él introduciendo la mano todavía un poco más hasta que las puntas de sus dedos tocaron el nacimiento de los pechos—. Encargar las amonestaciones en el *cartório*, que es el registro civil de aquí, suele durar un mes, por no hablar de todas las formalidades para que te puedas quedar. Pero se puede arreglar rápidamente. Nos podemos casar mañana mismo, si te parece bien. La ceremonia religiosa la podemos celebrar dentro de unos meses, el día después de *nuestra* noche. ¿Sabes lo que quiero decir con «nuestra» noche?

Seguramente él ya se había encargado de sobornar a alguien, así que estaba de más preguntar qué era lo que *ella* quería. ¿Cómo iba a negarse? ¿Y qué ganaría con ello?

—El estreno.

—*La Gioconda* —dijo él con un suspiro—. Necesito algún consuelo, Amely. Y ya has visto que la vida es incierta. Debes...

... *quedarte en estado*, pensó ella completando así el silencio. Sintió como un calor doloroso cuando él le tocó uno de los pezones, y se quedó sin respiración. Se sobresaltó, presa de la desesperación, se giró y se echó contra el tocador; la palangana se volcó, derramando el agua sobre la alfombra de seda china. Por fin, por fin consiguió respirar.

—Perdóname, quizá me he excedido —dijo con una sonrisa forzada. Debía de ser la pérdida lo que le confería aquel aspecto de agotamiento. Un hombre corpulento, alto, con los mechones de pelo rubio empapados en sudor contra la frente. Se frotó la mano en el pantalón, como si pudiera borrar así aquel asedio. De pronto sintió lástima por él. Y ella, ¿acaso no tenía corazón? ¿Cómo podía compadecerse de sí misma cuando no había pasado ni un día desde la muerte de Gero?

—Entonces... está bien —dijo Amely—. Mañana... —No llegó a pronunciar la frase: mañana sería suya.

—Sí, mañana. Me hace muchísima ilusión. —Levantó las manos y se dirigió hacia ella que cruzó las suyas sobre el pecho. Más no podía retroceder ya. Dejó que la agarrara por los hombros y la besara en la frente. Su aliento era como el de un anciano.

4

La luz del sol brillaba a través de sus párpados. Amely se despertó enseguida y se incorporó en la cama, en la que, contrariamente a lo que cabría esperar, había dormido profunda y plácidamente. *Buenos días, vida nueva*, murmuró. Había dejado un rastro de desorden al sacar el camisón de la maleta. Ya se ocuparía Bärbel de deshacerla. Caminó a tientas hacia la puerta del balcón, que había olvidado cerrar, y respiró el aire todavía soportable de la mañana. Desde abajo, se oían alejadas las voces de los trabajadores. Los sirvientes se afanaban ya por mantener el jardín cuidado. Retrocedió al ver que uno de ellos estaba a punto de descubrirla con el camisón puesto. El escritorio despertó su curiosidad: quizás encontraría en él algo que recordara a Madonna. Tal vez un diario que le ayudara a entender a Kilian. Era poco probable, pero como mínimo habría tinta y papel de carta. Abrió el cajón, halló un bonito papel de tina y buscó una pluma. Con los dedos tocó algo duro.

Amely reprimió un grito y cerró el cajón. Después de unos instantes de pánico, volvió a abrirlo lentamente.

En efecto, no se había equivocado. Allí había un revólver y una caja poco llamativa que a buen seguro contenía cartuchos. Amely respiró profundamente. En Berlín no era nada extraño que un hombre tuviera un arma en el escritorio, y en cualquier caso estaba permitido. Quizás en Manaos se estilaba también que tuviera una la señora de la casa. ¿Qué era lo que le había dicho el señor Oliveira? *Brasil tenía sus propias leyes, y sobre todo Manaos.*

Amely encontró la pluma y sacó papel y tinta. Poco después ya había redactado dos cartas, una de cortesía para su padre y una apasionada para Julius. No, en ella no se lamentaba por el amor perdido que había desterrado de su corazón, pero sí de lo caluroso y horrible que le resultaba aquel lugar... La carta daba lástima. Antes de que pudiera cambiar de opinión, metió las cartas en sobres.

Se aseó en el tocador y se puso las medias de seda y las enaguas de algodón. Con el corsé solía ayudarla Bärbel, pero ¿dónde se había metido? Al lado de la cama había un cordón. Amely tiró de él. Acto seguido se oyeron pasos en el exterior. Llamaron a la puerta, que retumbó.

A su orden de «adelante», Maria *la Negra* entró en la habitación como un torbellino.

—¡Buen día, *sinhazinha*! —saludó a Amely—. ¿Qué quiera desayunar?

—¿Qué... qué suelen tomar por aquí? —balbuceó ella. Estaba a punto de retroceder hacia el balcón. Enseguida la mujer se colocó detrás de ella y empezó a apretarle tanto el corsé que le quitaba la respiración.

—¡Todo lo que *sinhazinha* quiere! Comida alemán, mucha pan. O le caliento feijoada de ayer. ¡Pone fuerte! *Dona* Amalie muy flaca. *Senhor* Wittstock encanta feijoada. Pero hace pedos.

Amely se libró de ella con dificultad. A aquella mujer todas le debían de parecer flacas.

—Tomaré pan y mantequilla, gracias. ¿Podría ayudarme con el vestido?

Maria la ayudó con sus acostumbrados movimientos enérgicos. Cuando Amely quiso ponerse las pantuflas, se las apartó con el pie.

—¡Así no, *sinhazinha*! —La Negra se inclinó jadeante y sacudió las pantuflas. Un bulto cayó al suelo, agitándose.

Amely dio un salto hacia atrás y gritó.

—No hace nada, lo quito. —Maria aplastó aquel enorme insecto, que crujió bajo la pantufla. Del delantal se sacó un pañuelo con el que lo recogió y limpió la suela—. Pero puede ser malo. El escorpión gusta dormir en zapato. ¡Mirar siempre! Voy hacer desayuno.

—Gracias. —Amely sacudió la cabeza. Había perdido el apetito por completo.

—Tiene que comer, *sinhazinha*.

—Más tarde. Me gustaría ir a la oficina de Correos. ¿Puede usted explicarme cómo ir?

—¿Oficina de Correos? —repitió Maria sin entenderla. Levantó la mano y la sacudió—. No necesite Correos, primero comer, ¡por favor!

Salió rauda de la habitación antes de que Amely tuviera tiempo de pedirle que la ayudara a ponerse los botines. Así, a pesar de que el corsé le apretaba, se las arregló para ponerse los zapatos y atárselos ella sola, al tiempo que se ponía uno de sus sombreros y se colgaba la sombrilla del brazo. De esta guisa se dirigió al piso inferior. El despacho del señor Oliveira era fácil de encontrar, puesto que tenía su nombre escrito en la puerta. Llamó y esperó a que este contestara para entrar. Oliveira se levantó de golpe de su escritorio de color caoba e hizo una reverencia mientras sostenía el auricular de un teléfono en su oreja. ¡Fascinante! Amely pensó, melancólica, que Julius siempre había desconfiado del teléfono de la oficina, sin llegar a tocarlo nunca.

El señor Oliveira colgó el auricular en la caja de madera y se acercó a ella con una sonrisa de amabilidad.

—¿Qué puedo hacer por usted?

—¿Le importaría ayudarme? Necesitaría ir a la oficina de Correos.

—¿A la oficina de Correos? ¿Y puedo preguntar para qué?

¿Por qué todos la trataban de tonta y desamparada? ¿No eran capaces de adivinar una respuesta tan evidente?

—Me gustaría enviar unas cartas —contestó ella con impaciencia.

—Pero, *senhorita* Wehmeyer —le dijo señalando un cesto en el que se amontonaban ya varias cartas. Parecía complacido de poderla ayudar tan fácilmente—, solo tiene que darme a mí las cartas, yo me ocuparé de ellas enseguida.

—Muy amable por su parte, pero tengo que valerme por mí misma. ¿Aquí no puede uno, con la correspondiente compañía, claro está, ir a la oficina de Correos cuando le apetece?

Tragó saliva, claramente sorprendido por su impaciencia.

—*Senhorita*, sería mejor que las dejara a mi cargo, de verdad.

—De acuerdo, déjeme pensarlo. Gracias.

Dejó allí a Oliveira y salió de la casa. A pesar de que hacía media hora escasa que había salido el sol, el aire de la mañana era caliente y espeso. Del bolso se sacó un abanico y se dio aire en la cara. Al fin y al cabo parecía que ya se había ido acostumbrando un poco al clima del lugar. Como cada día, intentó recordar lo mucho que le gustaban los veranos cálidos de Berlín, tan poco frecuentes. Por la puerta de hierro de la mansión entró una calesa Victoria, negra y reluciente. Dos imponentes caballos empapados en sudor tiraban de ella por el camino rodeado de palmeras y dividido por un terreno de hierba en cuyo centro borboteaba una fuente. Amely miró con atención cómo el joven sentado en el pescante se metía por uno de los muchos caminos secundarios. Entre el verde omnipresente pudo atisbar un edificio que bien podía ser una cuadra o una cochera.

¡Venga, valor!, se dijo Amely.

—Quisiera ir a la oficina de Correos. ¿Podría usted llevarme a la ciudad? —preguntó al joven al penetrar en la oscuridad de la cochera. Él todavía no había desguarnecido a los caballos. Se quitó la gorra apresuradamente e hizo una reverencia.

—Yo... no bien... entender lo idioma —murmuró.

—Por favor, quisiera ir a... —Amely sacó el diccionario. Oficina de Correos, oficina de Correos—. *A agencia de correio*. Por favor.

El joven abrió la boca y giró la gorra entre las manos.

—*Sim, sim, senhora* —balbuceó finalmente. Cepilló el asiento y le mantuvo la puerta abierta.

Amely subió con cierto recelo. ¿Y si volvía a presenciar una escena horrible como la de Macapá? ¿No sería mejor llevarse al menos a Bärbel? Pero Bärbel estaba todavía más confusa y no le sería de ayuda.

Entonces la calesa arrancó y, a pesar de que los caballos resoplaban y espantaban a los mosquitos con la cola, y de que el ardor del sol caía implacable sobre el vehículo, Amely se sentía de maravilla. Abrió la sombrilla. Cuando el vehículo pasó junto a la fuente, esperó encontrarse con el señor Oliveira que parecía estar en todas partes, y que este parara el carro. Sin embargo se mantuvo alejado. Amely respiró aliviada. Por fin libre, aunque fuera solo por una hora o dos. ¡Libre!

Le dolía la mano de tanto abanicarse. Tenía un sombrero con velo, ¿por qué no se le había ocurrido ponérselo? Así tenía que defenderse de los ataques de los mosquitos. Peor aún era el hedor que se le había metido en la nariz el primer día y que lo invadía todo. Pero el gentío de las anchas calles no solo era repugnante: también colorido, excitante y cautivador. El señor Oliveira ya le había contado algunas cosas: que habían importado el empedrado de Lisboa e incluso árboles de China y Australia, que ahora poblaban las calles junto con mangos, aguacates y otras plantas exóticas. Que había un tranvía que funcionaba a todas horas, y que durante el trayecto se podían coger frutas con solo alargar la mano. Por todas partes corrían los monos; hasta salían saltando de los restaurantes con su botín entre las manos. A diferencia de Berlín, allí se mezclaban la riqueza y la pobreza en una colorida confusión: hombres con trajes finos que exhibían armas y bastones caros, caboclos andrajosos que transportaban pesadas cajas y sacos, pedigüeños en cuclillas en la acera. Y, entre todos ellos, monjas y monjes, indios, negros, criollos, milicianos, recaderos y muchachas de moral dudosa. Los niños famélicos contemplaban los coches de plaza, y aquí y allá Amely veía alguna mano sucia desaparecer en el bolsillo de un caminante distraído.

—*Agência de correio, senhora!*

La calesa se detuvo frente a uno de los coloridos edificios de estilo portugués. El joven saltó, abrió la portilla y ayudó a Amely a bajar. El gentío la engulló como una garganta hambrienta, y prácticamente la arrastró hasta el vestíbulo. Empezó a sentir miedo. Se apretó el bolso contra su cuerpo. Allí, en el interior, la turba gritaba como si estuviera en una bolsa de especuladores y no en una oficina de Correos. Hasta los hombres de detrás del mostrador armaban jaleo. Amely no llegó muy lejos: alguien le dio un tirón del bolso y salió corriendo.

Ella intentó perseguir al ladrón, pero este se escurrió con facilidad entre la multitud, cosa que Amely no consiguió hacer. Le costaba respirar; Maria le había apretado demasiado el corsé. ¿Por qué no le había hecho caso a la Negra? ¡Qué vergüenza! Aquel mundo la dejaba en ridículo ya en su primer día. Los trabajadores se reirían de ella a sus espaldas, de la alemanita inocente.

Apareció un hombre delante de ella con los dientes mellados y amarillentos. Su aliento le provocaba náuseas. Se apartó de él y chocó contra una mujer que llevaba una cesta llena de patas de gallina. ¿Dónde se había metido el maldito mozo de cuadras? No podía llamarlo, puesto que ni siquiera sabía su nombre. Se abrió paso hasta un banco situado junto a la pared y allí se dejó caer.

Una voz con aire divertido se alzó entre la multitud.

—De verdad que hay sitios mejores para una primera excursión.

Amely levantó la cabeza lentamente. Pantalones tejanos raídos, una camisa empapada de sudor y abierta hasta el pecho y, debajo, una camiseta cubierta de manchas. Una cara sin afeitar desde hacía días. Y ojos oscuros en los que se adivinaba una expresión de mofa.

Levantó el sombrero y le tendió el bolso.

¿Tenía que verla siempre en un estado de confusión semejante? Amely se incorporó tan dignamente como pudo y alzó la barbilla.

—Qué bien que esté usted aquí, señor...

—Felipe da Silva Júnior.

—Sí, exacto. Gracias —dijo agarrando su bolso. Prefería

morderse la lengua antes que preguntarle cómo había llegado este a sus manos. O qué hacía él por allí—. ¿Podría acompañarme a mi carruaje, por favor? Está delante de la puerta.

—Será un placer —le contestó tendiéndole el brazo.

Amely vaciló. La idea de ir tropezando detrás de él tampoco le pareció mucho mejor, así que le agarró del brazo. Con la mano que le quedaba libre fue apartando a la gente sin miramientos, como si le resultara lo más normal del mundo. Amely temía que la calesa ya se hubiera ido, pero estaba todavía al borde de la calzada. Del cochero no había ni rastro.

—¿Qué quería hacer ahí dentro? —preguntó Da Silva—. ¿Enviar cartas, quizá? Para una alemana puede sonar inaudito, pero el correo brasileño lo es todo menos fiable. A lo mejor su cartita no llega ni al carguero, y si lo hace, probablemente el saco en el que la hayan metido lo acabarán tirando por la borda en cuanto encuentren mala mar. Los que se lo pueden permitir envían las cartas por correo privado. ¿No se lo ha dicho Oliveira?

Qué vergüenza.

—No se engañe con eso de «*ordem e progresso*» que ha visto en la bandera encima del mostrador. A saber a quién se le ocurrió poner algo tan prusiano como lema de Brasil.

—A Auguste Comte. Un filósofo francés.

Da Silva alzó la ceja con una expresión burlona. A buen seguro no se había esperado una respuesta: ¿quién se interesaba por aquellas cosas?

—Seguro que ha aprendido usted muchas cosas antes de venir, pero de nada sirven en la vida real. Ahora me está mirando como si quisiera pegarme con la sombrilla. ¿Ha llevado *usted misma* el carruaje o cómo es que nadie la está esperando?

—El mozo debe de andar buscándome.

—Pues venga, arriba —le dijo dando un golpe en el pescante en lugar de abrirle la portilla—. Seguro que quiere ver algo de la ciudad, ¿no?

¿Subirse allí arriba? ¿Ella? Iba en serio. Él ya había subido y le tendía la mano. En un abrir y cerrar de ojos, ya se la había tomado y él tiraba de ella para ayudarla a subir. En aquel pescante estrecho iba sentada tan cerca de él que podía rozarle el brazo. ¿Acaso no le resultaba escandaloso? Sin embargo, al mirar a su alrededor, Amely quiso creer que allí los hombres eran víctimas fáciles de las malas costumbres. Se estiró tanto como pudo para que no pensara que le gustaba sentarse a su lado.

Da Silva dio un latigazo al caballo y la calesa se puso en marcha.

—¿Adónde le gustaría ir? —gritó él entre el ruido de los cascos y de los arreos de cuero.

Amely no necesitó mucho tiempo para pensárselo.

—A la plaza São Sebastião.

—No tenía ni que habérselo preguntado —contestó él esbozando una sonrisa—. Como es natural, a una dama le gusta ir a ver la ópera.

Amely apretó el bolso contra su cuerpo esforzándose por rozarle lo menos posible. ¡Si como mínimo tuviera más modales! Su presencia no era ningún placer. Acto seguido abrió la sombrilla y se apoyó el mango en el hombro. La mera presencia de Da Silva la confundía tanto que apenas prestaba atención al camino, y cuando se detuvo en el borde de una plaza en la que se erguía el edificio más grande que había visto hasta entonces, Amely parpadeó como si acabara de despertar de un sueño.

—Aquí está la maravilla, *senhorita*. Bueno, todavía no hay mucho que ver.

El edificio estaba cubierto de andamios casi por completo, pero entre el cúmulo de lonas, puntales de madera y tablones, se alzaba una magnífica cúpula. El señor Oliveira ya se la había descrito, pero la realidad superaba la descripción con creces. La luz se reflejaba en mosaicos dorados, verdes y azules que representaban la bandera de Brasil.

—Dicen que el oro tiene un centímetro de grosor —comentó Da Silva.

—El Dorado —susurró Amely.

Da Silva fue conduciendo el vehículo lentamente por la plaza São Sebastião.

—¿Lo acabarán algún día? Llevan ya construyéndolo... ¿Cómo dicen en Prusia? Una eternidad y tres días.

—Quince años. Oh, ¡claro que lo acabarán! Lo estrenarán con *La Gioconda* —*Y yo estaré allí*, pensó—. Han traído los materiales de todo el mundo: mármol de Verona y Carrara, columnas de acero fundido de Glasgow, madera de cedro del Líbano, y esos azulejos dorados, del Imperio alemán. Los espejos y las lámparas de araña, de Bohemia y Murano, y los revestimientos de seda, de China. El telón lo pintaron en Francia, y la escalera del teatro la construyó Gustave Eiffel.

—Ajá... ¿Y hay algo de ahí dentro que sea de aquí?

—¡Pues claro! La madera del parqué. Dicen que la madera tropical es extraordinariamente resistente. Pero se la llevaron a Europa para trabajarla.

El olor a tabaco la sacó de su ensimismamiento. Da Silva se había encendido un cigarrillo, lo agarraba entre el pulgar y el índice, y con los otros dedos arrugaba el paquete. Amely supuso que estaba buscando alguna respuesta desdeñosa, pero ella quería adelantársele por todos los medios.

—Bueno, sigamos con el paseo —dijo ella inmediatamente—. Tampoco es que importe tanto la ópera. ¿Se ha dado cuenta de que apenas se oyen las ruedas de la calesa? Todo el adoquinado de alrededor del edificio se ha trabajado con caucho para amortiguar los ruidos.

—Realmente sorprendente —contestó él con una sonrisita burlona—. ¿No dije yo antes que estaba usted llena de conocimientos inútiles?

Le había mentido: aquel edificio sí que le importaba. Era ostentoso, estaba fuera de lugar, era un símbolo de la decadencia de los barones del caucho que habían hecho de Manaos una región tan rica. Se decía que lo habían diseñado siguiendo el modelo de la Ópera de París. Ahora bien, Amely conocía la Gran Ópera de París por las postales, y el Teatro Amazonas, al menos por fuera, no la igualaba ni en belleza ni en elegancia.

Queridísima Amely: Sé que adoras la ópera. Aquí están construyendo un teatro de la ópera en estos momentos. Aquí, en mitad de la selva. La inaugurarán con La Gioconda. Ilusiónate.

Había exagerado un poco. La ópera no es que estuviera exactamente en medio de una selva de la que pudieran salir indios disparando flechas en cualquier momento. Pero era su recompensa visible y tangible por estar dispuesta a aceptar un matrimonio que no deseaba. El estreno de *La Gioconda* en la *véspera do Ano Novo*, como llamaban allí a la Nochevieja, era su objetivo. Para entonces, ya habría conseguido manejarse en aquella cultura extraña, apreciar a Kilian y estar, si no contenta, sí satisfecha con su nueva situación.

Ilusiónate.

Estaba decidida. Ni siquiera el recuerdo de la mano de él sobre su piel la irritaba en aquel instante.

—Me gustaría ver más cosas —dijo—. Enséñeme lo que usted quiera esta vez.

Entretanto, casi roza a Da Silva en el hombro. ¿Podía ser que el buen humor repentino de ella tuviera algo que ver con la presencia de él? ¡Qué disparate! No, no, su buen humor era precisamente lo que la estaba ayudando a soportarlo.

Da Silva condujo la calesa hacia un paseo junto a la ribera. Unas escalerillas de madera descendían hasta el muelle. Amely recorrió con la mirada un bosque de mástiles. En los embarcaderos, que daban al río Negro, se habían amarrado infinidad de barcos de vapor, pequeñas canoas techadas y simples barquillas de remos. Los chiquillos andrajosos se empujaban cada vez que atracaba un barco, esperando recibir alguna golosina. Se echaban a las espaldas pesados sacos y cajas que cargaban hasta el muelle. El aire se llenaba de gritos y del olor a pescado y a basura. Los marineros flirteaban con muchachas jóvenes, los comerciantes estaban sentados detrás de sus puestos de fruta y pescado y cortaban las mercancías con cuchillos oxidados. Por todas partes merodeaban pedigüeños y hasta tullidos, además de monos, gatos, perros y gaviotas, y entre todos ellos paseaba la milicia, sacando a uno u otro del tumulto para controlar su mercancía.

¿Qué hacía ella allí? Decidió poner al mal tiempo buena cara y no se quejó cuando Da Silva detuvo la calesa, se bajó de un salto y le tendió la mano para ayudarla a bajar. Hizo una señal a dos jóvenes y les lanzó un par de reales para que vigilaran el vehículo. Luego bajaron por unas escaleras tambaleantes. Si él no la estuviera agarrando de la mano, se habría caído ya, de tantas veces como alguien se había chocado con ella.

Hacía ya rato que se arrepentía de haberle dejado llevar a él las riendas, pero su orgullo le impedía volver a quejarse. Él ya sabía lo que hacía, o eso esperaba al menos.

Él alquiló una barca de remos.

—¿Un paseo en barca? ¿Ha perdido usted el juicio?

Su grito se perdió entre el barullo. Sin apenas darse cuenta estaba ya metida en una barquilla que no inspiraba mucha confianza, cuya pintura original apenas se adivinaba ya. Se alisó el vestido por las posaderas y se sentó con sumo cuidado sobre el banquillo, que crujió.

Él se sentó delante de ella, se colocó bien el sombrero de ala ancha y cogió los remos. Amely dudaba de que una barca pudiera abrirse paso en aquellas aguas negruzcas y plagadas de inmundicias. ¿No era un pecarí muerto eso que flotaba allí? No, seguro que era un trozo de madera podrida.

—¡Espero que tenga una buena razón para haberme traído hasta el río! —le increpó. A punto estuvo de preguntarle qué pensaría el señor Wittstock si lo supiera.

—Usted quería ver Manaos —le respondió él sin perder la calma—. Esa colorida pompa que le gusta tanto es solo una parte.

—Yo solo veo suciedad y miseria. Gracias, ya he entendido lo que quería decirme. Y ahora, si no le importa, lléveme otra vez a la orilla.

—Hasta ahora solo ha visto un poco de suciedad. Y miseria... bueno, la última vez que estuve aquí di con el remo contra el cadáver de un indio.

—¿Por qué me cuenta esas cosas horrorosas? —Se sintió la sangre subiéndole a la cara, y se apretó el estómago vacío con la mano—. Me estoy mareando.

Cerró los ojos; no quería ver ni oír nada más. Qué curioso: de pronto sintió olores embriagadores que le hacían creer que estaba en el lago Wannsee, en verano, y que alguien traía una cesta con panecillos y muslitos de pollo. Intentó imaginarse que era Julius el que golpeaba el agua con los remos, pero descubrió con sorpresa que esa imagen no la seducía. Abrió un poco los párpados y observó a Felipe da Silva, que remaba concentrado y absorto en sus propios pensamientos.

Cuando él la miró, ella volvió a cerrar los ojos, como si la hubiera pillado. Se maldijo por estar allí: ¿y si llegaba a oídos de Kilian lo que estaba haciendo, y además el primer día? Por desgracia, tampoco iba a enviarla de vuelta a Berlín con cajas destempladas.

Da Silva levantó dos dedos.

—*Dois cafezinhos!*

Una piragua se les acercó. Amely vio con sorpresa cómo una mujer vertía un líquido negro de una cafetera abollada en dos cáscaras de coco y se las acercaba con un tercer cuenco lleno de azúcar. Por el tono dorado de su piel, debía de tener sangre india. Da Silva se endulzó el café generosamente, tendió una de las cáscaras a Amely y pagó a la mestiza, que volvió a coger su cuenquito de azúcar y siguió remando. Ya se habían alejado un trecho del peor barullo. La otra orilla del río también estaba habitada, pero los barcos más grandes pasaban a lo lejos y allí no había trabajadores que tuvieran que soportar gritos y latigazos. Las casas de la ribera eran más bien cabañas pegadas las unas a las otras y unidas con cuerdas de tender la ropa. No parecía un paraje selecto, pero sí, como mínimo, tranquilo.

Da Silva señaló en dirección a otra barca que esparcía un aroma a pan. Amely respiró hondo para poder, por fin, percibir un olor agradable. Da Silva compró un pan largo y lo partió en dos mitades.

—No creo que con un pan se pueda impresionar a una alemana —dijo tendiéndole un trozo—. Pero pruébelo.

Amely dio un mordisco con cautela. Se abstuvo de preguntar qué eran las bolitas rojas que, de cerca, parecían pasas de corinto, pero que tenían un sabor intenso. Su estómago le recordó con dolor que había rechazado el desayuno a Maria.

—¿Qué es aquello de allí? —dijo señalando una sartén del barco en la que freían empanadas.

—No es nada para usted. —Da Silva cogió los remos y se detuvo al comprobar que Amely lo miraba furibunda—. Disculpe, *senhorita*, pero su estómago prusiano se tiene que acostumbrar primero a las delicias locales. ¿O es que quiere faltar esta noche a su propia celebración?

Como le ocurría con frecuencia le faltó una respuesta aguda con que contestarle. Quizá sería mejor regresar. ¿Estaría él en la ceremonia? Supuso que no: seguramente le faltaría un traje decente. ¡O eso esperaba! La sola idea de que Kilian le tomara de la mano en su presencia le desagradaba.

—¿Cómo ha acabado usted en la nómina del señor Wittstock? —se le escapó—. Quiero decir...

—Quiere decir que a alguien como yo solo lo pueden haber recogido de la calle, y su esposo no es de los que reparten limosna entre los pobres.

—Bueno, sí, algo así se me había pasado por la cabeza.

—¿Sabe usted lo que es un seringueiro?

Ella reflexionó con rapidez.

—¿Un recolector de caucho?

—Exacto, los seres más miserables de este mundo. Tienen que ir a la jungla a buscar el caucho, que para muchos como su marido significa la riqueza sobre la tierra. —Hablaba con prudencia, como si midiera lo que ella debía saber sobre el tema. Más bien poco. Ella miraba cautivada cómo se le marcaban los músculos bajo las mangas mojadas cuando remaba con fuerza—. A muchos los reclutan en Belén, donde los jornaleros se pelean por conseguir algún trabajo, por horrible que sea. Les dan un anticipo, alcohol en abundancia y mujeres.

—¿Mujeres?

—Prostitutas, si lo entiende mejor así. Dos semanas tienen los imbéciles para irse de putas y emborracharse, y después, se lo aseguro, firman lo que sea para seguir llevando esa vida. De todas maneras, ninguno sabe leer. Entonces los meten en barcos. Uno se pone malo solo de ver las hamacas cagadas. A quien le entra la fiebre lo tiran al agua.

—Otra vez vuelve a venirme con esas horribles historias —le interrumpió ella, irritada.

—El viaje se lo tienen que pagar ellos —prosiguió él, imperturbable, con un tono fuerte que indicaba que todo aquello lo había vivido en sus propias carnes—. El primer sueldo no lo ven hasta después de unos cuantos meses, y no vuelven a tocar a más mujeres. Entonces los mandan a la selva con un cubo y un machete, cuando todavía es de noche, que es cuando fluye mejor el jugo. Además, los árboles están tan separados que, si no los mandaran tan pronto, no llegarían a cumplir con el trabajo. Así solo tienen unas pocas horas al día para dormir.

—Yo pensaba que el bosque de caucho era la zona que está detrás de la «choza».

—Sí, también hay bosquecillos de esos. A los barones del caucho les gusta construirse pequeñas mansiones allí, para vigilar a los trabajadores. Pero son solo una pequeña parte de la cosecha. Los seringueiros deben recorrer unos cuantos quilómetros cuadrados para poder sacar el jugo de algunos árboles dispersos. Un ritmo que solo se puede aguantar un par de años, si es que se sobrevive a la malaria, a las mordeduras de serpientes, a los cocodrilos y a los propios competidores. Pero, hasta en ese caso, uno acaba muriendo de locura o a causa del alcohol. Muchos llegan a suicidarse.

—Pero usted consiguió rebelarse contra el destino y se escapó —dijo Amely en un tono mordaz. Sí, ella también podía ser burlona cuando convenía.

El temblor en la comisura de los labios le delataba. Otra vez iba a volver a esbozar aquella sonrisilla burlona, pensó Amely. Sin embargo, adoptó una expresión seria.

—Solo hay dos posibilidades para salir de allí. O bien te tropiezas con algo de oro o piedras preciosas, o bien te resistes al alcohol y asciendes a fuerza de trabajar duro. Al menos sueñas con algo, pero en realidad eso no lo consigue nadie. Además, estás solo, no te encuentras nunca con otros hombres, más allá de los que navegan con sus piraguas por el río para recolectar la cosecha.

Metió los remos en la barca, se echó hacia atrás y tomó aire. Acto seguido volvió a sacarse el paquete de cigarrillos del bolsillo de la camisa. Por supuesto no pensó en pedirle permiso a ella. Amely se abanicó ostensivamente la cara cuando Felipe exhaló el humo.

—Los barones del caucho no llegan a meterse en el bosque; en los bosques *de verdad*, quiero decir, en la selva. Como mucho para ir de caza. Wittstock sí que fue. ¿Sabe usted por qué?

—Suena a que debería saberlo.

—Por Ruben —dijo con una mirada seria.

—¿Ruben? Yo solo sé que lo mataron.

—El joven se había adentrado demasiado en la selva sin darse cuenta. Y no regresó. Wittstock lo buscó por la orilla del río. Por casualidad atracó cerca de una de las cabañas de los caboclos en la que yo despachaba el caucho. Me enteré de la historia y aproveché mi oportunidad. Me lavé tan bien como pude, me enjuagué la boca con limón y me arrodillé ante Wittstock.

—¿Que hizo *qué*?

—Sí, suena a locura, ¿verdad? Pero ya se lo he dicho, allí se vuelve uno loco, incluso si consigue no morir trabajando. Creo que los únicos que no pierden el juicio en la selva son los indios. Sea como fuere, me ofrecí a encontrar a su hijo. Y sabía que *tenía que* encontrarlo si quería salir de la miseria.

¡Dios mío!, pensó Amely agarrándose a la barca.

—¿Y encontró a Ruben?

—Ajá —contestó él dando una calada. La brasa le llegaba casi a los dedos, pero parecía no notarla—. Tardé días. Un mestizo me llevó al lugar correcto. Allí encontré a dos indios que retenían a Ruben consigo. Seguramente lo habían secuestrado por su pelo rubio. Son como las urracas: se quieren quedar con todo lo que brilla. Llegué justo en el momento en el que uno de ellos le golpeaba y le arrancaba la cabellera. Intenté evitarlo, pero ya era demasiado tarde.

Amely le escuchaba visiblemente tensa. Le sonaba como una novela de Karl May, ¡tan irreal!

—Al que mató a Ruben le disparé al instante, pero del otro me tuve que defender a puñetazos. Se me encasquilló el arma. Suele pasar, es por la humedad y el calor. Y el tipo era alto. Para que lo sepa, no todos los indios son enclenques y le llegan a uno por los hombros. Nos habríamos matado el uno al otro. Pero de pronto la selva se lo tragó. O a mí. —Tiró lo que le quedaba del cigarro al río y volvió a coger los remos—. Sí, así fue —dijo ensimismado—. Por cierto, no se sorprenda por la caballera india que hay en la biblioteca. Se la corté yo mismo al asesino.

Amely se asomó al agua y vomitó el café. Un pañuelo sucio apareció delante de su boca, y antes de que pudiera apartarlo con la mano, Da Silva ya se lo había pasado por los labios.

—Por eso ahora soy algo así como la mano izquierda de Wittstock. La derecha es Oliveira. —Esbozó una amplia sonrisa—. Por eso no tengo reparos en ir por la ciudad con su futura esposa. Admítalo: ha estado todo el rato dándole vueltas a lo que podría pensar Wittstock si nos viera aquí a los dos, sentados en la barca.

—Ah, ¿pero le parece comprometedor? Ni por un instante he pensado una tontería así. —Ella levantó la nariz y miró hacia un lado. ¿Qué estaría pensando él?

—Él ya sabe que puede confiar en mí para lo que sea. ¡Lo que sea! Y lo último que haría sería traicionar su confianza. Por él mataría, ¿lo entiende usted?

Confundida, se giró de nuevo hacia él. A Da Silva le brillaba ahora un fuego en los ojos que subrayaba la fuerza de sus palabras. Amely pensó en su alemán perfecto y totalmente fluido. Si un hombre del arroyo había hecho tal esfuerzo por aprenderlo, quizás es que su fidelidad no conocía límites. De pronto empezó a caer una lluvia repentina, por lo que Da Silva agarró de nuevo los remos. Amely se agachó bajo la sombrilla.

5

Aquella boda no tenía nada que ver con lo que Amely había soñado desde niña, y no solo porque el novio era el equivocado. Se sentía más bien en una velada a la que se hubiera presentado un curioso grupo de gente para hablar de cosas que quedaban fuera de su mundo burgués relativamente modesto. Al principio, la docena de invitados de punta en blanco se habían mostrado contenidos. Dieron el pésame a Kilian y alabaron a Gero encendidamente. Sin embargo, igual que en los entierros, el humor fue en aumento cuanto más tiempo pasaban juntos y cuanto más alcohol fluía. El vaso de Kilian no estaba nunca vacío. Desde hacía ya rato, el cabello le caía por la frente, que brillaba con aspecto febril. Unos ratos se mostraba jovial, jocoso y lleno de vida, y otros se sentaba, abatido y con un semblante serio que sobrecogía a Amely.

Eso sí, ella había decidido aprender a quererle, de manera que se levantó de su sillón, se le acercó y le puso una mano en el hombro. Él alzó la cabeza.

—¿Quieres un café, Kilian?

—La vida continúa, querida —dijo con aire cansado al tiempo que le acariciaba los dedos.

Amely había perdido ya la cuenta de los vasos de ginebra con tónica que le habían desaparecido por la garganta. Él parecía ser el ejemplo perfecto de la resistencia al alcohol.

—¡No se deje abatir por eso! —gritó uno de los invitados,

nada menos que el gobernador del Estado del Amazonas, alzando su copa para animarle.

Ambos brindaron por encima de la mesa, en la que innumerables platos y fuentes repletos de huesos, espinas y cáscaras de fruta daban testimonio del singular banquete: doradas a la parrilla, tucunarés, pirañas y los bigotes bien asados de un siluro. Batatas, calabazas, maíz, puré de nueces de Brasil. De postre comieron maracuyá, acerolas, pitombas y demás frutas de nombres extraños, pero también chocolate suizo y pudin de vainilla a la holandesa. Ahora, los señores intentaban aplacar sus estómagos con coñac, y las señoras, con mate de coca.

—La solución al problema es de lo más simple —comentó el gobernador—. Haga con los indios lo mismo que con la gente de Belén: cébelos con mujeres y matarratas. Luego le firmarán un contrato por el que recibirán una pequeña paga. A la larga, sale hasta más barato que los esclavos.

—El asunto de los indios no es tan fácil —respondió Kilian—. En su mundo no existe lo que nosotros entendemos por trabajo regulado. Así que contratos, menos todavía. Con esta gente hay que hablar en una lengua que entiendan hasta los perros, es decir, con la coacción.

Agarró el *Jornal do Manaos* que estaba sobre la mesa y lo agitó con furia. De regreso del viaje algo accidentado de Amely, Da Silva había girado repentinamente la calesa hacia la acera, de manera que los transeúntes se habían tenido que apartar de un salto. Gracias a Dios, esta vez Amely había estado todo el rato sentada en el asiento trasero; si no, se hubiera caído del pescante. Da Silva se había hecho con un ejemplar del periódico arrancándolo de un cartel, sin prestar atención a los gritos del dueño del comercio. Después había puesto otra vez el vehículo en marcha, sin más, mientras lo leía. Amely había sido la que había rebuscado rápidamente entre los bolsillos para lanzarle un real al vendedor. Entretanto ya sabía lo que había enfurecido tanto a Kilian: un apasionado artículo del presidente Prudente de Morais e Barros en el que exhortaba a los barones del caucho y a los latifundistas a dejar libres por fin a los esclavos.

Kilian se apartó el pelo de la frente.

—¡Y los abolicionistas son igual de imbéciles! Se llenan la boca de ideales humanistas, pero luego se quejan desoladamente cuando los precios suben.

Se echó hacia atrás con un profundo suspiro. Llevaban ya una hora conversando sobre la Ley Áurea. Las mujeres se aburrían y se abanicaban, mientras que los señores debatían sobre la abolición de la esclavitud, que se había decidido hacía ocho años ya sin que se llegara a imponer en todas partes. Como en todos los aspectos de la vida brasileña, según parecía, aquí también solo hacía falta enviar un maletín con la cantidad justa a las mesas apropiadas, y ya podía hacer uno lo que le viniera en gana, como siempre.

Sin embargo, por lo visto aquello ya no era suficiente. El gobernador, bajito y moreno, tenía un aspecto inofensivo, pero, según había oído Amely, acababa de ocupar el cargo y era muy ambicioso.

—A mí me presionan desde Río de Janeiro —explicó Philetus Pires Ferreira—. Ahí ya no hay dinero que valga. Ni aunque cubras al gobernador con oro hasta que no se le vea ni el pelo.

—¿Por qué? —Kilian alzó la mano en el aire—. ¿Por qué?

—¡Ah! —Ferreira hizo una señal con el vaso vacío al pequeño Miguel, que, junto a Consuela, se afanaba por saciar la sed de los invitados—. Quiere aumentar el prestigio de Brasil. Construir una nación, como dice él. Nosotros debemos de parecer un poco retrógrados. ¿Por qué hay que aferrarse a las antiguas costumbres? En cualquier caso, los barones del café se las arreglan muy bien sin esclavos.

—Hace tan solo dos años que los latifundistas arrebataron el trono a la monarquía porque la princesa Isabel había firmado la Ley Áurea —resopló don Germino Garrido y Otero. Él también era uno de los señores del caucho. Su gordura resultaba tan impresionante como su nombre; no se había levantado ni una vez del canapé del que se había adueñado.

Su esposa, sentada en una silla decorada junto a él, dirigió a Amely una mirada de lástima.

La conversación trascurría en una novelesca mezcla de portugués brasileño, francés —que en los círculos más acomodados de Manaos se consideraba elegante— y un alemán chapurreado. Amely estaba contenta de haber prestado atención a la maestra en clase de francés. En cambio, su portugués solo le servía para las cosas más elementales. De todos modos, ya se había cansado de ese tema.

—Así es el curso de los tiempos, y cada vez es más efímero, ¡así que alegrémonos ante el progreso! —exclamó Ferreira—. Pronto Manaos tendrá electricidad, ¡incluso antes que Londres! ¡Un tranvía eléctrico! Y tenemos casi trescientas conexiones telefónicas, tantas como en Madrid...

—Discúlpenme un segundo —dijo Amely en voz baja. Se levantó y se dirigió hacia la puerta abierta del porche. A través de la cortina de gasa, salió a la noche iluminada por lamparillas de petróleo. Solo un poco de aire... Ojalá pudiera escabullirse fácilmente, como lo había hecho aquella mañana.

Le entró un humo de cigarro por la nariz.

Felipe da Silva entró deambulando en su círculo de luz.

—¿Qué hace aquí fuera? —le susurró. ¿No se le podía ocurrir nada más estúpido? Después de todo, ella también estaba fuera.

—Maria *la Negra* lleva toda la noche enfadada porque están fumando dentro —contestó él—. Yo solo vengo huyendo de su furia. ¿Y usted?

—Ah... —Amely bajó los hombros. Aquella palabra debía de bastarle.

Quería regresar, pero no podía evitar quedarse y observarle con más detenimiento. Le gustaba hasta cómo disfrutaba del cigarrillo, con los ojos entornados, la cabeza ligeramente inclinada hacia un lado, y la otra mano en el bolsillo del pantalón. Esta vez llevaba un esmoquin sobre la camisa. *Como un pincel*, pensó ella. Durante la cena había tenido que esforzarse por no mirarle todo el tiempo.

No sabía por qué había asistido. Por su estatus no debía figurar en la lista de invitados. Por otra parte, hasta la servidumbre había cenado con ellos en la mesa. Al parecer, allí aquel tipo de cosas se las tomaban con mayor relajación.

—Por lo que oigo, creo que se acaban de poner a hablar de aquel edificio fastuoso que usted tanto ama —dijo él.

—¡Oh!

—Creo —dijo con una sonrisa de satisfacción— que ahora mismo están debatiendo si una obra con Sarah Bernhardt sería más apropiada para inaugurar el Teatro Amazonas.

—¡Ay, qué sabrán los hombres sobre la cultura! —dijo ella con un aire intencionado de arrogancia—. *Yo*, como mínimo, *no* hubiera contratado a un flatulista.

Se estremeció al recordar aquellos ruidos entre el plato principal y el postre, cuando un comediante había interpretado a golpe de pedos algunas célebres cancioncillas berlinesas. Solo Dios sabía cómo se le había ocurrido pensar a Kilian que una cosa así sería de su agrado, y más teniendo en cuenta que acababan de enterrar a su hijo. Los invitados se habían reído y se habían dado palmaditas en los muslos.

Pero Da Silva no. ¿De verdad quería que ella volviera a entrar? ¿O solamente quería ver si se quedaba a pesar de que el tema le interesaba? *¿Qué tonterías estás pensando?* No solo era difícil entender un país extranjero, también era difícil entender a sus gentes. Sobre todo a aquellas gentes de ahí.

Era una falta de decoro quedarse fuera tanto tiempo. Después de todo, nominalmente ella era la anfitriona. Volvió a la puerta. Allí dentro también habían pasado a llenar el salón de humo, grande como era. Los tres ventiladores de las esquinas funcionaban en vano. Las señoras no paraban de abanicarse el humo de la cara, con lo que sus collares y sus pesados brazaletes de alhajas tintineaban y brillaban a la luz de incontables candelabros. Todo era de mil y un colores, todo tenía un aire a bastidores de teatro: los tresillos de estilo inglés, las lámparas de araña, las alfombras, los cuadros de pintores brasileños modernos. Había incluso una chimenea con una repisa dorada: el colmo de la inutilidad.

En Berlín, Amely nunca había visto aquella moda que exhibían allí las mujeres. Con mangas de globo y cuellos tan altos que había que sostenerlos con alambres dorados. Sombreros de plumas tornasoladas por los que habrían perdido la vida cientos de pájaros. Uno de los sombreros estaba coronado por un papagayo disecado. La dama en cuestión lo llevaba como si no pesara lo más mínimo.

En cambio, qué contraste ofrecía ella, con su vestido de corte sencillo con volantes simples y frunces en los dobladillos. No quería ni pensar en su cara, decorada por tres picaduras de mosquito.

—¿Llegaré yo alguna vez a ser así? —murmuró ella.

—Espero que no.

Se hizo a un lado. ¿Qué aspecto debían de tener ambos tan juntos? A través de la gasa, Felipe hizo una señal a un muchacho de pelo negro que enseguida les sirvió dos copas de champán. Una se la tendió a ella.

—Ya le he dicho que su marido confía en mí. No haga como si no nos conociéramos.

—Es en *mí* en quien puede confiar sobre todo —replicó ella alejándose un paso más y sorbiendo de la copa.

Malva Ferreira se había levantado y se pavoneaba de sus alfombras chinas. Lo más sorprendente no era precisamente que pareciera sacada de un espectáculo de varietés con su vestido de cola, sino que tuviera los colmillos decorados con brillantes. Amely contempló estupefacta cómo le cogía a su marido el cigarrillo de la boca y se lo ponía en los labios pintados de rojo intenso. ¡Hasta Brasil había tenido que ir para ver a una mujer fumando! Su padre nunca la habría mandado allí para casarse si se hubiera imaginado aquellas aventuras, no le cabía la menor duda.

—Sería estupendo ver a Sarah Bernhardt —dijo la señora Ferreira gesticulando con el cigarro—. Yo la vi hace unos años en Nueva York haciendo *Hamlet*. ¡*Incroyable*! Y otra vez en Lisboa... Philetus, ¿no era también algo de Shakespeare? ¿O eso fue en Madrid? —Se detuvo un instante y se llevó el dedo índice a la frente—. *Mon Dieu*, siempre me confundo cuando fumo. Sea lo que sea. Philetus, querido, ¿es seguro que el teatro va a estar acabado a tiempo para la *véspera do Ano Novo*?

El gobernador parecía disfrutar con la escena de su señora.

—*Chéri*, puedes estar segura.

Ella esbozó una sonrisa de felicidad y lanzó un beso a su marido. El hombrecillo y aquella *femme fatale* de gran estatura se intercambiaron unas miradas apasionadas.

—¿Ha visto con qué orgullo lleva su vestido blanco? —le susurró Da Silva al oído—. Manda sus vestidos a lavar a Europa.

Amely dio otro paso más hacia un lado.

—¡Será una broma! He oído ya unas cuantas cosas, pero esto es el colmo de la decadencia.

—Bueno, el río Negro no se llama así por nada, ya lo ha visto usted hoy. Aquí realmente no hay agua clara, ni siquiera la de las fuentes. Pero tampoco entiendo yo que sea motivo para mandar la ropa a lavar al otro lado del Atlántico. He oído que en Colombia es muy buena.

Amely lo miró con detenimiento, temiendo que se estuviera burlando de su ignorancia. Da Silva alzó su copa en dirección a la esposa del gobernador.

—Y manda abrevar sus caballos con champán cuando se le antoja que el agua no es lo suficientemente buena.

—Ya no viajamos en un burdo carruaje como los demás, sino en un bonito Spider Phaeton que conduzco yo, ¿verdad que sí? —dijo Malva Ferreira con voz arrulladora en dirección a su esposo.

—Claro, cariño —suspiró él, ensimismado.

Arrastrando la cola hacia atrás, Malva Ferreira se le acercó y se sentó en el respaldo del sillón, alejando la mano que sujetaba el cigarro. Le pasó el brazo por el hombro mientras él le acariciaba la rodilla

—Yo espero, aun así, que a nadie más se le ocurra esta fantástica idea. Bastante es que me copien las joyas de los dientes.

A continuación, una de las mujeres empezó a abanicarse, nerviosa, apretando los labios con fuerza. Amely cerró los ojos y sacudió la cabeza. No puede estar pasando: aquí están representando una obra de teatro y nadie me lo ha dicho.

—Dicen que él es una fiera en la cama —le dijo entonces Da Silva, riéndose por lo bajo—. Se lo comento por si se pregunta qué ha visto ella en él.

¡Santo cielo bendito! Ahora sí que estaba harta de sus insolencias. Amely se dirigió rápidamente al salón, sin saber exactamente qué hacer para contrarrestar tanta desvergüenza. Aunque fuera la mujer de Kilian Wittstock, entre aquellas gentes no destacaba por nada. No tenía ni idea de qué decir sin meter la pata. Así que se retorció las manos, presa de la desesperación, esperando a que Kilian se hartara de aquella comedia y le pusiera fin.

Y eso fue lo que ocurrió. Kilian se había acercado a la mesa para echarse hielo en la copa con los dedos y, de pronto, se le cayó en uno de los platos vacíos. Tambaleándose, retrocedió hasta un sillón y allí se dejó caer. Sudaba y estaba pálido como el papel.

Malva Ferreira se levantó de un salto. Maria *la Negra* se acercó:

—¡Malaria, seguro! —dijo entre jadeos—. Llame médico —Miraba a los presentes a su alrededor—. ¡Llame médico!

—Ya voy yo a por él. —Da Silva echó a correr por la escalera del porche y por el césped: lo que le quedaba del cigarrillo desapareció en la fuente.

Pasaron solo unos pocos minutos hasta que llegó un hombre corpulento con una barba a la inglesa pasada de moda y una cartera de cuero gastado bajo el brazo. Amely se había acercado a su esposo con cautela. ¿Se suponía que debía secarle el sudor? ¿O desabrocharle la camisa? ¿O esperaban los demás que se comportara histriónicamente como el resto de las señoras presentes?

El médico se apoyó en el respaldo del sillón, le tocó enseguida la frente y le tomó el pulso. Acto seguido le abrió la camisa, le dio unos golpecitos en el pecho y finalmente lo auscultó con un estetoscopio.

—El corazón le late con fuerza, sí. —Se sacó el aparato de las orejas. Tampoco parecía muy preocupado—. *Senhor* Kilian, ¿hoy qué ha...?

—¡Déjeme en paz, Barbosa!

—Bueno, nada de malaria, entonces. —El doctor Barbosa limpió el estetoscopio con la manga y lo volvió a meter en la cartera—. Alguien que puede gritar así solo tiene una ligera indisposición. Tendría que cuidarse.

—¿Acaso no sabe lo que ha pasado? —gritó Kilian, salpicando al médico con su saliva.

—La muerte de su hijo no tiene absolutamente nada que ver con su salud —dijo Barbosa limpiándose la mejilla—. Si me permtie que le dé un consejo que no va a aceptar, beba menos. Y no coma tanto y tan tarde. Pero para su tranquilidad le dejo aquí un frasco de pastillas de quinina.

—Váyase, so...

—Será un placer. —El doctor Barbosa se levantó e hizo una reverencia a los presentes—. Si me disculpan, honorables señoras y señores.

Maria tomó las pastillas contra la malaria y se las introdujo en el delantal.

—Está usted toda pálida —dijo, señalando esta vez a Amely, que estaba sobrecogida y confusa. La Negra se la llevó a un lado—. *Dona* Amalie, ¿tiene miedo de hoy noche? No debe. Su marido muy débil hoy.

—¿Muy débil? ¿Para qué?

—¿No lo sabe? ¡Ay, *sinhá*! Para esto... —dijo poniendo los ojos en blanco e introduciendo el dedo índice en la otra mano cerrada.

—Lo que le está diciendo es que esta noche no la va a tocar todavía. Pero, Maria, ya sabes que los prusianos hacen todo lo que se proponen.

Amely no sabía qué le impedía darle una bofetada. ¿Su buena educación? ¿El miedo? Un aplauso entusiasmado de doña Ferreira le robó la atención. Era por Kilian, que se había levantado ya. Efectivamente, tenía mejor aspecto que hacía unos instantes, y había recuperado el color de la cara. Tendió la mano a Amely, que se le acercó obedientemente y le dio la suya.

—Querida esposa —dijo él ya de buen humor—. Siento mucho este incidente. Espero que guardes buen recuerdo de la celebración.

El recuerdo más bien lo guardaré en el cajón de los objetos raros, pensó ella. Aquello había sido todo menos una boda.

—Déjame que te dé mi regalo de bodas. ¡Miguel!

El muchacho de tez morena salió corriendo y regresó transportando una pesada caja. Amely esperaba joyas, pero la caja de madera brasileña de color rojo era demasiado grande para contener solo bisutería. Kilian la puso sobre una mesita auxiliar con aire ceremonioso, el mismo con el que la destapó y metió la mano dentro. Amely estiró el cuello: esperaba que fuera algo bonito y no uno de aquellos sombreros disparatados o algo por el estilo. No quería tener que fingir alegría.

—Un violín —dijo ella con un suspiro.

Wittstock se puso el estuche del violín sobre el brazo, con cierta torpeza, y se acercó a ella.

—Es un violín Amati, construido por Nicola Amati a finales del siglo XVII.

Le dejó abrir el estuche. A pesar de que el olor de la comida y el de los fuertes perfúmenes de las damas todavía flotaban en la habitación, Amely creyó percibir el de la madera. Aquel violín era extraordinariamente valioso. Nicola Amati había sido el maestro del mismísimo Stradivari. ¿Debía cogerlo, así sin más? Kilian tenía una sonrisa orgullosa, como la de un niño que ha decidido prestar su juguete favorito. Amely tomó el instrumento y el arco.

Kilian cerró el estuche, se lo puso bajo el brazo y se atusó el bigote con aires de suficiencia.

—A pesar del clima, espero que aguante unos años aquí. Estoy deseando ir a la ópera contigo. Va, tócanos algo.

Todo se había quedado en silencio. Amely pensó que primero tenía que afinar el violín. Indecisa, tocó un par de compases y giró las clavijas de ébano. Presa de la desesperación, intentó acordarse de alguna pieza con la que no quedar en ridículo en aquel estado de desconcierto y que, a su vez, causara una buena impresión. Por fin, levantó el arco y una de las sonatas de Telemann llenó el salón. Amely se escuchaba a sí misma, arrobada. Eso era su mundo secreto, y no aquella decadencia desbordante que la rodeaba. Cerró los ojos. No obstante, no llegaba a relajarse del todo: seguía sin poder olvidarse de la presencia de Kilian. Y, sin embargo, al abrir los párpados mientras la pieza llegaba lentamente a su fin, fue a Felipe da Silva Júnior a quien vio. ¿Entendería de música un hombre así? Da Silva no le quitaba la vista de encima, con aquel semblante tenso. Se dio la vuelta bruscamente para darle la espalda.

Le temblaba la mano con la que sujetaba el arco. *¿No me gusta que esté aquí? Claro que sí*, pensó Amely, *¡y de qué forma!*

Ya bien entrada la noche, Maria le abrió con llave la puerta doble que daba a la habitación de matrimonio. Bärbel, Consuela, dos de las otras criadas de la casa y ella ocupaban el pasillo. Solo faltaba el señor Oliveira acompañando a Amely en su noche de bodas. Maria le puso una minúscula máscara de madera en la mano.

—¡Irá bien, irá bien! —le susurró acariciándole las mejillas.

Acto seguido la servidumbre se retiró. Amely cogió a Bärbel del brazo para no se marchara también: no quería quedarse sola tan rápidamente.

Tenía el camisón doblado como es debido encima de la cama, un sueño de seda blanca y algodón con el dosel bordeado de gasa blanca. El perfume de un ramo de rosas colocado sobre el tocador llenaba la habitación. Sobre la cómoda se alzaba una figura femenina de bronce que portaba una esfera en la cabeza. A su lado, un candelabro con cinco velas encendidas. Un ambiente romántico. Si sobre la cama no colgara una espada de Damocles invisible... Amely estaba segura de que Maria se equivocaba: Kilian no estaba demasiado débil.

—¡Señorita Amely, señorita Amely! ¡Mire!

Bärbel había abierto una puerta trasera. Con el dedo estirado señalaba dos grifos que sobresalían de la pared por encima de una bañera con pies de león.

—¡No me lo puedo creer, señorita! Son de oro, ¿no?

—Eso parece. —Grifos de oro. Y no solo eso: al parecer, uno estaba pensado para el agua caliente. Amely pensó si debía probarlos en el acto. En la casa de los Wehmeyer, en la que primaba el ahorro, había que calentar el agua en la cocina. Luego la metían en una tina de cobre y la usaban uno detrás de otro. Finalmente, cuando estaba tibia y enturbiada, utilizaban el agua para lavar la colada. En aquella bañera de esmalte, con toda seguridad, no acostumbraban flotar calcetines.

Había, además, dos pilas engarzadas de mármol verdoso. En la de la derecha, se hallaban frascos y botellitas de todas las clases, y otro jarrón con flores frescas.

—Mira. —Amely tomó una botellita dorada entre las manos. En la etiqueta se leía: *Puedo ser muy linda.*

—Champú de señoras de François Haby. —Bärbel se quedó boquiabierta.

—Les debe de haber costado menos la botella que traerla.

En la otra pica, Amely descubrió productos de la peluquería de la corte de Alemania, codiciados en todo el Imperio, jabón de afeitar, y pomada y un moldeador para la barba. ¿Es que iba a tener que lavarse al lado de Kilian todas las mañanas? Amely estaba segura de que sus padres no habían llegado nunca a desnudarse delante del otro.

—Si quiere bañarse antes de... quiero decir, que si quiere bañarse, señorita Amely, bajo y pregunto cómo funciona lo del agua caliente.

Amely se volvió hacia ella bruscamente.

—Bärbel —dijo rápidamente, antes de perder el valor de formularle la pregunta—, ¿tú sabes lo que me espera?

Bärbel se ruborizó hasta las puntas de los cabellos.

—No, yo nunca he... —dijo susurrando de manera casi imperceptible—, pero mi madre me dijo una vez que no tenemos que hacer nada, que el hombre lo hace todo solo.

—Ya me lo figuraba yo. —Amely volvió al dormitorio. ¿Qué se suponía que tenía que hacer una mujer? Pero esa no había sido su pregunta. ¿Qué hacía el hombre? ¿Y qué se sentía? De pronto sintió furia contra su madre por no haberle explicado nunca nada. Pero así funcionaban las cosas: de aquello nunca se hablaba.

El reloj marcó la hora inexorablemente. Kilian le había anunciado que le daría un cuarto de hora de ventaja. Amely empezó a quitarse el vestido de novia y Bärbel la ayudó. Le aflojó las cuerdas del corsé y se echó la ropa por encima del brazo.

—Bueno, pues entonces —murmuró Bärbel ya en la puerta—, buenas noches, señorita Amely. Todo saldrá bien.

Al quedarse sola, a Amely le arremetió el miedo con toda su fuerza. Se lavó rápidamente en la pica de mármol y acto seguido se puso el camisón y se deslizó bajo la colcha, que estaba fresca gracias a su revestimiento de seda. Miró el reloj y dio vueltas de un lado a otro.

Cuando Kilian llamó a la puerta, se sintió aliviada. Pronto lo sabría. Pronto se habría acabado.

De camino al baño, él le esbozó una sonrisa que pretendía ser reconfortante. A ella solo le inspiró repugnancia.

Volvió con el pijama puesto.

—¿Te gusta la habitación?

Ella quiso contestar, pero el miedo le creó un nudo en la garganta. ¿Acaso iba a dejar las velas encendidas, en serio? Efectivamente, se acercó a la cama y alzó la mosquitera. El colchón se hundió con un crujido cuando él se metió.

Se le acercó ya bajo las sábanas.

—¿Tienes miedo?

Amely tragó saliva y asintió. Él le acarició el pelo con una timidez que no recordaba en nada al contacto voraz que había tenido lugar por la mañana.

—Por desgracia, para una mujer la primera vez no es tan bonita. Pero lo haré rápido, querida. Ven, levántate el camisón.

Amely le obedeció, y acto seguido él ya estaba encima de ella: una montaña que apestaba a sudor y a ginebra y que oscureció la habitación.

Instantes más tarde, profirió un grito colmado de dolor.

6

—Mira, Amely, querida: la anguila en gelatina la he mandado traer de Berlín. Tu padre me ha dicho que te encanta. Y las
tortitas están hechas siguiendo la receta berlinesa. Espero que a
Maria le hayan salido buenas. Eso sí, no están rellenas de mermelada de fresa, sino de maracuyá, ¿no, Maria? Pruébalas, querida.

Kilian hablaba como si le pesara la conciencia. A lo mejor se
sentía de verdad inseguro. Amely, por su parte, toqueteaba los
cubiertos. Habría preferido no moverse siquiera hasta que él se
olvidara de su presencia.

Maria *la Negra* y Consuela ponían la mesa en el balcón del
dormitorio, como si esperaran a una docena de invitados más.
Ensaladas con carnes que Amely desconocía. Fruta, nueces, panecillos que, por su aspecto, parecían no estar hechos de harina
de trigo. Para Kilian había también una enorme fuente de feijoada. Delante tenía el periódico del día: era evidente que estaba
haciendo esfuerzos por no leerlo en presencia de su esposa. No
podía suponer que ella se alegraría de que entre ellos se interpu-
siera un muro de papel.

Le saltó a la vista una de las palabras de los titulares: *escravidão*. «Esclavitud.»

Maria le tendió una bebida de color marrón.

—Forastero, cacao de Amazonas. ¡Pone cara fresca!

Amely forzó una sonrisa. Por desgracia, la Negra volvió a

desaparecer en dirección a la cocina para traer más suministros, y Consuela, que se afanaba en proporcionarles aire fresco y ahuyentar a los molestos insectos con un abanico de plumas tan grande como un hombre, no la distraía en absoluto.

—¿Cómo has dormido? —preguntó Kilian.

—Bien, gracias.

Él empezó a devorar el plato de frijoles. Amely observaba ensimismada cómo se le movían los labios y la lengua. Los mismos labios que habían recorrido su cara durante la noche. La misma lengua que le había llenado la boca hasta casi provocarle el vómito.

—Come algo.

—Estoy... todavía estoy llena de ayer. Había tanta comida...

Miró por la barandilla del balcón. Da Silva venía de las cuadras a lomos de un caballo tordo. Tras pasar junto a la fuente, se dirigió hacia la puerta sin mirar hacia arriba. Había pasado la noche en algún lugar de la mansión, como algunos de los invitados. ¿Dónde debía vivir normalmente? ¿Y con quién?

—Kilian, ¿puedo preguntarte algo?

—Claro, querida.

—Es por los esclavos... Ayer no acabé de entenderlo. Por qué las cosas son como son.

—¿Los esclavos?

—Sí, y los recolectores de caucho.

—Amely, querida. —Agarró el periódico y volvió a bajarlo—. Olvídate de estos asuntos. ¿Te gustaron los diamantes que llevaba la señora Ferreira en los dientes?

No, por favor, no quería tener que responder a aquella pregunta.

—¿Es realmente necesario que los seringueiros trabajen en condiciones tan duras?

—¿Quién ha dicho que sea así?

Con la boca abierta ella buscaba algún tipo de explicación.

—Lo he oído por ahí.

—El trabajo de los seringueiros *es* duro, pero también lo es el de los que trabajan en la fábrica de tu padre. O donde sea.

Está en manos de cada uno el cambiar su vida con esfuerzo y disciplina.

—Pero esta gente lo pasa mucho peor.

—¡Por Dios! ¡Maria! —La Negra se acercó—. ¿Qué dices tú al respecto? —le preguntó.

Maria se dirigió a Amely con las manos cruzadas sobre la enorme barriga.

—De donde yo vengo, África, allí muy terrible. En Congo también bosques de caucho, único país con Brasil. Belgas toman mujeres, hombres tienen que recolectar, si no suficiente, mujeres muertas. Pero nunca suficiente. Todos mueren. ¿No beba forastero, *sihná*? —Tomó la taza—. Ahora ya fría, ay, ¡le traigo nueva! ¿O mejor *cafezinho*?

—Creo que un café me sentaría muy bien. —Amely suspiró y esbozó una sonrisa alegre. Maria volvió a retirarse.

—Una tunda de vez en cuando no mata a nadie —explicó Kilian—. Y si lo hace, fomenta la disciplina entre los demás. Es como mejor ha funcionado desde siempre. Además, es mejor que no contemples a los trabajadores con tus ojos civilizados. Estos aguantan mucho más que los de la empresa de tu padre.

—¿No se podría pagar a los esclavos, al menos?

—¿Pagar a los esclavos? —La miró como si hubiera dicho algo tan disparatado que era incapaz de seguirla.

—Somos tan ricos... ¿Acaso lo notaríamos si tus trabajadores recibieran un sueldo fijo? ¿Aunque nos diera solo para vivir bien, aunque no tuviéramos para tanto?

—Querida mía —Kilian se inclinó sobre la mesa y puso su mano sobre la de Amely—, vivir bien, como dices, quizá sea suficiente en el resto del mundo, pero aquí no. ¿Crees que los grifos de oro los tenemos ahí para presumir? Dentro de veinte años, lucirán como el primer día. Todo lo demás se oxida, huele mal y ensucia el agua.

Como con el correo, había una explicación para todo, y ella quedaba como una niña ignorante. Realmente debía dejar de cuestionar aquel tipo de cosas.

—No eres la primera mujer a la que le pasan esos pensamientos por la cabeza. Madonna también era así, y las señoras también suelen hablar de ello en sus veladas. Créeme, es normal. —Le acarició la mano como de pasada—. Como mínimo hasta que te hayas acostumbrado a tus riquezas. Creo que los diamantes en los dientes te quedarían preciosos. Por cierto, espero que el Benz Velo que he encargado llegue a tiempo para el estreno. —Se rio y se atusó la barba—. ¿O prefieres que sean los Ferreira los que deslumbren con una llegada original? Ya que mi joven y encantadora esposa pronto se convertirá en la hija de un fabricante de automóviles de éxito...

Amely se preguntó si Madonna también había tenido joyas de aquellas en los dientes. En las fotografías que ella conocía se la veía con la boca pequeña obstinadamente cerrada.

—¡*Senhor* Wittstock! —llamaron desde abajo. Amely estiró el cuello, esperando casi sin quererlo ver a Da Silva montado a caballo. Naturalmente era el señor Oliveira, que les hacía señas con el sombrero de paja—. ¡Tengo que hablar con usted de inmediato! *Mas notícias!*

Kilian se levantó enseguida de un salto, se limpió la barba y se disculpó. Maria entró por la puerta del dormitorio sujetando una taza que olía a café.

—Deja a señora sola después de noche, no es debido. Por favor, *dona* Amalie.

—Gracias, pero no me apetece nada.

Maria se frotó las manos y, de repente, hizo una señal a Consuela para que se retirara.

—¿Noche no fue buena? —le preguntó en cuanto ambas se quedaron a solas. Se sentó en una silla de mimbre junto a Amely y le puso la mano sobre la suya.

Amely la miró. Se esforzaba por encontrar alguna palabra que sonara inofensiva, que no delatara nada de su agitación interna. ¿Qué le importaba a la cocinera? Pero la mirada compasiva de Maria le llenó los ojos de lágrimas. Tragó con fuerza y, finalmente, sacudió la cabeza.

—Perdona que he equivocado que *senhor* no puede. Tenía que haber puesto amuleto bajo almohada.

Amely iba a decir que ella no creía en aquellas cosas. En su lugar salió de sus labios algo completamente diferente:

—Me dolió mucho. Oh, Dios mío, me dolió mucho.

Le seguía ardiendo la vulva y le daba miedo tener que ir a orinar. En vano se hurgó en los bolsillos en busca de un pañuelo. Maria le puso uno delante de la cara. Amely lo cogió y se tapó la cara para seguir llorando.

—¿Siempre es así? ¿Tiene que ser así?

—No lo sé —La Negra se levantó—. A mí siempre dolido. Yo ablación. Mundo es lleno de *atrocidade*.

—¿Atrocidades?

—Sí, piense siempre, *dona* Amalie está bien aquí. En otros sitios peor. Y ahora, beba, *cafezinho* se enfría.

Maria empezó a retirar algunos de los platos de la mesa al tiempo que tarareaba una melodía desconocida. *No tenía ni idea de cómo era el mundo cuando estuve en la exhibición de indígenas y animales salvajes de Hagenbeck*, pensó Amely, sobrecogida.

Levantó la cabeza cuando Kilian estuvo de vuelta.

—Tengo que ocuparme de un asunto, Amely, querida, así que me disculpo para el resto del día —dijo él llevándose un trozo de pan a la boca con avidez—. No estés tan triste. ¡Sonríe! Eso es, así está bien. Creo que los diamantes te quedarían de maravilla en tu preciosa boquita. *Ate logo!*

Después de aquella agitada velada entre hombres trajeados y una noche que había que calificar de fracaso por su embriaguez, Felipe añoraba su hamaca. Solo una hora de sueño. Se puso a la sombra del porche. Entretanto, los vecinos reñían y gritaban como de costumbre, y desde el otro lado llegaba el hedor de la colada. *¿Qué demonios...?* Dejó a un lado su chaqueta y se echó en la hamaca. A continuación, se cubrió la cara con su sombrero de ala ancha. En sus tiempos de seringueiro no lo había tenido fácil para conciliar el sueño. A su manera, la jungla también era ruidosa, y uno debía estar en constante alerta para que no lo degollara algún otro seringueiro desgraciado que se hubiera visto obligado a penetrar en coto ajeno. Cuando no había hecho más que cerrar los ojos, le vino Amely a la mente, cuando él le habló de la vida dura de los recolectores de caucho. Lo impresionada que se había quedado. ¿Por qué se la había llevado al puerto? Ni siquiera él lo sabía con certeza. Quizá porque pensaba que era demasiado débil para aquel mundo. Porque quería ver lo débil que era ella. Porque la...

Sería mejor que dejara de pensar en la esposa de su patrón.

Pero por imaginársela bailando mientras tocaba el violín no le hacía daño a nadie. La imaginó bamboleándose, abriendo los labios. A diferencia del día anterior, los cabellos le caían sobre los hombros, sueltos y empapados, y un hilo de sudor le corría por entre los pechos prietos por el corsé.

—*Senhor Da Silva?*

¡Vete, ahora no!

—*Senhor Da Silva!*

—Te voy a matar, escarabajo. —Se levantó el sombrero y vio a Miguel saltando los escalones del porche—. ¿Qué sucede?

El joven se apoyó la mano en la rodilla y jadeó: al parecer, había llegado corriendo desde la mansión de Wittstock.

—Me manda... el *senhor* Oliveira. Malas... noticias.

Felipe se puso en pie al instante. Era el inconveniente de tener una casa alejada en una de las favelas de Manaos. Podría vivir más cómodamente en los terrenos de Wittstock, como lo hacía el doctor Barbosa, para poder estar disponible en cualquier momento, pero no estaba hecho para vivir en el refinado mundo del barón del caucho durante mucho tiempo.

—Dime, escarabajo —dijo mientras este sacaba a su campolina del cobertizo, donde la acababa de desensillar—, ¿qué te pareció cómo tocaba la *senhora* Wittscotk anoche?

—¿Cómo tocaba?

Le dio un coscorrón.

—¡El violín, idiota!

Miguel se frotó la frente.

—Ah, no sé. Parecía un ángel con aquel vestido blanco.

Solo un niño diría algo tan tópico. *Pero era cierto*, pensó Felipe. *Parecía un ángel.*

Con el escarabajo a la zaga, Felipe regresó corriendo a la Casa no sol. Allí encontró a su señor en el despacho de Oliveira. Este estaba de pie detrás del escritorio en el que estaba apoyado Kilian Wittstock meditando sobre una nota manuscrita.

—Ah, *senhor* Da Silva. —Tomás dos Santos Oliveira bordeó la mesa y le tendió la mano derecha con cuidado, como de costumbre, como si Felipe fuera un sucio estibador del puerto. *No hay forma de librarse del olor a seringueiro. Y Oliveira tiene un olfato fino.*

—¿Qué ha pasado? —preguntó Felipe en voz baja.

—El bosque de Kyhyje se ha quemado.

—¿Entero?

—Eso no lo sabemos.

En aquel terreno enorme trabajaban varios cientos de recolectores de caucho. Aun suponiendo que no los hubiera atrapado el fuego, habrían sufrido una muerte horrible de todos modos, puesto que no podrían cosechar nada. Felipe se ahorró el comentario delante de Oliveira. Ya poco importaba y, de todas formas, nada podía hacerse por remediarlo. Quizá fuese mejor así. Cualquier cosa era mejor que llevar una vida tan miserable.

—¡No lo entiendo! —Wittstock golpeó el escritorio con el puño, Oliveira se sobresaltó. El alemán se pasó los dedos por el pelo y se lo revolvió—. No lo entiendo —vociferó.

—*Senhor* Wittstock —empezó diciendo Oliveira, pero Felipe supuso que ahora no conseguirían nada con palabras cautelosas.

Wittstock dio un respingo con la cara enrojecida. Parecía un boxeador que se tambaleara y diera tumbos después de que le asestaran varios golpes. Lanzó al suelo todo lo que había sobre la mesa. Los papeles volaron, los lápices golpetearon el suelo. Un frasco de tinta todavía lleno se hizo añicos contra la pared.

—Pero ¿qué demonios pasa estos últimos días? —rugió—. Mi hijo ha muerto, el gobierno no deja de atosigarme con su manía de liberar a los esclavos, y ahora el bosque más lucrativo que tengo queda destruido, así, ¡sin más! No puede ser. ¡No puede ser!

Oliveira se colocó bien la corbata, intranquilo. Felipe no se movió. Aquellos ataques no le pillaban de sorpresa. Wittstock se sacó un pañuelo de la chaqueta con tanta furia que lo hubiera podido hacer trizas. Se sonó la nariz. Y se serenó.

—Bueno —gruñó con el puño apoyado sobre la mesa, a punto para asestar golpes—. Da Silva, vaya a ver el bosque *in situ*. Y usted, Oliveira, consígale una joya para los dientes a mi mujer.

Fue un viaje al pasado. Con una balandra de vapor, río Negro arriba. Él solo. Quería estar consigo mismo y con la selva para sumirse en sus pensamientos y comprobar cuánto le había cambiado la vida desde entonces. Las cabañas de los caboclos eran un paraíso en comparación con el agujero en el que había vivido por aquel entonces. Pero ahora hasta le parecían miserables. De tanto en tanto atracaba en una de las plataformas flotantes y cambiaba herramientas que había llevado expresamente con aquel fin por fruta y un plato de comida. Transcurridos dos días llegó a Kyhyje. Un ojo inexperto no hubiera notado diferencia alguna en aquella ribera de un verde perenne. Sin embargo, él sí que discernía el típico dibujo que formaban los cortes en las cortezas de los árboles de caucho y los cubos que de ellos colgaban. El olor a madera quemada llenaba el aire cargado. Condujo la barca hacia un igarapé.

Pronto aquella corriente de agua empezó a estrecharse. Felipe ató la balandra a una de las ramas colgantes, se echó al hombro un rifle Winchester, un machete y un fardo de provisiones y se adentró en la maleza. Con un poco de suerte, la cabaña de Pedro no se la habrían tragado todavía las raíces, las lianas y los helechos. Si bien, después de tanto tiempo, no se podía decir con seguridad si él había dado con el brazo de río correcto.

Sin embargo, después de dar tan solo veinte penosos pasos, el cobertizo apareció ante él entre el verdor de la maleza. Tres seringueiros habían habitado allí hacía poco tiempo: a uno solo no hubiera tardado en llevárselo la muerte. Los tablones podridos exhalaban un olor mucho peor que el de la tierra quemada que se extendía por detrás, en algún lugar. Dentro solo se podía estar agachado. Con cuidado buscó serpientes, hormigas y otros bichos peligrosos. No había mucho donde pudieran esconderse: un montón de cubos abollados, un machete y un cuchillo para cortezas, todos mellados y oxidados.

Pedro estaba tumbado en la hamaca. Tenía los ojos abiertos, pero estos parecían mirar a través de Felipe. Con las manos, se frotaba el pene. Era algo común entre los hombres que, sin contacto con mujeres, no tenían otra cosa que hacer y que se hallaban al borde de la locura. Por la piel, cubierta de suciedad y picaduras de mosquitos, le corrían moscas verdes. De los otros dos hombres, cuyos nombres no recordaba Felipe, no quedaba ni rastro.

—¡Felipe! —Pedro intentó incorporarse. Se desplomó sin fuerzas—. ¿Eres tú?

—Sí, eso me temo.

—¿Tienes algo de beber?

Felipe se quitó el fardo de la espalda y sacó una botella de ginebra. Con ansias, Pedro se la arrebató de entre las manos. En pocos segundos ya había vaciado la mitad.

Un montón de miseria humana con los pantalones bajados, pensó Felipe. ¿Le habría ocurrido a él lo mismo si hubiera dejado escapar su oportunidad? Probablemente.

O quizá no estaría ya con vida. De todas formas, era un milagro que a Pedro no le hubiera atacado ya un animal salvaje o le hubiera mordido un insecto venenoso. Tal vez hasta a la selva le inspiraba asco.

—Gracias, Dios te bendiga —suspiró Pedro, con la botella todavía en la boca—. ¿Por qué estás aquí? ¿Es que no has encontrado tu suerte en la gran ciudad? Pero si aquí ya no queda nada más que sacar. Ya solo espero que el malo de Vantu venga a por mí.

—¿Cuánto se ha quemado, tienes idea?

No tenía ningún sentido preguntarle a él, como no tenía sentido haber decidido visitar aquella cabaña. Pedro no sabía nada: había perdido la razón a fuerza de beber. Lo habría podido arrasar el fuego sin que se hubiera dado ni cuenta.

Pedro eructó, la ginebra corrió por su barba enmarañada.

—El fuego... seguro que no queda ya nada. Nada. Tendrías que preguntar al capataz. Jorge. Así se llamaba, ¿no? Dios, hace tanto que no le veo. Dos semanas por lo menos.

—De acuerdo, gracias. Pedro, tengo que seguir...

El seringueiro dejó caer la botella, temblando.

—No, Felipe, no... llévame contigo.

—¿Qué?

—¡Sí! Haré como tú, probaré suerte en la ciudad. Pero yo allí solo no me las arreglaré.

Aquella idea no agradó a Felipe. Pedro no era del tipo de personas que consiguen lo que se proponen. Era uno de aquellos que buscaba follón hasta cuando se tropezaba él solo. ¿Y si la diñaba allí o más tarde en el bordillo de cualquier calle? ¡Maldita sea, maldita sea! Felipe debería habérselo imaginado. Debería haberse imaginado que no podría dar media vuelta y marcharse. En Belén, Pedro se había ocupado de él puesto que él, Felipe, hijo de ladrones, solo servía para robar. En realidad, también gracias a él había acabado metido en la rueda de la recolección del caucho, pero aquello no se lo podía echar en cara a un hombre sin esperanzas.

—Llévame contigo, ¿eh? —repetía Pedro con desesperación. De pronto se le iluminaron los ojos inyectados en sangre—. El lugar donde recogen la cosecha está lejos de aquí, sin mí no encontrarás nunca al capataz.

—Te molerá a palos si llegas sin haber recogido nada.

—No si estás tú allí. Venga, amigo mío, no te causaré problemas, te lo prometo.

—De acuerdo, pero...

Nada más escucharle, Pedro se levantó de un salto. Debía de hacer tiempo que no se ponía en pie, ya que perdió el color de la cara y se tambaleó. En sus adentros, Felipe esperaba que se echara de nuevo en la hamaca y siguiera durmiendo. En lugar de eso, le agarró por el brazo.

—Ya estoy listo —exclamó Pedro, radiante de felicidad—, recojo mis cosas enseguida...

Felipe le miró los dedos, prefiriendo no saber en absoluto lo que tenía bajo las uñas.

—¡No! Déjalo todo. Y no te me acerques mucho; no quiero que me pegues los parásitos. En cuanto se me presente la oportunidad te ato a la barca y te llevo a rastras por el río con la ropa puesta.

Felipe se soltó y se dio la vuelta. Pedro caminaba detrás de él a paso pesado por entre la maleza y se quejaba en voz baja diciendo que era peligroso bañarse en el río, que la candira, un pez minúsculo que se metía por el ano, era tan peligrosa como la más grande de las anacondas.

—Pues entonces aprieta el culo —gruñó Felipe.

Probablemente era una locura confiar en Pedro. Cuanto más avanzaban, más le asaltaba el miedo de que se hubieran perdido en aquel laberinto de brazos del río. Estaba lleno de troncos arrastrados por la corriente. En la ribera, los árboles que habían conseguido aguantar la última tromba de agua se inclinaban con un crujido. Las ramas murmuraban y crujían al caer al agua. A Felipe el sudor le goteaba hasta los ojos, pero no se atrevía ni a parpadear para quitárselo. Solo se veían los troncos cuando ya los tenían tocando la proa. Estaba atento al ruido del motor y llevaba el timón agarrado. Podía aguantar un par de horas así. De vez en cuando, una liana se enredaba en la rueda de paletas, pero, por suerte, siempre se acababa desenredando sola. Pedro se mantenía alerta en busca de cocodrilos y caimanes, sin que ello fuera de gran utilidad, porque los barcos tan grandes no recibían nunca ataques, pero al menos le mantenían despierto.

Les cayó un pequeño aguacero. Una serpiente se descolgó de una rama demasiado cercana. Un martín pescador se precipitó hacia el agua en busca de un pez. Los pecaríes se movían entre la maleza.

—Cuando los jabalíes se comportan así, es que va a haber tormenta. —Pedro echó la cabeza hacia atrás.

—También va a haber tormenta por mi parte si no llegamos pronto.

—¿Qué pasa ahora? Estamos en camino. —Del bolsillo abultado de los pantalones pescó una botella de ginebra. Dado que había supuesto que sobrio no sería capaz de encontrar el lugar, Felipe no había tenido reparos en dejarle acabar con las existencias. Y, efectivamente, de pronto alzó la botella con aire triunfal—. ¡Ahí delante, ya veo la casa! ¡Hemos llegado!

Entonces pareció ocurrírsele que en la cabaña del capataz no sería bien recibido y, durante los últimos metros de travesía, se agachó ocultándose detrás de la barandilla del barco.

Aquella cabaña debía de parecerle una casa a un seringueiro, acostumbrado al miedo de que los tablones del cobertizo se le desplomaran encima. Tenía solo una entrada angosta que conducía a la plataforma flotante. El ruido del motor ya había hecho salir al capataz.

Felipe no lo conocía, lo cual suponía una ventaja, ya que hubiera resultado poco creíble que un antiguo seringueiro regresara por encargo del barón del caucho, a pesar del documento que traía consigo. Felipe ató el barco junto al capataz y dio un salto hasta las maderas tambaleantes.

—Vengo por encargo del *senhor* Wittstock. —Sacó el papel del bolsillo de la camisa y retiró el envoltorio de caucho—. Quiere saber cómo van las existencias.

El hombre, que con su camisa desgastada presentaba un aspecto casi tan andrajoso como Pedro, le dio vueltas de un lado a otro. A continuación asintió.

—No sé leer, pero me lo creo, siempre y cuando no me seas tacaño ahora con la ginebra. ¿Tú qué dices, Pedro?

Lentamente asomó Pedro por detrás de la barandilla del barco.

—Sí, *senhor* Jorge.

Felipe cogió tres botellas y siguió al capataz a la choza. Además de la hamaca de rigor, por lo menos había una mesa y un banco con las patas metidas en cubos llenos de agua para mantener alejadas a las odiosas hormigas. Se sentaron; Jorge puso dos vasos sobre la mesa.

—Te puedes sentar en el suelo —dijo a Pedro—. De beber ya te daré cuando vuelvas a suministrarme una *péla*.

—¿Qué culpa tengo yo de que se haya quemado todo? —gritó Pedro.

—Antes ya eras un vago.

Las *pélas* se solían amontonar junto a una pared de la cabaña: allí solo tenían tres montones, y eran ridículamente pequeños. Estaban envueltos con hojas del palmera y atados con lianas. Aquello también formaba parte del trabajo de los seringueiros: ahumar en cubos los pedazos de goma marrón en los que se había convertido el caucho seco para que se ablandaran de nuevo y se pudieran hacer rodar con un palo formando una bola, la *péla*.

Felipe lo había hecho con frecuencia, y en tal estado de agotamiento que llegaba un punto en el que ya ni siquiera notaba cómo las salpicaduras le quemaban la piel ni percibía aquel olor que le picaba en la nariz. En el bosquecillo de detrás de la «choza» pintoresca del señor Wittstock, el olor a caucho no le molestaba. Allí, sin embargo, se sentía devuelto a las profundidades más recónditas de su alma. Echó un trago generoso de la botella de ginebra.

—... los puñeteros indios.

—¿Qué? —Felipe se frotó la frente.

—Digo que fueron los puñeteros indios los que prendieron fuego al bosque. Para ahuyentar a los recolectores.

—El terreno no es precisamente pequeño, dentro se pierden unos cuantos cientos de recolectores —murmuró Felipe—. ¿No es una medida un poco exagerada destruir el bosque entero?

Pedro se rio entre dientes, pero se estremeció cuando un trueno retumbó. Fuera, parecía que de un momento a otro fuese a caer un manto de agua sobre la tierra.

—Algo me han contado los caboclos. —Jorge tamborileaba con los dedos sobre el vaso; el sonido se perdía entre el estruendo de la lluvia—. Sí, hay unos cuantos también por aquí. Hablan de indios que viven en algún lugar detrás del bosque de Kyhyje. Se hacen llamar aka-yvypóra, los de la calavera. Es una tribu cruel. Matan a todos los que se encuentran y luego les cortan la cabeza. Las calaveras las apilan formando enormes paredes.

—¿Les ha visto alguien prender el fuego?

—¡Sí! —Jorge dio con el puño sobre la mesa, de manera que los vasos temblaron—. Muchos hombres ya han dado cuenta de ello. Relatan que fueron figuras negras como la noche, con pinturas demoníacas. Sabe Dios qué tiene esa gente en la cabeza: no hay nadie de nosotros que entienda eso. ¿Son hombres?

Esa misma pregunta se la había hecho Wittstock desde la pérdida de su hijo. *El que nunca tuvo*, se corrigió Felipe.

¿Eran hombres?

—Yo solo espero que aparezcan por aquí —murmuró Jorge, lanzando una mirada a la pared, de la que colgaba una colección de machetes y escopetas, poco fiables por el clima.

—Bien, pues. —A Felipe le urgía marcharse, y no por el peligro que representaban los indios. A él todavía le esperaba otra tormenta—. Ya me encargaré yo de que les paren los pies.

Sabía a qué conducía todo aquello, pero también sabía que era justo lo que quería Kilian Wittstock.

7

La luna de miel, como no podía ser de otra manera, consistió en un viaje en barco durante varios días por el Amazonas, y después por el río Negro. Kilian también habló de viajes a las playas de Río de Janeiro una vez se hubieran calmado los tiempos. Incluso al Río de la Plata o a Europa, si ella quería. Amely ya sabía que no quería. Ya tenía más que suficiente con aquellos cuatro o cinco días que él se había tomado para estar con ella en el *Amalie*, en aquel espacio reducido. Le robaba la respiración con su sola presencia. Bastaba con que estuviera echado junto a ella para que el aire del camarote le resultara irrespirable. Si yacía encima de ella, sentía como si se ahogara.

Sentada en el taburete del baño del camarote, intentaba distraer sus pensamientos tocando el violín. Una distracción dolorosa, puesto que, sin quererlo, la música la devolvía de nuevo al pasado, a su casa de Berlín, a sus excursiones por el Tiergarten, a los paseos por la avenida Unter den Linden, a las manos calientes de Julius agarrando las suyas... No tocaba el violín Amati, sino el suyo, el viejo. Tampoco pasaba nada si se dañaba con la humedad de aquel viaje por el río: el instrumento ya no sonaba como debería. ¡Tanto miedo que había tenido cuando el policía de Macapá le puso sus manazas encima! Era cierto que uno podía acostumbrarse al lujo, a poder disponer siempre de lo mejor.

Pero nunca tendré a un hombre que sea el mejor para mí.

Intentó recuperar el recuerdo de aquel instante en el que, a la vista del Teatro Amazonas, se había propuesto aprender a querer a Kilian. Y si podía conseguirlo, quizás aquel viaje de luna de miel era el momento idóneo. Él la llamaba «Amely, querida». Era amable. Se esforzaba por agradarle.

Pero también por amargarle el viaje.

Llamaron a la puerta, Bärbel entró. Amely fue terminando el acorde y bajó el violín.

—Señorita Amely, ¿se quedará aquí abajo sentada todo el día?

—Arriba hace calor.

—Pero si hace más calor aquí abajo. —La muchacha se frotó el dobladillo del delantal blanco como la flor de almendro—. A su señor esposo le gustaría mucho que subiera. Le iría bien tomar un poco de aire fresco. Pronto estará la comida. Y dice que si toca arriba, él también lo disfrutará.

—No, ya paro. —Amely metió el violín en el estuche y lo cerró. Después se remangó el vestido y siguió a Bärbel hasta la cubierta. La recibieron el gorjeo y el murmullo omnipresente del río.

Respiró profundamente aquel aire húmedo. Kilian estaba sentado a la mesa bajo el toldo rodeado de gasa. Llevaba un traje de lino claro con un brazalete negro de luto, ancho como una mano. El pequeño Miguel llevó unos platos y una cestita con pan. Se lo habían comprado a una canoa ambulante tal y como había hecho Felipe en el puerto hacía ya tres semanas.

Amely saludó a Kilian con la cabeza y le sonrió forzadamente, pero no se sentó junto a él, sino que se acercó a la barandilla para disfrutar un poco de las vistas de la selva que iban dejando atrás.

Aquella travesía fue muy diferente a la anterior, bajo la custodia del señor Oliveira. Kilian también le contaba muchas cosas, pero sus palabras rezumaban rechazo hacia el país y sus gentes. Solo amaba el caucho. Sí, y la comida brasileña que servían todos los días a bordo.

Y la amaba a ella. O así lo llamaba él. Amely lo odiaba. Era como en la noche de bodas: le susurraba al oído palabras para tranquilizarla, y la poseía con una rabia dolorosa. Peor era cuando, de vez en cuando, la pasión lo invadía en cubierta. En aquellas ocasiones, el pequeño Miguel se quedaba como una estatua de sal, Bärbel corría a meterse bajo la cubierta como si la persiguiera el demonio, y el timonel y los dos marineros actuaban como si no sucediera nada.

Dios mío, por favor, haz que tenga más cuidado, o que se le pasen las ganas cuando descubra que estoy en estado.

Todavía no estaba segura del todo. Que las mujeres tuvieran náuseas por la mañana o que esperaran en vano su menstruación solo lo había leído en las novelas. Quizá ni siquiera era cierto. En cualquier caso, en la vida real no se hablaba de aquellas cosas. Pero ella imploraba que fuese así. Ya sabía que Kilian esperaba tener un hijo suyo. En cuanto aquello sucediera, todo sería más fácil.

La silla de mimbre crujió cuando Kilian se levantó. Se puso detrás de ella. Amely se aferró a la barandilla. La respiración acelerada delataba cuáles eran sus intenciones antes del almuerzo. ¡Pero si ya había yacido con ella a primera hora de la mañana, justo después de despertarse! Cuando le pasó las manos por los brazos, Amely se puso rígida.

—Tocas muy bien —le susurró al oído. Su barba le picaba en las mejillas—. Venga, relájate, disfruta de las vistas. Mira, ahí hay un perezoso colgado del árbol. ¿Quieres que te lo cojan? Nos lo podemos llevar.

Él sí se llevaba lo que quería. A diferencia del señor Oliveira, que había contemplado con profundo respeto al animal que le colgaba del brazo. Rompería a llorar si viera a otra mariposa salir aleteando del pelaje.

—No quiero.

—¿Qué es lo que no quieres? ¿Esto? —La abrazó y la apretó contra sí—. Sí que quieres, querida, tú espera.

Amely calibró si podía hacerse a un lado por la barandilla, pero los fuertes brazos de él parecían estar por todos lados como lianas que se apoderaran de un árbol. Amely sintió una corriente de aire en las corvas. La barandilla del barco se le hundió dolorosamente en el vientre cuando Kilian la empujó hacia delante con todo su peso. Sin esfuerzo alguno conseguía mantenerla sujeta al tiempo que le levantaba las faldas y le bajaba las medias. Aquello que una dama nunca se atrevía a nombrar exigía su entrada, y ella no podía hacer nada por evitarlo.

El enorme cuerpo de una serpiente surcó las aguas de un color negro turbio. Algunos peces saltaban sobre el agua, intentando pescar mosquitos. ¡Ah!, si pudiese cumplir su sueño de ver la aleta rosada del delfín.

... el delfín rosado halló a una muchacha joven, navegaba en canoa sobre el río. Su pasión despertó. La rodeó nadando, mostró su exuberante cuerpo y disfrutó de los gritos asustados. Lanzó una flecha invisible desde los agujeros de la nariz hasta su boca; ahora era suya. Sometido al deseo y al dolor se despojó de su forma animal. Sus brazos partieron el agua con suavidad. Chocaron en el aire, agarraron un costado de la canoa y lo arrastraron hacia abajo. La muchacha cayó hacia él. Él la atrajo hacia sí; las manos de ella se cerraron detrás de su cuello. Él la llevó a la orilla. Sus brazos la sostuvieron, sus piernas le llevaron. Tanto amaba convertirse en un ser humano que sencillamente siguió caminando a través del carrizo y escaló las raíces hasta una dulce bahía que Yacurona, el espíritu de las aguas, había creado solo para el gozo de los botos cuando encontraban compañeras de juegos humanas. La luna brillaba verde entre las hojas. En la bahía de la luna verde amó a la muchacha, hasta que esta tembló y gritó y le suplicó que la dejase ir con él, bajar hasta Encante, la ciudad encantada...

Kilian le alisó la falda y volvió a meterse detrás del velo de gasa protectora. El olor a feijoada, su manjar favorito, contenía los aromas del río.

—Venga, come también un poco.

Ella apoyó los codos sobre la barandilla y lloró en silencio tapándose la cara.

Un grito le heló hasta la médula. ¿Podía ser verdad? Ciertamente, él, Felipe, había remontado el río Negro para ver el bosque quemado, y por el mismo camino debía volver. Su barco se acercó de lado, con precaución. Él le hizo una señal. A Amely le temblaba la mano, pero no se atrevió a devolverle el saludo. La idea de que, al verla, pudiera adivinar lo que acababa de pasar le hizo agachar la cabeza de vergüenza. Y seguramente a Kilian le parecería extraño verla tan alegre.

A ella misma también le parecía extraño.

—¡Maldita sea! —gritó Kilian a su lado.

Por encima de la ribera del río, los dos hombres se intercambiaban noticias que apenas llegaban a oídos de Amely. Ella solamente tenía ojos para Felipe. Tenía la camisa abierta, hacía señas con los brazos, y así fue como por primera vez vio su pecho musculoso, ligeramente poblado de vello. Y, si instantes atrás le afligía la vergüenza, ahora se le aceleraba el corazón.

Con demasiada rapidez se dispuso él a proseguir su travesía. Kilian, intranquilo, volvió a su cocido. Amely también se sentó, pero negó con la cabeza cuando Miguel pasó un cazo lleno por encima del plato. Por el estómago se le había extendido un agradable cosquilleo que reclamaba todo el espacio.

—Creo que deberíamos volver —empezó diciendo Kilian—. No estoy tranquilo sabiendo que estamos aquí dando un paseo mientras los negocios me esperan en casa.

—¿Qué ha dicho ese hombre?

—¿No lo has oído? Se ha perdido el bosque de Kyhyje. Lo ha destruido una tribu de indios. ¡Condenados salvajes! En fin, tendremos que explotar el puñetero bosque del norte. Bien tendré que compensar las pérdidas. Pero saldrá caro... ¡Joder, joder! —Dio un puñetazo en la mesa.

Amely ya había oído hablar de los planes para explotar otro bosque, pero estaba más allá del río, tan lejos que solo merecía la pena explotarlo si se construía un tramo de ferrocarril que llegara hasta allí. Una empresa atrevida.

—Pero allí no hay también indios que puedan causar problemas?

—Esos están por todas partes —dijo haciendo un gesto con la mano—. Pero esta vez no tendrán ocasión de quemar el bosque de antemano.

Amely suponía lo que aquello significaba. Bueno, eran salvajes, más animales que hombres. Se habían cobrado la vida de Ruben: el odio que Kilian sentía no dejaba de ser comprensible.

—Pero no te quiero aburrir con estas cosas. —Soltó la cuchara y le hizo señas para que se acercara.

Amely lo hizo y él la sentó en su regazo.

—Por favor, Kilian, otra vez no.

—¡No, no! Solo un beso. —Le había puesto ya las manos sobre el cuello. Amely buscaba aire en vano. La envolvió el aliento de él, que apestaba a feijoada; sus labios carnosos se apretaban contra los suyos. Sintió dolor cuando su lengua jugueteó con la joya en forma de gota de oro que le colgaba del frenillo del labio superior. Todavía no había sanado la herida.

—Es mucho más bonita que las que tiene la señora Ferreira en los dientes —le dijo—. ¿Sabes que estás preciosa con el labio así de hinchado?

Avisó al timonel para que diera media vuelta. El sonido del motor amortiguaba el de las flatulencias que le asediaban ya después de disfrutar de aquel guiso de frijoles. *¿Cómo me va a gustar?* Amely quería darse golpetazos contra la frente para ver si encontraba una respuesta. Huyó a su camarote, donde Bärbel la recibió ruborizada.

—No, seguro que no tiene malaria, *senhora* Wittstock. —El señor Oliveira sonrió como de costumbre, con aquel aire amistoso a la par que distante—. Pero, si lo desea, llamo en seguida al médico del señor Wittstock, claro está. Mejor una de más que una de menos.

—No, gracias, en realidad ya vuelvo a encontrarme bien. —No tenía precisamente ganas de que la sometieran a un examen. ¿Solo porque, de un tiempo a esta parte, tenía náuseas cada mañana?

Decidió darse un baño. Maria le había dicho que resultaba muy refrescante echar rodajas de limón en la bañera. En la cocina, Amely pidió una bandeja con limones cortados. Preparar el agua caliente era de lo más sencillo. Salía más bien templada, pero ¿quién querría darse un baño caliente en aquellos parajes? Amely cerró la puerta del baño con pestillo, se desnudó y se metió en la bañera. Se echó hacia atrás con los brazos apoyados en los bordes. Era una sensación agradable, el malestar casi había remitido de nuevo. Se había colocado una mesita al lado, de la que tomó un vaso de guaraná y dio un sorbo. Maria le había dicho que bebiera guaraná cuando no se encontrara bien; era una mezcla de miel y de semillas trituradas de una fruta exótica, y era refrescante.

En realidad, tenía intención de leer la novela que se había dejado preparada sobre la mesita. En lugar de eso, agarró la bolsa de lino y, con sumo cuidado, extrajo un pequeño álbum de fotografías. Consuela se lo había llevado por la mañana, escondido debajo del delantal. Amely ya no contaba con llegar a ver fotografías de los hijos de Kilian. Ahora contemplaba las imágenes de los jóvenes, insertadas en papel negro. En unas, estaban sentados en sillitas y con tablillas de cera en el regazo, como si estuvieran en clase. En otras, estaban cogidos de la mano de su madre, Madonna Delma Gonçalves, con un aire formal. En otras, en cambio, estaban de pie, rígidos, con un soldadito de juguete en el brazo. En todas tenían una mirada seria, la que se acostumbraba poner cuando el fotógrafo manejaba su aparato y los demás esperaban a que les cegara con el polvo de magnesio.

Ruben, Kaspar... dos muchachos corrientes. Y caídos en el olvido. ¿Era así porque su padre no había podido soportar su muerte prematura? ¿O porque no podía soportar que el destino le arrebatara algo de sus poderosas manos?

Dejó el álbum sobre la mesa. Por la ventana oía a Kilian discutiendo acaloradamente sobre cómo eliminar a la escoria india. Por lo visto, volvía a hablar del nuevo bosque que había que explotar. Amely se estremeció ante aquella selección de palabras, pero volvió a aguzar el oído cuando escuchó la voz de Felipe. Hablaba con serenidad, de una manera casi tranquilizadora. Las dos voces sonaban como si ambos estuvieran alejándose. Y Amely volvió a sentir aquella extraña tirantez entre los muslos.

Sacó los pechos del agua y se imaginó a Felipe viéndola de aquella manera. No pudo evitar reírse, de tan ridículo que se le antojó aquel pensamiento. Pero también le parecían dolorosas aquellas ansias que no llegaría a satisfacer nunca. Que no debía satisfacer nunca. Los dedos empezaron a descender por su cuerpo, metiéndose entre los muslos. Años atrás, su madre le había inculcado que aquello no se hacía. Y ella la había obedecido. Ahora que respiraba con pesadez y que se le formaba un cálido hormigueo allí abajo, entendió por qué. Daba miedo.

—¡Amely! —El pomo de la puerta vibró—. ¿Qué te pasa? ¿Por qué te encierras?

¡Kilian! Amely se incorporó. ¿De verdad había gemido? Eso parecía, todavía le resonaba en los oídos.

—¡Abre!

—Sí... sí... espera un segundo.

Le pareció que pasaba una eternidad hasta que se puso en pie y se abrió paso para salir de la bañera. Kilian golpeaba la puerta tan fuerte que la iba a echar abajo en cualquier momento. Pero no podía verla en cueros, intuiría lo que había estado pensando, ¡seguro! Pilló la bata por encima del taburete, trató de echársela por encima al tiempo que tanteaba el pestillo. Se resbaló por el suelo de mármol y se dio un golpe en la rodilla.

De repente, la puerta se abrió. Kilian estaba de pie sobre ella como uno de aquellos árboles gigantescos.

—¡Amely!

Ella se señaló los pies.

—Había... había una hormiga. Una de las peligrosas. —Sus sollozos no eran fingidos. Se sentía humillada, tumbada ahí delante de él de aquella manera y sin llegar a cubrir su desnudez con la bata—. Me he asustado y me he resbalado.

Kilian fisgó lentamente alrededor de la bañera y aplastó algo de un pisotón.

—¡Es una hormiga normal y corriente!

Amely había conseguido por fin ponerse en pie y envolverse con la bata firmemente. ¿De verdad había una hormiga? Huyó hacia el dormitorio, todavía presa del pánico al pensar que Kilian podía darse cuenta de que había estado tocándose. Quizás hasta lo sospechaba. Sobre la cama, encogió las piernas y se las rodeó con los brazos.

Él la siguió con el álbum de fotografías en la mano.

—¿De dónde lo has sacado? —le preguntó, con un tono de voz que sonó todavía sosegado.

—Lo he encontrado. En... en el cajón de mi escritorio. Estaba en el fondo.

Nunca lo había visto tan lleno de rabia. Estaba inmóvil, como si no supiera qué hacer.

—A mí no me mientas, encima.

Ella no pudo hacer otra cosa que tragar saliva.

—No quiero volver a verte con esto. —Se dirigió a la salida.

—Pero es que no lo entiendo, Kilian, eran tus hijos, los querías. —Se estremeció cuando se le acercó con el álbum en alto. Tendría que haberse quedado callada; él ya casi estaba fuera. En su cabeza resonó un grito olvidado desde hacía tiempo: el grito de Ruben cuando su padre le abofeteó en la cara. Levantó los brazos entre sollozos y se agazapó todavía más—. ¡Kilian, no, por favor! ¡Estoy esperando un hijo!

—¿Qué? Mírame —El colchón se hundió cuando él se sentó a su lado. Él le bajó los brazos: los suyos se le antojaban de paja entre las manos de él—. Sí es verdad que estás cambiada. Vaya, Amely, querida, ¿tan rápido? —Se rio con un tono alto y desenfrenado, propio de él—. ¿De verdad pensabas que te iba a pegar?

Pese a la intensidad de la escena, se alegró al ver aquel brillo en los ojos de él. Así tenía que ser. Kilian se inclinó sobre ella, la besó y le acarició el vientre.

—Mi niña asustadiza... —Sonrió quitándole un pedazo de limón del cuello—. Te quiero. Que sea un niño, ¿eh? —Se puso el álbum bajo el brazo y salió del dormitorio. A Amely le temblaba todo el cuerpo. Se metió bajo las sábanas.

El mono se acercó atraído por el brillo de su brazalete. Amely giraba la muñeca de un lado a otro. El sol hacía brillar la plata pulida y resplandecía sobre los diamantes. La luz se reflejaba en los ojillos del mono, que parpadeó.

—¿Te gusta? —preguntó Amely a la criaturilla curiosa. Era

un mono capuchino, según le había dicho el señor Oliveira, y el nombre se debía al dibujo que formaba el pelaje, que se asemejaba a la capucha del hábito de un monje—. A mí esta joya no me gusta, pesa mucho y es demasiado ostentosa, pero me la pongo hasta que Kilian se olvide de que me la ha regalado. Después te la regalaré a ti, ¿qué te parece?

El brazalete era un regalo por su estado de buena esperanza, y quizá también un soborno para que dejara a un lado lo concerniente a sus hijos. Tal vez se sentía culpable por haberla asustado. Podía encontrar mil motivos, o ninguno. Tan pronto montaba en cólera como estallaba en risas, y de nuevo se le veía la tristeza por la muerte de Gero grabada en las facciones. Aquello era lo más inquietante de él: que fuera tan difícil entenderle.

Amely vio a Consuela salir de la casa portando un enorme ramo de flores sobre el brazo adornado con el brazalete de luto. La muchacha avanzaba a zancadas por el camino de piedra, al parecer hacia el recóndito rincón donde se encontraban las tumbas. Amely la siguió: le agradaba aquel lugar cercano al igarapé do Tarumã-Açú que daba al río Negro, puesto que rara vez se perdía alguien por aquellos lares. Y Kilian todavía menos.

A cada paso tenía que contraer la barriga. Los dolores habían empezado el mismo día que se resbaló en el baño.

Consuela desapareció entre los arbustos tras los cuales se escondían las otras dos tumbas, y volvió a aparecer con la cesta medio vacía y un ligero aire de afectación.

—*Dona Amely?* ¿No se encuentra bien? Está pálida.

—No, no, estoy bien. Solo estoy estirando las piernas. Y es que... bueno, me aburro un poco. Puedo ayudarte a colocar las flores sobre la tumba.

Eran orquídeas de color lila. Amely se plisó la falda de tafetán, se arrodilló y la ayudó a poner las delicadas plantas en la tierra húmeda y a sujetarlas con ramitas. Le resultaba agradable poder ensuciarse un poco las manos, para variar. ¿O es que lo único que podía hacer todos los días era leer, bordar, navegar por el río, recibir al sastre o a la sombrerera y mandar al personal de un lado para otro?

—Consuela —se atrevió entonces a preguntar—, ¿Kilian llegó a pegar alguna vez a su mujer?

—¿La ha...?

—¿A mí? No, ¡qué va! —se rio inquieta.

—*Dona* Madonna era muy tranquila. Sabía cómo tratar al señor Wittstock. —Tímidamente, la muchacha se pasó la melena por detrás de las orejas—. Y usted también tiene que aprender.

Amely suspiró. No era la respuesta que había deseado oír. Pero lo que Consuela le había dicho era quizá la única respuesta válida. Una no podía engañar a su marido, y si de vez en cuando le caía una bofetada, era, en realidad, comprensible. A ella le iba muy bien en comparación con Maria, que en otro tiempo fue víctima de una violencia indescriptible. Así pues, ¿tenía motivos para quejarse? Volvió a sentirse invadida por aquella alegría efímera al pensar en su propósito de querer a Kilian. Por la noche quería tocarle algo con el violín Amati, y entonces... Una punzada le recorrió el vientre.

—*Dona Amely!*

Agachada, Amely se apoyaba con una mano en el suelo y con la otra se apretaba el vientre. Iba a decir que solo se sentía indispuesta, y, sin embargo, al abrir la boca solo profirió un grito ahogado. Consuela pasó a toda prisa por delante de ella salpicando la tierra al cruzar aquel bancal, y salió corriendo por el camino.

—*Senhor Oliveira!* Socorro, socorro!

De repente el señor Oliveira estaba junto a Amely y le pasaba el brazo alrededor. La puso en pie con la ayuda de la muchacha, e intentó tranquilizarla mientras Consuela cruzaba los dedos como si fuese a ponerse a rezar y se frotaba las manos descontroladamente.

Un calor le bajó a Amely por los muslos. No sabía nada sobre la concepción ni sobre el parto, nada en absoluto, pero sí que sabía que acababa de perder a su hijo, que ni siquiera existía todavía. Apoyada en Oliveira y Consuela, fue arrastrando los pies en dirección a la casa. Tenía las enaguas pegadas a la piel, empapadas. Llevaba la cabeza gacha. La falda no le permitía ver la sangre, pero estaba segura de ir dejando un rastro repugnante. De pronto un jardinero apareció delante de ella, un tipo alto y robusto, y la levantó entre sus brazos cubiertos de tierra encostrada. Ella se ruborizó de la vergüenza.

—Maria, ¡déjame en paz con eso! —oyó a Kilian vociferar.

—¡Ese hombre es descuidado! No lava, fuma en cuadra, ¡peligroso! —Amely vio por el rabillo del ojo a la Negra haciendo aspavientos con los puños cerrados.

—Díselo a Da Silva, que es el que ha traído a ese tipo.

—Bebe mucho, todo día.

—¡Maria! —vociferó—. ¡No me saques de quicio!

Él estaba de pie en la escalinata, con su traje de lino elegante y ligeramente arrugado, como de costumbre, el sombrero de paja sobre la cabeza y el bastón en la mano. Seguramente quería ir a la ciudad: uno de los carruajes le estaba ya esperando. La mano le tembló al atusarse el bigote. Rápidamente comprendió lo que le ocurría a su mujer; Amely lo vio en la expresión de horror y de decepción en sus ojos.

—¿A qué clase de hombre le estoy dando yo de comer? —dijo Wittstock levantando el codo y echando un trago de ginebra con tónica—. Todavía no he visto para qué vale además de para beberse mi ginebra.

—No vale para nada —tuvo que admitir Felipe. Había tenido la esperanza de que Pedro sirviera en las cuadras o en la cochera; allí había mucho por hacer, tareas en las que hasta un hombre como él no haría un mal papel—. Pero tampoco se merece morir en la selva. Ya le diré yo cuatro cosas. —Y si aquello no ayudaba, entonces le daría una buena canoa, además de una caja de ginebra y los reales suficientes para que se las arreglara durante los meses siguientes. Y lo echaría de allí.

—Tengo la cabeza como un bombo —murmuró Wittstock. Desde que había llegado a las obras, de buena mañana, se había echado en un catre en la cabaña del capataz—. Di a los de fuera que dejen de armar ruido.

Felipe cogió el sombrero y salió con pasos pesados. Era propio de Wittstock emprender un viaje tan largo para supervisar las obras y luego pararlas por lo que quedaba de día. En fin, tampoco les iba de un día. Todavía tenían que pasar tres años hasta que el ferrocarril llegara a Oué, el bosque del norte, y solo por un temporal podían llegar a perder semanas.

En muy poco tiempo habían levantado un puerto en la orilla oriental del río Blanco, a noventa leguas al norte de Manaos, al que Wittstock le había dado el nombre de Igarapé de Guillermo II. El káiser alemán, amante del progreso, según declaraba, se hubiera maravillado ante aquel proyecto. El muelle estaba construido con madera ligera, exactamente igual que las cabañas flotantes de los caboclos, así que lo tendrían que ir reparando continuamente. Felipe no podía imaginarse todavía cómo iban a transportar hasta allí a aquel monstruo de locomotora y cómo se iba a abrir paso entre la jungla. Encargada ya lo estaba, en el Raj británico, donde aquel modelo llevaba ya tiempo dando buenos resultados en el clima tropical. Las traviesas venían de Australia: las enormes termitas no podían hacerle nada a la madera del eucalipto. Asimismo, desde Estados Unidos habían llevado a trabajadores chinos con amplia experiencia en la construcción de vías. Tal y como ocurría en su lujosa vida diaria, a Wittstock le traía sin cuidado lo grande que fuera el mundo.

Wittstock adoraba el caucho. Felipe lo detestaba. Quizá por ello aquel proyecto le parecía una locura. Por el momento, el trabajo consistía únicamente en construir una vereda a través de la selva. Para ello, habían atraído a trabajadores de todas partes con las mismas promesas vagas con las que atraían a los seringueiros. Hombres de Belén, Macapá, Santarem y también de São Luis, así como negros del Caribe y esclavos indios, manejaban sierras de talar entre dos personas y, exactamente igual que los recolectores de caucho, estaban desnutridos y andrajosos. El trabajo no les dejaba tiempo para pensar en el peligro o en los mosquitos, por lo que tenían las manos ensangrentadas y el tronco desnudo infestado de picaduras.

Felipe se puso uno de sus Cabañas en la comisura de los labios y lo encendió. El humo alejaría a los mosquitos durante un rato. Cerró los ojos por un momento intentando imaginarse que estaba en Manaos, en el porche, y no entre toda aquella miseria de la que en realidad quería huir. Mandó acercarse al capataz.

—Descanso hasta nuevo aviso —le dijo.

El cubano frunció el ceño, pero profirió un grito estridente tras recibir las instrucciones. Súbitamente, los hombres se dejaron caer sobre los troncos ya derribados y echaron mano de las calabazas llenas de agua. No obstante, se oía todavía un ruido que provenía de alguna parte. Felipe tardó un momento en discernirlo: eran latigazos.

Junto a uno de los canales, el capataz de los esclavos atizaba a un puñado de indios, chillando como una mujer que hubiera visto una araña venenosa. *Otro que ha perdido la razón en la selva*, pensó Felipe. Se apresuró hacia él. No podía agarrarle del brazo, puesto que él mismo saldría herido, así que se sacó el revólver de las pistoleras y disparó al aire.

No todos levantaron la vista, acostumbrados como estaban a oír disparos, pero el cubano se le acercó con respiración pesada.

—*Senhor* Da Silva. —Le sonrió, visiblemente aturdido. Tenía un aspecto tan andrajoso como los propios esclavos—. Estos salvajes vuelven a ponerse tozudos. Pero ahora mismo acabo de...

—¿Qué les pasa?

—Dicen que han visto al dios del río —dijo señalando hacia el igarapé— y no se atreven a meterse en el agua. Pero hay que drenar el lugar, o... —Y volvió a gritar a los indios, que se agazapaban, presas del miedo—. ¿Qué queréis, que por vuestras chaladuras paganas el tren tenga que volar por encima del agua, o qué?

Agarrando al hombre del brazo, Felipe todavía pudo impedirle que volviera a fustigar aquellas espaldas y hombros ensangrentados.

—Descanso, he dicho. Deja eso.

—¿Qué...?

—¡Lo que quieren decir esas chaladuras paganas es que los indios han visto una anaconda! Tú te puedes quedar aquí plantado en el agua y dejar que te devore, pero ahora estos hombres van a descansar y a beber algo.

Al cubano le temblaba todo el cuerpo: parecía arder en deseos por aporrear a los esclavos.

—De acuerdo, de acuerdo —contestó él haciendo chirriar los dientes.

Por fin se retiró y les indicó que fuesen a buscar sus calabazas. Y eso hicieron, agachados, casi como monos. A uno lo tuvieron que arrastran consigo, pues los pies no lo querían llevar. Hasta bebiendo agua parecían animales.

A Felipe también le invadió la sed. Con una calabaza bajo el brazo, regresó a la cabaña. Kilian Wittstock contemplaba el techo de hojas de palmera atadas y se abanicaba la cara empapada de sudor con el sombrero de paja.

—Esta vez sí que es malaria —se lamentó—. Vengo de tan lejos para ver las obras por mí mismo, y ahora esto.

—Tendría que meterse en el barco y volver a casa.

—Ahora mismo, pero primero deme la ginebra.

Felipe desenterró una de las botellas de la tierra pisada, donde se mantenían algo frescas. Echó polvos de quinina de un pañuelo en el vaso y lo llenó. Ojalá Dios quisiera que no tuviera que viajar continuamente hasta aquel lugar para transmitirle informes sobre el estado de las obras o echar una mano. Anhelaba volver a Manaos, ensillar su campolina y dar un paseo a caballo por las calles de la ciudad. Casi sin quererlo, se imaginó topándose con Amalie Wittstock a punto de hacer alguna bobería en su ingenuidad. Aquella mujer estaba hecha para que un hombre se ocupara de ella.

—Ella tiene la culpa —oyó decir a Wittstock.

¿Ella? Se quedó sorprendido. Su señor tenía la mirada fija en el vaso. Al parecer, ambos estaban pensando en la misma persona.

—¿De qué, *senhor?* —preguntó Felipe con cautela.

—De mi malaria. La contraigo una vez al año, pero la última vez fue hace unos pocos meses. Amely ha traído la mala suerte a Manaos. —Un hilo de saliva le cayó en el vaso. Realmente estaba enfermo.

—Senhor Wittstock, la malaria no se suele pillar con regularidad. Al menos no creo yo que los mosquitos sigan un calendario.

—¡Ahórrese las bromas estúpidas, Da Silva! De acuerdo, dejemos la malaria a un lado. ¿Y qué hay del resto? Amely no hizo más que llegar cuando una serpiente mató a mi hijo. De pronto, el gobierno quiere que se libere a los esclavos a toda costa, y en eso hasta el gobernador me deja en la estacada. Los indios, ojalá Dios los haga arder en las eternas llamas del infierno, destruyen mi bosque más provechoso, y luego Amely pierde el niño. Creo en Dios y en mi patria prusiana. Creo que el progreso no es posible sin el caucho y que Brasil será una de las naciones más ricas del mundo. Creo que todo esto no solo depende del empeño, sino también de la casualidad. De mucha casualidad. Pero ¿qué significa toda esta serie de calamidades?

—Mala suerte, *senhor* Wittstock. Solo es mala suerte. Y da igual a qué se deba, ¿hasta qué punto puede tener la *senhora* la culpa de todo? Quizás ella también se pregunte lo mismo.

—Sí. Sí, claro. —Wittstock dio un trago de ginebra—. Y Maria *la Negra*, otra que tal. Ha puesto platos de arroz en el jardín para espantar a yo qué sé qué demonios. Alguna manía del vudú. Al parecer me ha contagiado su superchería.

Felipe trató de imaginarse cómo debían de hacer aquellas cosas en la fábrica del padre de Amely Wittstock. O en cualquier parte del Imperio alemán. Imposible, allí ni siquiera creían en la Iglesia católica. Trabajar, comer, dormir... no quedaba sitio para las creencias o la superchería. Ni para el amor.

No, no, se contradijo. Wittstock había amado a Madonna, y amaba también a Amely. *Pero si la ve como un pájaro de mal agüero, ella corre peligro.*

La última vez que la vio, tenía un ojo inyectado en sangre. Alzó la mano para ocultarlo, pero los verdugones rojos de las mejillas no le pasaron por alto. Ella pasó junto a él por la escalinata, con la cabeza gacha, sin rastro de aquel alegre brillo que le aparecía en los ojos cuando lo veía. Él se dio la vuelta, la siguió y logró alcanzarla delante de la puerta de entrada. A la sombra de la espesa vegetación le pidió, casi le exigió, que le contara lo que había ocurrido.

Me he... me he resbalado en el baño, había balbuceado ella, con la mirada fija en las maderas del porche. *Me ha asustado una hormiga.*

Eso era, ciertamente, lo que le había ocurrido, pero, eso sí, unos días antes, cuando se golpeó en la rodilla. Al parecer, ella no sabía todavía que en una casa tan grande en la que los sirvientes gustaban del chismorreo no se podía mantener nada en secreto. De haberlo sabido, se le habría ocurrido otra mentira.

Entonces, por fin, ella levantó la cabeza. La mirada triste de ella se desvaneció completamente. Así seguía ahora.

Ella le estaba implorando en silencio que le entregara un objeto. La rabia no iba a cambiar el hecho cierto de que él tenía las manos atadas.

—Bueno, guárdese el arma de una vez, Da Silva. Con la cara de rabia que está poniendo parece que me vaya a volar el dedo del pie en cualquier momento. ¿Qué hace?

Felipe fijó su mirada en el revólver. No se había dado cuenta de que había estado jugueteando con él.

—Es que los indios han visto una anaconda, así que...

—Esta chusma lo único que quiere es escaquearse del trabajo.

De fuera llegaban voces. Voces de espanto. Alguien gritaba como si estuviera a punto de morir de horror y pánico. A continuación se oyeron tiros y un chapoteo en el agua. Y se hizo el silencio. Un silencio de alivio.

—Si existía realmente ese peligro, diría que ya se han hecho cargo de él —dijo Wittstock incorporándose entre jadeos—. Que sigan, ya me encuentro un poco mejor.

—De acuerdo, *senhor*. —Felipe volvió a salir.

Amely contemplaba las minúsculas máscaras de madera, se pasaba los cordeles y los granitos de arroz entre los dedos. Todo lo había puesto Maria en un cuenquito sobre su mesita de noche. Todavía no sabía qué pretendía con toda aquella momería pagana.

—Quita eso de en medio —ordenó a Bärbel— y tráeme algo de beber.

—Tendría también que comer algo, señorita.

Le hizo un gesto negativo con la mano. Desde que estaba echada en su cuarto —desde hacía ya días— no había probado más que unas rebanadas de pan con mantequilla y unos bocaditos de mandioca que le había recomendado Maria con toda su buena fe. Así, ya no se sentía enferma. Los dolores casi habían desaparecido y las compresas que tenía entre las piernas solo recogían un par de gotas de sangre.

Bärbel le trajo un vaso de guaraná. A Amely le apetecía más una cerveza, una Berliner Weisse. A lo mejor tenía que hacer como las damas ricas y beber champán en la cama. Quizás un poco de lectura la ayudaría a poner remedio al aburrimiento. Se puso su bata de seda y sus pantuflas y salió al pasillo arrastrando los pies. Seguro que Kilian, si la hubiera visto caminando por ahí en salto de cama, se lo hubiera tomado como la última metedura de pata de su mujer. Pero, gracias a Dios, se había ido a supervisar las obras.

Amely solo había estado allí una vez, para buscar algunas novelas. Como en el resto de la casa, allí también Kilian prefería los muebles de estilo inglés. Las grandes estanterías Regency se alternaban con un secreter y una vitrina en la que se hallaba no solo una fotografía de Madonna con marco de plata, sino también una de Charles Goodyear, el inventor británico que, con la vulcanización del caucho, había procurado inconmensurables riquezas para Kilian. Amely pensó que uno tenía que estar muy enamorado del caucho para ponerse la imagen de un desconocido en la vitrina o para usar el trozo de caucho de encima del secreter como pisapapeles decorativo. Mucho más interesante resultaba el modelo Benz Patent número 1, un automóvil de tres ruedas, tal y como se leía en la placa. O la miniatura de la Torre Eiffel de hierro forjado, un recuerdo muy apreciado de cuando habían estado en París, según le había contado el señor Oliveira.

La cabellera del indio de la que le había hablado Da Silva, situada en su caballete, parecía tan irreal que Amely no se sobresaltó en absoluto.

También se descubrió a sí misma ataviada con un vestido oscuro con cordeles que le realzaban el escote de manera atractiva. Tal vez su señor padre había enviado aquella fotografía desde el otro lado del Atlántico para demostrar a Kilian que aquella niñita se había convertido ya en una dama. Amely abrió la puerta de cristal y sacó el retrato de Madonna. Se la veía seria, tan encerrada en sí misma... la piel transparente, toda ella frágil. Podía pensarse que no había muerto, sino que se la había llevado un soplo de brisa. *¿Tendré yo también alguna vez este aspecto desconsolado?*, pensó Amely.

Ibas a coger algo para leer, se amonestó a sí misma. ¿Y si cogía algo del montón de *Jornals do Manaos* que se encontraba sobre la mesa? No le iría mal mejorar su portugués. De nuevo descubrió la palabra *escravidão*: «esclavitud». Trató de leer el artículo por encima, sin entender mucho, más allá de que trataba otra vez de la abolición de la esclavitud. Al parecer, el artículo no solamente reclamaba libertad para los negros, que, de todas maneras, desde hacía ya tiempo solo se podían comprar en el mercado ilegal, sino también para la población indígena. A los indios todavía se les podía oprimir y explotar a discreción. «La jungla también es nuestra tierra, pero ahí fuera hay una guerra», leyó. «La jungla también es nuestra tierra, pero ahí fuera hay una guerra, una guerra por el caucho...»

¿Debía llevarse aquel diario? Pero ¿y si Kilian lo echaba en falta? Además, ¿para qué meterse en aquellos asuntos? De todas formas, ella no podía hacer nada por cambiarlos. Abrió una de las enormes puertas del armario. Toda una serie de novelas de Karl May. No, mucho no le apetecían. *¿La isla del tesoro, El último mohicano, Robinson Crusoe?* Ya los conocía desde hacía mucho tiempo. Un libro sobre insectos. Aunque hubiera mentido sobre la hormiga peligrosa del baño, tal vez no le iría nada mal estudiarse mejor el libro. Ay, no. El señor Oliveira ya le contaba suficientes historias horribles sobre el mundo animal.

Entre dos yelmos abollados de conquistadores españoles —¿no debían estar en un museo?— descubrió las narraciones de viaje de diversos descubridores del Amazonas. Aquellos nombres también le sonaban gracias al señor Oliveira: el dominico Gaspar de Carvajal, quien había acompañado a Gonzalo Pizarro en su expedición. Pedro Teixeira, que exploró por primera vez el Amazonas en toda su extensión. O Antonio Pigafetta, que había navegado en la expedición española alrededor del mundo junto con Magallanes. Y, por supuesto, Alexander von Humboldt.

Amely extrajo el *Viaje a Sudamérica*. Era una edición diferente a la suya: esta estaba llena de litografías a todo color. Se llevó el libro a la mesita del té y se sentó en una de las sillas Hepplewhite.

—¡Qué asco! —En uno de los dibujos, un indígena estaba sentado junto a una hoguera; en la olla hervía una enorme araña. ¿Acaso era de extrañar que se les viera como animales salvajes? En otro, unas mujeres bailaban desnudas. Amely casi creía oír sus voces y el ruido bárbaro de los tambores.

Cuando estaba a punto de colocar el libro de nuevo en su sitio, se topó con una ilustración de un hombre. Un guerrero, al parecer, ya que se apoyaba en una lanza bracera. Encima del hombro portaba un arco. Tenía la piel muy bronceada, o quizás oscura por naturaleza, y despedía un brillo dorado. Una corona de plumas rojas le rodeaba el pelo, que parecía largo pese a que lo llevaba recogido. Le decoraban las muñecas y los tobillos unos cordeles de piedras de colores de los que colgaban plumas. Sin embargo, lo más sorprendente era que tenía los hombros musculosos pintados con manchas que recordaban al pelaje de un felino, el de un jaguar, tal vez. ¿Acaso eran tatuajes?

Su postura inspiraba fuerza y altivez. Era el señor de la selva. Y hasta atractivo, a su manera.

Cerró el libro. No era más que una representación idealizada, la imagen mental de un europeo ilustrado. Los indios eran figuras enclenques y apocadas, y uno no los veía de otra manera cuando paseaba por la ciudad.

8

Dos meses antes

Aymaho atravesó la tarántula con la punta de su lanza de madera y le dio vueltas sobre el fuego. Una vez tostada y con el pelo chamuscado, la echó en la olla de arcilla, que colocó sobre las brasas, añadiendo un poco de agua de la calabaza. Pronto, la araña empezó a dar saltos entre las burbujas como si le hubieran insuflado vida. Añadió unas cuantas hierbas y una pizca de si-yuoca molida con la punta de la navaja. Como las semillas de aquella planta eran demasiado amargas, desenvolvió un panal envuelto en hojas de palmera y vertió unas gotas de miel en la olla. Echó tierra en la hoguera con el pie, y con sumo cuidado vertió la cocción sobre una hoja en forma de cuenco que sujeta-ba con la mano izquierda. Acto seguido se arrodilló ante la entrada de un nido de termitas. Aymaho introdujo el brazo que le quedaba libre hasta el hombro y sacó un puñado de insectos que se frotó por el pecho, los brazos y los muslos.

Agarró el arco y el carcaj y se dirigió a la orilla del río mante-niendo cuidadosamente la hoja por delante. Miraba incansable-mente a su alrededor, atento a cada movimiento en las hojas de los árboles, cada ruido y cada sombra. Sus sentidos y su instinto le decían que no había ni serpientes ni cocodrilos cerca. Tampo-co monos, no menos peligrosos que los anteriores; estos, de cualquier forma, evitaban siempre la orilla.

Rápidamente encontró lo que buscaba: un lugar protegido entre los apretados árboles. Un guacamayo rojo levantó el vuelo y huyó hacia el interior de la jungla, eternamente sumida en ruidos. Aymaho se sentó con las piernas cruzadas y se puso la hoja sobre el muslo. El arco y el carcaj los dejó a un lado, al alcance de la mano, y, como de costumbre, palpó la cerbatana aun a sabiendas de que en aquellos momentos no sería capaz de hacer uso del arma.

Ningún hombre en su sano juicio hace lo que haces tú, Aymaho, le había echado en cara Yami al pedirle la miel. *Pero es que tú te crees el favorito de los dioses, ¿no es cierto?*

En realidad, no creía que Tupán y los demás dioses apoyaran su imprudencia. Suponía que, hasta entonces, simplemente le había acompañado la suerte, algo que no había llegado a confesar, puesto que, en tal caso, la primera mujer del cacique lo hubiera tomado por loco. Un hombre no podía ser soñador. Sus sentidos debían estar en alerta en todo momento, hasta cuando dormía.

Una sonrisa le iluminó la cara al pensar en la hija de Yami, Tiacca. Todos —su madre, Yami, el cacique y, en el fondo, todo el pueblo— habían dicho que la bella cazadora nunca se rendiría a los pies de un hombre que se jugaba la vida tan a la ligera. Sin embargo, ya iba siendo hora de que llenara el vacío de su cabaña. Hacía tan solo cinco años que el cacique le había circuncidado. Todos los demás que habían sido proclamados hombres en aquella ceremonia de iniciación tenían ya dos o tres hijos vivos. Aymaho, por su parte, no se había dado excesiva prisa. Además, él quería una mujer del pequeño grupo de cazadoras, y todas ellas eran muy codiciadas. Él quería tener a Tiacca, la del cuerpo más flexible y el cabello más negro. Tiacca, a quien tenían todos por la mejor cazadora entre las mujeres, igual que lo tenían a él entre los hombres como el mejor cazador. Tiacca, quien, sin embargo, lo había tratado con arrogancia... antes de aceptar finalmente su petición, para sorpresa de todos.

Enseguida había pensado en pedirle que velara por él. Sin embargo, dado que ella no mostraba tampoco comprensión por sus viajes al sueño de la siyuoca, se lo prohibió por orgullo. En su lugar prefirió confiar en los preparativos que había realizado. Había escogido un buen lugar. Las termitas del cuerpo mantendrían alejada a la plaga más cruel y peligrosa de la selva: las hormigas. Los nudos que había hecho en las lianas que caían a su alrededor ahuyentarían a los demonios de la selva, puesto que los tomarían por esos acertijos que ellos gustaban de desentrañar. El espíritu de la tarántula le daría fuerzas. Asímismo llevaba consigo su amuleto, colgado en una cinta de piel alrededor del cuello. Lo frotó.

Se inclinó sobre la hoja y sorbió la cocción con la boca y la nariz. Inclinó el torso a la espera de que le arremetiera el dolor. El espíritu de la siyuoca penetró en él en tan solo un instante, corto pero intenso. Tardó más en expandirse por su cuerpo como las aguas mansas anegando la vega.

Una profunda calma silenció todos los ruidos de la selva, aquel eterno murmullo, los zumbidos, los silbidos. Aymaho respiró profundamente, con alivio. Algunas veces, la siyuoca le hacía ver imágenes, y él se alegraba cuando no era el caso. No quería ver nada, ni oír nada, ni sentir nada. Cuando el silencio y la oscuridad le hubieron rodeado, apoyó la cabeza sobre el tronco y cerró los ojos.

Su respiración se hizo más lenta.

Se deslizaba hacia la nada.

De pronto sintió como si se ahogara en sangre caliente. Chullachaqui, el malvado espíritu de la selva, se reía de él. ¡Se había acabado la felicidad! Aymaho se levantó, presa del espanto. ¡Sangre! Alguna bestia le había atacado, desgarrándolo de arriba a abajo. Se pasó la mano por la cara para tomar aire, se esforzó por despertar y buscó a tientas su cerbatana, que se le resbaló de la mano.

—Mirad, mirad cómo le tiemblan las manos en busca del arma. ¡Como las de un viejo!

A través de aquella cortina de sangre vislumbró a unos jóvenes del pueblo a escasos pasos de él y riéndose a carcajadas.

—Seguro que ha conseguido enamorar a Tiacca con algún conjuro. Tendría que estar ella aquí y ver la pena que da. —El cabecilla de aquel grupo no era otro que To'anga, que allí estaba, con un cuenco lleno de sangre en el brazo—. ¡Aymaho! ¿Sabes de qué es la sangre? ¿No lo hueles? No, claro, todavía tendrás los sentidos demasiado enturbiados. Mira aquí.

Dicho esto, dio un puntapié a un cadáver que yacía en el suelo delante de él. El pecarí de pelaje negro salió rodando hasta los pies de Aymaho dejando tras de sí una estela rojiza.

Aymaho se retorció. A pesar de que la selva exhalaba mil olores, a menudo también hediondos, aquello le provocaba náuseas. Un reguero espeso le chorreaba por el pelo, nublándole la vista. To'anga tenía una sonrisa que le recorría toda la cara, mientras que las carcajadas del resto no sonaban del todo sinceras. Como era natural, todos sabían que no convenía provocar a Aymaho, por lo que era probable que To'anga los hubiera convencido con obsequios y palabras amables.

El alboroto había atraído al pueblo entero. O eso, o To'anga había anunciado que allí había algo digno de ver. Detrás de los hombres, a una distancia prudencial, las niñas y las mujeres se llevaban las manos a la cara, presas del espanto. ¿Estaría Tiacca también entre ellas? Aymaho evitó buscarla con la mirada. Los niños estiraban el cuello. Y Yami, la rechoncha mujer del cacique, se abrió paso entre ellas, echó un vistazo rápido a lo que había ocurrido, y se alejó de nuevo, sacudiendo la cabeza. Realmente, allí solo faltaba el cacique en persona para ver la deshonra que estaba soportando Aymaho.

—Me tendrías que estar agradecido —se burló To'anga—. A partir de ahora probablemente dejarás todas estas estupideces, así que te he salvado la vida.

Aymaho se puso en pie de un salto. Las risas se silenciaron. Se pasó los dedos por el pelo pegado e intentó apartárselo de la cara. Tenía miles de recriminaciones e insultos en la punta de la lengua. Pero, embadurnado en sangre de pecarí como estaba, todos habrían sonado ridículos.

Dio un paso en dirección a To'anga. Los jóvenes retrocedieron. Parecieron darse cuenta de que había sido tentador participar en aquel juego sucio, pero nada prudente.

To'anga era el único que permanecía inmóvil. Aymaho le dedicó una sonrisa sardónica. Seguramente resultaba irrisoria pero, de todas maneras, su cara era una máscara de sangre.

—Ya hablaremos más tarde —dijo con serenidad—. Primero voy a lavarme.

—Eso, lávate primero —respondió To'anga sin perder tampoco la calma.

A Aymaho no le quedaba más remedio que darle la espalda. Recogió las armas y anduvo por el sendero que conducía al corazón de la selva. Una vez estuvo seguro de haberse librado de aquellas miradas, dio un puñetazo contra un árbol y profirió una maldición contenida. ¡To'anga, To'anga! Lo cierto es que nunca habían llegado a caerse del todo bien, pero desde que aquel tipo había matado un cocodrilo, se había vuelto insoportable. De acuerdo, era una bestia portentosa que se había cobrado la vida de dos niños que estaban jugando, pero desde entonces To'anga se había erigido en vengador de sus almas y se afanaba por arrebatar a Aymaho la fama como primer cazador y guerrero de la tribu.

Y hasta es posible que lo haya conseguido ahora mismo, pensó Aymaho con furia.

Llegó a uno de los miles de brazos que llevaban al río Blanco. Depositó las armas en una palmera yuru, comprobó el movimiento del follaje y si la tarántula y la siyuoca estaban todavía dentro de su cuerpo y le aturdían los sentidos. No. Acto seguido trepó por el tronco de la palmera que sobresalía por encima del agua. Desde allí trató se avistar el cuerpo de la gran serpiente divina que podía ser tan grande como los muslos de Yami. Nada. Tampoco había rastro de cocodrilos. El agua no se movía ni burbujeaba por ninguna parte de manera que pudiera levantar sospechas, ninguna sombra oscurecía aquellas aguas fangosas. Sin embargo, sí que había gusanos y peces de aspecto poco amenazador que, a su manera, podían resultar peligrosos para el ser humano. Contra ellos lo único que ayudaba era mantener las nalgas prietas.

Aymaho saltó. Sus pies se hundieron en el fondo fangoso. Se

agachó para que el agua le limpiara todo el cuerpo y con trocitos de rama se frotó la sangre ya coagulada sobre la piel. Se pasó los dedos por los largos mechones de pelo, por las piedrecitas decorativas y las plumas, por los brazaletes de las manos y los pies. Al volver a pisar el suelo seco, respiró con alivio. El espíritu del pecarí no se había apoderado de él. Finalmente eliminó los restos de sangre que aún quedaban en la cerbatana, se la ató por la mitad y emprendió el camino de regreso a la aldea.

Tal y como había esperado, allí el ambiente era contenido. Las mujeres estaban sentadas en la plaza de la aldea y delante de la puerta de la cabaña de las mujeres. Tejían cestos y esteras, cosían telas, cortaban verduras y despellejaban animales cazados, como de costumbre. Sin embargo, agachaban la cabeza y hablaban en voz baja, como si el cacique yaciera enfermo en su cabaña. Incluso los niños, que siempre estaban chillando, jugaban en silencio con los cocodrilos recién nacidos, cuyos huevos habían desenterrado de entre el cieno de la ribera.

Tiacca también tenía la vista fija en sus labores. Estaba sentada delante de la escalerilla que conducía a la cabaña de su padre y enrollaba caucho entre las palmas de las manos, probablemente con el fin de fabricar una cerbatana nueva. El pelo se lo había pasado cuidadosamente por detrás de las orejas, aquellas orejas que él ya había lamido, y que ahora le parecía ver cómo se aguzaban para que no se les escapara ningún detalle. Al final de la plaza los hombres rodeaban a To'anga, se reían por lo bajo y bebían jugo de frutas fermentado. Al ver a Aymaho le dieron un codazo a To'anga. Aymaho se dirigía hacia él con parsimonia. Avanzaba por la plaza con el puño cerrado. Sentía el impulso de abalanzarse sobre él y tirarlo al suelo.

—Déjalo, Aymaho, que no es más que un estúpido. —Pytumby, uno de los cazadores más ancianos, hombre de complexión robusta, se cruzó en su camino.

Sin embargo, Aymaho lo apartó con impaciencia.

—¡Vamos a decidir quién es el mejor! —le gritó—. Y como creo que soy *yo*, tú dirás cómo lo hacemos. En una lucha cuerpo a cuerpo, cazando, como tú quieras.

En los ojos de To'anga fulgió una llama de desconfianza. Su mirada recorrió la plaza y se quedó fija en Tiacca. Seguro que se veía a sí mismo avanzando hacia ella, estirando la mano con la lengua de un pirarucu. O incluso con la piel de un jaguar que yaciera a sus pies. Con una sonrisa, apartó la mirada y asintió a Aymaho.

—De acuerdo. Entonces, saltemos desde la Roca Roja.

Alrededor de ellos se levantó un murmulló de agitación. Aquello era, en verdad, toda una prueba de coraje, una lucha que solo ganaría el más intrépido. De ahí que Aymaho se apresurara a asentir con la cabeza.

De todas formas, no tenía la intención de hacerlo tal y como se imaginaba To'anga.

En la entrada de la casa del árbol, semioculto por una cortina de bambú, se encontraba el cacique. Aymaho esperaba que se pronunciara al respecto, pero éste se mantuvo callado y se adentró en el fondo de su casa.

Aymaho abandonó la aldea. Todos interrumpieron sus tareas y salieron corriendo tras él entre murmullos. Le hubiera gustado girarse para ver a Tiacca, pero su orgullo no se lo permitía.

Otros cazadores surgieron de la selva y se unieron a la comitiva. Doscientos hombres, la tribu de los yayasacu casi al completo, se abrían paso hacia las aguas mansas en las que se hallaba retenido un banco de pirañas. Era más una pequeño poza que un canal. La orilla estaba poblada de frondosa vegetación, y los accesos se hallaban cerrados con redes. Un peñasco rojo se erguía sobre el agua en uno de los lados. Los niños corrieron hasta el borde y buscaron con la mirada aquellos peces depredadores con dientes.

No era peligroso bañarse cerca de las pirañas. Ahora bien, si se removía el agua al saltar, los animales aprisionados supondrían que se hallaban ante una presa que chapoteaba desesperada. Y con la más mínima herida se conseguía despertar su sed de sangre. Si Aymaho se hubiera lavado en aquel paraje, a estas alturas no sería más que un esqueleto roído. Pero ya estaba completamente limpio, ¿no? No estaba del todo seguro.

Se quitó los ornamentos del pelo, las piedrecillas de los brazos y los tobillos y, para terminar, se desató el taparrabos de la cintura. No quería que le estorbara nada. Lo único que conservó fueron los amuletos.

To'anga había seguido su ejemplo y se acercó al borde del peñasco, desnudo.

—¿Y ahora qué? —preguntó con voz desafiante—. ¿Quién nada primero hasta el otro lado?

—Espera un momento. —Aymaho se puso de cuclillas y echó mano de su navaja de cobre. Se la llevó a la altura de los ojos junto con la mano izquierda. Cuando el filo le rozó el dorso de la mano, haciendo brotar una enorme gota de sangre, la multitud situada detrás de él estalló en murmullos de horror.

—Algunos dicen que estás loco, Aymaho —exclamó To'anga—, y no les falta razón.

—¡Aymaho! —Una mano le golpeó en el hombro. Sobresaltado, contempló la cara de excitación de Yami, que sacudía la cabeza con gesto consternado—. O mueres pronto muy pronto o vivirás muchísimos años, y ni siquiera Chullachaqui se atreverá a acercarse a ti.

Tiacca, que estaba detrás de él, se había quedado pálida. Abrió los labios, pero permaneció en silencio.

Aymaho se giró hacia To'anga con un aire desafiante. Por la expresión de su cara se le adivinaba sin dificultad que se empezaba a arrepentir de la broma del pecarí. Podría haberse ahorrado aquella prueba sin perder el honor, pero no después de lo que había hecho.

Se agachó en busca de su navaja y se hizo un corte en el pulgar. No podía ocultar que le temblaba la mano.

—Te dejo elegir a ti quién salta primero —dijo Aymaho—. Si al primero le ocurre una desgracia, el segundo ya no tiene que saltar: ha ganado.

To'anga se sujetaba la mano como si estuviera herida de gravedad. Su mirada oscilaba continuamente entre Aymaho y la poza.

—Tú —murmuró.

Aymaho se puso la mano por detrás de la oreja derecha.

—¿Qué has dicho? No te he entendido.

To'anga aspiró.

—¡Que saltes tú primero! —le gritó de mala gana—. Al fin y al cabo, a ti se te ha ocurrido la locura de que teníamos que hacernos daño.

¿Fue la exclamación de un ¡no! lo que oyó Aymaho como un susurro por detrás de él? Sonrió. Si To'anga hubiera comprendido a quién pertenecía el corazón de Tiacca, ahora no estaría en manos de la muerte.

Se acercó al borde del peñasco. A sus espaldas, los habitantes de la tribu guardaban silencio. Solo el continuo ruido del río y de la selva ahogaba su respiración intensa. En el agua creyó vislumbrar formas de un color plateado y brillante. Por unos instantes cerró los ojos e imploró que el espíritu de la tarántula siguiera todavía dentro de él. A continuación, se lanzó hacia delante, estiró los brazos por delante del cuerpo y cayó en las profundidades.

Una oscuridad verdosa lo engulló. Aymaho no se entretuvo en buscar el banco de pirañas con la mirada, ni en moverse con suma cautela. Solo su habilidad podía salvarle. Con fuertes brazadas surcó las aguas. Sin ver ni oír nada se abrió camino hacia la otra orilla, y cuando puso las manos en tierra firme, se sorprendió de lo rápido que había sido. Salió del agua y se apoyó en las rodillas. Sin notarlo siquiera dos pirañas le habían hincado el diente en la pierna y en la cadera. Aymaho se las arrancó y las lanzó lejos.

Las pequeñas siluetas de escamas plateadas revolvían el agua. La superficie se fue calmando lentamente y después volvió la tranquilidad.

Esperó un rato. Ni siquiera los niños se atrevían a romper aquel silencio. Estaban arrodillados al borde del peñasco, buscando el banco de pirañas con la mirada. Pero ya no había rastro de él. Tal vez se había alejado.

To'anga respiró profundamente y, un instante después, ya se había arrojado al agua.

Siguiendo el ejemplo de Aymaho, fue dando potentes brazadas. Si cuando Aymaho había saltado, las gentes del pueblo se habían mantenido en silencio —o quizá él no había alcanzado a oírlos—, esta vez gritaban como si pudieran sacar a To'anga del agua con sus voces. Los peces saltaban a su alrededor. De pronto se giró, con la mano hacia el cielo. Empezó a patalear con furia. La espuma rebosaba, impidiendo ver la batalla. Chorros de sangre tintaban aquellas turbias aguas. To'anga se hundió.

Poco tiempo consiguió saborear la victoria. Ahora le pesaba sobre los hombros como la tierra mojada. ¿O quizás era el silencio lo que le asustaba? Aquel silencio no era lo que había esperado. Nadie hablaba, nadie golpeaba herramientas. No había risas ni alboroto. El pueblo estaba sumido en la conmoción. Y él, él estaba tendido en la cabaña de uno de los chamanes, que le estaba curando las heridas. Como no sentía ni un atisbo de tristeza, tuvo la sensación de ser un espíritu, de estar excluido de la tribu.

El viejo Pinda se le acercó y se inclinó sobre la hamaca en la que yacía Aymaho. Con las manos tocó la piel intacta de alrededor de la herida de la cadera. Se la apretó, y Aymaho sintió correr la sangre. El anciano cogió una pinza.

—Podría ser que el espíritu de las pirañas estuviera todavía en la carne —dijo cerrando un ojo al tiempo que introducía las pinzas en la herida. Aymaho se estremeció—. Pero hasta ahora no veo más que porquería.

El chamán dejó al descubierto dos dientes amarillentos al esbozar una sonrisa que pretendía ser tranquilizadora, y extrajo tierra y alguna piedrecilla.

Tiacca penetró en la cabaña con paso ágil a través de la cortinilla de la entrada. Aymaho se incorporó sobre los codos. Habría preferido poder ponerse de pie delante de ella, pero el dolor que sentía en la cadera y la mirada de aviso de Pinda le impedían variar su embarazosa postura.

—¿Puedo hacer algo? —preguntó ella.

—Oh, sí —Con una sonrisilla de satisfacción, Pinda le señaló un cuenco—. Puedes ayudarle a lavarse. Seguro que le gustará más que si se lo hago yo.

—¿No te apena, hombre de los espíritus? —le preguntó la cazadora con una admiración evidente.

Él se sentó con las piernas cruzadas frente a un hoyo en el que ardía una pequeña hoguera y con parsimonia empezó a llenar su pipa con hojas de tabaco cortadas.

—Ahora uno tiene que tener el corazón contento, si no los espíritus pensarán que nuestro pueblo está muerto.

—Aymaho seguro que sí está contento.

—¿Tú crees? Pues no lo parece.

Aymaho le dirigió una mirada inquisidora. Sí, estaba contento de que ella fuera suya. Por fin llenaría su cabaña de vida. No estaba bien que un hombre viviera solo. Tiacca se descolgó un fardo de rafia del hombro, se echó el pelo hacia atrás y se puso el cuenquito sobre el brazo. Dentro había un trapo con el que eliminó todas las hojas, las ramitas y los insectos que se le habían quedado pegados en el abdomen. Se movía con cuidado. Sus pechos, que cabían en una mano, oscilaban ligeramente. En las caderas se había atado un taparrabos de un tejido fino como un suspiro y que apenas le ocultaba nada. Las cintas de conchas de caracol que llevaba atadas alrededor del cuello y de los brazos eran un símbolo de la fecundidad.

No tenían costumbre de verla tan apacible. En la selva, cuando la inspiraba Anhangá, el dios de la caza, se convertía en una intrépida felina.

Pinda cerró los ojos y empezó a tararear. Inhaló profundamente el humo del tabaco.

—Me ha mandado mi padre —dijo Tiacca en voz baja para no molestarle—. Quiere que vayas a verle en cuanto te sientas con fuerzas suficientes.

Aymaho la agarró del brazo, junto al codo, y la acercó hacia sí.

—¿Por lo nuestro?

—Eso no lo sé —contestó ella. Sonaba esquiva y se había

puesto rígida. Aymaho la soltó, confundido. Debía tener cuidado: Tiacca era como un pez que tenía ya en sus redes y que, sin embargo, podía escapársele con facilidad.

Entretanto, el humo se había hecho tan espeso que le rascaba la garganta. Tiacca se echó hacia atrás al ver a Pinda inclinarse sobre la pierna de Aymaho. Dio una calada profunda a la pipa y sopló el humo sobre la herida. Lo hizo repetidas veces, al tiempo que mantenía los ojos cerrados y tarareaba la canción del tabaco para que el humo cobrara todo su poder. Finalmente se incorporó.

—No hay rastro del espíritu malo de la piraña —anunció satisfecho—. Las heridas sanarán, solo te quedarán las cicatrices.

Aymaho se sintió más débil que antes. Volvió a dejarse caer con la esperanza de que Tiacca le asiera la mano. Sin embargo, ella estaba demasiado absorta moliendo plantas secas y escarabajos en una cáscara de coco y mezclando el polvillo resultante con agua.

—La cadera es difícil de vendar —murmuró Pinda mientras le frotaba la medicina en la herida—. Tienes que tener cuidado de que la mezcla no se despegue. La pantorrilla te la vendaré con hojas. No, mejor que lo haga Tiacca. El espíritu del tabaco me ha dejado cansado.

Dicho esto se tendió en la hamaca y empezó a roncar enseguida. Tiacca mantenía la mirada fija en su espalda huesuda, como si fuera a contarle las costillas.

Tenía los ojos grandes, con los párpados pesados, y una boca carnosa y casi demasiado grande para una mujer. Aymaho había visto, o más bien oído, que era capaz de ahuyentar a un animal a gritos. Puso el cuerpo en tensión: quería dar un salto, abrazarla y arrancarle un beso de aquella esplendorosa boca. Como adivinando sus intenciones, Tiacca se acercó a los cestos que colgaban de una pared en aparente desorden. Estuvo revolviendo y al cabo de un rato regresó con tiras de palma y cuerdas de fibra.

—Cuando te vi cubierto de la sangre del pecarí...

—Así que tú también me viste. —Sin quererlo había adoptado un tono frío. Había deseado tanto que ella hubiera estado en cualquier otro lugar para no presenciar la escena...

Tiacca se inclinó sobre su pantorrilla y empezó a vendársela.

—Aymaho, debes pensar que aquello me pareció horrible. Y es verdad, pero no por ti. Al verte allí, humillado pero con los ojos ardientes de rabia, me sentí orgullosa —dijo girando la cabeza con un suspiro—. Te parecerá difícil de entender, ¿no?

En efecto, para un hombre lo era, así que permaneció callado, expectante. Los rasgos de Tiacca se endurecieron. Ató los últimos nudos que le mantenían las hojas pegadas a las piernas y se incorporó.

—Aymaho, he venido porque... —Respiraba fatigosamente.

—¿Sí?

—Te rechazo.

—¡Tiacca! ¡No te muevas, quédate ahí! —le espetó él.

En sus ojos fulgía la ferocidad de la cazadora, y había dejado los dientes al descubierto, como dispuesta a morder. Se apartó el cabello y se dirigió a la entrada. Él se había incorporado, quería salir tras ella, pero ya estaba fuera. La oyó echar pestes sobre él, o tal vez sobre sí misma.

¿Qué significaba aquello? ¿Acaso había preferido a To'anga? Imposible, él tenía ojos en la cara e inteligencia suficiente; en lo tocante a aquel asunto no se le podía tomar todavía por un loco. A su padre le correspondía aclararlo todo. Aymaho se puso en pie, luchó contra el mareo que estuvo a punto de postrarlo en la hamaca, y removió el contenido de la bolsa que Tiacca había llevado consigo. Tal y como había supuesto, sus cosas estaban dentro. Se ató el taparrabos a la cintura y los ornamentos en los brazos y los pies. Arrojó una última mirada al chamán, sumido todavía en un profundo sueño. Aymaho salió de la cabaña. Sin dirigir la mirada a los demás, subió a toda prisa por las ramas que rodeaban el árbol del cacique como una espiral. La casa, que se extendía no solo sobre la copa de aquel árbol, sino también sobre la de otros tres más, era casi tan grande como la plaza de la aldea. Se encontraba dividida en diferentes estancias por medio de telas, y a través de una de ellas vio entrar al cacique, que se hallaba sentado junto a cinco o seis hombres. Todos eran hombres respetados entre los yayasacu; eran sabios y grandes guerreros.

Aymaho los oyó hablar de él.

—Poco antes de que naciera, la muerte causó estragos en la aldea. Fue el peor de todos los presagios. Lo tendrían que haber abandonado. —El cacique, al que solo podía vislumbrar tímidamente a través de la tela, alzó la mano—. Pero su madre me imploró de rodillas que no lo hiciéramos. Y todo resultó salir bien. Creció y se convirtió en un guerrero fuerte que contribuyó a la supervivencia de esta tribu. A pesar de su...

—... de su comportamiento extraño —acabó la frase Oa'poja, el primer chamán de la aldea.

Los hombres asintieron con un murmullo unánime. Hacían circular una pipa entre ellos que exhalaba un olor suave como la de la cabaña de Pinda. Antes de que los hombres pudieran plantear más consideraciones, Aymaho se acercó a ellos. La red de lianas tembló bajo sus pasos fuertes. El cacique alzó la cabeza lentamente, como si hubiera esperado que él apareciera.

—Conque ahí estás —dijo Rendapu y se dirigió al resto—. Dejadnos solos, de todas maneras ya está todo dicho.

Los hombres se levantaron y abandonaron la cabaña en silencio, sin dignarse ni dirigirle la mirada. Un comportamiento así solo podía deberse a dos razones: o bien querían ofenderle, para lo cual no tenían motivo alguno, o bien... Sintió un nudo en el estómago, y tuvo que respirar hondo para reprimir aquella sensación molesta.

Finalmente, el cacique salió de detrás de la cortina. Que llevara la corona de plumas de exuberantes colores era una señal de que el asunto era grave.

—Un comportamiento extraño, sin duda —repitió en voz baja. Por un instante, cerró los párpados pesados. Después, clavó la mirada tan clara como la del jaguar en Aymaho. Abrió la boca, pero Aymaho se le adelantó.

—Tú le has metido a Tiacca en la cabeza que me rechace —le recriminó. Lo que le revolvía el estómago era la rabia—. ¿Por qué?

—No, yo no, y ahora haz el favor de callar, al menos un momento. Ahora tienes otras cosas por las que preocuparte. ¿Has visto cómo han pasado por tu lado los demás?

—¡Pues claro! ¿Qué pasa?

—Estás proscrito.

Por los dioses, así que era eso. Aymaho dio un paso hacia un lado, creyendo que el suelo se tambaleaba.

—Por eso no me han mirado. Porque... porque...

—Porque ya no estás aquí. Eres un espíritu. Solo te puedo ver yo, pero tampoco por mucho tiempo.

Las paredes se movían. Seguramente Aymaho había inhalado demasiado humo de tabaco. La ira hacía esfuerzos por salir de su estómago. Se puso de rodillas y vomitó. Sintió la mano del cacique sobre el hombro.

—Estabas en tu derecho de tomar represalias contra To'anga. —La voz del cacique flotaba sobre él—. Pero no solo has tomado represalias, te has vengado.

Aymaho se preguntó cuál era la diferencia.

—Era la única manera de conseguir que los demás olvidaran lo que había hecho —dijo con voz gutural. De esa manera nadie habría vuelto a hablar de lo sucedido, tan solo habrían hablado de la pelea. Y, sin embargo, los de la tribu también la olvidarían, ahora que uno de ellos se había convertido en un espíritu. Aymaho se incorporó y caminó alrededor del cacique—. ¡No lo entiendo!

—Pues cállate de una vez y déjame que te lo explique —dijo Rendapu levantando la mano—. Si To'anga hubiera saltado primero, tú habrías muerto. Tú lo sabías, pero aun así le dejaste escoger a él.

—Porque sabía que él nunca reuniría el valor suficiente para saltar antes que yo, a pesar de que tendría que haber sabido que era mucho más probable que el primero sobreviviera.

—Estás jugando con la muerte, y eso es malo. Eres atrevido. Agresivo. Y estás loco, como dicen algunos. Sí, lo estás. Y lo que de verdad, de verdad, me da miedo es esta afición que tienes por el peligro —dijo Rendapu frotándose la barbilla—. Lo de la siyuoca... Está bien afinar los sentidos con epena. ¿Pero para qué usar siyuoca? Ya te lo pregunté una vez, y lo único que conseguí, como de costumbre, fue desatar tu ira.

Aymaho sentía impulsos por explicarle que ahora ya daba exactamente igual, muerto como estaba, o casi muerto. No obstante, soltó el aire. No convenía entrar en una discusión con él.

—Tengo un espíritu dentro de mí.

—Como todo hombre.

—No me refiero a mi espíritu protector, sino a otro. Un espíritu diabólico, un demonio. Se me mete en la cabeza y me hace hervir hasta la sangre, y no consigo librarme de él.

Rendapu levantó las cejas con sorpresa.

—¿Y ahora está también ahí?

—Sí.

—Y... ¿cuándo entró?

—No lo sé, siempre ha estado ahí.

—¿Ha tratado de sacártelo algún chamán?

Aymaho negó con la cabeza. Todos los intentos habían sido en vano.

—¿Cómo se manifiesta el espíritu?

—¡Cacique! No te lo he contado para que ahora me atosigues con tus preguntas. Querías saber por qué busco la tranquilidad del sueño de la siyuoca, y ahí tienes la respuesta. No se hable más.

—El otro espíritu que llevas dentro es el de la furia. ¿Sabes una cosa, Aymaho? Estoy contento de que mi hija haya entrado por fin en razón. Tarde o temprano le hubieras roto el corazón porque habría tenido que llorarte.

Aymaho tuvo que apretar los dientes para reprimir una respuesta airada. Sin embargo, el enfado se esfumó de pronto sin que supiera por qué. ¿Quizá porque aquella cara horrenda y arrugada, decorada con una nariz aguileña que goteaba, esbozaba una sonrisa de inocencia, como la de un niño, a pesar de aquellas palabras sorprendentemente francas? Aquel hombre era el jefe de la tribu, y lo que dijera se tenía por sabio.

De nuevo le cedieron las rodillas.

—Pues mátame —murmuró.

—De acuerdo, espera. —Rendapu regresó a la parte trasera de la cabaña. Un débil canto y el golpeteo de las vasijas de barro acompañaban sus preparativos. Un aroma dulce se repartió por la habitación. Sorprendentemente, Aymaho se tranquilizó. Ni siquiera se estremeció cuando oyó al cacique acercarse de nuevo. Contuvo la respiración por un breve instante cuando una hoja de bronce le rozó el cuello.

»Te dolerá.

La hoja se le hundió en el cuello. Sintió un dolor insoportable, ardiente, que casi le hizo arrojarse al suelo. Notó la sangre chorrearle por el pecho.

—No es más que un corte superficial. Una marca para que los dioses vean que ahora te ha sobrevenido la muerte. —Ante sus ojos aparecieron los dedos de Rendapu, teñidos de un rojo brillante—. El cuchillo es la garra del halcón. Tu animal totémico es que el te mata.

Deslizó las yemas de los dedos por los hombros de Aymaho, extendiendo savia roja por encima de las plumas de halcón que le habían tatuado en la piel en la ceremonia de iniciación como hombre adulto. Aymaho tragó saliva unas cuantas veces para serenarse. Ciertamente se sentía vulnerable como nunca antes, y estaba a punto de postrarse a los pies del cacique y suplicarle clemencia.

Sin embargo, la sentencia era irrevocable. Su animal totémico se había esfumado ya.

Por segunda vez en aquel día, Aymaho se despojó de sus ornamentos, ahora ante la mirada del cacique.

—Levántate, Aymaho kuarahy.

Aymaho obedeció y se dirigió hacia él. A pesar del taparrabos que todavía le colgaba de la cintura, se sentía desnudo, humillado. Rendapu le señaló la salida.

—Vete, Aymaho. Durante dos lunas ya no estarás entre los vivos. Irás al lugar de los espíritus malignos y, como prueba de que estuviste allí, traerás contigo una de sus calaveras. Si sobrevives, volverás de entre los muertos.

Le apartó la mirada bruscamente y volvió a meterse detrás la cortina, donde se sentó. Pocas veces —muy pocas veces— habían condenado a una pena semejante a uno de los miembros de la tribu, y había sido hacía ya mucho tiempo. Aymaho sabía que si ahora volvía a plantarse delante del cacique, este ya no lo percibiría. Se había convertido en un espíritu.

Cuando salió a la luz del sol, nadie le dirigió la mirada, nadie pareció darse cuenta de su presencia. Los más ancianos ya les debían de haber puesto al corriente. Tiacca, que estaba de pie junto a la entrada de la cabaña de los chamanes, fue la única que desapareció rápidamente en la oscuridad. ¿El intrépido Pytumby también apartaba la vista? Aymaho lo buscó con la mirada, sin encontrarlo. Las mejillas le ardían de vergüenza. Una voz le resonaba en la cabeza: *¡Volveré! ¡Sobreviviré y volveré!*

Aun así, sabía que era como si le hubieran condenado a muerte. ¿Qué era uno sin su espíritu protector? Aunque llegara a su destino, sin duda estaba perdido, puesto que allí habitaba la peor de todas las tribus.

9

Olía a pan, a humo de tabaco y a café espeso. Los ventiladores zumbaban, los monos —salvajes o no, nunca había manera de saberlo— se deslizaban bajo las mesas y esperaban alguna limosna. Nadie parecía molestarse por ello, y Amely ya casi se había acostumbrado a ellos y a las frutas picadas que iban dejando atrás. En las mesas de los cafés se sentaban los señores acomodados, se abanicaban con los sombreros de paja y bebían cócteles. Una mujer encorvada merodeaba por la entrada. Era flaca, el vestido raído le revoloteaba alrededor de las piernas y los brazos. Su cara parecía no tener edad y, sin embargo, estaba surcada de arrugas. Una mujer sumida en la miseria y de edad indeterminada. Tendió su sombrero de paja agujereado a un hombre, que le gruñó con asco sin apartar la vista del periódico. A Amely se le ocurrió que podía llevarse a aquella mujer, darle un trabajo y un buen lugar donde dormir. Y librarla de los golpes. ¿Acaso Felipe da Silva no había hecho lo mismo con Pedro, el recolector de caucho que ahora trabajaba como mozo de cuadras? Maria siempre se quejaba de él porque a cada momento entraba en la cocina con cualquier pretexto para hacerse con una botella de ginebra. A diferencia de él, aquella mujer parecía honrada a pesar de su aspecto de pordiosera.

Pero ella, Amely, no se atrevió siquiera a mirarla para darle algunos reales. Kilian habría montado en cólera si hubiera llevado a una mujer india a la casa. Habría dicho que pronto iba a acabar la Navidad y que para entonces ya se le habría pasado aquella compasión exacerbada.

La señora Ferreira había creado una fundación para muchachas indias caídas en desgracia. Asimismo, de vez en cuando daba una pequeña ayuda a algunas familias escogidas. Al parecer, con todo aquello la extravagante dama lograba aliviar su conciencia. Eso sí, nunca hablaba de la miseria de los indígenas. Quizás era lo propio de una mujer con dinero, puesto que para ella la riqueza no era más que un montón de regalos con los que pasar el tiempo sin lograr sacarle mayor provecho. ¿Acaso Amely no era también una pedigüeña con todo el dinero que Kilian ponía a su entera disposición?

Él le había anunciado que la obsequiaría con un fantástico regalo de Navidad que superaría todos los anteriores.

Ya de entrada sabía que no quería ese regalo.

En la ciudad apenas se notaba que la Navidad estaba a la vuelta de la esquina. En algunas ventanas colgaban ornamentos de madera de colores. Sin embargo, Amely dudaba si no serían más bien paganos, como todos aquellos artilugios extraños que gracias a Maria hallaba en cualquier rincón de la casa. En lugar de estrellas de papel de estaño, la Negra había repartido adornos florales por las habitaciones. Así se estilaba en Brasil, aunque a Amely no acababan de agradarle. Para ella, las flores eran más propias de las estaciones cálidas. Los abetos, las figurillas de madera, vagar por los mercados navideños sobre la nieve dura. Una estufa crepitante mientras el viento helado sacudía los postigos...

Un estallido ensordecedor la sobresaltó. El vidrio de la puerta reventó, y los pedazos volaron por la sala. Un jarrón se había partido en dos, y la dama que estaba sentada en aquella mesa se desvaneció. Su acompañante la llevó a otra mesa con la ayuda del dueño del local. Los monos chillaban y daban saltos alrededor. Fuera se oían carreras y gritos. Tal vez un ladrón se había hecho con una pistola y la había probado allí mismo, tal y como conjeturaba el hombre de detrás del periódico, sin hacer demasiado caso del revuelo. Por su parte, la camarera, que buscaba sus reservas de ginebra sin perder la calma, sugirió que quizás habían vuelto a atrapar a un contrabandista de caucho.

—Venga, vámonos —dijo Amely.

—¡No, yo ahí fuera no salgo! —Bärbel había perdido todo el color de la cara. Amely quería ponerse en pie, y justo entonces entró uno de sus dos guardaespaldas y le aconsejó que esperara un poco hasta que la situación se hubiera calmado.

—Vaya un final para nuestro paseo por la ciudad —suspiró ella.

—De todas maneras no me ha gustado. Disculpe, señorita, ¿le importa si me pido otra limonada?

Lo cierto es que a ella también le había sorprendido la escena del interior de la catedral Matriz de Nossa Senhora da Conceição. Todo el mundo entraba para tomar un poco el fresco y descansar. Sin embargo, que la gente continuara sus negocios dentro, que muchas veces acababan en reyertas, no se lo esperaba. Durante su paseo por la ribera se habían topado con un grupo de indigentes que las habían agarrado de las faldas entre gritos. ¡Una imagen como de la Edad Media! ¡Y el mercado de pescado sí que era extraño! Habían levantado un edificio espléndido, profusamente decorado con ornamentos de hierro forjado, proyectado por el propio Gustave Eiffel, para luego llenarlo de montones de pescado ensangrentado.

Naturalmente, también habían pasado por la plaza de la ópera. Ya habían retirado los andamiajes. Todo brillaba y centelleaba y estaba a la espera de la gran noche. Las calles estaban llenas de carteles. *La Gioconda*. A Amely le latía el corazón con fuerza solo de pensarlo.

A pesar de todo...

Todo iría a mejor para entonces. No sabía qué se lo hacía pensar, pero quería creerlo. Cada vez que Kilian hablaba de ello, ella percibía que él también depositaba sus esperanzas en aquella velada. Había vuelto a obsequiarla con un regalo fastuoso: un Spider Phaeton como el que tenía la señora Ferreira.

Amely encontraba casi un tanto escandaloso que una mujer condujera un carruaje. Kilian, por su parte, se había reído de aquellos pensamientos y la había tomado entre sus brazos.

Mi pequeña y querida Amely, tan tímida ella.

Trascurrió una hora. Dos. ¿Qué pasaba ahí fuera?

Amely soñó que navegaba Amazonas abajo. No, mejor aún, que gobernaba ella misma su barco. Hasta la costa. Que se adentraba en el océano, en una tormenta huracanada. Hasta las profundidades heladas. Kilian entendería por fin que no debería haberla tratado como un objeto que uno podía lanzar, recoger, limpiar y volver a lanzar a su antojo.

Pero tal vez llegara antes un pequeño barco de vapor transportando a un aventurero. Da Silva estaría echado sobre la hamaca, en cubierta, sujetando el timón con una mano con aire relajado. Se apartaría el sombrero, abriría los ojos y la vería a ella... Y lo cierto era que en la ciudad ella había estado buscándole continuamente. ¡Qué insensatez! Sabía que había partido rumbo al norte junto con Kilian, en uno de los barcos de este.

—Bärbel, ¿podrías hacer el favor de ir a mirar si nos podemos ir ya?

—¿Yo? ¡Señorita!

La campanilla de la puerta tintineó. Amely esperaba que apareciera su guardia personal. Tragó saliva al ver a Da Silva presentarse ante su mesa quitándose el sombrero.

—¿Ya ha vuelto usted? —balbuceó ella, sin estar del todo segura de si todavía estaba soñando.

—Sí, este mediodía.

—Y... y entonces le ha dado por comprobar si yo volvía a estar en apuros, como aquella vez en la oficina de Correos, ¿no?

Da Silva se sentó en la mesa junto a ella y cruzó una pierna sobre la otra. Como de costumbre, jugueteaba con un paquete de tabaco arrugado entre los dedos. Todo aquello no podía ser real. De ninguna de las maneras.

—No. Miguel ha venido y me ha dicho que estaba usted aquí metida.

Al granujilla lo acababa de enviar hacía un momento a por la calesa, que les esperaba en alguna de las calles laterales.

—Ha habido un tiroteo.

—Ya le había dicho que estas cosas ocurrían. Bueno, es el primero que ve en tres meses: se podría decir que ha sido un período de paz.

¡Menuda arrogancia! Ella tenía los dedos húmedos. Nerviosa, se apartó un mechón de la frente.

—¿Cómo avanzan las obras del ferrocarril? —preguntó ella buscando las palabras a la desesperada. Ojalá no se le viera la sangre que le enrojecía las mejillas. Con aquel calor, el maquillaje no aguantaba lo suficiente.

—Bien.

Amely levantó las cejas.

—Así se contesta a una dama a la que no se desea importunar con un tema como este. Pero bien que me enseñó la parte de atrás del puerto de Manaos, ¿no?

—El puerto es tan apacible como una de las veladas de usted en comparación con lo que ocurre en las obras. Prefiero ahorrarle los detalles.

—¿Cuántas vidas de indios se ha cobrado ya la construcción?

—Muchas.

—Dígame una cifra.

—No puedo.

Amely se dio cuenta de que la mirada de sorpresa de Bärbel oscilaba entre los dos. Ella misma no sabía qué la impulsaba a formular todas aquellas preguntas. ¿Dónde estaba la indigente? La india hacía rato que había abandonado el café. Quizá la habían herido fuera, o se la había llevado la milicia a rastras por el mero hecho de haber estado entre el barullo. Tal vez había seguido su camino para acabar bajo las ruedas de algún carruaje.

—He leído en el *Jornal do Manaos* que una tonelada de caucho cuesta la vida de una persona.

—Y usted está aquí sentada, llevando una joya de oro en la

boca, que, por cierto, le queda preciosa, y permitiéndose todos los lujos. Eso es lo que está pensando, ¿no?

—Sí.

Amely esperaba que se inclinara sobre la mesa, le acariciara la mano y le hiciera algún comentario tranquilizador. Kilian lo hubiera hecho. Da Silva, sin embargo, se quedó callado, meditabundo. *Haga algo para ponerle remedio*, quería decirle ella. *Tal vez no tenga dinero, pero tiene más poder que yo, y usted sabe qué se siente al estar oprimido.*

Ojalá él le rozara la mano...

Un mono saltó a la mesa de al lado. Metió las manos en el dulce del plato de una dama. Entre las risas de los presentes fue brincando con el botín hasta una esquina, donde empezó a disfrutarlo con aire nervioso. Da Silva esbozó una sonrisa. Bärbel masculló que quería irse ya.

—Esperen, voy a buscar el carruaje y lo traigo hasta la puerta trasera —dijo él, y de pronto ya estaba fuera.

No tardó en regresar por la puerta trasera y hacerles una señal. Amely se apresuró a pagar unos cuantos reales a la camarera. En el pasillo lóbrego notó la mano de él. Atravesaron un patio interior bañado por el sol. Pasaron por otro pasillo sin luz. Y entonces, en la esquina más oscura, él la atrajo hacia sí. Su beso fue duro. Ella iba a hacer lo que hubiera sido de rigor: darle una bofetada e insultarle. Sin embargo, la boca de ella estaba blanda. *Solo esta vez*, pensó. Le pasó los dedos por el cuello de la camisa para que no la soltara tan pronto. *Solo una vez.*

—Señorita, ¿dónde está usted? —exclamó Bärbel por detrás de ella—. ¡Aquí no se ve ni torta!

Acto seguido Amely se separó de Da Silva y echó a correr. La luz deslumbrante de la calle la cegó. Miguel estaba de pie junto a la calesa y le abrió la puerta. Ella subió de un salto y se giró hacia un lado para que nadie la viera en aquel estado de confusión.

Kilian daba vueltas alrededor del automóvil, tocando las tapas abiertas del motor, el cárter pintado de negro, la tapicería de cuero de color marrón oscuro, las lámparas de carburo detrás de los cristales, las ruedecillas de latón y una pequeña bocina con la que hacía espantosos ruidos. Se atusó la barba, rebosante de satisfacción.

—Mi regalo de Navidad para ti —anunció.

Los sirvientes, a quienes había convocado en la cochera para que pudieran admirar el vehículo, estallaron en aplausos de entusiasmo. El único que se había abstenido era Da Silva, que, cogiendo a Pedro del cuello, se afanaba por ir alejándolo del automóvil que quería tocar con sus sucios dedos. Sin vacilar se lo llevó hasta la puerta.

—El Benz Velo ha llegado con una carta de tu honorable señor padre. —Kilian se sacó la misiva del bolsillo del chaleco y se la tendió. Estaba dirigida a ella, pero ya la habían abierto. Amely desdobló el papel de tina. Su padre le escribía sobre la buena marcha de la empresa. Le decía que las cosas iban bien y que todo en Berlín marchaba de primera. Le anunciaba que el próximo automóvil que le llegara a Kilian cruzando el gran charco sería de su taller. Su euforia parecía saltar de entre las líneas. Eso sí, en ellas no había palabra alguna referida a Julius, ni un saludo de su parte. A continuación, seguían las felicitaciones navideñas.

De tu padre, que te quiere.

—¿Estás contenta? —preguntó Kilian.

—Sí —mintió ella—. Pero ¿qué se supone que tengo que hacer yo con un coche? Aunque consiguiera ponerlo en marcha, ¿cómo voy a ir con él por la calle? La gente se quedará mirándome y me cerrará el paso.

Kilian se había arrodillado junto a una de las ruedas y tocaba con cuidado los neumáticos de caucho. Su risa retumbó por toda la cochera.

—Puedes probarlo, pero yo creo que no está hecho para las mujeres. No —dijo incorporándose y quitándose el polvo de los pantalones—. Ya me iré familiarizando yo con él. Todavía queda una semana para el estreno, y las calles estarán bastante vacías. La gente estará en el río para recibir el nuevo año con sus ritos paganos. Por algún sitio he visto un manual de instrucciones...

La música no le importaba en absoluto. Lo único que él deseaba era ser el primero de entre todos los barones del caucho. Amely reprimió con todas sus fuerzas el impulso de dirigir la mirada hacia Da Silva.

Otra celebración, otro banquete opulento. Lo único que a Amely le había parecido propio de la Navidad había sido asistir a la misa del gallo, junto con la procesión posterior. Y los regalos. Kilian no se contentó con el Benz Velo y por la noche le puso en el cuello un collar de oro y rubíes. Tenía los acabados al estilo inca y no pegaba con ningún fondo de armario. A la señora Malva Ferreira es justo lo que le hubiera encantado.

—Ven a la cama, Amely, querida —exclamó desde lo alto de la escalinata.

Amely echó un vistazo al reloj de la chimenea. Estaba a punto de marcar las dos y media. Quería acostarse con ella a esas horas nada menos. Todos habían abandonado el salón, y ella era la única que todavía merodeaba por allí. Se propuso agradarle esta vez: la mala conciencia la obligaba. Además no le había podido dar ningún regalo en condiciones. ¿Qué le regalaba una a un hombre que lo tenía todo, y cuya afición era tener trozos de caucho y yelmos de conquistadores en una vitrina? Finalmente, el señor Oliveira se encargó de tal cosa y consiguió el reloj de la chimenea.

Amely fue a acercarse a la mesa para apagar las últimas velas. La escalinata crujió. Kilian se acercó a ella con su pijama de seda.

—¿No querrás quedarte aquí parada hasta que amanezca? Venga, ven —dijo tirando de ella con sus manotas fuertes.

Le olía el aliento a sal de dientes. A través de las faldas pudo notar la intensidad de su excitación. Era capaz de poseerla allí abajo, sobre la mesa del comedor si hacía falta, si ella no se decidía a seguirlo. Bueno, en realidad a ella le daba lo mismo dónde fuese a infligirle los dolores.

—¿No estás satisfecha con tus regalos? —le preguntó entre dos besos húmedos—. Si quieres algo más, solo tienes que decirlo, Amely, querida.

¿Qué puedo querer más, si lo tengo todo? Y no me llames Amely, querida.

Trató de ceder entre sus brazos.

—¿Tendrías algo en contra si recogiera a una india de la calle? —Kilian se quedó inmóvil—. Como ha hecho el señor Da Silva con el que trabaja en la cuadra —añadió rápidamente.

Kilian la tenía cogida por los hombros a cierta distancia. La carcajada de él retumbó en sus oídos.

—¿Todavía no se te ha pasado ese delirio ridículo que tenéis las damas nobles por hacer alguna buena obra con la que calmar vuestra conciencia? No te habrás escondido a esa india detrás de las faldas, ¿no?

No. De todas maneras no volvería a encontrarla, y aun así, cada día se topaba con otras muchas. Kilian tenía razón, era una idea ridícula.

—La mayoría de los empleados del servicio son de origen muy humilde. Yo no soy un monstruo, y de vez en cuando mantengo a algún trabajador que en realidad no necesitamos —dijo dirigiéndose hacia la mesa; cogió uno de los puros habanos, mordió la punta y se lo llevó a la boca. Como quien no quiere la cosa anduvo rebuscando las cerillas. También como quien no quiere la cosa cogió un billete de banco que estaba tirado en el suelo, lo dobló y lo acercó a la vela hasta que prendió. Con el billete de banco se encendió el puro habano, y sin contemplaciones arrojó los restos en un cenicero—. En mi casa no entra un indio. Son pícaros, roban, y además son feos. Ya les puedes dar lo que sea de la cocina, que siempre serán como almas en pena.

—¡Pero eso no es verdad! He leído el libro de Humboldt, solo hay que ver las ilustraciones. Tú ni les has echado un vistazo, ¿a que no?

—Y yo qué sé qué tengo en la biblioteca. De todas formas, no me he leído esas tonterías románticas. —Volvió a acercarse a ella. Ella no sabía qué le repugnaba más, si aquella mirada expectante que la reseguía o lo que acababa de hacer.

—Los indios que vemos en la calle no han sido siempre así.

—Deja ya de insistir como una niña pequeña, Amely. Te digo que en mi casa no entra un indio.

—No está bien vivir aquí con todos los lujos a expensas de esta gente.

—Amely, ya basta.

—Yo entiendo que los odias porque mataron a... —Dios, no. Había ido demasiado lejos—. Perdona. Voy a prepararme para ir a dormir.

Dicho esto se arregazó el vestido para subir las escaleras a toda prisa. Kilian la agarró del hombro y la volvió a girar hacia sí. Antes de que le diera tiempo a entender lo que ocurría, Kilian ya le había puesto la mano en la nuca. Se le doblaron las piernas. No obstante, él la mantuvo en pie sujetándola y la sacudió por los hombros.

—¡Te he dicho que no vuelvas a hablar de mis hijos nunca, *nunca*!

El puñetazo que siguió la hizo tambalearse. Ella deseaba caerse, pero Kilian, sin esfuerzo, conseguía mantenerla erguida y golpearla a la vez.

Amely levantó una mano en actitud suplicante.

—¿Qué? —vociferó él—. ¿Me dirás ahora que estás embarazada? ¡No, eso ya no creo que pase!

Por fin la soltó. Amely se tambaleó contra una silla y se dejó caer encima. Tuvo que sujetarse sobre una mesita cercana para no perder el equilibrio.

—Lo siento —gimoteó, palpándose inquieta. Le dolía la cabeza, pero no tenía heridas en la cara. ¿Por qué esta vez se había preocupado de no dejar huellas? Encontró rápidamente la respuesta: por el estreno. Ella tenía que lucir tanto como el latón pulido del automóvil.

—¿Qué tengo que hacer para que lo entiendas? —preguntó Kilian, exhalando un profundo suspiro.

Amely lanzó una mirada al puro habano, que se había caído y que acababa de hacer un agujero en la alfombra.

—Explícame de una vez por qué te esfuerzas por eliminar los recuerdos de tu vida —dijo en un susurro—. Por algo soy tu esposa.

La misma que ha besado a otro. Si alguna vez se enterara de ello, la mataría a golpes.

—Eres mi esposa, y eres una decepción. Tu padre me embaucó porque quería mi dinero y yo, tonto de mí, me dejé impresionar por tu bonita fotografía.

—Y tú... tú eres un cobarde por huir de tu pasado.

¿Qué locura la impulsaba a decir aquellas cosas? O peor aún, a arrancarse el collar del cuello, su regalo, y arrojárselo a los pies.

—¡Pájaro de mal agüero! —Él se desplazó hacia ella con rapidez. Ya estaba a su lado y la golpeó haciéndola caer al suelo—. ¡Te... tenía que haberte dejado... donde... estabas!

Cada palabra iba acompañada de golpes. ¿O puntapiés? Amely intentó alejarse de él a rastras. No entendía lo que le seguía gritando. La sangre le hervía en las orejas: creía estar en medio del gentío de la calle, donde reinaba aquella violencia. Un pensamiento extraordinariamente nítido la invadió: *eso debe de ser lo que ocurre cuando los señores están furiosos porque no les han suministrado suficiente caucho.*

Ella se incorporó de nuevo y se puso en pie. Se recorrió la cara con las uñas. Un poco más y le hubiera arrancado la gota de oro. *Nos pegamos como estibadores del puerto.* Otra voz retumbó en el salón. Era la de Maria. Amely la vislumbró en la escalera, consternada. Llegaron otros sirvientes. Bärbel estaba pálida del horror.

Ojalá acudiera Felipe y la arrebatara de sus brazos.

—Por favor, *senhora* Wittstock —dijo el señor Oliveira—. ¡Por favor!

La cogió de los hombros apartándola de Kilian y la giró hacia él. Llevaba puesto el pijama y, por encima, un batín de seda mal atado. Amely casi se echó a reír al pensar que habían necesitado una escena como aquella para poder llegar a verlo de aquella guisa.

Respiraba entrecortadamente. Quería preguntarle por qué no dirigía sus súplicas a Kilian, pero las fuerzas la abandonaron. Se podía haber desplomado y haber dormido tres días enteros, o eso creía. ¿Acaso había sido todo un sueño?

En aquel silencio sobrecogedor, los pasos de Kilian se oían con más fuerza que de costumbre. Subía por la escalera con pasos pesados y lanzó un grito; se oyó una copa de cristal hacerse añicos. Más pasos. Algo cayó escaleras abajo.

Se oyó el sonido de algo al romperse. Amely corrió hacia las escaleras: su violín Amati. Lo recogió. El único de sus regalos que había adorado y que había recibido en una época en la que todavía albergaba esperanzas de poder querer a Kilian. Y eso que no había transcurrido tanto tiempo desde entonces.

—Kilian, no voy a ir al estreno —exclamó.

Volvió a bajar. Se quedó unos escalones por encima de ella.

—Oh, sí, ya lo creo que irás.

—No, ya no me hace ilusión.

—Sí que irás.

—Debo de tener un aspecto horrible. ¿Qué pensará la gente? Kilian, por favor. —No, otra vez aquel servilismo: ¿no podía dejarlo nunca de lado? Sin embargo, el miedo era mucho más fuerte. ¿Por qué no había tenido la boca cerrada? Si Maria o el señor Oliveira no habían conseguido enternecer aquel corazón endurecido, ella menos todavía.

—¿No te gustan tanto los indios? Pues mandaré que ahorquen a cien si no te calmas de una vez. Y ahora, ven a la cama.

Amely volvió a soltar el violín. Se remangó el vestido y subió los escalones. Detrás de ella oyó sollozar a Maria.

10

Tenía doce años la primera vez que se introdujo en el mundo de la ópera de la mano de su padre. Posteriormente, acudió con frecuencia a la ópera en Unter den Linden. Sin embargo, a aquella tierna edad nada la había hecho soñar tanto como la historia de amor entre Enzo, el príncipe genovés, y Laura, su amada veneciana. Nada superaba la nobleza de la cantante Gioconda, la maleficencia del inquisidor Alvise Badoero y la astucia de su espía Barnaba. La historia de los amantes que hacen frente a intrigas y atentados seguía cautivando a Amely hasta el día de hoy.

Y mi amar iguala al del león sediento de la sangre de su presa.

Amely seguía las letras en silencio, balanceándose suavemente al ritmo de las melodías.

Soñadora.

En el escenario, Gioconda moría como una heroína, quitándose la vida. Se había encargado de que los amantes se encontraran y pudieran huir. Y ahora huía ella misma de los esbirros. Sonaban las últimas notas, el silencio parecía durar minutos y, de repente, estalló la tormenta de exaltación. Las rosas volaban hacia el escenario. Diamantes. Los caballeros aplaudían a rabiar y exclamaban *da capo!*, y las damas hacían sonar sus collares. De las manos de Philetus y Malva Ferreira volaron broches y brazaletes.

—¿Te ha gustado? —Kilian le acarició la mano.

Amely sabía que no se refería solamente a la representación, sino a su propia entrada en escena, que se había iniciado con su paseo en el Benz, con un abrigo de automovilista demasiado caluroso y gafas protectoras con correas de cuero sobre la frente. Amely nunca podría haber superado a la señora Ferreira con un vestido extravagante, pero de aquella manera se habían asegurado ser el centro de todas las miradas.

—Sí —contestó con un tono apagado.

El telón bajó, pintado con una Venus de piel blanca que simbolizaba el Amazonas. El río Negro y el río Solimões, que se unían formando el Amazonas, estaban representados como hombres de agua con una barba espesa. Ambos luchaban por los favores de Venus. La imagen era de tan mal gusto como el resto del teatro. La platea imitaba la forma de un arpa. Las paredes resplandecían con el mármol blanco y los ornamentos dorados. Entre los palcos se alzaban pilares en forma de alegorías femeninas, y figuras de ángeles flotaban por todo el techo. Sí, la música había sido maravillosa. La puesta en escena, aceptable. No obstante, el edificio era horrible. Colorido, ostentoso, en definitiva, nada más que una golosina con demasiado azúcar para los sentidos, siguiendo el gusto de los barones del caucho.

—Vámonos.

—Como quieras, Amely, querida.

Actuaba como si el percance de días atrás no hubiera sucedido. Las marcas de aquella noche permanecían ocultas bajo el maquillaje y un velo de tul bordado de diamantes. Amely se remangó el vestido de seda de color azul marino con adornos de tela en los dobladillos y un lazo enorme en el pecho. Todo tenía encajes de diamantes, por lo que Amely brillaba como un cielo estrellado. La señora Ferreira, por su parte, que venía del palco contiguo, parecía la misma luna. Efectivamente, llevaba en el sombrero una media luna envuelta en telas. Los diamantes relucientes se mecían ante su cara risueña. Sobre los hombros se extendía una serpiente blanca disecada con manchas amarillas.

—¡Amely! —exclamó entusiasmada—. ¿A que ha sido *fantastique*? *Hélas!* Enzo, ¡cómo te he querido!

Su esposo acudió a su lado como si le hubieran llamado, a pesar de que poco parecido guardaba con el noble Enzo.

—Espero, *senhora* Wittstock, que se haya divertido tanto como nosotros —le dijo esbozando una amplia sonrisa.

—Gracias, senhor gobernador. Ha sido una delicia.

—Si bien no ha sido nada en comparación con la espectacular entrada en la plaza de usted y su señor esposo. Dígame, Wittstock, ¿es difícil conducir un carro con motor? Y, sobre todo, ¿es difícil pararlo? Así, sin riendas en las manos...

Kilian se recreó entre tanta admiración.

—Se requiere algo de práctica, claro está, pero cualquiera puede. Hasta las damas, por supuesto.

Ferreira miró de reojo a su mujer.

—Naturalmente, ya he pensado en encargar uno de esos en el Imperio alemán. En este sentido, cualquier consejo por su parte sería de gran interés.

Amely se disculpó y bajó las escaleras. Seguramente Kilian regalaría un automóvil al gobernador y, a cambio, obtendría algún beneficio al margen de la ley. O quizás un apoyo en lo tocante a la liberación de sus esclavos. Algunos ya habían obtenido su certificado de libertad y ya percibían un pequeño salario.

Pero los esclavos negros eran los únicos que se beneficiaban de la Ley Áurea. Lo que ocurría en las profundidades de la selva no le importaba a nadie.

Salió a la terraza a través del pórtico rosado. En la plaza, iluminada por farolas de gas, se hallaban los carruajes uno al lado del otro, a cada cual más reluciente. Los cocheros esperaban pacientemente con sus libreas inglesas sobre el pescante. En la ciudad reinaba un murmullo alentador: toda la gente estaba en la calle. El señor Oliveira ya le había contado lo que hacía el pueblo llano mientras la alta sociedad recibía el nuevo año en el templo de la riqueza: frotaban sus ropas desgastadas hasta que quedaran tan claras como fuese posible, ya que el blanco era el color de aquella noche. Todo iba a parar al río. Los botes de los pescadores estaban decorados con dibujos o figuras blancas, y uno no podía saber si representaban a la Virgen o a la antigua diosa pagana Yemanjá, que les había de traer buena suerte en el nuevo año. El puerto y los barcos ardían en fiestas, y la arena estaba iluminada por miles de velas.

Dejaban a merced de la corriente barcos tallados en miniatura con regalos para la diosa. Barcos llenos de deseos. De sueños. *Mi amar iguala al del león sediento de la sangre de su presa.*

Sería tan tentador: huir con Felipe, un futuro en algún otro lugar, sin todo aquel lujo sin sentido que la abrumaba más que complacía. Amely estaba convencida, aquí y ahora, de poder llevar una vida simple; aun así, aunque fuese capaz de reunir el valor para ello y aunque él también lo quisiera, por nada del mundo querría hundirle en la miseria de la que procedía y que él tanto odiaba.

¿Pero qué te crees? Él solo te ha besado. Una sola vez.

Las campanas de São Sebastião anunciaban la medianoche. Una expectación febril se apoderó del gentío. Kilian llevó a Amely al círculo de los barones del caucho y los fazendeiros, como gustaban llamarse allí los latifundistas ricos. Hombro con hombro se hallaban las esposas colmadas de joyas junto con las queridas de sus maridos. Sonó la última campanada. En alguna parte, retumbaron salvas de celebración.

—Un brindis por mi predecesor, Eduardo Ribeiro, que hizo de Manaos lo que es ahora —dijo Philetus Pires Ferreira alzando su copa—. ¡Por el progreso técnico, que nos provee de caucho! ¡Por el caucho!

—Por Ribeiro, que Dios le tenga en su gloria. ¡Por el caucho! —exclamaron don Germino Garrido y Otero, un hombre con ejército privado, y Suárez y Hermanos, que había ido expresamente de Río y cuyas manos, según se decía, estaban empapadas con la sangre de miles de personas.

—Que siga fluyendo eternamente.

—¡Eternamente!

Todos alzaron sus copas y bebieron. Aquello se asemejaba a

un ritual masón. Por encima del río silbaban los fuegos artificiales. Círculos rojos, azules, dorados y plateados proliferaban en estallidos por el cielo de la noche, como pétalos de inmensas flores exóticas.

Kilian le pasó una mano por la cintura a Amely. Sin embargo, ella se soltó y se apresuró a bajar por las escaleras. El Benz Velo estaba rodeado de cocheros curiosos y transeúntes. Le abrieron paso de buena gana y le tendieron la mano para que subiera. Así permaneció ella en su asiento con aquel abrigo de pieles innecesario y con los estúpidos anteojos en el regazo. El vestido era demasiado voluminoso para aquel pequeño asiento, y sobresalía por los lados hasta casi llegar al pavimento de caucho de la plaza. Mantuvo la mirada al frente, haciendo caso omiso de la de los hombres: era como una reina en su trono a la espera de que apareciera su esposo. Seguramente le reprobaría que lo obligara a abandonar la celebración de aquella manera y tan pronto. Quizá sentiría su rabia más tarde. O quizá no. Le daba igual.

Ella se había acurrucado en la cama de su dormitorio. Al otro lado de la pared, oía a Kilian roncar en la enorme cama adoselada. Los fuegos artificiales hacía rato que se habían silenciado. Por las ventanas abiertas llegaban risas y retazos de música. La lluvia arreció por poco tiempo, y la ciudad prosiguió su celebración. No obstante, la casa hacía rato que estaba sumida en el sueño.

Amely se incorporó silenciosamente. Echó mano de la cajetilla de cerillas y encendió la lamparilla de petróleo de encima de la mesita de noche. Las dos de la madrugada. Como de costumbre, quiso sacudir las pantuflas, pero sin hacer ruido se puso en pie, descalza. Recogió con cuidado las pocas cosas que no quería dejar atrás. No eran muchas: la cajita de cristal con la *Morpho menelaus*, el regalo de su padre; su viejo violín, que quizás había salido ileso porque Kilian se había olvidado de su existencia; las cartas repletas de lamentos del día de su llegada, tras la desventurada excursión a la oficina de Correos las había metido en el rincón más escondido del escritorio y no las había vuelto a sacar.

Solo le faltaba una cosa.

Dirigió la mirada al cajón que había abierto una sola vez. Sus dedos se posaron sobre el pomo. Sabía que si lo abría no habría vuelta atrás.

Así lo hizo, lentamente. El revólver seguía allí.

¿Seguro que falleciste de tuberculosis, Madonna?

Rodeó la empuñadura con los dedos. Había visto armas de tiro con frecuencia, sí, pero nunca en manos de una dama. Su padre también poseía armas y, como cualquier prusiano que se preciara, había obtenido la licencia de oficial en la reserva. Colocar los cartuchos no tenía mayor dificultad. A continuación, solo había que amartillar. Le tembló la mano cuando, por probar, se llevó el cañón a la sien.

Todavía no. No aquí.

Lo metió todo en su bolso de mano y se lo colgó del brazo. Acto seguido cogió el estuche del violín y abrió la puerta. Reinaba el silencio. Recorrió el pasillo de puntillas y bajó la escalinata. Incluso en aquellos momentos cabía la posibilidad de que apareciera el señor Oliveira: se sorprendería mucho de verla a punto de salir, a aquellas horas de la madrugada y vestida tan solo con su camisón. El salón estaba desierto. Una única lámpara de petróleo al lado de la puerta de entrada proporcionaba una luz crepuscular. Amely bajó la llama hasta que casi desapareció y tomó la lámpara. Con suma cautela giró la llave y se adentró en la noche.

Pensó que debería pesarle en la conciencia haber dejado a Bärbel allí sola. Maria y el pequeño Miguel tampoco se alegrarían. Ni el señor Oliveira. ¿Sí? Pues ya podían llorarla. Deberían estar arrepentidos de no haberla apoyado lo suficiente. Su padre tendría que tirarse de los pelos por haberla enviado allí. Y Da Silva, por no haber hecho nada.

Presa de la rabia, Amely se enjugó las lágrimas de las mejillas al tiempo que caminaba por la hierba esponjosa. Había sido un error renunciar a los zapatos: en cualquier momento podía sufrir una picadura o una mordedura.

Pero ¿qué importaba eso ahora?

La luna llena le iluminaba el camino. Las hojas susurraban con la brisa, o quizá porque algún animal las removía. Las cigarras cantaban. Una pequeña sombra se deslizó rápidamente por la hierba y volvió a desaparecer entre los arbustos tras los cuales se escondían las tumbas de los hijos.

El pequeño igarapé seducía con su borboteo. Una vez allí, avivó la llama para no tropezar y colocó la lámpara sobre el muro. Amely tuvo cuidado de no resbalarse por los escalones. Un destello plateado bailaba sobre la superficie del agua. La bahía de la luna verde sería un escenario mucho más bello para acabar. Pero ¿cómo iba a llegar hasta allí? El muelle privado de Kilian no estaba muy lejos: podía vislumbrar las sombras de los barcos y de las canoas. Amely sacudió la cabeza. Nunca había aprendido a poner en marcha un barco de vapor ni a conducirlo. Y la idea de adentrarse en la oscuridad de la selva casi sin protección le inspiró terror.

Se echó a reír. ¿Todavía tenía miedo al peligro? Qué contradictorio resultaba. También corría el riesgo de que la descubrieran intentando hacerse con el control de una canoa. No, aquel lugar también era bello para morir.

Bebe de la muerte, retumbaba la voz de bajo de Alvise en su interior. *Estás perdida... ¿Oyes el canto? Morirás, seguro, antes de que suene su última nota.*

Amely abrió el estuche del violín y lo puso con cuidado sobre el agua. Se mecía con el suave ritmo de las olas. Con suerte no caería otro de aquellos chaparrones que se habían vuelto más usuales en diciembre. Y con suerte el violín lograría abrirse camino hasta el río Negro. Sería todavía más bonito pensar que el Amazonas se lo llevaba hasta el Atlántico. Amely se imaginó que el instrumento llegaba a un puerto lejano y extranjero, que tal vez un joven pescador lo encontraba y se preguntaba qué historia se escondía detrás de él. A quién habían pertenecido aquellas cartas del reverso de la tapa, a quién la cajita de cristal con aquella maravillosa mariposa que sujetaba las cartas.

Los dedos de los pies se le hundieron en la arena y el cieno.

Se adentró en el agua hasta las rodillas, y dio el último adiós a sus pertenencias.

Solo le quedaba el revólver. Se llevó la mano al bolsillo y palpó la empuñadura.

Felipe bostezó. En el estómago le hervía una mezcla de whisky, cachaza y ginebra. En sus oídos todavía resonaban los ritmos de los tambores carimbó. Todo había sido como se esperaba de una *véspera*, salvo que, aquella vez, no había sucumbido a los encantos de las muchachas como de costumbre. Desear a Amely Wittstock era una sensación agradable, siempre y cuando no cediera a la tentación.

Una vez lo había hecho. Había aprovechado el momento para acercarla contra sí y besarla. Un beso era un inicio. El primer paso en un camino que conducía a la perdición. Ya lo sabía de antemano. Si no hubiera querido recorrer aquel camino por el filo de la navaja, no debería haberlo empezado.

Pero ¿quería?

Se pasó la mano por el pelo en un intento de aclararse las ideas. Deseaba ardientemente haber calmado sus ansias con aquel beso, pero solo había conseguido avivarlas.

Abrió la puerta de la cochera y colgó la lámpara en un gancho. Allí estaba el automóvil, debidamente cubierto, exhalando todavía el aroma a petróleo que hacía las veces de propulsor como sustituto de los caballos. Ahora bien, no era petróleo: lo que era en realidad lo había oído y olvidado. Levantó la lona y palpó los neumáticos. *Están manchados de sangre*, hubiera dicho Amely en aquel momento. Y tal vez le hubiera preguntado si él no podía poner fin a aquel derramamiento de sangre.

La distinguida dama no sabía nada de la vida. De la necesidad. Se había desmoronado en aquel lugar, tal y como él había predicho. En cualquier caso, durante su primer encuentro unos meses atrás, él no hubiera podido imaginarse ni en sueños que se enamoraría de ella.

Ah, ¿no? ¿Acaso no me di cuenta al instante?

Vale. No era la primera vez que consideraba la idea de partir con ella. Pero no sería una partida, sino una huida. ¿Y adónde la llevaría? ¿De qué iban a vivir? Su patrimonio no era ni excesivamente grande ni pequeño: el dinero les bastaría para los siguientes meses. Ella, por su parte, poseía algunas joyas que él podría malvender en Santarem o Belén.

Y, después, bordearían la costa. Quizá rumbo a São Luis. Fortaleza. Río de Janeiro...

Se acercó al asiento y alzó la lona un poco más. El vehículo le causó una extraña sensación. La presentación de Wittstock y Amely y la vacilación con que este había ido girando el volante mientras ambos estaban sentados en su trono le habían parecido de lo más ridículo. Era el juguete perfecto para causar sensación entre los ricos que andaban siempre en busca de distracciones. Aquel automóvil costaba tanto como vivir sin preocupaciones en Río durante algunos años.

Del mismo modo, era ridículo plantearse seriamente huir con Amely. Probablemente ella no querría. Al fin y al cabo, los golpes que debía soportar de vez en cuando no eran nada en comparación con la lucha diaria por la supervivencia.

Pero me desea. Si de algo estoy seguro, es de eso.

Suspiró profundamente. Aquella noche ya no lograría pensar con claridad. *Mañana...*

Detrás de él oyó el crujido de unos pasos sobre la paja. Giró sobre sus talones. Un Miguel trasnochado se acercó arrastrando los pies.

—¿Qué haces aquí, escarabajo?

—He visto la luz de su lamparilla, *senhor* Da Silva. ¿Puedo ver el uto... uto...?

—Automóvil.

—Eso. Automóvil. ¿Puedo verlo?

Felipe se incorporó y retiró la mitad de la lona. El joven, boquiabierto, rodeó el vehículo y palpó los tiradores de caoba y el volante de latón.

—Se parece un poco al Spider Phaeton de la señora Ferreira. Pero eso de que funcione solo... Si no lo veo, no lo creo.

—Seguro que Malva Ferreira se ha muerto de envidia.

Felipe volvió a colocar la lona en su sitio. Miguel todavía no daba señales de querer marcharse.

—Tú me quieres decir algo, ¿no?

—Creo que he visto a Yemanjá.

—¿A la diosa blanca del mar? Muchas chicas del puerto se le parecen.

—No, no. —Miguel convirtió su voz en un susurro—. La he visto aquí. Ahora mismo. Iba caminando por la hierba en dirección al igarapé.

Felipe examinó los ojos del joven inquisitivamente.

—Has bebido tú muchos vasos hoy.

—Que no, *senhor* Da Silva. He visto perfectamente su vestido blanco. Y el pelo, que le llegaba casi hasta la cintura. Si no era Yemanjá, ¿quizás era la madre de Dios?

—¿Que se te ha aparecido la Virgen, dices? —A Felipe le costaba aguantarse la risa.

Miguel se rascó la nuca.

—A mí también me ha parecido raro. Pero Maria *la Negra* dice que en la noche de la *véspera* suceden esas cosas. Si no, no echarían los barcos al agua, ¿no?

—Bah, Miguel. —Felipe le dio unas palmaditas en las mejillas—. Esas cosas pasan cuando a uno le falta sueño y ha bebido demasiado. Tendrías que estar ya en la cama, así que lárgate.

Algo decepcionado por la reacción de Felipe, Miguel torció los labios. De pronto bostezó, fracasando en su intento por disimular.

—Ahora voy, *senhor* Da Silva. Que duerma usted bien.

—Y tú, escarabajo.

Después de que el muchacho hubiera desaparecido, Felipe también se dispuso a marcharse. Probablemente la Yemanjá que había visto Miguel era una de las muchachas del servicio que se afanaba por llevar alguna ofrenda al igarapé. Se quedó pensando qué podía hacer en lo que quedaba de la noche. ¿Volver al muelle y bailar con los que todavía estaban de celebración? ¿O ir a la ciudad a empinar el codo? ¿O darse por satisfecho con el abrazo de su hamaca?

En lugar de eso se dirigió al igarapé, sin saber a ciencia cierta por qué. Cabello oscuro, suelto hasta la cintura... Un vestido blanco... Seguro que la supuesta Yemanjá ya había desaparecido.

Sin embargo, allí estaba, iluminada por la tenue luz de una lamparilla de petróleo. Rápidamente, Da Silva se ocultó tras las raíces de un árbol. Su intuición no le había fallado: era Amely.

No sabía ni lo que pasaría ni lo que podía decidir al día siguiente. Aun así, los siguientes minutos se le presentaron con toda claridad. Iría hacia ella, la estrecharía entre sus brazos, la tumbaría sobre la hierba y por un momento se olvidaría de que era la mujer del hombre que lo había sacado de la miseria.

—¡Eh, Felipe!

Da Silva se agazapó. Lo que le faltaba: otra interrupción.

—Lárgate, Pedro.

Su antiguo compañero se le acercó agachado.

—¿Qué haces...?

Felipe le agarró de la camisa y tiró de él hacia abajo.

—¡Calla! —le susurró—. Vas a despertar a toda la casa. ¿Por qué no estás durmiendo? ¿Otra vez vas buscando ginebra? Aquí en el jardín no la vas a encontrar.

—Te he visto merodeando por aquí. —Por lo menos, Pedro intentaba mantener la voz baja—. ¿Qué te parece si nos damos una vuelta por la ciudad, eh, viejo amigo?

—Yo no soy tu viejo amigo. Lárgate de una vez. ¿No ves que molestas?

—¿Pero qué haces...? Ah, pero si está ahí la *senhora*. ¿Qué hace?

Felipe quería coger a Pedro de los hombros y sacudirle para hacerle entrar en razón y que desapareciera de una vez por todas. Pero aunque así lo hiciera, no podía confiar en que se quedara lejos, o en que mantuviera la boca cerrada.

—¿Sabes qué? Me arrepentí tan pronto como te saqué de la selva —le dijo con un tono calmado. Tan calmado que Pedro, sorprendido, no volvió a mirar en dirección a Amely. Le costó solo un instante arrodillarse detrás de él, sacar la navaja del bolsillo y degollarle por la espalda. Sin embargo, los instantes que trascurrieron hasta que dejó de luchar y de retorcerse parecieron eternos.

11

Dos meses antes

Unos ojos rojos brillaban en la oscuridad de la noche. Se tornaron amarillos. De nuevo rojos. Aymaho trató de comprobar si todavía estaba durmiendo y lo que veía ante sí era un espíritu del sueño o si ya se había despertado y tenía al enemigo de ocho patas pegado a la cara. *Esa incerteza hay que atribuirla a tu propia confusión*, le diría Rendapu. Un hombre debía saber cuándo estaba despierto. Un hombre estaba despierto hasta cuando dormía.

Parpadeó. No eran ojos... La luz se movió, centelleó, era... Se incorporó, totalmente despierto por un instante. Unos pequeños fuegos crepitaban en alguna parte, a muchos pasos de distancia, casi ocultos entre la maleza. Aymaho se frotó los ojos, se irguió, movió los dedos y los pies, se palpó los brazos y los músculos. A pesar de haberse transformado en espíritu, todo en él parecía normal. No sabía qué clase de sueño le había provocado aquella visión, si bien solía acordarse de lo que soñaba. Daría las gracias con un sacrificio al dios más poderoso, Tupán, en cuanto hubiera sobrevivido a aquel tiempo de destierro, si es que lograba sobrevivir.

Hasta el momento, todo había salido bien. Tan solo una picadura de escorpión, una mordedura de serpiente y un arañazo profundo en la sien por no haber visto a tiempo que un árbol caía sobre él. Había vagado durante tres días hasta que encontrar el brazo de río correcto. Nada más digno de destacar. A pesar de todo, sentía cómo la soledad hacía mella en sus fuerzas. Agarró el junquillo que se había atado a la cintura. Cada amanecer le hacía una muesca. Sus dedos palpaban ya veintiocho, todavía quedaban más de la mitad.

Como también faltaba la calavera.

Lo que había vivido hasta entonces no era nada comparado con el peligro que le aguardaba en aquel lugar. Los de la calavera eran la tribu más salvaje de la que hubieran dado cuenta los hombres, árboles y espíritus. Un aka-yvypóra no solo sentía tres veces más sed de sangre que un guerrero normal: su falta de piedad era también tres veces mayor.

Casi en silencio, Aymaho reptó entre la maleza. Sus sentidos percibían todo cuanto se hallaba a su alrededor, cada peligro que acechaba. A cierta distancia, vislumbró unas cabañas de barro dispuestas en semicírculo alrededor de una pared rocosa. En medio de aquella pared caía una pequeña cascada. A los lados se encontraban las calaveras, apiladas una encima de la otra con cuidado, alcanzando una altura equivalente a cuatro o cinco hombres. Para extraer una, era preciso utilizar el filo de una navaja.

Por supuesto, ellos no se quedarían de brazos cruzados mirando cómo él hurgaba tranquilamente en la pared de calaveras. Así no era como debía acometer su tarea.

Tenía que conseguir el cráneo de un hombre que estuviera todavía con vida.

Aymaho se desató el taparrabos y la cuerda que sujetaba un fardo de hojas de palma. Lo desplegó. Durante todo el día, había ido recolectando los frutos de la genipa y el jugo de la liana, y ahora su mezcla lo volvería invisible. Partió los frutos, se empapó ambas manos con la masa negra y azulada y se la untó por el cuerpo. Acto seguido se dispuso a acercarse al poblado como un espíritu de las sombras. Los ojos eran lo único que no podía tintarse, y, de esta manera, observaba el lugar entornándolos.

Un jadeo, o más bien un suspiro de abnegación, le hizo estremecerse. A su izquierda, a pocos pasos, yacía un hombre.

Lentamente sacó la navaja y se la colocó entre los dientes, y con la misma lentitud se deslizó hacia el lugar de donde provenía aquel espeluznante sonido.

Como si alguien estuviera exhalando su último suspiro... ¿Se lo iba a poner tan fácil Tupán? No quería conseguir la calavera de aquella forma y, sin embargo, tampoco estaba en disposición de mostrarse muy exigente.

Sus dedos se toparon con un cuerpo blando. No era el de un guerrero malherido, sino el de un joven. Se inclinó sobre él sujetando la navaja. El joven de la calavera percibió su presencia y abrió los labios en un intento de proferir un grito. Se veía un horror inconmensurable en sus ojos, en los que la luna llena se reflejaba de tan abiertos que los tenía: aquel horror —Aymaho lo supo de inmediato— no se debía a la punta de la navaja que sujetaba a poca distancia del joven. Al tiempo que iba palpando el cuerpo tembloroso en busca de señales de heridas, esperó que el joven opusiera resistencia, pero este no se movió. Tan solo profería unos sonidos roncos. Los dedos de Aymaho se introdujeron en las profundidades de la sangre.

Se topó con un objeto duro. El joven no gritó ni cuando Aymaho se lo sacó con esfuerzo. Lo que tenía entre los dedos era una suerte de semilla, lisa y pesada.

Hierro.

—Vantu —susurró el joven. Ese era otro nombre para Chullachaqui, si bien este era mucho más demoníaco.

El mal había causado estragos en aquel lugar. Y seguía allí.

Al fin y al cabo, aquello era la aldea de la tribu de la calavera, la morada del mal. Sin embargo, el mal se manifestaba de una forma muy diferente a la que había esperado.

Aymaho degolló al joven. Su último aliento fue como un suspiro de agradecimiento.

Volvió a guardar la navaja en la vaina de hojas de palma que llevaba atada a la cintura y reptó hasta la aldea. Se le pasaron por la cabeza todas aquellas historias que se explicaban sobre los aka-yvypóra en las cabañas y junto a las hogueras. No solo se decía que estaban considerados como los guerreros más peligrosos, sino también que masacraban a sus enemigos con total entrega. Bebían su sangre, se comían sus corazones cuando todavía latían. La pared de huesos blanquecinos era un testimonio sobrecogedor de su valor y su temeridad. Y de su crueldad. Según se decía, tres guerreros de la calavera eran capaces de exterminar una aldea entera.

A pesar de todo, Aymaho no sintió miedo al aproximarse al círculo de luces. Durante el día, ensayando mil veces su acercamiento, sí, el miedo se había apoderado de él. Ahora solo importaba cómo actuar. Los latidos de su corazón quedaban ahogados por el murmullo de la selva nocturna y el de su espíritu. Se metió un dedo en la oreja en un vano esfuerzo, como siempre, por acallarlo. Se sacudió el pelo, respiró profundamente. No podía permitirse distracción ninguna. A la sombra de una de las cabañas, reptó por el suelo de barro. Y deseó que no olieran su presencia.

¿Pero dónde estaban?

Entre los murmullos percibió de nuevo un gemido: sonaba diferente, más agudo. Alguien estaba sufriendo una muerte atroz.

Por fin los descubrió.

Tres aka-yvypóra estaban atados a unos postes, con las manos cruzadas por detrás, enfrente del lugar de las calaveras. A la luz de la hoguera, Aymaho vio cómo la sangre brillante les corría por los muslos.

¿Qué significaba aquello? Si bien la tribu de la calavera asesinaba brutalmente a sus enemigos, nunca había oído que hicieran lo propio con los suyos. Y los hombres, que más que de pie estaban colgados, eran, en efecto, de aquella tribu, a juzgar por sus pinturas blancas.

¿Qué otra fuerza era la que allí acechaba?

Al oír voces se agachó.

¿Unodeestosperrostodavíaestáconvida?

Eldelaizquierdatodavíasemueve.

Noveonada.

Sí,estámoviendoelbrazo.

Aymaho escuchó aquellas frases extrañas con sorpresa.

Seis o siete hombres aparecieron por entre las sombras. Uno de ellos cruzó la plaza de la aldea en dirección a los tres hombres. Aymaho fijó su atención en la manera despreocupada de la que hacía gala al moverse, como si no existiera el peligro. Unas telas gruesas le cubrían las piernas y los brazos, dejando al descubierto solo la cabeza y las manos. ¿Por qué hacían algo tan vergonzoso? Tenía las pantorrillas metidas en fundas de cuero. Aymaho se preguntó cómo podía caminar con ellas. Sobre un brazo, como un niño pequeño, llevaba una vara de color negro brillante.

Era un ambue'y, uno de los *otros*, reconoció Aymaho con horror. Los seres humanos de las leyendas que habían llegado de lugares tan lejanos que la razón no podía llegar a abarcarlos. Durante mucho tiempo se les había tenido por dioses, pero habían ido solo para conquistar, robar y esclavizar a las gentes que habían heredado la selva, los ava. Todo aquello se lo había contado su madre junto al fuego, y aquella era la primera vez que lo recordaba. Anteriormente, los miembros de su tribu habían mostrado temor y respeto al hablar de aquellos antiguos conquistadores, pero, en algún momento, cuando él todavía era un niño, habían decidido guardar silencio sobre ellos.

—Te está confundiendo la hoguera, Rodrigo. O quizás has bebido demasiado... Oh, ahora lo veo yo también, se está moviendo. ¡Pero si tendría que estar ya muerto! ¡Después de tres tiros en el estómago!

—Estos son duros de pelar. Si él pudiera, ahora mismo te hincaría los dientes en el cuello.

—Pero ya no puede.

Unas carcajadas sucedieron a aquellas palabras incomprensibles. Uno de los guerreros de la calavera volvió la cabeza bañada en sudor hacia ellos. Movió los labios profiriendo un sonido casi imperceptible. Sin duda, alguna maldición destinada a destruir a aquellos extraños.

—Mira si vive que todavía habla.

El hombre se irguió delante del prisionero. De repente, Aymaho tuvo claro que aquel guerrero, que temblaba de pánico, era el último superviviente de la tribu de la calavera.

—Es una pena que no nos lo hayáis puesto más fácil —dijo el forastero dirigiendo sus palabras a la noche—. Os habría ido mejor, y habríais aprendido algo en lugar de construir muros de calaveras horribles como demonios de la Edad Media. Aquí estáis como en la época de las cavernas. La mayoría de los salvajes entienden en un momento u otro lo que les enseñamos. Pero, por desgracia, vosotros no. Pues vosotros lo habéis querido. —Se volvió sobre sus pies envueltos—. Larguémonos de aquí.

—Vaya un día de mierda —musitó otro—. Apenas hemos conseguido esclavos: solo un viejo y una chica demasiado joven para que podamos divertirnos con ella.

—Ya nos las arreglaremos.

Con paso cargado, se acercaron a una hoguera junto a la cual había bolsas de cuero y haces de tela. Los examinaron con el mínimo cuidado antes de echárselo todo al hombro. Aymaho creyó que se disponían a irse cuando, de pronto uno de ellos se detuvo y volvió a clavar la mirada en el hombre de la calavera.

—No soporto que me esté mirando.

—Mañana ya estará muerto.

—Mejor que sea ahora mismo.

Alzó la vara por delante de la cara. Parecía estar esperando algo. Aymaho adivinó lo que estaba a punto de suceder, las leyendas también hablaban de ello. Sin embargo, se estremeció cuando se produjo la detonación. El cuerpo del aka-yvypóra se sacudió como derribado por potentes olas y acto seguido se derrumbó.

Los hombres se marcharon. Atrás quedó la aldea muerta de una tribu aniquilada. Aymaho se abrió paso entre las cabañas y los cadáveres de las gentes de la calavera. Estaban por todas partes. Ahora nadie le impediría sacar una calavera del muro. Una victoria que, gracias a aquellos extraños, no podría haber resultado más sencilla.

Recorrió el muro con la mirada. Solo le faltaba un gesto y su tarea estaría cumplida.

Sin embargo, tenía la sensación de que su tarea no se acababa allí.

Se dio la vuelta y siguió el amplio rastro de luz y ruido que iban dejando los forasteros.

En los rasgos de la muchacha se veía el mismo pánico. Debía de tener diez u once años, los pechos todavía pequeños y azulados por el manoseo de aquellos forasteros. Como tantas otras mujeres también había utilizado la fruta de la genipa para conferir al negro de sus cabellos un tono azulado y reluciente. Tal vez estaba ya prometida con un hombre y se había afanado en ponerse guapa para él. Y tal vez había presenciado cómo este había sucumbido ante la violencia de los *otros*. Un anciano estaba tendido junto a ella en una hamaca y la tenía rodeada entre sus brazos. Mascullaba sin parar mientras se balanceaba hacia delante y hacia atrás.

Han exterminado a nuestra tribu, creyó entender Aymaho en aquel dialecto diferente al suyo.

Sin embargo, aquellos dos no pertenecían a la tribu de la calavera, sino posiblemente a los wayapi. O a los cocoma.

Aymaho estaba tumbado boca abajo sobre una rama; a medio brazo de distancia por debajo se encontraba una cabaña con un techo de hojas lleno de agujeros. No le costó esfuerzo alguno retirar un poco más las hojas sin hacer ruido para poder ver su sobrio interior. Aquella cabaña no la habían construido los de su tribu; solo alguien que no entendiera nada de la selva emplearía ramas cubiertas de hojas de la ceiba, que se llenaban de parásitos con facilidad. Los ambue'y, los *otros*, descansaban allí.

Aparte de algunas hamacas sobre las que roncaban cuatro hombres, solo había una mesa medio podrida cuyas patas estaban metidas en cubos. Otros dos ambue'y habían depositado sus armas encima y se afanaban por limpiarlas con esmero. Apenas prestaban atención a la muchacha escuálida y al anciano. El que acababa de abusar de ella se olió los dedos, bostezó y se limpió con un pañuelo que lo ensució aún más.

Aymaho ya se había decidido por el cráneo de aquel hombre: le parecía el mayor y el más peligroso. Aquellas extrañas armas le preocupaban.

Se había adueñado del espíritu de la tarántula. Sería rápido, silencioso y peligroso. Como la pantera. Con cautela, echó mano de su arco y del carcaj. Colocó una flecha e introdujo la punta por el tejado de hojas.

Uno de aquellos hombres se puso en alerta. El ambue'y alzó la cara cubierta en sudor y de piel clara. Una barba erizada le crecía por debajo de la barbilla. Tenía un aspecto exhausto y demasiado bien alimentado para la jungla. Tenía la mirada clavada en el agujero. Aymaho sentía el impulso de hacer volar la flecha, pero, entonces, el tipo volvió a bostezar y dejó caer la cabeza con un gruñido. Aymaho sonrió. El fruto de la genipa lo volvía invisible.

Se incorporó levemente sobre la rama y tensó el arco. La punta de la flecha retrocedió de nuevo en la noche, como la cabeza de la serpiente a punto de atacar.

Un pensamiento le detuvo. Trató de comprenderlo. ¿Miedo? No. ¿Qué era? De repente, se sintió débil. Justo empezaba a sentir ahora en sus huesos el peso de tantos días vagando. Tenía que pensar que ahora solo era un espíritu desterrado. Las heridas de las pirañas empezaron a latir como si quisieran advertirle de que su cuerpo era más débil que entonces. Le vino a la memoria el cacique. Como si quisiera gritarle algo. Con determinación, sacudió la cabeza y tensó el arco de nuevo.

Han exterminado a nuestra tribu.

Era eso lo que las voces de los espíritus pretendían recordarle; eran las palabras del anciano.

Volvió a meter la flecha en el carcaj.

Han exterminado a nuestra tribu...

Aquellos forasteros, de aspecto tan indefenso que parecían no poder sobrevivir ni un día en la selva, tenían el poder de destruir tribus enteras. A los de la tribu de la calavera, a quienes habían pertenecido aquellos dos prisioneros. Y quizás eran capaces de más. De mucho más... Cierto era: no parecían dioses. Pero su fuerza era incuestionable.

Si lograba acabar con aquellos seis hombres, nunca llegaría a saber qué pretendían los ambue'y. Qué tribu aniquilarían a continuación.

Y cuándo le llegará el turno a la mía, pensó.

Ocultó el arco entre el ramaje. Asímismo ocultó la cerbatana entre el ramaje sin saber si podría volver a recuperar sus armas. ¿Había adivinado el cacique la magnitud real de aquel reto? Era digno de un hombre que no temiera a la muerte. No, no a la muerte, sino a lo que venía antes. Dolor, humillación, vergüenza, fracaso. Aymaho apretó los puños para poner fin a los temblores que querían apoderarse de su cuerpo y también de su interior. Contempló a la muchacha maltratada para que su miedo se tornara en rabia.

Sucediera lo que sucediera, no se dejaría someter.

¡Aquellos forasteros daban ganas de reír! Tan poco atentos, poco sabios, hasta un niño podía sorprenderles. Ni siquiera le oyeron saltar del árbol y acercarse a la puerta. Las fibras de madera se desmigajaron bajo sus dedos al descorrer la puerta con una rama clavada.

El gordo fue el primero en advertir su presencia. Ni siquiera dio un respingo: tan solo se alzó un poco y se quedó mirándole. El otro levantó la cabeza con el ceño fruncido y pronunció unas palabras de perplejidad. Sin apenas determinación agarró su arma. El silbido que salió de su boca de finos labios se dirigió a los que dormían, que fueron despertándose con calma.

Aymaho casi llegó a arrepentirse de haber dejado atrás sus armas. *Si lo hubiera querido, hacía rato que estarían muertos.*

De repente sucedió algo con lo que ya no contaba. El gordo levantó la vara con una habilidad que no concordaba con su cuerpo. Aymaho vio la abertura del caño de metal dirigida hacia él. Un destello, como si en el interior estallara una tormenta. Un estruendo que silenció a su espíritu del ruido. *Por fin*, pensó antes de sucumbir en la oscuridad.

12

Un dolor desconocido le atravesó la cabeza. Tomando aliento, como si se ahogara, levantó la mirada. Convencido de que estaba sumido en una noche eterna, se sintió confundido al ver el cielo claro que se alzaba como una bóveda sobre él, lleno de nubes surcadas por buitres. El viento soplaba entre las copas de los exuberantes imbaubas.

Tras el asombro de comprobar que todavía seguía con vida, se puso de rodillas, se inclinó y vomitó. La sangre le goteaba sobre los muslos. Quería palparse la cara para encontrar la causa, cuando se dio cuenta de que tenía las manos atadas a la espalda. El recuerdo de lo ocurrido lo azotó como un latigazo. Los ambue'y lo habían herido. Gracias a los dioses y a los espíritus, sus armas solo le habían rozado la cabeza.

Acto seguido lo habían apresado, cosa que ya era su intención. Sin embargo, no dejaba de ser una sensación desagradable.

Un hilo de sangre le cosquilleaba en una mejilla. Dado que todavía veía con ambos ojos, pensó que podía haber sido mucho peor. Junto a él, el anciano permanecía agachado. Él también estaba maniatado. Aymaho vio cómo se fijaba en él y movía los labios. Acercó una oreja al anciano y después la otra. Sordo de ambas. Se estremeció. Las náuseas le invadieron de nuevo la garganta, obligándolo a doblarse. A continuación se dejó caer y cerró los ojos. Por debajo, sentía los tablones de manera oscilantes de una embarcación. Al parecer, lo habían llevado hasta el río. ¿Para qué? No era ningún secreto para qué les serviría la muchacha, pero ¿para qué los habrían apresado a él y al anciano?

Un extraño sonido lo despertó. ¿Era su espíritu del ruido el que se inventaba algo nuevo con que torturarle? Era similar a un tartamudeo, rítmico y, en cierto modo, sosegado, que ahogaba el murmullo del río Blanco.

Esta vez se incorporó lentamente. La barca tenía unas dimensiones inusuales, seguramente debía de medir unos quince pies. Según contaban las antiguas leyendas, en el mundo de los ambue'y existían barcos aún mayores. Habían llegado por mar, hacía ya tanto tiempo que el recuento de los años se había perdido ya en el mundo de los espíritus. La barca estaba provista de una construcción, una suerte de cabaña, cubierta por una sucia lona y rodeada por un paño de tela fina, seguramente para ofrecer cobijo contra los mosquitos. Los extraños estaban sentados a la sombra de la lona. Solo los oía, la cabaña le tapaba la vista. ¿Cómo conseguía la barca mantenerse estable en la corriente sin que alguien llevara los remos? Aquello también constituía una prueba de una fuerza inusual.

—¿Y la chica? —dijo Aymaho. No esperaba respuesta alguna: la pregunta era para sí. Sin embargo, el anciano se inclinó hacia él.

—Le llevé las manos al cuello cuando todavía me quedaban fuerzas —respondió en un dialecto al que el oído de Aymaho no estaba acostumbrado—. Era lo mejor para ella.

Aymaho no estaba seguro de haberle entendido bien. ¿Quién era capaz de algo así aunque se lo dictara la razón?

—¿Por qué... por qué estoy todavía vivo?

—Porque te pintaste de negro. Pensaron que eras un espíritu.

Pero él era un espíritu, en efecto. El cacique lo había convertido en espíritu. ¿O no? Aymaho intentaba concentrarse, pero el dolor latente de las sienes se lo ponía difícil. Quería explicarle que era un espíritu, al menos durante dos meses, pero le pareció que no merecía la pena mover la lengua para relatar aquella historia.

—¿Y tú? —murmuró con voz pesada—. ¿Por qué sigues tú con vida?

—No lo sé.

—¿Viven todavía los de tu tribu?

—No sé.

Fuera lo que fuera lo que había vivido aquel anciano, le había costado parte del juicio. Su figura le recordaba a la del cacique. Era como si el propio Rendapu estuviera allí sentado y tuviera que admitir que le habían arrebatado la sabiduría y el poder de entre las manos. Aymaho dejó sus pensamientos a un lado.

—¡Mírame! —susurró al hombre. Él le obedeció lentamente—. ¿Cómo te llamas?

—Gauhata —respondió con una debilidad que irritó a Aymaho.

—Gauhata —repitió él. Le gustaba poder dirigirse a un hombre por su nombre. Inspiraba confianza—. Cuéntame todo lo que sepas sobre estos hombres, Gauhata. Todo lo que ha pasado.

—A los ava nos llaman indios. —Gauhata puso los ojos en blanco—. No sé nada. No, no sé nada más.

—Haz memoria. Por la sabiduría de Tupán, ¡haz memoria!

—¿Por qué? El recuerdo solo me atormenta.

Con un suspiro, Aymaho apoyó la frente sobre la rodilla. Había sido un error presentarse ante los *otros*. Dado que no hablaban su lengua, ¿cómo iba a averiguar si su tribu, los yayasacu, corría peligro? ¿Y dónde se encontraba aquella barca? Miró a su alrededor en un intento de orientarse por la posición del sol, el musgo y el color del agua. Así era como había hallado el poblado de la tribu de la calavera. El agua de color marrón claro era propia del río Blanco: se dirigían hacia el sur.

En algún momento la barca se detuvo ante una cabaña junto a la ribera que flotaba meciéndose sobre el agua. Un hombre salió atraído por el ruido de la barca. Era un ava y, sin embargo, estaba vestido como los forasteros. Con un aire sumiso esperaba en la plataforma delante de la cabaña. Cuando la barca chocó contra los tablones de madera podridos, amenazando con derrumbar toda la construcción, el anciano Gauhata se asomó por la barandilla de la embarcación.

—Un esclavo para tu zona, Diego.

El ava se inclinó repetidamente.

—¡Gracias, gracias!

—¿Y qué hacemos con este? —El gordo señalaba con su arma hacia Aymaho—. A este no lo podemos mandar a recolectar caucho, se largaría. Seguro que el viejo también. Siempre lo digo, no sirve de nada capturar a hombres solos. Hay que traer también a su mujer o a sus hijos para que hagan lo que se les ordena.

Aymaho se vio observado por varios pares de ojos. Fuera lo que fuera lo que le tenían reservado, seguro que no era nada bueno.

—Pero es fuerte y alto. Sería una lástima. ¿Qué es ese potingue asqueroso que lleva encima? Yo lo hubiera matado. —El barbudo le señaló el pecho—. Nos lo llevamos a las obras y allí lo encadenamos.

—¿E ir arrastrándolo todo el día? Apuesto a que no nos va a dar más que problemas. En la barca no hay nada que pueda hacer. No, no, es una carga, mejor lo matamos. —El otro se pasó la mano por la barba en actitud reflexiva. Aymaho hacía esfuerzos por mantener la mirada baja. De pronto el hombre se echó a reír—. ¡Tú solo tienes miedo por el aspecto horrible que tiene! ¡Admítelo! —Haciendo caso omiso de los gruñidos del gordo, se dirigió al ava—. Quítale eso, que parezca otra vez una persona. Si es que ahí debajo hay una persona.

Unas risotadas siguieron. El ava, de aspecto flaco, se retorció las manos.

—Vale, pero tardaré unas dos horas. La genipa es difícil de eliminar, hay que hervir jabón...

—¡Pues hiérvelo! Y tú, ¡levántate!

El caño de metal oscilaba frente a los ojos de Aymaho. A juzgar por los gestos del hombre, tenía que levantarse. Tuvo que hacer un esfuerzo, porque el dolor de cabeza volvía a postrarlo de rodillas. Finalmente se puso de pie sobre la plataforma oscilante. Con el arma clavada a la espalda les empujaron a él y a Gauhata hacia el interior de la casa. Una vez allí, hubieron de agacharse de nuevo. Aymaho se alegró de que los ambue'y regresaran a la barca. Agudizó el oído para poder oír si zarpaban, pero no.

El ava dejó caer la esterilla de la entrada tras de sí. La luz crepuscular no conseguía ocultar toda la porquería y la sordidez del lugar. Dio un golpe con las rodillas en el hombro a una mujer agachada. Ella también iba vestida con los ropajes de los ambue'y, con la salvedad de que los suyos y los de su esposo estaban hechos andrajos. Las delgadas extremidades se le adivinaban entre la tela raída. La mujer tenía posado en el hombro un papagayo cuyo colorido desentonaba con aquel entorno. Empezó enseguida a calentar un caldero en la hoguera, al tiempo que el ava se agachaba delante de sus dos prisioneros. Había abandonado su servilismo, pero no sus movimientos inquietos, como si arrastrara un temor eterno que le hubieran infundido tiempo atrás. Con dedos temblorosos, encendió una colilla blanca de la que sobresalía el tabaco picado, y se la llevó a la boca.

—Bueno, pues bienvenidos a vuestra nueva vida —dijo en la lengua de los ava—. A partir de ahora seréis prisioneros trabajadores. Eso significa deslomarse unos cuantos años y luego la muerte. Si obedecéis, quizá tengáis la suerte que tuve yo, pero no es algo muy normal. En ese caso vosotros mismos tendríais trabajadores.

—¿Suerte? —le interrumpió Aymaho—. Vengas de donde vengas, no creo que nadie de tu tribu viva en la misma miseria en la que vives tú ahora.

—Allí no vive ya nadie.

—¿Así que los ambue'y han exterminado también a tu tribu?

Al dar una fuerte chupada a la colilla, las cenizas ardientes le cayeron sobre el dorso de la mano. Pareció no darse cuenta.

—Yo era un ha'evemi. El último ha'evemi, igual que vosotros sois los últimos de vuestra tribu.

Aymaho evitó mencionar que el anciano no pertenecía a los yayasacu y que estos seguían viviendo en sus terrenos de caza apartados. Gauhata tenía la cabeza metida entre las rodillas y murmuraba algo para sí. El ava pasó la punta de la colilla ardiente por los hombros del anciano. Este ni siquiera llegó a estremecerse.

—Ya está muerto —dijo Aymaho—, solo que su espíritu todavía no ha abandonado el cuerpo.

—Mejor para él —murmuró el ava.

—¿Cómo te llamas?

—Los ambue'y me llaman Diego.

—Quiero saber *tu* nombre.

Sus ojos negros e inyectados en sangre se clavaron en él con furia.

—Ahora me llamo Diego, ¿me oyes? ¡Diego!

Pero ¿qué locura reinaba allí? Aymaho tiró de las cadenas. ¡Por la corona de plumas de Tupán que tenía que averiguarlo!

Los cordones de cuero se le hundieron más en la carne. Respiró profundamente.

—Explícamelo todo —le espetó—. Hasta ahora no habíamos entrado en contacto con estos hombres. Tan solo había... leyendas. ¿Qué me va a pasar? ¿Por qué matan? ¿Qué quieren?

Diego se rebuscó en un bolsillo de los pantalones y sacó una navaja. No estaba hecha de cobre, sino de aquel metal que, según las leyendas, también habían traído los *otros*. De vez en cuando ocurría que algunos fragmentos de cuchillas de hierro acababan por algún trueque en las profundidades de la selva. Con ellas se fabricaban puntas de flecha. Aymaho anhelaba con todas sus fuerzas poder hundir aquella navaja en el corazón de los hombres de fuera.

Tenía que hacerse con ella.

El ava se acercó a la pared de la cabaña arrastrando los pies. Allí se amontonaban vasijas de barro, calabazas rotas y cestos infestados de parásitos. Mientras revolvía en aquel desorden, mandó a su mujer volver al trabajo con palabras bruscas y regresó con un bulto que había ensartado en la punta de la navaja. A continuación volvió a inclinarse ante él.

—Esto es lo que quieren. Caucho. El árbol que llora.

Aquel pedazo era coriáceo y de color marrón oscuro. Diego lo levantó, lo apretó y lo volvió a estirar.

—De alguna manera, los ambue'y saben qué hacer para que el caucho quede siempre elástico, ya esté frío o caliente. Y a ese tipo de caucho le dan infinitos usos. Con él fabrican cosas. —Calló y fijó la vista en el pedazo de caucho—. No sé cuáles exactamente. A veces las mencionan, pero nunca sé de qué hablan.

Sin quererlo, Aymaho observó si Gauhata estaba tan sorprendido como él. Naturalmente, el anciano no comprendía nada; a buen seguro ni siquiera prestaba atención a las palabras de Diego. *¿Por qué dejaba el espíritu del caucho que hicieran aquellas cosas con él?*, se preguntó Aymaho. *¿Son los ambue'y dioses de verdad?*

No, no, no. Una voz interior le decía que aquello no era cierto, que vivían en casas, amaban, odiaban, enfermaban y morían.

—Envían a gente de su propio pueblo a la selva para recolectar el caucho. Pero son tan avariciosos que nunca tienen suficiente. Mandan a trabajar a todos los que esclavizan. Los mandan lejos, día tras día, e incluso por las noches; estos corren por la selva con un cubo, buscando el árbol del caucho entre la jungla y cosechando sus lágrimas. Cuando el cubo está lleno, lo llevan al punto de recogida, donde les esperan barcas que se llevan los cubos lejos, a las ciudades, en barcas grandes, y luego en barcos, y los barcos se los llevan por mar hasta Europa...

El ava mascullaba palabras desconocidas para Aymaho. *Ciudades, barcos, Europa...* Le costaba trabajo adivinar qué significaban, y sin embargo entendía lo más esencial: los *otros* codiciaban el caucho, y por eso sucedía todo aquello.

—Tú no recolectarás: a ti te obligarán a hacer otra cosa. A lo mejor a construir carreteras.

—Carreteras...

—Caminos anchos. ¡Oh, hay muchísimos tipos de trabajo! A las mujeres de los ava las mandan a casas enormes, y allí tienen que cumplir la voluntad de quien se lo pueda pagar. Y a los avas de los que no pueden sacar provecho los matan. Y a los que viven donde se hallan los árboles que lloran. O a veces porque sí. —Diego se inclinó. Su nariz se encontraba a un palmo de los ojos de Aymaho—. ¿Sabes qué cosas he visto? —preguntó en voz baja—. ¿Quieres oírlas?

Aymaho asintió. Quería saberlo todo.

—He visto cómo ataban a los hombres a los árboles y les disparaban en el miembro. A las mujeres les habían cosido los labios para que dejaran de chillar. Al cacique le vertían aceite hirviendo en las orejas. Y luego lo despellejaban.

Por muy irreal que sonara, a Aymaho no le cabía duda de que todo aquello era cierto.

—¿Y por qué se han apiadado de ti?

—¿Yo he dicho que se hayan apiadado de mí?

Diego miro a la mujer por encima del hombro para que se diera prisa. Entretanto, un fuerte olor empezaba a esparcirse por la cabaña.

—No te va a gustar mucho que te lave con este agua hirviendo —dijo riendo para sus adentros—, pero créeme, hay cosas peores.

—Te creo. ¿Cómo se puede detener a los ambue'y? ¿Son dioses?

Diego se rio más ostentosamente.

—No. No, no creo. Pero detén tú la estación de lluvias. O el paso de las hormigas. No se puede.

—A no ser que se mate a la hormiga reina. Seguro que los ambue'y tienen un cacique.

—Sí, claro, el barbudo de ahí fuera, se llama Postiga —aclaró Diego haciendo una señal en dirección a la barca, donde los forasteros estaban sentados a la sombra de la lona, charlando y riendo—. Para nosotros él es como el cacique. Pero en su mundo solo es un hombre cualquiera que tiene también un cacique. Aquel se llama Benito. Y, a su vez, él es un gusano en comparación con otros caciques. Así son los ambue'y. Uno está por encima del otro, como en los nidos de termitas, y en la cima solo hay sitio para uno.

—¿Cómo se llama ese? ¿Dónde está?

—¿De qué te sirve a ti saberlo?

—Para matarlo.

Diego gorjeó.

—Tú inténtalo. Se llama Wittstock.

Wittstock vivía en una casa de color rosado como los pétalos de la siyuoca, en una gran ciudad llamada Manaos. Diego no sabía decir nada más sobre él. Era un nombre de una extraña sonoridad que asustaba a Aymaho. ¿No sería de verdad un dios? ¿Se le podría matar? Intentó pronunciar el nombre en un susurro. Las sílabas duras le brotaban de los labios en contra de su voluntad. Le asaltó una imagen de aquel hombre, casi sin proponérselo. Se parecía a los de fuera y, sin embargo, era diferente.

Aymaho se apoyó en la pared, respiró profundamente y saboreó aquella agradable sensación de odio que se le expandía por todo el cuerpo.

Wittstock, hormiga reina de los otros, te mataré.

Diego se incorporó, arrojó el pedazo de caucho a una esquina y apartó a la mujer de la cacerola. Ella se agachó y apretó la cara contra las rodillas. A Aymaho le pareció ver a Tiacca arrodillarse. El papagayo había salido volando y se había posado sobre una calabaza. Como todo a su alrededor, también tenía un aspecto miserable. Aymaho pensó que el animal podría escaparse con facilidad, pero, como el hombre y la mujer, ya no sabía qué se sentía al ser libre. Como si los ambue'y hubieran llevado consigo una enfermedad que destruyera la esencia de los ava.

Diego metió un cuenco en el caldero. El brebaje hirviendo que llevaba consigo le llenó los ojos de lágrimas. Aymaho apretó los dientes cuando Diego le vertió parte del líquido sobre el hombro y se lo frotó con un andrajo hasta que la piel con el tatuaje del halcón quedó al descubierto.

—¿Qué porquería llevas ahí? —Diego le agarró la tira de piel que Aymaho llevaba colgada al cuello. Por prudencia, Aymaho se había cubierto los amuletos con barro y los había tintado de negro para que nadie se los arrebatara—. Sea lo que sea, eso de ahí molesta también.

Aymaho dio un respingo y le propinó un cabezazo a Diego en la frente. Haciendo caso omiso del dolor atenazante, le dio una patada en la entrepierna. El cuenco se precipitó al suelo derramando su contenido sobre los muslos de Aymaho. Diego se giró, dio unos pasos tambaleándose y cayó junto al fuego. Aymaho se abalanzó sobre él y le oprimió la nuca con la rodilla. La mujer permanecía callada y les miraba con aire sorprendido. Las manos descansaban sobre su regazo al tiempo que la cara de su marido se quemaba sobre las brasas.

Unos pasos sobre la plataforma hicieron temblar la cabaña. Diego pataleaba como un escarabajo. Había perdido la navaja. Aymaho miró a su alrededor, nervioso. Si no lo encontraba de inmediato...

—¿Eh, Diego, qué pasa? —se oyó desde fuera. Era el gordo al que Diego había llamado Postiga. Todavía no se le oía especialmente alarmado—. ¿Es tu mujer la que berreaba ahí dentro?

Por el rabillo del ojo, Aymaho vio oscurecerse la cortina. Ahí estaba la navaja. Se dejó caer de espaldas. Palpó con los dedos, la encontró, se le escurrió. Masculló una maldición entre dientes. Entonces, la agarró por fin. Miró hacia la entrada. El ambue'y echó la cortina a un lado y entró. Aymaho se afanó por cortarse las correas. La hoja de la navaja estaba mellada, apenas sentía los dedos. Miró a Postiga al tiempo que se cortaba más la piel que las correas.

Postiga se llevó la mano al vientre y agarró el arma de hierro.

Aymaho por fin se liberó de sus ataduras. Se levantó de un salto y se abalanzó sobre el ambue'y. Tan solo un instante después lo había degollado con el filo oxidado. Salió corriendo, sin prestar apenas atención al ambue'y agonizante y a los demás. Se tiró de cabeza al río.

El agua turbia lo engulló. No veía nada, no sentía nada. Tan solo le invadía el pensamiento de alejarse de la barca. Se oyeron unos sonidos amortiguados: a su alrededor silbaban los disparos de las armas. Era como abrirse paso entre el mar de pirañas, solo que ahora tenía que ser todavía más rápido. Y llegar a la ribera no significaba haberse salvado. Sentía el tacto de las plantas bajo los dedos, pero todavía no se atrevía a salir a la superficie. Sus pulmones estaban a punto de estallar. Seguía avanzando, más, todavía más.

Por fin se atrevió a sacar la cabeza del agua.

Se dio la vuelta esperando ver la barca emerger ante él. Sin embargo, esta se encontraba sorprendentemente lejos. No tardó en esconderse entre las raíces. Los forasteros habían dejado de disparar. Uno de ellos estaba todavía de pie en el borde de la plataforma y seguía buscándolo con la mirada, mientras que el resto daba vueltas en un estado de confusión. Sacaron a la mujer de la choza, empezaron a gritarle como si ella tuviera la culpa de su huida. De pronto el gordo se sacó de entre la ropa un arma parecida, pero más pequeña y corta, y se la puso en la cabeza a la mujer. Se oyó una detonación. La mujer de Diego cayó de rodillas lentamente, acto seguido cayó hacia delante, sobre el pecho. La sangre le brotaba de la cabeza describiendo un pequeño arco.

13

Había luna llena. Toda la tribu se había reunido en la plaza, crepitaban pequeñas fogatas y olía a pescado asado y a banana tostada. Los mayores explicaban historias de Yacurona, la mujer-espíritu del agua, que en noches como aquella hechizaba a los delfines rosados. Entonces se agitaba en ellos la savia, y se convertían en humanos que abandonaban el río y capturaban a otros humanos a los que atraían hasta Encante, donde se amaban, donde Yacurona escogía a los más bellos hombres, donde todos se sentaban juntos y contaban historias sobre el árbol del mundo, que había creado los peces y las grandes serpientes antes de que el dios-sol Guaraci emergiera de las aguas por primera vez e hiciera relucir las ramas, cuyos frutos maduraron al instante y cayeron al río...

—... y los peces saltaron del agua y se hicieron con ellos. La pulpa roció el aire y se convirtió en pájaros de colores. —Pinda, el chamán, alzó las manos. Tenía la cara oculta bajo la máscara que representaba a Guaraci. Los que le escuchaban seguían sus movimientos con los dedos—. Los pájaros llevaron el agua hasta el cielo, y así se originó la lluvia.

Aymaho había oído tantas veces aquellas historias... Contemplar cómo los de su tribu estaban juntos, sentados, ignorando el peligro que les acechaba en otro lugar, le hacía contraer el pecho de manera casi dolorosa. No soportaba la idea de tener que interrumpirlos e infundirles el miedo. En el momento en que lo hiciera se iniciaría una nueva era: una mucho más difícil, en cuyo final se hallaba, quizá, la destrucción de su propia tribu. Por ello postergó el momento de abrirse paso entre las cabañas y dejarse ver.

Pocos alzaron la vista cuando Aymaho se les acercó, y los que lo hicieron volvieron a apartarla rápidamente. Pinda interrumpió brevemente su relato para proseguirlo después. Yami era la única que lo miraba fijamente, con los carrillos llenos de caucho. La corpulenta mujer del cacique, otras veces tan vivaracha, lo saludó con una expresión de rechazo.

¿Qué está pasando, por la sabiduría de Tupán?

El destierro: Aymaho había olvidado por completo que todavía era un espíritu. Echó un ojo a la rama que llevaba colgada en la cintura. Algo más de cincuenta muescas. Había regresado unos días antes de lo esperado. Pero ¿qué importaba ya? Sentía impulsos de gritar que eran todos unos insensatos por no hacerle caso. Pero, al fin y al cabo, ellos no sabían nada del peligro.

—Yami —dijo en voz baja.

Ella no se movió. Tenía la mirada clavada en Pinda. Aun así, a juzgar por la expresión de su rostro, se diría que el relato estaba plagado de demonios y espíritus malignos. ¿No podría ella al menos ponerse en pie y darle la bienvenida? ¡Con todo lo que había sucedido un mes atrás! En lugar de eso, permaneció con los brazos cruzados sobre las rodillas y parecía no advertir nada más allá del fuego crepitante. ¿Una gran cazadora? ¡Bah, el corazón de un pollito es lo que tenía! Aymaho se alejó del fuego, reprimiendo el impulso de volcar, entre gritos, un varillaje del que colgaban pieles para secar. A continuación se dirigió a su cabaña.

No había cambiado nada: su hamaca, los cordeles que colgaban del techo para mantener alejados a los espíritus. Las esteras del suelo, los recipientes de barro y mimbre apilados contra una pared, en los que guardaba alimentos secos y sus ornamentos corporales. Alguien se había ocupado de que la cabaña estuviera limpia. Por lo demás, le parecía tan desoladora como la choza de Diego.

Se echó sobre la hamaca. Mientras le vencía el sueño, revivió las imágenes de su periplo, acompañadas de los omnipresentes pálpitos y silbidos de su espíritu del ruido. Todos aquellos obstáculos que por poco le habían costado la vida. Una mano se le acercó. Aymaho se puso rápidamente en pie.

—No, Aymaho, contra mí no necesitas blandir esa navaja repugnante y oxidada.

Aymaho parpadeó. Se había hecho de día. Debía de haber dormido medio día, y tenía la sensación de acabar de cerrar los ojos. Ante él se encontraba Rendapu.

—Como mínimo tú sí que me percibes —dijo, dejando caer la navaja de Diego.

—Me costó mucho decidir si debía venir antes de tiempo. Todavía eres un espíritu...

—¡Te equivocas! ¿O es que un espíritu puede estar tan castigado como estoy yo ahora?

—... y me temo que seguirás siendo uno, porque no veo la calavera por ninguna parte —dijo el cacique echando un vistazo a su alrededor.

—Pero estuve en el poblado de la tribu de la calavera.

Rendapu lo miraba con sus ojos fijos. Para su sorpresa, el cacique asintió.

—De acuerdo. Así pues, no has cumplido con tu tarea, pero me creo que has estado allí. Preferirías matarte antes que urdir una mentira así.

Aymaho se frotó la frente, ligeramente confuso.

—Tengo que explicarte que...

Rendapu levantó la mano.

—Seguiremos hablando dentro de tres días, cuando haya acabado tu destierro.

Habiendo pronunciado aquellas palabras con calma, se dio la vuelta y abandonó la cabaña. Aymaho fue tras él y echó a un lado la cortina de rafia. Ardía en deseos de gritarle que era ridículo seguir ateniéndose al destierro ante el peligro que corrían. Pero, entonces, dejó caer la cortinilla. Rendapu era demasiado terco. Como él.

Yami se arremangó la falda y se adentró en las aguas, que le llegaban hasta los muslos. Como de costumbre, lo miraba como un hombre que abriera un pescado para comprobar si estaba lleno de gusanos. Había fruncido sus cejas pobladas. Él sabía que, en realidad, nunca había llegado a gustarle. No hacía más que causar alboroto en la tribu, y ella preveía que, a buen seguro, aquella vez sería incluso peor que las anteriores.

Le enseñó los dientes afilados, manchados de caucho como de costumbre. A nadie le gustaba mascar el caucho tanto como a ella.

—Bienvenido de vuelta al mundo de los vivos, Aymaho. No esperaba que volvieras, pero ya que estás aquí... —su sonrisita se hizo casi desvergonzada— déjame que te cure las heridas.

Aymaho se había retirado a un manantial que brotaba de una pared rocosa, alta como un hombre, y llenaba una pequeña poza surcada de rocas en la que, por lo general, uno podía bañarse sin peligro. Allí siempre había alguien lavándose; las mujeres charlaban y así pasaban el tiempo. Al llegar él con la intención de lavarse y refrescarse las heridas, todas salieron del agua. Ahora estiraban el cuello por detrás de Yami. En aquellos tres días que habían trascurrido desde su llegada, todos se habían conducido como pajarillos asustados, sin saber cómo comportarse delante de aquella presencia que todavía era un espíritu.

Se sentó en una de las rocas redondas, con las piernas metidas hasta las rodillas en el agua clara. Los pechos exuberantes de Yami se balanceaban de un lado a otro mientras se acercaba a él deslizándose con dificultad sobre las rocas resbaladizas. Se inclinó hacia él, le tocó las rodillas y el pecho.

—Estás débil —dijo, y llamó a las mujeres por encima del hombro—. Traed semillas de guaraná molidas en savia. ¡Y con miel! —Volvió a dirigirse a él—. Esto te pondrá fuerte.

A continuación se inclinó sobre él.

—Ah, son picaduras de pulga. Qué molestas. ¿Y esto? Un escorpión —exclamó pasando la mirada por una picadura incrustada en la pantorrilla; y así siguió examinándole todo el cuerpo—. ¿Qué tienes en la sien? La tienes como quemada y rajada.

Le palpó la herida que le había infligido el arma de los *otros*. Había sentido fiebre durante días, razón por la cual había pisado un enorme escorpión que, en condiciones normales, hubiera sido difícil no ver. Por fortuna, los escorpiones más grandes eran también los menos peligrosos.

Todavía le parecía sorprendente haber sobrevivido a su viaje de regreso.

—¡Traed helechos y grasa de tortuga! —exclamó Yami por encima del hombro.

Tiacca era la que se afanaba en llevar lo que había pedido. Al cogerle el guaraná de entre las manos, la tocó con las puntas de los dedos. Ella lo miraba a la cara, sin atisbo de miedo. Con frialdad. ¿O quizá se equivocaba? Había un brillo en sus ojos que él no sabía interpretar. Quizás era un reproche por haberse cobrado la vida de To'anga. O el arrepentimiento por haberle rechazado a él, a Aymaho.

—¿Por qué te habías untado el cuerpo con genipa? —Yami se acercó la bandeja llena de helecho molido, vertió agua y removió la mezcla hasta formar una pasta con la que le cubrió la herida de la sien.

Aymaho se miró el cuerpo. A lo largo del día, el tinte negro del fruto de la genipa había ido desapareciendo, pero en algunas partes todavía se adivinaba. Detrás de Yami y Tiacca, las mujeres lo miraban fijamente y cuchicheaban nerviosas sobre lo que le debía de haber sucedido.

—Yami, ¿te acuerdas de las historias sobre los ambue'y? —preguntó él.

—¡Ambue'y! —Los rasgos se le marcaron—. ¿Por qué me lo preguntas?

—Esta herida me la causó una de sus armas —dijo removiendo la capa de pasta de helecho bajo la cual la cicatriz era todavía visible—. Son como cerbatanas, solo que no hace falta soplar. Y son mucho más peligrosas.

Ella se agachó y se lavó los restos de helecho de los dedos.

—Ah, ¿sí? Si te hubiera alcanzado el dardo de una cerbatana, ya estarías muerto.

—Me gustaría saber si un ava también puede usar esas armas o si se necesita algún tipo de hechizo que solo dominan los ambue'y. ¿Dicen algo las leyendas al respecto?

Yami se levantó con una expresión de furia y levantó rápidamente las manos sacudiendo las carnes que le colgaban de los brazos.

—Hace ya tiempo que juré no volver a malgastar ni una palabra sobre esos... individuos.

—¿Eso hiciste?

—Toda la aldea lo hizo.

—¿Por qué? —preguntó Aymaho desconcertado. Y dado que ella no reaccionaba, se pasó la mano por detrás de la oreja—. No te he entendido bien, Yami. ¿Por qué?

Sin embargo, Yami permaneció callada. Continuó untándole de grasa las heridas duras y encostradas. A pesar de su obstinación, le procuraba una sensación agradable. Las mujeres se hicieron a un lado. El cacique y los chamanes se acercaron. Otra vez aquella mirada de la que Aymaho empezaba a hartarse. Durante la mañana anunció lo que le había sucedido y el peligro que corrían. ¿Acaso no debían recibirle como a un gran guerrero? En vez de eso, lo trataban como a un apestado que se hubiera contagiado entre los ambue'y.

A pesar de que ya había regresado al poblado y había vuelto a ser una persona, tenía la sensación de que faltaba todavía un paso para su retorno completo, un paso que no podría dar nunca.

A no ser que los defendiera de la amenaza que se cernía sobre ellos.

A no ser que llevara consigo la calavera. La calavera del cacique de los *otros*.

Los hombres se dirigieron a la entrada de la caverna. Aymaho había estado allí por última vez dos años atrás, cuando murió su madre. Un cúmulo de lianas ocultaba la entrada. Si uno no sabía lo que allí se encontraba, bien podría haber estado delante sin advertirla. El cacique metió un dedo entre las lianas, vaciló un instante y las echó a un lado. Los hombres fueron desapareciendo uno tras otro en el interior. Les azotó un fuerte olor a moho, y hubieron de hacer esfuerzos para no toser y estornudar. Se decía que los espíritus de los muertos llenaban la caverna. No obstante, mirando a su alrededor, Aymaho no vio más que nubes de polvo bailando bajo los rayos del sol que penetraban entre los huecos de las paredes.

Estas estaban surcadas de nichos como las cámaras de un nido de avispas. En cada uno de ellos se encontraba un recipiente. En los de más arriba se amontonaba el polvo de los siglos. Allí reposaban las cenizas de los sabios y de los grandes cazadores de la tribu. Todos los hombres alzaron la vista con respeto. Llevaban sus coronas de plumas rojas, que les conferían fuerza y temeridad. Los chamanes se habían adornado con plumas verdes de papagayo para honrar a los muertos. Empezaron a rastrear el suelo y las paredes en busca de animales que pudieran resultar peligrosos. El viejo Pinda encontró una serpiente de anillos rojizos. Ta'niema, el más joven de los chamanes, llevó una tarántula. Calmaron a los animales con el espíritu del tabaco y a continuación los echaron fuera.

Oa'poja, el primer chamán, fue soplando epena por la nariz de los presentes con la ayuda de una caña de bambú. Aymaho, como los demás, aspiró profundamente el polvo. Y, como todos, se echó a temblar ante aquel dolor punzante, tanto que hubieron de sujetarse unos a otros por los hombros. Pasaron diez latidos hasta que cesó en ellos el impulso por deshacerse de aquel polvo. Para entonces, el espíritu de la epena ya se había apoderado de ellos. Aymaho lo sentía palpitándole en el cráneo y en las manos y en los pies, que se le iban haciendo cada vez más pesados. Un hilo rojo les brotó de la nariz; el sudor les corría por todo el cuerpo; tenían los dedos de los pies firmemente clavados en el suelo para no caerse. Sus cuerpos se tambaleaban. Aymaho también hacía esfuerzos por mantenerse en pie. Con respiración pesada, vio cómo los rayos de luz se doblaban, se volvían más claros y pasaban del blanco al amarillo y al rojo y volvían a cambiar.

—El ayer pertenece a los espíritus, y el mañana también —dijo Oa'poja, con la voz ronca que le confería el espítiru. Sonaba irreal en aquel paraje que olía a muerte y putrefacción—. Pero hoy debemos introducirnos en el mundo de los espíritus del pasado, aunque no nos sea posible comprenderlo. Así que escuchadme bien.

Con las manos temblorosas, cogió uno de los recipientes de barro pintados de rojo y se dirigió a los presentes.

—Estas son las cenizas de Py'aguãsu. Fue uno de los guerreros más grandes de nuestra tribu. Su espíritu, que habita esta urna, es poderoso. Tan poderoso que pocas veces nos atrevemos a molestarle. Hoy ha llegado el momento.

Oa'poja retiró la tapa de madera con un gesto sorprendentemente rápido y alzó la urna por encima de la cabeza. Aymaho, como los demás, sintió el impulso de retroceder un paso. Pero entonces se habría caído de verdad. ¿No se estaba formando una nube de humo entre los rayos del sol? No, lo que caía no era más que un hilo de polvo.

El chamán introdujo dos dedos en la abertura. Esparció lo que se le había quedado pegado en ellos sobre un cuenco que previamente había colocado sobre un bloque de madera en medio de la caverna. Acto seguido cerró la urna, la volvió a colocar en su sitio y cogió otra, que esta vez le quedaba a la altura de las caderas. No parecía contener más que polvo gris y cenizas. Aun así, el espíritu de la epena las hacía bailar y centellear. A Aymaho le latía el corazón por la excitación. Estaba seguro de que, si tocaba aquel polvo, la piel de los dedos le quedaría irremisiblemente dañada por el poder de aquel guerrero.

—Estas son las cenizas de Nandejara —explicó Oa'poja—. Fue uno de los hombres más viejos y más sabios de los yayasacu. Acordaos de las historias que se explican sobre él. Y de las que él mismo contaba.

Aymaho tampoco había llegado a conocer a aquel hombre: Nandejara había vivido hacía trescientos años. La existencia de aquellas cenizas era una prueba de que los propios yayasacu eran antiquísimos. Oa'poja extrajo un poco de las cenizas del recipiente y las echó en el cuenco.

El chamán sacó una tercera urna con ambas manos. Aymaho oía a los hombres respirar, visiblemente asustados. Intercambiaron miradas con el cacique, que asintió, también bañado en sudor. Con cuidado, Oa'poja colocó la urna sobre el bloque de madera, y con el mismo cuidado le quitó el tapón. La abertura era mayor: podía meter la mano entera. Sin embargo, lo que de ella extrajo no era polvo.

Era un mechón de pelo del color del sol.

Tensándolo entre dos dedos, lo acercó a la luz, haciéndolo centellear.

—Py'aguãsu fue el que, hace ya mucho tiempo, entró en batalla con algunos de nuestros grandes guerreros contra los salvajes huascuri. Mataron a veinte enemigos y trajeron consigo al joven al que pertenecía este mechón de cabello. Nunca supimos cómo había llegado al pueblo de los monos: quizá lo habían secuestrado por su pelo. Tal vez se había perdido y lo atacaron ellos. Estaba sucio y confuso. Debía de tener unos nueve o diez años, si es que la edad de un niño de los *otros* se puede adivinar como la de uno de los nuestros. Ya sabéis cómo continúa la historia: el joven trajo consigo una maldición sobre nuestra tribu. Muchos murieron por enfermedades desconocidas. Como Py'aguãsu. Así que lo matamos.

Aymaho levantó la vista. Un grupo de monos trepaba por las copas de los árboles que se alzaban por encima del agua y proferían chillidos ensordecedores. Por precaución, alejó la canoa de la ribera para esquivar los cocos que le iban arrojando, que podían hasta matarlo. A poca distancia, un cocodrilo se deslizó hacia el agua, asomando ligeramente los ojos por encima de la superficie y observando sus movimientos. Él seguía remando con calma, sin prestar la menor atención a las pirañas que rodeaban la canoa. La corriente era mansa, y la zona, por lo demás, tranquila.

Sus pensamientos lo llevaron de nuevo al ritual. Habían trascurrido ya dos días y todavía sentía aquel sabor a hierba en la boca. El chamán había sacado un cuchillo de cobre, había cortado en pequeños trozos el mechón de pelo del niño y los había esparcido por el cuenco, seguido de los pulmones de grandes pájaros y de los pelos de poderosos felinos.

Y también un mechón de sus propios cabellos. Acto seguido Oa'poja había vertido agua de una calabaza y había revuelto la mezcla con los dedos.

—La fuerza de un poderoso guerrero, la inteligencia del más grande de los sabios, el alma de uno de los *otros*: te ayudarán a cumplir con tu labor, Aymaho.

Aymaho tomó el cuenco y se lo llevó a los labios sin pensárselo un instante. La mezcla era abundante, pastosa y de sabor repugnante. Aun así, había conseguido vaciar el cuenco de un solo trago, y se había sentido aliviado cuando, a continuación, el chamán le había dejado beber agua de la calabaza.

Se había tambaleado, pensaba que terminaría por vomitar el brebaje. Pero se contuvo: una señal de que los tres espíritus de los muertos, en efecto, le ayudarían.

Sin embargo, albergar el espíritu del niño de los ambue'y no dejaba de provocarle náuseas.

A escasa distancia de la punta de la canoa, un coco golpeó el agua al caer. *Ten más cuidado*, se amonestó a sí mismo. Antes de que pudiera coger el arco, el mono profirió un chillido y cayó al río atravesado por una flecha. Aymaho miró hacia atrás. Tiacca estaba de pie sobre su canoa. Lentamente bajó el arco. Aymaho le hizo una señal de agradecimiento; ella volvió a sentarse y agarró los remos. Dos guerreros remaban a la zaga en una canoa más grande: todos querían acompañar a Aymaho tanto como les fuera posible.

Este se alegró de volver a ver en ella a la cazadora, de poder contemplar su figura esbelta y musculosa, sus facciones duras cuando concentraba toda su atención en el tiro.

Su rechazo le había perseguido hasta en sueños. Sin embargo, todo había cambiado desde el destierro, como si la necesidad de tener una compañera hubiera mermado desde que sentía el peso de aquella tarea.

Tal vez seguiré teniendo una cabaña vacía cuando sea viejo.

Pasaron los días y ellos se dirigían hacia el sur.

El río Blanco desembocó en el río Negro, y el tiempo volvió a eternizarse como si en lugar de navegar por el río pasaran por redes de igarapés que llevaran a cualquier otro lugar. Con frecuencia hubieron de transportar las canoas por bancos de arena e islotes. El río Negro se ensanchó: el Tungara'y, el gran río de la serpiente, se hallaba ya cerca. A lo largo de la orilla fue descubriendo cabañas sostenidas sobre postes como aquella en la que lo habían retenido. Allí los hombres tenían aspecto de ava, pero también se cubrían el cuerpo con telas.

—¿Por qué se tapan? —preguntó Tiacca con una expresión de repugnancia.

Aymaho no lo sabía. Algunos llevaban escrito en la cara que se habían mezclado con los otros. Y cuando se giró en dirección a sus acompañantes, descubrió en sus ojos la misma incomprensión que tal vez podía adivinarse en los suyos.

Nadie les interrumpió en su marcha. Los niños les señalaban, las mujeres los observaban, y los pescadores proferían palabras poco amigables cuando las canoas se cruzaban en su camino.

Aymaho podría haberles preguntado cómo era la *ciudad*, pero se resistió. Lo que Diego le había explicado le bastaba, y quería evitar todo contacto con aquellas gentes. Daría caza a la hormiga reina, le cercenaría el cráneo y volvería a desaparecer, con facilidad y rapidez, como un espíritu. Entonces, se disiparía la amenaza sobre su pueblo y él olvidaría dónde había estado.

Hallaron un lugar señalado en la orilla en el que ocultaron las canoas. En los alrededores crecían imbaubas. Pytumby hizo un cuenco con las manos y se las llenó de agua negruzca que le goteó entre los dedos.

—Calculo que el río Negro se cruzará con la Gran Serpiente en menos de medio día —dijo el vigoroso guerrero—, y allí debería estar el gran lugar del que nos has hablado, ¿no es así?

Aymaho asintió.

—Eso es lo que me han dicho.

—Me gustaría verlo —dijo Tiacca.

Aymaho le dirigió una mirada fulminante.

—Vosotros esperaréis aquí —decidió—. Solo uno puede adentrarse en el nido de las hormigas sin ser visto. Dadme tres días. Si para entonces no estoy de vuelta, regresad y esperad a alguien que quizá sea capaz de llevar a cabo la tarea en algún momento.

Tomó las manos de los hombres y las de Tiacca, cuya mirada era casi de melancolía. Instantes después ya se habían ocultado entre la maleza. Aymaho volvió a dirigir su canoa hacia la corriente.

Al principio tenía la sensación de que el paisaje se hacía eterno. El agua discurría apaciblemente y se contaban cada vez menos cabañas de mestizos. Pero, en algún momento, percibió un olor extraño que no supo identificar. El murmullo del río, el aleteo de los pájaros, los chillidos de los monos y todos los sonidos habituales de la selva quedaban ahogados por un ruido singular. Un murmullo sobre el murmullo, como si se alzaran miles y miles de voces. Aymaho esperaba ver un torrente de ambue'y en cualquier momento. Sin embargo, lo que vio fue un cuerpo flotando boca arriba junto a la canoa. Lo golpeó ligeramente con el remo. No daba signos de vida. El olor a carroña se hizo más intenso, y de pronto la canoa de Aymaho se deslizó por un río de inmundicias, cortando a su paso una enorme estera de hojas secas, madera, restos de frutas, peces muertos, excrementos y cosas que no sabía identificar. Otro cadáver. Los restos de lo que podía haber sido una choza de madera que se hubiera desmoronado.

Hubo de esquivar un enorme barco, tan grande como aquel en el que lo habían secuestrado. Los ambue'y lo miraban como si no fuera más que un trozo de madera. Otros barcos, más pequeños e incluso más grandes, navegaban más cerca de la canoa. Todos proseguían su camino sin inmutarse. Reinaba la agitación; miles de hombres en el río parecían estar gritando, charlando y armando bullicio a la vez. Y nadie, nadie, le dirigía una mirada que no fuese de desdén o de indiferencia. Aymaho se había recogido el pelo con un envoltorio de plumas rojas propio de los guerreros. Asimismo, se había adornado la cara y el torso con pinturas rojas. En todas partes le hubieran visto como un guerrero vencedor y orgulloso. Al parecer, allí un guerrero ava no causaba impresión alguna. Pues bien. Decidió sacar partido de la arrogancia de los *otros*. Cuando llegara el momento de la batalla, tropezarían con su orgullo.

Sin embargo, su propio orgullo se tambaleó al remar en medio de aquella confusión que podría aplastar a un hombre en cualquier momento. Empezó a sudar, el aire denso le resultaba irrespirable. Su canoa chocó, y consiguió mantenerla estable justo a tiempo. A mano izquierda iba dejando atrás la increíble ciudad, que parecía no tener fin. Con la mirada perdida entre el río y los muros de piedra, donde habían atracado un sinfín de barcas, buscó la casa de color rosa. Pero había tantas casas de tantos colores. Y su tamaño rebasaba con creces sus expectativas.

La hormiga reina podía vivir en cualquiera de ellas.

Aymaho fue remando hasta que sus músculos desfallecieron por el agotamiento, hasta que, por fin, ¡por fin!, se alejó de aquella ciudad y apareció ante su vista una hilera de cabañas. Ató la canoa junto a una de ellas, de aspecto abandonado. Pronto caería la noche. Todavía le quedaba algo de tiempo para cazar una tarántula y apoderarse de su espíritu. Durante la noche la ciudad sería más vulnerable. O eso esperaba.

Se equivocaba. A los ambue'y poco parecía importarles que fuese de día o de noche. Sobre unos delgados troncos de hierro centelleaban unas luces. Los ava también eran capaces de lanzar conjuros tales, pero las de los ava eran mucho más brillantes y uniformes. Flanqueaban caminos más anchos que la plaza de la aldea de los yayasacu. Las imponentes paredes de las casas, enormes como hileras de árboles enmarañados a la orilla del río, le abrumaron. Y, como el propio río, también estaban pobladas de innumerables hombres y animales, y llenas de suciedad y basura. Monos, perros y pecaríes recorrían los caminos, los buitres se lanzaban con las alas desplegadas sobre los cadáveres sangrientos. Hasta los animales parecían convertir la noche en día.

Los hombres se envolvían en telas claras: era vergonzoso. Se dirigían en tropel hacia el río. Muchos transportaban barquillas minúsculas o flores de un blanco inmaculado. A pesar de la miseria en la que se hallaban sumidos, parecían alegres, y la suciedad y el hedor no les importaban lo más mínimo. De vez en cuando, alguien arrojaba un pedazo de pan de mandioca y un pedazo de metal resplandeciente al regazo de alguno de los indigentes que poblaban los bordes del camino.

Había muchos ava sentados allí. Tenían un aspecto desolador. En nada se podía adivinar lo que habían sido una vez. Cubiertos en telas raídas, se sentaban y dormían sobre la mugre. Tenían la mirada vacía; la cara, abotargada o demacrada.

Aymaho se agachó y sacudió a una mujer por el hombro, creyendo que estaba muerta. Esta se incorporó con dificultad. Sujetaba a un niño en brazos que, a buen seguro, habría exhalado ya su último aliento.

—Estoy buscando a Wittstock.

Si como mínimo sacudiera la cabeza, si se encogiera de hombros, si llorara... Nada. Aymaho siguió caminando. De tanto en tanto, uno de los ambue'y se detenía al verle pasar y lo miraba de arriba a abajo. Aun así, los hombres, por lo general, le daban muestras de desprecio, las mujeres se mostraban horrorizadas, y los niños se quedaban boquiabiertos ante él.

—¿Wittstock? —Aymaho se dirigió por fin a uno de aquellos extraños individuos. Este rompió a reír estrepitosamente y siguió su camino.

Unos ava se agolpaban a la entrada de una casa. Un hombre vestido de negro salió y les invitó a entrar con un gesto. Todos se afanaban por entrar. ¿Qué debía de haber dentro? Una vez hubieron desaparecido, el hombre le indicó a Aymaho que les siguiera.

Su sonrisa no parecía falsa. No pasaba nada por preguntarle a él también.

Aymaho cruzó el camino de piedras.

—¿Wittstock?

—¿Wittstock?

Aymaho alzó una mano indicando que no sabía expresarse mejor. Al hombre se le iluminó el semblante.

—¡Háblame en tu lengua, amigo! Tal vez tu dialecto no me resulte familiar, pero ya nos entenderemos. He hablado con tanta gente de tu pueblo... Ven, pasa. Se te ve agotado, y te irá bien recuperar fuerzas.

Por un instante, Aymaho cerró los ojos, aliviado. No entendía todo lo que aquel extraño le decía, pero le resultaba agradable oír su lengua, si bien en su boca sonaba algo diferente.

Después de todo lo que había visto y vivido en aquel lugar le parecía increíble haberse topado con alguien hospitalario. Lo siguió hacia el interior de la casa, pero prestando atención a cada movimiento y a cada sombra. Su mano descansaba sobre la cerbatana, que se balanceaba a su lado. ¿Por qué tendría la parte posterior de la cabeza afeitada? Había tribus que lo hacían, pero ¿uno de los *otros*? El hombre condujo a Aymaho a una gran sala en la que estaban sentados alrededor de una mesa los que anteriormente habían estado esperando fuera, que ahora devoraban los platos con una cuchara y engullían el oloroso pan de mandioca. De pronto sintió un agujero en el estómago y la garganta seca. Tres o cuatro hombres vestidos de negro se afanaban por llevar más cestas y cuencos y llenar las jarras de agua. También ellos seguían la costumbre de afeitarse parte de la cabeza.

No todos los que devoraban sus platos como si fuesen a morir de hambre al día siguiente —cosa que, probablemente, fuese cierta— eran ava. Algunos tenían una piel oscura como la de la pantera. Cuando Aymaho se sentó a la mesa, todos alzaron la vista y callaron por un instante.

—¿Qué querías decir antes? —preguntó el hombre afeitado colocando un cuenco lleno frente a Aymaho.

—Estoy buscando a un hombre llamado Wittstock.

—Me temo que no he oído hablar nunca de él —respondió al tiempo que se sentaba enfrente.

—Seguro que sí: es el que gobierna en tu ciudad.

—¿Eso crees tú? Pero, venga, come algo mientras hablamos, ¿sí? ¿Por qué no dejas el arco y las flechas? ¿Y la cerbatana? Aquí no vas a necesitar armas.

—No. —Con impaciencia, Aymaho metió la cuchara en el puré. Después de todo lo que había visto hasta entonces, esperaba algo extraordinario, pero aquel sabor extraño no le gustó en absoluto.

El hombre se apresuró a cortar un pedazo de una rebanada de pan y a dársela. Aymaho comía deprisa, sin poder saber si tendría que luchar o huir en cualquier momento. Clavó la mirada en un objeto de aspecto absurdo de la pared de enfrente, que parecía dominar la sala. El hombre miró hacia atrás.

—Es la cruz de nuestro salvador, Jesucristo. También es tu salvador. Murió en remisión de tus pecados. Créeme.

—Se parece al símbolo de la serpiente de los dioses.

—Ya lo sé —dijo dedicándole una sonrisa indulgente—. La cruz que tiene la boa constrictor en la cabeza. Muchos ava han abandonado sus amuletos de serpiente paganos. ¡Hazlo tú también y te ganarás la vida eterna!

Aymaho frunció el ceño.

—En realidad, lo único que quiero que me digas es dónde puedo encontrar a Wittstock.

—Ya te lo he dicho, no lo conozco. Pero veo que le guardas rencor. ¿Tengo razón?

—Sí.

—Dios dice: «No se ponga el sol sobre vuestro enojo.» —El hombre se inclinó sobre la mesa y le puso una mano en el hombro—. ¿No quieres aplacar tu ira? Sea lo que sea lo que ha hecho, perdónale, y hallarás paz.

Aymaho se soltó.

—¿Perdonarle? ¡Ha matado a innumerables ava! ¿Qué me estás pidiendo?

—Algo que parece imposible, ya lo sé. Pero para Dios no

hay nada imposible. Déjale a él la venganza. Confía en él, cree que es lo suficientemente grande para compensarte.

—Pero yo no conozco a tu dios.

—Él a ti sí.

Aymaho hundió los dedos en la punta del pan, lo partió y se llevó un pedazo a la boca.

—Yo no perdono al asesino de mi pueblo. ¡Menuda insensatez! Si no le conoces, dime dónde puedo encontrar a alguien que me ayude.

—No, amigo mío. No puedo acompañarte en el camino de odio que has iniciado.

¡Menuda pérdida de tiempo! Aymaho se levantó tan rápidamente que la mesa se tambaleó. Le dio una patada haciéndola caer sobre el regazo de los que estaban sentados enfrente. Los platos cayeron al suelo estrepitosamente. El hombre profirió un grito, presa del espanto. Aymaho le agarró por el cuello de su traje negro y tiró de él hacia el suelo.

—¡Tu dios de la paz les irá bien a estos ava que se dejan llevar al matadero! —le gritó—. Mi tótem es el halcón. No podría quedarme de brazos cruzados viendo cómo exterminan a mi pueblo, ni aunque quisiera.

Lo apartó de un empujón y le escupió el pan. El ambue'y cayó de espaldas al suelo.

Aymaho no prestó atención a lo que hacían los demás. Se alejó de allí y retomó el camino por el que había llegado. Probablemente no hicieron nada, ni siquiera se indignaron. Habían sobrevivido a la furia de los *otros*, pero habían perdido el alma en sus comederos. Se prometió que nunca volvería a aceptar la comida de un ambue'y.

De nuevo al aire libre, dio unos pasos en una y otra dirección. ¿Cómo iba a encontrar la casa de Wittstock? Todo era demasiado grande, demasiado confuso, y no entendía la lengua.

Fue entonces cuando la vio.

14

Era la casa más grande de todas. Y era del color de la siyuoca. Sobre el tejado se alzaba una cúpula dorada, iluminada por la
luz de la noche como un nido imponente y perfectamente uniforme. Aquella y solo aquella debía de ser la casa de la hormiga
reina.

El espíritu de la tarántula parecía revolotear en el estómago
de Aymaho. Se tocó los pegotes de barro del pecho en los que se
hallaban ocultos sus tres amuletos protectores. Tupán y todos
los dioses y espíritus debían prestarle su apoyo en aquellos momentos.

Hombres y mujeres se dirigían en masa a una plaza elevada
rodeada por un muro de piedra. Salían del edificio de la hormiga
reina, los hombres vestidos de negro, todos iguales, y las mujeres, de mil colores. A pesar del grosor de las telas, de las pieles
de animales que cargaban al hombro y de todos los adornos es-
trambóticos que llevaban sobre la cabeza, caminaban con paso
ligero. Sus graznidos de oca llenaban el aire.

Así, todos reunidos allí arriba, mandaban traer bebidas en
vasijas transparentes y causaban la impresión de pertenecer a un
grupo aparte dentro de aquel mundo tan diferente para él.

Tal vez sí eran dioses.

¿Cuál era él, el auténtico? A buen seguro se diferenciaría del
resto, de la misma manera que el cacique solía llevar la imponente corona de plumas. Aymaho decidió presentarse frente a él

y dispararle el dardo de la cerbatana en un ojo. Entonces, sería su vida la que correría peligro, pero no sentía ningún miedo.

Esbozó una sonrisa. Aquello era justamente lo que su tribu esperaba de él, que actuara con aquella audacia, sin temer a la muerte, y por ello estaba él allí y no otro.

El dardo con forma de aguja ya estaba empapado de veneno de liana y metido en la cerbatana, que llevaba atada a un cordel a la cintura. Fue desatándola a medida que iba subiendo la rampa que conducía hasta los ambue'y.

Un hombre le cerró el paso. Llevaba al hombro la peligrosa arma de los ambue'y.

—¡Alto! Por aquí ya no se puede pasar. ¡Lárgate!

Aymaho se inclinó ligeramente. Sus ojos centelleaban buscando cómo esquivar a aquel hombre, que le observaba con aquella hostilidad habitual.

—¿Has salido de la selva y te has perdido por aquí o qué? Dame el arco y la cerbatana.

Su mirada delataba cuáles eran sus intenciones. Al parecer, todos querían quedarse con sus armas, a pesar de que las suyas eran mucho más peligrosas. Aymaho rodeó la cerbatana con la mano. Hubo de controlarse para no arrancarla del cordel e inyectarle el veneno en la cara a aquel hombre. No era la prudencia la que se lo impedía, sino el tiempo que le llevaría volver a preparar un dardo para Wittstock.

Un segundo hombre se acercó. También llevaba una de aquellas armas que escupían hierro.

—Déjalo, Juan. A los indios no les está prohibido llevar armas.

—¡Ya, porque no tienen! ¿O es que habías visto alguna vez a uno como este por aquí?

—No. Déjale marchar.

—No me gusta cómo me mira.

—Y yo no tengo ganas de broncas. Ya tenemos bastante trabajo vigilando a tanto diamante andante allí arriba.

Parecían no ponerse de acuerdo. Aymaho retrocedió, alejándose de ellos unos pasos. Ambos se alejaron de él y volvieron a subir la rampa. Aymaho dudaba de que pudiera tener mejor suerte en cualquier otro rincón de la plaza. A la sombra de un muro de piedras rojas, volvió a rodear el edificio. Muchos caminos conducían a él; sin embargo, todos estaban vigilados. Alrededor del muro se apretaban unas cajas de un negro brillante, que al parecer servían para ahorrarles el caminar a los ambue'y, ya que estaban enganchadas a animales de tiro. Caballos: aquellas bestias aparecían también en las leyendas sobre los *otros*. Con su ayuda habían logrado conquistar tribus poderosas.

Sobre los vehículos se hallaban hombres sentados que dormitaban o charlaban entre sí. Aymaho buscó alguno que estuviera solitario y trepó por él. Desde el tejado ya no resultaba difícil mirar por encima del muro. Allí, los ambue'y habían levantado una valla de piedra que le llegaba por la cintura, dando la impresión de ser una hilera de flores cerradas. Apoyándose en ellos, logró saltar al otro lado, y se agazapó a la sombra del muro.

Fue entonces cuando vio que aquella plaza elevada estaba plagada de ambue'y. Masculló una maldición.

Todos aquellos hombres llevaban los mismos ropajes negros, el mismo sombrero negro semejante a una cazuela. Fuera del haz de luz, Aymaho se deslizó rápidamente hacia una esquina del edificio. Debía ser rápido, pues no conseguiría pasar desapercibido durante mucho tiempo. Agarró el arco que llevaba a la espalda, sacó una flecha del carcaj y la colocó en el arco. Allí la cerbatana de nada le serviría por su escaso alcance. Respiró profundamente. Saltaría sobre la valla de flores de piedra y gritaría el nombre de la hormiga reina hasta que esta se destacara del grupo. Y entonces...

Tupán, guía mi mano. Anhangá, haz que me acompañe la suerte del cazador. Jurupari, abalánzate sobre los otros e infúndeles pavor.

Tensó el cuerpo para tomar impulso.

Por encima del río, unas luces atravesaban el cielo y allí, en lo alto, explotaban con un estallido ensordecedor y se quebraban en miles de puntos luminosos, azules, rojos y dorados que se precipitaban de nuevo al suelo. A Aymaho le tembló la mano que sujetaba la cuerda del arco, ya tenso. Quería taparse el oído sano. ¿Qué era aquel alboroto y qué lo provocaba? Una magia poderosa, no había otra explicación. Los dioses extranjeros habían descubierto sus intenciones y pretendían infundirle temor. Naturalmente, los ambue'y no se mostraban asustados: a él también le hubiera sorprendido. Ellos aplaudían y expresaban su alegría con hondos suspiros de emoción. Por ello los llamaban los *otros*, porque su mundo se escapaba a toda razón.

Aquel espectáculo celestial le infundió temor, pero empezó a entender que aquello no tenía nada que ver con él. Dejó caer el arco: poco a poco, su corazón fue retomando el ritmo habitual.

Había fracasado en su propósito. Si gritaba ahora, tal vez ni se girarían. Aun así, lo último que quería era desafiar a aquellos dioses del cielo. Volvió a saltar la baranda, irritado por no haber conseguido su propósito. Pero un buen cazador sabía cuándo era el mejor momento para disparar.

Una muchacha apareció por debajo de los cuellos de dos caballos. Se le acercó y se quedó observándolo fijamente. Por primera vez se encontraba ante alguien en cuya mirada se adivinaba una admiración sincera.

No era de extrañar: pertenecía también a su pueblo.

Iba vestida de una manera medianamente aceptable. Era una figura desgarbada que prometía convertirse en una mujer atractiva dentro de unos pocos años. Se quedó parada a tan solo dos pasos de él y levantó una mano. Parecía querer acariciar su corona de plumas, pero no se atrevió.

—No había visto a nadie como tú por aquí. ¿Qué pretendías hacer allí arriba? Puedes dar gracias porque no te hayan llevado preso. Esto está lleno de policías.

Señaló hacia el río. Aquel extraño acontecimiento había llegado a su fin, y sin embargo el cielo estaba todavía surcado de humo y los estallidos le retumbaban todavía en la cabeza.

—¿Qué era aquello?

La muchacha frunció el ceño. En aquella ciudad repleta de rarezas, ella tuvo que pensar a qué se refería exactamente.

—¿Quieres decir los *fogos*? ¿Los fuegos artificiales? ¡Hoy es la *véspera do Ano Novo*! Pero supongo que eso a ti no te dice nada, ¿no? Se celebra la llegada del nuevo año.

Así pues, ¿tan solo se trataba de una costumbre de los ambue'y?

—¿No tiene nada que ver con los que salían de la casa de Wittstock?

—¿De la casa de Wittstock?

Señaló detrás de él.

A juzgar por su mirada, le tomaba por un loco. Se encogió de hombros.

—¿Conoces algo de la ciudad?

—Me temo que no.

—Eso de ahí es una ópera. Una ó-pe-ra.

Por lo visto, pensaba que la entendería mejor solo alargándole la palabra. Dado que aquella casa no pertenecía a su víctima, ya no le importaba lo más mínimo qué era.

La muchacha lo miró con un aire arrogante.

—Ahí seguro que no vive un señor Wittstock.

—¿No sabrás dónde se le puede encontrar?

—No he oído hablar nunca de él.

No le extrañaba. Al fin y al cabo, un pulgón esclavizado poco sabía de la hormiga reina que se hallaba en las profundidades de su nido. Aymaho quería seguir su camino, pensar con tranquilidad. Probablemente era mejor esperar a familiarizarse con aquel lugar durante el día y atacar durante la siguiente noche. Entretanto, su corazón lo empujaba a actuar.

—Ven conmigo a casa de Mamãe —siguió diciendo la muchacha en tono vivaz—. ¡Conoce a tanta gente! Tal vez tengas suerte y lo conozca.

—¡Mamãe, visita!

La muchacha entró como un torbellino por la puerta de una casa que en la ribera hubiera parecido grande y lujosa y, no obstante, en aquel rincón de la ciudad tenía un aire insignificante.

Entretanto, Aymaho se había enterado de que la chica se llamaba Florinda; ella también había abandonado su nombre de ava. Se adentró en un corredor oscuro lleno de pasajes que conducían a estancias estrechas. Siguiendo a Florinda, llegó a un jardín rodeado por un muro, en el que una mujer se levantó de su hamaca. Lo miró sorprendida, con los ojos hinchados. Intercambió algunas palabras con la muchacha, que iba saltando de un pie al otro, visiblemente nerviosa. Florinda parecía orgullosa de haber llevado consigo a un visitante tan poco habitual.

Él, para sus adentros, esperaba recibir algo que llevarse a la boca. Lo que el hombre de pelo rapado le había ofrecido ya no era más que un recuerdo. La mujer, sin embargo, mostraba una actitud de rechazo. Hizo un comentario tajante a la muchacha, que, asustada, bajó la mirada al suelo, donde un mono vestido como un hombre dormitaba en un canasto.

Aun así, la mujer se le acercó. Estaba gorda, tenía los enormes pechos al descubierto, lo cual no era habitual en aquella ciudad. Con las puntas frías de los dedos le palpó el halcón que tenía tatuado sobre el hombro.

—Dice que será mejor que desaparezcas de esta ciudad —dijo Florinda—. Manaos no es un buen sitio para un hombre intacto.

Intacto... Aymaho adivinaba qué quería decir la mujer con ello. Pero ya había dejado de estar intacto hacía tiempo: todas aquellas atrocidades le habían mancillado el alma.

—¿Manaos? *¿Madre de los dioses?* ¿Así se llama la ciudad?

—Hace mucho tiempo vivió aquí una tribu que se hacía llamar Manaos —le explicó la muchacha recuperando el ánimo—. Para los *otros* el nombre significa «madre de Dios». Es decir, la madre de Jesucristo. Es el hijo de Dios. Solo hay un Dios. Pero seguro que a ti todo esto no te dice nada, ¿no es verdad?

Recordó su encuentro con los hombres vestidos de negro.

—No, nada. ¿Qué quieres decir con que solo hay un dios?

—Que los dioses no existen.

Le dolía la frente de escuchar todas aquellas insensateces. O tal vez era el cansancio de aquel día el que lo postró en uno de los bancos de piedra cubiertos de musgo que se hallaban junto al muro. Los rebordes de las puertas también estaban hechos de hierro y decorados con motivos florales. Aparentemente, a aquellos hombres les gustaba crear plantas con materiales duros y desprovistos de vida.

Un ambue'y se acercó a la reja, puso las manos encima y dirigió una mirada hostil a Aymaho.

—¿Algún problema, Sandrina?

Sin prestarle mayor atención, la mujer sacudió la cabeza. El hombre se retiró.

—¿Por qué ella no habla nuestra lengua? —preguntó Aymaho.

Florinda se encogió de hombros.

—Lleva tanto tiempo viviendo aquí que simplemente la ha olvidado. ¿Le ves las cicatrices de los labios? —Bajó la voz convirtiéndola en un susurro.

Aymaho esperaba que le explicara algo más, pero, bajo la severa mirada de la mujer, Florinda contestó:

—Yo la lengua no la he aprendido de ella, sino de las otras mujeres. Todos la llamamos Mamãe, aunque no sea nuestra madre.

—¿Las otras mujeres?

—Mujeres indias.

—Indi...

—Mujeres ava. Continuamente traen a algunas.

Por fin la entendió. Era uno de aquellos lugares de los que le había hablado Diego, donde metían a mujeres secuestradas de su pueblo y se las ofrecían a los hombres de los ambue'y como un trozo de carne muerta.

—Si ella quiere —dijo haciendo una señal con la cabeza en dirección a la puerta— mato a ese hombre.

Florinda se llevó la mano a la boca y resopló.

—¿Lo dices en serio?

—Claro. Díselo.

—¡Sí, hombre!

—Pues pregúntale de una vez si sabe dónde vive Wittstock.

Florinda se lo tradujo a Mamãe, cuya mirada se había tornado oscura durante aquel intercambio de palabras incomprensible para ella. Para acompañar su respuesta, asintió con la cabeza. Con una sonrisa triunfal, Florinda volvió a dirigirse a él.

—¡*Mamãe* lo sabe! ¿No te lo había dicho? Dice que él también ha venido por aquí.

La mujer se había colocado el canasto en el regazo y acariciaba al mono, que bostezaba. Por primera vez se le endulzó la expresión de la cara, antes tan dura. Aymaho no puedo evitar imaginarse que alguien le apretaba la cara con las manos y le pasaba una aguja por los labios mientras ella se ahogaba entre gritos y la sangre le corría por la barbilla. Tenía una cara hermosa que le habían amancillado. Había intentado ocultar las huellas de su pasado con ungüentos y maquillaje. A pesar de su aspecto decaído, irradiaba algo que hacía pensar que los hombres se postraban ante su cuerpo.

—No sabe quién es. Lo único que sabe es que es enormemente rico —tradujo Florinda, agachada a su lado y afanándose por acariciar al mono en aquellos lugares por los que no pasaba la mano de su madrastra.

Las palabras de la mujer salían entrecortadas. Volvía a tener las cejas bajas. Por boca de la muchacha Aymaho supo que Wittstock tenía un segundo nombre, Kilian, y que había estado allí seis veces. Cuando yacía con ella, solía pegarle y gritarle que había matado a su hijo. Entonces aseguró que le daba lástima sin ni siquiera saber qué historia se escondía detrás de aquellas palabras.

—Dice que lo aguanta porque después se porta bien y le paga en abundancia. Pero él, en realidad, no la soporta porque es ava.

Le extrañaba oírla hablar de aquello de manera tan franca, como si le estuviera explicando cómo enterrar mejor los huevos de tortuga para que se pudrieran bien. Cada vez que la visitaba, Wittstock Kilian quería escuchar la historia de sus cicatrices. A continuación, se las acariciaba y eso le excitaba. También le gustaba cerrarle la boca y que ella gimiera bajo sus manos. Todo aquello lo explicaba Mamãe con voz titubeante y los ojos llenos de asco, al tiempo que le metía los dedos al mono entre el pelaje.

—¿Cuándo volverá? —preguntó Aymaho.

—No lo sabe. La última vez fue hace unos pocos días. ¿Quieres matarle? Pero a Mamãe quizá no le guste, siendo tan generoso...

Es un monstruo, pensó Aymaho. *Un Vantu hecho hombre. La muerte es lo único que se merece.*

—¿Sabe Mamãe dónde se le puede encontrar?

Florinda tradujo la pregunta. No esperaba una respuesta demasiado esclarecedora, pero la mujer asintió.

—Le ha hablado de su casa —dijo Florinda, agitada—. Dice que tal vez sería capaz de describírtela para que la encuentres.

Con su ayuda y la del espíritu de la tarántula, la encontró más rápido de lo que habría esperado. Solo tuvo que dirigir la canoa hacia un igarapé ancho que conducía al norte. Parecía que los espíritus le susurraran por qué brazo del río tenía que meterse. Aquel era considerablemente más estrecho y corto. Así, pronto se detuvo con su canoa ante una escalinata de piedra que conducía a una abertura en un muro. Saltó a la tierra mojada, arrastró la canoa por el terraplén y la escondió detrás de unos arbustos. A continuación, tomó el arco y se colgó el carcaj al hombro. Quería subir la escalinata cubierta de moho. Si no andaba equivocado, detrás del muro se hallaba la casa que buscaba. Para lo que ocurriera luego, se dejaría guiar por su instinto, por su tótem y por el espíritu de la araña.

Y por su odio.

El espíritu del ruido resonaba en él con un repique de tambores ensordecedor, como si quisiera detenerlo. Un malestar le ralentizaba los pasos. Sin embargo, el espíritu de la tarántula le empujaba hacia delante: *tienes que subir, allí está el nido de la hormiga reina.* La voz de Florinda le resonó en la cabeza: *la casa está oculta tras el muro. Mamãe dice que tiene un prado tan fino y suave como el culito de un bebé. Tienes que...*

Casi había llegado al primer escalón. Ya podía avistar aquella alfombra de hierba. Había llovido; el cañizo brillaba a la luz de la luna.

Una figura blanca iba recorriendo uno de los caminos.

¿Un espíritu? ¿Una diosa? ¿El dios único de los *otros*?

Aymaho retrocedió. Era mejor esperar a que aquella presencia desapareciera. Al bajar uno de los escalones de espaldas, resbaló. Por muy poco logró echarse a un lado sobre el terraplén, pero también era resbaladizo y fue cayendo hasta el igarapé. Mascullando maldiciones salió a la superficie del agua y se apartó el pelo de la cara. Su arco no se veía afectado por la humedad, pero la cerbatana había quedado inutilizable. Se enfadó también al ver que había perdido su corona de plumas: le hubiera gustado dirigirse a Wittstock con todo su esplendor de guerrero. Aquel paso en falso era un mal augurio. Rápidamente echó mano de sus amuletos. Todavía los tenía. Respiró con alivio.

Aquella figura colocó una lamparilla sobre el muro. ¿Le había descubierto? ¿Le seguía? Tomó aire para sumergirse en el agua. A buen seguro ella tenía la culpa de la confusión que se había adueñado de él al poco de haber abandonado la canoa. Pero ella no lo miraba. Fue bajando un escalón tras otro con cuidado hasta que el agua le llegó a las rodillas. Bajo el brazo sujetaba un objeto negro. Lo abrió y lo dejó con suavidad en el agua. Lentamente fue levantando las manos esperando que no se hundiera. Acto seguido depositó algunas cosas más pequeñas sobre la tapa abierta. Dio un pequeño impulso a la caja negra y esta se deslizó por la corriente.

Lo que a continuación se sacó de una bolsa que le colgaba del brazo era una de aquellas armas de hierro. La estuvo palpando. Quería matarlo, o bien matarse a sí misma.

Levantó el arma... y entonces lo descubrió.

Aymaho salió del agua de un salto. Quería abalanzarse sobre ella antes de que consiguiera llevar a cabo su propósito. La detonación alertaría a Wittstock y sus planes de acercarse a él sin ser visto quedarían desbaratados durante largo tiempo.

No le quedaba otra, y lo sabía mientras se abalanzaba sobre ella. A no ser que la matara de inmediato.

¿Y por qué no? Se llevó la mano a la empuñadura de la navaja que le colgaba del taparrabos. *No es un espíritu ni una divinidad. No es más que una mujer de los ambue'y.*

Los cabellos oscuros y sueltos le ondeaban sobre los hombros. Tenía la cara pálida y los ojos como los de un niño triste. Antes de que pudiera darle alcance, ella había alargado el brazo. Apuntaba hacia él con el arma, casi le rozaba la piel. Él se quedó inmóvil. Su espíritu del ruido atronaba tanto que no estaba seguro de si el arma había estallado y le había perforado la piel.

La mujer bajó el arma. Hizo lo mismo que hacían todos los ambue'y: mirarle de arriba abajo.

Pero de otra manera.

Se acercó a él y le tocó el cabello, y los amuletos que el agua había limpiado de barro. Tenía una expresión en los ojos como si le hubiera reconocido, presa de la sorpresa y del miedo. Al abrir ella la boca, su espíritu arrancó una palabra de las profundidades de su alma, donde había permanecido enterrada largos años.

Y Aymaho sabía que ella iba a pronunciarla.

—Ruben.

LA TIERRA DEL HALCÓN DEL SOL

1

Amely estaba soñando. Debía de estar soñando; no había ninguna otra explicación para el hecho de que estuviera ante ella uno de los hijos difuntos de Kilian. Cuando sus dedos tocaron los mechones húmedos del pelo de él, estaba segura de que tendría que disiparse por fuerza aquella figura, igual que la niebla sobre las aguas matutinas.

Sin embargo, permanecía allí. Estaba con vida.

¿No se estaba engañando en realidad? Su cabello era negro, pero aquí y allá se vislumbraban mechones rubios. Tenía la mirada seria, los rasgos también serios, y todo eso coincidía con las fotografías que había visto, solo que ahora pertenecían a un hombre adulto. Los pequeños amuletos que colgaban de un cordel de cuero sobre su pecho no los había visto en ninguna de las viejas fotografías, ¿pero quizás en una pulsera? Cuando los tocó, él le apartó la mano con un gesto brusco y los aferró entre sus dedos como protegiéndolos y diciendo algo en un idioma que sonaba a indio.

—Todos se alegrarán de verte —exclamó ella. Solo con un atisbo de atención percibió todavía el revólver en su mano caída. Volvía a resurgir la esperanza... Ruben había regresado, el corazón amargo de Kilian se curaría. Volvía a tener un hijo. Todo podía volver a su cauce—. ¡Ven, vamos, ven!

Ella subió los escalones girándose continuamente hacia él. Sí, él la seguía, pero en el paso al parque se detuvo.

—¿Qué pasa? —preguntó con sumo cuidado. Él titubeó y se agazapó como un animal salvaje. Quizá no se acordaba bien. *Ojalá que no se eche a correr...*—. Todavía no me conoces para nada. Me llamo Amely. Soy tu... tu madrastra, la nueva esposa de tu padre, Kilian Wittstock. ¿Entiendes?

—Wittstock —murmuró él.

—Sí, tu padre. —Ella se llevó una mano al pecho—. Yo soy Amely Wittstock, su esposa.

Sus ojos destellaron como alguien que comprende.

Tras ella, pasos. Se giró a mirar. Alguien venía corriendo por la hierba.

—¡Póngase a un lado, *senhora* Wittstock!

Era Felipe.

Ella se hizo a un lado de una manera maquinal. Un fogonazo, una detonación. ¿Por qué disparaba si ella no se encontraba en peligro? Sin embargo, era difícil que pudiera reconocer quién era el indio que estaba a su lado.

—Es... —iba a decir «Ruben», pero entonces sintió la mano de Ruben tapándole la boca por detrás. El otro brazo de él la rodeó por la cintura. Sintió que la levantaban de los pies.

De repente el suelo comenzó a balancearse. Se precipitó por el terraplén abajo en los brazos de Ruben. Él la agarró del pelo, tiró violentamente de sus pies y la arrojó a una canoa. Amely se acurrucó en ella; apenas podía moverse de lo mucho que le dolían los huesos por el rudo trato al que la había sometido él. Tampoco se atrevía a moverse. La piragua comenzó a tambalearse cuando él la arrastró al agua. La empujó hacia la corriente, saltó por encima de ella y se puso a bogar. Amely se agarró con fuerza al borde de la canoa y levantó la cabeza. Bajo la lamparilla de petróleo estaba Felipe con el brazo de disparar en alto. No se atrevió a disparar de nuevo.

Simplemente podría saltar por la borda. Ruben estaba sentado delante de ella dándole la espalda y metiendo el remo en el agua con una resolución brutal. Cuando ella quiso levantar una pierna sobre la borda, él llevó el remo hacia atrás y le golpeó en la cintura. Ella volvió a dejarse caer en la canoa profiriendo un sonoro suspiro.

Ya no podía divisarse a Felipe. ¿Se habría puesto a correr en dirección a la casa? ¿O se habría dirigido a las otras canoas?

¿Qué haría Ruben si se volviera ella ahora a gritar hacia Felipe? Sus pensamientos se atropellaban y arremolinaban. No debía olvidar en absoluto que Ruben se había convertido en otra persona. Había empleado palabras indígenas. *Era un indio.* Pero ¿cómo podía ser eso? ¿No había afirmado Felipe que había visto el cadáver de Ruben? ... *Llegué justo en el momento en el que uno de ellos le golpeaba y le arrancaba la cabellera. Intenté evitarlo, pero ya era demasiado tarde.*

Quizá le habían engañado los sentidos a Felipe en aquel entonces.

Una reflexión que hizo que estallara en una sonora carcajada. Con toda seguridad no había habido nunca otro joven rubio en la selva.

La canoa se deslizaba rápidamente hacia un objeto negro. ¿Era un animal? Ella reconoció el estuche de su violín. Con un movimiento rápido lo levantó de las aguas antes de que pasara de largo y lo introdujo en la canoa. Ruben la miró por encima del hombro con un gesto severo, pero se abstuvo de arrancarle ese objeto que ella mantenía entre sus brazos protectores. ¿Adónde quería llevarla?

—¿Estás huyendo de Felipe da Silva? —preguntó ella. Era reconfortante escuchar la voz propia, hacía que todo aquello tuviera un viso más de realidad—. No es necesario en absoluto. No te hará nada.

—*Y para esa mentira hay seguramente una explicación...* Apenas apareció este pensamiento por su mente, supo ella al mismo tiempo la respuesta. Felipe había querido encontrar a Ruben en aquel entonces para ofrecerse al servicio de Kilian, pero no lo había encontrado, ni siquiera su cadáver. Así que afirmó haber vengado por lo menos al hijo, y las cosas le salieron como había pretendido: en señal de gratitud, Kilian le redimió de su miserable existencia como recolector de caucho. Y no solamente eso, le había convertido en su «mano izquierda».

El enfado le bullía fuertemente por dentro. Deseó estar delante de Felipe y restregarle por la cara que había puesto al descubierto su engaño.

—¡Tenemos que regresar! —exclamó ella. La canoa se tambaleó cuando se esforzó por ir adelante para sacudir el brazo de Ruben.

—Mba'e piqo rierota?

Él se retorció de repente como si le hubiera golpeado.

—¿Ruben?

Se palpó el cuerpo y alzó la mano afectada como para mostrarle que tenía el cuerpo bañado en sangre.

—¡Dios santo bendito! ¡El disparo! —Felipe le había... ¡No, no podía ser, no podía haber una desgracia semejante! Ruben se desplomó hacia delante, la canoa empezó a dar bandazos. Con un gesto completamente instintivo, Amely echó mano del remo antes de que cayera al río. Lo sumergió en el agua, intentó remar contra la corriente que lo llevaba desde aquel igarapé hasta el río Negro, pero ella no tenía la fuerza de él. Además, ¿hacia dónde ir? De ninguna manera atrás, donde Felipe quizá no titubearía en disparar una segunda vez. ¿Hacia la selva, donde un herido podía ser víctima fácil de los animales depredadores? Todas las direcciones le parecían insensatas.

Levantó el remo y lo dejó en la canoa. No haría absolutamente nada.

Que decidiera el río lo que tenía que suceder. Se tumbó al lado del tembloroso Ruben.

—Me llamo Amely —le susurró al oído—. Tú eres Ruben.

Me llamo Amely.
Tú eres Ruben.
Me llamo Amely.
Tú eres Ruben.
Estás herido.
Me llamo Amely.
Le habló sin cesar en ese lenguaje extrañamente duro, extrañamente familiar que no se asemejaba para nada al de la ciudad.

El espíritu del ruido había enmudecido en él. ¿Significaba eso acaso que la muerte estaba cerca y que no había alcanzado la meta de sus ansias? Descanso eterno... Y también ese nuevo dolor en su cuerpo ya pronto sería cosa del pasado. Pero él no quería morir. *Por lo menos no ahora.* Él le pedía que no lo dejara morir, y también salían sonidos irreconocibles de su boca y ella parecía no entenderle. Embutida en su vestimenta blanca, que lo ocultaba todo, se acercó a la orilla del río, levantó un extraño objeto de la arena y se echó el pelo para atrás. Lo que sostenía su otra mano recordaba el arco de juguete sin tensar de un niño. Sin embargo no se trataba de ningún arma. Era...

Era música que, pese a lo extraña que resultaba, henchía el aire, se elevaba por encima del gorjeo nocturno del agua, por encima de las cigarras, por encima de sus jadeos. Ella no era Amely, era Yacurona, la mujer-espíritu que enviaba al boto para raptar a un hombre. ¿Acaso no había visto un delfín poco antes de perder el conocimiento? Y esa bahía, a la luz de la luna, le parecía verdaderamente el camino hacia los lugares sagrados en las profundidades del río. Yacurona terminaría enseguida su canción y se lo llevaría al agua. No sabía si su corazón latía tan salvajemente porque la herida lo estaba machacando o porque sentía miedo verdaderamente. *¿Quiero ser realmente aquel que pase a las historias de mi tribu como alguien que se apartó de su senda para dejarse arrastrar hacia Encante?*

Se ladeó, enterró los dedos en la arena para probar si era capaz de ponerse en pie. La música era extraña, pero al mismo tiempo le resultaba familiar, como si hubiera escuchado algo similar hacía muchísimo tiempo. Toda aquella mujer removía algo dentro de él, algo que él siempre había pensado que era mejor que permaneciera oculto en lo más profundo de sí mismo.

Me llamo Amely.

Tú eres Ruben.

Soy la esposa de Kilian Wittstock.

Y tal como ella estaba allí, sumida por entero en su interpretación, estaba claro que ya no era dueña de sus sentidos.

Despuntó la mañana, el primer día del nuevo año. No había venido el boto. Los rayos del sol se reflejaban en el río haciendo destellar los cuerpos escamosos de los peces que andaban atrapando mosquitos al vuelo. Mucho más allá un pescador había amarrado su piragua de colores alegres a un banco de arena y estaba ocupado con sus redes. No obstante, ahí, en la orilla oriental, donde todavía imperaba la noche, pendía una bruma verdosa sobre la bahía. Amely se incorporó y jugaba, ensimismada, con la arena blanca. Sabía que esa bahía era tan peligrosa como cualquier lugar a orillas del río si no estabas atenta. Pero también si lo estabas. Sin embargo, era única la belleza de los sauces, las palmeras, las acacias, los cocoteros y todas las demás especies de árboles con sus ramas inclinadas hacia el agua, rodeados por plantas trepadoras y orquídeas rojas y violetas que se habían fijado a sus surcos agrietados. Gigantescas hojas de nenúfar cubrían el agua como canoas redondas y planas; entre ellas se esparcía la inflorescencia rosada. Las libélulas aleteaban por entre los intrincados pasos que formaban las lianas. Los rayos de sol se colaban por entre los espacios de las plantas haciendo creer a Amely que se encontraba en una iglesia de verde vivo. Los loros comenzaban a graznar medio adormilados. Los colibríes centelleaban frente a seductoras flores. Los mosquitos permanecían fijos en el aire hasta que desaparecían de repente con un movimiento de zigzag. Sobre una rama había hojas que parecían desfilar: era una colonia de hormigas cortahojas. De la arena se elevó un montículo que resultó ser una tortuga. Un lagarto verde se deslizó rápidamente por la arena dejando tras de sí unas huellas finas. Ese mundo podía ser todo lo peligroso que fuera, pero desmentía a su vez al mismo peligro.

Amely se arremangó el camisón y se acuclilló en la orilla del río para hacer sus necesidades. Ahora, a la luz del día, no se veían las pirañas. ¿Había estado ahí realmente por la noche y había tocado la *Danza de las Horas*? Tenía que ser así; la música seguía estando en su interior. ¡Qué de cosas habían sucedido ayer! *La Gioconda*. El disparo. Ruben. Se había ido con él a golpe de remo, en esa canoa de ahí que producía un efecto primitivo. ¿Y luego? La corriente los había llevado en la dirección del puerto. Y de pronto se habían vuelto a encontrar entre un pelotón de canoas iluminadas.

Mirad, Yacurona se ha pescado un indio.

¿Yacurona? Pero si no es más que una mujer.

¿No ves al boto dando vueltas en torno a su canoa?

¡Yacurona! ¡Yemanjá! ¿Adónde quieres ir?

Y ella había respondido en estado de duermevela: a la bahía de la luna verde.

Tenía que ir a ver cómo se encontraba Ruben.

—Por favor, Dios bendito, no permitas que esté muerto —susurró y giró con cuidado la cabeza temiéndose dar con la gelidez de un cadáver.

La arena estaba removida. Un rastro delataba hacia dónde se había arrastrado Ruben. Amely se puso en pie de un salto y lo siguió poniendo toda su atención en cada movimiento de sus pies desnudos. ¡Alabados sean los cielos! Allí estaba sentado, reclinado sobre el tronco de un árbol y respirando con dificultad. Mantenía una mano apretada contra el abdomen; la otra agarraba hojas masticadas que escupía. Al parecer quería extender esa masa sobre la herida. Amely se acuclilló a su lado. Él permitió que ella retirara su mano para palparle el lugar de la herida.

—La bala ha vuelto a salir —dijo ella. Como a dos palmos por detrás del primer agujero había un segundo, no debía haber errado en su razonamiento—. No parece haber afectado a ningún órgano. —Procuró poner una voz alegre. —De lo contrario no estarías mirándome con esa cara de desconfianza, ¿verdad?

Él respondió con un resoplido de desprecio. Probablemente no había entendido ni una sola palabra.

Ojalá supiera ella qué hacer. Debería haberse dejado llevar en la canoa con él hasta el puerto; allí habría recibido tratamiento médico. Pero quizá no hubiera sido así tampoco, pues ¿quién ayuda a un indio? Amely hizo un esfuerzo para desgarrarse una tira del dobladillo de su camisón. Su situación no podía ser más inconveniente. Le ayudó a extender la papilla de plantas masticadas sobre la herida sangrante y a vendarla con la tira de su prenda.

—¡Lástima que no tengamos ginebra! No nos vendría nada mal ahora para desinfectar. ¿Tienes fiebre? —Le puso la mano en la frente.

No era capaz de decir si estaba pálido o no; su piel intensamente morena poseía casi la dorada tonalidad parda de los indios. Dejando a un lado su cabello rubio, había salido al tipo moreno de su madre. *¿Sabes lo que me alegra? Que solo tengas de tu padre el pelo rubio, y nada más. No te pareces para nada a él.*

Sin duda Ruben era el indio más insólito que ella había visto nunca. Era alto, pletórico de fuerzas y orgullo, justo todo lo contrario de los indios de la ciudad. Con su adorno de plumas de colores se asemejaba más bien a las ilustraciones del diario de viaje de Humboldt. En torno a la cadera llevaba un cinturón de un palmo de ancho hecho de cordones del grueso de un dedo y de colores muy alegres. Unos cordones semejantes ocultaban a duras penas su virilidad. Por todas partes tenía pequeñas cicatrices, de espinas, de zarpazos y quizá también de filos de navajas. Por su cuello corrían oblicuas dos cicatrices intensas como si algún indio de una tribu rival le hubiera querido rebanar la garganta. En los pabellones de las orejas tenía clavadas unas agujas de hueso.

Sin embargo, lo más asombroso en él eran los tatuajes que le cubrían los hombros, los brazos, la espalda y una parte del pecho. Eran plumas estilizadas como si en algún momento hubiera decidido ser más un pájaro que un ser humano.

—A Maria le dará un ataque cuando te vea —dijo Amely.

Él levantó los párpados con gesto inquisitivo.

—Maria *la Negra*. Seguramente te habrá dado alguna vez una buena tunda en el trasero. ¿Y el señor Oliveira? Con toda seguridad habrás estado sentado sobre sus rodillas y te habrá explicado que hay que tener más miedo de los escorpiones pequeños que de los grandes.

Pero él solo dejó caer la cabeza y cerró los ojos.

—Eres el hijo de Kilian Wittstock. Tu madre se llamaba Madonna Delma Gonçalves.

Iba diciendo esto una y otra vez mientras hacía cosas aparentemente inútiles como masticar las hojas restantes que había reunido él y aplicarlas sobre su herida o arrancar más tiras de su camisón hasta que quedaron visibles sus rodillas. La herida había dejado ciertamente de sangrar, pero sus bordes estaban hinchados y enrojecidos, y Ruben tenía fiebre. Y cuando le hubo repetido aquello por enésima vez como una cantilena —quizá para no volverse ella misma parte de la selva— se preguntó si las heridas que se abren con palabras no eran también peligrosas.

La mañana dejó paso al calor del mediodía. A una indicación muda de Ruben ella cortó algunas lianas. Exprimió el jugo de pámpanos tiernos sobre la boca de él. Con una hoja grande de palmera espantaba a los mosquitos. Ponía atención en cada paso que daban sus pies, y cuando veía un insecto de aspecto peligroso reaccionaba con cautela tal como le habían enseñado el señor Oliveira y Maria *la Negra*. Alguna que otra vez, Ruben cogía un escarabajo de la arena y se lo comía. Ella no sabía si saciaba así el hambre o si el animalito era una especie de medicina. El señor Oliveira le había contado que la selva virgen poseía un remedio para toda plaga y para toda enfermedad, y que los indios estaban al corriente. Pero luego añadió que quizá todo eso no era más que una leyenda. Por lo menos sonaba a sarcasmo en un mundo en el que uno podía morir en cualquier momento.

—Ruben, ¿qué estamos haciendo aquí ahora? ¿Quieres que montemos en tu canoa y...? Sí, ¿y luego qué?

Él señaló con el dedo al estuche de su violín.

—¿Quieres que toque para ti? —*Bueno, vale, si te gusta*, pensó ella. Pero ¿por qué estaba señalando también a su herida? Cuando ella acomodó el violín al cuello y levantó el arco, él le hizo señas para que se le acercara y le indicó con impaciencia que se inclinara sobre su vientre.

—Canción —dijo él—. Canción que cura.

Ella no entendía. Pero que él hablara alemán le pareció un pequeño milagro. ¡Si él era capaz de tal cosa, no iba a morir con toda certeza! Se arrodilló a su lado y empezó a tocar lo que le vino a la cabeza. Era un sonido algo trémulo, pero daba lo mismo, porque él se estaba relajando.

Volvió a meter el violín en la caja. De repente le sobrevino a ella también el cansancio. Agachó la cabeza e intentó impedir con todas sus fuerzas que se le saltaran las lágrimas. Todo aquello era demasiado para sus flacos hombros.

Una mano se aproximó a ella. Un dedo tocó la gota de oro en su diente. Ella se quedó paralizada.

El robusto brazo de él tiraba de ella hacia abajo. Ruben la tenía sujeta, casi la obligaba a posar la cabeza sobre el hombro de él. Los dedos de él acariciaban suavemente su pelo. Sintió un hormigueo en sus mejillas.

—No py amati. No miedo. Amely.

Ella habría querido yacer así por toda la eternidad.

2

Era un paciente insufrible. O bien permanecía tumbado entre temblores y emitiendo un calor insano, o bien luchaba por ponerse en pie y hurgaba entre las matas en busca de algo comestible. Lo que traía le hacía agitar la cabeza a ella con repugnancia. Una vez al menos le dio algo que no se movía. Se atrevió a comer aquel fruto desconocido, pero no hizo sino avivar aún más sus ganas de comer. La mayoría de las veces Ruben mascaba las raíces de una ceiba que le llegaban a la cintura y dormitaba al abrazo protector de esas raíces. Durante el sueño pronunciaba frases incomprensibles. A veces relataba ella también alguna cosa, hablaba de Berlín, de los automóviles, de un fonógrafo que le había regalado su padre cuando cumplió quince años, con una grabación de *Israel en Egipto*, de Händel. Hablaba del zoológico, del espectáculo exótico de Hagenbeck, de las famosas familias constructoras de violines y de las fotografías en movimiento que había podido admirar hacía dos años en el Wintergarten-Varieté, del Teatro Apolo de Berlín y de los autógrafos que había podido mendigar allí. Ruben escuchaba su cháchara con interés y contemplaba con detalle la mariposa engastada en el cristal. En tales momentos podía reconocer al niño de entonces en el salvaje en el que se había convertido.

Era un salvaje. Le apartaba la mano a un lado cuando quería tocar sus adornos colgantes; tenía la impresión de que él no sabía en absoluto lo que llevaba encima.

Quería tener las armas en todo momento consigo. Parecía creer con toda seriedad que estaba preparado para una lucha en cualquier momento. Ella conservaba el revólver en el estuche del violín. ¿Quién sabía la que podría organizar él con el revólver?

Una y otra vez entrecruzaba las manos frente a sus labios y soplaba a través. El sonido similar al canto de un pájaro penetraba estridente por sus oídos.

—Kö aq ou. Vienen cazadores —explicó él.

Y vinieron.

Eran dos hombres en una canoa grande y una mujer en otra más pequeña. Las canoas se deslizaban entre sauces florecientes, rechinaron al tocar la arena. Los indios saltaron agachados, olfatearon el lugar, miraron en todas direcciones con gesto vigilante. Los adornos que llevaban y sus cabellos oscuros eran muy semejantes; al parecer eran de la tribu a la que pertenecía Ruben. Uno hacía guardia mientras el otro y la mujer se arrodillaban junto a Ruben y examinaban su herida. Hablaron unas palabras en voz baja entre ellos. Ruben señaló con el dedo a Amely.

Ella se puso en pie cuando la mujer se le acercó con paso suave. Cruzó los brazos ante el pecho, pues vestida únicamente con su camisón se figuraba que estaba desnuda. ¡Lo cual era efectivamente así en las pantorrillas! En cambio, la mujer india se movía como si no fuera consciente en absoluto de que no llevaba nada de ropa con excepción de un trozo ridículo de tela en torno a las caderas. Amely tuvo que obligarse a no quedarse mirando esos pechos que se elevaban con descaro.

—Buenos días. Me llamo Am...

—E-tokimi! —dijo la desconocida refunfuñando por su boca grande y levantando la mano para golpear.

Amely se agazapó por instinto.

—Tiacca, ani tei! —Ruben se había levantado; ahí estaba él, encorvado y apoyado en un árbol.

¡Oh, cielos!, ¿adónde he venido a parar?, se preguntó Amely. Con un tono una pizca más amable que el de la mujer, uno de los

hombres le ordenó con gestos que se sentara y mantuviera cerrada la boca. El resto del día lo pasó Amely escuchando sus conversaciones y mirando cómo cuidaban a Ruben. Uno de ellos desapareció en el bosque y regresó al cabo de unas horas con un manojo de larvas. Entretanto, la mujer había encendido un fuego con un friccionador de madera. Quemaron las larvas. Las cenizas se las restregaron en la herida de Ruben. Pese a toda la buena voluntad que ponía Amely, no era capaz de imaginarse que esa porquería pudiera tener una utilidad mayor que las hojas masticadas.

Los dos hombres, más rechonchos que Ruben pero igual de musculosos, trajeron serpientes, las despellejaron y las asaron al fuego. La mujer desenvolvió un paquetito hecho con hojas de palmera; en el interior había una pasta oscura de la que Amely no quería saber siquiera de qué estaba compuesta.

—Gracias, no quiero nada —murmuró cuando la mujer le puso bajo la nariz un pedazo que olía intensamente dándole a entender mediante señas que aquello era comestible.

—Ven —exclamó Ruben.

Con un gesto de alivio se dirigió hacia él. Por fin iba a escucharle. Tenía que convencerlo de regresar a Manaos.

Se sentó apoyado en el tronco de la ceiba y hablaba con uno de los hombres. Este le hizo unas señas para que se acercara. La mujer le indicó con gestos toscos que se sentara delante de Ruben.

El rostro de Ruben había adquirido algo de color. Daba la impresión de haberse fortalecido; su cuerpo rebosaba de ganas de volver a moverse, pero la herida le estaba causando todavía dolores; apretó los dientes cuando desplazó su peso y se agarró a un trozo grande de corteza que se le presentó a mano.

—Tú dice... no, muestra, no, escribe. —Apretó los ojos esforzándose en encontrar las palabras correctas—. A Wittstock. Escribe: No debe... no debe hacer cauchu...

—¿Cauchu? ¿Caucho?

—Sí. No caucho... —Se pasó los dedos por el pelo como si pudiera extraer de ellos las palabras correctas. Sus rasgos estaban desfigurados por el esfuerzo—. ¡Habla!

—¿Habla? ¿Qué... sobre qué, Ruben?

Él se puso los dedos frente a los labios y se golpeó la frente.

—Escuchar... tú... palabras... ven.

Las charlas de ella le habían ayudado a recordar, quizá no a saber quién era él, pero sí a rescatar su lengua materna de las más remotas profundidades. Y de pronto no se le ocurría nada que decir. Con gesto desvalido se encogió de hombros.

—¡Árbol... bosque! ¡Yayasacu solo! —Se golpeó el pecho, señaló con el dedo a los demás—. Yayasacu.

—¿Yayasacu? ¿Es el nombre de vuestra tribu?

Él asintió con la cabeza.

—Nosotros... selva. —Hizo unos gestos negativos con la mano—. ¡Wittstock no selva! ¡No cauchu! Si no Amely... —Se llevó el dedo índice al cuello.

No podía estar hablando en serio.

Todo aquello era muy irreal. Él le puso un trozo de madera chamuscado en la mano y le golpeó con gesto provocador en su regazo con la corteza. Amely comenzó a captar lentamente lo que quería de ella. Sonaba demasiado ridículo.

—Ruben —dijo ella inclinándose hacia delante y mirándolo con gesto penetrante—. ¿Quieres que le escriba a Kilian que me vais a matar si no deja de avanzar en vuestra selva? ¿Es así como quieres salvar a tu tribu de él?

Se alisó el pelo de detrás de la oreja, escuchó esforzadamente y asintió con la cabeza.

—Pero si yo no soy tan importante para él, en absoluto. ¡Tienes unas ideas muy equivocadas!

—¡Escribe!

—Incluso aunque consigáis que se retiren sus hombres de vuestros bosques, vendrán otros, así de potente es la demanda de caucho; y lo que no obtenga Kilian lo obtendrán otros.

—Wittstock, señor de los ambue'y.

Creyó comprender lo que significaba esa expresión. Los ambue'y eran los blancos, los invasores. Igual que ella. Y por algún motivo, Ruben tenía a su padre por un individuo muy poderoso.

—Kilian Wittstock no es el señor de los ambue'y. ¿Entiendes?

—No.

Habría deseado soltar un improperio, lo cual habría debido hacer en calidad de madrastra, pero él no habría entendido esto tampoco.

—Hay muchos Wittstocks entre los ambue'y —dijo con dureza—. Cuando matas a una anaconda bien grande, ¿piensas que has exterminado así a todas las anacondas?

Él bajó la cabeza. Ahora le dio lástima a ella. Él habló en voz baja con los otros. La mujer agarró la corteza y la arrojó al fuego.

La india tensó una cuerda con los puños, una cuerda retorcida de fibras, y se dirigió a ella con un grito. *Esta mujer es como un perro que tiene que ladrar continuamente*, pensó Amely enfadada y atemorizada a la vez.

—¡No la entiendo, compréndalo de una vez por todas! —replicó ella. No le sorprendió que los golpes siguieran a los gritos. Levantó los brazos para cubrirse el rostro. Sentía ganas de devolver los golpes. Quizá le sentara bien, como hacía unos pocos días, cuando se defendió de Kilian. Pero esa salvaje debía ver cómo se comportaba un ser humano civilizado. Así que se calló y se quedó a la expectativa.

—*To!* —berreó la mujer. Acto seguido señaló a las manos de Amely. Amely entendió que la iban a maniatar. Retrocedió dos pasos a toda prisa y ocultó las manos en las axilas. Los dos hombres se echaron a reír.

—¡No! —gritó Amely. ¡La querían abandonar allí atada o llevársela con ellos a la selva!—. ¡Soy Amely Wittstock! ¡No podéis hacer eso conmigo! No quiero. *¡No quiero!*

Un instante después su mejilla quemaba como cubierta por un fuego. Esa salvaje le había dado una bofetada que no le iba en nada a la zaga a las de Kilian. Cuando levantó la mano para una segunda bofetada, Ruben le detuvo el brazo.

—Ani tei, Tiacca. —Empujó a un lado a la mujer y envolvió con las dos manos el rostro de Amely, le limpió la piel con los cantos de las manos y le giró el rostro hacia la mujer como si se tratara de una muñeca.

La salvaje asintió con la cabeza, con un gesto repentino de placidez. A pesar de todo le ató las manos por delante. Amely no se atrevió a rebelarse otra vez. Cuando vio el resto de su maquillaje en las manos de Ruben supo que le había enseñado este a la mujer indio: las marcas de los golpes de Kilian. Su mirada conciliadora parecía expresar que teniéndola él en su poder no debían empeorar las cosas para ella.

A ella le pareció que sí empeoraban las cosas. La llevaron a la canoa grande, en donde ocupó asiento delante de Ruben. Ante ella iba sentada la mujer. Los otros dos hombres dirigieron las canoas pequeñas hacia el río Negro. Como Ruben se encontraba demasiado débil le pusieron a ella el remo de él en las manos atadas. Apenas consiguió dar tres o cuatro golpes de remo y ya creía que se le iban a romper los brazos. Lo mismo le ocurría a su espalda, tan poco acostumbrada a estar tanto tiempo sin corsé. Ruben solo le concedía unas breves pausas y a continuación le daba unos golpecitos en los hombros para que continuara. En cambio, los indios no parecían cansarse nunca.

Día tras día fueron remando río arriba. Apenas podía creerse alguien que al norte de Manaos el mundo estuviera tan abandonado de la mano de Dios. Las viviendas lacustres de los caboclos iban escaseando a ojos vista; y entre los mestizos de allí nadie se interesaba por unos pocos indios dispersos. Nadie acudió en ayuda de Amely, claro que no. Su estado de ánimo oscilaba entre la curiosidad y el terrible temor. No debería haberse negado a escribir ese recado. De esa manera habrían sabido por lo menos en la *Casa no sol* lo que había sucedido con ella. *¡Ah, qué disparate!*, se dijo para sus adentros. Esa estúpida tablilla de corteza de árbol no habría llegado jamás a su destino, y si lo hubiera hecho seguro que la letra no estaría ya legible. Estos indios eran de una ingenuidad supina.

Por el momento Amely había decidido que esa gente no le gustaba. No eran apenas más que animales cuando retiraban a un lado los cordones de sus caderas para hacer sus necesidades en el agua a la vista de todo el mundo. Ella se contenía hasta el atardecer, cuando amarraban en algún lugar protegido y asaban la captura del día. Entonces se abría paso entre los matorrales vigilada la mayoría de las veces por la mujer. En las fogatas vespertinas Ruben la exhortaba a hablar y él practicaba palabras y frases con toda curiosidad y atención. No parecía llamarle la atención que fuera desacostumbradamente rápido en sus progresos. ¿De dónde iba a saber un ser humano, habitante de los parajes más recónditos de la selva virgen, que el aprendizaje de un idioma era en realidad un asunto difícil y agotador?

El color negro de su cabello fue desapareciendo a ojos vista; se fueron haciendo visibles cada vez más mechones rubios, y cuando su pelo claro destellaba a la luz del sol a ella le parecía todo aquello aún más irreal.

—Halcón tótem —dijo él pasándose la mano por los brazos tatuados y agarrándose el cabello—. Che réra, mi nombre: Aymaho kuarahy, el halcón del sol. —Señaló a la mujer—. Tiacca: pájaro en agua. —Su mano imitó el vuelo en picado al agua de un colimbo grande. A continuación le presentó al más bajito y forzudo de los dos hombres, el que reía continuamente con un deje burlón—: Pytumby: noche a orillas del río. —Por último señaló al otro hombre, el único que llevaba clavada también en la nariz una aguja de hueso—. Ku'asa. —Pero para él no conocía al parecer ninguna palabra equivalente en alemán. Sus rostros daban la impresión de no tener edad, parecían casi infantiles—. ¿Amely?

—Amalie —dijo ella—. La eficiente.

Él repitió una y otra vez esa palabra extraña.

—Eficiente. Aplicada. Buena.

Su convalecencia estaba progresando muy rápidamente; las cenizas de larvas debían de ser verdaderamente un remedio milagroso. Ya saltaba a la canoa tan rápidamente como los demás sin dar bandazos, sacaba las flechas de su carcaj, las colocaba en el arco, lo tensaba y disparaba. Ella no podía evitar disfrutar de esa visión bárbara. Si en aquel entonces, cuando jugueteaba en el espectáculo exótico aquel de Berlín, alguien le hubiera hablado de un hombre así, ella no le habría creído.

Con todo el viaje la estaba agotando. Los esfuerzos, las manos atadas, la espalda sin apoyo, la piel asediada por mordeduras y picaduras, su camisón desgastado que llevaba adherido al cuerpo como si fuera su segunda piel, su propio olor... detestaba todas estas cosas. Cuando el agua se agitaba en la proa porque constantemente emergían troncos de árboles o aparecían plantas trepadoras o bancos de arena, su corazón se ponía a latir de miedo. Hasta la lluvia significaba peligro; y al igual que los demás achicaba el agua del interior con las manos y con hojas de gran tamaño hasta que se desplomaba rendida por el agotamiento. La algarabía de miles, de decenas de miles de aves, les impedía entenderse con la voz. Los cocodrilos de las orillas no eran ya un excitante espectáculo natural del que disfrutar con un estremecimiento placentero desde la cubierta del *Amalie*, con prismáticos en una mano y con una limonada fresca en la otra. Todo se movía rebosante de vida estrepitosa, peligrosa, desconocida; y cuando la blanca niebla se quedaba atrapada en las copas de los árboles y ascendía vaporosa por el río, a Amely no le habría resultado extraño ver a un pterosaurio surgiendo de las aguas.

Sin embargo, todo esto no era nada en comparación con la incertidumbre. ¿Qué le aguardaba en la meta de aquel viaje? Su imaginación le proyectaba las peores escenas: que la encerraban en un agujero en la tierra, la alimentaban con raíces y finalmente acababan cociéndola a fuego lento entre hojas de palmera, como a un animal; que la ofrecían a todos los hombres o la obligaban a trabajar como esclava entre mujeres que seguramente serían todas tan rudas y groseras como Tiacca; o que la ataban a un árbol y la pringaban entera con miel. Los indios hacían esas cosas en los libros que ella conocía. E incluso si no sucediera nada de todo eso, ¿podría escapar alguna vez de la selva virgen?

Entonces podría consumar lo que no conseguí en la Nochevieja a orillas del igarapé, se le pasó por la cabeza a ella. *Sigo teniendo conmigo el revólver.*

Pero eso sería únicamente la última solución. Quería vivir. Nunca, nunca hasta entonces había querido vivir tanto como en esos momentos.

Era un enigma para ella el modo en que los indios se orientaban. El gigantesco paisaje fluvial de la Amazonia estaba sometido a una transformación constante, y los brazos de río que seguían eran un laberinto lleno de meandros. El río se transformaba en gigantescos lagos, luego en riachuelos angostos por los cuales se deslizaban las canoas por los rápidos aparentemente en la dirección equivocada. En ocasiones avanzaban por una alfombra tupida de vegetación, en otras a través de unas aguas sucias de color amarillento y llenas de nubes de mosquitos. Una sola vez tuvo Amely una ligera noción de dónde se encontraba: las aguas negras se volvieron claras. La pequeña flota había dejado atrás el río Negro y giraba hacia el río Blanco, el río *Branco*.

Amely no sabía cuántos días habían pasado. ¿Estarían floreciendo las campanillas blancas en Berlín? ¿Estaría cuidando Maria otra sepultura vacía en el parque de la Casa no sol? No le habría resultado extraño a Amely que hubieran pasado no semanas sino años, y que Miguelito anduviera persiguiendo entretanto a las criadas.

Siguieron una senda interminable por el bosque, caminaron por cenagales que les llegaban hasta las rodillas con las ligeras canoas sobre los hombros; también Amely tuvo que ayudar en el transporte. Por toda su piel cubierta de telarañas y de polen tenía clavadas espinas y aguijones. Los indios se frotaban la piel con termitas y la obligaron a hacer lo mismo. Le fabricaron unas sandalias con fibras vegetales que volvió a perder rápidamente en el fondo resbaladizo, que producía el efecto de estar habitado por muchos bichos pequeños. Se echaba a correr con los demás cuando caían árboles con gran estruendo, y permanecía completamente inmóvil cuando había algún animal peligroso oculto en la espesura. Luego volvieron a remar.

—¿Cuándo llegaremos? ¿Falta mucho? —preguntó Amely lloriqueando.

—Hoy —respondió Ruben.

Empezaron a aparecer colinas en aquel terreno, se aproximaban las siluetas grises del altiplano guayanés. Aquí y allá surgían del omnipresente verde algunas formaciones rocosas rojizas. Ruben señaló de pasada una peña colgante que daba sombra a una poza pequeña.

—La Roca Roja. Aquí criamos pirañas, para comer. El poco espacio las vuelve furiosas. Aquí humillé a To'anga. Aquí murió.

Ella sintió un escalofrío.

Un gorjeo colmaba el aire. Niños desnudos hacían señas desde las rocas y corrían junto a la columna de canoas. Mujeres, hombres, viejos, jóvenes se concentraron allí donde las canoas tocaron finalmente con un crujido la arena. Amely quiso acurrucarse en la canoa y se estiró el camisón por encima de las rodillas, pero Tiacca la arrastró a tierra sin piedad.

—Perei Ambue'y, pe-rei Ambue'y —iba pasando entre susurros de un oído a otro.

Manos extendidas hacia ella tiraban violentamente de su camisón, se lo levantaban, acariciaban su piel. Los niños la lamían. Las mujeres señalaban su boca y se regocijaban viendo el adorno de oro sobre los dientes. ¡Como si allí no hubiera nadie que se hubiera estropeado la nariz con agujas de hueso!

Una mujer, tan entradita en carnes como Maria, apartó a la multitud a un lado, se plantó ante Ruben y lo examinó atentamente de la cabeza a los pies mientras chasqueaba algo que masticaba; podía tratarse de tabaco. Él hizo un gesto que presumiblemente representaba un saludo, pero ella lo borró con un movimiento de la mano que también se habría entendido en las calles de Manaos y que indicaba enfado. Era del todo evidente que exigía una explicación rápida por la presencia de Amely.

Se acercó un hombre bajito, con muchas arrugas. Llevaba más adornos que los demás y todos le abrieron paso con respeto. El modo en que los dos se pusieron ahora a discutir producía un efecto muy familiar. Finalmente, el hombre golpeó a Ruben en los hombros como queriendo decir: ¡no te preocupes de la cháchara de mi mujer, vamos, cuenta lo que tengas que decir!

Ruben hizo un relato breve de lo sucedido. No resultaba difícil verle en la cara lo mucho que le disgustaba no haber llevado a cabo su misión o lo que fuera. Finalmente agarró a Amely del brazo y la obligó a acompañarlo. Unas cabañas redondas rodeaban lo que era como una plaza de la aldea presidida por una gran construcción hecha de madera y de paja y por una arboleda con una casa amplia. Hogueras, soportes para secar pieles, un enrejado con pecarís de pelaje negro dentro... Amely no vio muchas cosas; Ruben la llevó a una cabaña y le indicó que se sentara apoyando la espalda en uno de los dos postes de sostén entre los cuales colgaba una hamaca.

Por fin, por fin le cortaba aquellas ataduras.

Pero fue únicamente para atarle las manos por detrás del poste.

Ruben se había echado sobre una esterilla. A su lado estaba sentado un hombre rechoncho aspirando el humo de una pipa fabricada con hueso y mostrando una sonrisa en la que se veía el hueco de la falta de un diente. Con la mano izquierda agitaba un coco en el que sonaban huesos o semillas dentro. El hombre cantaba al mismo tiempo. Una *canción para cur*ar, supuso Amely. El chamán se inclinó sobre el abdomen de Ruben y envolvía la herida con el humo de la pipa. Finalmente se levantó y se sacudió el polvo de sus piernas torcidas.

—¿Te sientes mejor ahora? —refunfuñó Amely en cuanto el hombre hubo salido de la cabaña.

Ruben se giró de lado y apoyó la cabeza en el codo. Su mirada la obligó a apretar bien firmes las piernas desnudas.

—Pinda es un chamán. Él dice espíritu malo está todavía en herida. Eso es peligroso. —Estaba aprendiendo el alemán a una velocidad asombrosa. Quizá no había nada de lo que asombrarse, ya que él solo tenía que hacerlo salir de dentro. Si la situación de ella no hubiera sido tan humillante se habría alegrado del tesón de él.

—La herida se ha inflamado de nuevo, lo cual no tiene nada de particular. Seguro que el humo de tabaco no resulta nada útil en la curación. ¿Podrías desatarme, por favor? Tengo hambre y sed, y me duelen los brazos.

Se levantó con agilidad pese a la herida, se coló a través de la cortina de rafia que ocultaba la entrada a la cabaña y regresó con una ramita.

En ella estaba pinchado un pedazo de harina de mandioca cocida. Ruben se acuclilló ante ella y le llevó ese pan caliente a los labios. Tenía un aspecto seco y parecía chamuscado.

—¡Ruben! ¡No puedo estarme aquí toda la vida sentada y dándome tú de comer!

—No sé, si tú... no puedo... —dijo él luchando por encontrar la palabra apropiada—. La confianza.

Clavó los dientes en el pincho de pan profiriendo un suspiro. Sorprendentemente tenía un sabor a frutas cocidas, sin lugar a dudas era lo mejor que había comido en años. Se sintió mucho mejor después de que Ruben le llevara a la boca una calabaza con agua limpia.

—Gracias —dijo ella con una pizca más de amabilidad—. Y ahora, ¿cómo voy a lavarme? Tengo la sensación de estar metida en un abrigo de suciedad.

Él volvió a salir de la cabaña y regresó con Tiacca, que llevaba un cuenco bajo el brazo. Su amplia sonrisa cuando se arrodilló frente a Amely era todo menos amable. Introdujo un objeto de color castaño en el cuenco y con aquello limpió sin ninguna delicadeza el cuello de Amely, que profirió un grito. Tiacca hizo un amago de darle una bofetada, pero por lo visto se acordó de la indicación de Ruben de que no tocara a Amely y le estampó la esponja húmeda en el rostro.

Un torrente de palabras le cayó a Amely encima. La india salió de la cabaña caminando con dificultad. Afuera alguien estaba dando voces; Ruben se levantó y salió de la cabaña. También allí hubo un breve enfrentamiento verbal: ¡estas gentes tenían aún más genio que los brasileños! Pero cuando regresó estaba tan tranquilo como al salir.

—El cacique está furioso porque estás aquí. Eres ambue'y, una mujer que puede traer desgracias.

—¿Desgracias?

—Espíritu-muerte. Espíritu-enfermedad. Yo dije si tú tienes genio-enfermedad, nosotros estar ya muertos. El cacique es sabio, pero demasiado... prudente. —Soltó una carcajada arrogante—. Piensa que tengo la cabeza llena de pájaros.

Amely sonrió también. ¿Sería él consciente de que acababa de utilizar un giro de su lengua materna?

Por fin la desató. La condujo a la plaza del pueblo agarrándole del codo. Ella no sabía si mirar todo a su alrededor con curiosidad o si debía evitar las miradas. Las mujeres, vestidas todo lo más con pequeños delantales, estaban reunidas, acuclilladas en torno a unas fogatas, ocupándose de la comida. Y como quizás en todas partes del mundo, los hombres estaban sentados todos juntos, pero no hacían otra cosa que charlar y fumar. Todas estaban tatuadas, en parte incluso en los lugares más delicados. Una mujer golpeaba las extremidades de una tortuga, clavó la punta de un cuchillo en el caparazón y la levantó. Amely apartó rápidamente la mirada de aquel trabajo sanguinario. Un cocodrilo diminuto que todavía llevaba restos de cáscara de huevo en el lomo se le subió a los pies. Ella profirió un grito. Un niño atrapó al animalito y se la quedó mirando con cara de no entender la reacción de ella.

Ruben la condujo por una pequeña plantación de mandioca, luego por escalones de roca hasta una poza. Allí la soltó.

—Lávate.

—¿Delante de las chicas? ¡Ni hablar!

En el pequeño lago estaban sentadas cinco muchachas jóvenes completamente desnudas. Habían dejado su cháchara y miraron perplejas cómo Ruben empujaba a Amely al agua. Se quedó de pie como un palo sobre un fondo resbaladizo. Ruben ordenó a las chicas con un tono muy rudo que se marcharan de allí. Pero a él no se le pasó por la cabeza marcharse de allí; se sentó sobre una roca del lago, agarró las flores que habían dejado atrás las chicas y las trituró entre los dedos. Con una espuma jabonosa se frotó la parte inferior del rostro, que él se había ido afeitando más bien con dejadez durante el viaje, con nada menos que con briznas de hierba.

—Ruben, no puedo lavarme si hay alguien mirando.

—Lávate.

Él consiguió afeitarse en efecto con los tallos de las hierbas y con el apurado de una navaja bien afilada. Amely titubeó un buen rato. Finalmente agarró algunas flores, se acuclilló en el agua y metió las manos por debajo del camisón. ¡Grifos de oro, jabones aromáticos, toallas suaves! No había sabido apreciar todo eso. Julius le vino a la cabeza. Se imaginó que salía corriendo por entre los matorrales con una escopeta y que se la llevaba a casa. *No has tenido ningún hogar de verdad desde que tu padre te despachó hacia aquí. Así que componte y lávate.*

—Necesito algo para ponerme encima —le dijo a Ruben cuando volvió a ponerse en pie—. En mi camisón puedo meter hasta los dedos por los rotos que tiene.

Se arrepintió al instante de haber dicho aquello; probablemente le entregarían una de esas ridículas minifaldas y la obligarían a andar por ahí con los pechos al aire.

De regreso a la cabaña, él le llevó un pequeño soporte y un grueso ovillo de hilo.

—Tú tienes que hacer tú misma —dijo golpeándose las caderas, demasiado poco tapadas con los cordones de colores.

¡Santo cielo! Se sentó junto al poste y comenzó a enrollar el hilo de fibras vegetales en torno a un trozo de corteza. ¡A ella, que había llevado vestidos tan cargados de joyas, le exigían aquí con toda seriedad que se tejiera un sustituto para su camisón desgastado!

La lluvia golpeaba tan fuerte sobre el tejado que Amely se preguntó si la cabaña resistiría en pie. Al poco de su regreso, Ruben había comenzado a repararla. Esta era una actividad constante allí, le había explicado él, a menudo tenían que rehacer las cabañas porque todo se pudría allí con suma rapidez. Solo unas pocas gotas se colaron a través del tejado cubierto con cortezas recientes de árbol y hojas de palmera. Al caer en un agujero en la tierra se evaporaban en las ascuas de una pequeña fogata. El hecho de que Amely no pudiera dormir se debía sobre todo a la pesada soga que unía su muñeca con el poste. Se podía cortar, pero ella dudaba de poder llegar con la mano libre hasta la navaja situada en la hornacina de arcilla sin despertar a Ruben, que dormía en su hamaca. Así que se acurrucó apretando el estuche del violín contra su vientre. Aquel ídolo de allí tallado en madera oscura, ¿sería acaso Tupán, el Dios principal de los indios? Aquel hombrecito se asemejaba a un mono. De la pared colgaban pieles de jaguar y de reptiles, carcajs y arcos, máscaras y cabezas confeccionadas con piel. Del tejado colgaban, bamboleándose de los cabos de unas cuerdas, algunas conchas de caracol. También colgaban pieles secas de serpientes. Unas manchas de color rojo cubrían las pieles: era la pintura que se ponían los hombres. Ruben le había explicado que la usaban para favorecer la habilidad del cazador, para la riqueza y la potencia, y se lo dijo restregándose gráficamente entre las piernas.

Las manchas verdes simbolizaban la vida, el alma, la protección doméstica. El amarillo era el color de las mujeres. Durante el día, Amely, ocupada en su marco de tejer, había visto cómo las indias obtenían las pinturas moliendo tierra, flores y hojas. Hacían lo mismo con una fruta de la que obtenían la pintura azul oscuro que se untaban en el pelo. Tenían los brazos oscuros hasta el codo, y se columpiaban y se embadurnaban unas a otras entre risas. No solo daban una impresión infantil por su piel lisa y por sus narices cortas, así como por sus cuerpos vigorosos. También por su desenfreno.

El rojo y el verde centelleaban uno al lado del otro y desasosegaban a Amely. Su estómago protestaba por el hambre. El ragú de carne de tortuga que le ofrecieron lo rechazó dando las gracias. Aún se ponía mala al recordar cómo la gorda mujer del jefe de la tribu había metido la mano en el caparazón sanguinolento y se había chupado después los dedos con aquellos pedazos de carne mezclados con harina de mandioca y gusanos. Y cuando la vio comer con deleite unos huevos de tortuga que parecían cristal verde, Amely se fue corriendo detrás de una cabaña y vomitó entre las estruendosas carcajadas de todas las mujeres.

¿Habría algo comestible en las calabazas, en las bolsas de piel y en las ollas de barro? Amely estiró el cuello para ver, esperando encontrar únicamente escarabajos o gusanos. Pero allí solo había puntas de flecha, jugos desconocidos, una especie de ungüento hecho de hierbas molidas. En el caparazón de un armadillo estaban los copiosos ornamentos corporales de Ruben. Quiso echar mano con curiosidad cuando tumbó con el pie el recipiente de los animales.

Ruben se le echó encima.

—¿No debía hacer esto? —dijo acuclillándose de nuevo junto al poste.

Él se agachó a recoger algo de colores brillantes, un gusano o una pequeña serpiente, y la sacó afuera llevándola muy apartada de su cuerpo.

—Mordedura puede matar —explicó al saltar la valla que llegaba hasta las rodillas, compuesta de ramas y lianas y que servía de protección durante la noche—. La lluvia la ha traído hasta aquí.

¿Y eso lo decía él como si sacara la basura diaria de la casa? Amely se tapó la cara. *Mejor no pensar en ello*, se exhortó a sí misma; sin embargo, no pudo evitar temblar y lloriquear entre sus manos. Él pasó sus dedos por el pelo de ella, la atrajo hacia sí y la arrulló.

La lluvia no era ahora más que un murmullo y la estaba adormeciendo. Cerró los ojos apoyada en el hombro de Ruben. Casi se lamentó cuando él se retiró. De uno de los tarros de barro Ruben extrajo algo que tenía un olor familiar.

—¡Guaraná! —exclamó ella con alegría.

Esa bebida dulce de semillas molidas y miel fue como una comida reparadora. Y como un recuerdo.

—Esto me lo servía Maria a menudo —dijo ella entre cavilaciones—. Ruben, ¿por qué me has traído contigo después de haberte aclarado que tu padre...

—¿Por qué tú siempre dices él es padre?

—Porque es así.

—Tú hablas palabras-espíritu.

Amely suspiró. Todo podía ser un espíritu. Un animal, una planta, un golpe de viento, una canción, el humo del tabaco. Hasta de sí mismo había afirmado Ruben que era un espíritu. Era difícil enseñar a un ser humano la verdad sobre su origen cuando este se había criado de una manera completamente diferente. Pero ¿cómo explicárselo a alguien que se tapaba la boca a la vista de un arcoíris para que el espíritu del arcoíris no dañara sus dientes?

Pero quizá Ruben pensaba lo mismo que ella de él y la tenía por una chiflada.

—Bueno, vale. ¿Por qué me has traído contigo después de saber que no puedes chantajear a Kilian Wittstock?

No formulaba ella esta pregunta por primera vez. Pero por primera vez tenía la sensación de que él ahora podía y estaba dispuesto a darle una respuesta.

Se sentó delante de ella cruzando las piernas.

—Yo quería el... —se llevó la mano a la cabeza— el cráneo de Wittstock.

Ella se atragantó resoplando.

—¿Su cráneo?

—Botín. La prueba de que lo he matado. Entonces viniste tú. Quise secuestrar a ti. Tú has dicho, eso no tiene sentido. Pero demasiado tarde para dejarte atrás. ¿Tú sola en la bahía? No podía hacer yo eso. No quería que ti... que te pasara algo.

Él le cogió el cuenco de madera de su mano, bebió y se lo devolvió. Se puso a masticar el trago con gesto meditabundo.

—No, no es del todo verdad. Me diste miedo. No sé por qué. Pero cuando es así, el cazador tiene que matar el miedo. El cacique dice, yo juego con muerte, eso es malo. Yo digo, es bueno. Cuando quitas el peligro del camino, vuelve más fuerte. Hay que agarrar serpiente, llevar fuera. Si no se meten en kyha y miran en la sombra. —Señaló a la hamaca.

—Háblame de tus padres. ¿Viven todavía?

—No. Padre buen cazador. Muerto por jaguar. Madre muerta por serpiente, hace dos años.

—¿Tenían el pelo rubio también?

—¿Rubio?

—Dorado, como el sol. ¿No te has preguntado nunca por qué eres tú el único que tiene el pelo así?

—Sí, en otros tiempos. —Hizo un gesto negativo con la mano—. Pero la pantera es negra, los padres del animal, no. Eso es así.

Inmediatamente después de su llegada había teñido su larguísima melena de color negro azulado con el fruto de la genipa y con el jugo de una especie de liana, una melena que había refulgido durante el viaje entre los lujos suntuosos de Wittstock. Así que no encontraba tan natural su color rubio...

—Ruben. —Ella respiró profundamente varias veces—. Estoy segura de que tus padres fueron personas maravillosas, pero no eran tus padres. Tú eres prusiano, del Imperio alemán, un país poderoso al otro lado del gran mar. Para tu tribu, esos países son solo leyendas, pero yo también vengo de allí, eso es completamente real. De alguna manera viniste a parar de niño a la selva virgen y los indios te capturaron. ¿No puedes acordarte de tal cosa? ¿Qué sucedió en aquel entonces?

Se estaba equivocando de estrategia; lo vio en la mirada confusa y hostil de él, que volvió a agarrar el cuenco para beber, y ella se imaginó que de un momento a otro quedaría la cabaña rociada con la bebida. Sin embargo, él le devolvió el cuenco con tranquilidad.

—Estás hablando cosas confusas. A mí me llaman a veces loco. Pero tú lo estás mucho más. Quizá debería haberte dejado en la selva.

Él se levantó y se tumbó en la hamaca.

—¡Ruben! ¿No te das cuenta de que estás hablando cada vez mejor? ¡Eso tiene que darte que pensar!

Él se cruzó de brazos y cerró los ojos, así que ella se tumbó de nuevo en su esterilla y agarró el estuche de su violín. *¡Ay, Ruben! ¿Cómo puedo hacerte entender que la persona cuyo cráneo querías es tu padre?*

3

Amely estaba contemplando el triste pedacito de tela en su marco de tejer. Hoy era la *fiesta del uirapuru*, le había dicho Ruben por la mañana. Algunas muchachas celebraban su entrada en la vida adulta; el uirapuru era un pájaro, un emisario del amor. A Amely le permitían estar presente según la displicente decisión del jefe de la tribu. Tenía la esperanza de que las mujeres le prestarían algo para ponerse por lo menos para la fiesta, pero ninguna le llevó nada, y cuando le preguntó a Ruben, este sacudió la cabeza sin entender. *Bueno, si no llevas prácticamente nada puesto encima, probablemente ni te imaginas qué problema más aplastante representa la cuestión de la ropa.* Al menos encontró entre sus pertenencias algunas agujas hechas con espinas de pez. Colocó su esterilla como biombo para protegerse de las miradas, se desnudó y comenzó a zurcir su camisón lo mejor que pudo.

Él entró en la cabaña, se quedó sorprendido.

—¿Amely?

Antes de que ella pudiera pedirle que se detuviera él ya estaba dentro después de apartar la esterilla a un lado. Ella se plegó como una bola. Intentó tapar lo más imprescindible con su pelo y con la tela. ¡Qué situación más embarazosa! Sacudió la cabeza cuando él fue a tocarla.

—¿Te estás escondiendo? ¿Hay algún animal en la cabaña?

—¡No! —dijo ella vociferando.

—¿Y por qué...?

—¿Es que no lo ves, pedazo de alcornoque?

Él veía a la perfección; sus ojos destellaron de una manera muy especial. Ella tenía la impresión de que su cuerpo se iba a quemar con esas miradas. Finalmente él apoyó las manos en las rodillas y se la quedó mirando con una sonrisa burlona.

—Amely. Te haces la lista y eres tonta. Si escondes algo en la mano, todo el mundo pensará que es miel.

Acto seguido salió afuera tan rápidamente como había entrado. ¿Qué habría querido decir con aquello?

A una llamada de la mujer del jefe de la tribu, las muchachas se reunieron bajo una lona situada en el centro de la plaza. Eran aquellas cinco chicas a las que Ruben había echado del baño en la poza del manantial. Hoy las iban a proclamar mujeres adultas, y eso a pesar de que sus cuerpos larguiruchos, con los pechos pequeños y en punta, no producían todavía un efecto muy femenino. Llevaban adornos de flores y falditas coloreadas en las que tintineaban cuentas de arcilla. En la manera en que charlaban entre ellas sin poder dejar quietas las extremidades no se diferenciaban para nada de las colegialas berlinesas antes del primer baile de gala.

Toda la tribu se había compuesto para la ocasión. Amely llevaba un collar de flores de hibisco entretejidas que embellecía un tanto su horrible camisón, o al menos eso era lo que ella esperaba. Ruben no correspondió a su ruego de que le prestara uno de sus collares de plumas de pájaros. Ahora se daba cuenta del motivo: solo los hombres llevaban plumas. Las mujeres, en cambio, se adornaban con flores. Todos acababan de teñirse el pelo y se habían untado lunares de colores sobre sus tatuajes. Amely no se habría imaginado nunca que los indios fueran tan vanidosos. No obstante, el jefe de la tribu les daba a todos mil vueltas cuando se encaminó hacia las muchachas con paso majestuoso. Su corona de plumas era una gigantesca hermosura de color rojo, blanco y negro. De su cuello colgaba un peto con el repujado del rostro de un ídolo. En la base de oro macizo estaban engastadas unas esmeraldas y piedras de cuarzo sin tallar. Era imposible que esas gentes hubieran fabricado tal objeto; seguramente se trataba de una especie de objeto heredado por la tribu, posiblemente procedente incluso de los incas. De su cinturón de piel bamboleaban las pieles de reptiles capturados, y también esas cabezas alargadas como las que colgaban en la cabaña de Ruben. De repente se le pasó por la cabeza de qué podía tratarse.

—¿Son cabezas reducidas? —le preguntó a Ruben, que estaba sentado a su lado.

—Rendapu fue un gran guerrero.

—¡Oh! —Sintió un estremecimiento. Fuera como fuera, a la vista del jefe de la tribu de los yayasacu, hasta la señora Ferreira habría empalidecido de la envidia.

—Esa es Yami, la mujer de Rendapu.

Era la mujer más obesa de todas la que se acercó ahora a las muchachas. Sus pechos, pintados con líneas en zigzag, oscilaban obscenamente de un lado a otro como odres llenos de agua. Amely no sabía si agachar la cabeza como ofendida o quedarse mirando aquellos pechos con fascinación.

Yami desató un talego. Las risas de las muchachas se desvanecieron, incluso comenzaron a llorar. Lo que estaba sucediendo en esos momentos se sustraía a la mirada de Amely, pues todas las mujeres habían rodeado a las muchachas; las vio una tras otra salir de su formación, llorando, con los brazos alrededor del cuerpo. Las lavaron con trapos mojados y las condujeron de nuevo ante Yami. Esta les clavó entonces unas agujas de hueso a través del pabellón de la oreja. Volvieron a fluir algunas lágrimas más. La mujer del jefe de la tribu limpió las orejas sangrantes sin inmutarse.

Entretanto se había hecho de noche. Clavaron unas antorchas en el suelo. Los hombres llevaron tambores, flautas y cañas de bambú de la altura de una persona. Su música era un estruendo rítmico, ruidoso, que contagiaba a todos a bambolear el cuerpo y a dar palmas. Uno tras otro comenzaron a llegar al centro de la plaza unos hombres pintados con un color rojo brillante y se pusieron a bailar. Unas mujeres acarreaban unos cestos; los hombres metían las dos manos dentro de los cestos. Con cara de asombro vio Amely que se colgaban serpientes de todos los tamaños en torno a los hombros.

Los animales se conducían pacíficamente. Si al principio la danza era un desbarajuste salvaje, los hombres se movían ahora al unísono con claridad. Amely notó cómo le daba una sacudida por dentro a Ruben; y acto seguido también él se puso en pie a bailar.

Introdujo la mano en una olla que le alcanzaron y se untó rápidamente una pasta roja por las cicatrices. Parecía que se estuviera matando a sí mismo, tal como se trataba las cicatrices oblicuas del cuello. Giró alrededor de los cestos al tiempo que se contraía enérgicamente. Cuando sacó una serpiente de color ocre con dibujos romboidales negros, los espectadores tomaron aire con cara de susto.

Amely se puso en pie de un salto. Por las indicaciones del señor Oliveira sabía reconocer a una surucucu sin problemas. Ruben trataba a la serpiente como si no supiera nada de la virulencia de su veneno. Se la enrolló en torno al brazo. A continuación sacó una segunda serpiente del cesto y dejó que se le enrollara en el otro brazo. Sus ojos brillaban con un atisbo de soberbia; Amely se preguntó si eran las serpientes o esa mirada lo que motivó a los demás bailarines a distanciarse de él. Sí, era un individuo que iba por su cuenta, independiente, y él le daba mucha importancia a este hecho. Sus cabellos adornados con plumas revoloteaban, sus músculos se crispaban. Al fulgor de las llamas su cuerpo relucía sumergido en un fuego líquido.

Era uno de entre muchos danzantes. Daba los mismos pasos; sus oscilaciones de la cabeza eran las mismas, igual que la manera en que se contraían y arremolinaban sus extremidades. Y, sin embargo, sobresalía por su complexión corporal, y su danza parecía ser otra, muy llena de la fuerza y de la pasión que surgían de su interior y que proseguían en el cuerpo de Amely, que vibraba y se inflamaba como si ella misma estuviera danzando en torno a un fuego. Las plumas de él le parecían a ella las más vistosas, las pinturas sobre su cuerpo las más brillantes, la chispa de sus ojos la más orgullosa y ávida. Con movimientos bruscos hacía que las serpientes se balancearan y se contrajeran, las provocaba para que mordieran. Esa belleza salvaje de su ofrecimiento le pareció horrible a Amely en ese instante. *Aymaho, el que ansía la muerte.* Enseñó sus dientes claros hasta producir una sonrisa casi maliciosa. *Aymaho, el que vence a Chullachaqui.* Sus pies patearon y los surucucus respondieron haciendo vibrar atronadoramente los extremos de sus colas. *Aymaho, el Dios serpiente, que exige su propia sangre como sacrificio.* Los golpes de las maderas sobre los tambores aceleraban el pulso de Amely. Eran atronadores, como si golpearan en su interior cada uno de sus órganos. ¡Más fuerte, más fuerte! ¿Se estaba convulsionando su cuerpo de verdad de una forma vergonzante? Pero nadie prestaba atención; todos miraban al halcón que luchaba con las serpientes en sus garras. Hacía ya mucho rato que los otros danzantes habían pasado a un segundo plano. En comparación con él producían un efecto apagado a pesar de que estaban dando lo mejor de sí mismos. De pronto dejó de sonar la música. Todos cayeron de rodillas con los brazos levantados y las cabezas echadas para atrás. El sudor les caía a raudales.

El corazón de él se elevaba y descendía pesadamente. Amely esperaba que se le ovacionara y aplaudiera y quizá, como hacían las damas en la ópera, que le arrojaran sus collares y joyas. Pero no sucedió nada de eso. Los danzantes se mezclaron en las filas de los espectadores, que les ofrecían calabazas y les ayudaban a quitarse las serpientes. Se echaron abundante agua por encima de las cabezas profiriendo enormes resoplidos.

—¡No pienses que no sé yo lo que era ese animal! —exclamó Amely encolerizada apenas se hubo sentado Ruben nuevamente a su lado y después de saciar su sed—. Estabas como si hubieras perdido el juicio.

Y yo también. Él parecía estar echando humo. Ella pensó que el olor de su sudor le tenía que dar asco por fuerza, pero no era así.

Él se limitó a encogerse de hombros.

—Las surucucus eran jóvenes y pequeñas. No había tanto peligro.

¡No, claro, solo que una serpiente así fue la que mató a tu hermano!

Los hombres cavaron dos pequeños huecos en la tierra y los conectaron con una zanja. Echaron leña en los agujeros y le prendieron fuego. Acompañados de palmadas rítmicas, los dos fuegos se fueron acercando uno al otro, y cuando se juntaron todos se pusieron a dar gritos de júbilo. Las muchachas daban saltos de un lado a otro con los brazos extendidos en alto.

—Ahora ya son mujeres —explicó Ruben.

Mientras se asaba al fuego la carne de monos, cocodrilos y un gigantesco tapir, y mientras se hacían circular cuencos con cacahuetes, maíz, pastitas de mandioca y leche de coco, algunas mujeres mayores pintaron a las muchachas con una pintura amarilla. Se situaron frente al cacique, que había tomado asiento en un sencillo trono de madera. Acarició a cada una en las mejillas, intercambió con ellas algunas palabras y las examinó atentamente.

—Elige a las que quiere para él —escuchó Amely para asombro suyo. Y efectivamente se quedaron dos muchachas a su lado de pie.

Una de ellas mostraba en su rostro el orgullo de que el jefe de la tribu la hubiera elegido, pero la otra buscaba con tristeza la mirada de un jovencito.

—Mañana se podrá solicitar la mano de las otras tres.

—¿Lo harás tú también?

Ruben sacudió la cabeza.

—Siempre me han rechazado. Ahora ya no lo vuelvo a intentar.

Escuchar aquello sorprendió a Amely. Él era... bueno, él era en todos los sentidos el hombre más llamativo y más singular entre aquellas gentes, no solo debido a su danza. Sin embargo, aquellas personas no mostraban demasiada familiaridad hacia él. Tan solo Pytumby y Ku'asa le habían dado unos golpecitos en el hombro en señal de reconocimiento. Amely llevó su mano a la curvatura del codo de él.

—Seguramente tiene que ver con el hecho de que tú no eres uno de ellos —le susurró al oído.

Se sujetó el cabello desmelenado detrás de la oreja.

—¿Qué dices?

—Las gentes de aquí te muestran que eres diferente.

—¡Ah, vaya, ya vuelves a hablar esas palabras de espíritu!

—Me entenderás cuando regreses a casa.

—¡Estoy en casa!

—No, estás con salvajes en la selva a los que les gusta ponerse serpientes en torno al cuerpo y poner en juego su vida; pero a ti eso no te va. —Amely se quedó con la vista clavada en la tabla de madera que alguien le había puesto en su regazo. Encima había una cabeza de mono sin la tapa de los sesos. Dentro, una cuchara. Ella se apresuró a ofrecerle la tabla a Ruben. Ojalá abriera los ojos él. Entonces podría comprobar que ella tenía razón.

Con gesto de enfado removió con la cuchara entre los sesos, comió un bocado y pasó la tabla a otra persona.

—¡Yo soy yayasacu!

¡Que lo sea!, pensó ella. ¿Qué le importaba a ella? ¿Tenía acaso la obligación de devolver a su casa al hijo pródigo? Pero no hacerlo... Ay, ¿por qué se convulsionaba su corazón de esa manera? No podía continuar la cosa así, ¡de ninguna manera!

—¡Eres el único yayasacu que ha aprendido alemán a toda máquina! ¡Compréndelo de una vez! —Debía de ser su temor por él lo que la había puesto tan furiosa como para gritar de aquella manera y para no usar el tacto más elemental; y es que ya estaba harta de lo cerril que era él. Y en algún momento, hasta la persona más paciente se convierte en una criatura terca.

Efectivamente. Él hizo un amago de asestarle un golpe, él, que se lo había impedido hacer siempre a Tiacca. Su mano se estremeció. El cacique se había aproximado a ellos y les dirigió una mirada severa a los dos. Su dedo señalaba la cabaña de Ruben con un gesto amenazador. Ruben se levantó lentamente. El rostro de Amely era puro fuego de la vergüenza. Se había hecho el silencio; todo el mundo les estaba mirando. Tiacca torció la boca en un gesto malicioso. Amely esperaba que Ruben se pusiera a vociferar, pero la puso en pie y obedeció la orden. Ella caminaba al lado de Ruben agarrándose su triste vestimenta. No se atrevió a respirar hondo hasta que entraron en la cabaña.

—Ruben, lo siento...

Él comenzó a dar vueltas en torno a ella, le dio un empujón en el pecho de manera que se fue hacia atrás tambaleándose contra uno de los postes. Le estaba apretando con tanta fuerza en los hombros que tuvo que arrodillarse. Le puso las manos por detrás del poste y la ató con tanta fuerza que la cuerda se le clavaba en la piel.

—¡Soy Aymaho kuarahy! ¡No Ruben! —le gritó desde arriba—. Yo-no-soy-el hijo de Wittstock!

—Ya lo creo que lo eres. Vociferas como él, eres tan bruto como él.

—No. —Estaba temblando de la rabia.

Los dos se quedaron mirándose fijamente. Al principio con titubeo y a continuación con una velocidad creciente los tambores y las flautas volvieron a reanudar su concierto. Alguien gritó unas palabras; otros reían; las voces sonaban como aliviadas, como si se hubiera constatado que las cabañas seguían en pie después de un temporal.

Ruben relajó finalmente su mirada petrificada. Sacó una masa compacta de color negro de uno de sus recipientes de provisiones, lo encendió con las brasas del agujero en la tierra y lo colocó en un cuenco. Amely sabía que había un escarabajo encerrado en aquella masa. Para defenderse de esos bichos, los árboles generaban una tumoración de resina que los indios utilizaban de lamparillas. Ruben agarró una jaula pequeña de la pared y se acuclilló ante la luz. Con movimientos nerviosos extrajo unas flechas de una funda de piel, se puso a pulir las puntas de madera y algunas también de hierro. Amely pensó que la rana venenosa de dardo prisionera en la jaula no podía sentirse tan mal como ella. Ruben giró la jaula redonda por encima de la llama. El animalito, que destellaba como lapislázuli pulido, iba saltando de un lado a otro segregando una sustancia venenosa en su apurada situación. Una tras otra fue introduciendo Ruben las puntas de las flechas por el enrejado de la jaula y frotándolas en la piel de la rana. A continuación recogió todo de nuevo con cuidado y volvió a colgar la jaula en su sitio, en el cual quién sabía cuánto tiempo llevaba resistiendo la pobre rana.

Las manos de él se habían sosegado.

—Mañana hay caza. Los hombres tienen que ponerse a prueba ante las muchachas. Participan todos.

—Y tú querrás volver a demostrar que tienes más de yayasacu que un yayasacu —replicó ella en un tono frío—. Igual que en la danza.

—Soy el mejor cazador.

—Sí. Por supuesto. ¡Cómo no!

Él se acercaba a ella de rodillas. Amely extendió las piernas dispuesta a darle una patada.

—¿Puedes demostrar todo eso que vas diciendo continuamente, Amely?

Ella tragó saliva. No sabría cómo. O quizá sí. Su estrategia hasta el momento había estado muy equivocada; todo el tiempo le había echado en cara lo que ella sabía, pero nunca le había preguntado lo que *él* creía saber.

—¿Por qué razón crees que dominas mi idioma?

—Me lo han enseñado los espíritus. También me muestran imágenes. Imágenes de sueños.

—¿No podrían ser también... recuerdos?

La obstinación de él volvía a avivarse.

—Solo puedes hacer afirmaciones. Y hablando eres buena. ¡No puedes demostrar nada!

—Hazme el favor de pensar en ello.

Profiriendo un suspiro se acuclilló al lado de ella y echó la cabeza para atrás.

—Eres rubio —insistió ella—. Tienes que afeitarte mientras que los demás hombres se contentan con unas pinzas. ¿Por qué es así?

—De Chullachaqui dicen que se afeita todos los días la barba.

—Ruben, ¿crees que te estoy mintiendo? ¿Por qué iba a hacerlo?

—¿Porque no estás bien de la cabeza?

—Tus colgantes... ya los había visto antes. En una fotografía. Tú eras un niño pequeño.

—Fotografía —repitió él como un eco sin entender.

—Imágenes de un instante que se pueden fijar para siempre. Algún día... algún día te enseñaré algunas. Sea como sea, en una de esas imágenes llevabas una pulsera con esos mismos colgantes. Son pequeñas obras artesanales de tu mundo, no del de los yayasacu. ¿Te parece que tienen algún parecido con las obras artesanales de aquí?

—Me acribillas con palabras que no me dicen nada —dijo él refunfuñando.

—No escurras el bulto. —¡Caramba, qué severa podía llegar a ser ella! Casi podía estar orgullosa de sí misma—. Son de oro... ¿dónde hay oro por aquí?

—El cacique posee oro, ya lo has visto.

Ella suspiró. Él se escurría como un pez en las manos del pescador.

—¿Qué crees que representan?

—Son signos buenos. —Se sacó el cordón de piel por la cabeza y extendió los adornos de oro sobre la palma de la mano—. Esta es la cruz en la frente de la serpiente de los dioses. Es tan poderosa como la anaconda. El mismo Tupán le pintó este signo en la piel. Esta es la hoja de la siyuoca, la planta que trae el silencio. Y este es el pez en el arpón; llama al dios Anhanga para que dispense suerte en la caza. Pero tú no crees en nada de esto, ¿verdad?

—Bueno —dijo ella lentamente—. En realidad son amuletos. En nuestro mundo los reciben de regalo muchos niños como talismán. Por eso los llevabas tú cuando llegaste aquí. Son una cruz, un corazón y un ancla: *la fe, el amor, la esperanza*.

—Amely. ¡Amely!

Ella se incorporó asustada. Estuvo a punto de golpear con su frente la barbilla de Ruben. Le costó recobrar el sentido de la orientación varios segundos. Le dolían los hombros; tenía las manos entumecidas desde hacía un buen rato. Él no la había desatado antes de desaparecer en su hamaca. La lamparilla seguía prendida; no se habían apagado las ascuas en la hoguera en el suelo. Ruben estaba arrodillado por encima de ella. Tenía los mechones de su cabello pegados al rostro sudoroso.

—¡Por amor de Dios, Ruben! ¿Qué te pasa?

Él se llevó las manos a las orejas, apretó los ojos.

—El espíritu del ruido se ha vuelto más intenso que nunca.

Apestaba en la cabaña. Había echado alguna sustancia al fuego. Había un tarro tumbado en medio de un charco oscuro con una gigantesca tarántula. Amely exhaló un grito reprimido.

Ruben se desplomó de espaldas con los dedos entre su cabello.

—Amely...

—¡Desátame primero!

—Vela mi sueño, Amely. La siyuoca me debilita; cualquier animal podría acercarse sigilosamente. ¿Lo harás?

Y ya respiraba él pesada y acompasadamente. Ella dudó de que pudiera despertarlo si entraba realmente una serpiente desde la oscuridad. Se le estaban pegando los ojos también a ella, pues la tarde había consumido sus fuerzas. Entonces vio en el puño de él un pedazo de papel estrujado. El estuche de su violín estaba abierto.

No consiguió permanecer despierta. Ruben había salido indemne de su sueño de una profundidad poco natural; sin embargo, a ella se le había subido algo por la pierna. Lo notó durante la cabezadita involuntaria que echó, pero fue la picada la que la hizo incorporarse asustada.

—Por una cosa así no debemos despertar a Pinda —explicó Ruben—. No es nada grave. Tendrás dolores durante algunos días. Se te hinchará la picadura. También puede suceder que se pudra.

—Eso suena muy tranquilizador.

A ella le pareció que no era un momento oportuno para fumar. Él se había encendido una pipa, como el antebrazo de larga y pintada de muchos colores, y se sentó frente a ella. Cuando él fue a poner una mano sobre su pantorrilla, le golpeó con el talón en la rodilla y contrajo las piernas.

—Pero ¿qué haces? —exclamó ella. Él no hacía más que cosas sorprendentes e incomprensibles todo el tiempo.

—Tus chillidos son agotadores —replicó él—. Todo te da miedo.

—Agarrar a una dama de la pierna atemoriza. Si al menos quisieras desatarme por fin...

—No. No habrías tardado nada en irte corriendo hacia la selva por cualquier cosa que no es de tu agrado. Y habrías muerto allí. Y ahora quédate quieta.

Con la pipa entre los dientes agarró con las dos manos las articulaciones de los pies de ella y se las separó. Amely opuso resistencia con todas su fuerzas y no cedió hasta que él dijo que el insecto seguía estando en la parte interior de su muslo. No le creyó, pero tampoco quería que todo dependiera de aquello.

Él le alzó el dobladillo del camisón. Amely apretó los ojos. De niña había estado una vez en el dentista y desde entonces se había limpiado concienzudamente los dientes para no llegar nunca más a ese extremo. Dejarse mirar entre las piernas era algo muy similar: se clavó las uñas en las palmas de las manos y se puso a rezar esperando que todo concluyera rápidamente.

Él dio una profunda calada a la pipa, se inclinó sobre los muslos de ella y le sopló el humo por debajo del camisón.

—En el humo del tabaco hay un espíritu que cura —dijo él como explicación de aquel curioso tratamiento. El canto en voz baja que siguió perforó su temor, lo dispersó. Aunque todo aquello fuera inútil, le estaba sentando bien. Se relajó un poco.

»De niño me picaron también una vez —dijo él—. En casi el mismo sitio.

—¿Y qué animal horrendo fue?

—Una avispa. Fue durante un veraneo en la isla de Rügen.

—¿Rügen? —Ella abrió los ojos.

Su mirada tras la nube de humo era clara, cómplice. Él depositó la pipa en el borde del agujero del fuego y abrió un tarro de arcilla. Con todo cuidado le untó una pasta en el lugar de la picadura.

—Estábamos en Europa, mi padre y yo. En alguna fiesta familiar, no me acuerdo ya.

Finalmente le puso un jirón del camisón sobre el muslo. En todas sus acciones parecía reconcentrado, como si intentara ordenar su pasado.

—Me pegó por chillar tanto. Me pegaba continuamente.

Sí. Sé lo que es eso.

—No puedo decir con exactitud la edad que yo tenía entonces. ¿Nueve, diez años? A mi padre siempre se le iban rápidamente las manos para pegar, pero era una persona alegre y generosa. Entonces murió Kaspar por la malaria. Mi padre se volvió otra persona.

Él se interrumpió. Amely llegó a temer que se lo había pensado mejor, pues su semblante adquirió de nuevo esa expresión fría de antes. Sin embargo, continuó hablando, y hablaba rápidamente:

—Comencé a odiarle, como solo es capaz de odiar un niño. Y me ponía contento cuando me tiraba del pelo y se echaba a reír. Entonces se produjo la excursión al río Negro... Yo me alegré porque pensé que volvía a ser la persona de antes, quizás hasta él mismo esperaba tal cosa. Me mostró cómo manejar el Winchester. Me elogió cuando abatí a un pecarí en una excursión al campo. Pero seguía siendo una persona insoportable. El día que erré dos veces el disparo a un segundo pecarí, él comenzó de nuevo con las palizas. Yo estaba más que harto. Quizás era el arma lo que me hacía más valiente, lo que me daba un aire más de adulto, de modo que fui consciente de que no quería tener que aguantar aquello ya más.

Agarró una de las cartas que había estrujado y la alisó. Ella debería haberle explicado que no se leen las cartas de los demás. Vaya pensamiento más estúpido en un momento así. El corazón de ella latía como un tambor por la emoción.

—La bofetada no fue diferente a todas las que me había dado anteriormente, pero me dolió tanto la cabeza que creía que me iba a estallar. De lo que sucedió después no recuerdo muchas cosas, solo que me fui abriendo paso entre la maleza tupida y que me quedé admirado de lo lejos que me creía de él. La verdad es que solo se necesita recorrer unos pocos metros para perderse. Si él o los otros dos cazadores que nos acompañaban me llamaron a gritos, no lo sé, no pude oírlos. La selva es demasiado ruidosa. En mi cabeza había demasiado ruido. Y ya nunca más volvería a haber silencio en mi cabeza.

Entretanto, la carta estaba tan roñosa como su camisón. Ruben tenía la mirada fija en la carta.

Sigue hablando. Vamos, sigue hablando. No se atrevió a pronunciar estas frases por miedo a destruir un milagro.

—De lo siguiente solo me acuerdo de una manera fragmentaria. Lo pasé muy mal. Habría perecido rápidamente en la selva si no me hubieran capturado los ava.

—¿Ava? —preguntó ella con un susurro.

—Significa «ser humano». Me volvía a encontrar entre indios. Me llevaron a su aldea, pero me entregaron de nuevo como trueque de arcos y flechas. Pero la otra tribu tampoco sabía qué hacer conmigo, así que fui a parar a otra tribu. Me ataron a una estaca como a un pecarí y me arrojaban las sobras de las comidas. Me acuerdo de unos hombres que llevaban colgando las pieles ensangrentadas de monos, me acuerdo de montañas de huesos, de rituales sangrientos... La huascuri me habría devorado con toda seguridad si no hubieran asaltado la aldea unos guerreros de otra tribu en venganza por otro asalto sufrido en propias carnes. Mataron a veinte hombres y me raptaron como trofeo.

—¿Los yayasacu? —preguntó ella con la voz muy ronca. Jamás había escuchado nada tan espeluznante, ni siquiera de labios del señor Oliveira.

—Sí. Finalmente, Tupán me castigó por mi huida a estar entre ellos. Eso es lo que pensé al menos con el tiempo. Los yayasacu fueron los primeros que me acogieron como a un ser humano. Me tocaban, me lamían igual que hicieron contigo cuando llegaste tú aquí. Pronto comenzaron a ponerse enfermos. Les entró una fiebre alta, se retorcían entre escalofríos y les salían unos sarpullidos en la piel. A mí apenas me afectó, pero me echaron la culpa. Y eso es lo que yo entendí, que yo *era* culpable. Murió media tribu. Incluso Py'aguasu, el gran cazador que me había liberado de las manos de las gentes de los monos. Rendapu quería matarme. Sigo viendo brillar la navaja en su mano...

Hasta el momento se había esforzado en relatar su destino de una manera objetiva, pero ahora cerró brevemente los ojos y se arqueó con un escalofrío. Cuando prosiguió hablando, su voz sonó ronca.

—Mi madre, mi *verdadera* madre, detuvo su brazo. Su único hijo había sido también víctima de la enfermedad. Me quería tener a mí en su lugar. Sucedió lo increíble: pese al peligro que al parecer representaba yo, el cacique se dejó ablandar por las lágrimas de ella. Pasado un tiempo me dijeron que desde aquel día no volvió a morir nadie más.

Su mirada cambió, volvía a ser la del orgulloso yayasacu.

—Te habrá llamado seguramente la atención esto de aquí —dijo tocándose las cicatrices del cuello, en las que seguía teniendo algo de pintura roja pegada. Amely asintió—. Rendapu me mató en un ritual. Murió el chico de los *otros*. A partir de aquel instante no se me permitió hacer nada que les fuera incomprensible. No debía escapárseme ninguna palabra más en alemán o brasileño. Y yo me atuve a esas condiciones. Traté de hacer lo mejor que pude todas las cosas que me pedían, pues no quería volver a experimentar nunca más semejantes sufrimientos.

Se llevó la mano al pelo empapado de sudor.

—Todo lo que recordaba mi antigua vida quedó eliminado, pero el color de mi pelo no había manera de cambiarlo. Me lo tenía que teñir constantemente con el fruto de la genipa, pero no aguanta mucho. En algún momento las gentes de esta aldea se acostumbraron a ver continuamente el color rubio. Cuando me hice un hombre me pusieron un nombre: Aymaho kuarahy.

—El halcón del sol. ¿Cómo te llamaban hasta entonces?

—De ninguna manera. No tenía nombre. Estaba obligado a olvidar.

Hasta que llegué yo.

Se tumbó de espaldas, agotado. Se frotó y se tiró de la oreja y se quedó mirando fijamente al techo. A ella le sonaban las tripas, estaba muerta de sed, la vejiga le presionaba horriblemente, pero esto no era ahora importante para ella.

—¿No quieres volver a casa, Ruben? —Esta vez pronunció estas palabras con más cuidado—. Sería tu deber, ya lo sabes.

Él giró la cabeza hacia ella.

—¡Ay! Ese sentimiento prusiano del cumplimiento del deber no existe aquí. No quiero que él sepa nada de mi existencia. ¿A qué conduciría eso? Pongamos que me llego hasta él, ¿no empeorarían las cosas otra vez al marcharme de nuevo? ¡No, de ningún modo! —De pronto estaba él de nuevo a su lado, la agarró de los hombros haciéndole suspirar—. ¡No debe enterarse de que vivo ni en dónde vivo! ¡Su avidez por el caucho está amenazando mi mundo! No voy a correr de ninguna manera el riesgo de ponerle sobre la pista de los yayasacu.

—Pero ya estuviste casi en tu casa paterna. ¿Crees que fue una casualidad?

—No sabía adónde iba.

—No, pero fuiste. Está dentro de ti. No quiero decir que sintieras tu origen. —¡Oh! ¡Qué difícil era explicarse con palabras!—. Pero tu padre ha contribuido su parte a que seas lo que eres. ¿Te piensas que otro de tu tribu se habría atrevido a tal cosa?

Él respiró pesadamente.

—Tal vez no —dijo finalmente. No sonó muy convincente y no encajaba con su conducta normal de querer ser el primero y el mejor—. ¿Y tú? ¿Por qué estabas a orillas del igarapé con un arma?

—Me sentía como tú te sentiste en aquel entonces —dijo ella en voz baja—. Quería marcharme de allí.

El peso del corazón se abrió paso al exterior. Amely agachó la cabeza; su cuerpo se estremeció. Deseó tener algo con que poder taparse la cara. Atada como estaba no pudo menos que dejar correr las lágrimas por sus mejillas. Sintió vergüenza y sin embargo le estaba haciendo bien; Ruben la rodeó con sus brazos, le acarició el cabello, las mejillas húmedas. Una mano la sostenía a ella, con la otra extrajo su navaja y le cortó las ataduras.

—Ahora ya no te vas a ir corriendo de aquí —dijo él.

Amely se frotó la cara acalorada.

—No —dijo riéndose—. Ya es de día. Me parece que me apetecería ahora un *cafezinho* fuerte.

4

Diecinueve hombres jóvenes se reunieron en la plaza de la aldea, rodeados de mujeres, niños y ancianos. Todos miraban expectantes el árbol del jefe de la tribu esperando a que Rendapu bajara. Llegó con un recipiente abombado que depositó dentro del círculo de los hombres. Amely estiró el cuello con curiosidad. ¡Oh, no! ¿De nuevo un ritual con serpientes? Pero esta vez se trataba de una liana que extrajo y desenrolló. Partió un pedazo para cada uno de ellos. Los hombres echaron atrás las cabezas y dejaron que las gotas de aquella savia cayeran en sus ojos.

—Aclara la vista y excita los sentidos —explicó Ruben después de que los hombres se hubieran dispersado. Se había adornado como todos los demás con una pintura roja y un tocado rojo de plumas. Hasta las agujas en sus orejas y las palmas de las manos destellaban de color rojo. La pintura embadurnó el arco que sostenía con la mano—. Además de una buena arma de caza se requiere una atención que no desfallezca nunca. Hay que ver, oír, oler y sentir al mismo tiempo. Bueno, no se me da bien el oído, pero hoy no será demasiado complicado, porque vamos al río y los cocodrilos no le pueden sorprender a uno tan rápidamente como el jaguar que acecha en la espesura.

—¡Buena caza, por todos los santos! —murmuró ella turbada—. ¡Nada menos que cocodrilos!

Él inclinó la cabeza como investigando si conocía esa expresión; a continuación le pasó los dedos por la mejilla con una sonrisa y se unió al grupo de hombres reunidos a la salida de la aldea. Fue una partida asombrosamente carente de espectacularidad. Probablemente se supliría después holgadamente con la fiesta.

Amely no quiso regresar a la cabaña sobre todo porque dentro de ella tampoco estaba protegida contra los mosquitos, ya que ahí no había mosquiteras. Así que hizo lo que todo el mundo: se sentó afuera con su marco para tejer. Las charlas estaban más animadas que nunca. Las mujeres mataban el tiempo de la espera preparando unos manjares que requerían mucho trabajo. Asaron cacahuetes y castañas, prepararon pastel de mandioca, molieron frijoles. Hoy no iban a sufrir merma los pecaríes encerrados en el cercado. Amely recordó el sabor de la cola de caimán a bordo del *Amalie*. ¿Tendrían un sabor parecido los cocodrilos que iban a matar hoy? Era una pena no poder entenderse con las mujeres. De tanto en tanto se le acercaba alguna, le decía alguna palabra amable, le extendía un supuesto bocado exquisito y volvía a desaparecer avergonzada con la cabeza gacha mientras las demás sacudían las cabezas con gesto de desaprobación. También se le acercaban los niños y la lamían hasta que los llamaban para que se alejaran de ella. Bueno, ella, Amely, era *diferente*, no podía esperar que la rodearan de buen grado. Con disimulo dejaba detrás de ella los escarabajos tostados y los cuenquitos llenos de orugas gordas retorciéndose.

Los personajes principales del día, las tres muchachas que todavía podían tenerse, estaban sentadas las tres juntas bajo la prominente copa del árbol del jefe de la tribu. En las ramas estaban sentadas las dos que Rendapu había elegido. ¿Habrían perdido anoche su virginidad? Seguro que no fue algo bonito para ellas. Pero quizá no lo era nunca. Amely hizo unas señas con timidez a la muchacha de la mirada triste. Su rostro se iluminó un poquito.

También Tiacca tenía una cara de malhumor. Tal vez no era habitual para las mujeres participar en una caza que servía para pedir la mano de una novia, y estaba enfadada. Se levantó de la labor que estaba haciendo y se dirigió a Amely. La sombra de la ágil cazadora cayó amenazadora sobre ella. De pronto agarró la muñeca de Amely y tiró de ella hasta ponerla en pie. ¡Esa mujer poseía una fuerza descomunal! Amely fue dando traspiés hasta el círculo de las mujeres presidido por la mujer del jefe de la tribu. Esta se levantó a pulso, comenzó a echar pestes y a discutir con Tiacca. Se tratara de lo que se tratara, la cazadora parecía tener los argumentos de mayor peso. Yami asintió lentamente al tiempo que examinaba a Amely de la cabeza a los pies. Entonces miraron todas en dirección al árbol del jefe de la tribu. Amely se dio la vuelta. Rendapu estaba ahí arriba frente a su cabaña. Al parecer lo había escuchado todo. También él asintió con la cabeza.

El corazón de Amely latió con fuerza. *Tiacca ha estado esperando a que Ruben estuviera lejos. Y ahora me van a tostar al fuego.*

Yami se dirigió corriendo a la casa de las mujeres y regresó con aquel talego que había llevado el día anterior para las muchachas. Sea lo que fuera lo que había en su interior, las mujeres y los niños se agitaron de la emoción. Todas se agruparon en torno a Yami, que se situó frente a Amely a quien exhortaba con gestos claros a meter la mano en el talego.

Amely dirigió una mirada desesperada a la cabaña de Ruben. De repente ya no le parecía tan horrible su lugar de residencia junto al poste.

¿Le estaba permitido rechazar el ofrecimiento? ¿Qué sucedería si lo hacía?

—¡Pero, bueno, qué demonios! —exclamó en voz alta y adoptando un porte prusiano ante la mujer del jefe de la tribu.

Las muchachas jóvenes no habían titubeado; ¿no resultaba penoso que una mujer adulta se hiciera de rogar y se echara a temblar? Un talego con algo dentro, probablemente una araña o un insecto grande, de apariencia temible pero seguramente no venenoso, se trataría seguramente de eso. Así que cerró firmemente los ojos y metió la mano en el talego abierto.

Palpó una masa cálida, nada desagradable en absoluto. Tal vez tocar aquello era un tabú, y la prueba de valor consistía entonces en quebrantarlo. Amely sonrió. Entonces eran unas tontas esas mujeres si se pensaban que podía importarle algo aquello. Movió los dedos. Aquella masa bullía y se movía; eran pequeños insectos. Algunos le cosquilleaban subiéndole por el brazo. Pero, bueno, a la vista de lo que le había ocurrido en el transcurso del viaje, aquello no era nada intranquilizador.

De pronto sintió unos pinchazos en la piel. Su mano parecía inflamarse. Amely la sacó del talego convencida de que se trataba tan solo de un esqueleto. ¡Hormigas, cientos, miles de hormigas! Profiriendo un grito se golpeó la piel enrojecida. ¡Qué dolor! ¿Dónde había agua? Entre quejidos y lloriqueos fue dando saltos entre las provisiones, acompañada por las carcajadas de las mujeres. En su desesperación estuvo a punto de meter la mano en una olla de barro en la que había algo dentro hirviendo, pero se acordó de pronto de verter el contenido de una de las calabazas sobre su mano. La mujer del jefe de la tribu se la llevó consigo. ¡Todo el mundo la trataba a empujones! Una vez dentro de la casa grande, Yami la acostó sobre una esterilla. La mujer del jefe extrajo una pasta de un tarro y se la extendió por la mano.

Era un pequeño alivio. Hasta sintió un frescor agradable. Amely le dio las gracias. Yami le dio unas palmaditas en las mejillas llorosas y comenzó a hablarle mientras mezclaba una bebida de guaraná. Amely se puso a observar aquel espacio disimuladamente. Las cosas no eran muy distintas que en la cabaña de Ruben; había hamacas por todas partes entre los postes, y con excepción de los recipientes de despensa todo se colgaba del techo: las pieles de serpiente, hierbas, cestos llenos de pegotes de resina, animalitos desecados, esponjas, adornos, conchas de caracoles. En cada una de las hamacas había una labor que su propietaria había interrumpido para ayudar fuera a preparar la comida.

¿Qué iba a pensar Ruben de ella después de haber fracasado de una manera tan infamante?

—¡Qué bobada! —dijo en voz alta. ¡Ella no era india! ¿Qué le importaban a ella esos estúpidos rituales y esas estúpidas costumbres? ¡Y mientras no la abandonaran en la jungla, le era completamente indiferente lo que esos incivilizados pensaran de ella!

Yami interrumpió su torrente de palabras y se la quedó mirando con curiosidad. Tamborileó con dos dedos sobre sus labios.

—Che rera Yami —decía señalándose a sí misma. Luego preguntó señalándola a ella—: Mba'eiqapa nde reta?

—Amely. Me llamo Amely.

—Heata. —Yami señaló a una mujer que entró en ese momento, se puso a buscar algo en los cestos y volvió a salir con lo que había estado buscando—. Re ra Heata.

¿Por qué razón le decía cómo se llamaba esa mujer? Yami volvió a tamborilear con los dedos en la boca.

—¿Quiere usted que aprenda su idioma? —Eso sería lo más razonable, como es natural. No entender nada y tener que hacer que Ruben le tradujera continuamente todo acabaría convirtiéndose en una tortura algún día. *Algún día... Pero ¿cuánto tiempo te crees que vas a pasar aquí?*

Yami sostuvo algunos objetos en alto aludiendo con las manos algunas actividades, y Amely se esforzaba por repetir las frases pronunciadas. No le resultaba ni de lejos tan fácil como a Ruben, pero le procuraba alegría. También Yami practicó algo de alemán. Se reía atronadoramente por sus esfuerzos.

Regresaron afuera. Las mujeres extendieron una cubierta de hojas de palmera por encima de los lugares de cocción. Y apenas estuvieron listas, se puso a llover. Parecían saber cuándo iba a cambiar el buen tiempo, pero no cuándo iban a regresar sus hombres de la caza. De pronto se pusieron a gritar y a reír y se echaron a correr desordenadamente por la emoción. Se ayudaron a contar con los dedos si habían regresado todos a casa. Amely no tuvo que buscar con la vista a Ruben; llamaba la atención de todas las formas posibles. Un hombre joven andaba cojeando apoyado en los hombros de otros dos. Llevaba comprimido el muslo con una atadura. Lo llevaron inmediatamente a una cabaña en la que ya estaba esperándole un chamán. Amely suspiró. El humo del tabaco y los cánticos no le salvarían.

Los hombres arrastraban tras ellos con unas sogas hiladas un caimán negro de un tamaño imponente. Tenía docenas de flechas clavadas en su piel de reptil. También traían peces colgando de cuerdas y todos les colmaron de elogios con todo merecimiento. Al instante se pusieron algunas mujeres a despedazar la cola del animal. Un olor terrible penetró por la nariz de Amely y esta no pudo menos que echarse a toser. Los hombres se pusieron a contar con vivacidad sus hazañas siendo tan expresivos sus cuerpos como sus bocas. La ceremonia de petición de mano estaba pues en marcha. Las tres futuras novias escuchaban todo con mucha atención.

Ruben se separó del grupo y se llegó a donde estaba Amely.

—¿No capturaste nada? —le preguntó ella.

—Sí, un pez, pero lo dejé escapar para no avergonzar a los pretendientes. —Ante la mirada de incomprensión de ella se apresuró a añadir—: Tenía dos veces la altura de un hombre.

—¡Oh!

—Esto es para ti. —Le agarró la mano y depositó en ella un gusano sangrante.

Con un chillido agudo dejó caer aquello. Las mujeres se quedaron mirando con ojos como platos y cara de no entender, y no por aquel regalo asqueroso, sino por la reacción de ella. Tiacca apareció allí de pronto y le echó una bronca. Ruben empujó hacia atrás a la cazadora. Los dos se liaron a gritos.

Amely huyó a la cabaña de él. Al llegar respiró profundamente. Aquel espacio con su revoltijo de objetos extraños tenía ya algo de hogareño. Ahí fuera era todo aún tan incomprensible que ella se sentía como una niña perdida.

Llegó Ruben. Enrolló una cuerda en torno a aquella cosa que había limpiado entretanto, la punta de una lengua, y la colgó del techo.

—Pero ¿qué tiene Tiacca contra mí? —preguntó ella—. Me exigió que metiera la mano en un talego de hormigas.

—Está celosa.

—Pero... pero ¿por qué?

—Es tonta. ¡Tonta y nada más! Yo la quise para mí, pero...

—¿La quisiste para ti?

—Olvídala. —La agarró, le recogió el pelo en la nunca y le sacudió la cabeza—. ¡Olvídala!

Ahora también él estaba a rabiar con ella. No sabía por qué. Y él no pensaba explicárselo, porque ni siquiera se le pasó por la cabeza. Amely se liberó de las manos de él. También dentro de ella le hervía la sangre. ¿Qué estaba sucediendo? No entendía nada. Solo que aquello le estaba dando miedo.

Antes de que pudiera recular él la agarró de la mano y se la levantó.

—Esta hinchazón desaparecerá en unos pocos días. Fuiste muy valiente.

—Pero no lo conseguí a pesar de todo —dijo ella con un hilo de voz.

—¿Metiste la mano en el talego? Eso era suficiente. Ahora eres una mujer.

—¿De veras? —preguntó ella perpleja.

Él la soltó.

—Cuando no sabes lo que hay dentro tampoco es fácil. Al parecer, a Tiacca no se le pasó por la cabeza que tú no lo supieras.

Alzó las cejas. A Rendapu y a Yami, se les había ocurrido a ellos, de eso estaba ella segura ahora.

—Entonces, ¿qué era yo antes... antes de convertirme en mujer? —preguntó ella de mala gana—. ¿Una niña?

—Por supuesto, eso es lo que pensaban muchos. Algunos siguen pensándolo. Te comportas de una manera muy extraña y te dan miedo las cosas más simples. Y estás muy delgada.

Bueno, *eso* sí era verdad. Durante el viaje había comido poco y su estómago protestaba con frecuencia porque algunos alimentos le resultaban sospechosos. Y tenía que hacerse cargo de que aquellos yayasacu nunca habían visto a una mujer forastera. Bueno, ¿y qué? Esas gentes eran mucho más infantiles que ella, con sus risitas y su continuo espíritu pendenciero.

—Y no has sangrado.

Solo al cabo de un rato comprendió lo que él había querido decir. Ella estaba feliz por no haber sufrido desde su secuestro la indisposición mensual de las mujeres. ¿Por qué motivo? ¿Quizá por aquellas privaciones?

—¿Así que tú también me tienes por una niña?

—No. Ni siquiera al principio.

Ella bajó la vista sin saber por qué.

—¿Cómo es con los chicos? —preguntó ella solo por cambiar rápidamente de tema—. ¿También tú tuviste que meter la mano en el talego para convertirte en un hombre?

—Bueno, los hombres tienen que proteger la aldea, traer la comida, dirimir en las disputas...

—¿Dirimir en las disputas? —preguntó ella con reticencia—. ¿Esas cosas sabéis hacer?

—Y tienen que entender cómo tratar con los espíritus. Por ello el examen es para los hombres mucho más difícil. Yo tuve que dejar mi mano metida todo un día en el talego. Y sin proferir el menor sonido de queja.

—¡Todo un día!

—Y me lo cortaron.

¿Quería decir que lo habían castrado? Al parecer fue como si ella llevara escrita esa pregunta en el rostro, pues él comenzó a toquetear los cordones de sus caderas. Ella salió corriendo de la cabaña, agarró el marco de tejer que se había quedado olvidado en la entrada y se dirigió al círculo de las mujeres, que la recibieron entre risas como si hubieran visto actuar a Ruben.

A las mujeres les gustaba dar a los niños algún bocado exquisito a escondidas. Y lo mismo hacían con ella. Tal vez no habían llegado a ninguna conclusión sobre si tratarla como a una adulta. Si era una fruta daba las gracias con alegría; si era un insecto lo ponía en un cuenquito como si fuera a comérselo más tarde. Cualquier niño se servía luego de allí. Una y otra vez se acercaba hasta ella algún diablillo, le mostraba algo y pronunciaba la palabra india. Y se echaba a reír a carcajadas al verla esforzarse en repetirla.

Los ancianos le enseñaban también. Y no se comportaban de diferente manera.

—Aqo. —Yami tiraba de su prominente falda de rafia, que era demasiado larga para lo que se estilaba por allí: le llegaba hasta las rodillas. A continuación golpeó en el marco de tejer de Amely de tal manera que estuvo a punto de caérsele de las manos—. Aqo, Aqo!

—¿Falda? ¿Vestido? Aqo —dijo Amely.

—Hye? —La carcajada de Yami fue más bien un estruendo. Se golpeaba los muslos, se retorcía hacia delante y hacia atrás de la risa e iba escupiendo una saliva negra.

Amely suspiró silenciosamente. Quizá nunca se acostumbraría a arranques de sentimiento de este tipo, pero estaba decidida a adquirir por lo menos una base del idioma. De todas formas no tenía muchas más cosas que hacer además de meditar sobre su extraña situación. Ciertamente había trabajo más que de sobra, pero al parecer no confiaban mucho en ella para tareas como despellejar lagartos o raspar el caparazón de los armadillos, y tenían razón.

Contempló su labor. Probablemente ese vestido estaría listo cuando se marchara de allí el día que fuese. Por un trabajo tan torcido como aquel le habrían pegado tiempo atrás con la palmeta en los dedos en la clase de manualidades. No contaban allí para nada las actividades como tocar el violín, el piano, la flauta dulce, escribir cartas con una letra delicada, bordar pañuelos, aprender las buenas maneras en la mesa, Goethe, Schiller, en fin, todo lo que aprendía una mujer para deleitar al esposo en su tiempo de ocio. Se imaginó cómo serían las cosas si tuviera que quedarse para siempre allí, y casarse, Dios la librara, con un indio. Se rio estrepitosamente como hacía mucho tiempo que no hacía, como nunca. Y es que la risa de cacareo de Yami, que se unió alegremente a la suya era también contagiosa.

—Todo esto es tan absurdo —dijo Amely jadeando. Se secó las lágrimas de la comisura de los ojos con la manga del camisón, que entretanto apenas dejaba ya entrever que había sido en otro tiempo una prenda de vestir decente y lujosa—. Cuando mi madre me daba para leer las hojas de los buenos modales en sociedad ni siquiera podía presentir que aparecería un Ruben ofreciéndome un cuenco lleno de sangre para beber o una araña para comer, claro que no. Aymaho —añadió con una sonrisa al ver que la mirada de Yami era un único signo de interrogación—. Aymaho hace tonterías. Aymaho - hace - tonterías.

—Aymaho

Yami asintió. Encerró su puño con la otra mano entrechocándola varias veces al tiempo que ponía los ojos en blanco.

—Aymaho hayihe.

—¿Sí? —preguntó Amely.

El idioma de los yayasacu tenía una estructura completamente diferente, de eso ya se había dado cuenta. Una entonación o un gesto podían ser más importantes que la palabra, y la palabra para «árbol» podía significar también «viento en las copas», le había explicado Ruben. ¿Llegaría a ser capaz de mantener alguna vez una conversación con esas gentes? Incluso la gesticulación de Yami le estaba produciendo ahora todo tipo de impresiones excepto una impresión familiar.

El cuerpo de la mujer del jefe de la tribu se estaba ahora bamboleando adelante y atrás; su dedo índice se clavó en el vientre de Amely.

—Aymaho hayihe!

—Lo siento, señora Yami, pero no la entiendo.

Yami miró a su alrededor, parecía reflexionar sobre la manera en la que podía hacerle entender sus palabras. Entonces se le iluminó el rostro. Señaló a la entrada de la casa de las mujeres. Un joven estaba allí estirando el cuello para ver dentro. Tenía prohibido entrar, eso lo sabía Amely. Salió corriendo una de las muchachas a las que acababan de proclamar mujer. Él la abrazó y se la llevó consigo.

Yami arqueó las cejas. Su sonrisa burlona era picarona, su torrente de palabras, incomprensible. Finalmente movió con esfuerzo las piernas, se dirigió a la casa esparrancando las piernas y regresó con un objeto que depositó en una mano de Amely.

Era un ejemplar desecado de aquella lengua que Ruben había pretendido darle.

¿Significaba eso que...? Amely contempló aquel objeto en su mano. No, le parecía ridículo. A la persona a la que uno ama no se le regala una lengua, ni siquiera entre los indios. Y sobre todo, ¿podía estar Ruben enamorado de ella hablando en serio?

—Eso es simple y llanamente impensable —dijo en voz alta y en un tono de voz que esperaba que Yami también supiera interpretar—. ¡Impensable!

Dejó caer la lengua al suelo, dio un salto y echó a correr por uno de los senderos que salían de la aldea. Este acababa en una plantación de los yayasacu, una superficie llana, talada y quemada en la que plantaban mandiocas, frijoles, maíz y batatas. El campo, un caos aparente, estaba subdividido en pequeñas parcelas; los hombres trabajaban entre troncos de árboles y vallas que llegaban hasta las rodillas hechas con lianas. Algunas mujeres se llevaban la cosecha de allí en cestos. Ruben se había recogido el pelo en la nuca y estaba ocupado en derribar a hachazos con un hacha de piedra una planta que quería apoderarse de su terreno. Amely pasó por encima de troncos y vallas hasta que estuvo delante de él.

Él se puso derecho. Y ella no sabía qué estaba haciendo allí. ¿Para decirle que él no debía amarla porque era la esposa de su padre? ¿Para que se quitara rápidamente esa idea de la cabeza? ¡Una mujer no se pronunciaba de esa manera! Y sobre todo, estaba ahora completamente segura de que había entendido equivocadamente a Yami. Aquel galimatías podía significar muchas cosas.

—¿Qué quieres? —preguntó él en un tono nada amistoso.

—Yo... quiero ayudarte —dijo tartamudeando y agarró un rastrillo que tenía delante de sus pies. Clavó en la tierra agrietada, junto a la raíz de una mandioca, las puntas de madera del rastrillo endurecidas al fuego.

—Pero ¿qué estás haciendo? —gritó Ruben. Ella soltó el rastrillo y dio un salto atrás. ¿Había asustado a alguna serpiente? En dos zancadas se plantó él ante ella y le dio un meneo—. ¡No debes empuñar el rastrillo! ¡Eso es trabajo de los hombres!

¡Por todos los santos! ¡Las cosas aquí funcionaban verdaderamente de una manera muy distinta! La tenía agarrada con firmeza, el rostro de él estaba desfigurado por la cólera. Frotándose los hombros consiguió retroceder unos pasos. Al acercarse él, se dio la vuelta como un torbellino y se marchó corriendo de allí. A cualquier parte. A la selva. Era peligroso pero a ella le daba igual. ¡Si le ocurriera cualquier cosa, él vería entonces lo que ganaba dando siempre esos gritos de niño maleducado! *¡Ahí se quede toda esta tribu con sus locuras!* Las lianas le golpeaban en la cara; ella las empujaba a un lado. Sentía picores y pinchazos en los pies, pero tampoco esto la importunaba. Caminaba pesadamente entre ramas caídas y helechos, por entre hierbas altas que le llegaban a la cintura y por lodazales.

—¡Amely!

—¡No te me acerques, canalla!

—¡Amely, este sitio es muy peligroso!

—Sabía que dirías eso —exclamó ella por encima del hombro—. ¡Vete a freír espárragos!

Él la agarró de la muñeca. Ella trató de zafarse de él, perdió el equilibrio, cayó de rodillas y pretendía volver a ponerse en pie de un salto. Él se le echó encima y la inmovilizó en el suelo con todo su peso.

—Los espárragos solo crecen en el huerto del cacique.

—Deja ya de darme lecciones. ¡Estoy muy harta!

Antes de que pudiera gritar —¿para qué?, ¿quién iba a acudir a ayudarla?—, le tapó la boca con la mano. Ella se la mordió. Él se sacudió la mano echando pestes. No podía hacer nada, no podía oponer nada a la fuerza de él. Él tiró de los jirones de su vestido y le dejó el abdomen al descubierto. Lo que él pretendía le dejó la sangre helada en sus venas. *En lo que a esto se refiere tampoco eres distinto a tu padre.* Por un instante se quedó petrificada. Creyó que sentía cada brizna de hierba, cada ramita, cada escarabajo presionando en su piel. La boca de él, que jadeaba de excitación, se estampó contra sus labios. *¡No!*, quiso gritar ella. Le golpeó, quiso agarrarle de la cabeza para arrancarlo de su boca. Sus dedos se hundieron en su precioso pelo. Y eso, *oh, Dios*, le estaba haciendo sentirse bien. Todo en él la hacía sentirse indeciblemente bien. Su piel sudada sobre la suya, sus músculos duros, que la tenían aferrada a la tierra. Debería estar avergonzada de disfrutar con él lo que había detestado tanto en su padre, pero estaba disfrutando sí, disfrutando...

—Ruben, para.

Un último, susurrante, ridículo intento por impedir lo monstruoso. Una última oportunidad para decir algo pues él la besó, penetró en su boca, la colmó con su lengua. Él jugaba con su gota de oro haciéndole sentir un vértigo de gozo. Esto era, con toda seguridad, lo que debía expresar la lengua desecada. Las piernas de ella se abrieron espontáneamente. Se horrorizó de la Amalie Wittstock, la no-me-toques. La ignorante. La ávida. *Si permito esto, ya no podré regresar nunca a mi antigua vida.* Pero ¿qué le importaba a ella su antigua vida? Estaba dispuesta de todos modos a tirarla a la basura, a derribarla para siempre. Solo contaba eso de ahí. Tan solo ese instante. Ruben. Ella. El temor se avivó solamente lo que dura una pulsación cuando sintió que él la penetraba. *Duele, duele, lo sé...*

Entonces entró él en ella. No le dolió nada.

5

Se había convertido en una mujer. No sucedió cuando alcanzó la mayoría de edad con veintiún años. Ni cuando se casó con Kilian. Tampoco cuando metió la mano en el talego de las hormigas. Sino ahora. Y ella estaba contenta como una niña con su redescubrimiento. Yacían los dos pegados uno al costado del otro sobre la esterilla, en la cabaña; ella acariciaba el brazo de él explorando cada músculo, cada pelillo de su vello que se erizaba al tocarlo, sentía ansias de estampar los labios en el pecho de él; de lamer la gotita de sudor que brillaba en el hoyuelo de su clavícula; de aspirar profundamente su aroma; de cerrar los ojos y soñar con él para luego levantar lentamente los párpados y ver que era él quien estaba allí de verdad, de verdad de la buena. Ruben le dirigió una mirada por el rabillo del ojo que delataba que él albergaba pensamientos similares a los de ella. ... *no cuando metí la mano en el talego; no cuando abatí al primer animal en una caza; no cuando fui a Manaos. Sino ahora.*

Se había suavizado el rasgo de dureza que siempre llevaba él en los ojos. Con toda seguridad él estaba pensando como ella en en el acto mientras él agarraba el tarro de barro que acababa de pedirle a Yami.

—Te conozco desde aquel viaje a Europa —dijo él—. Me tiraste la comida encima.

Tuvo que reflexionar unos instantes sobre sus palabras.

—¿Te refieres a... aquel entonces? El caso de la salsera, así lo llamaba mi padre. Siempre me he preguntado si te acordarías de mí.

La mano de él reposaba en la tapa.

—Cuanto más atrás quedan los recuerdos, más escasos se vuelven. Quizá no sabes ya cómo pudiste estar presente de pequeño cuando un gorila mató a golpes a un ser humano, pero te acuerdas de haber comido posteriormente del cráneo del gorila abatido. No es muy probable que dos personas se acuerden del mismo suceso si no es muy importante y queda muy atrás en el tiempo. Creemos que estarán unidas para siempre si ese es el caso.

—Hablas como si hubieras sabido que me acordaría.

—No. —Él sonrió—. No lo sabía.

Él levantó la tapa y se la alcanzó. Ella aspiró profundamente el aroma de la miel. Apenas había otra cosa más codiciada entre los yayasacu, y este regalo superaba a todas las joyas que ella había acumulado en su antigua vida. Y como la miel era tan valiosa no retiraban las abejas, ni las crisálidas, ni el polen ni el panal que había dentro. Ruben extrajo un puñado del tarro. Con rapidez se inclinó Amely sobre su mano y lamió aquella exquisitez evitando con todo cuidado las abejas muertas. Ruben no tenía tantos reparos y se las comía también con deleite. La miel goteaba por su barbilla. Ella se la lamió. Se metió en la boca uno tras otro los dedos de él, y entre sus piernas sintió palpitar como si tuviera un tamborcillo. *Otra vez no, tú, insaciable.* Sonrió mostrando los dientes pensando en lo ruidosos que habían sido, al aire libre, solo a unos pocos pasos de los yayasacu que trabajaban en sus parcelas. ¡A lo mejor no solo les habían oído, sino también visto! ¡Vaya desliz!

—¿Por qué el trabajo en el huerto es en realidad una actividad de hombres? —preguntó ella lamiéndole los labios empapados de miel.

—Los espíritus que habitan en las herramientas destinadas al huerto son tímidos. Echan maldiciones cuando una mujer toca una herramienta. Entonces se produce una mala cosecha y hay que pedir de comer a otras familias.

Ella se quedó quieta. Eso no era ya solamente extraño, era, además, grotesco. Se echó a reír con una carcajada ruidosa. Agarrándose el abdomen se puso a dar vueltas sobre el suelo. Ruben se arrojó encima de ella. También él se reía, pero parecía no saber muy bien por qué. Ella lo abrazó y los dos se pusieron a rodar por el suelo hasta casi caer en las llamas de la fogata. Sucios y pegajosos como estaban se sentaron y se ayudaron mutuamente a limpiarse con espojas empapadas de agua. Amely no se avergonzaba ya de que Ruben le tocara en los muslos, a pesar de que seguía pareciéndole una osadía; aunque él lo hacía únicamente para retirarle con la esponja algunas gotas de miel sueltas, ella temblaba llena de ansias y se estremecía del gusto. Le pareció una maravilla que un contacto entre un hombre y una mujer pudiera ser de ese modo, como el esclarecimiento de un misterio que había permanecido oculto hasta entonces por la razón que fuese. Quería llorar de lo feliz que era. Pero también estaba confusa. *Es el hijo de tu marido.* Ya volvía a asaltarla el pensamiento que le había estado acechando toda la noche —no, desde que estaba allí— desde un oscuro rincón de su mente: *No puede ser.*

—¡Vete de aquí, pensamiento inoportuno! —susurró ella.

—¿Qué has dicho?

—¡Ay, nada! Creo que estoy cansada. —Se tendió encima de la esterilla y contrajo las rodillas. Ruben se sentó a su lado cruzando las piernas y agarró el marco de tejer. Se lo quedó mirando fijamente, se puso a jugar con los hilos completamente ensimismado. Tal vez pensaba él también en esa nota discordante en la existencia de ambos.

En el sueño vio a Maria *la Negra* en la cocina removiendo furiosamente en una olla. La grasa por debajo de sus brazos se balanceaba de una manera tan viva como en Yami. Sus ojos de pasa de corinto refulgían. Amely sabía muy bien por qué la cocinera se había acalorado de aquel modo. Ella estaba ante la cocinera con la cabeza gacha como una criada castigada que espera la reprimenda. Pero Maria no hacía otra cosa que tratar violentamente su feijoada con la cuchara de palo...

Amely abrió los ojos. Había un ruido que no cesaba. Se trataba de un jabiru, captó ella. Salió de la tienda en silencio bostezando y se puso a buscar con la mirada a esa ave blanca parecida a una cigüeña y con el cuello negro. Una niña pequeña se le acercó corriendo y echó la cabeza atrás buscando aquello que tanto interesaba a Amely.

—Ara'y —exclamó señalando al cielo—. Ara'y, ara'y!

—Nubes —dijo Amely.

Contenta a ojos vista con la capacidad de aprendizaje de los ambue'y dio unas palmadas con las manos y se retiró. Como era habitual, los niños alborotaban entre las cabañas. Algunas veces corrían incluso hasta la selva y no regresaban hasta la mañana siguiente, y eso hasta los más pequeños. Nadie se preocupaba de tal cosa. Las mujeres estaban sentadas trabajando en los fuegos para hacer la comida; sin embargo, hacían menos ruido que otros días. Amely regresó a la cabaña a buscar alguna de las plantas jabonosas que Ruben guardaba en sus recipientes de despensa. Quería lavarse a fondo en la poza del manantial. Tal vez estaría sola con un poco de suerte. Después quería hacer compañía a las mujeres, intentar avanzar en su idioma y preguntar si le daban alguna cosa para hacer. Ojalá que no fuera nada peor que pelar batatas.

Su marco de tejer estaba apoyado en la pared; estaba vacío. Al lado de su esterilla había una falda. ¡Una falda! Ruben había terminado su labor con toda seriedad mientras ella dormía, y eso a pesar de que se trataba de un trabajo de mujeres. Probablemente consideró una audacia extrema confundir a los espíritus de esa manera, pensó ella con aire divertido. No sabía muy bien qué debía hacer ahora. Finalmente se sacó los jirones de su camisón y se ajustó la falda por las caderas. Aquel tejido fibroso resultaba muy agradable al tacto a pesar de ser muy rígido. Pero ¿con qué iba a cubrir su torso? ¿Se esperaba Ruben que ella anduviera por allí con los pechos desnudos? Al fin y al cabo, entre los yayasacu era al revés, para ellos no era la desnudez lo vergonzoso, sino la vestimenta. Amely revolvió entre las cosas buscando un cuchillo y cortó una tira ancha del camisón que se arrolló en torno al pecho. Para los usos de allí tenía una pinta bastante aceptable. Cuando volvió a salir al aire libre le salió Ruben a su encuentro.

La contempló de arriba abajo con aire de satisfacción, pero acto seguido su semblante se volvió serio.

—El cacique está enfermo. Se le ha metido Vantu en las tripas. No hay canción para curar que sea capaz de sacar al espíritu de ahí dentro; por eso Rendapu quiere que vayas a verle.

—Pero ¿qué se piensa que puedo hacer yo? —exclamó nerviosa—. No soy ninguna enfermera.

Él frunció la frente por esa palabra extraña.

—Ve a buscar tu instrumento. Tienes que tocar por encima de él.

—¡Ah, santo cielo bendito! —murmuró ella apresurándose en la cabaña para coger el violín.

Si el jefe de la tribu lo quería así, pues adelante; ella solo esperaba que no se la hiciera responsable si no producía ningún efecto en él. Corrió detrás de Ruben en dirección al árbol del jefe de la tribu. A los pies de los escalones de la entrada estaba Tiacca como una guardiana tallada en madera. En calidad de hija de Rendapu le correspondía seguramente el papel de desconfiada. Amely esperó que Ruben renegara o profiriera algún grito; sin embargo, los dos mantuvieron un silencio tenaz. Finalmente, Tiacca se hizo a un lado para dejarlos pasar.

Amely tuvo que sujetarse al tronco para superar las ramas flojas que se habían colocado perforando el tronco y que servían de escalones. El suelo de lianas entretejidas era elástico bajo sus pies como una lona tensada. Algunos pañuelos de colores ondeaban en la cabaña construida con ramas y hojas de palmera. Le llegó un humo de tabaco. Rendapu yacía sobre una esterilla rodeado de chamanes que fumaban y cantaban. Tenía las manos agarrándose compulsivamente un costado del abdomen. Se retorcía y se quejaba de dolor. A un gesto de Ruben ella se dirigió hasta él con paso inseguro. Los chamanes no parecían muy contentos con su presencia; tan solo Pinda puso al descubierto sus dientes amarillos, que sujetaban la pipa, y le dirigió una sonrisa.

—Iporá —dijo Rendapu haciendo señas: *¡Está bien!*—. Che rayqyme. —Amely supo interpretar también esta expresión: *Estoy enfermo*. No entendió el resto de sus amables palabras.

—¿Qué debo hacer? —preguntó a Ruben.

—Simplemente, toca.

Se arrodilló al lado del cacique y se puso a tocar sin darle más vueltas. El instrumento había sufrido en ese clima permanentemente húmedo, y las notas que salían de él le hacían daño en los oídos. Aquellos hombres, que no conocían nada más que la música ruidosa de los tambores, flautas y de las gigantescas cañas de bambú, pusieron cara de asombro. Con aquellas miradas Amely no lograba concentrarse en su interpretación; apenas era consciente de lo que estaba tocando, pero al jefe de la tribu le gustaba. Sus manos se aflojaron, todo su cuerpo se distendió.

A ella no le había llamado la atención hasta ese momento lo gris y enmarañado de su pelo. Pese a las arrugas marcadas su rostro tenía algo de infantil. Al sonreír aparecían dos hoyuelos profundos en sus mejillas.

Cuando bajó el violín creyó por un momento que se había quedado dormido, pero él agarró su mano y la frotó. Su voz sonó asombrosamente potente.

—Sus dolores se han suavizado —le dijo Ruben traduciendo sus palabras—. El espíritu que cura está dentro de él.

—Bien, bueno... me alegro de que se encuentre mejor. —Amely replicó a su sonrisa con un gesto un tanto torcido. Probablemente se trataba de un cólico hepático y su música no impediría que volviera a afectarle.

—Dice que todavía no tienes nombre.

—Me llamo Amely, ¿no lo sabe?

—Pero ese era tu nombre de niña. Ahora eres una persona adulta. Dice que te llamas Kuñaqaray sai'ya, la mujer con el oro en la boca.

—¡Oh! Dile que me alegro, que es muy amable de su parte.

Así hizo. Rendapu siguió hablando, y Ruben se volvió hacia ella:

—Dice que tienes dentro el espíritu de lo que viene en el futuro y que eso te hace ser muy poderosa.

Su extraña mirada la confundió. Con un gesto suave la apremió a salir de allí. Afuera, en la plaza, la giró por los hombros para mirarla a los ojos.

—Ha dicho algunas cosas más, que eres la única mujer con un espíritu en su interior. Por lo general, las mujeres solo están penetradas por el espíritu de la nutria cuando sangran, pero hay un espíritu dentro de ti que pone en fuga al de la nutria.

Él estaba tan orgulloso de ella que no quiso decirle que su creencia en los espíritus era un disparate. Tiacca daba vueltas en torno a ellos, escuchando atentamente y con expresión tensa. Amely se apretó fuertemente el estuche del violín contra su cuerpo, como si fuera un escudo.

—Aguy —gruñó Tiacca para sus adentros. A continuación subió corriendo los escalones del árbol.

Amely respiró profundamente. Sus conocimientos de ese idioma indio eran ya suficientes para entender que la cazadora le había dado las gracias.

Era uno de los animales de colores más vistosos que jamás había visto en la selva. Y ya había visto muchos: las ranas moteadas que fulgían como piedras preciosas y que los yayasacu mantenían para obtener el veneno para sus flechas; las mantis religiosas que parecían esculpidas en jade; escarabajos de brillo metálico; mariposas con patrones desconcertantes. Sin embargo, en el tucán pico iris podría creerse que Dios todopoderoso, por el puro placer de su fuerza creadora, le había arrojado toda la paleta de los colores. El plumaje brillaba en azul oscuro; la pechera amarilla recordaba un limón maduro, y el pico era un cuadro de tonos verdes, rojos, naranjas, azules, amarillos y violetas. Amely no se atrevió a seguir escalando por el tronco torcido de aquel árbol por miedo a espantar a aquel animal que parecía surgido de la imaginación de un artista.

El tucán torció la cabeza y se la quedó mirando con curiosidad con sus ojos en forma de botón y rodeados por el color turquesa. Apareció un segundo tucán de entre el follaje. Y un tercero. Nerviosos por la penetración de aquella persona en su hábitat daban saltitos sobre sus patas de color azul claro. Profiriendo un krk-krk ensordecedor abrieron las alas y desaparecieron volando por encima de Amely.

Ella siguió escalando arriba poniendo atención en las arañas y serpientes. Colgada en la corteza había una pluma de color azul oscuro que parecía rociada de tinta. Se la colocó bajo la tira de tela que tapaba sus senos. En su pensamiento veía ya la preciosa pluma del tucán en el pelo de Ruben. Él estaba por debajo de ella a tan solo unos pocos pasos, se llevó el pelo detrás de la oreja dañada esforzándose por escuchar con atención. A diferencia de Pytumby y de Ku'asa, que parecían petrificados, él movía constantemente la cabeza a un lado y a otro. Ku'asa se llevó las manos cerradas a la boca y exhaló un silbido que sonó inofensivo. En la maleza, un poco más adelante, se oyó el crujido de unas hojas. Amely apretó aún más fuerte los muslos, que tenía apoyados en una rama gruesa. Los hombres la habían enviado aquí arriba cuando su expedición de caza de inofensivos perezosos y armadillos se vio interrumpida abruptamente. Unos hombres de una tribu extranjera habían penetrado en la aldea, habían raptado a dos mujeres y se habían cruzado en su retirada con aquella pequeña expedición de caza. Los tres yayasacu tensaron sus arcos y apoyaron en sus mejillas los cabos con flores de las flechas. Era imponente la fuerza de percusión de estos arcos confeccionados con madera de paodaco; para tensarlos se requería un esfuerzo físico tremendo. Amely pudo ver cómo comenzaba a vibrar la madera en las manos de los hombres buscando el instante correcto para el disparo. Sin embargo, pareció pasar una eternidad mientras los hombres estaban ahí de pie como estatuas. Cuando soltaron las cuerdas, Amely se estremeció. En algún lugar sonaron gritos de dolor. Y el alarido triunfal de las mujeres liberadas. Los hombres se precipitaron en la maleza vociferando y regresaron con sanguinolentos trofeos.

Había quedado olvidada la caza propiamente dicha. En su lugar regresaron a la aldea, dejaron que se les aclamara jubilosamente como era debido y comenzaron los preparativos para dedicarse a la confección de cabezas reducidas. A tal efecto, las mujeres secuestradas, con visible cara de satisfacción, separaron las pieles con los cabellos de los cráneos de las víctimas, las cocieron y las rellenaron de cenizas calientes. Las pieles cosidas las colgaron en un armazón y las ahumaron. La única alegría de Amely en esos momentos era no tener que colaborar en esas tareas. Ayudó a otras mujeres a llenar de papilla de mandioca machacada un recipiente de fibras de palmera y de la altura de un hombre, y a colgarlo de una rama del árbol del jefe de la tribu. La papilla húmeda se secaría allí hasta poder fabricar harina a partir de aquella masa grumosa. Las mujeres, Tiacca entre ellas, gritaban continuamente dando indicaciones a las ocupadas en la reducción de las cabezas, indicaciones que parecían significar que con sumo gusto intercambiarían su actividad con aquellas.

Durante esas últimas semanas Amely había aprendido muchas cosas sobre los usos y costumbres de los indios. Creía haberse acostumbrado aceptablemente a esa extraña vida en la selva virgen, pero esas actividades que las mujeres realizaban con toda naturalidad eran lo más horripilante que jamás había visto. Pero ¿no sentirían los yayasacu algo similar si vieran un látigo abatiéndose sobre la espalda llena de cicatrices de un ser humano inocente esclavizado? Al pensar que esos hombres orgullosos y esas alegres mujeres tendrían que ponerse de rodillas, perder su dignidad y quizás hasta su vida, Amely sintió cómo se le hacía un nudo de dolor en el pecho. *Y si supieran lo que sucede en el exterior de su mundo, me echarían de vuelta allí, y yo sería quien perdería con razón su dignidad.*

Pero ellos no sabían nada. A menudo se sentaba Amely con las mujeres, como ahora mismo. Las ayudaba en su trabajo lo mejor que podía y escuchaba atentamente sus relatos. Al principio solo entendía algunos fragmentos, pero se enorgullecía de cada palabra nueva que aprendía. Y ya muy pronto las palabras comenzaron a juntarse para componer frases.

Las mujeres le habían enseñado también a hacer vasijas de barro —más mal que bien— y a hilar. Allí no había rueca, como era natural. Reunían cortezas de árbol y clavaban unas palancas de madera hasta que se soltaban las fibras interiores, que luego enrollaban con los dedos convirtiéndolas en hilos y cuerdas. Amely había trenzado sedal para pescar y guirnaldas en las que fijó conchas de caracol. Confeccionó hamacas de paja de palmera y abanicos con hojas con los cuales avivaban los fuegos para mantener en jaque a las plagas de mosquitos. Y había aprendido como las demás mujeres a estar sentada durante horas sobre los talones.

Los hombres, en cambio, pasaban su tiempo tallando cuencos, armas y herramientas; con pequeños troncos y ramas confeccionaban las vallas bajas con las que cerraban las cabañas por las noches. Preparaban trampas, nasas y puntas de flechas. Para ello aplanaban a golpes las cuchillas cortantes de hierro, rotas y oxidadas, las cortaban a medida con mucho esfuerzo y las templaban al fuego. Las reliquias de los *otros*, adquiridas por otras tribus, eran el centro de muchos mitos. Así, por ejemplo, se decía que los hombres a los que el boto raptaba para Yacurona habían llevado consigo las cuchillas de hierro, o que los colibrís las habían robado de las fauces del caimán Iwrame junto con el fuego que este custodiaba. Un cazador enredó a Iwrame, que sabía hablar y andar erguido, en una conversación y lo hizo reír. Entonces su mujer soltó a los colibrís... Los yayasacu tenían relatos también sobre las almas de las plantas de la mandioca, que por las noches salían de sus inflorescencias y talaban árboles vecinos o escardaban las malas hierbas para protegerse. O sobre un ser de la selva que tenía los pies al revés para que nadie pudiera seguirle la pista. No obstante, cuando alguno se tropezaba con él —y algunos cazadores afirmaban fervientemente haberlo visto—, entonces se iba hacia los árboles y se ponía a rugir para que todos supieran que él era Chullachaqui, el señor de la selva. Y cuando talaban un árbol sin necesidad, entonces Chullachaqui abrumaba al infractor con enfermedades incurables. Amely aprendió que el Amazonas era una hija de Tupán, y la luna llena, su reencarnación. Si alguien moría durante la luna llena entonces se le consideraba un dios y sus hijos eran nombrados jefes. Se enteró de que una liana era muy poco sociable, de modo que asfixiaba a aquellos árboles en los que habitaban las almas de difuntos. Y que los espíritus de animales y plantas eran pacíficos durante el día, pero llenos de horrores durante la noche.

Ruben no se cansaba de explicarle y de enseñarle todas estas cosas. También soportaba con paciencia los recelos que le entraban a ella cuando él se la llevaba consigo a la selva profunda. Amely pensaba que tenía que ser interesante por fuerza escuchar una conversación entre él y el señor Oliveira. Tal vez habían caminado juntos por el parque en otro tiempo y el incansable señor Oliveira le había contado quizá cómo diferenciar a los omnipresentes monos. Pero ¿sabía ese brasileño siempre un poco desmañado y absolutamente correcto que se hacía una buena pesca echando al agua la savia del árbol catahua que los mataba? ¿Que también se obtenía de las lianas un veneno mortal para las flechas? ¿O sabía cómo se manejaba una cerbatana?

—Hay algunas que son tan largas como dos hombres —dijo Ruben introduciendo una espina envenenada en su cerbatana y cerrando el paso del extremo con los dedos—. Pero resulta muy arduo acertar con ellas. Cuando hay que actuar con rapidez resulta más apropiada una cerbatana pequeña como esta, sobre todo teniendo en cuenta que no siempre se puede ver el objetivo, como ocurre en estos momentos. No sé si detrás de ese matorral hay una persona o un animal.

—¿Qué? —Amely se situó detrás de él de un salto. Se oía un continuo crujido de las hojas en el matorral, y también se estaban moviendo sin cesar—. Solo quieres meterme el miedo en el cuerpo.

—No, no. Ahí hay algo de verdad, algo grande. Podría ser un jaguar.

—¡Oh, por Dios, Ruben!

—Estate tranquila. Mira acá. —Alzó la cerbatana y se la llevó a los labios—. Ciérrala con la boca o con la lengua. Aspira el aire y expélelo. Sé cuidadosa. ¡Y rápida!

Puso la cerbatana en las manos de ella. Ahora también ella veía que había algo al acecho entre aquellos matorrales. Las hojas temblaban; cayeron algunas flores. *¡No sé hacer esto!*, pensó ella. Y ya había lanzado el dardo. Aquel grito estridente le llegó hasta la médula. Salió un pecarí corriendo de allí, pasó muy cerquita de donde estaba ella y cayó de lado como derribado por un hacha.

—¡Ah, un pecarí! —exclamó Ruben—. Cuando muestran tanto desasosiego es que va a haber enseguida una tormenta.

Amely dirigió la mirada arriba hacia las manchas de un azul radiante entre las copas de los árboles. Ni una nube. No dudaba de que en pocos minutos llovería a cántaros. Así eran siempre las cosas aquí. A veces llovía incluso sin que hubiera una sola nube en el cielo.

Ruben cortó unos helechos largos, formó con ellos una soga corta y ató las patas del pecarí con un asco manifiesto. Igual que cualquier yayasacu despreciaba a ese animal, pero hoy habría carne para variar, cuyo sabor era un poco más familiar para Amely.

—Ya empiezo a estar más que harta de tus enseñanzas —dijo con el corazón palpitándole todavía con fuerza—. Ni soy cazadora ni me voy a convertir en cazadora.

Él sonrió.

—No. No lo eres, pero hoy vamos a ir otra vez a cazar. Esta noche.

Si durante el día la selva estaba inmersa en una penumbra continua, de noche era completamente negra. Ruben llevaba delante de él un trozo de resina prendida. Con la otra mano mantenía cálidamente encerrados los dedos de Amely. Ninguna persona con un poco de sentido común deambulaba por allí sin un motivo bien fundado; esto era así incluso en las regiones civilizadas. Ruben no era una persona con sentido común; a pesar de esto ella se sentía segura. Había experimentado tantas cosas a su lado que ya no la asustaban los ojos de color azul claro de las arañas gigantes ni los cuerpos verdes de las luciérnagas que revoloteaban.

Tengo que estar verdaderamente loca, pensó ella, transida por un temblor intenso. *Ando por la jungla con un hombre que cada dos por tres se detiene para danzar y cantar y para hacer nudos en las lianas porque cree que eso echa para atrás a los malos espíritus.*

El estrépito de los grillos y de las cigarras sonaba con mayor intensidad que durante el día, así que no llegó a escuchar el rumor del río hasta que los dedos de sus pies quedaron enterrados en la arena de la orilla.

—Pisa por donde piso yo —le indicó Ruben.

—¿Qué quieres cazar por aquí?

—Una anaconda. *La* anaconda.

Amely reprimió expresar la observación de que habría preferido seguir echados y amándose en la hamaca. O que era capaz de renunciar a un regalo como ese de la lengua de pez. Bueno, ahora que hacía tiempo que esa cosa se había secado, sabía por qué era tan codiciado entre las mujeres: era una buena lima para uñas. Pero fuera lo que fuera lo que una anaconda podía ofrecer, Amely estaba segura de que no era tan importante como para arrostrar un peligro semejante.

—Allí enfrente hay un cocodrilo —le susurró Ruben al oído—. Sus ojos rojos reflejan la luz de la lamparilla, ¿los ves?

—No, y no quiero verlos.

Él se rio sin hacer ruido.

—No entraña ningún peligro en absoluto, pues la madera de mi canoa huele más fuerte que nosotros. Vamos.

Ella se subió a la canoa y se sentó con los brazos rodeándose las rodillas. Ruben apagó la lamparilla. Él empujó la canoa al agua, saltó adentro y agarró el remo. Con unos pocos y veloces golpes de remo se situó enseguida en el centro del igarapé. En esa parte había un poco más de claridad; la luna con forma de hoz revelaba los perfiles de los árboles gigantes que ascendían al cielo. Amely no vio los ojos del cocodrilo, pero en cambio sí detectó una bandada de murciélagos que sobrevolaban las aguas. En alguna parte resonaban los chillidos de los guácharos.

—¿Hay botos por aquí?

—Sí, pero pocos. Al boto le gusta esa zona en la que el río Negro desemboca en el Tungaray, el Amazonas —explicó Ruben—. Allí se quedan los peces confusos por la diferencia de las aguas y resultan una presa fácil. Nosotros lo llamamos u'iara.

La canoa rechinó al fondear en la arena de la orilla de enfrente. Las ranas ruidosas no se molestaron siquiera cuando Amely caminó por un campo de aromáticos jacintos de agua. El banco de arena era angosto; al cabo de unos pocos pasos se encontraban ya en una corriente de agua más ancha.

—Aquí encontraremos a la anaconda —dijo Ruben—. Tal vez la hayas visto ya. Pero creo que no. Tú vas siempre atenta al suelo para ver si se mueve algo. Dame la mano. No es peligroso, solo tienes que prestar atención a lo que palpan tus pies.

Ella se metió en el agua con sumo cuidado; gracias a Dios solo le alcanzaba hasta los tobillos. La corriente no era muy fuerte, pero el fondo era de piedras lisas. De la mano de Ruben se sentía medianamente segura; los sentidos de él eran superiores en mucho a los de ella. Ella caminaba lentamente tentando el fondo pedregoso y muy cerca de un desnivel de la altura de una persona que hacía burbujear el agua en su caída. Caminaba paso a paso; aquello duró una eternidad. En el centro del río surgían unas rocas planas. Ruben se sentó encima y la condujo a su lado.

—¿Y dónde dices que puede encontrarse la serpiente? —preguntó Amely, sin sentir ninguna ansiedad por verla.

—Mira al cielo.

Ella echó la cabeza hacia atrás. Ciertamente había mirado con frecuencia el cielo con sus miles, sus millones de estrellas.

—Pero, Ruben, ¿qué...?

—Chisss. Tómate tu tiempo.

Había estado una vez durante la noche en cubierta en mitad del Atlántico y había buscado con la vista la Cruz del Sur famosa, pero el viento era cortante; se sintió mal y prefirió regresar rápidamente a su camarote para llorar sobre su destino. De pronto creyó entender: Ruben quería mostrarle una constelación india, pero en la infinitud de las estrellas no descubría ninguna que se pareciera a una serpiente. Bien veía la Vía Láctea, que producía un efecto como si fuera la copia del río aquí en la Tierra.

—Nunca había visto la Vía Láctea —dijo impresionada entre susurros. Toda la magnificencia cromática de la selva virgen empalidecía frente a esa plenitud de luz—. Es como... como... ¡oh, Ruben! ¿Es *eso* la anaconda?

—La Gran Anaconda del cielo. ¿No la habías visto nunca? Ella ve a todo el mundo.

—De noche hay demasiada claridad tanto en Berlín como en Manaos. En el mar Báltico admiré el cielo estrellado durante un paseo secreto nocturno, pero no era tan maravilloso como aquí.

—¿En secreto? ¿Hiciste algo en secreto?

—Me tienes por demasiado formal.

—Bueno...

Ella le dio un golpecito en el codo.

—Hasta he nadado en secreto. ¿Puedes acordarte de las casetas que conducían a la orilla de la playa para que una dama pudiera meterse en el agua sin ser vista?

—Puedo acordarme incluso de haberme metido debajo de una de ellas para espiar a través de un agujero en el nudo de una tabla.

—¡Ruben! Bueno, yo entraba en el agua completamente desnuda desde allí. Aunque no pude disfrutar de aquel momento por completo, porque tenía miedo de que me pillara alguien, lo cierto es que es una de mis vivencias más bellas. ¿Puedes imaginártelo?

—Por supuesto. Eres una mujer apasionada.

—No lo soy.

—Solo tienes que escucharte a ti misma cuando hablas de tu vida en Prusia.

¡Ay, había contado tantas cosas! Miles de historias y de sucesos, pero siempre con el temor de que no podía impresionar con las vivencias de una colegiala y de una jovencita a alguien como él, que luchaba diariamente por la existencia. ¡Y ahora le salía diciéndole que era una mujer apasionada!

—Julius decía que yo era demasiado decente.

—Es igual lo que dijera Julius, porque es un gilipollas.

—¿Y eso?

—Te dejó marchar.

—No le quedó más remedio.

—Nadie está obligado a hacer las cosas que no quiere hacer.

Ella lo contempló de perfil. ¿No era alarmante haber caído en manos de tres hombres consecutivamente? No. A Julius lo había amado de verdad, como una niña ingenua ama a su primer amor. ¿Felipe? Se tropezó con él en una época en la que su nueva vida la arrojaba de un lado a otro como un juguete. No se requería mucho esfuerzo para hacer soñar a una novia amedrentada. Y ahora Ruben. Con él se sentía como una mujer ya moldeada por la vida y crecida y madura. Le pasó un brazo por los hombros, se inclinó hacia la oreja dañada de él y se la besó.

Él se levantó.

—Voy a cazar la anaconda del cielo para ti.

Ella pudo notar la tensión que se había apoderado del cuerpo de él. ¿Qué pretendía *ahora*, por Dios? Ella preferiría que volviera a sentarse a su lado, pero no se atrevió a perturbar su concentración. Fuera lo que fuera lo que tenía que hacer, acabaría haciéndolo. De pronto giró sobre sus talones y se precipitó de cabeza en el río por detrás de ella. Amely no pudo reprimir un grito.

—¡Ruben! —Se puso de rodillas a mirar, pero allí no había nada más que la superficie lisa del agua—. ¡Ruben!

Él saltó hacia arriba pegado a ella. La agarró de los brazos y se la llevó consigo a lo profundo. La negrura la rodeaba, una agradable y fresca negrura. Ya no veía nada, no oía nada, tan solo un borboteo sordo. El brazo de él la sujetaba. Tan solo podía seguir sintiendo de él su piel, sus poderosos músculos. Ella abrazó su talle; su lengua ansiaba el aire, pero extrañamente no sentía ningún temor. *Pensé que mi interpretación al violín de aquella noche no había seducido al boto, en la bahía de la luna verde, pero quizá sí, quizás era el hombre que yacía herido enfrente de mí. Y ahora me lleva por fin a Encante, sí, por fin.*

Luego se encontró ella en los brazos de él, que la llevó arriba hasta un terraplén bajo. Amely hacía grandes esfuerzos por respirar. Le pareció haber estado durante horas nadando con él en aquella negrura cautivadora. Sin embargo, la otra oscuridad, la de la selva, ya no la sintió como amenazadora. Con la mejilla apoyada en el pecho de él, con los cabellos mojados de él en su rostro, ella no prestaba ninguna atención a ruidos ni a olores ni a peligros. *Sigue corriendo, sigue corriendo, pronto habremos llegado.*

Él se arrodilló, la llevó a algo que podía ser una cueva, y la dejó cuidadosamente sobre sus pies.

—Aquí estaremos seguros.

Por supuesto. Esto es Encante.

Ella tenía en la punta de la lengua la pregunta de si había cazado la Gran Anaconda del cielo, pero no la iba a entender. Un día los hombres anunciaron que habían cazado un puma. Se reunieron en la plaza de la aldea y se soplaron mutuamente en las fosas nasales una droga en polvo —ellos la llamaron epena— y luego bailaron. Dispararon flechas al aire y profirieron gritos salvajes. A continuación pasaron inmediatamente a celebrar su éxito. A la pregunta de Amely, Ruben se apresuró a aclararle que la caza había tenido lugar, por supuesto.

Nunca, nunca llegaría a penetrar en el mundo de los yayasacu. Tampoco en él, Aymaho kuarahy, el halcón del sol. Y tampoco quería hacerlo, porque sería como romper una magia maravillosa.

Tócame.

Las manos de él rodearon el rostro de ella; los pulgares acariciaron suavemente sus mejillas. Eso era lo que ella quería, y le pareció completamente natural que él conociera sus deseos, que pudiera acrecentarlos hasta alcanzar un anhelo casi doloroso. Solo era necesario un beso leve allí donde acababan de estar sus manos. Los dedos de él resbalaron a lo largo de la parte interior de sus brazos, cercaron sus muñecas, las levantaron de modo que ella tenía ahora los brazos extendidos.

—Agárrate bien —le susurró él al oído. A él deseaba agarrarse, pero sus dedos rozaron alguna planta. Por un instante estaba sola, las manos de él habían desaparecido. La respiración de él se sumergió en el murmullo de la selva nocturna. Cayó un chaparrón tragándose cada sonido. Amely resistió al apremio de abrir los ojos; de todas formas no habría visto nada. Era como una prueba de confianza. Ella la aprobaría, oh, sí, y con facilidad. Jadeó aliviada cuando sintió las manos de él en sus costillas alzándole lentamente el resto de su camisón. Un soplo acarició sus senos desnudos y los labios de él se estamparon en ellos. Y su abdomen le respondió con un latido de calor.

—Che hayihu.

Lo sé, sí, lo sé...

A ella le resultaba imposible pronunciarlo. Abrió la boca de par en par, quería gritar de felicidad, pero un calor desconocido la recorrió convirtiéndola en criatura de la selva que solo conocía el deseo y el placer y la avidez. Los dientes de ella entrechocaban de lo insoportable que se hacía no ser sometida en ese mismo instante por un animal más fuerte. Ella abrió sus muslos temblando, bamboleó su pelvis para que él le retirara por fin la falda. Ella misma era incapaz, pues ¿no estaba atada a esa planta, que era como una liana? Él volvía a conocer los deseos más íntimos de ella, la desnudó, se estrechó contra ella y la montó encima de su sexo. Él la sostenía con una mano y la apretaba al mismo tiempo contra una corteza áspera; con la otra agarró la nuca de ella y atrajo su rostro al suyo. Ella aspiró profundamente el aroma de él. Ella era tan solo sensación. Él, solo piel, músculos, ascuas y respiración depredadora. La pelvis de él la golpeaba, sus dedos perforaban como garras en la carne de ella. Embestida a embestida la fue sacando de su cuerpo humano, la convertía en un ser que vivía tan solo para ese éxtasis. Amely gritó. No se oyó a sí misma. Ruben gritó. Eran sonidos de otro mundo. El cielo relampagueaba. Y mientras en ella morían las oleadas de placer abrió levemente los párpados. Vio su propio interior: ardiente, perforado por rayos de luz. Ruben sostenía la cabeza empapada de sudor de ella, la estaba mirando, agotado, con una sonrisa. Comprendió que había regresado a la realidad, a una realidad maravillosamente hermosa. La lluvia se extinguió tan rápidamente como había comenzado. La incipiente mañana enviaba la luz del sol por encima del río. Eso de ahí no era ninguna cueva. Era el entramado de raíces de un ficus. Ese árbol gigante que los había acogido estaba agotado, había muerto. Orquídeas rojas, violetas y blancas florecían en los intersticios; el rocío en ellas brillaba como perlas transparentes. Amely extendió la mano por encima del hombro de Ruben hacia una de esas lanzas de luz en las que danzaban el polen y las abejas. En el entramado, muy arriba, despertaban de su sueño unos guacamayos de color rojo azulado. *Nos hemos amado en una catedral de la selva virgen.*

Ruben la puso en pie; ella sintió que sus piernas se desplomaban. La sostuvo el brazo de él en torno a su talle. Amely cruzó los dedos en la nuca de él.

—Che hayihu —dijo ella. *Te quiero.*

El sudor le fluía a borbotones por los poros. Sus extremidades le pesaban como esponjas empapadas. Quería levantar la cabeza para ver lo que hacía Tatapiy. Esa joven, que la víspera de su conversión en mujer había aceptado con tanto agrado su futura existencia como concubina de Rendapu, era una tatuadora habilidosa. Entre sus expertos dedos fue surgiendo una soga entrelazada, un nudo; era el símbolo de que ella, Amely, pertenecía a Ruben. También las demás mujeres llevaban para siempre consigo los símbolos de la unión con sus hombres; sin embargo, Amely los había visto solo en raras ocasiones, ya que se encontraban muy pegados a los labios de sus vulvas. En su vida habría creído que un buen día se abriría de piernas ella misma para permitir a unos dedos ajenos el acceso a una zona tan delicada. Pero ¿quién era ella entretanto, quién era ella ahora? Ruben la había llamado Yacurona porque dijo que ella lo había sumergido en el río. Era un ser que danzaba y cantaba sobre rayos de luces de colores en la embriaguez producida por el epena, sin moverse y sin abrir la boca. Su alma danzaba, vibraba como si quisiera desprenderse de su cuerpo para pasar ligera y libre por la selva y ser parte de todas las maravillas; regresar de nuevo a aquella noche en la que los hombres golpearon a sus mujeres con unos haces de leña ardiendo sin llama sobre sus cabezas para reafirmar y renovar su unión; sentir de nuevo cómo el haz de Ruben le alcanzaba en la sien y la desplomaba al suelo, y ella se sintió ebria de felicidad por ese dolor; sentir de nuevo la mordedura de una serpiente, sufrir otra vez la fiebre que duraba varios días. Todo era felicidad, cada picadura, cada mordedura, cada tropezón, cada esfuerzo fatigoso, cada temor. *Me hace sentirme viva. Anteriormente solo había estado despierta, respiraba y no hacía nada más. Entretanto soy una persona que siente su pulso, que ríe, que sufre, que siente la vida en la punta de cada uno de sus dedos. Si ahora tuviera que llorar por alguien, me dolería como nunca, pero no quiero que sea de otra manera.*

Percibía con muchísima claridad hasta el martilleo rítmico de la aguja de hueso en su piel, como si esa mujer le estuviera introduciendo una punta de flecha en el cuerpo. Cada punzada enviaba rayos luminosos de colores a sus ojos, y cada mirada atronaba en sus oídos. Pero apenas le dolía. Ella contemplaba a Ruben, que estaba sentado a su lado. También a él le caía el sudor por las sienes; tenía la mirada cristalina. Yacía en su mano, olvidada, la caña con la que se habían soplado mutuamente epena en las fosas nasales. Amely se lo quedó mirando fijamente hasta que le comenzaron a temblar las plumas de halcón sobre los hombros, la espalda y el pecho. Era consciente de que las plumas eran de color negro, pero ahora le parecían rojizas. Se movían de un lado a otro como si quisieran elevarlo por los aires. *Hazlo si quieres, pero yo me iré contigo.* Quiso darse la vuelta para abrazar fuertemente el brazo de él, pero no pudo moverse de lo pesadas que sentía las extremidades.

Un gemido de ella lo llevó a girarse hacia ella. Colocó lentamente a un lado la caña. Se sentó al lado de ella y extendió un brazo bajo su nuca. Con las puntas de los dedos le retiró el sudor y los mechones de pelo de su frente. Y con la lengua le lamió los labios, siguió más adentro y jugueteó con la gotita de oro de adorno. Fue como la caricia de un fuego agradablemente cálido. Ella no quería despertar nunca de ese estado de éxtasis. Reuniendo todas sus fuerzas elevó una mano y agarró una mano de él. *Volamos juntos al encuentro del sol. Ya estamos muy arriba. Las cosas no pueden permanecer así, nunca permanecen así. Lo que ahora viene no puede ser sino un temporal.*

6

El estampido del trueno fue como un tremendo disparo de cañón. Así solían comenzar las tormentas. Amely levantó la cabeza, que tenía apoyada en el pecho de Ruben. En un instante comenzó a diluviar de tal modo que el tejado temblaba. Ruben se quitó a Amely de encima y saltó de la hamaca. Apartó a un lado la cortina. Al cabo de un rato regresó a donde Amely.

—Se va a poner peor la cosa —dijo él. La violencia de la lluvia ahogaba sus palabras—. Los pecaríes están berreando como nunca.

En la claridad de luz del día que ofrecían los continuos relámpagos, los largos hilos de lluvia se estampaban sin cesar contra las hojas salientes de los tejados; eso mientras hubo tejados. Aquí y allá había cabañas enteras tambaleándose. La lluvia hacía temblar incluso la gran casa de las mujeres como si fueran puñetazos. Aquello no era una lluvia nocturna, era un diluvio negro. Las cabañas se inclinaban y se desmoronaban. Las hojas y las lianas parecían poseídas por demonios invisibles por la manera en la que danzaban y bailaban en remolinos. Fragmentos de corteza golpeaban en los brazos y las piernas; el viento azotaba desde todas las direcciones. Toda la gente se hallaba reunida en la plaza. Nadie se atrevía a permanecer cerca de las cabañas y de los árboles, que crujían amenazadoramente. En torno a las personas se oía el estampido de las ramas al caer. De pronto el árbol del jefe de la tribu pareció explotar. El chillido de cientos de gargantas retumbó en los oídos de Amely. Vio una llamarada en la copa del árbol que la lluvia apagó al instante. Las ramas caían entre el remolino de la hojarasca. Gritos, golpes, cuerpos ondulantes, la lluvia como pinchazos de agujas en la piel. A ella le pareció aquello un delirio desatado por sombríos demonios de la selva virgen.

Había un hombre que yacía bajo una rama del grosor de un muslo. Movía una mano en el aire. Amely dejó caer de los brazos lo que se había llevado a toda prisa de la cabaña en su huida, se abalanzó hacia él y agarró su mano.

—Amely, mujer de los *otros* —exclamó Rendapu—. Creo que Vantu me ha herido. Ve a buscar tu instrumento y toca encima de mí una canción para curar. Eso me ayudó tanto aquella otra vez.

—Pero no puedo —replicó ella, y como no le venían a la mente las palabras «porque mi instrumento se ha perdido», dijo—: La lluvia hace demasiado ruido.

Así era, en efecto; el susurro de Rendapu se perdía entre las fuerzas de la naturaleza. Sus labios se movían. Amely veía más que oía cómo él rogaba que le quitaran aquel peso de encima de su cuerpo. Ella no era capaz de tal cosa, solo podía seguir sosteniéndole la mano. ¿Por qué no ayudaba nadie? Pero ya tres, cuatro hombres le sacaban de encima aquel imponente tronco y no había pasado siquiera un instante. Alguien agarró a Amely de los hombros y la empujó en dirección a las mujeres que estaban apiñadas en torno a Yami. Todas cargaban con sus bebés o algunas pertenencias. Hagu, la mujer de Pytumby, estaba ovillada en el suelo con el rostro descompuesto y agarrándose el cuerpo en un estado de gestación muy avanzado. Pinda, el anciano chamán, yacía en la tierra, que la lluvia había transformado ya en un lodazal en el que se hundían los tobillos. Pinda apretaba contra su pecho la corona de plumas ya muy menguadas en número. Tiacca se agarraba la cabeza, que le sangraba; probablemente se había hecho la herida al caerle encima una rama. Nadie la atendía, pues todos andaban ocupados con entender siquiera lo que estaba sucediendo aquí y ahora. Amely se dirigió hacia Tiacca con paso vacilante. Nunca había logrado ganarse la amistad de la cazadora.

Un pecarí pasó corriendo delante de sus pies y casi la hace caer. Cayó derribado de un hachazo. También los otros pecarís cayeron bajo los hachazos sangrientos de los hombres enloquecidos como si los consideraran culpables de aquella tempestad. A la luz de los relámpagos, que se sucedían uno tras otro, el barro se fue tiñendo de estrías rojas. Los pecarís y los hombres rugían; las mujeres y los niños chillaban. El mundo estaba sumergido en la locura. Amely huyó. Resbaló en el lodazal, clavó los dedos en él y volvió a incorporarse.

—¡Quédate aquí!

Unas manos robustas la sujetaron y le hicieron darse la vuelta. Amely se quedó mirando fijamente el rostro ensangrentado de la cazadora. Ella quería soltarse, continuar corriendo. Una soberana bofetada le hizo recobrar la cordura.

—Nadie corre a la selva, ¿lo ves? —le aulló Tiacca en plena cara—. ¡Solo tú! Sigues siendo una *otra* estúpida, y lo seguirás siendo toda tu vida.

Amely se fue trotando tras ella de vuelta a la plaza de la aldea. Ruben se encaminó hacia ella con paso pesado y le dio un meneo, pero no salió de sus labios ninguna expresión de reproche. ¿Por preocupación? ¿Por agotamiento? También él llevaba un cuchillo sujeto en la mano con el que había descuartizado a los pecarís; la sangre le había salpicado hasta el cabello.

—¡Ve donde Yami! —le ordenó y la empujó sin vacilar hacia la mujer del jefe de la tribu, que estaba sentada en el suelo porque su imponente peso la derrumbaba; estaba completamente enlodada y ocupada con una gruesa bola de caucho en los dientes. En torno a ella había mujeres sentadas, abrazadas, agitándose las unas a las otras y llorando a moco tendido. Amely se sentó con ellas. Ella no lloraba. Estaba como anestesiada.

La lluvia persistía, aunque algo más débilmente. Por todas partes se formaban charcas y arroyos. Cesó el estrépito de la madera, porque los árboles débiles ya habían caído todos. Terrones enteros se deslizaban por las pendientes abajo. La existencia consistía solo en humedad, suciedad y hambre. Se había perdido todo lo que había habido en las plantaciones, destruidas ahora. Los cazadores llevaban pocas piezas; parecía que el temporal hubiera acabado con todos los animales. Amely se preguntaba en vano cuántos días llevaban sucediéndose así; la lluvia remojaba también cualquier sentido del tiempo. No obstante, llegó también el día en que la lluvia cesó. El sol regaló nuevas fuerzas. Amely, que como todas las mujeres, niños y ancianos, vivía en la casa grande, la única que se había mantenido en pie, se dirigió con andar de pato entre el barro a la cabaña de Ruben. Él, como todos los hombres forzudos, había buscado refugio bajo árboles robustos. O habían acampado al aire libre también.

El tejado era tan solo un conjunto de hojas de palmera sueltas. Las paredes, un armazón de entramado; la lluvia se había llevado el barro. Las pertenencias de los dos se hallaban dispersas y cubiertas de lodo. Se puso de rodillas a escarbar con los dedos, extrajo de la tierra su violín, ya completamente inservible, y algunos jirones ilegibles de sus cartas. En cambio, los ornamentos corporales de Ruben podían lavarse; los reunió en un cuenco. Su propio ornamento no lo había perdido, pues las flores de las mujeres eran de todas formas efímeras. Pero ¿dónde estaba su *Morpho menelaus*? ¡Ese cristal pesado no podía haber sido arrastrado! Removió el suelo de la cabaña, pero lo único que encontró fue el pequeño tucán de madera que Ruben le había tallado y pintado. Las pinturas habían desaparecido, el animalito parecía desprovisto de vida; Amely lo colocó en el cuenco, recogió algunos recipientes más que habían quedado intactos y fue a levantarse; entonces se sintió débil y se desplomó sobre sus nalgas.

Lloró. No por sus objetos perdidos. Ni siquiera por la desgracia que se había cernido sobre la aldea, hecho por el que había derramado ya abundantes lágrimas. No olvidaría jamás la imagen de Ta-te'myi, la que sabía fabricar los collares de flores más hermosos, ahogando en el barro a su bebé recién nacido. Lo hizo con toda tranquilidad, y las mujeres que presenciaron aquello no se escandalizaron. *No puede sacarlo adelante*, le había explicado Yami con esa misma tranquilidad; sin embargo, su rostro había quedado petrificado igual que el de todas las demás. Solo Amely lloró en silencio.

Igual que ahora. ¡Ay! ¿Por qué? Solo paulatinamente se le fue revelando la razón. *Esta cabaña no fue nada más que un castillo en el aire*, pensó. *¿Cómo habría podido olvidar si no por completo mi pasado? ¿Mis orígenes? ¿Eso que me separa para siempre de Ruben?*

No, ella no era Kuñaqaray sai'ya, la mujer del oro en la boca, la amada de un indio libre. Ella seguía siendo Amely Wittstock, la esposa de Kilian.

Abrazó sus rodillas y se hizo lo más pequeña posible. Había sido un sueño. Y los sueños suelen tener un final.

Sintió frío por primera vez desde que había llegado al Nuevo Mundo.

El sol convirtió el barro en piedra. Allí no se podía vivir por el momento. Las mujeres contaban que cada cierto tiempo tenían que abandonar una aldea. No solo las tempestades obligaban a los yayasacu a tal hábito, sino también los suelos agotados de sus plantaciones. Y cada cierto tiempo prendían fuego a las cabañas, incluso si estaban indemnes, pues en algún momento no podía controlarse a los parásitos golpeando contra los postes de apoyo. Amely ayudó a prender fuego a los restos que entretanto se habían secado ya. Los hombres, en cambio, se agruparon en la plaza alrededor de la pira envuelta en llamas. Con sus gritos y sus alaridos acompañaron a Rendapu a aquel lugar de los espíritus que ellos creían que era el más allá. Amely se sorprendió de ver sus rostros anegados en lágrimas. Las mujeres se dejaron contagiar; y así la aldea se llenó de llantos y quejidos.

Los seis hombres regresaron a la plaza tambaleándose y se pusieron de rodillas. Todos llevaban rastros del éxtasis de epena bajo sus fosas nasales. Las mujeres se apresuraron a alcanzarles las calabazas; y los hombres se rociaron el agua por encima de la cabeza y en el rostro. La pintura roja del ritual corría en estrías por sus cuerpos. Amely había contado siete hombres que partieron a la Cueva de los Muertos. ¿Dónde estaba Pinda? Ruben se llegó hasta ella arrastrando los pies en el barro. Como ocurría a menudo él había leído ya los pensamientos de ella.

—Pinda se ha marchado para morir en la jungla —dijo lentamente—. Quiere aplacar a los demonios de la selva.

—¡Pero eso es un disparate! —dijo mirándole consternada en las pupilas dilatadas. Lo más incomprensible de todo para ella seguía siendo la religión de los yayasacu—. Vamos, id a por él y traedlo aquí.

—Ya ha muerto. Saltó desde la Roca Roja.

Le brotaron las lágrimas. De entre los chamanes, él había sido el único que siguió el ejemplo de Rendapu y salió a su encuentro el primer día que llegó, sin temor. Los demás la habían contemplado con resquemor hasta el último momento. Y nada menos que esos dos hombres estaban ahora muertos. Sanbiccá, la mujer de Pinda, se retorcía en la suciedad llorando desconsoladamente. Otras mujeres se dirigieron hacia ella y la condujeron al círculo de Yami, donde acabaron extinguiéndose sus lamentos.

Los hombres que habían estado en la cueva se debatían de rodillas. Tuvieron que sostenerse mutuamente cuando se colocaron uno al lado del otro teniendo al primer chamán en el centro del círculo. Oa'poja mostró su rango afirmando los pies con fuerza en la tierra, estirándose y dejando vagar su mirada por encima de su apenada gente. En algún momento le había contado Ruben que Oa'poja ocuparía el puesto de jefe de la tribu si a este le llegaba a ocurrir algo, pero únicamente hasta que nombrara a otro. No siempre era el hijo, y menos ahora que Rendapu solo había tenido una hija. Las mujeres cacique solo existían en las leyendas.

—Los espíritus me han hablado —exclamó Oa'poja con voz potente que atrajo la atención de todo el mundo—. Vamos a ir al sur, allí donde hay tierra negra fértil. Aquel cuyo padre murió con luna llena, ese es el hijo de un Dios y debe ser cacique. —Dirigió la mirada a Ruben—. Tu padre murió con luna llena. Y no solo esto: un jaguar lo mató durante la caza.

Amely se inflamó de orgullo, pero este sentimiento dio paso inmediatamente a un pensamiento bien diferente: si él se convertía en el jefe de la tribu seguiría siendo únicamente y para siempre Aymaho.

Ruben se mostró sorprendido. Se salió de la línea de los hombres y se dirigió a ellos.

—Yo...

Un grito estridente de rabia lo interrumpió. Era Sanbiccá, que corría hecha una furia atravesando la plaza para interponerse entre él y los hombres.

—¡Tú, no! —La anciana se golpeaba las mejillas, que se había desgarrado hasta hacerse sangre—. Recuerdo todavía como fue aquello cuando nos trajiste la calamidad. ¡*Yo* no te habría adoptado en lugar de a mi hijo muerto!

Amely estaba segura de que alguno se saldría de la hilera y le pegaría con fuerza en la cara. Tal vez incluso Ruben. Sin embargo todos permanecieron callados.

—Los dioses te han tolerado todos estos años, pero no quisieron que fueras cacique. Moriremos todos. —Abrió la boca por completo como si fuera a reventar de rabia, y se calló.

Por lo general las mujeres no se cohibían a la hora de discutir con los hombres, lo cual podía degenerar en un rifirrafe ensordecedor. Pero en este asunto, el chamán superior había tomado una decisión. Sanbiccá se encogió de hombros. Finalmente un hombre la empujó de allí para que se marchara.

—¡Tiene razón! —Ahora era Tiacca la que se acercó a Ruben—. Siempre estás trayendo confusión. Igual que cuando confundiste a To'anga, que murió solo por esa razón. Luego esa mujer de ahí. —Movió la cabeza con un gesto de desprecio en dirección a Amely—. A mi padre le prometiste traer el cráneo del jefe de la tribu de los *otros*. En su lugar la trajiste a ella. Nos aturdiste con una magia y lo acabamos tolerando. Desde entonces no se ha vuelto a hablar de mantener a los ambue'y alejados de nosotros. ¿Y por qué? —Volvió a repetir la pregunta pero ahora vociferando—: ¿Por qué?

Le temblaban las extremidades de lo agitada que estaba. Amely podía oírla respirar. Todo se había quedado en silencio; ni siquiera los niños rechistaban. Los hombres que rodeaban a Oa'poja tenían los ojos abiertos como platos.

—Yo sé la respuesta. Ella te ha recordado quién eres en realidad. Nunca nadie se atrevió a pronunciarlo, pero yo lo hago ahora: eres uno de los *otros*. —Tiacca avanzó dos pasos con rapidez hasta él y le escupió en la cara—. A ti no te habría elegido mi padre jamás.

Yami profirió un alarido que sonó como el de un pecarí furioso. Encendida por la cólera se dirigió a Tiacca.

—¡Tu irresolución es una vergüenza! —Sin vacilar le estampó a su hija una bofetada tal que esta cayó de rodillas—. Al principio no querías a Aymaho, luego sí, luego otra vez no, y apenas tuvo él una mujer, volviste a quererlo para ti. Pero tus calumnias no te servirán de ayuda. Y tú lo sabes también, por eso te corroe la rabia. ¡Ojalá te hubiera matado el árbol que te cayó encima!

Tiacca se sentó sobre sus pies, se estiró del pelo y se puso a bramar y a proferir alaridos como un animal herido. Amely, que se encontraba entre las mujeres en el margen de la plaza, sintió el deseo de irse corriendo a la cabaña de Ruben, pero esta ya no existía. Así que no le quedó otro remedio que permanecer allí inmóvil y esperando que nadie la involucrara en ese espectáculo degradante.

Sin embargo, la cazadora no le hizo ese favor. Se puso rápidamente en pie y se precipitó allí donde se encontraba Amely.

Amely estaba segura de que se le iba a echar al cuello. Levantó las manos en alto. Tiacca se detuvo ante ella a una mínima distancia. La mujer bamboleaba los brazos con impaciencia, como si solo pudiera reprimir con mucho esfuerzo sus tremendas ansias de estrangularla.

—Tu presencia aquí irrita a todos los dioses y a todos los espíritus —exclamó Tiacca—. ¡Tú nos has traído la calamidad!

Esto es lo que dijo también Kilian en aquel entonces, pero no me gusta hacer de chivo expiatorio. Antes de que este pensamiento fuera formulado le sacudió a Tiacca en toda la boca. ¡Aquello le hizo bien! ¡Oh, sí, le sentó muy bien! De todas formas la cazadora la atacaría ahora y esa lucha solo podía ganarla ella.

Sin embargo, Tiacca retrocedió cuando Ruben se le acercó con un paso más o menos seguro. Se situó delante de Oa'poja.

—Antes de que las mujeres me interrumpieran, iba a decirte que no iba a ser yo el cacique. Tiacca está diciendo la verdad. Yo soy un yayasacu como vosotros, pero también soy un ambue'y. Eso lo habéis sabido siempre y me lo habéis hecho sentir. ¿Estás seguro, chamán, que tu decisión se debe a los espíritus? ¿O quizá no surge del hecho de entender que estas gentes desdichadas necesitan el liderazgo del cazador más fuerte? Pero ya ves la agitación que ha provocado nada más anunciarlo tú. Yo no soy el adecuado.

Sus dedos encerraron los colgantes de oro.

—Cuando llegué a esta tribu tuve que luchar para que nadie me quitara mis amuletos. Y así ha seguido siendo: continuamente he luchado por ser un yayasacu. La lucha por ser también vuestro jefe me agotaría, a mí y a estas gentes.

Pero ese no era el único motivo. Las palabras de Tiacca le habían afectado visiblemente. Estaba de pie, erguido e inmóvil, como si la verdad le hubiera sacado la epena de las venas.

Oa'poja carraspeó.

—Honremos a Rendapu aunque no sea una ceremonia funeraria como es debido.

Entretanto, las mujeres habían colocado todas las cosas comestibles sobre trozos de corteza. Algunos hombres golpearon con varas el árbol del jefe de la tribu. El sonido sombrío de las cañas de bambú retumbaba en las extremidades de todos. Los chamanes se reunieron, comenzaron a cantar y a danzar. Acto seguido se les unieron los hombres. Solo Ruben permanecía inmóvil.

—Yo quería tener a Aymaho —dijo Tiacca en un tono sombrio—. Entonces llegaste tú.

Él puso una mano sobre el hombro de Amely.

—Me llamo Ruben.

Se oía un ruido en los matorrales. Atemorizadas, las mujeres se dieron la vuelta para mirar, agachadas por las cargas que llevaban sobre los hombros y las espaldas. Había un desasosiego general en la jungla.

—Son las hormigas —dijo Tiacca—. Están buscando un lugar nuevo, igual que nosotros. Y dan miedo. Hasta los pecarís huyen ante una columna de hormigas.

Amely se preguntó si la explicación iba por ella. Tiacca iba tan solo a unos pocos pasos de distancia por delante. En calidad de cazadora no llevaba encima nada más que sus armas, igual que la mayoría de los hombres. Algunos cargaban a sus espaldas a aquellos que eran demasiado viejos y débiles para caminar. Quienes no tenían que cargar con nada eran los niños, y por esta razón no cargaron nada sobre las espaldas de Amely. Le resultaba penoso no llevar en el brazo más que el estuche del violín, que albergaba los ornamentos corporales de Ruben, algunos cuencos bonitos, los restos ilegibles de sus cartas y el revólver. Pero no quisieron confiarle para nada los tarros ni los talegos, por no hablar de las canoas livianas.

Más allá iba caminando Yami con paso más bien torpe; sus brazos oscilaban como trillos. A cada paso suspiraba suavemente. Y cuando pasaban junto a un árbol caído aprovechaba la ocasión para sentarse encima y masajearse los pies, que eran demasiado pequeños para tanto cuerpo. Tenían que pasar con frecuencia al lado de árboles caídos y abrirse camino por entre las raíces. Aún más penosas resultaban las charcas nuevas de agua que tenían que pasar a veces, llegándoles el agua hasta las caderas. Una y otra vez se ponía a llover de repente. Era difícil respirar aquel aire húmedo. Amely volvió a pensar de la selva lo que pensaba en los primeros tiempos, después de dejar Manaos:

un monstruo vaporoso, febril, con miles de brazos y garras. Descansaban a orillas de las corrientes de agua alimentadas por cascadas que caían por entre paredes de piedra completamente cubiertas de vegetación. Bandadas de guacamayos rojos y azules destellaban entre el verde de helechos descomunales. En las grietas de los grandes árboles del caucho crecían orquídeas blancas, violetas y rojas. Los delicados tentáculos de la drósera atraían a los insectos. Orugas de alegres colores y peludas como colas de ardilla le caían a Amely a los pies. No podía honrar tanta belleza. Ella era parte de la selva virgen, que ahora le exigía únicamente la supervivencia. Tampoco estaba desvalida; arrancaba hojas carnosas como todos los demás, hurgaba en las cortezas en busca de larvas, reunía nueces del Brasil y los frutos del pitomba sin amilanarse ante los mosquitos ni ante las espinas. Los hombres capturaban alguna que otra pieza: Pytumby llevó un perezoso con el brazo extendido.

¿No he visto yo ya alguna vez algo así, en algún momento subida en mi barco?, reflexionaba Amely mientras molía entre las piedras unos frijoles tostados de sus viejas provisiones. *¿Y por qué me acuerdo de esto ahora?*

Jopara, una de las hijas de Ku'asa se llegó hasta ella y le ofreció con aire de orgullo un manojo de cresas. Dándole las gracias, Amely se metió en la boca aquella masa grasienta. ¿Cómo había podido olvidarse de todo lo que había sucedido en su anterior vida? No, olvidado, no, sino apartado como un objeto detestado que no se quiere mirar ni siquiera de reojo. Su mirada recayó en sus manos. En algún momento había perdido su anillo de boda y no le había llamado la atención ese detalle.

¿Cuánto tiempo hacía que había escuchado por última vez esa voz en su interior que le decía que existía algo diferente, algo más real que ese mundo de ahí? Ella la escuchaba cuando se pasaba la mano por el camisón, cuando rozaba con el dedo los bordados o cuando se enrollaba en los dedos los cordones del escote. Pero a medida que iba descomponiéndose esa reliquia de seda de su antigua vida, le fueron sonando cada vez más débiles los nombres de las personas a las que tenía aprecio. Maria, Miguel, Bärbel, el señor Oliveira, su padre... Le resultaba difícil convocar sus rostros ante el ojo interior. Era como si su vida real se hubiera quedado enganchada de una rama cuando ella penetró en la jungla.

Se inclinó profundamente sobre su labor y no alcanzó a ver cómo Jopara corría con algunos otros niños hacia el perezoso, y volvía a reír y a bromear como antes.

Mi vida en Manaos fue demasiado mala, mi vida con los yayasacu, demasiado bonita. ¿Dónde está la vida verdadera?

Ella dormía como un ava: con el sueño ligero y con todos los sentidos rápidamente vigilantes. Así fue como notó que Ruben la agarraba del brazo. Se puso a escuchar con atención cómo él se levantaba por detrás de ella haciendo crujir la vegetación bajo las plantas de sus pies. En la hoguera consumida encendió una tea y se marchó del campamento. Andaba cojeando como si estuviera herido. Kuasa, Pytumby y otros hombres se le unieron. Amely se incorporó. Los hombres se reunieron en un claro. Un fuego llameaba entre ellos. De un momento a otro se pondrían a danzar, a cantar, a tocar los tambores, a comenzar cualquier ritual para los espíritus. Pero no. Se acuclillaron alrededor del fuego y hablaban en voz baja. No podía entenderse nada de lo que decían. Había otras mujeres que también estaban despiertas. Ninguna se atrevió a acercarse a aquel círculo de hombres. Amely se puso de rodillas y se fue arrastrando por la penumbra. *Soy como una niña para ellos, no me desgarrarán por los aires.*

Tenía que ir muy lentamente. Los hombres se volvían a mirar a cada crujido o susurro que escuchaban. El rostro de Oa'poja era el único que brillaba con una pintura roja fresca cuando giró la cabeza. Por un instante, Amely creyó que la estaba mirando a los ojos, pero entonces se volvió hacia los cuarenta o cincuenta cazadores reunidos.

—Son ya varias las veces que hemos tenido que cambiar nuestra morada después de tempestades, de malas cosechas o porque nos amenazaban los animales y otras tribus. Me he entregado al mundo de los espíritus del pasado y me he acordado de las historias de mi abuelo en las que nuestra tribu vivía en un lugar con la tierra más fértil que la nuestra. Es la tierra negra de nuestros antepasados. Emigraron de ella por el mismo motivo, una tempestad imponente les obligó a tal cosa. Quizá va siendo ya el momento de regresar allí.

—¿Y si ya no hay tierra negra allí? —preguntó Myenpu, el tallador de máscaras. A él le estaba resultando especialmente dura la travesía, porque las pirañas le habían arrancado medio pie al cometer una imprudencia cuando era un jovencito—. Busquemos un buen lugar cerca.

—Encontrarlo quizá nos lleve mucho tiempo, pero allí sabemos lo que nos espera.

—Háblanos de esa selva —le exigió otro.

—El Oue queda más allá del río Blanco. Estaba lleno de caza, y las cresas en los árboles eran increíblemente numerosas. El jugo del caucho manaba de los árboles. Nuestra tribu era fértil como nunca.

—¿Y estás seguro de que el espíritu de tu abuelo no te está engañando con eso? —dejó caer Pytumby. Los hombres se echaron a reír, incluso el chamán.

—El viaje es agotador —volvió Myenpu a la carga—. ¿Y cómo vamos a desplazarnos por el río? No tenemos tantas canoas.

—Nos quedaremos en la orilla todo el tiempo que necesitemos hasta haber construido suficientes canoas para todos.

—No lo conseguiremos antes del comienzo de la siguiente época de lluvias.

—Seremos rápidos.

Ruben se dirigió a los chamanes:

—¿Cuántos días se tarda en llegar hasta allí?

Oa'poja estuvo oscilando la cabeza un buen rato.

—Treinta tal vez. Quizá cuarenta.

Algunos fruncieron forzadamente la frente. No eran cosas familiares el futuro ni los números.

Oue... ¿Dónde había escuchado ella ese nombre? Amely se puso a cavilar; la respuesta la tenía muy cerquita, ante sus ojos.

Casi se echa a gritar cuando una mano le agarró la garganta. Se giró de rodillas y dirigió la mirada a los ojos fulgentes de la cazadora.

—Pero ¿cómo se te ocurre espiar? —dijo Tiacca entre dientes—. ¡Estás ahuyentando a los espíritus!

—Déjame.

—¡No, ahora mismo regresas al campamento conmigo! Si... —Los ojos de Tiacca se dilataron; se apartó. Unos pasos pesados caminaban a través de helechos y hierbas. Soltó a Amely y dio un habilidoso salto hacia atrás. Amely sintió que la agarraban del brazo sin miramientos y tiraban de ella de los pies.

Pytumby la estaba mirando con una sonrisa burlona.

—Tenías que ser tú, por supuesto. Me parece asombroso que Aymaho no te haya colgado todavía de los pies. Yo lo haría en cualquier caso lo más tarde ahora. —Y exclamó por encima del hombro con tal potencia que tuvo que despertar por fuerza a todo el campamento—: ¡Es la mujer del oro en la boca!

—Tráela aquí —fue la réplica de Oa'poja.

Amely iba caminando dando traspiés por detrás de Pytumby. Ruben agitaba la cabeza gacha, cosa que hizo que le subieran los colores al rostro de ella; pero cuando él la miró a los ojos, había también orgullo en su porte. Pytumby la conducía ante todos como a una pieza cobrada: tiraba en alto de su brazo de modo que ella tenía que caminar sobre las puntas de los dedos a pesar de que él, como todos los ava, no era más alto que ella.

—¡Kuñaqaray sai'ya! —El chamán inclinó la cabeza y levantó la vista hacia ella—. ¿Qué tienes que decirnos?

Nada, solo sentí curiosidad, quiso replicar Amely. Entonces fue cuando se le pasó por la mente que Kilian había mencionado la selva de Oue, aquel bosque del norte que iba a servir de sustituto del bosque quemado de Kyhyje. ¿O había sido Felipe da Silva? ¡Cómo resonaba ese nombre ahora en su mente! Y con tanta extrañeza. Se apresuró a dejar a un lado ese recuerdo.

—Los ambue'y están en esa selva a la que queréis ir. Allí recogen el caucho. Y cuando quieren el caucho, lo mejor es no cruzarse en su camino.

Un murmullo de agitación se elevó entre los reunidos.

—Regresemos —exclamó alguien—. La jungla es gigantesca, encontraremos sitios por todas partes en donde poder vivir.

—Nuestra tribu es pequeña; no necesitamos demasiado espacio.

Los demás secundaron con ahínco esta propuesta. Cuando se hizo el silencio, se levantó Ruben.

—Nuestra tribu no debe acercarse a ellos de ninguna de las maneras. Nos matarían a todos nosotros y secuestrarían a nuestras mujeres. Kuñaqaray sai'ya está diciendo la verdad, su avidez de caucho es infinitamente grande.

—¿Qué, por el gran Tupán, quieren hacer con él? ¿Hacer impermeables las cerbatanas?

Ruben hizo un gesto de enojo con la mano cortándole la palabra a Pytumby.

—Si queremos sentirnos completamente a salvo, tendríamos que encontrar un lugar en el que no crezca ningún *árbol que llora* por los alrededores. Pero esto es imposible. Así pues, ¿qué va a ser de nosotros en el futuro?

—Este es el mundo de los espíritus —murmuró Oa'poja, y todos asintieron con la cabeza.

—¿Vamos a apartarnos siempre de su camino, una y otra vez, hasta que un buen día ya no haya un sitio al que podamos ir los ava? Una vez me enviasteis al mundo de los espíritus de la mañana, y solo gracias a eso nos enteramos del peligro que corríamos. Tenemos que ser igual de valientes otra vez.

—¿Qué quieres hacer entonces? —preguntó Amely con el corazón en un puño. Cien ojos se concentraron en ella, en parte con gesto despectivo, en parte con curiosidad.

Con gesto meditabundo se frotó una oreja adornada con agujas de hueso.

—Eso lo sabré tal vez cuando esté allí. Pero tengo que ir allí, tengo que ver qué hacen.

—Estás loco —le interrumpió en el acto uno de los hombres.

—Como siempre —corroboró Pytumby, que seguía sujetando fuertemente a Amely—. Pero yo también voy.

—Y yo lo mismo. —Ku'asa se puso en pie.

Otros hombres se levantaron y Amely llegó a contar hasta doce.

Entonces Oa'poja se apresuró a levantar su brazo.

—No podemos privarnos de más. Traed epena, convocad con vuestras varas a los dioses y espíritus para que os asistan. Partiréis mañana. Llevaos con vosotros a esta mujer.

Amely se quedó mirando horrorizada a Ruben. ¿No sabía en verdad lo que les aguardaba en aquella selva? No, no podía saberlo. Tal vez ni se acordaba de lo que era un ferrocarril.

7

En los recuerdos de ella, una locomotora era un vehículo bonito que infundía respeto y prometía velocidad y futuro. De niña le gustaba observar los trenes que entraban en la estación tapándose los oídos con un estremecimiento agradable, y se encogía de hombros cuando la locomotora entraba produciendo grandes estruendos y largos silbidos y expeliendo chorros de vapor entre las piernas de los que esperaban. Se imaginaba adónde se dirigían aquellas gentes, las damas que se las tenían con sus abrigos de piel cuando subían los peldaños, y los caballeros con sus bastones relucientes que se esforzaban torpemente por ayudarlas. Se acordaba también de los jóvenes repartidores de periódicos, de cómo iban a toda prisa a lo largo de los andenes entregando por las ventanas de los trenes los periódicos más dispares; de los revisores con el uniforme brillante de gala; de los vendedores con uvas y manzanas expuestas en las bandejas que apoyaban sobre el estómago y que colgaban de sus cuellos; de músicos que tocaban un organillo ataviados con un frac; de las familias que saltaban con alegría de aquellos bancos de hierro colado siempre fríos y saludaban a los recién llegados.

Una locomotora en mitad de una fea vereda como una herida abierta en la jungla no era nada bonito. Era un monstruo grotesco.

—Vantu... —murmuró Pytumby a su lado agitando la cabeza. Vantu, como el ser más terrible en la imaginación de los yayasacu, no hacía justicia a aquella visión. Los demás hombres —y Tiacca— permanecieron en silencio. A Amely le pareció una eternidad el tiempo que pasaron inmóviles, escondidos entre los matorrales. Por la mañana habían bajado con las canoas restantes por el río Blanco, no muy lejos de un puerto. Y, ocultos en la selva, habían seguido aquella espantosa vereda.

La vía iba en línea prácticamente recta por encima de corrientes de agua drenadas y de terraplenes, como si Kilian quisiera demostrar que él no se sometía a nada ni a nadie, ni tampoco al paisaje. Aquella zona de caucho estaba todavía sin explotar. Tan solo se hallaban sobre la vía la locomotora con el ténder, a unos pocos metros del final de la vía, sobre un lecho de ramas y barro. Algunas docenas de trabajadores se afanaban por alargar el dique.

—¡Por todos los espíritus! Di, mujer ¿qué andan haciendo ahí? —preguntó Ku'asa sacudiendo el hombro de Amely.

¿De qué manera se podía explicar qué era ese vehículo a alguien que ni tan siquiera conocía la rueda?

—Están haciendo un camino para eso... —No le vino a la mente ninguna palabra equivalente en el idioma indio para *monstruo*—. Recogerá el caucho de la selva y lo llevará hasta el río.

—Tiene que estar equivocada —murmuró Pytumby a quien tenía al otro costado—. Ninguna persona ni ningún Dios, ni tampoco ningún ambue'y tiraría abajo los árboles de la selva para recolectar caucho.

—Pero mirad, esos animales —susurró Tiacca—. ¿Son los *caballos* de las leyendas?

—Sí, de alguna manera así es —dijo Amely. Solo eran mulos que estaban parados delante de varios carros de los cuales los hombres descargaban con gran esfuerzo las traviesas apilándolas ordenadamente.

—¿Y esos hombres de allí? Se han untado por completo con genipa. ¿Para qué?

—Son así. Son negros.

También vio a chinos, y naturalmente a brasileños también. Docenas de hombres estaban trabajando en el lecho de la vía, haciendo continuas mediciones y apisonando la tierra. Otros llevaban montañas de ramas y de pedazos de barro en el carro desde la linde de la selva profanada, y los descargaban en la obra. Se oían chillidos, cánticos, y desde algún lado llegaba también el detestable sonido del látigo.

—Tenemos que consultar a los espíritus —dijo Taniema—. De noche, cuando los *otros* y sus seres duerman, los convocaremos.

Había ido a esta expedición en calidad de chamán más joven y fuerte. Y con frecuencia, durante la travesía, había conseguido aliviar las preocupaciones de sus hermanos de tribu con danzas y cánticos. Pero, ahora, su rostro liso era como el de un niño que está ante algo que no tiene explicación. Por primera vez desde hacía mucho tiempo, Amely sintió que en su interior borbotaba de nuevo su enfado por la omnipotencia de los espíritus.

Ella oyó cómo Ruben se arrastraba a unos pasos por detrás de ella.

—¡Mirad eso!

Todos le siguieron agachados por entre la maleza. Los hombres proferían maldiciones desagradables. Amely se debatía por encima de raíces que le llegaban hasta las rodillas y apartaba a un lado las hojas de los bananeros. Más allá de la vereda rectilínea había hombres metidos en un canal hasta los muslos con palas, al parecer intentando desviar las aguas de un arroyo molesto. Estaban sucios, untados todos con los desechos de aquel lodazal. Al borde de la zanja iban pavoneándose los vigilantes. Eran los que hacían restallar los látigos. Y quienes estaban trabajando a brazo partido y temblándoles los músculos eran todos ava.

Uno yacía boca abajo en la tierra, con la cara completamente sumergida en el barro. No se movía.

Amely creyó percibir casi en la piel el horror de los yayasacu.

—Tenemos que convocar a todos los dioses y espíritus esta noche —dijo Ruben en un tono sombrío—. Y luego...

Un silbido estrepitoso hizo que todos se sobresaltaran. Procedía de la locomotora. Llegaron más hombres salidos de una hilera de tiendas de campaña que bordeaban el dique. Desplazaron sus cabañas para protegerlas de la solana, se afanaron por acudir al lecho de la vía cuyo final causaba el efecto de algo que se deshilacha. Los trabajadores se apresuraron a retirarse y aprovecharon la pausa para vaciar las botas de piel y las calabazas en las bocas abiertas con avidez y sobre sus cabezas sudorosas. Un hombre subió al terraplén, se despatarró frente al limpiavías de metal e hizo una señal al maquinista. La locomotora retumbó con un sonido sordo; unas nubes blancas de vapor salieron silbando por la chimenea. El monstruo iba avanzando metro a metro hacia él. Los demás se habían repartido a ambos lados y examinaban el tramo, envueltos en el vapor expelido. El hombre caminaba hacia atrás por la vía como si resultaba impensable que fuera a tropezar.

Amely no le vio el rostro, pero lo reconoció sin dificultad. Felipe da Silva Júnior.

Felipe, el que me engañó. Felipe, el que disparó a Ruben. Se rodeó el cuerpo con los brazos. *Felipe, el que me besó.*

Le pareció que se abría el suelo bajo sus pies y comenzaba una caída interminable hacia abajo, de vuelta al pasado. Se le levantó el estómago. Estaba efectivamente a punto de caer, pero Ruben la agarró fuertemente.

—¿Qué te pasa?

—Nada —dijo ella con un sonido gutural—. Estoy asustada... igual de asustada que todos vosotros.

—Ven. —Se la llevó hacia atrás, en dirección a la selva protectora.

Ella caminaba pesadamente a su lado; los demás iban detrás. Cuando se creyeron a salvo, se sentaron unos al lado de los otros sobre la tierra. Se impuso un silencio oprimente. Allí, entre la vegetación, no era tan fuerte el estruendo de la locomotora; no obstante, los cazadores se estremecían una y otra vez cuando les llegaban desde allá sus sonidos atronadores y sus zumbidos.

—Mujer —dijo Taniema dirigiéndose a Amely—, ¿puedes decirnos qué hará el ser negro cuando ataquemos esta noche?

—Nada, absolutamente nada.

—¿Nada? —resopló Pytumby incrédulo. Se le notaba con claridad que quería salir de la espesura a toda prisa con el arco tensado. Con lo perplejos que estaban, sus extremidades no temblaban tanto por temor como por indignación.

—No, nada, pero no podéis vencer a esas personas. ¿No os basta con liberar a los ava prisioneros?

—¡Todos los ambue'y deben morir! —dijo Ku'asa cerrando el puño ante su cara.

Ruben alzó la mano.

—Ella tiene razón. Propongo que nos acerquemos sigilosamente en la oscuridad. Eso no resulta demasiado peligroso, pues los sentidos de los *otros* son de noche como los niños recién nacidos.

—¡Entonces sí podemos matarlos!

—¡No! Ingenian todo tipo de enseres para equilibrar sus puntos débiles. Hay vigilantes, poseen también luz y armas peligrosas. Seremos silenciosos y rápidos, como las hormigas. Y solo liberaremos a los prisioneros.

—¿Y luego?

—Luego seremos cuatro veces más en número; nos retiraremos y volveremos a deliberar. Y ahora descansemos un poco y comamos algo. —Ruben sonrió—. Así es como actúa un hombre razonable, ¿o no?

—Eso es lo que me preocupa —gruñó Pytumby—. Que seas tú quien lo propone.

Comieron frutos y larvas que habían reunido. No gastaron saliva en hablar sobre lo que habían visto. Uno tras otro se tumbaron a dormir. Nadie hacía guardia; su instinto siempre vigilante les avisaría en caso necesario. Amely se sentía de todas las maneras menos cansada. Cerca de allí encontró un pequeño claro que había originado un umbauba caído. Examinó el tronco con atención y se sentó encima. Era un buen sitio para reflexionar, pero en su mente solo había confusión. La visión de aquellas obras había desatado en ella algo diferente que en los hombres. Una desagradable familiaridad, como si su propio pasado hubiera trazado aquella vereda, y como si aquel monstruoso vehículo no hubiera llegado hasta allí debido al caucho sino a ella.

Una mariposa azul se posó cerca de ella. Una *Morpho menelaus*. Ella se quedó completamente quieta. Aquel lindo animalito levantó el vuelo, aleteó delante de su nariz y por encima de su hombro. Amely se giró, pero no la volvió a ver. Cuando volvió a darse la vuelta estaba Ruben frente a ella. Nunca se asustaba cuando era él quien aparecía de esa manera tan inesperada. Ella lo rodeó con sus brazos y apoyó la mejilla en el vientre de él. Él le acariciaba la nuca.

—¿Por qué no duermes? —preguntó ella.

—Porque no tengo intención de luchar.

Ella levantó la cabeza, sorprendida. Eso sonaba bien, demasiado bien para ser verdad. Él se sentó a su lado y puso la mano encima de la de ella.

—Tengo otro plan —dijo en voz baja—. Los demás no deben enterarse de nada de esto. Intentarían impedírmelo. Solo espero que sean lo suficientemente sensatos para no atacar después de haber visto lo que ocurre.

—¡Por Dios, Ruben! ¿Y entonces qué?

—Iré hasta los ambue'y y les diré quién soy. Esos hombres trabajan para mi padre, ¿no es así?

—Sí.

—Tú les confirmarás que lo soy. Les ordeno que liberen a los prisioneros. El... Ese... —Luchaba por encontrar las palabras, pero esos procesos le resultaban demasiado extraños. Señaló en dirección a las obras—. Que dejen de hacer eso que están haciendo seguramente no podré ordenárselo. Para ello tengo que ejercer primero alguna influencia sobre mi padre, que presumiblemente no estará por aquí. Así pues tendré que ir contigo a la gran ciudad.

—Pero, Ruben...

—Tengo claro que quizá pierda lo que me convierte en un yayasacu. —Los dedos de él apretaron fuertemente los de ella hasta hacerle daño—. Pero estoy dispuesto a correr ese riesgo.

¡Por los cielos! ¿Qué cosas estaba diciendo? Su ingenuidad la horrorizaba.

—¡Ruben! No puedes salir simplemente así de la selva y decir quién eres. ¡Pero mírate! ¿Quién se va a creer eso?

—Tú se lo dirás.

—¿Y quién me va a creer *a mí*?

Sí, hay uno que lo haría, pensó ella. Pero esa persona no se alegraría precisamente de la aparición con vida de un tal Ruben Wittstock. Agarró los dedos de él con las dos manos y los frotó agitadamente.

—Y aunque fuera así: Kilian no te escuchará jamás.

—¿Por qué? Un hombre que no es estúpido presta atención a los deseos razonables de su hijo. Yo ya no soy el chico al que pegaba. Soy un hombre y un guerrero. Él se dará cuenta de tal cosa.

—Piensas como un ava. Precisamente eso es lo que hace tan peligroso lo que pretendes llevar a cabo. —Quería tirarse del cabello ante tanta incomprensión. ¡Él no conocía ya a Kilian! No sabía que su padre había enterrado su recuerdo de él en una tumba vacía. ¿Cómo reaccionaría Kilian si apareciera su hijo ante él? Se emborracharía un montón de días; y no era capaz de imaginarse lo que haría después. Que estrechara entre sus brazos a Ruben era tan solo la mejor de muchas otras reacciones posibles. Pero de ahí a escuchar a Ruben... No, jamás.

Y además estaba Felipe. Había disparado a Ruben. Tal vez no lo reconoció en aquel entonces a orillas del igarapé do Taruma-Açú. Pero lo veía capaz de repetir el intento. Oh, se acordaba demasiado bien de las palabras que empleó con todo su ímpetu durante la travesía en canoa por el puerto de Manaos: *¡Traicionar la confianza de Wittstock sería lo último que haría! ¡Yo mataría por él!*

Y con toda seguridad mataría para su propio provecho.

—¡Amely! —Ruben agarró la cabeza de ella con su acostumbrada energía—. ¿Qué pensamientos te atormentan? Estás pálida, como si hubieras visto a Chullachaqui.

¡No vayas, por favor, no vayas!, quería implorarle ella. Él la atrajo hacia sí y acomodó la cabeza de ella en su hombro.

—Sabes tan pocas cosas —le susurró al oído. Al oído dañado, en el que no lo oiría—. Te he contado tan pocas cosas... Que Gero murió. Tu madre... Fui tan cobarde. Pero yo no debería haberte dicho nada en absoluto, ni quién eras, por ejemplo.

Ella lloró en silencio hasta que se cansó. Entonces se desprendió de él y le miró a la cara. Él le acarició la mejilla acalorada.

—Todo está tan embrollado —dijo ella en un tono apagado. Una mancha azul aleteó en la comisura de su ojo y otra vez volvió a desaparecer—. ¿Te acuerdas de la *Morpho menelaus* metida en el cristal? La miras y te piensas que está viva, pero en realidad está muerta. Y si no lo estuviera, sí estaría condenada a la inmovilidad. Así es exactamente como me siento: atrapada en todas las dificultades. No tengo consejos, pero prométeme, por favor, por favor, que no vas a hacer eso.

Lo creyó capaz de desprenderse ahora de ella, convertirse en un halcón salvaje e irse a toda velocidad de allí. Sus músculos se tensaron; su semblante se endureció. Abrió la boca como si fuera a gritar, pero tan solo dijo con una entonación gutural:

—Hablemos esta noche otra vez de esto con los hombres.

Ella suspiró para sus adentros. De aquello no saldría nada sensato.

¡Todo por culpa de ese caucho de mierda!

Él se puso en pie y dió algunos pasos por entre la maleza. Sacudió una rama carcomida hasta que la tuvo en sus manos. Sus pasos siguientes fueron silenciosos.

Caucho... La palabra suscitaba en ella algo tan difícilmente comprensible como todo lo que procedía de su antigua vida. Se mesó los cabellos. En el mundo mágico de la selva virgen, el pasado había sido creado efectivamente por los espíritus.

Igual que una planta enredadera tenía que estirarse desde las profundidades de la tierra. Entonces fue cuando le vino un pensamiento. No se trataba más que de un destello de esperanza.

Pero es la única esperanza.

—Ruben, ¿qué estás haciendo ahí?

Él estaba a punto de escalar por el tronco de una acacia. Se acuclilló en una rama oblicua y le hizo señas a Amely para que subiera. Tal como lo estaba mirando ella hacia arriba le recordaba verdaderamente la figura de un halcón que fuera a echar a volar de un momento a otro.

—Ruben, deja en mis manos todo este asunto. Tal vez conozca yo una manera de ponerle coto a Kilian. Vosotros liberáis solamente a los ava y os vais de aquí.

—¿Es Yacurona quien habla?

—Soy yo.

—¿Qué es lo que quieres hacer?

—Regresar a la casa de tu padre.

—¿A casa de quien te ha encerrado en cristal? Mira acá, Amely.

Él extendió un brazo hacia el follaje. Se estiró con precaución, sin ponerse en pie. Así permaneció un buen rato inmóvil, con el dedo de la otra mano delante de la boca para que Amely no se moviera. De una manera completamente inesperada sacudió una rama oculta. Unas manchas luminosas de color azul claro surgieron de allí remolineando, como rociadas por un pincel. Docenas, no, centenares de mariposas azules, algunas tan grandes como la mano de ella abierta, se echaron a volar en dirección a la luz. Revoloteaban alrededor de él. Se posaban sobre sus hombros y en su pelo. En ese instante él le pareció uno de aquellos seres míticos de la selva virgen. Y si antes había albergado alguna duda sobre si su decisión era la correcta, ahora estaba completamente segura. *Él no debe regresar.*

La bandada pasó revoloteando por encima de ella hacia la luz del sol. Se giró para mirar cómo volaban deslumbradas dando tumbos.

Ruben la embistió como un animal depredador. La mano de él le tapó la boca mientras la otra la agarraba del talle. Debería haberse asustado, pero lo único que hizo fue arrodillarse y entregarse de buena gana. Ese cálido éxtasis que había aprendido a adorar se expandió por su cuerpo envolviéndola por completo. Ella era también un animal de la selva y sentía como algo natural que todo en ella anhelara a Ruben. Disfrutó de cada segundo sabiendo muy bien que enseguida, sí, enseguida se acabaría por mucho tiempo. Él derramó su aliento en la nuca de ella y se derramó también en el cuerpo de ella. Él acabó bramando, le dio la vuelta a ella y se tumbó, agotado, encima.

Unos mechones de cabello rubio le acariciaban la piel. La pluma de tucán, de color negro azulado, que colgaba del collar de plumas de él le cosquilleaba en la barbilla. Ella se lo quedó mirando, a él, a ese ser hermoso y salvaje. En su mirada vio el mismo dolor que ella estaba sintiendo.

Ella alargó el brazo hacia los tupidos mechones de pelo que él mantenía sujetos detrás de las orejas adornadas con huesos. Él levantó las manos como queriendo zafarse, pero le agarró la cabeza y estampó sus labios sobre los de ella. Sus dientes se le clavaron dentro; sus dedos perforaban en su piel. Ella hizo lo mismo, como si los dos quisieran aprovechar el dolor para conservar el recuerdo de las mutuas caricias. Incluso las lágrimas de los dos le parecieron ardientes.

—Dile que vivo. —Él se incorporó y tiró de ella para ponerla también en pie—. Pero si quiere reconciliarse conmigo, primero tiene que venir a verme a mi casa. Que venga a verme en la selva tal como soy.

Ella asintió con la cabeza. Sintió un mareo. No, un malestar. Tuvo que sostenerse en Ruben. Su decisión vacilaba igual que ella misma.

—Sonríe —dijo él—. Haz que brille tu oro.

—¡Ay, Ruben!

—¿Cuándo volveremos a vernos? ¿Y dónde?

—No lo sé.

—Eres Yacurona. Puedes ir a buscar a quien tú desees. Así que llámame y los espíritus de la selva me lo harán saber.

Ella suspiró. ¿Qué podía replicar ella a aquello? Así que se limitó a asentir con la cabeza.

—Che hayihu, Amely.

—Sí —dijo ella—. Yo también te quiero. Y eso no cambiará nunca.

Se apartó de él y se fue caminando en dirección a las obras.

La selva significaba peligro, pero también protección. Rebasar la linde, poner el pie en aquel suelo profanado, en la grieta de la vereda del ferrocarril, requería un esfuerzo enorme. Todo en ella clamaba para que se volviera atrás corriendo. Ordenó a sus pies que continuaran. Miraba tercamente hacia delante, sin prestar atención a los hombres que dejaban de realizar sus trabajos y se la quedaban mirando como a un fenómeno celeste, ni a la locomotora silenciosa sobre su lecho de balasto. No fue sino en ese momento, al sentir en ella las miradas indisimuladas de todos aquellos hombres repugnantes, cuando se dio cuenta Amely de cómo iba vestida. Lo que a los ojos de los yayasacu era algo decente, resultaba desvergonzado en los de los *otros*. Cualquier prostituta de las esquinas más rastreras de los callejones más miserables de Manaos llevaba más ropa encima que ella. ¡Si aquello llegaba a oídos de Kilian, se pondría hecho una fiera!

Se enfadó extraordinariamente consigo misma. *Apenas regresas a la civilización —y sin estar todavía en ella—, ¿y te vuelves pequeña y sientes miedo por todo?*

Se subió al terraplén con los hombros tensos y la cabeza bien alta. Y se dirigió a Felipe, quien tenía una mano en la cadera y con la otra se enjugaba el sudor de la cara mientras la miraba fijamente. Si antes había detestado encontrárselo allí, ahora se alegraba de su presencia. ¿Quién si no iba a dar crédito a sus palabras? Sus brazos se contrajeron queriendo cernirse sobre los pechos cubiertos únicamente con los jirones de su viejo camisón. Se obligó a sí misma a adoptar una actitud altanera cuando se detuvo frente a él.

—Buenos días, *senhor* Da Silva —dijo ella toda tiesa tendiéndole la mano.

Él se la tomó y le hizo una reverencia.

—Buenos días, *senhora* Wittstock —replicó con una voz no muy segura. Un murmullo confuso recorrió las hileras de los hombres—. ¿Cómo puede ser...? —comenzó a decir para volver a callar. No era nada corriente que a un hombre como él le faltaran las palabras. Su mirada brillante resbaló hacia abajo por el cuerpo de ella; se obligó a levantarla de nuevo.

Amely se desprendió de la mano de él.

—¿Tiene usted alguna manta por casualidad? —le rogó con torpeza.

Él exclamó la orden a sus espaldas con un tono no menos nervioso. Un negro gigantesco se metió a toda prisa en una de las cabañas y regresó con un pedazo de lona que le tendió guardando las debidas distancias. Amely se envolvió en aquella tela llena de manchas y no se sintió mejor de ninguna de las maneras. Se le quedaron pegadas a la garganta las palabras para indicar que quería ir a Manaos. Sabía que acabaría perdiendo la compostura si las pronunciaba.

También aquí acudió en su auxilio Felipe.

—Yo la llevo a casa, *senhora* Wittstock.

—Gracias —dijo ella con voz ahogada. *A casa*. Sonaba muy falso.

Ruben quitó las hojas de palmera que envolvían el arma. Revólver. Esa era la palabra correcta. Pero ¿cómo se usaba? Sus dedos se deslizaron por el metal frío intentando palpar el espíritu que contenía. Fue acordándose poco a poco. Se lo había enseñado su padre, igual que un hombre de los yayasacu enseñaba tempranamente a sus hijos el uso de las armas. Abrió el barrilete, examinó el emplazamiento de los cartuchos y volvió a cerrar el revólver. El arma había sobrevivido a la tempestad en el estuche del instrumento de Amely; sin embargo, solo encontró dos cartuchos. Bueno, él no quería verse obligado a utilizarlos; al fin y al cabo siempre había salido bien librado usando su cerbatana y su arco. Pero Amely se la había llevado consigo a la selva y él la descubrió a ella entonces... No se puede pasar por alto un guiño semejante de los dioses.

Se la llevó al encordonado de su cintura por encima de sus nalgas. A continuación fue a agarrar como de costumbre la cerbatana que dejaba a un lado. Sus dedos tocaron la vieja herida de bala. En ese lugar le palpitaba la carne y le deparaba dolores y acaloramiento. Un espíritu del tabaco podría ayudar, pero él no llevaba tabaco consigo. Tal vez debería haberle pedido a Amely que le cantara al menos por encima de la herida, pues el violín se había echado a perder; pero ella no le daba ninguna importancia a esas cosas y él no quiso que ella se quedara preocupada.

Ahora se había despertado el espíritu en la herida. Y de pronto le amartillaba también su espíritu del ruido con tal ímpetu que Ruben comenzó a golpearse las sienes. Le pareció que los dioses querían exhortarle para que luchara finalmente.

Había querido matar a la reina de las hormigas y luego... luego no emprendió ninguna otra acción. ¿Por qué no? ¿Verdaderamente porque Amely le había disuadido de tal cosa? ¿O Rendapu? Poco tiempo después de regresar, el cacique había hablado con él:

—Te enviamos al mundo de los *otros* para pararlos, pero tú no fuiste capaz. No podemos influir en el mundo de los espíritus del futuro, eso lo he entendido ahora. También el jaguar caza únicamente cuando tiene hambre o cuando sus crías están amenazadas. Tampoco lucha el árbol porque un ficus trepador se le haya instalado encima; sigue creciendo día tras día y no teme a la muerte que le amenaza. Nosotros nos preocupamos cuando la cosecha es mala o porque el embarazo de una mujer no transcurre bien. Más preocupaciones no deberíamos exigir nunca de una persona. Así que ninguno de los nuestros volverá a ir donde los *otros*. Esperaremos hasta que vengan ellos.

Y él, Ruben, se había alegrado por estas palabras, que retiraban aquella pesada carga de sus hombros. ¿Qué debía hacer ya que Wittstock no ocupaba de ningún modo el rango superior en el termitero, como había dicho Diego? Siempre se había dicho a sí mismo que permanecería de brazos cruzados por Amely. El padre de él la había convertido en una mujer tímida que tenía miedo hasta de su propia sombra; debía olvidar a esa persona.

Pero tal vez aquello era solo una verdad a medias. *Tal vez tan solo quiso recordarme el espíritu del ruido el lugar del que procedo. Y cuando lo hice, quise olvidarlo de nuevo inmediatamente.*

Volvió a darse golpes en la cabeza, esta vez enrabietado

consigo mismo. ¡Desde un buen comienzo ella había sido más lista que él! ¡Cómo había insistido ella en que él se acordara, y en que regresara a la casa de Wittstock! ¡Qué aliviado se sintió él cuando ella dejó de recordárselo...! *Aymaho kuarahy, el halcón, el loco, que no solo no se sustrae a un desafío, sino que lo busca incluso; ¡ja!, ¡qué mentira más gorda! Fui un loco al no hacer nada.*

Agitó la cabeza para hacer callar al espíritu. *¡Basta ya con estas cosas! Es la hora de la caza.*

Por fin, por fin se retiraba el espíritu del ruido a sus profundidades. Ruben se deslizó rápidamente a través de la maleza en un silencio prácticamente total y se dirigió al lugar de reunión donde esperaban Tiacca y los hombres. Se untaron los cuerpos con las últimas existencias de genipa que llevaban consigo para hacerse lo más invisibles posible en la noche. Una última súplica a los espíritus y se pusieron de camino hacia la vereda del ferrocarril. Había mucha claridad, no solo porque la anaconda del cielo iluminaba sin trabas por encima de las obras, sino también debido a las muchas farolas pequeñas que los ambue'y dejaban prendidas mientras dormían, como si tuvieran miedo de la noche.

Los prisioneros dormían allí donde habían estado trabajando. En aquel lugar reinaba la oscuridad. ¿Por qué razón no se levantaban si no para luchar, sí al menos para huir? ¿Los tenía sujetos alguna magia a ese lugar?

Ruben se detuvo, dirigió la vista en todas direcciones. Si existía una magia semejante, podría pasar hasta él y los yayasacu nada más poner un pie en la herida pelada de la selva.

—¿Qué sucede? —preguntó Ku'asa con manifiesta impaciencia.

Ruben titubeó.

—Nada —dijo a continuación—. Venid.

Se apresuraron a avanzar agachados hasta el terraplén y se tumbaron a su abrigo.

—Kuñaqaray sai'ya ha dicho la verdad, Aymaho —susurró Pytumby. Igual que todos los demás despreciaba el verdadero nombre de Ruben—. El monstruo duerme por la noche. Pero ¿no despertará cuando huela nuestra presencia?

—No hará nada. No le prestéis atención.

—Concentraos únicamente en los hombres —corroboró Tiacca. Los ojos de la cazadora refulgían a la luz de las farolas. Llevaba escrito en el rostro sus ganas de luchar. Más aún: el triunfo de que Amely se hubiera marchado y de que ella permenecía allí. Y de un momento a otro desapareció pasando por encima del terraplén. Como una sombra negra, amenazadora como el mismo Chullachaqui, se dirigió corriendo al campamento noctuno de los prisioneros con la cerbatana en alto.

Ruben la siguió a continuación. Los demás les cubrían las espaldas. Alcanzó con rapidez a Tiacca, que ya se agachaba como un puma cazador a tan solo unos pocos pasos de los ava. Los hombres dormían como si estuvieran muertos, exhaustos por las palizas. Ruben se acuclilló al lado de Tiacca. Tenían que acertar bien en la elección del primero al que iban a cortar las ataduras; ese hombre no debía asustarse y delatarlos sin querer. Ruben se fue reptando hasta uno que dormía sentado, apoyado contra el tronco de un árbol. Cuando tocó su hombro, el prisionero se levantó de un salto. Dentro de lo que cabía ver en aquella penumbra, su mirada daba la impresión de ser inteligente. Ruben agarró las ataduras que tenía en torno a los pies para levantarlas y darle a entender que se las iba a cortar.

Sin embargo, sus dedos no agarraron ninguna cuerda, sino un duro metal.

Dejó de nuevo en el suelo la cadena de hierro en silencio y palpó el pie de uno de los durmientes. Entre los dedos notó una cicatriz abombada, como la marca de fuego que se hace al ganado. Al parecer, todos los ava estaban sujetos a esa cadena, y esta daba la vuelta al tronco del árbol.

Tiacca se acercó a él de rodillas.

—¿Qué pasa? —dijo en un susurro.

—Tengo que pensar.

Le resultaba difícil. Guardaba un espíritu del recuerdo muy confuso sobre esas cadenas de hierro, pero sabía que había algo con lo que se abrían y cerraban las cosas. Se esforzó por recordar la palabra.

—¿Llave? —No, no la palabra alemana...

Pero el ava la entendió; señaló con el dedo hacia una tienda de campaña pequeña que estaba cerca. Ruben hizo una seña a Tiacca para que esperara y avanzó a hurtadillas por detrás de la tienda, donde no alcanzaba ninguna luz. Se tumbó en el suelo, levantó la lona un palmo y cuando se sintió seguro rodó dando una vuelta y se introdujo en la tienda. Un instante después estaba de nuevo de pie con la navaja en la garganta de un ambue'y que roncaba.

Deseó tener ahora enfrente a aquel que había recibido a Amely y que se había marchado con ella en un carro en la dirección del río. Ahora no dudaría un instante en matarlo.

Amely... Cada uno de los pasos que la alejaban de él había conmovido a su corazón. Y había aumentado su orgullo por ella. Valiente como Yacurona, se había puesto ante el *otro*. Hermosa como Yacurona, con su cabello oscuro de reflejos rojizos que le caía sobre los hombros, mucho más largo que el de las demás mujeres y siempre, como de costumbre, con hojas e insectos atrapados en él, ya que no era tan liso como el de las mujeres ava.

Y Ruben, a pesar del espíritu palpitante en su cintura, había estado dando tumbos durante medio día por el bosque porque no sabía qué hacer con su deseo apremiante de luchar contra los intrusos.

La punta de la navaja presionaba en la piel. Transcurrieron algunos instantes. Entonces apartó la mano del cuello del hombre y miró a su alrededor. Una lamparilla apestosa que colgaba del tejado de la tienda (le vino a la mente una palabra extraña: petróleo) iluminaba cajas llenas de calabazas para beber y de vasijas de arcilla y dos armas de hierro. Fusiles. ¿No había disparado en aquel entonces con uno igual a los pecaríss? Pensó si llevarse uno, pero rechazó la idea porque le pareció más difícil de manejar que el revólver. No se veía la llave por ningún lado. Así que retiró la manta que el *otro* se había echado por encima a pesar del calor que hacía; y allí estaba la llave, balanceándose en la pretina del pantalón. Con un corte rápido se hizo con ella y se llegó corriendo a la pared de la tienda.

Afuera resonó un chillido.

El ambue'y se levantó de un salto del catre. Al instante se le echó encima Ruben. Un rápido movimiento de la mano; un corte se dibujó, oblicuo, por el cuello del hombre. La sangre brotó del cuello a chorro formando un arco. El *otro* se desplomó hacia atrás y murió pataleando.

Ruben no se molestó en desandar el mismo camino complicado que había realizado para entrar. Con dos rápidos cortes en la lona se procuró una abertura. Agarró el arco de la espalda y colocó una flecha al tiempo que salía al exterior. Algunos ava se hallaban de pie y tiraban de sus cadenas de hierro; el ruido de las cadenas era casi tan fuerte como el griterío. Sonaba como si se hubieran vuelto locos por su miserable situación. Aquel al que había despertado Ruben daba golpes a diestro y siniestro. No podía distinguirse si él mismo había caído víctima de aquella locura colectiva o si trataba de tranquilizar a los demás. Tiacca apareció por detrás de él como un espíritu negro. La flecha de ella le atravesó la cabeza.

Tres hombres se acercaban a zancadas con los fusiles en alto. Pasaron corriendo al lado de Ruben sin percatarse de su presencia. Los ambue'y solo eran capaces de concentrar sus sentidos en una cosa. Ruben dio un rodeo por detrás de ellos y puso rumbo al campamento de los prisioneros. Todavía no habían descubierto a sus hermanos de tribu, todavía no había nada perdido. Él tenía la llave. Solo tenían que retroceder y esperar a que todo se hubiera calmado.

¡Tiacca! ¡No!

Ella había colocado una nueva flecha. Y estaba apuntando a los *otros*.

La flecha silbó en el aire con sonido funesto. Un sonido sordo como el de un hacha al clavarse en una rama, y el hombre detuvo en seco su carrera. Agarró el astil que le salía del cuello, y cayó de espaldas. Ruben tensó el arco. Su flecha se clavaba tan solo un instante después en el cuello del segundo hombre, pero no había tiempo para acertar en el tercero. Este se dio la vuelta sobre sus talones, comenzó a gritar y disparó al aire.

—¡De vuelta a la selva! —gritó Ruben.

Estaba al lado de Tiacca; le golpeó en el hombro para que obedeciera. Ella se dio la vuelta con un gruñido. Sus dientes destellaban en la penumbra como las presas de un depredador agresivo.

—¡Vamos a luchar! —exclamó ella con voz gutural—. ¡Vamos a matarlos a todos!

No había tiempo para preocuparse por ella. Corrió hacia uno de los ava que no estaba de pie como los otros tirando de sus cadenas, sino que estaba apoyado tranquilamente en el tronco de un árbol y que no se movió cuando Ruben fue palpando en busca de la cerradura. Quería devolver a la libertad al menos a unos cuantos.

—¡Huye o ayúdanos! —exhortó al hombre mientras agarraba las cadenas del siguiente. Por detrás de él un disparo. Se dio la vuelta sobre sus talones y vio a Pytumby que dejaba caer el arco al suelo y se sostenía el brazo.

Ruben se puso en pie de un salto y colocó una flecha en su arco. Se disponía a disparar al ambue'y que volvía a dirigir su escopeta hacia Pytumby. Al tensar el arco, sintió un dolor punzante en la vieja herida de su cadera. Su disparo fue débil y tembloroso. Su flecha no pudo impedir que el hombre disparara una segunda vez; el robusto cuerpo de Pytumby sufrió una sacudida. La bala siguiente pasó silbando por encima de la cabeza de Ruben. Acto seguido el atacante yacía en el suelo asaeteado por los dardos de las cerbatanas.

No había tiempo para asistir a Pytumby en su muerte. De pronto todos los ambue'y estaban en pie corriendo y disparando a ciegas. En torno a Ruben vociferaban y gemían los moribundos. Ku'asa pasó a su lado al ataque con el hacha de caza en alto. También él murió en aquella lluvia de balas. Un cartucho golpeó en el hombro de Ruben. Unas manos lo agarraron y lo tiraron al suelo; otras comenzaron a golpearle; y otras más le quitaron la llave. Una parte de él permanecía en sosiego persuadiéndole de permanecer tumbado en el suelo si quería seguir vivo. Otra parte de él lo apremiaba a la lucha, quería levantarlo de allí, sentir nuevos impactos. Un hombre imploraba que se acabara aquella matanza. En algún lugar había otro llorando a moco tendido como un niño. Y por el rabillo del ojo, mientras alguien caía abatido encima de él, vio que un ava molía a golpes a otro ava. *Debería haber imaginado que estas cosas suceden*, pensó sobriamente mientras intentaba arrastrarse por debajo del atacante. *He oído sus historias y he visto cómo perdieron su alma estas gentes.*

Era un ava quien estaba encima de él estrangulándole. Ruben giró la mano hacia atrás, consiguió asir el revólver y lo puso en la sien de aquel hombre. Los movimientos de la mano que había ensayado anteriormente le resultaron ahora difíciles: amartillar, apretar el gatillo. La cabeza tembló como golpeada por un hacha.

El siguiente extendió la mano hacia él. Ruben encajó el cañón debajo de la barbilla del hombre que se inclinaba sobre él. Se quedó mirando en los ojos atemorizados del joven chamán.

El disparo que abatió a Taniema no vino de él. Un ambue'y pisó con la bota la espalda de Taniema como si quisiera subirse encima de él. El cañón recalentado de la escopeta golpeó en la mejilla de Ruben.

—¿De dónde has sacado esta pipa? Dámela; una bestia estúpida como tú no sabe ni qué hacer con ella.

Aquel lenguaje no era el que le había enseñado Amely. Ruben lo había escuchado cuando estuvo en la ciudad, y creyó acordarse de que la mayoría de las personas de la hacienda de su padre hablaban entre ellos igual que ese hombre. En vano trató de encontrar la palabra brasileña para «vete al infierno». Extendió el brazo en alto; su revólver apuntaba al corazón del hombre. Le daba lo mismo si el otro replicaba a tiempo a su disparo.

El *otro* gimió y se llevó la mano a la nuca. De esta manera reaccionaban las personas a quienes han disparado el dardo de una cerbatana por la espalda. De su boca brotaron unos espumarajos. Sus ojos se quebraron; se inclinó lentamente hacia delante como un árbol talado. Con el resto de sus fuerzas empujó el cadáver de Taniema antes de caer encajado entre otros dos hombres muertos.

—¿Qué te sucede, Aymaho kuarahy? —le preguntó Tiacca en son de burla y con la cerbatana en alto en señal de triunfo—. ¿Ya te vas a acostar?

—Tiacca... corre... a la selva.

Pronunció estas palabras con dificultad, y en alemán. De pronto no le querían salir en el idioma de los ava. Se dio la vuelta para estar boca abajo, se apoyó en las manos realizando un gran esfuerzo y miró hacia arriba. Entre los ava y los ambue'y iba brincando Tiacca de un lado a otro, verdaderamente como el equivalente femenino de Anhanga, el Dios de la caza, y disparando hábilmente su cerbatana. ¿Estaba viendo sangre en su cuerpo? ¿O era sangre ajena la que le corría por encima de los ojos? Inquieto se frotó la cara. Cuando pudo verla de nuevo había desaparecido en una masa de cuerpos bamboleantes que caían unos encima de otros y se despedazaban.

Hacía rato que tenía claro que los yayasacu habían resultado vencidos. ¿Quedaba alguno de ellos con vida? Tiacca... Por lo menos a ella quería haber evitado conducirla a la muerte.

¿Dónde estaba Tiacca? Solo veía a hombres peleándose, clavándose las uñas sucias en la carne. El ruido metálico de las cadenas; el agua que salpicaba entre los ava torturados que pegaban a diestro y siniestro. En los márgenes del canal estaban los enemigos disparando a todo lo que se movía a sus pies. Todos daban alaridos sin importar si ellos eran los que mataban o los que resultaban muertos. La locura hizo despertar también al monstruo, que dejó escapar un estruendo y un zumbido. Ruben vio a un hombre de pie en la cabina del maquinista. Si su intención había sido despertar a los hombres para frenarles la furia, había fracasado por completo. También él echó mano de la escopeta, y desde su posición elevada acertaba en cada disparo. Había moribundos precipitándose en el canal excavado.

Un látigo restalló sobre Ruben. La cuerda se enrolló alrededor de su cuello y lo lanzó por el terraplén abajo. Con todo el esfuerzo de su voluntad consiguió mantener el revólver en la mano. Seguir respirando. Con la izquierda consiguió sacar su navaja. Falló en el intento de cortar el cuero. Sin embargo el látigo quedó flojo. Cuando se volvió a mirar al hombre solo encontró un cadáver.

Entonces descubrió a Tiacca. También ella había caído e intentaba arrastrarse para salir del canal. El cañón de una escopeta le apuntaba a los ojos. Se detuvo confusa.

Un ava se interpuso en el camino de Ruben. Ruben le sacudió con la navaja para que se quitara de su vista. Su otra mano amartilló el revólver, apuntó al ambue'y, pero no se produjo el disparo. Tal vez debido a la humedad; tal vez no había emplazado correctamente la segunda y última bala. No se tomó el tiempo de agarrar su cerbatana porque habría resultado también inútil. *Tendría que haber cogido el arco en lugar de quedarme con esta arma extraña*, llegó todavía a pensar antes de sentir un intenso y ardiente dolor en el cogote. Cayó en la oscuridad. El agua fangosa parecía caliente de sangre, de sudor y de furia. La luz de la luna que salía ahora danzaba sobre el barro enrojecido. Era el renacimiento mensual de Tupán. La venganza de Tupán por su imprudencia y su falta de reflexión. *¿Me matará Tupán ahora por fin? Hazlo, Tupán, hazlo.*

A su alrededor yacían y permanecían sentados los ava supervivientes respirando con dificultad, agotados por aquella lucha absurda. Los latigazos obligaban a dos de ellos a levantarse y a agarrar las manos de los fallecidos para arrastrarlos a un lugar donde ya los urubus daban ávidos picotazos con sus cabezas negras y aleteando sus alas negras. Los ambue'y pasaban al lado de los cuerpos. Cuando se movía alguno, disparaban. En ocasiones también hacia los buitres, que no se dejaban amedrentar cuando uno de los suyos moría entre chillidos.

La vereda del ferrocarril era como un río sobre el que quemaba sin obstáculos el sol naciente. Ruben tenía la garganta reseca. Su piel, embadurnada de lodo, tenía el tacto de la tierra que se resquebrajaba con el calor. El anterior dolor punzante de sus heridas se había convertido en un vago hervidero en lo más profundo de sus carnes entumecidas. Yacía de costado, inanimado como aquellos que eran conducidos y apilados en una pira. No sabía cómo había salido de la zanja, pero sabía que se lo llevarían arrastrando y que le meterían una bala entre sus ojos abiertos. ¿Había previsto Tupán verdaderamente ese tipo de muerte miserable para él? La rabia acostumbrada despertó de nuevo en él. No, él no quería acabar de esa manera.

Levantar la cabeza era un esfuerzo casi imposible de realizar. Vio a un ambue'y que se agachaba sobre Pytumby y le sacaba la cadena de plumas por la cabeza inanimada. Con el fusil sujeto bajo la axila, se irguió, sacudió unos trozos de barro de las plumas hasta que estas brillaron en todo su esplendor y sonrió como un niño al que han hecho un obsequio.

Los trabajadores no se habían puesto todavía a prolongar el lecho de balasto. A alguna distancia miraban fijamente el campo de batalla. Sus patronos deliberaban. Ruben fue cazando al vuelo alguna que otra palabra que le resultaba familiar; su idioma iba emergiendo en fragmentos desde olvidadas profundidades. Pero también los gestos de preocupación en los semblantes de aquellos hombres delataban que el loco placer por disparar ejercido durante la noche, ahora, contemplado a la luz del día, había originado una gran pérdida. ¿Quién iba ahora a zanjar el canal, quién iba a allanar el camino del ferrocarril?, dedujo él de sus conversaciones. En esa región no quedaban ya tribus indias, pues hacía tiempo que habían huido. Tendrían que encargar trabajadores esclavos. Hasta entonces se harían cargo los negros del trabajo pesado, y seguiría exprimiendo la fuerza muscular de los pocos indios supervivientes.

Ruben movió los dedos. El barro seco se resquebrajó. Si lograra ponerse en pie... Si lograra encontrar su arco...

—Este de aquí está con vida. —Una sombra cayó sobre él.

—Dispárale. De todas formas no le esperan sino los buitres...

—Mira esto. —El ambue'y se agachó y le tiró del pelo—. ¡Debajo de toda esa porquería tiene el pelo rubio! ¿Has oído hablar alguna vez de indios rubios?

—Sí, sí. Dicen que las amazonas que vio en su día Pizarro tenían el cabello claro.

—¡Pizarro! —El hombre se echó a reír mientras hurgaba con interés en los mechones de pelo de Ruben—. Seguramente se los ha teñido con alguna sustancia. De todos modos darían una buena cabellera; siempre quise tener algo así. ¿Y qué es esto que tiene aquí?

Desgarró el cordón con los colgantes del cuello de Ruben. Ruben quiso agarrar la mano, pero la suya dio un débil manotazo al aire.

—¡Oro! ¿Quién se habría imaginado que estos monos aulladores y piojosos llevaban consigo joyas de oro? Deberíamos mirar a los demás con más atención.

—Devuélvemelos —murmuró Ruben. Su voz era tan débil como todo en él.

—¿Qué ha dicho? No sonaba nada a indio.

Alzó la cabeza.

—*Filho!* —dijo casi como un graznido, y escupió.

—¿A quién estás llamando hijoputa, eh? —Un puño se abatió sobre su sien haciendo que su cabeza volviera a desplomarse.

Veían que era rubio; oían que hablaba brasileño; se dieron cuenta de que llevaba amuletos en su pecho que procedían de su propia cultura... Y sin embargo no eran capaces de extraer la conclusión correcta. Si él afirmara que era el hijo del patrón que les empleaba, se burlarían de él. Era exactamente tal como había dicho Amely.

Pero no era ese el motivo por el que no decía que era Ruben Wittstock. Detestaba a su padre. ¿Iba ahora que estaba en un apuro a apoyarse en él? Jamás.

Se levantó de un salto, rodeó con sus brazos el tronco de aquel hombre y lo arrojó al suelo. Sus dedos se cerraron en torno al cuello y apretaron. Tenía que ser rápido para matar a este antes de que le dispararan en la cabeza. Un dolor agudo recorrió su cráneo. Cayó desplomado junto a su víctima y esperó la oscuridad definitiva. Pero esta seguía sin querer cernirse sobre él; en su lugar sintió unos pinchazos de color rojo y amarillo en los ojos. Los *otros* no le habían disparado, solo le habían derribado. Lo llevaron arrastrándolo de los pies hasta el árbol caído al que estaban encadenados los demás ava supervivientes. Un hierro se cerró en torno a su pie. Oyó ruido de pisadas.

Por fin lo dejaron en paz.

No sabía si dormía y soñaba o si estaba despierto mirando cómo arrastraban a Tiacca por el lugar. Las manos de ella estaban atadas a la espalda. El cañón de una escopeta golpeó en sus corvas de manera que se le doblaron las rodillas. Alguien le tiró violentamente del pelo. La rodeaban tres, cuatro hombres. Diego había contado esas cosas, recordó Ruben mientras contemplaba el sufrimiento de ella desde el principio hasta el amargo final. Cuando los hombres se separaron de ella, cayó al suelo como la rama rota de un árbol.

El día transcurrió con una lentitud espantosa. Llevaron a los prisioneros más fuertes hasta el canal, donde se movían con tanta lentitud que constantemente recibían gritos y latigazos. Cuando no era allí, Ruben miraba a Tiacca, que seguía viviendo a pesar de todo, ya que de tanto en tanto se daba la vuelta. Ni le daban de beber ni la mataban. Era como si no existiera, simplemente; solo los buitres la tenían en cuenta y la rodeaban con precaución. Ruben esperaba en vano recobrar las fuerzas para levantarse y huir. Tampoco a él le daban de beber. Tenía la boca seca, su lengua había aumentado hasta el doble de su tamaño. Aquello podía aguantarse. Haría el tonto atrayendo de nuevo la atención sobre él. No ansiaba ahora nada más que la llegada de la noche.

Cuando el rápido crepúsculo se cernió sobre aquella tierra profanada, los trabajadores se tumbaron a dormir o se reunieron en torno a sus hogueras y lamparillas de petróleo. El olor de carne asada mitigaba el hedor de la sangre estancada. Durante el día nadie se había ocupado de los muertos; seguramente quemarían o enterrarían mañana lo que habían dejado los urubus. También a él y a Tiacca.

Uno de los *otros* estaba sentado sobre el tronco de espaldas a él. La llave, inmensa, le sobresalía por debajo de la camisa. Al parecer confiaban en que un ava no podía saber qué era tal cosa.

Lentamente, sin apartar la vista de él, Ruben se quitó el tapa-rrabos de cordones. Su propósito le proporcionaba renovadas fuerzas. Retiró los fragmentos molestos de suciedad, tensó hasta el cordón más fino entre sus puños y se puso en pie.

Fue una acción rápida y silenciosa. Tendió el cadáver detrás del árbol y se quedó con la llave. Esta vez no repitió el error de querer liberar a los demás ava. Encontró una buena navaja en el bolsillo del pantalón del ambue'y; a continuación reptó pegado al suelo hasta donde se encontraba Tiacca. Rápidamente le puso la mano sobre la boca para que no gritara sin querer. Contaba con no sentir ya vida entre sus dedos, pero un débil aliento cos-quilleó en su piel.

—Tranquila —le susurró al oído—. Soy yo, Aymaho.

Los labios de ella, abiertos y con costras sanguinolentas, se movieron.

—Tú... eres... Ruben. Eso... dijiste...

—Sí. Soy Ruben. Y te llevo a morir a la selva.

Volvió el rostro hacia él. Y levantó sus pesados párpados realizando un gran esfuerzo. En la penumbra, sus ojos volvie-ron a refulgir como los del jaguar.

—Perdóname... que fuera tan... tan... mala contigo —dijo en un susurro.

Cortó sus ataduras y la levantó en brazos. En su estado de-bilitado aquella acción requería de todas sus fuerzas, pero la muerte cercana la aligeraba.

Había tribus que daban sepultura de esa manera a todos sus muertos. Los yayasacu no lo hacían, pero conocía historias en las que había sucedido así. La forma en que Tiacca, la caza-dora, entraría en la vida del más allá sería una nueva historia, eso en el caso de que él tuviera la oportunidad de contarla, cosa de la cual dudaba. Solo y herido era una presa demasiado fácil para la jungla. Haber abandonado el campamento de los *otros* ya era algo más de lo que podía haberse esperado de la vida en su situación.

Los dioses me han regalado con Amely la mejor parte de mi vida. Debería estar contento con eso.

Buscó una rama larga, la rompió y caminó a orillas del igarapé. Con la punta de la rama con hojas removió aquellas aguas salobres. La pequeña bandada de pirañas nadaban sobresaltadas de un lado para otro. A continuación arrojó la rama lejos y se sajó el brazo con el filo de la navaja. La sangre trazó unas estrías rojas en el agua.

Se arrodilló junto a Tiacca y pasó los brazos por debajo de su cuerpo ligero como una pluma.

—Que entres en el mundo del más allá, donde hay abundante caza y deslumbrantes flores para adornarte —dijo él depositándola en el agua.

Se sentó a alguna distancia y refrescó en el agua los pies cansados. Los peces estaban ocupados; no resultaban peligrosos ahora. Pero ¿qué ocurriría si se sumergiera por completo con su cuerpo lleno de sangre y con las heridas con costra en el hombro que le quemaba furiosamente como aquella otra en la cadera?

—¿Te alegrarías de verme así ahora, To'anga? —Echó la cabeza atrás—. ¿O te sentarías a mi lado para llorar juntos a nuestra tribu perdida?

Profiriendo un gemido se inclinó hacia delante para procurar alivio a su garganta reseca. Una fatiga inmensa se estaba apoderando de él; así que se tumbó allí mismo, sin preocuparse de si era o no muy arriesgado aquel lugar. Tal cosa le pareció ahora irrelevante.

LA BAHÍA DE LA LUNA VERDE

1

Por segunda vez soportaba un viaje no deseado a Manaos.
Como durante la travesía del Atlántico, necesitó mucho tiempo
para superar la tristeza hasta poder salir de su camarote. Esta
vez la orilla verde no le era extraña. Todo era como el eco de un
recuerdo: los gritos de un mono, a los que se añadían los de
otros como un coro, la espuma plateada que levantaba una aleta
bajo el agua, las repentinas explosiones de color de pájaros aleteando. Amely pasaba hora tras hora en la cubierta. Por nada
del mundo quería perderse la visión de aquella maravillosa bahía en la que había cuidado de Ruben. Temía no reconocerla, el
nivel del agua podía hacer que todo tuviese una apariencia distinta. Caminaba inquieta arriba y abajo sobre el lado de babor.
El barco era pequeño, una gabarra sarnosa que no permitía adivinar que pertenecía a la flota de uno de los barones del caucho
más ricos. Quizás incluso pertenecía a Da Silva. La «mano izquierda» de Kilian llegó deambulando sobre la cubierta, con los
dedos como de costumbre en el bolsillo de la camisa, buscando
su paquete de cigarrillos.

Cuánto había anhelado en el pasado ver aquella escena...
Amado... Sí, le había amado. Felipe. Felipe, el aventurero. Valiente. Mentiroso. Traidor.

Amely tenía la pregunta en la punta de la lengua desde hacía
días, desde que él se sentó en el carro demasiado cerca de sus
caderas quería preguntarle si de verdad no sabía que no había

disparado a un indio cualquiera, sino a Ruben. Pero era imposible que formulase esa pregunta. Y de haber sido así, ¿no intentaría él por su parte averiguar qué había sucedido con Ruben? Amely llegó a la conclusión de que él no lo sabía.

El sonido del fósforo cuando se encendía un Cabañas y el aroma del humo la transportaban más que ninguna otra cosa de vuelta a su pasado. Oh, sí, se acordaba demasiado bien de aquel día en la ciudad, cuando en la oscuridad de un pasillo extraño la atrajo hacia sí y la besó. Si ese beso no hubiese ocurrido ella podría soportar mejor su presencia. Ahora solo podía retirarse uno, dos pasos hacia un lado cuando él estuviese demasiado cerca de ella.

—Debería usted probar algún bocado, *senhora* Wittstock —dijo entre dos caladas—. ¿O quiere usted que le lleve a su marido a una esposa medio muerta de vuelta?

¡Por supuesto que no quieres eso!, pensó enojada. *A ti solo te interesa quedar bien delante de él.*

—¿No le parece que exagera un poco? —replicó fríamente sin apartar la vista de la orilla del río—. ¿Y que es usted un descarado dándome órdenes como si fuese uno de sus trabajadores?

—Su reprimenda está justificada —murmuró él—. Pero parece usted realmente un trabajador. Discúlpeme, *senhora* Wittstock. No volverá a ocurrir.

Se miró instintivamente. Enfundada en pantalones de yute con las perneras deshilachadas que apenas cubrían las pantorrillas y una camisa de hombre demasiado ancha, la mejor que él le había podido encontrar, no sabía muy bien si debía sentirse desnuda o tapada. En cualquier caso, miserable.

Era verdad que en los últimos días solo había comido un par de bocados. Pan duro y pescado seco que no podía tragar. Habría dado algo por un reconfortante vaso de guaraná.

—¿Me daría usted un cigarrillo?

—No es lo más adecuado para una dama —dijo él levantando las cejas—. ¿Acaso los indios le han enseñado a fumar? —preguntó tras observar que no tosía incluso después de la tercera calada.

El sabor del tabaco recordaba al ahumado de madera de pernambuco de los yayasacu. Amely inhaló aún una calada profunda que le llenó los ojos de lágrimas de añoranza por aquel tiempo pasado. Después tiró el cigarrillo por la borda.

Él se acercó más. Ella no quería seguir retrocediendo. Clavó los ojos testarudamente en la orilla. Le resultaba familiar. Justo ahí, tras esa pequeña curva... Ah, la barca estaba demasiado alejada. Se estiró sobre la borda, como si pudiera forzar la barca a acercarse a la orilla. Ahí estaban los sauces, sí, ahí...

La entrada a la bahía estaba marcada por troncos que crecían de soslayo, como una puerta cerrada que únicamente los iniciados pudiesen atravesar. Vio las enormes hojas de los nenúfares brillando. Un lugar encantado. Una de las muchas enigmáticas entradas a Encante.

Allí fue donde Ruben la abrazó por primera vez. Allí, ¡ah! Quería apartarse, precipitarse bajo la cubierta, esconderse en el único camarote de la barca.

—Amely —la llamó Felipe agarrándola del brazo.

—Señora Wittstock para usted.

—Tonterías, Amely. —Sus dedos presionaron sobre el brazo de Amely hasta provocarle dolor—. La última vez que nos vimos había pensado cómo sería...

—Guárdese para usted lo que sea que quiera decir. Así no puede causar perjuicio. Y pregúntese si podría usted engañar a mi marido.

—Podría. Por una noche —dijo él sin rodeos.

Amely recordaba bien esa mirada de sus ojos negros, como si se considerase a sí mismo irresistible. La pequeña cicatriz de una quemadura, que lo hacía aún más interesante. La apariencia toda de ese tipo impertinente. No había cambiado en lo más mínimo. Incluso las ropas que llevaba parecían las del día de su primer encuentro. ¿Realmente había susurrado su nombre cuando, golpeada y humillada por enésima vez, yacía en la cama de Kilian? ¿De verdad, de verdad había sentido los labios de él sobre los suyos?

—Por favor, guarde silencio. Todo esto es demasiado para mí.

—Por supuesto. Puedo adivinar por lo que ha pasado ahí fuera.

¿Se refería a sus tiempos de recolector de caucho? Casi se echó a reír. No tenía ni la menor idea de que era la nostalgia lo que la atormentaba y no, como él pensaba, el recuerdo de malas experiencias. Lo único malo fue la despedida de Ruben, el no saber si sobrevivió a su última lucha y si volvería a verle, y en caso afirmativo, quien sería él entonces: Aymaho kua-rahy, su amante, o Ruben Wittstock, su hijastro.

Quizás había «pasado por algo» ahí afuera. En cualquier caso ahora sí lo estaba haciendo.

Se zafó de Da Silva y corrió bajo la cubierta. Ahí se quedó durante el resto de la travesía, no solo para no verle a él. De ninguna manera quería ver la suciedad que invadía el río Negro mucho antes de llegar al puerto, ni sentir su hedor. Ni oír el jaleo de la ciudad. Cuando el balandro entró en el plácido igarapé do Tarumã-Açú su corazón palpitaba con fuerza. ¡Oh, si solo fuese de noche! Entonces podría entrar de puntillas en la *Casa no sol*, en la habitación heredada de Madonna Delma Gonçalves, y pasar ahí todavía un par de horas hasta que Kilian la abrazase. O le pegase por haberse escapado.

Pero ya debía atravesar la escalerilla hasta el embarcadero, cerca de la escalera que llevaba al jardín de la mansión. Se obligó a no pensar más en aquel fatal encuentro con Ruben y subió los peldaños.

Un jardinero levantó brevemente la cabeza y siguió limpiando la maleza. A Amely se le fue la vista hacia las tumbas; buscaba descubrir si se había abierto una cuarta, la suya. Pero Felipe andaba demasiado rápido, no pudo ver nada. *Claro que estoy muerta,* pensó acongojada cuando otro trabajador se sorprendió por su apariencia pero no la reconoció.

El señor Oliveira estaba de pie en la escalinata estudiando unas notas. Ella perdió el paso. No la vería, miraría a través de ella. La negaría, como había negado a los hijos. Maria también. Todos.

—¿Qué le ocurre? —Felipe se paró—. Seguro que es extraño después de tanto tiempo...

—¿Tanto tiempo? Cómo... —tartamudeó ella—. ¿Qué día es hoy?

Era una pregunta que hasta ahora no le había interesado. La vida entre los yayasacu no tenía tiempo; el pasado y el futuro pertenecían al mundo de los espíritus. Solo ahora, a la vista de la civilización, sabía que el tiempo volvía a tener significado.

—Tres de febrero.

—¿Solo es febrero? Me parecía como si hubiese estado más tiempo.

—1898.

—¡Oh!

¡Cielos! ¡Había estado más de un año fuera! Sintió que se mareaba. Felipe la sujetó por el brazo y amagó con tomarla en brazos. ¡Solo faltaría eso! Corrió de nuevo al igarapé. Él la llamó, corrió tras ella. En la escalera recuperó la razón, dio media vuelta y pasó a su lado de camino a la casa. Entretanto aquel extraño espectáculo había llamado la atención de jardineros y criados. Cada vez salían más de la casa y estiraban el cuello. Desde la escalera llegó un grito: ¿era Bärbel la que se había caído de culo con la mano sobre el corazón? El señor Oliveira dejó caer la mano que sostenía su libreta con una expresión de absoluta confusión. Fue Maria *la Negra* quien, recogiéndose la falda, bajó pesadamente los peldaños. Amely se reencontró de nuevo en su vigoroso abrazo.

—¡Dona Amely vive! —Sintió sus labios húmedos sobre la frente y las mejillas—. ¡Delgada, ah, vuelve delgada! —Empujó a Amely escaleras arriba, donde el señor Oliveira guardaba minuciosamente su libreta en el bolsillo de la chaqueta. Era de quien más esperaba que actuase como si solo volviese de una excursión larga, y en efecto, sonreía serenamente.

—Me alegra volver a verla, *senhora* Wittstock. —Hizo una reverencia y le tendió una mano que ella tomó con alivio—. Todos nos preocupamos mucho, pero nunca perdimos la esperanza.

Sus ojos húmedos eran la señal más clara de su profunda emoción. Y que no soltase su mano durante mucho tiempo.

—¿Cómo está mi marido? —Se había hecho esta pregunta a

menudo durante la travesía, y se había imaginado que le dijesen que había muerto. Inclinó la cabeza, temiendo que pudiesen leer en su rostro aquel mal deseo.

Entonces salió el doctor Barbosa de la casa con su andar vigoroso y su maletín bajo el brazo.

—Es lo de costumbre —le espetó enervado el señor Oliveira.

—¿Malaria? —se le escapó a Amely.

Paseó una mirada inquisitiva sobre su atuendo mientras se rascaba la barba inglesa. No la reconoció y bajó las escaleras a grandes zancadas sin responder.

—No, demasiada ginebra —respondió el señor Oliveira en su lugar. Señaló la puerta invitándola a pasar—. No se preocupe demasiado. Le hará bien ver que ha vuelto usted sana y salva.

—Eso... bueno, eso espero. —Se forzó a sonreír—. Pero debería tomar antes un baño y ponerme algo adecuado, ¿no le parece?

La servidumbre reunida se echó a reír, liberada, algunos incluso aplaudieron. Maria anunció que cocinaría algo reconstituyente y dos muchachas salieron presurosas a preparar el baño. Amely vio a la débil luz del salón que Kilian yacía en el canapé con una bata de seda dorada y roncaba estrepitosamente. El aire de los ventiladores que zumbaban en el techo le removía algunos mechones rubios. Estaba deseando pasar de largo y llegar a la seguridad de su habitación.

—Estoy ansioso por oír su historia, *senhora* Wittstock —dijo el señor Oliveira—. Nadie sabía dónde estaba usted, pero había rumores que decían que alguien creía haberla visto con un indio en una barca. Otros decían que andaba usted en camisón por las calles durante la noche. Y por supuesto también apareció la vieja leyenda: que un boto en forma humana la había secuestrado y se la había llevado a Encante. —Se atusó torpemente el bigote—. Estoy deseando saber la verdad.

—Ya la ha mencionado, señor Oliveira. —Amely pasó a su lado y se dirigió a la casa. Notó de manera distinta el olor a petróleo que los ventiladores dispersaban y que no había notado antes—. Estuve en Encante.

Se metió en la bañera. El agua agradablemente tibia mojó su cuerpo. Y si la quería más caliente solo tenía que alargar la mano hacia el grifo dorado. Jugó extasiada con el agua, como una salvaje que se encontrase por primera vez con la civilización.

—Es hermoso bañarse en una poza limpia —dijo a Bärbel, que vertía esencia de baño de la gama alta de los peluqueros de la corte prusiana en el agua—. Pero que una no deba tener cuidado de que una serpiente entre en el agua también es hermoso. ¡No eches tanto! Este perfume me resulta demasiado penetrante.

—Siempre pensé que los indios se lavaban con arena. Pero su piel está muy cuidada, señorita.

—¡Qué cosas te imaginas! ¿No sabes que una hoja de helecho podrida es tan buena como una crema cara para el rostro?

—¡Qué asco! ¿Y ahora me querrá hacer creer que las larvas rechonchas son ricas? Voy a traerle una limonada —dijo Bärbel saliendo. Amely se estiró hacia el florido *corazón de yacurona* rojo que colgaba de la pared, arrancó una hoja carnosa y succionó su refrescante líquido. Bärbel volvió cargando la bandeja con la jarra y abrió desmesuradamente los ojos.

—Las larvas me parecieron muy sabrosas, en realidad —dijo Amely.

—¡Señorita! ¿Y si la hoja es venenosa? —Bärbel depositó la bandeja sobre el taburete del baño, sirvió un vaso y se lo alcanzó. ¡Qué suave y liso era el tacto del cristal, qué claro! Amely lo hizo girar en sus manos antes de beber. El sabor a limón y azúcar de caña que antes le parecía maravilloso le supo ahora excesivamente dulce y el frío, al que no estaba acostumbrada, le provocó dolor de cabeza.

—¿Qué ocurre? Antes le gustaba mucho.

Amely le devolvió el vaso.

—Ve a buscar a Maria y pídele que me prepare un vaso de guaraná.

Bärbel salió de inmediato sacudiendo la cabeza y volvió con el encargo. Sí, aquello estaba mejor. Preparado casi como el que hacía Ruben. Amely cerró los ojos con deleite mientras tomaba sorbos del vaso.

—He traído también pan con mantequilla —dijo Bärbel con su característico acento mientras le acercaba el plato.

—No te has olvidado del berlinés.

¡Pan, pan de verdad! Apenas había dado Amely un bocado cuando Maria *la Negra* asomó la cabeza en el baño.

—No hago molestia, ¿no? *Sinhá?* Bärbel dice *sinhá* hambre. Tenía feijoada al fuego. Mira, ¡come!

Traía un enorme plato de sopa lleno de cocido. Amely le dio las gracias sorprendida. Tomó una cucharada. Aquel sabor lo asociaría para siempre con Kilian.

Ambas mujeres la miraron fijamente, tan expectantes que no pudo evitar reír.

—Ahora queréis oír historias, ¿no?

Maria aplaudió y dijo:

—*Sinhá* dice estado con indios. ¡Pueblo muy salvaje! ¿Como puede vivir allí? ¡Mujer blanca grande y salvajes muy pequeños!

—Los yayasacu no son tan pequeños. Había hombres que eran más altos que yo. —*Solo uno*, pensó Amely—. Y vistosos, por Dios, eran vistosos.

Bärbel resopló.

—¿Qué es vistoso? —quiso saber Maria.

—Guapo, hermoso —dijo Amely.

—¿Guapo? ¿Cómo puede ser guapo salvaje? —Maria resopló—. Pero ¿han pegado *sinhá*?

—Bueno, sí, había una cazadora...

—*¡Pelo amor de Deus!* ¡Cuando *senhor* Wittstock sepa, quiere matar todos salvajes! —Lo cual, a juzgar por el temblor furioso de sus mejillas, parecía que la negra lo aprobaba completamente.

—El señor Oliveira contó una vez que las mujeres indias tienen que trabajar mientras los hombres no hacen más que fumar drogas —dijo Bärbel—. ¿Es cierto?

—Si se paseara uno por poco tiempo por una de sus aldeas podría tener esa impresión. Pero el señor Oliveira no lo sabe todo.

—¡*Senhor* Oliveira sabe todo! —gritó Maria con ardor.

—Ah —suspiró Amely—. No sabe cómo bailan. Dios mío,

nunca he visto a nadie bailar como ellos. Bailan mientras sostienen serpientes venenosas en las manos. Y cuando se les observa cazando, con todas aquellas plumas de colores en el pelo, los codos y las rodillas, y aquellos magníficos cuerpos cubiertos de plumas de halcón tatuadas, creería uno estar viendo un ave paradisíaca de tiempos primitivos.

—Suena usted como si se hubiese enamorado —se sorprendió Bärbel.

—Seguro efecto droga —opinó Maria.

—Pero el señor Oliveira contó que las mujeres no toman ninguna droga.

—En eso tiene razón; las mujeres tienen incluso prohibido tocar el tubo con el que los hombres se soplan el polvo en la nariz los unos a los otros —explicó Amely—. Yo sí podía, porque para ellos yo no era una mujer de verdad...

Les contó cómo se procuraban alegría los yayasacus, cómo ella se cubría los pechos tenazmente. Cómo algunos la habían tenido por una niña extraña hasta el último momento porque perdía su sangre irregularmente y poco. Explicó muchas cosas maravillosas que sorprendían a Bärbel y hacían blasfemar a Maria. La feijoada se enfrió y llegó la noche. La existencia de Ruben fue lo único que quedó oculto en su corazón. Kilian debía saberlo primero. Y tan cautelosamente como fuera posible.

Bärbel hurgó en el interior de la manga y sacó un pañuelo con el que se sonó ruidosamente.

—Estamos tan contentas de que vuelva a estar aquí. —Sollozó.

Amely salió de la bañera, se puso un camisón y se enfundó la bata que Bärbel le sostenía. Miró una última vez la ropa de hombre amontonada en el suelo que una de las criadas convertiría en harapos o regalaría; a partir de ahora volvería a forzarse a llevar ropa demasiado ajustada y demasiado cálida. Sabía desde ese mismo momento que iba a detestar hacerlo.

Al entrar en la habitación se sobresaltó profundamente. Kilian estaba sentado en la cama sobre la mosquitera que entretanto era para ella un objeto exótico y que amenazaba con desprenderse del cielo de la cama bajo su peso. Su pelo, rubio como el de Ruben, estaba tan desmadejado y sudado como lo recordaba. Él levantó la cabeza. *Dios, parece mucho más viejo.* ¿Eran antes las bolsas bajo sus ojos tan grandes? ¿Los profundos surcos que se formaban en las comisuras de su boca? ¿La piel que le colgaba del mentón?

—Amely... Dime, ¿te secuestraron? O, bueno, ¿te fuiste? ¿Acaso porque la noche del estreno... no satisfizo tus expectativas? —Hasta su voz sonaba rota—. Quería olvidarte. Llegué a conseguirlo. Nadie debía hablar de ti... Pero eso fue un error. Lo siento.

Amely sintió el viejo miedo creciendo en su interior. ¿Cómo iba a decirle a ese hombre que su hijo vivía entre los indios, que Felipe da Silva no era digno de su confianza? Instintivamente dio un paso atrás cuando él se levantó y avanzó hacia ella. Antes apenas notaba el olor a ginebra; ahora lo notaba demasiado. Él la agarró de los hombros, volvió tambaleándose a la cama y la abrazó encima de ella. Quería gritar, escapar. *Sé sensata, sé sensata... no has vuelto como la mujercilla intimidada que eras.* Se forzó a devolverle el abrazo, a acariciarle el pelo. El intento de imaginarse que era el del hijo estaba condenado al fracaso.

Kilian roncaba todavía más que antes. El estruendo impedía dormir a Amely. ¿No era absurdo? En la jungla ninguna noche era silenciosa. No como ahí, donde solo se oía el murmullo de las palmeras sobre los brotes nuevos cuando llegaba un golpe de aire. O el crujido de las tablas del suelo bajo los pasos de alguna criada que iba a aliviarse al baño. Anhelaba la lluvia. Entonces podría cerrar los ojos e imaginarse que golpeaba sobre la cabaña de Ruben y ella.

Abrió con cuidado el cajón de la mesita de noche y palpó en busca del regalo de Ruben, un tucán esculpido en madera de pernambuco que había escondido en el sujetador. Lo palpó desde las profundidades de la colcha que la cubría por completo, lo frotó por el cuerpo y por las mejillas y lo lamió como una niña ava curiosa.

¡Pero Ruben! ¿Acaso soy también para ti una niña para que me regales juguetes?

Eres una mujer. Y eres mía.

Antes era difícil acostarse al lado de Kilian. Ahora era sobre todo el padre de Ruben y eso lo hacía insoportable. *Una dosis de epena no conseguiría hacerlo soportable,* pensó. Igual que entonces, la sepultaba bajo su cuerpo y le levantaba el camisón. E igual que entonces, cuando se aliviaba encima de ella no se fijaba en los detalles. Nunca descubriría el pequeño tatuaje en sus genitales. Se sentó, escondió de nuevo el tucán, se calzó las pantuflas y se dirigió de puntillas al balcón. Cerró la puerta cuidadosamente tras ella. Por fin, por fin podía respirar. Apoyó las manos sobre la baranda y dejó que el viento alborotara sus cabellos. Y entonces llegó, como tantas veces, de repente, la añorada lluvia. ¿No podía llegar con la fuerza con que llegó a la aldea? ¿Barrer esa estúpida casa coloreada? ¿La monstruosa ciudad entera? La selva se enseñorearía de las ruinas. Las fuertes raíces de formidables árboles gigantes y las ávidas raíces aéreas de los ficus lo cubrirían todo. Y entonces volverían los ava y recogerían a sus hermanos perdidos... La lluvia cesó tan rápidamente como había comenzado. Y en la lejanía brillaban todavía las luces de gas de la ciudad, bajo las cuales dormían los indios venidos a menos.

El camisón empapado la hizo tiritar. Quería ir al baño, secarse rápidamente y enfundarse en la bata. En el momento en que ponía la mano sobre la manija vio luz entre las tablillas de la persiana. Había deseado que él durmiese, pero... en fin. Quizás era ese el momento adecuado para hablar. Debía hacerlo. Aun cuando entonces Ruben sería su hijastro y lo perdería para siempre.

Su decisión hacía prácticamente imposible abrir la puerta. *Todavía es mi amante, todavía, todavía... ¡Oh, Dios mío! Podría quedarme aquí fuera durante años.*

Kilian estaba de pie delante de la cama, en el acto de ponerse la bata. Se sorprendió al arreglarse el cuello, como si no hubiese contado en absoluto con que ella apareciese.

—Estás empapada. —El tono de su voz sonaba avergonzado. Como si, ahora que el encuentro sentimental ya había pasado, no supiese qué más hacer con ella.

—¿Te vas, Kilian?

—¿Puedo alejarme de mi propio dormitorio?

—Solo era una pregunta.

—Para que quede claro enseguida, querida: acostumbro a visitar la habitación de Consuela de tanto en tanto. ¡No me mires así! ¿No esperarías de verdad que viviera más de un año como un monje jesuita? Pero nunca estuvo en nuestra cama y puedes estar tranquila, que no te enterarás de nada. Supongo que después de tu horrible cautiverio con los salvajes también querrás tener tranquilidad. Si antes te he hecho daño... lo siento.

No le había hecho daño. Había fracasado en toda regla.

Así que Consuela, pensó sobriamente. *Mientras no sea Bärbel me da igual. ¿No puedes hacerlo conmigo porque ahora te recuerdo demasiado a tus odiados salvajes?*

—No me hagas reproches, Amely querida. También yo tengo que hacerme a la idea de que has aparecido delante de la puerta caída del cielo.

No tenía ninguna intención de hacerle reproche alguno. ¿Como podría, si le había engañado con su hijo?

Se ató el cinturón alrededor de una cintura ligeramente más delgada y se dirigió hacia ella.

—No te sorprendas tanto. Que un hombre vaya con otras mujeres es algo completamente normal.

—Si tú lo dices... —dijo ella—. No quiero discutir contigo sobre eso.

—¡Pues lo hace incluso tu padre!

—¿Qué? —gritó—. ¡Seguro que no!

—Sí, querida, sí; lo he visto. Cuando pedí tu mano en Berlín. No hay una pelandusca en cada esquina por nada, y cada secretaria en la oficina está dispuesta a levantarse la falda. En *Wehmeyer & Sohn* no iba a ser distinto. ¿Por qué crees tú que no dejan salir a las hijas de la alta sociedad de casa sin carabina? ¡Para que no les hagan propuestas impúdicas!

No era en su padre en quien pensaba en aquel momento, sino en Julius, su querido oficinista, el hombre que se subía siempre las gafas tan inocentemente. Nunca, nunca habría... Y si hubiese observado algo de eso, ¿se lo habría contado de inmediato? ¿O se lo habría insinuado al menos?

—¡Tienes razón, no sé nada de eso! —gritó—. ¡Tanto si es cierto como si no, de tu boca no sale más que porquería!

—Entonces no es tan grave —contestó él con suficiencia—. Tú te has acostumbrado perfectamente a la suciedad y al lodo el año pasado. ¿No es cierto?

—Sí, es cierto. Y empiezo a echarlo de menos. ¡Las personas allí no eran desde luego tan horribles como tú!

—¿Oh? ¿Qué te gusta de esos indios? ¡Son hordas bárbaras que se revuelcan en sangre! ¿Te gustó eso? ¿Sí? He oído que estrangulan a sus recién nacidos. ¿Es verdad?

—Sí, eso también —gruñó ella—. Todas las cosas horribles que te imaginas con tanto gozo son verdad. ¡Eso es lo que quieres oír!

—Me voy —tronó él—. ¡Antes de que despiertes a toda la casa con tus gritos!

Salió no sin antes cerrar la puerta con un fuerte golpe. Amely se quedó donde estaba un buen rato, casi una hora, sin moverse. Cuando lo hizo creyó tener los miembros de una anciana. Se arrastró a su lado de la cama y se cubrió con la sábana perfumada por encima de las orejas. Ahora sabía otra vez por qué no había añorado aquella casa en más de un año.

2

Pasó el día siguiente entero en su habitación. No quería encontrarse con él. Tampoco quería ver a la servidumbre, ante quienes se sentía mortalmente avergonzada. Seguro que Bärbel había mentido y nadie la había echado en falta. Era la esposa exagerada del amo severo, que solo discutía o lloraba.

Esta vez no lloró. Se mostró relajada ante Bärbel cuando le sirvió café y bollos berlineses. Bärbel llevó por la tarde un objeto envuelto en seda. Era fácil adivinar que se trataba de un estuche de violín.

—El señor desea decirle que no se enfade usted con él.

Amely depositó el regalo sobre el escritorio y sacó el violín nuevo. La invadieron los más diversos pensamientos: *Algún día tendré diez de estos. Por lo menos no me ha pegado. Nunca le diré que Ruben está vivo. No se lo merece.*

Sobre el violín había dos entradas. Amely leyó: *La Bohème. La nueva ópera de Giacomo Puccini. El Teatro Amazonas se alegra de poder presentar, en el papel del poeta Rodolfo, al talento prometedor Enrico Caruso...* Dio las entradas a Bärbel.

—Seguro que conoces a algún joven simpático con el que puedas ir.

—¡Oh, sí! Es... ¡Pero señorita! ¡¿Como voy a ir al teatro?! ¡El señor Wittstock me cantará las cuarenta! ¡Me hará sangrar las orejas! Últimamente está siempre enfadado. No, no, no puede ser.

—¡Vaya si puede ser! No hay nombres en las tarjetas, y un regalo es un regalo.

—¡No tengo nada que ponerme! ¡Y mi pretendiente todavía menos!

—Eso no debería ser ningún problema. Y ya basta de eso; no tengo ganas de jóvenes tenores prometedores. Guarda el violín.

El instrumento se había construido con una de las mejores maderas para violines, una hermosa madera de palo de pernambuco roja. Debía haberle costado a Kilian una pequeña fortuna conseguir ese violín tan rápidamente. *Tanto como mandar a un muchacho al panadero a buscar un panecillo alargado*, pensó con amargura.

Bärbel guardó el estuche del violín bajo la cama, sirvió pan con mantequilla y guaraná fresco, y se retiró. Abajo alborotaban los guacamayos y Amely pensó que el señor Oliveira la colmaba de conocimientos útiles, pero nunca le había dicho por qué los guacamayos se llamaban así.

Sobre el escritorio descansaba su libro de oraciones, como una amonestación. Sintió que la mala conciencia por las oraciones olvidadas y las misas a las que no había asistido hacía acto de presencia. Por lo menos nunca había participado en el culto a los ídolos. *Querido Dios, volveré a ir a la iglesia. Por favor, permite que todo vaya bien para Ruben y para mí y para los yayasacu.* Ahí estaba el cajón que había contenido el revólver de Madonna. Lo abrió, encontró un cartucho en el rincón del fondo, volvió a dejarlo y cerró el cajón.

Estos pensamientos debían cesar de una vez por todas. Decidió irse a la cama. Respiró profundamente al librarse de las capas de tejido y abrió el cierre del corsé. Le presionaba tanto en el estómago que se le hacía difícil respirar. Se quitó las enaguas lentamente.

Qué distinta había sido su apariencia la última vez que se observó en el espejo de su tocador. Su piel era entonces clara y suave, no tan tostada, quemada por el sol como la de una sureña, y no tan fina sobre los músculos y tendones. ¡Aquello no era atractivo! Se miró de lado y se pasó la mano por el vientre. Estaba tirante y parecía no querer encajar con el resto de su figura. ¡Por Dios! ¿Podía ser cierto que, después de todos los intentos malogrados, Kilian le hiciese un hijo?

Las mujeres yayasacu le habían contado lo que nunca se enseñaba a una dama civilizada: que por las mañanas se sentían mareos; que se desarrollaba un gran apetito; que los pechos se hinchaban. No se había percatado de nada de eso en los últimos tiempos. Pero su escaso sangrado mensual había cesado por completo desde hacía un tiempo.

—¿Y qué significa esto ahora? —preguntó a su imagen en el espejo—. ¿Que debo imputarle un niño ajeno a Kilian?

Y tendría quizá su pelo rubio. Se llevó la mano a la boca. Algo le estaba subiendo por la garganta; no eran náuseas, sino una carcajada inconcebible. Se rio hasta que le dolió el estómago. Se rio una eternidad. Siguió riendo mientras agarraba un pesado frasco de cristal y lo lanzaba contra su imagen en el espejo. El espejo estalló. Los pedazos saltaron desde el marco dorado, que, de todas formas, era demasiado ostentoso.

Aquel estrépito la serenó. Se sentó en el taburete del baño agotada y escuchó atentamente, esperando que alguien golpeara la puerta, pero nadie parecía haber oído el ruido.

Cogió una de las esquirlas y la elevó hasta ver el reflejo de su rostro. También había cambiado. Era un rostro joven y, no obstante, era también un semblante en el que podía leerse toda una vida. No hacía mucho tiempo que había tenido una esquirla como aquella en la mano. Quizá, si se esforzaba bien, conseguiría imaginarse a Ruben de pie tras ella, y si no lo veía era tan solo porque la esquirla era demasiado pequeña.

Un ava forastero había llegado a la aldea. De pie bajo el árbol del cacique mientras Rendapu y Yami bajaban la escalerilla de nudos, contó que se llamaba Oimeraepe y que pertenecía a la tribu de los macibe. Iba de camino al territorio de su tribu. Algunos le reconocieron y le saludaron amistosamente. Todos tocaron su esquirla de espejo, rieron y chillaron y se la pasaron rápidamente al siguiente.

Ruben no movió un músculo de la cara.

—¿No te asusta? —preguntó Oimeraepe.

—No es la primera vez que veo mi cara en una superficie lisa como esa. ¿De dónde la has sacado?

El forastero se acercó a Ruben y lo observó de arriba abajo. Su mirada se detuvo más tiempo en el pelo.

—Vino un forastero a nuestro pueblo que nos explicó que su padre se había encontrado, hacía mucho tiempo, con un ambue'y. Este tenía la piel clara, pero cubría por completo su cuerpo con tela negra. La cabeza la llevaba rapada. Traía consigo perlas transparentes, peines y otras baratijas. Decía que no quería nada a cambio de aquello, pero que el pueblo debía quemar las imágenes de los dioses y espíritus porque eran malas; ¡pero al mismo tiempo llevaba colgando del cuello el símbolo en cruz de la serpiente de los dioses!

Todos se rieron ante tanta estupidez. Yami se golpeaba el muslo; su carcajada era la que retumbaba más alto. Incluso Tiacca, la gruñona, se sostuvo el vientre.

—Te doy plumas a cambio —dijo Ruben una vez que se serenaron y pudieron prestar atención a sus propias palabras.

—Ah, plumas. Ya tengo bastantes plumas.

—Mis plumas más bonitas.

—No.

—Bien, entonces una piel de jaguar.

Amely, que había estado observando aquello, jadeó buscando aire. No había nada más valioso, aparte de los pedazos de hierro y de un buen arco de caza, que una piel de jaguar. El trueque se cerró rápidamente. Oimeraepe admiraba la piel sobre su brazo y Ruben se dirigió a Amely. Le puso la esquirla, vieja y medio cegada, en la palma de la mano.

—La lengua del pirarucu no te gustó. ¿Y esto sí, tal vez?

Intentaba acordarse de nuevo de las melodías de *La Gioconda* desde hacía tiempo. La visita al Teatro Amazonas había sido horrible, pero la música era preciosa. No tenía nada que ver, la música era inocente. Amely paseó sobre el césped hasta la abertura del muro donde murmuraban las aguas del igarapé do Ta-rumã-Açú. Era un poco como entonces, cuando corrió por ahí durante la Nochevieja, en camisón y con la pistola en el bolsillo. No estaba oscuro, pero ella llevaba puestas únicamente unas enaguas. Tampoco esperaba encontrar una canoa a la que subirse en la orilla.

Solo mirar una vez. Solo pisar una vez al otro lado del muro. Se sentó en el escalón más alto.

—*Não, dona Amely!* ¡No hacer, no! ¡*Senhor* Da Silva, socorro, socorro!

Alguien corrió sobre el césped. Solo cuando una sombra cayó sobre ella entendió Amely que toda esa agitación tenía que ver con ella. Da Silva se lanzó literalmente sobre ella y la agarró de las muñecas. Intentó inútilmente zafarse de él y propinarle la bofetada más fuerte que era capaz de dar.

¿Era realmente preocupación lo que vio en sus ojos oscuros, *falsos*?

—Suélteme —dijo fríamente.

—Primero suelte *usted* la esquirla.

Amely miró su mano fijamente. El pedazo de espejo alargado tenía sangre por los cantos. La sangre le chorreaba por la muñeca hasta la manga. Viendo que no respondía, Da Silva presionó su brazo con tanta fuerza que la inmovilizó, retirando a continuación con cuidado la esquirla de su mano y lanzándola lejos.

—*Dona* Amely, por favor, no. —Maria sollozaba mientras se quitaba el delantal y lo usaba para vendar la mano de Amely.

—No me he dado cuenta —dijo Amely, pero sus palabras fueron engullidas por los aullidos de Maria *la Negra*.

El doctor Barbosa llegó corriendo por el césped. También se acercaron algunos jardineros y muchachas del servicio, cuchicheando agitadamente entre sí. Amely, confusa, dejó que Da Silva la agarrase bajo las axilas y la pusiera en pie.

—La llevaré a la casa, *senhora* Wittstock —dijo en tono de disculpa y la tomó en brazos.

El doctor Barbosa puso la mano sobre su frente húmeda.

—Está usted temblando —dijo en tono compasivo.

Era puro miedo lo que la hacía temblar. Un médico no tendría ninguna dificultad en reconocer un embarazo. Le puso un termómetro en la boca. Debía estar en silencio mientras él, sentado al borde de la cama, extraía el estetoscopio de su maletín, frotaba la campana en su chaleco y a continuación, con la mirada castamente desviada a un lado, la introducía bajo la apertura de su camisón. Guardó el instrumento metódicamente, abrió su reloj de bolsillo y buscó el pulso de su mano sana. Finalmente retiró el termómetro de su boca y le pidió que la abriese para examinarla.

Él tenía la frente surcada de arrugas. Se acarició las patillas. Finalmente sacudió la cabeza, se levantó y salió de la habitación.

—¿Y bien? —Oyó la voz de Kilian fuera—. ¿Cómo está?

—Está sana —respondió el señor Barbosa—. Físicamente está todo bien.

El alivio la hizo sentir vértigo.

—Pero no su ánimo.

Ajá, pensó ella, *por eso se preocupan tan poco de hablar en voz baja. Porque no me entero de nada.*

—¿Ha dicho por qué quiso cortarse las venas?

¡Dios mío bendito!

—Claro que no, tampoco se lo he preguntado.

—Pobre *dona* Amely —dijo Maria *la Negra* sollozando—. Lo pasó mal en la jungla. Bärbel cuenta *dona* Amely come hoja de planta.

—Efectivamente —gruñó Kilian—. Debería ir a hacer una cura al Báltico. ¿Cree que podrá resistir un viaje de varias semanas a Europa?

—Bueno, bueno, la cosa no es tan dramática —dijo el médico bajando la voz—. Las mujeres ricas son a menudo extravagantes e histéricas. No saben qué hacer con su tiempo y sus pertenencias. ¿A quién puede hacer feliz, a la larga, ir de compras a París y Nueva York? Algunas mujeres sufren en su ánimo por ver tanta miseria en las calles. En el caso de la *senhora* Wittstock se añade el agravante de que tiene mucho tiempo ocioso para reflexionar sobre lo que le sucedió. Nadie sabe todavía todo lo que ocurrió.

—Muy malo —sollozó Maria—. Seguro.

—Cállate, Maria —gruñó Kilian—. Doctor Barbosa, ¿qué debo hacer entonces con ella? Ha estado atosigándome con los indios. Quería de veras que sacara a una mujer india de la calle y la pusiera a trabajar en casa. Y yo que pensé, cuando pedí a su padre su mano, que como mujer prusiana tendría suficiente autocontrol y dignidad... ¡En vez de eso refunfuña, critica y llora!

Casi puedo ver cómo te estás retorciendo las manos.

—No lo sé, *senhor* Wittstock —murmuró el doctor Barbosa—. Debería hacer como la *senhora* Ferreira: fundar una fundación, subvencionar a una familia pobre, pasear con el automóvil por la ciudad y lanzar billetes de banco por la ventanilla, cosas de ese estilo. La *senhora* Ferreira lo hace y parece ser una dama muy alegre. Y ahora, si me disculpa...

Ella oyó sus botas alejándose.

—Si eso ayuda, sea —murmuró Kilian para sus adentros—. Le diré al chófer que prepare el Benz Velo. O no, mejor el nuevo automóvil.

—¡Pero *dona* Amely debe recuperar antes!

—¡No digo inmediatamente, Maria! ¡Mañana, qué sé yo!

Ahora anda en círculos como un perro encadenado.

—Si va a hacer como todas las damas ricas debería divertirse en el carnaval. Da Silva, ¿cómo es que está usted siempre ahí donde se le necesita? Tiene usted verdaderamente buena mano para eso. Cuide de que mi mujer no haga más estupideces. Joder, acabaré echando de menos el año pasado. —Se alejó resoplando—. ¡Ayudar a los pobres! Eso es lo que se llama arreglar una tontería con otra tontería. Es una idiotez.

Pues no, la idea me parece excelente.

—Siéntese, por favor, *senhora* Wittstock. —El señor Oliveira movió una silla para que se sentara—. Miguel, trae un té para la *senhora*. Y unas pastas. Por favor, discúlpeme un momento, *senhora*.

Amely se sentó frente a su escritorio de caoba. El joven Miguel, que había dado un buen estirón en el último año, partió de inmediato aunque ella no había pedido nada. Pero el té y las pastas formaban parte del mundo de una dama ociosa. El señor Oliveira se movía entre el aparato telefónico y los montones de cartas, dossieres, telegramas y periódicos, ocupándose con su elegancia desmañada de aumentar la fortuna de su patrón. Caucho, cotizaciones bursátiles, caucho, competidores molestos, caucho, sociedades mercantiles, caucho, dólares, caucho, impuestos del veinte por ciento, caucho y otra vez caucho. Lo que hablaba en el embudo del teléfono o murmuraba para sí mientras escribía la aburría horriblemente. Sencillamente había dejado de interesarle cómo y con qué ganaba el dinero su marido.

Excepto, por supuesto, si tenía que ver con su plan.

Por fin empujó sus montañas de papeles a un lado y dobló las manos.

—Le ruego que me disculpe, *senhora...*

Como de costumbre.

—... pero estas cosas son inaplazables. Con su permiso, he citado a un joyero para que nos visite mañana aquí. Hará una nueva alianza para usted.

—Ah, sí. Por supuesto.

—¿Qué puedo hacer por usted?

El pensamiento de pedirle que hiciese algo contra la construcción del ferrocarril cruzó su mente de manera fugaz. Era un hombre serio, amable y, por supuesto, la mano derecha de Kilian.

—Ah, antes de que me olvide —abrió un cajón y extrajo un paquetito delgado—: las cartas del año pasado para usted.

Tomó el paquete y repasó los remitentes. Julius, tías, primas... Las cartas de su padre estaban abiertas.

—Gracias. —Las guardó en su bolsito de mano y miró al señor Oliveira con una sonrisa avergonzada—. No me gusta mucho la idea de tirar los billetes de banco desde el coche.

—¿Perdón? ¿Billetes de banco? —Se interrumpió al entrar Miguel con el té. El joven colocó la bandeja sobre la mesa, delante de ella y la miró radiante—. ¡Oh! ¡Ya entiendo! —El señor

Oliveira se levantó para servirla desde su lado de la mesa—. Quiere hacer algo bueno.

—Sí. Pero ¿qué?

—Haga donaciones a los jesuitas. O a los hospitales; en los más pobres se hacinan tres, cuatro enfermos sobre un jergón de paja.

—¡Por Dios! Usted nunca ha... —Se interrumpió. Era descortés preguntar algo así.

—Sí. —Bajó los ojos, casi avergonzado—. O sufrague usted la formación escolar de niños pobres, ayude a padres de familia a ganarse la vida. Los que no tienen trabajo son realmente los más pobres de los pobres.

—¿Cómo se hace eso? ¿Cómo se subvenciona a una familia?

—Yo me ocupo de eso.

No le resultaba fácil sostener cosas con la mano herida, cuyo vendaje ocultaba bajo un guante de encaje.

—Pero... Quiero decir que...

—Quiere decir que le gustaría conocer a la familia elegida.

—Sí, exactamente.

—¿Y supongo correctamente que preferiría que se tratase de una familia india?

—Pues...

—¿O quizá su experiencia lo desaconseja? Naturalmente, no necesita decirme nada al respecto, *senhora*.

Ella se sobresaltó y se le cayó la taza, que manchó su vestido y la alfombra, igualmente cara. El señor Oliveira se apresuró a rodear el escritorio y recoger la taza. Miguel salió corriendo a buscar un trapo.

—No —murmuró acercándose a la ventana alta—. Tampoco puedo hacerlo.

Esperaba que el silencio que siguió fuese tan incómodo para él como para ella. Vio a Felipe caminando sobre el césped, como de costumbre el único asalariado con un atuendo desmañado. A su apéndice, aquel horrible Pedro, no lo había visto desde su vuelta. Cuando notó que el señor Oliveira llegaba a su lado fijó su mirada en la otra «mano» de Kilian hasta que Felipe desapareció de su vista. ¿Habría adivinado alguna vez el señor Oliveira que estaba enamorada de Felipe? Esperaba de su sagacidad que fuese capaz de adivinarlo.

—¿No son las familias de los seringueiros las que más lo necesitan? —dijo en voz baja. Se volvió hacia él con los ojos abatidos.

—Entiendo —dijo él y carraspeó—. Bien, buscaré una dirección. ¿Tiene usted alguna idea o deseo concretos? La *senhora* Ferreira, por ejemplo, visita una vez al año a su familia. Con un guardaespaldas, naturalmente.

—Oh, eso me daría un poco de miedo —dijo mirándole con ojos radiantes—. ¿Habría algún inconveniente en buscar a esta familia entre los trabajadores del *senhor* Wittstock? No me importaría hacer una excursión hasta la «choza». Allí no amenaza ningún peligro.

—Por parte de los trabajadores no. Pero de los mosquitos...

—¡No, si ya no me asustan!

—Lo prepararé todo —dijo él visiblemente satisfecho de haberla complacido. Probablemente pensaba que estaba bien si ella desaparecía algunos días. Probablemente la tenía por loca. Estaba bien. Así tampoco sospecharía que tenía otros objetivos bien distintos—. ¿Y se siente usted bastante fuerte para eso, *senhora*? Consultaré con el doctor Barbosa, si no tiene usted nada en contra. Prométame solo que permitirá que la acompañen dos guardaespaldas y el *senhor* Da Silva.

—Por supuesto. —Se volvió hacia él desde la puerta y le sonrió—. Usted siempre sabe lo que uno quiere, señor Oliveira. Incluso cuando uno mismo no lo sabe.

El cumplido le hizo toser.

Da Silva se inclinó sobre la silla de montar y arrancó una rama del *Hevea brasiliensis*. O de la seringueira, como llamaba al árbol del caucho el capataz brasileño. *El árbol que llora suena mucho más bonito*, pensó Amely. También a caballo, castamente montada sobre una silla de señora, respetablemente vestida con una chaqueta de verano, con una boina sobre sus cabellos recogidos en alto y un velo de gasa cubriéndole los ojos, observó cómo él agitaba la rama. Las pocas hojas que tenía planearon hasta el suelo.

—La enfermedad de la caída de las hojas —dijo él—. El árbol del caucho es caprichoso como una muchacha virgen. No le gusta que lo desnuden. —Señaló con la rama pelada la superficie limpia de matorral donde crecían aislados los árboles de caucho. Algunos estaban torcidos, en las ramas de otros colgaban los cubos con el codiciado jugo. En aquel momento ninguno de los trabajadores se ocupaba de vaciar su contenido. En lugar de eso luchaban en las lindes de aquel enorme claro por poner coto a la vegetación de la jungla—. Por eso no se pueden cultivar en plantaciones. Estarían demasiado juntos.

Lanzó una mirada atrás, hacia la bonita casa ante cuyo porche había visto Amely a su marido por primera vez. Y a él, a Felipe da Silva.

—¿Sabe usted, Amely?, este bosque es un asunto ridículo. Mantenerlo en condiciones, junto con la «choza», cuesta más de lo que produce. Y todo eso solo porque Wittstock quiere instalarse aquí algunos días cada año para ver la cosecha mientras desayuna en la terraza.

—Puede tirar su dinero por la ventana si así lo desea —dijo ella, mordaz.

—Por supuesto.

Mantuvieron los caballos al paso por la superficie talada. Uno tras otro los trabajadores se erguían, se quitaban los sombreros de paja y hacían una reverencia. Eran brasileños, mestizos, negros y los llamados cafusos: los hijos de negros e indios. Daban una impresión variopinta, y sus ropas de yute estaban sudadas y remendadas, pero no andrajosas. Felipe ordenó a los hombres colocarse uno junto a otro.

—¿Sabe qué pienso, señor Da Silva? Cuando mi esposo me recibió aquí no fue porque él se encontrase aquí casualmente junto a Maria y Gero. Estaba preparado para que yo viese este hermoso bosquecillo con los trabajadores adecentados y no pensase más allá sobre lo que significa recolectar caucho.

—Eso es absurdo. ¿Le habría contado yo entonces la verdad? —murmuró él.

—Usted quería impresionarme con sus estremecedoras historias de su vida pasada como seringueiro. Con eso no había contado mi esposo. —Aquel pensamiento le gustó demasiado como para abandonarlo. ¿No se había fundido Maria *la Negra* perfectamente en el ambiente como si fuese *La cabaña del tío Tom?*—. ¿Estuvo aquí también Madonna Delma Gonçalves alguna vez? ¿Estuvo ella en la terraza con él dejándose engañar con que el hedor del caucho era lo peor de todo por aquí?

—No lo sé. —Su voz sonó con un deje de dureza.

—¿Y sus otras mujeres... las muchachas como Consuela? ¿También se tomó la molestia con ellas?

A pesar de la estricta prohibición de fumar él se encendió un cigarrillo y lo mantuvo bajo los brazos cruzados mientras guiaba a su caballo con los muslos. Diablos, ¿como podía ser tan guapo un granuja depravado como él? El recuerdo de su historia de mentiras la hizo temblar de indignación. Se pasó la mano por el molesto velo, enojada.

—Sus hijos, ¿también le preguntaron? ¿Y recibieron bofetadas?

Él resolló, impaciente.

—¿Hizo parada aquí con Ruben? —siguió diciendo ella, inalterable...—. ¿En aquella excursión, cuando Ruben murió?

No podía evitar mirarle fijamente. Retándole. Él le devolvió la mirada arrugando la frente.

—¿Por qué no le trajo usted a Wittstock el cadáver de su hijo? —preguntó ella.

—¿No lo mencioné? —Se rascó la mandíbula, bostezó e hizo todo lo que pudo por parecer inocente—. Ruben estaba tan descompuesto que era imposible mostrárselo a Wittstock. El calor hizo rápidamente lo que quedaba por hacer. Tuve que enterrarle allí mismo. Lo que hay enterrado en la *Casa no sol* son solo sus ropas. Ahora, *senhora* Wittstock, ¿cuál de estos hombres tendrá el placer de recibir su ayuda? Toda esta gente tiene una familia de diez cabezas por lo menos y nada más que una choza flotante en el río.

Su tono agrio la molestó profundamente. Todo en él la sacaba de sus casillas. Con dificultad se recordó a sí misma el pretexto de su presencia allí. Tiró de las riendas y dirigió a la yegua a lo largo de la hilera de trabajadores. Estaba tan acalorada con Da Silva que no estaba en condiciones de hacer la elección correcta. Sin embargo esta resultó fácil: solo uno de los hombres tenía la cabeza erguida, todos los demás se miraban fijamente los pies. Los rasgos indios y el tono oscuro de su piel delataban que era uno de los cafusos. Sus ojos bajo las pobladas cejas se estrechaban en un gesto de desconfianza. El hombre olía a rebeldía.

—Ese —dijo únicamente, haciendo girar su montura en dirección a la «choza».

Cuando se imaginó esta escena durante la travesía a bordo del *Amalie* sus mejillas le quemaban por la vergüenza. Como si fuese una matrona romana que comprase un esclavo desde su litera. Pero ahora le daba igual lo que pensaran de ella aquellos hombres.

—Los demás recibirán cien reales cada uno —dijo cuando Da Silva volvió a cabalgar a su lado.

—Como usted mande, *senhora* Wittstock.

No puedo callármelo, ¡Por todos los rayos!, ni mordiéndome la lengua, pensó. *No puedo.*

—Usted mintió, Da Silva. Usted no encontró nunca a Ruben.

Desde el salón de té de la «choza», mirando a través de la ventana, podía uno esperar ver un jardín de árboles frutales o un patio de granja en el que algunos niños persiguieran a un grupo de gansos. Pero no aquella pared verde de la jungla. Las habitaciones estaban decoradas con sencillos muebles de estilo Biedermeier. De las ventanas colgaban cortinas floreadas; los marcos ovalados decoraban las paredes pintadas de un azul suave con naturalezas muertas. La servidumbre de la casa se componía de dos muchachas y un viejo ayuda de cámara que le sirvió mate de coca en una taza de porcelana. El aroma a galletas de mantequilla recién horneadas flotaba por la casa. La casita mantenía en su interior la promesa que ofrecía en su exterior. Allí debería haberse quedado tras aquel primer encuentro con Kilian. Pero entonces murió Gero en una de las habitaciones que estaban sobre ella y todo había cambiado.

Fuera crujió algo en el porche. Voces apagadas. Llamaron a la puerta de entrada. Amely se sacudió las migas de galleta de su regazo, se irguió e hizo un gesto de asentimiento al criado para que hiciera pasar a la visita. Poco después entró un hombre moreno al salón. Tras él iba una mujer de apariencia india cargando una niña pequeña en brazos. Ambos mantenían las cabezas bajas. Él sostenía un sombrero de paja deshilachado con una mano unida sobre la otra. Se había puesto un chaleco oscuro sobre sus ropas de yute raídas. Los pies, que asomaban por debajo de los pantalones deshilachados, calzaban unas sandalias de factura casera. El vestido de la mujer parecía un camisón a pesar de los descoloridos bordados de flores del dobladillo. Andaba descalza. Amely supuso que el imponente atuendo de la niña, con un gorrito negro y un delantal blanco, respondía a la ocasión de su visita. Amely se levantó y señaló las sillas.

—Buenos días, *senhor...*

—Trapo, *senhora* —respondió torpemente—. El capataz me llama «trapo», así que puede hacerlo usted también.

Su portugués era entretanto lo bastante bueno como para entender aquello. Y también que él buscaba avergonzarla con aquella presentación.

—Como usted desee, *senhor* Trapo —replicó ella fríamente. La situación le parecía humillante. Él se sentó con las piernas abiertas a la mesa y tiró de su mujer para que ocupara el asiento de al lado. Amely llenó sus tazas y les acercó la bandeja con las galletas—. Sírvanse.

No tenían ninguna intención de hacerlo. El silencio que siguió se hizo insoportable.

Dejó su taza de té con fuerza haciéndola tintinear. Lanzó una mirada crispada a los guardaespaldas, que permanecían mudos y pegados a la pared.

—Su presencia incomoda a esta gente. ¡Salgan ustedes de aquí! ¿O piensan que me van a secuestrar? ¡Ya gritaré si ocurre!

Los dos hombres obedecieron; también el ayudante de cámara se alejó obedeciendo a su señal y cerró la puerta tras de sí.

La primera dificultad había sido superada. Estaba sola con esos desconocidos. Da Silva no se había acercado a la casa en todo el día, desde que le había acusado de mentir. De vez en cuando le veía deambulando fuera, fumando un cigarrillo tras otro.

Ella bebió y removió el aire húmedo con un abanico de encaje.

—¿Qué piensa usted de esta enfermedad, *senhor* Trapo? Seguro que sabe usted mucho del caucho.

—Yo solo trabajo, *senhora*.

—¿Y su esposa?

—Trabaja.

—¿Puedo preguntarle cómo se llama su preciosa niña?

—Nuna.

—Es maravillosa. ¿Cuántos hijos tienen ustedes?

—Seis.

Las escuetas respuestas del cafuso estaban llenas de encono. Su mirada era sombría. La mujer tenía la vista fija en la punta de sus pies. Ninguno de los dos tocó el té. Cuando la niña alargó la mano hacia las galletas, la mano de la mujer se crispó, como si quisiera evitarlo, pero no se atrevió.

—¿Les han dicho por qué han sido invitados a venir, *senhor* Trapo?

—Sí. —Y después de dudar un momento—: Nos han dicho que debíamos vestirnos con nuestras cosas buenas y venir aquí. Y que teníamos mucha suerte porque usted quiere regalarnos dinero.

—Pero se diría que más bien les ha caído una desgracia, por la cara que ponen.

—Nos va bien, no necesitamos ningún dinero de usted.

—¿Una escuela para los niños?

—¿Y qué iban a hacer con eso? Tienen que trabajar.

Amely sorbió su taza. El vivificante té hizo efecto. Quizá debería intentar romper el hielo de otra manera. Sonriendo amistosamente se dirigió a la mujer en el lenguaje de los ava:

—¿Puedo preguntarle su nombre?

Pero la india levantó confundida la cabeza y pronunció algunas palabras extrañas. Quizá provenía de una zona más allá del Amazonas.

—¿Le gusta a usted trabajar para el *senhor* Wittstock? —Volvió a intentarlo con Trapo. En su expresión halló por primera vez un rastro de interés por ella. Pero permaneció en silencio. ¡Por todos los rayos! Quizás debería buscarse a un tipo menos terco. No necesitaba justificarse; le bastaba con decir que esa familia no le había gustado. Y le daba lo mismo lo que pensara esa gente, el personal o incluso Da Silva sobre su humor cambiante. Dejó la taza y se dispuso a utilizar la campanilla de la mesa. Entonces el hombre alargó la mano hacia el vestido de su mujer y descubrió sus hombros de un tirón.

—¿Ve usted cuánto me gusta? ¿Lo ve usted?

Amely quería preguntar de dónde venían aquellas cicatrices de quemaduras de un rojo intenso. No eran gotas de caucho caliente, como las de Felipe. No, no quería saber nada de aquello. De todos modos ya sabía suficiente. Por primera vez desde hacía mucho tiempo se acordó de la mujer ava que pedía limosna en un café... Era Navidad, el día en que Da Silva la besó. Sintió calor en las mejillas al ruborizarse. No por el beso. Por la mujer.

—Acepto su limosna, *senhora* —dijo él—. No puedo permitirme ser orgulloso.

La india había soportado el grosero tratamiento sin rechistar. La niña parecía saber también que no debía lloriquear. Cuando él se levantó y golpeó a su mujer, ella saltó de inmediato y se fue hacia la puerta, sin tomarse siquiera el tiempo de cubrir sus hombros con la tela. Amely se levantó también.

—Espere, *senhor* Trapo. No quiero darle ninguna limosna. —Las palabras salieron, sin que ella fuese capaz de decidir todavía hasta qué punto era peligroso lo que hacía. Debía hacerlo ahora, debía hacerlo así, porque una mujer como ella no tendría fácilmente otra oportunidad de estar sola en la misma habitación con un hombre como aquel—. Quiero que trabaje para mí. Por mucho dinero. Por muchísimo dinero. Quiero que pase semillas de caucho a la costa de contrabando para mí.

3

Kilian no había hecho reponer el espejo. Había comprado un tocador nuevo aún más suntuoso. Una pieza de oro ridícula y de mal gusto. Amely observó el corte en la mano que se había hecho sin darse cuenta. Solo quedaba una cicatriz rosada como recuerdo. Dejó caer la bata resbalando desde sus hombros. El cuerpo le olía a jabón de baño caro y tenía un tacto sedoso. Se acarició la piel, los pechos y el vientre. Todo parecía hinchado. ¿O se confundía? No, sobre el vientre tirante se apreciaba una clara redondez. Se giró de lado en el taburete y sacó el vientre hacia fuera.

Pasos pesados. Se giró a tiempo de dar la espalda a la puerta; Kilian ya estaba en su habitación. Se cubrió los hombros apresuradamente y cerró la bata. Antes no se habría privado de entrar y desnudarla de nuevo. Peor todavía, se habría aliviado con ella. Hoy solo sintió su mirada en la nuca.

—¿Te sientes mejor, Amely, querida?

Se refería sin duda a su excursión a la «choza» y al hecho de que quizás había ayudado a mejorar su ánimo. Estaba bien que creyera eso.

—Sí —dijo ella.

No seas tan parca en palabras, solo harás que se enoje de nuevo, se amonestó a sí misma. Pero cada conversación con él le suponía un esfuerzo.

Él esperó. Amely sostenía un frasco de perfume a la altura

del cuello y apretó la pera de caucho. Un aroma dulzón la envolvió.

—Estoy bien —dijo ella al ver que él no hacía ningún ademán de irse.

—No parece que sea así.

Qué te importa a ti eso.

—No me has contado todavía lo que te pasó con los indios. Quizá pienses que no me importa. Pero no es así, me interesa, y mucho.

Claro que sí, quieres oír historias truculentas sobre quienes crees que mataron a tu hijo.

—¡Si quisieras hablar por lo menos una vez sobre lo que te ocurrió! —Kilian rugió y calló de nuevo. En el espejo lo vio frotándose las manos. La golpeó en los hombros con una expresión de alegría forzada—. Pero les daremos una lección a esos salvajes, ¿qué te parece? Haré colgar a cien de ellos como te prometí una vez. Ahora ya no tendrías tanta compasión por ellos ¿no es cierto?

Ella guardó silencio.

—¡Lo pasado, pasado está! Así que cambia de una vez esa cara de mal genio, que no queda bien con el carnaval —dijo riéndose forzadamente—. Si no, iré al teatro con Consuela ¿me oyes? Sería una buena columna de cotilleos en el *Jornal.* ¡Ja, ja!

Por fin se fue. Desde la puerta le recordó que se diese prisa y la dejó sola. Amely se puso el corsé, cogió aire y empezó a cerrar los corchetes. En ese momento entró Bärbel.

—Ya la ayudo yo, señorita. —Ató tan fuerte a su espalda que Amely iba a protestar—. Ha vuelto a engordar un poco desde su regreso.

—No aprietes tanto. ¿Como fue en la ópera? —preguntó Amely en un intento de desviar la atención de Bärbel de su cintura.

—¿Ópera, qué ópera? —resopló Bärbel, indignada—. *La Bohème* se suspendió. ¿No lo sabía usted? El tenor no quiso cruzar el gran charco, según se dice. ¡Tan joven y con semejantes aires!

—Hay que ver. —Amely se giró en la silla hacia la cama, sobre la cual estaba extendida su ropa para la noche—. Seguro que habría venido si hubiese sabido qué tipo de espectáculos decadentes se ofrecen por aquí. ¿Crees que podrás ayudarme a ponerme el disfraz?

—Sola no, tengo que llamar a Maria *la Negra* para que me ayude. —Bärbel apoyó las manos en las caderas e hinchó las mejillas como ponderando aquel difícil encargo.

Kilian saltó del asiento del conductor, se apresuró a rodearlo y a ofrecer la mano a Amely. Ella sabía lo que correspondía hacer ahora, por eso tomó su mano a pesar de que no tenía ningún deseo de hacerlo. Apearse del automóvil de su padre con aquel pesado atuendo que llevaba requería una sucesión de cuidadosos movimientos. De sus entusiasmadas cartas había deducido que se trataba de un Wehmeyer Dédalo. Alcanzaba la fabulosa velocidad de cincuenta kilómetros por hora y podía arrancar en menos de ocho minutos. Sin embargo, en las atestadas calles de Manaos no cabía preguntarse por la utilidad de aquel chisme, lo que importaba sobre todo era que los hombres estuviesen satisfechos. Amely contó ocho automóviles alineados junto a la acera del teatro de variedades. Un abrigo de automovilista y gafas deportivas no bastaban entretanto para deslumbrar.

Todos los hombres, vestidos con frac, sombrero de copa y bastón de paseo, y todas las mujeres, colmadas de joyas, se volvieron hacia ella. Amely había creído que no soportaría esa entrada en escena, pero no era ella quien caminaba del brazo de Kilian por la enorme alfombra que cubría la acera. No era tampoco ella quien oía cómo él contaba todos los coches europeos y aseguraba que el coche de su padre era el más caro y el más bonito y su apoyo financiero muy útil.

No era ella quien con dificultad llevaba ese vestido, sobre el que pronto leería en la prensa. *La baronesa del caucho regresa de la selva...*

Los flashes de magnesio llameaban. Amely notó la presión de la mano de Kilian, apremiándola: *Sonríe*. Ella lo hizo. Y al mismo tiempo habría querido que la tragase la tierra. Llevaba una cofia decorada con plumas azules, rojas y amarillas que enmarcaba su rostro como una corona solar. El vestido ajustado estaba adornado con plumas de tucán de un azul oscuro entre las que titilaban algunos diamantes. Los brazos los decoraban brazaletes de piel de mono, las muñecas cadenitas de oro de las que colgaban agujas de hueso. Ornaba su frente una fina banda de la que colgaban dientes de jaguar de oro que oscilaban sobre sus cejas. Sobre su pecho llevaba un pectoral de oro: la cara de un inca con ojos de esmeraldas y obsidianas oscuras y dientes de ágata moteada. Lo más escandaloso eran, sin embargo, los pies, desnudos bajo las pequeñas guirnaldas de plumas que colgaban de cadenitas de oro.

La *senhora* Malva Ferreira se acercó a ella con los brazos abiertos.

—¡Queridísima Amely! *Très fort!* ¿Cómo lo hace? Ha conseguido aventajarme por segunda vez. Estoy profundamente impresionada.

Entre sus dientes brillaron algunos rubíes. Su sonrisa lucía roja, como si se hubiese bebido la sangre de su esposo. Llevaba una falda de tafetán negra y encima un frac con una corbata en cuyo nudo fulgía un enorme diamante. Completaba su atuendo un monito de seda blanco sobre su sombrero de ala ancha.

—Queridísima Malva —dijo Amely esforzándose por parecer alegre—. Como he podido observar ahora mismo, es usted la única mujer de Manaos que conduce su propio automóvil. Nadie puede superarla.

Claramente complacida con el cumplido, Malva la rodeó observándola detenidamente de la cabeza a los pies.

—Me interesaría saber con urgencia qué llevaba usted realmente en la selva. Me resulta difícil imaginármela como india con un mono en el hombro y plumas en el pelo.

—Entre los ava solo los hombres llevan plumas. Y a los monos no los encuentran adorables porque parecen cabezas reducidas y roban la comida. Los matan y se los comen.

Malva boqueó buscando aire.

—*C'est barbare!* ¡Son como animales! ¿Ava? ¿Qué significa eso?

—En la lengua de los yayasacu, «ser humano».

—*Hélas!* —rio ella sonoramente—. Hará usted *furore* con esta excitante historia. Tiene que contárnoslo todo, ¿*non*, Philetus?

—Sin falta.

El gobernador hizo una reverencia ante Amely y besó su mano. Amely fue saludada por toda la acicalada concurrencia, damas y caballeros a los que no había visto desde la noche de fin de año. Le dolían los pies cuando por fin se sentó en una mesa con Kilian y la pareja formada por el gobernador y su esposa. Era consciente de la envidia en las miradas de todos. Muchachas ligeras de ropa se deslizaban velozmente entre las mesas redondas, sirviendo champán, suflés de frutas y pralinés con helado. Lo que ocurría en el escenario parecía no tener ninguna importancia por el momento. La gente charlaba mientras negros vestidos como turcos hacían cabriolas, cantaba un coro cómico masculino y se presentaba un cinematógrafo que mostraba imágenes en movimiento de un partido de tenis. Solo el flatulista hizo reír a los espectadores, y el ambiente se relajó cuando ya avanzada la noche una bailarina, estirándose sobre un canapé, se despojó de las piezas de su indumentaria hasta quedar en ropa interior.

Malva y Philetus Ferreira se besaban a su antojo. Amely no podía ver lo que hacía la mano de la señora Ferreira, pero seguramente nada distinto de lo que se podía observar en las mesas adyacentes. Entre los balones de caucho de colores y el confeti que volaba por todas partes empezaron a desaparecer los escrúpulos. Se formó un tumulto cuando la bailarina en ropa interior comenzó a hacer movimientos en sus caderas como para quitarse las medias de encaje. Amely solo había oído sobre escenas parecidas en París. Pero en el «París de los Trópicos» no debería sorprender. Se dispuso a aguantar mientras Kilian no se acercara a ella. Naturalmente no lo hizo, en vez de eso sentó a la camarera en su regazo. En alguna parte, en uno de los rincones oscuros, una dama estaba sentada a horcajadas sobre su caballero moviéndose delatadoramente. Amely no pudo evitar reírse para sus adentros. Se entretuvo con su copa de champán y el delicioso sorbete de maracuyá. Malva y su esposo se habían levantado y bailaban despreocupados entre las mesas. Sobre el escenario, la bailarina desvergonzada había dado paso a un grupo de acróbatas masculinos que tampoco escatimaban con la piel desnuda. En algún momento vio desaparecer a Kilian con una mujer del brazo, distinta de aquella a la que había visto antes sobre su regazo. Sonó un golpe sordo, como si un hombre hubiese dado un puñetazo a un rival. *Si hubiera ahora un tiroteo no me extrañaría, al fin y al cabo estamos en Manaos,* pensó Amely mientras sorbía su copa. *Ruben, ¿qué pensarías tú de esto si pudieses verlo?*

Maria *la Negra* había contado que después del espectáculo de variedades habría varios bailes de carnaval en los que el disfraz era condición obligatoria. Amely llevaría naturalmente un disfraz distinto en cada ocasión y Kilian había dicho que él también se disfrazaría; seguramente pensaba darle una alegría con ello. No había límites a la fantasía, el gobernador ya había revelado que iría disfrazado de Papa.

¡Cielos! Amely intentaba no pensar en cuántas veladas como aquella tendría que soportar durante su vida hasta que su plan diera fruto. El caucho de contrabando necesitaría años hasta que se desarrollara en otro país tropical y produjese cosechas suficientes para competir con el caucho brasileño, hasta que llegase incluso a hacerlo tan poco interesante que no valiera la pena ampliar la superficie de explotación de la selva. Eso, en el caso de que arraigase en otro lugar, en el caso de que consiguiera sacarlo del país.

La mayor incertidumbre de su descabellado plan era sin duda que este se hallaba en manos de un hombre como Trapo.

El cafuso se había girado y la había mirado fijamente. Creyó leer en su cara los pensamientos que estaban pasando por su mente: *Esta mujer rica que al parecer no sabe qué hacer con su vida podría hacerme colgar por placer y a nadie le importaría lo más mínimo.*

—Me voy ahora, *senhora*. —Lo dijo lentamente y se movió lentamente. Su mano palpó buscando la manija de la puerta mientras él no dejaba de mirarla, como si fuera una serpiente a sus pies.

—Quédese. Es una propuesta seria.

—No lo creo.

—¡Es verdad! —dijo retorciéndose las manos—. ¿Qué puedo hacer para que me crea?

—Nada.

Una parte de ella deseaba que se fuese de una vez. Sabía que no revelaría nada; sería peligroso únicamente para él porque nadie le creería. Pero otra parte le recordó que no debía abandonar. Con un brusco movimiento se quitó del dedo su costosa alianza nueva y se la lanzó.

—¿Lo ve, *senhor* Trapo? Es un asunto serio. Quiero que mi esposo caiga. Coja usted el anillo. Tírelo al río. Vamos, adelante, ¡cójalo!

Seguramente pensaba que sería mortal para él si alguien encontrase ese anillo con él. Aun así lo recogió. Se acercó a ella sosteniéndolo entre dos dedos. Se acercó tanto que su mal aliento amenazaba con tumbarla.

De repente se quitó el cordón que le sujetaba los pantalones.

¿Qué se proponía? Amely dio instintivamente un paso atrás. Él se inclinó sin dejar de mirarla y se metió la mano entre las piernas. Cuando se levantó, mostró la mano vacía.

—¿Sabe usted dónde está ahora el anillo?

Amely tragó saliva.

—Creo que sí.

Se limpió los dedos en el cuello de encaje blanco de Amely. Ella se estremeció de ira, pero permaneció en silencio.

—No la creo porque sea usted digna de confianza, *senhora,* —dijo fríamente cuando se apartó de ella—, sino porque no tengo nada que perder. Así que explíqueme cómo se ha imaginado usted este asunto. Y cuánto piensa pagarme.

Amely agarró con alivio el paquete de billetes de banco que tenía en su bolso de mano...

Levantó la botella de champán de la fuente del hielo. Casi

vacía. Una muchacha se acercó a ella, llenó su vaso sonriente y dejó la botella recién abierta en la fuente.

—¿Se divierte usted, *senhora*? —preguntó, y se fue sin esperar respuesta.

El siguiente a quien sirvió, un caballero corpulento, la sentó en su regazo y le metió pedazos de hielo en el escote. *Mi plan no es solo descabellado,* pensó Amely, *de hecho es imposible.* Miró a su alrededor y recordó la antigua Roma. ¿No era una constante histórica que cuando una sociedad se comportaba de una manera tan repugnante y decadente era porque estaba ya muy cerca de su caída?

Alguien la hizo girar en su silla y se inclinó sobre ella. Solo su voluminoso disfraz impedía que el hombre la pudiera abrazar.

—Vamos a bailar, guapa —balbuceó. Ella quería agarrar la fuente del hielo, pero entonces él tropezó y cayó de espaldas.

Da Silva esperó hasta que el hombre se alejó trastabillando, se frotó la barbilla ensangrentada y volvió de nuevo a la pared, donde una retahíla de guardaespaldas esperaban firmes.

Amely se levantó y arregazándose el vestido se dirigió al baño a través del vestíbulo vacío e iluminado por candelabros de cristal. Vomitó sobre el cuenco de mármol. Quizás el alcohol no era bueno para el bebé. Pero ¿cómo iba a saber ella eso? *La esposa de Trapo es pobre, pero seguro que no es tan tonta como yo.* Palpó a ciegas en busca de la pila de toallas de lino cerca del lavabo y se secó los ojos.

El espejo estaba empotrado en un mosaico de baldosas azules. Estaban decoradas con imágenes de bailarinas con faldas arremangadas en alto y señores con pantalones bajados. Su imagen en medio de ellos hizo que Amely se estremeciera. Había abandonado definitivamente su amor por Ruben por el bien de su plan. Ahí estaba ella ahora, una india grotescamente desfigurada, colmada de oro y piedras preciosas. En vez de eso podría estar sentada en una cabaña, sin nada más que una falda de rafia en las caderas, y ser feliz.

La puerta se abrió y entró Da Silva.

—¿Qué busca usted aquí? —gruñó, se giró y le lanzó la toalla a la cara.

—Debe dolerle a usted el cuello con esa cosa —dijo señalando a su cabeza y se acercó a ella lentamente. Levantó las manos. Ella no se apartó de él mientras le quitaba la cofia de plumas. Realmente le dolían todos los músculos—. Ahora puede girarse, *senhora*, no la voy a apuñalar.

Ella le dirigió una mirada dura, pero obedeció y se quitó el pesado pectoral de oro. Él posó los dedos sobre sus hombros y ella dejó caer la cabeza. *Ahora podría estrangularme y nadie sabría, después de una noche como esta, que habría sido él.*

Las yemas de sus dedos presionaron sobre su piel. Sus tensos músculos protestaron, pero le hacía bien la manera inflexible en que él la masajeaba. Sus pulgares buscaron su cuello, justo en el nacimiento de sus cabellos recogidos en alto. Sin poder evitarlo, se le escapó un gemido. Notó que manoseaba las horquillas de su pelo, uno tras otro fueron cayendo los mechones.

—¡Amely! ¡Amely!

Ella se giró. Él se había alejado tres pasos de ella. Malva entró como un torbellino.

—¡Ah, aquí está usted, Amely! Ya pensaba que había huido. Sería comprensible, porque ahí fuera ya no pasan más que cosas absurdas. Philetus y yo queremos cambiar de *établissement*. Venga usted con nosotros, *ma chérie*. —La ligeramente perturbada esposa del gobernador agarró su mano—. Y no se preocupe usted por el paradero de su esposo. Mañana despertará en alguna parte y no sabrá cómo fue a parar ahí. Ah, *monsieur* Da Silva, qué bien que está usted aquí. ¿Podría usted conducir mi Daimler Phoenix? Estoy demasiado borracha para conducir.

La señora Malva Ferreira emitía grititos y risotadas y el gobernador del Amazonas charlaba como un papagayo. Ambos debían haber ingerido una buena cantidad de alcohol. Felipe no había bebido; a pesar de ello tenía dificultades con la conducción. Constantemente cruzaban las calles alegres participantes de la fiesta; chillaban y tamborileaban y lanzaban agua a la cara de todo aquel que no fuese lo bastante rápido para huir de ellos. Que los tapizados de aquel automóvil, pecaminosamente caro, estuvieran empapados no parecía molestar a la esposa del gobernador. Al contrario, esta celebraba cada chorro que la alcanzaba. Las plumas del traje de Amely colgaban tristemente boca abajo desde hacía rato. Ya no llevaba el peto de oro. ¡Cuán desquiciado había que estar para olvidar algo tan caro en un lavabo! El agua caía por sus cabellos sueltos. Ella estaba sentada a su lado, y eso no parecía hacerla feliz. *Pero eso cambiará*, pensó él decidido.

—¡Cuidado! —gritó ella.

Él dirigió la mirada de nuevo hacia adelante. Un grupo de tamborileros con los rostros cubiertos por máscaras de cartón piedra cruzó la calle corriendo por delante del automóvil. Uno de ellos lanzó un globo de caucho hinchado. Una lluvia de agua se derramó sobre Felipe, lo que hizo que el humor de Malva Ferreira mejorase todavía más. Incluso Amely sonrió. Y volvió a sumirse inmediatamente en sus sobrios pensamientos.

Debió pasarlo realmente mal con los indios.

Paró el vehículo en uno de los muchos bares de la zona portuaria, donde el carnaval le gustaba mucho más que en los nobles bailes de los señores. El año anterior había llevado a Wittstock. Y para el año siguiente se había propuesto llevar a Oliveira. *Ya le quitaría yo el bastón del traje a ese joven envarado.*

Si para entonces sigo siendo la «mano izquierda» de Wittstock. Si para entonces sigo vivo. Kilian Wittstock podía pegar y hacer la vida imposible, pero estrangularía a cualquiera que la rondase.

Vio la sorpresa en sus ojos cuando la llevó a través de la insignificante puerta de entrada a una sala preñada de humo. Allí había de todo entre el público: criollos, caboclos, cafusos, indios, de todo menos señores blancos.

—No tenga miedo, conozco a la gente —dijo a Amely tranquilizadoramente.

Los Ferreira parecían encantados de permitirse esa aventura. Lo sería realmente si no fuese porque arrastraban una cadena de guardaespaldas tras ellos que habían seguido al coche a caballo. Felipe los instaló en una pequeña mesa, pidió bebidas un poco más fuertes que el vino espumoso francés y se deshizo del molesto esmoquin. Le gruñía el estómago. Seguro que a los señores también, porque al fin y al cabo nadie queda harto de suflé. Preguntó si querían que pidiese feijoada y, aunque el ruido casi engulló su pregunta, el gobernador y su esposa asintieron encantados. Amely meneó la cabeza y arrugó la frente.

Su cerrazón no podía deberse al ambiente. Sobre una larga mesa que hacía las veces de escenario bailaba y cantaba entre el humo de las velas y los cigarrillos una negra acompañada de tres muchachos que tocaban atabaques con manos y palos. El ritmo salvaje de los tambores hacía aplaudir a la gente, la música cruda penetraba en todos los miembros del cuerpo. Una pareja tras otra se levantaba y bailaba el fogoso maxixe. Figuras cubiertas con paños negros en los que había esqueletos pintados saltaban entre la gente. Amely se estremecía y se apartaba de ellos, pero les aplaudía. Felipe no le quitaba los ojos de encima. La miraba mientras bebía ginebra, mientras tocaba uno de los tambores que circulaban por la sala, mientras una mujer desconocida rozó su cadera contra él y luego, como él no reaccionaba, se fue dando tumbos para caer en los brazos de otro. Pronto haría un año y medio que había conocido a Amely Wittstock. Y desde hacía poco menos de un año y medio la deseaba: a la mujer que había creído que acabaría desmoronándose en aquellas tierras. ¿Se había desmoronado? Wittstock la había maltratado, pero ella había vuelto con vida de la selva. Hombres hechos y derechos habían fracasado en el intento. Había tenido a muchas mujeres en su hamaca desde aquella noche en que mató a Pedro para poder abalanzarse sobre ella sin ser molestado. Como las había tenido también todos los años antes de eso. Era conocido en los burdeles de las favelas, no solo porque Wittstock le pedía ocasionalmente que cuidase de él allí. Pero todo aquello había dejado de satisfacerle. Aquellas muchachas medio desnudas con

el pelo negro y liso y los ojos grandes, que hablaban poco y son-
reían con desgana, eran todas iguales. No podían compararse
con aquella casta dama que, a pesar del color tostado que había
adquirido su piel en la jungla, seguía siendo una belleza invernal. Pidió su tercer vaso de cachaza. ¡Demonios! ¿Como llegó a
descubrir que no había encontrado a Ruben Wittstock? Cuando se lo soltó, sin más ni más, pensó que le partía en dos un ra-
yo. Ya era extraña antes, pero desde que había vuelto de la jungla no había quien la entendiese. Era más fácil de entender
cuando los gritos de los monos aulladores la sobresaltaban. El
contoneo de una bailarina criolla cuya falda dejaba entrever el
inicio de sus rechonchas nalgas despertó sus ansias. Quizá debería quitársela de la cabeza de una vez y cortejar a la goberna-
dora... Sería más fácil. Rio observando su vaso, casi vacío de
nuevo. Se fijó en los bailarines luchadores cuando ya tomaban
por asalto las mesas. Ya había bebido demasiado aguardiente de
azúcar de caña, estaba claro. La voz de Malva Ferreiras retumbaba por toda la sala. Sus guardaespaldas despejaban el camino a
golpes. Felipe se llegó hasta Amely y la levantó por los hombros. Los bailarines se habían instalado en el centro de la sala,
donde saltaban y revoloteaban acompañados por las palmas de
la multitud y el rechinar de aquella música horrible.

—¿Quién es esa gente? —gritó Amely.

—Capoeiristas. Son antiguos esclavos que roban porque no
tienen trabajo ni comida. Tenemos que marcharnos.

La empujó en dirección a la salida.

—Pero ¿y los Ferreira? —repuso ella, y él la ignoró. Al salir
fueron recibidos con nuevas duchas de agua.

Rodeándola por la cintura corrieron por aquella calle oscura
y se introdujeron por callejuelas estrechas. No estaban lejos de
su casita. Para variar, el vecindario estaba tranquilo; todos los
vecinos habían ido a la ciudad. Soltó a Amely. Ella se desplomó
jadeando en los escalones de su terraza.

—¿Qué ha sido todo eso? —se oyó decir a sí misma con un
deje entre indignado y cansado.

En el débil resplandor de una lamparilla de petróleo vecina

vio que su maquillaje se había emborronado. Incluso eso la hacía más deseable.

—Ya he tenido bastante de este carnaval sarnoso, quiero ir a casa.

Su terquedad le volvía loco. No aguantaba más.

Ahora o nunca más.

Ahora. Tenía que ser ahora. Después ella no se atrevería a contarle a su marido que él, Felipe, le había mentido.

Ella misma tendría que vivir con una mentira.

Algo en un rincón de su cabeza le decía que debía acercarse a ella de manera correcta. Pero esa voz era demasiado débil. La agarró de los brazos y la empujó hasta que tocó las tablas de la baranda. La besó en la boca antes de que pudiese gritar. Notó por el roce en las caderas que ella tiraba de su camisa. No para acariciar su piel, sino para desgarrarla con las uñas. Puso la rodilla entre sus piernas mientras con la mano tiraba violentamente de la tela de su vestido, de la que volaron las plumas. Ella sacudía la cabeza a un lado y a otro, pero él no dejaba de secundar los movimientos de ella y de darle lengüetazos. En la oscuridad supuso que ella había cerrado los ojos. Tiró de la tela del vestido hacia abajo haciendo salir sus pezones, que cubrió de inmediato con la boca. La camisa de él se desgarró por la espalda. Los dedos de ella se deslizaron sobre sus omóplatos cubiertos de sudor. La soltó para abrirse los pantalones, para entonces demasiado estrechos. Ella no aprovechó esa ocasión para escapar.

4

La luz del sol atravesaba sus párpados. Algo martilleaba en la cabeza de Amely, en alguna parte detrás de la frente. Abrir los ojos era una tortura. Los cubrió con la mano hasta que se hubo acostumbrado a los rayos del sol que penetraban en la habitación a través de las tablas de la puerta del balcón. ¿Dónde estaba? Sobre ella tenía un dosel perfumado, una nube de gasa... Una almohada suave, demasiado suave... Se sentó bruscamente. Giró la cabeza instintivamente; el lado de Kilian estaba vacío.

¿Cómo había llegado a la habitación de matrimonio? Por más que lo intentaba no conseguía acordarse. Lanzó las piernas sobre el borde de la cama, intentó pescar las pantuflas con los dedos de los pies y apartó un escarabajo. Luego se levantó. De inmediato sintió náuseas. Recordó que debía levantarse más despacio y corrió hasta el baño, donde se inclinó sobre el lavamanos. Después se sintió aceptablemente bien. ¿Se encontraba tan mal debido a su embarazo o había bebido demasiado anoche? Le pareció recordar bastantes copas de champán. Música martilleante y salvaje... ¿O el recuerdo de aquello no era más que el dolor de cabeza? Se tambaleó hasta el lavabo y abrió el grifo. El agua tibia fluyó en sus manos, se lavó la cara. Los restos de maquillaje que no habían quedado sobre la funda de la almohada desfiguraban su rostro abotargado. Tanteó buscando un pañuelo de seda y se lo pasó sobre los ojos y las mejillas.

¿Qué había sucedido?

Aquel horrible programa de variedades, sí, de eso se acordaba. Del griterío de Malva Ferreiras y de que en algún momento había estado sentada al lado de Felipe da Silva en un automóvil. De la costumbre de la gente de lanzar agua a la cara de todo el mundo, y de que había pasado mucho calor con aquel horrible disfraz. Del pectoral inca que... ¡Por Dios! ¿De verdad se lo había dejado en el teatro? El corazón se le encogió. Bueno. Su esposo se encendía cigarros con billetes... Aquello era una metedura de pata perdonable.

¿Y luego? Volvió al dormitorio y miró alrededor, como si pudiese encontrar la respuesta en alguna parte. En el suelo, una solitaria pluma azul de tucán le recordó la escapada nocturna. Alguien, Maria probablemente, le había quitado el disfraz, le había puesto el camisón y la había metido en la cama. ¡Qué bochorno! Volvió a la cama y se dispuso a asir el cordón del timbre sobre la mesilla de noche. Entonces llamaron a la puerta. Entró Consuela.

—Disculpe, *dona* Amely —dijo en voz baja—. Pero oí que estaba despierta. ¿Puedo traerle un *cafezinho*? ¿O alguna otra cosa?

¿Habría contado Consuela a Kilian que ella, Amely, le había pedido un álbum de fotos de sus hijos?

—Guaraná estará bien —replicó Amely amistosamente. La muchacha no debía sospechar que estaba enfadada con ella bajo ningún concepto, y mucho menos por su relación con Kilian—. Pero llévamelo a mi habitación; voy a pasar allí enseguida.

Allí podría relajarse. Descansar todavía un poco o, mejor aún, dormir una hora más y luego llamar a Bärbel; esperaba obtener de ella una información decente sobre lo que había ocurrido la noche anterior.

—Enseguida, *dona* Amely.

Consuela salió de la habitación. Amely buscó una bata. La cama deshecha le recordó que pronto tendría que dormir con Kilian, y algo más que dormir, si quería conseguir imputarle el hijo de Ruben. ¡Qué idea tan horrible! Moralmente reprobable, además. Pero ¿qué había dicho él entonces, cuando le rogó de manera humillante que pagase a sus esclavos, por lo menos? *La moral tiene valor de mercado; puede comprarse y venderse. Tu pordiosería es demasiado barata. Anda, come un poco de feijoada, te estás quedando en los huesos.*

Se dirigió a la puerta. Le daba todo igual. Solo le importaba su plan. Debía pensar siempre en ello para no cometer ningún fallo...

Al abrir la puerta se encontró con Kilian, que entraba. Dio dos pasos atrás, de vuelta a la habitación. Él cerró la puerta y bostezó. ¿Olería su boca a matarratas como la de él?

Él llevaba su bata dorada sobre un pijama arrugado. La venda negra que se ponía para mantener la forma de su bigote a lo káiser debería haber resultado cómica. Sin embargo solo hacía que su rostro pareciera aún más amenazador.

—¿Adónde vas, Amely, querida?

—Buenos días, Kilian. Voy a vestirme. Luego quiero bajar al despacho del señor Oliveira. —A hablar. Hablar de negocios era mejor que callar como una pecadora y mirar al suelo—. Quiero pedirle que contrate a una muchacha nueva para la «choza». La mujer del hombre cuya familia apadrino; ya sabes, ¿no es cierto? —Lo que él no sabía era que la mujer de Trapo iba a hacer de transmisora de noticias entre ellos. Que Amely quisiera evadirse a la «choza» de vez en cuando no llamaría la atención de nadie.

—Sí, sí, ya sé: tus tonterías —dijo deambulando hasta el armario empotrado a su lado de la cama y agarrando una botella de ginebra y un vaso. Amely quiso aprovechar la ocasión para marcharse, pero él la llamó—: Espera.

Mientras se servía la observó de arriba a abajo.

—Levántate el camisón.

—¿Cómo? —Se lo levantó hasta la pantorrilla, aunque sabía que no era eso lo que él quería.

—Más —exigió de inmediato. Y cuando finalmente se lo hubo levantado por encima de las caderas—: Ponte de lado.

Ella obedeció. Instintivamente contrajo el vientre y dejó

caer el dobladillo de volantes. Dios del cielo, no se veía un vientre abultado, él no podía notar nada...

—Maria tiene buena vista —gruñó él quitándose minuciosamente el bigote y bebiendo un sorbo—. Esperas un hijo.

Los pensamientos se agolparon en su cabeza. Quizá no se dio cuenta la otra noche que no llegó a culminar. *Ahora debo desear que se me acerque y me abrace con ilusión. Aunque me resultará terriblemente odioso.*

—¿Te lo hicieron los indios en la selva? —La rodeó con el vaso en los labios y se quedó de pie detrás de ella.

Se sintió como si tuviese semillas de caucho en el bolso y un miliciano le clavase el cañón de la pistola en el cuello. Creyó incluso sentir el frío metal. Pero se trataba solo del sudor frío que el miedo le provocaba.

—Puede que haya sido también algún caboclo piojoso. O un seringueiro. Pero no; fue un salvaje, ¿verdad? Llevas un pendejo de piel cobriza y pelo negro dentro de ti. —Su voz estaba cargada de repugnancia—. ¿Tiene padre? ¿O tiene varios? ¿Te gustó follar con una bestia?

¡Por Dios! ¿Cómo se le ocurría?

—¿Te gustó? —bramó en su oído haciéndola estremecer.

Sí. Sí. Sí.

—La manera en que estás temblando es suficiente respuesta.

No estaba temblando. Su cuerpo se sacudía sin control, pero no podía evitarlo.

—Date la vuelta.

Obedeció de nuevo. Mantenía aún los brazos pegados al cuerpo con el camisón abombado.

—*Saúde!* —dijo él brindando hacia ella y bebió—. ¿Por qué no has perdido este hijo? El mío lo perdiste. ¿O no era mío? Si hubiese sabido que tu señor padre me iba a endiñar una hijita puta...

No ofendas a mi padre. No lo dijo en voz alta. No porque tuviese miedo —lo tenía—, sino porque no valía la pena.

Levantó el brazo con el vaso para golpearla. La ginebra le salpicó en el rostro. Antes de que él pudiera golpearla corrió hacia el pasillo. Gritó algo para que todos oyeran lo que la amenazaba; quizás eso lo frenaría. La siguió a grandes zancadas. La alcanzó en la escalera de caracol y quiso agarrarla. Solo consiguió agarrarle el pelo. Amely tropezó con sus propios pies y amenazó con caer por las escaleras. Se acuclilló en los escalones; sus manos se agarraron a la barandilla.

—No hagas tanto teatro —gruñó Kilian.

Ella vio a Maria *la Negra* a través de los arabescos de la reja de hierro forjado. Bärbel, algunas muchachas del servicio. Incluso el señor Oliveira había salido de su despacho y se arreglaba nervioso la corbata.

—¡*Senhor* Wittstock, no haga! —dijo Maria entre lamentos y dando palmadas de desesperación. Bärbel retorcía su delantal con las manos. Todos enmudecieron, hasta los guacamayos.

Kilian levantó a Amely y la arrastró tras él en dirección al dormitorio. Ella palpaba la pared con la mano libre, como si pudiese encontrar allí un arma. Agarró una estatuilla de bronce de un artista francés, una bailarina de ballet, y golpeó una pintura de de Angelis, que también había decorado el Teatro Amazonas. Consiguió dañarla. Por supuesto, también consiguió aumentar la ira de Kilian. Quizás era lo que quería; no lo sabía. Intentó zafarse de su mano, clavó los talones desnudos en el suelo, se giró y gritó. Él la arrastró hasta la habitación y cerró la puerta tras de sí. Ella quería alcanzar el balcón, lanzarse al vacío; él la tiró contra la cama.

—Sabes comportarte como un estibador del puerto —dijo él pasándose la mano por la mejilla—. ¡Cállate de una vez! Y no te atrevas a moverte.

Pero estaba repentinamente demasiado cansada para eso. Inhalaba pesadamente el aire, que solo ahora notaba cuánto le faltaba. Kilian paseaba arriba y abajo a los pies de la cama.

—Eres un pájaro de mal agüero. Desde que llegaste solo hay problemas. ¡Tu creas los problemas! Lo imaginé ya cuando te sorprendí con el álbum de fotos. —También él jadeaba con esfuerzo—. Abre las piernas.

—¡¿Qué?!

—¿No me has entendido?

Sí, había entendido. Y oyó en su interior su vieja amenaza: *¿Te preocupan los indios? Haré colgar a cien de ellos si no te calmas de una vez.* Cuando él se le acercó para ayudarla a fuerza de golpes, ella intentó esquivarlo inútilmente. Él era más rápido. Más fuerte. Las patadas que ella daba eran inútiles. Agarrándola fuertemente de los tobillos la obligó a separar las piernas.

Repentinamente supo qué era lo que él quería ver. Se quedó helada.

—Da Silva me ha dicho que te comportaste como una bailarina de variedades en un local. Que quisiste seducirle. ¿Es cierto?

¿Cómo iba a demostrar lo contrario? Incluso si lo intentase, solo encontraría gente que confirmaría que había estado allí. Y el matrimonio Ferreira probablemente no tendrían recuerdos claros de esa noche. Podía imaginarse vivamente a Malva poniendo los ojos en blanco y contestando encantada a su pregunta: «¡Estuvo *fantastique*!»

—Claro que es verdad —se respondió a sí mismo—. Porque todavía estás mojada, puta. Precisamente tú, que has jugado siempre a ser el angelito inocente, siempre en casa con la nariz metida en revistas de buenos modales. Querías hacerme creer que no sabías nada de las costumbres licenciosas de Berlín, ¡ja, ja! Pero no fue por eso por lo que me dio el consejo de mirar con atención debajo de tu falda. ¿Qué significa este tatuaje? Pues que te buscaste un amante entre los indios, y él te tatuó eso. ¿Cierto?

En el piso de abajo se volvían a oír de nuevo los chillidos de los guacamayos. Oía la voz amortiguada de un jardinero. El rumor de pasos y crujir de ruedas sobre la grava. Le parecía incluso oír el chapoteo del agua de la fuente de delante de la escalinata. Todo seguía su curso. Y ella moría de mil muertes ahí dentro.

Kilian se agachó al lado de la cama con una mirada de preocupación, como si el doctor Barbosa estuviese sentado ahí.

—¡Amely! ¿No te das cuenta de lo que me has hecho, mezclándote precisamente con un indio? Dios, ¡qué asco! ¿Tenía ese animal por lo menos un nombre?

Ruben. Ruben. Ruben.

—¿Por qué? —preguntó agarrándola del pelo y sacudiendo su cabeza—. ¡Maldita sea! ¿¡Por qué!?

Ella abrió la boca. Pero el nombre de su hijo no salió de sus labios. Kilian no se merecía saber de él. Nunca. Tampoco la creería si le contase esa barbaridad ahora, en esa situación.

Se levantó y caminó pesadamente delante de la cama. Se sirvió un vaso más y se lo bebió de un trago.

—¿Por qué? ¿Por qué? —murmuraba constantemente para sí.

Seguro que se pregunta por qué se ha desmoronado su vida, pensó Amely enojada. *Nunca comprenderá que su vida no tiene nada que ver con la mía.*

Su camino sin rumbo le llevó al balcón. Desde allí gritó en portugués que le llevaran algo; ella no entendió qué. Oyó el golpeteo de la caja de madera de cedro, que estaba siempre a punto sobre la mesa por si le apetecía fumar un puro habano después de desayunar en la terraza. Probablemente no sabía que las cajas casi llenas debían cambiarse a menudo a causa de la lluvia. Regresó con un puro humeante. Llamaron a la puerta. Sacó la llave del bolsillo de su bata, abrió, cogió algo y cerró de nuevo cuidadosamente la puerta.

Era un vaso vacío, tapado con un corcho. Lo giró por un momento a un lado y a otro, y lo guardó en el bolsillo de la bata.

Ella tuvo la falsa y loca esperanza de que se hubiera olvidado de ella. Ahora volvió a sentarse a su lado.

—Yo te quiero de verdad, Amely, querida. —Lo dijo con aquella horrible voz quebrada que, por un momento, hizo creer a Amely que decía la verdad. Por lo menos él creía lo que estaba diciendo—. Soy tu marido; no puedes despacharme con tu silencio. Me vuelve loco.

Se hundió en la sábana cuando él se inclinó sobre ella dando una profunda calada al puro. ¡Oh, Dios! ¡Iba a quemarla! No, se levantó de nuevo, se puso a dar vueltas alrededor de la cama. La volvía loca con sus zancadas.

—Kilian...

—¿Sí? —Él se acercó a ella esperanzado.

Pero ella permaneció en silencio. No sabía siquiera lo que había querido decir.

Volvió a sentarse suspirando; sacó el bote de cristal del bolsillo de la bata y lo puso sobre la mesita de noche.

—¿Sabes qué es esto?

Un frasco vacío, y tu estás loco. No, ahora vio insectos en su interior. Tres, cuatro... Hormigas. Hormigas gigantes.

—Miguel cazó estos bichos para asustar a Maria *la Negra*. No consiguió más que una paliza —explicó él agitando el frasco y riendo—. Suerte que no ha ahogado a los animalitos. A estas horas deben de estar bien rabiosas, ¿no crees? Bueno, ¿vas a hablar por fin?

Oh, sí, cayó en la cuenta de que se trataba de ejemplares de la hormiga de las veinticuatro horas. Sabía por Ruben que su picadura podía ser mucho menos dolorosa de lo que le había contado el señor Oliveira. Pero cuatro ejemplares al rojo vivo... Cielos.

Kilian giró el bote, empequeñeció los ojos, consideró quizá si necesitaba ya unas gafas.

Le vino a la cabeza la imagen absurda de un Kilian joven, un niño que en verano hinchaba ranas y en invierno encontraba sables y tambores y barcos de guerra bajo el árbol de Navidad. ¿Cómo debía haber sido su padre?

—Te contaré lo que pasó en la selva —dijo ella— si me cuentas cosas de tus hijos.

Era peligroso pedir eso. Exigir eso de Kilian borracho era como lanzarse de la Roca Roja. Se preparó para recibir un puñetazo que le arrancaría la cabeza de los hombros.

Él dejó el vaso y respiró pesadamente.

—¿Qué quieres saber?

No quería saber nada. Tampoco quería ayudarle a derribar las mentiras que aprisionaban su alma como un muro de piedra. Él ya no significaba suficiente para ella. Solo quería ganar tiempo. Y verle sufrir antes de que él la hiciera sufrir a ella.

—¿Amabas a Ruben?

Él mordisqueó el puro medio quemado.

—Pregunta por Gero. Por Kaspar, si tiene que ser. Pero no me preguntes por Ruben. Ya has olisqueado bastante. Sabes perfectamente por qué odio a los indios.

—¿Todavía piensas en él?

—¡De vez en cuando! —dijo reanudando sus paseos por la habitación. Le dio la espalda, se rodeó de maloliente humo y levantó la nariz. ¿Realmente estaba llorando? No se lo podía imaginar. De pronto tiró el resto del puro en un cenicero de mármol y se dirigió hacia ella. Sus puños golpeaban a su lado, a derecha e izquierda sobre la sábana. Sobre ella flotaba su rostro agotado, en el que se dibujaba una sonrisa forzada.

»¡Amely, querida! Ven, hagamos las paces. Sí, sí, ¡mis hijos están todos muertos! Y este... —Deslizó una mano bajo su camisón, desplegó los dedos sobre su vientre, como para tomar posesión del bebé. Su tacto la atravesó como un latigazo—. También lo haremos matar cuando lo tengas. ¡No me mires tan horrorizada! Los indios, a los que tanto quieres, lo hacen constantemente. ¿O no? Y después empezaremos de nuevo desde el principio. Te había prometido una boda por la Iglesia, después de Nochevieja, pero entonces no estabas. La recuperaremos. En Europa, si quieres. O en otra parte del mundo. Y durante el viaje engendraremos por fin a nuestro hijo. También podríamos ir un par de meses a Norteamérica. ¡En invierno! Por fin estaciones de verdad. Nieve. Patinar sobre hielo. Iremos a un espectáculo del salvaje oeste. Ahí verás indios de verdad, no como las figuras enanas que hay aquí. ¿Qué te parece?

Los ojos de él brillaban de entusiasmo. Decía todo aquello completamente en serio. Se arrastró sobre ella. Le separó los muslos con las rodillas.

—Y eso de ahí —dijo tocando su tatuaje—. Eso lo haremos borrar. Hoy mismo, así ya te lo quitas de encima.

Sacó su miembro del pijama rápidamente. Esta vez no tendría un gatillazo. Amely se quedó sin aliento cuando él se lanzó sobre ella con todo su peso. Se mareó por el dolor y el espanto.

Cegada por las lágrimas tiró de su bata, pero era como si quisiera arrastrar una pared de roca. Braceó, y él no se dio cuenta de que ella había alcanzado el frasco de cristal. Clavó las uñas en el corcho, tiró del tapón. Con la abertura hacia abajo lo agitó sobre la nuca de él.

5

Así que ¿aquello era lo que se sentía al morir? No, la muerte debía de ser más bella: un disparo y ya se había acabado todo. Eso había pensado aquella vez, en el igarapé. Pero ahora sucumbía a una muerte interminable que la quemaba por dentro. Ruben estaba frente a ella y la observaba con el ceño fruncido. *A mí estas hormigas ya me han mordido muchas veces, y no ha sido tan grave*, le dijo. Ella le vio mover los labios con claridad. *Pero ¿qué haces dejando que te piquen tres en la cara? Y la cuarta, ¿dónde está?*

La cuarta la había visto en la mano de Kilian. Él se había palpado rápidamente la piel cuando Amely le puso el frasco en su nuca, y se sacudió las hormigas de los hombros entre chillidos. Entonces, se puso en pie de un salto y profirió gritos por toda la casa. Sí, de aquello todavía se acordaba: carreras, golpes con las puertas, gemidos de horror y gestos de cólera... ¿Cuánto tiempo había pasado desde aquel momento? A ella le parecían días, años. Solo sabía que todavía estaba postrada en la cama. Cuando las hormigas le picaron, experimentó un dolor como si en la carne le estuvieran hundiendo enormes clavos al rojo vivo, y todavía los sentía por dentro. En vano intentó levantar la mano para palparse la cara. Todavía le quemaba. Sudaba por todos los poros de la piel, y cada vez que respiraba era como si diera contra un envoltorio de metal ardiente. La sola idea de levantarse y huir de aquella cama le provocaba profundas náuseas.

Como a través de un velo tornasolado, vio a Kilian dar vueltas por la habitación. Parecía no advertir la presencia de Ruben, que estaba junto a la cama, con todo el esplendor que le conferían sus adornos de plumas. Ruben, cuyo cuerpo bañaba la luz de la luna, la luna verde de la bahía. Amely oía el murmullo del agua, el silbido del viento entre el ramaje de las ceibas. Oía hasta cómo caían las flores amarillas. ¿No eran rayas y pirañas lo que agitaba la superficie del agua? Kilian no veía nada: él seguía gritando y gesticulando. Amely quería alargarle la mano a Ruben, pero no lo conseguía. Si tan solo él le diera algún remedio para aplacar aquellos dolores. Tal vez le bastaría con nadar junto a él entre las aguas.

Detrás de él descubrió a Felipe. ¿Estaba realmente allí o también era solo un sueño? La buscaba con la mirada, y ella le giraba la cabeza. Si no sintiera ya aquel calor en la cara, a buen seguro la tendría enrojecida de vergüenza. Mucho más le avergonzaba pensar que una vez le había pasado por la cabeza darse a la fuga con él. Como si aquel hombre se hubiera atrevido alguna vez a quitársela a Kilian Wittstock. No era más que su perro guardián, que le había olisqueado los tatuajes y enseguida se había puesto a ladrar. Amely sentía impulsos por gritar por la rabia de haberse acostado con aquel hombre. Pero no sentía su propia voz. Él tampoco la oía, solo la observaba. Como de costumbre, se hurgó en el bolsillo de la camisa buscando sus cigarrillos. Maria llegó y le riñó, diciéndole que la enferma necesitaba aire fresco. Bärbel también estaba en la puerta, llorando con la cara cubierta con el delantal. El señor Oliveira se atusaba su bigote bien arreglado. Y hasta su señor padre había ido del Imperio alemán para verla. Parecía sorprenderse de su sufrimiento. *En tus cartas no me llegaste a preguntar nunca cómo me iba*, le reprochó en silencio. *Yo no tenía ni idea de esto*, dijo su padre en su defensa. *Amely, mi niña, lo siento tanto...*

Ojalá desaparecieran todos y solo quedara Ruben junto a ella.

Ruben la miraba. Le tendió la mano y con el pulgar le apartó el sudor reluciente de los labios. *Ellos no están aquí*, le oyó decir en su cabeza. *Solo estoy yo.*

Pero tampoco era cierto, por mucho que lo deseara. Y lo deseaba, porque, si no, no sería capaz de soportar aquellos dolores que le abatían el cuerpo en forma de olas de fuego.

Acuérdate de cuando estaba herido, postrado frente a ti. Te veía como me estás viendo tú ahora. Tú me ayudaste con tu mirada, con tu voz, con tu violín.

¡Ay, ojalá tocara él algo!

Ruben se llevó las manos dobladas a la boca y empezó a tararear. A ella le gustaba, le recordaba a su época en la selva. Kilian se tapaba los oídos. Seguía sin ver a su hijo. Entre el bullicio, se mezclaba un murmullo y un golpeteo. De repente, Ruben se elevó por los aires. De las manos le brotaron plumas. Se deshizo en miles de manchas de colores intensos. Y antes de que desapareciera por completo, Amely oyó su voz:

—Venga, venga, enséñame tu oro, Kuñaqaray sai'ya. Deja que reluzca.

Ella se echó a reír. Nunca le había explicado cómo lo había conseguido.

La hormiga de las veinticuatro horas no se llamaba así por nada, como Amely descubrió al día siguiente. Los dolores cedieron al recuerdo de una noche que no quería volver a vivir. Las mordeduras de la cara todavía le quemaban, pero se hacían más soportables. Se sentía exhausta. Apaciblemente exhausta, como después de una marcha extenuante. Provista de un abanico y una sombrilla, iba dando paseos por el parque, visitando las tumbas y rezando por las almas de los difuntos Kaspar y Gero, por la salud de Ruben, dondequiera que estuviera, y porque alguna vez les aguardara un futuro juntos. Pero ¿cómo iba a ser posible? A pesar de aquellos anhelos que no había conseguido colmar y del recuerdo del Carnaval, se sentía bien. Kilian y Felipe se habían marchado a algún lugar, probablemente a las obras del bosque de Oue. ¡Que perdieran todo el tiempo que quisieran en aquel proyecto inútil! Estaba condenado al fracaso, si bien ellos todavía lo ignoraban.

Amely se sentó en el borde de la fuente. Le cayó encima un aguacero. Ella miraba hacia el cielo con gesto atormentado. En pocos instantes se le había empapado el vestido de gasa transparente de color crema, dejándole a la vista la piel de debajo de las mangas. Ya poco le importaba. Apoyó las manos detrás, puso una pierna sobre la otra bajo la falda amplia y se fue balanceando con el pie al ritmo de una melodía de *La Gioconda,* al tiempo que la lluvia se hacía cada vez más fuerte, arruinando su peinado. En la biblioteca de Kilian había descubierto un nuevo tesoro, un gramófono, y había estado jugueteando con él como si no hubiera otra cosa. Dos jardineros pasaron cerca de ella, interrumpieron su charla y se quitaron el sombrero por cortesía. Le dirigían una mirada compasiva. En breve juntarían las cabezas y dirían: *Dona Madonna se pegó un tiro, y Dona Amalie ha perdido el juicio. Pobre mujer.*

Amely se levantó, se estiró la falda de seda y regresó hacia la casa. Empapada como estaba, se dirigió al despacho del señor Oliveira, que, como siempre, estaba detrás del escritorio, afanándose por aumentar el patrimonio de Kilian. Y, como de costumbre, se alegró de poder serle de ayuda. Pasó por alto su vestido empapado y se ahorró cualquier mención sobre la noche anterior. La casa entera actuaba como si no hubiera pasado nada. Tan solo las criadas bajaban aún más la mirada cuando la señora pasaba junto a ellas, y acto seguido cuchicheaban a sus espaldas.

—Solo una cosita, *senhor* Oliveira —le dijo en un tono amigable—. Prepáreme el viaje hasta la «choza», si es tan amable. Me gustaría retirarme allí unos días, y me gustaría partir de inmediato. Me hizo mucho bien la última vez.

—Como desee, *senhora* Wittstock —le contestó con un aire desprevenido. Cuando Amely ya había salido del despacho y se dirigía a su habitación para prepararse para el viaje, él la siguió—. Permítame que la acompañe.

—¿Y por qué?

—Bueno —dijo retorciéndose las manos—, el *senhor* Da Silva, que es quien tendría que cuidar de usted, no está. Por eso, déjeme que lo haga yo.

Amely se giró hacia él.

—¿Tiene que decirme algo, por casualidad?

—No. —Esbozó una sonrisa forzada.

—Esta casa es la casa de las mentiras —dijo ella con un tono frío—. Y usted también miente, aunque le falta el talento para hacerlo.

—No, no necesito la litera, señor Oliveira. No, gracias, no hace falta que me busque un caballo, ¡si solo es un paseo! ¿Qué quiere que haga con este velo de gasa en el sombrero? ¡Me molesta! —¡Por Dios! Todas aquellas atenciones no hacían más que incordiarla. ¿Encontraría el momento de hablar con la mujer de Trapo bajo la mirada de aquellos cien ojos? Se remangó la falda y recorrió la vereda agrietada por la última lluvia, tan horrenda como la del bosque de Oué.

El señor Oliveira se apresuraba a seguirla.

—*Maldito* —masculló entre dientes. A continuación, alzó la voz—. Espere, *senhora* Wittstock, déjeme a mí ir primero.

—¿Por qué?

—Ya se lo he dicho: yo no sé nada, solo sé que...

De pronto apareció ante ellos la «choza» envuelta por los rayos del sol. Amely subió corriendo la escalinata y abrió la puerta. El pequeño vestíbulo estaba en calma, y tampoco se oía a nadie charlar en el salón de té. De la cocina salía un aroma a café y el débil golpeteo de la vajilla. El ayudante de cámara era un hombre mayor y duro de oído que no prestaba atención ni a los ruidos de los cascos de los caballos. ¿Dónde estaba su ama de llaves, la mujer de Trapo, que se hacía llamar Marisol? Tampoco había rastro de los esclavos negros, a pesar de que, en otros tiempos, siempre solía haber uno cerca por si lo necesitaban. A diferencia de la animada *Casa no sol*, aquella pequeña casa siempre le había parecido tranquila, pero ahora, a pesar de los ruidos que le llegaban de la cocina, era como si estuviera dejada de la mano de Dios.

El corazón le latía tan fuerte en el pecho que le costaba respirar. Sobre la mesita de té, en un cenicero dorado, había una colilla. El olor a tabaco todavía se percibía en el ambiente. En una esquina, halló un bastón de color negro brillante, y un sombrero de paja... ¿No tendría que haber visto el barco? También era cierto que había salido rápidamente del suyo y se había dirigido a la casa sin apenas detenerse.

Los escalones crujieron. Su sombra apareció antes que él sobre la pared. Lentamente, fue bajando la escalera. Tenía la chaqueta arrugada, el pelo bañado en sudor y la barba impoluta como de costumbre. *Esto no significa nada*, trataba ella de convencerse. Tocaba mantener la serenidad, como diría la señora Ferreira en aquel momento. Con una impasibilidad fingida, se desató el sombrero por debajo de la barbilla y se lo quitó. Llamaron a la puerta. El señor Oliveira entró y se quedó de piedra ante la mirada de su señor. A continuación se inclinó rápidamente.

—Así que ¿le ha contado a mi mujer que estaba aquí? —murmuró Kilian.

—No, no señor —balbuceó el señor Oliveira. ¿Dónde habían quedado sus maneras elegantes? La camisa le apretaba visiblemente—, pero tampoco era fácil no decir nada.

Amely quiso no faltar al decoro y saludar a Kilian, pero él tampoco lo hizo.

—¿Qué haces aquí?

De pronto supo que estaba al corriente de todo. Por Dios, ¿cómo se había enterado? ¡Trapo la habría delatado! Había sido una tonta por confiar en él. Tendría que haberse dado más tiempo para buscar otras posibilidades y mostrarse como una mujer ejemplar para Kilian para que este no hubiera podido adivinar sus oscuras intenciones. De todos modos, conseguir sus planes le llevaría muchísimo tiempo. Pero ahora ya era demasiado tarde...

—El trabajador al que le habías ordenado robar las semillas de caucho está colgado desde ayer en el bosque —le contestó sin perder la calma.

Aquellas palabras le resonaban en la cabeza como el estallido de un trueno sobre el río.

—¿Quieres que Da Silva te lo enseñe? —Se sentó en la mesa al tiempo que el ayudante de cámara servía el té y saludaba a Amely ensimismado. Ella se dejó caer en otra de las sillas.

—No sé de qué me estás hablando. —Su lengua debía de tener vida propia; si no, no se explicaba que hubiera dicho algo tan estúpido.

—Su mujer también está muerta...

Amely volvió a levantarse de un salto y subió corriendo las escaleras. La habitación que estaba bajo el tejado inclinado era la de Marisol. Sin llamar a la puerta, la abrió. Si aquella mujer estuviera allí sentada, o bordando, o durmiendo, o...

En efecto, Marisol estaba durmiendo. La india estaba tumbada sobre una cama estrecha, con su librea de sirvienta puesta. Pero nadie se tumbaba así para descansar: rígida, con los brazos y las piernas estirados y separados del cuerpo. Alrededor del cuello, casi cubierta por el pelo suelto, tenía una cuerda anudada.

Kilian entró a toda prisa en la habitación detrás de Amely. Ella se giró cuando sintió su mano sobre los hombros. Kilian tenía todavía la cabeza gacha de entrar por aquella puerta baja.

—¡La has estrangulado! —gritó Amely—. ¡La has matado!

—No —la contradijo él con una calma sorprendente—. Mírala bien: se ha ahorcado ella.

Amely volvió a proferir un grito sin palabras que retumbó en la habitación. Retrocedió y se topó con la ventana del techo inclinado. Al abrirla para pedir socorro, no vio más que a Da Silva haraganeando en el exterior, rebuscándose con los dedos en los bolsillos. Sería el último en ayudarla. Volvió a cerrar la ventana.

—*Senhor* Wittstock, por favor... —El señor Oliveira se hallaba en el umbral de la puerta; su mano derecha fiel y desvalida.

—¿Qué pasa? No le estoy pegando, ¿o es que está usted ciego, Oliveira? Ya no tengo ningún interés en enseñarle buenos modales. O se va usted o lo hago *salir* yo, si entiende lo que le quiero decir...

Titubeando y con un tono pálido sobre su piel morena, el señor Oliveira retrocedió al pasillo. Amely se puso detrás de la cama de la habitación para tener algo entre ella y Kilian. Más aún, se sentó en el borde y tomó entre los brazos a Marisol, que había tenido que morir por sus descabellados planes. Olía a selva, a muerte todavía no. Debía de haber pasado hacía poco. Kilian y Da Silva se había dirigido a aquella casa expresamente: nunca habían tenido intención de ir al bosque de Oué. Pero ¿cómo sabían...?

—Te preguntarás cómo me he enterado. —Kilian le adivinó el pensamiento.

El Carnaval, pensó ella de inmediato. Al parecer, había hablado más de la cuenta movida por la alegría del champán.

—Tú misma me lo has contado, Amely, querida. El dolor de las picaduras de las hormigas te afectó tanto que contestaste a todas mis preguntas de buena gana. Que el tatuaje sea de Ruben se lo atribuyo a tu desmesurada fantasía. Que quisieras hacerme caer sacando semillas de caucho del país no me lo creía del todo. Pero el trabajador ha confesado y me ha abierto los ojos. ¡No me mires con esa cara de espanto! ¿De verdad te creías que te ibas a salir con la tuya? ¿Tú, que eres la mujer más tarada que haya conocido nunca?

Se le había acercado: tenía las rodillas apretadas contra el borde de la cama. Amely se agazapó detrás del cadáver.

Yo tampoco tardaré en estar muerta.

Kilian se apoyó con los puños sobre el colchón al inclinarse.

—Ya sabes cuál es la pena que se aplica en este país a los que trafican con semillas de caucho. —Tenía la cara a dos palmos de la suya—. Pero no te voy a entregar a las autoridades, no soy tan cruel. No tengo ganas de un escándalo como *este*. Me voy a divorciar de ti y te voy a mandar de vuelta con tu padre. Ya te puedes imaginar lo que les ocurre a las mujeres repudiadas y con un bastardo, no hace falta que te lo cuente, ¿no? No te van a volver a tocar. Puedes acabar tus días en el frío de Berlín, trabajando de modista en cualquier patio trasero. Tampoco esperes que tu padre te ayude: voy a interrumpir todas nuestras relaciones de negocios. Puedo arruinar su empresa en cuanto quiera. ¡Ya se arrepentirá de haberme endosado a su hija!

Aquellas amenazas no eran infundadas.

—Sería todavía mejor decirle que te meta en un manicomio. Te meterá igualmente cuando se entere de que quisiste quitarte la vida con un espejo roto. No es que estés un poco loca... ¡Mira que decirme que Ruben está vivo! ¡Está muerto! ¡Muerto! —La agarró con el puño por encima de Marisol y la sacudió; ella ya no veía ni oía nada—. ¡Y ya estarás lejos antes de que puedas decir ni una palabra más sobre mis hijos fallecidos!

Kilian se incorporó y se atusó el bigote, que le temblaba de la excitación.

—Volverás en el *Amalie*, que, por cierto, vuelve a ser de mi propiedad, dado que era mi regalo de compromiso. Da Silva te llevará sin dilación a la costa. No sé cuánto tendrás que esperar al siguiente barco que vaya a Hamburgo. Por mí, como si pasas semanas pudriéndote en cualquier pensión de mala muerte de Macapá. Puedes aprovechar y que Da Silva te folle o te muela a palos, lo que más te apetezca. A mí me da igual.

Se oyeron pasos acelerados. El señor Oliveira entró con las manos levantadas a modo de súplica.

—*Não, por favor!* —En efecto, imploraba a Kilian con las manos juntas—. Déjeme a mí llevar a su esposa a Macapá, *senhor* Wittstock, que este... *asunto* conserve un poco de dignidad.

—Por mí... —gruñó Kilian. Lo apartó como a un criado molesto y ya en la puerta volvió a girarse—. Dime cuáles de tus cosas quieres. Ya mandaré a alguien a bordo para que te las lleve.

Los pensamientos le pasaban por la cabeza a toda velocidad al tiempo que volvía a dejar a la muerta sobre la cama con cuidado. ¿Qué quería? ¿Qué tenía que para ella tuviera algo de valor? Su tucán tallado, pero nunca mencionaría aquella joya.

—¿Mi champú *Puedo ser tan bella*, quizás?

—Ahórrate las burlas, Amely, ya no te las puedes permitir.

Tenía que haber algo que quisiera. Solo entonces el *Amalie* volvería a atracar en el puerto de Manaos.

—Mi violín nuevo —dijo ella.

Estaba sentada en cubierta, contemplando aquel paisaje familiar como aturdida. ¿No iba a volver nunca a la *Casa no sol*, ni a ver a Maria *la Negra* ni a Bärbel? Las tumbas del jardín, su habitación... No es que hubiera cogido mucho cariño a aquel extraño cementerio ni a la casa. Pero aquello no le podía estar pasando a ella, ni ahora ni nunca. Estaba allí sentada bajo el toldo, junto a la mesita en la que el camarero iba sirviendo fruta fresca en bandejas de porcelana, y todo era como aquella vez cuando el señor Oliveira le había enseñado el perezoso, le había obsequiado con unos anteojos y la había entretenido con sus relatos y sus enseñanzas. Por aquel entonces, hubiera dicho él, le habrían dado una alegría si le hubieran dicho que podía regresar a casa, a Berlín.

Pero ahora no quiero.

Y mucho menos de aquella manera tan humillante.

Sentía calor y frío al mismo tiempo por el miedo.

—Por favor, tráigame mi abanico —indicó al camarero, que enseguida satisfizo su deseo. El abanico era de seda pintada de color violeta con puntas. En su habitación de la *Casa no sol* tenía una docena de ellos, algunos con diamantes engastados, caprichos de una mujer inmensamente rica. Pero una costurera no tenía ni un abanico como aquel.

Apoyó los codos sobre la mesa y se echó a llorar, tapándose con el abanico mientras le temblaba todo el cuerpo. Poco le importaba si la tripulación se daba cuenta de aquel arrebatamiento; al fin y al cabo, la habían visto ya delante de Kilian con la falda remangada.

—Tenga, *senhora* Wittstock.

Bajó las manos. Ante ella estaba el señor Oliveira, que le tendía un pañuelo con torpeza.

—Gracias. —Lo tomó y se secó la cara.

—Si lo desea, mando traer también sus joyas —dijo casi en un susurro.

Amely pensó en su cadena de estilo inca, el regalo de Navidad de Kilian que se había arrancado del cuello y arrojado a sus pies. Por aquel entonces, no había adivinado que nunca más podría permitirse un gesto de derroche como aquel.

—No quiero que a mi marido se le pase por la cabeza que quiero salvarme del castigo vendiendo las joyas para conseguir ahorros —respondió ella con tono melancólico—. Y tampoco las quiero. Pero gracias por su ofrecimiento. ¿Podría hacerme solo *un* favor más?

—Lo que sea que esté en mis manos, *senhora*.

—Quiero que el joven Miguel me lleve el violín al camarote.

—¿Miguel?

Amely se levantó encogiéndose de brazos. Le dedicó la mejor sonrisa de la que fue capaz.

—Me gustaría volver a ver a una, por lo menos a una de las personas amables de la casa.

—Naturalmente. Todo esto me sabe muy mal, *senhora*.

—Ya lo sé. Lleva pidiéndome disculpas desde que llegué a este país, y seguirá haciéndolo hasta cuando me tenga que ir.

El resto de la travesía se retiró a su camarote. Pronto le llegó a los oídos el ajetreo del puerto, seguido del olor a podrido. Se imaginaba aquel gentío rebosante de vida: los trabajadores, los marineros, los ladrones y los vendedores de baratijas. En la lonja elegante de Gustave Eiffel los gatos se peleaban por las cabezas de pescado, y en las tabernas las mujeres de la calle se disputaban con los monos la atención de los señores. El barco se adentró en el igarapé do Tarumã-Açú, más tranquilo. Les invadió un olor a pan de una canoa que se deslizaba cerca de ellos vendiendo barras. Poco después, el *Amalie* atracó en el pequeño muelle privado de Kilian.

El ruido más insignificante hizo reaccionar a Amely: de pronto a todo le había cogido cariño, y le gustaba tener que dar un manotazo a un mosquito, que el aire fuera tan húmedo, que las capas de tela se le pegaran a la piel. Aquel sol eterno, la lluvia siempre tan fugaz. Si realmente regresase a Berlín, se sentiría como uno de aquellos hombres de las exposiciones de indios y bestias exóticas: abrumado por el cielo invernal y el frío helado.

Manaos era repugnante. Pero amaba aquel país. Su padre le había prometido que llegaría aquel día. Naturalmente, se lo había dicho por animarla, pero había mantenido su promesa.

Oyó pasos arriba y la voz amortiguada del señor Oliveira. Amely no entendía nada. El corazón le latía con fuerza. Tiró del abanico doblado, rasgando la tela delicada. Cuando llamaron a la puerta, se levantó del susto.

—*Favor entrar!* —exclamó.

Miguel entró. Tenía la cabeza entre los hombros alzados, como queriendo hacerse más pequeño. ¿Amely se había dado cuenta antes de que tenía las orejas de soplillo?

—Le traigo el violín, *senhora* —le dijo haciendo tres reverencias.

—Miguel... —Quería sonreírle como acostumbraba una señora de la casa, pero no pudo—. Ay, Miguel, no me mires así.

Lentamente fue bajando los hombros. Él tampoco sabía qué hacer. Así, ambos estuvieron mirándose hasta que, de pronto, él echó mano de su chaqueta.

—Esto lo he cogido de camino. Había pensado que quizá le gustaría verlo. En Manaos todo el mundo va diciendo a las cuatro nubes lo guapa que estaba usted.

Le tendió un periódico doblado. No era el *Jornal*, sino uno de los otros cinco periódicos de la ciudad. En efecto, una fotografía suya ocupaba la contraportada, entre un anuncio de mosquiteras y una orden de busca y captura. En Berlín, los periódicos solían publicar más bien fotografías de grandes líderes, pero allí, naturalmente, los costes de impresión no importaban lo más mínimo.

—A los cuatro vientos, Miguel, a los cuatro vientos. Gracias, será un recuerdo muy lindo.

—Y su violín, como había mandado, *senhora*.

Dado que ella no lo cogía, dejó el estuche sobre la cama del camarote. Luego esperó. No a que le diera un real, al parecer. Ella se preparó para revelarle sus intenciones.

—Lo siento mucho —dijo él en su lugar. Se ruborizó sobre el moreno brasileño—, por lo de las hormigas. Me gustaría compensárselo, si pudiera, de verdad, *senhora*. No sabía qué pasaría con los bichos, solo quería que Maria... —Tragó saliva y bajó la cabeza.

—Ya lo sé, Miguel. Y que quieras compensarlo es como un regalo del cielo para mí.

Frunció el ceño sin entenderla. Pronto sabría si lo decía en serio o si todo resultaría un chasco como con el *senhor* Trapo.

—Ya sabrás que el *Amalie* se dirige hacia la costa. Y por qué.

—Sí —contestó él con voz ronca.

—Pero hoy ya se ha hecho tarde y el capitán no zarpará.

—Sí.

—¿Puedes salir de la casa a oscuras sin que te vea nadie?

Claro que era capaz, cualquier joven podía. Durante un instante, Miguel mostró una expresión desencajada.

—¿Para hacer qué, *senhora*?

—Quiero que consigas una barquilla de remos y la ates junto al barco, pero que nadie te vea, claro —le explicó—. Mejor que sea una canoa —añadió.

—¿Se quiere escapar?

¿Hacía bien en pedirle aquel último servicio? ¿O estaba condenándolo a la muerte como había hecho con Trapo? Por nada del mundo querría poner en peligro a aquel joven. Sin embargo, se tranquilizó: allí no había nadie más que pudiera delatar sus planes, y Miguel no era un seringueiro anónimo para Kilian.

—Sí, Miguel, me quiero escapar.

—¿A la jungla?

—Exacto.

—Pero es peligrosa, y usted no puede remar por el río... quiero decir que usted...

—¿No lo has leído? *Baronesa del caucho regresa como una india.* —Le extendió el periódico—. Ahí lo pone. Y sí, tienes razón, me dolerán mucho los brazos, pero, créeme, he aprendido a remar. En este sentido, los indios no tenían compasión. Y si puedes hacerme el favor, ¿podrías conseguir un poco de agua y provisiones?

Miquel la miró y ella creyó adivinarle el pensamiento: *siempre decían que estaba loca, y ahora me doy cuenta de que tenían razón.*

—¿Sabe una cosa, *senhora*? —preguntó él con un brillo en los ojos—. Aquella noche, durante la *véspera do Ano Novo*, vi a una mujer blanca yendo al igarapé. Como entonces dijeron que usted se había ido, yo me pregunté si no sería usted. Y si ahora me dice que era usted, entonces... entonces lo hago.

Ahora sí que le sonrió.

—Sí, era yo.

6

Dos meses antes

—¿Como que allí está la señal de un espíritu? Si te refieres a las lianas anudadas, deja que te diga que eso es cosa de la naturaleza, y que pertenece por entero a Dios Todopoderoso. A Él solo y a ningún otro dios, porque no hay otros. ¿Entiendes, Cristobal? ¡Ah! ¡Cómo me fastidia tener que explicar esto una y otra vez a un pagano!

—Es tu deber cristiano, padre José.

—¡Ignorante y perezoso para aprender como un burro, pero impertinente y hablando sin ton ni son! —Un chasquido, como una bofetada—. Coge el machete y corta la liana si te cierra el camino. No tienes por qué tener ningún miedo, Cristobal, las plantas no tienen espíritu. Créeme.

—Las plantas no tienen ningún espíritu. Pero no es ninguna liana, padre. Es como eso de ahí.

—¿Como una cruz? —La voz, áspera por el abundante disfrute del tabaco, sonó sorprendida.

—Sí, padre. Es muy viejo y podrido.

—Seguro que son dos troncos cruzados. Un capricho de la naturaleza. Una casualidad.

—No, lleva al Dios clavado. Igual que este.

—¡Dios clavado! ¿Cuántas veces te he dicho que no debes hablar con tan poco respeto? Seguro que te equivocas. Aquí no hubo antes misión alguna en muchos kilómetros a la redonda. Seguramente se trata de restos de un viejo ídolo. ¡Así que asegúrate de que desaparece!

—Sí, padre José, lo cortaré para leña.

—¡Bien, bien! Pero ten cuidado de no clavarte el hacha en los pies. Serías capaz.

Ruben deseaba que las molestas voces se apagasen. ¿Qué clase de extraño sueño había tenido? En él, manos desconocidas le daban bebidas calientes y amargas. Enfriaban su frente ardiente con agua, ponían ungüentos calientes sobre sus heridas. Buscó a tientas. Su mano se movía torpemente, como le ocurría a menudo en sueños. Pero cuando olió las apestosas puntas de los dedos supo repentinamente que estaba despierto.

Que estaba vivo.

¿Cómo era posible? ¿Cómo era posible que hubiese sobrevivido en la selva herido? ¿Se había convertido otra vez en espíritu, una transformación que permitía que otros espíritus peligrosos de animales y plantas no le afectasen? Debía hablar de ello con Rendapu. No... Dejó caer el pesado brazo con un gemido. El cacique había muerto hacía tiempo. Entonces con Oa'poja. Pero tampoco él vivía. El recuerdo de los terribles acontecimientos volvía por partes. La vereda, que había herido el bosque como un corte de hacha. El ferrocarril. La lucha contra los *otros*. La muerte de Tiacca. La despedida de Amely.

Amely.

Él era Ruben. No era ningún espíritu. *Soy Ruben, el que ha sobrevivido su deambular desesperado, sin rumbo a través de la selva. Ruben, que simplemente no quiere morir.*

—¡Cristobal, espera! ¡Por el amor de Dios, espera! Quiero ver tu «cruz». Y pobre de ti si no lo es. Entonces...

—Cállate —gimió Ruben—, por el fuerte brazo de Anhangas, el parloteo es insoportable.

—Por... ¿qué, cómo, Anhanga? —La molesta voz se acercaba, cada vez más alta. La cabeza de Ruben se estremeció hacia un lado, la oreja mala quería evitarla. Pero el movimiento era tan difícil como todos los demás—. Renuncia, por favor, a invocar a tus dioses —bufó la voz—. Ya que te he salvado la vida me harás este favor, ¿verdad?

Ruben se obligó a abrir los párpados. Un rostro flaco, enmarcado por cabellos hirsutos y una barba igualmente hirsuta que inspiraba miedo, flotaba sobre él. Ahora comprendió también que estaba tumbado en una hamaca colgada entre dos árboles con una lona hecha de pieles por encima de él. El hombre tenía un papagayo sobre los hombros que hurgaba con el pico entre los cabellos de aquel hombre, como si buscara una fruta escondida.

—¿Tú me has salvado?

—Así es. Soy el padre José, hermano de la Orden de los jesuitas, llamado a anunciar el Evangelio en estos parajes perdidos. —Hablaba un dialecto ava bastante comprensible, aunque trufado de palabras que sonaban extranjeras. Una amplia sonrisa apareció sobre los rasgos arrugados—. ¿Y cuál es tu nombre, indio?

—Ruben.

—¡Ah, Ruben! Un nombre hebreo: «Ved, es un varón». En la Biblia es el primer hijo de Jacob. Ruben, el que salva a José de sus hermanos. Sí, este nombre aparece muy a menudo entre los paganos —su voz retumbó—, tan a menudo como el pelo claro. ¿Cómo va a parar un hombre tan singular, en mitad de la jungla, a la orilla del curso de un río en el que se habría ahogado si no hubiese estado yo por ahí recogiendo miel? De dónde tienes esas heridas de bala también es algo que me interesaría saber. Pero no debes contestar inmediatamente, al fin y al cabo hace ya bastante tiempo que estás ahí tumbado sin hacer nada útil. Bebe antes algo reconstituyente.

Destapó una calabaza, vertió guaraná aromático en un vaso y se lo tendió a Ruben, quien se giró a un lado, apretó los dientes y se incorporó. Un agudo pinchazo en el hombro y otro más suave en la cadera estuvieron a punto de tumbarlo de nuevo en la hamaca. Mas tras los primeros sorbos de la dulce bebida el dolor se calmó.

—¿Desde cuándo estoy aquí?

—Te encontré hace tres días. Cuánto tiempo pasaste vagando por la selva desnudo, como Dios te trajo al mundo, no lo sé, naturalmente. Pero espero que sea mucho. Me inquietaría un poco si los *pistoleiros* que te han dejado en este estado estuviesen todavía por aquí cerca.

Ruben se miró. Sobre la cadera tenía atado un paño de lino.

—Dudo que debas preocuparte por eso. ¿A qué distancia de la ciudad estamos?

El padre José olisqueó la calabaza y bebió de ella sin vacilar.

—Boa Vista está a un día de camino en dirección al norte. El cartero vendrá dentro de tres días, y si te vistes con algo decente y te quitas esas cosas horribles, Amaral te llevará. —Se tiró de la oreja y el papagallo le pellizcó—. Pero, bueno, Madalena, ¿qué haces?

¿Había otra ciudad además de Manaos? *No seas tonto, ya lo sabes, acuérdate*, se reprendió Ruben. Se frotó el rostro acalorado para ayudar a sus recuerdos a despertar. Boa Vista estaba a orillas del río Blanco; por lo tanto había ido lejos hacia el norte. Muy lejos. Mucho tiempo. ¿Diez días, quizás? Observó sus miembros. Las marcas de picaduras de hormigas, escorpiones y otras más grandes indicaban que todo ese tiempo no lo había pasado sin ser molestado.

Manaos se encontraba muy al sur, y de pequeño había oído hablar de Boa Vista, también de Santarem, Belén y Macapá. El mundo estaba lleno de las grandes ciudades de los ambue'y. Eran los señores del mundo, y él pertenecía a este. Este lugar, sin embargo, no tenía más que cinco cabañas agrupadas alrededor de una casa de piedra a través de las cuales fluía un pequeño riachuelo. Por detrás murmuraba el agua de un ancho igarapé, y habían arrancado un poco de terreno al bosque en el que cultivaban mandioca y maíz. Ruben se agarró el pecho. Pero sus colgantes habían desaparecido, únicamente tocó las plumas de tucán, regalo de Amely. En el extremo de la casa se erguían dos vigas cruzadas como las que había visto a menudo en Manaos. El símbolo del Dios de los *otros*, que había llevado en su cuerpo toda su vida sin saberlo. También el ava adolescente, que estaba en pie unos pasos más allá y miraba fijamente a Ruben, llevaba una de esas cruces al cuello. Sobre sus hombros desgarbados llevaba una camisa demasiado ancha que alguna vez había sido blanca y sus piernas estaban metidas en pantalones remangados y también demasiado anchos.

—¡No te quedes ahí ocioso, Cristobal! ¡Anda y derriba el ídolo!

El joven sacudió su cabellera lisa, teñida de negro intenso con genipa y larga hasta los hombros.

—Pero tú querías ver primero si es un ídolo de verdad, padre José.

—Ah, sí, claro. —El padre José dio a Ruben unos golpecitos en el brazo—. Descansa, hijo mío, estaremos de vuelta enseguida. No te preocupes, aquí nadie te hará ningún daño. Vivimos aquí solos, el chico, Teresa, Madalena y yo.

El hambre era una buena señal, indicaba que el cuerpo se recuperaba y ansiaba fuerza. Ruben engulló la papilla de harina de mandioca, maíz, bananas y lagarto cortado en pequeños trozos, un manjar después de los días en que se había alimentado de raíces, hojas y algunas frutas. Cuando terminó su tercer vaso de guaraná, el padre José suspiró.

—Tendré que recoger miel durante días para recuperar lo que te zampas, ¿te das cuenta?

—¿Quieres que te pague? No tengo nada, pero...

—¡Por Dios bendito, no! No quería decir eso. Es mi deber cristiano ayudarte. Ese es el único motivo de que esté yo aquí. Mira —dijo levantando un dedo bajo cuya uña rebosaba la suciedad—. Antes había muchas misiones en la selva, asentamientos como este. Los hermanos de mi orden se impusieron como tarea predicar la Palabra de Dios en el Nuevo Mundo. Y poner coto a la esclavitud; sí, ya había esclavitud entonces, desde que estas tierras pasaron a manos de Portugal después del descubrimiento y se empezó a cultivar caña de azúcar. Querían además enseñar a los indios a llevar una vida ordenada, como vestirse decentemente y cosas así. Pero la gente de tu pueblo es perezosa, cerril e ingenua, como este inútil de aquí. O por lo menos lo parecen. Les das un hacha para que hagan leña y vuelven por la noche con un par de ramitas finas. Pero dales una canoa y se pasarán el día entero remando contra la corriente, sin descanso alguno, para visitar a un pariente. ¿No es así, Cristobal? ¡Abre la boca, chico! Ah, ¿ves lo obstinado que es? No logra abrirla. En cambio yo otro tanto.

Ruben se quedó atónito.

—Los indios vivieron un tiempo satisfechos en las misiones, donde no tenían que exponerse a los peligros de la caza y la vida era mucho más fácil. Pero la añoranza era siempre más fuerte. Luego llegó la maldición del caucho, todas esas cosas horribles; no sé si habrás oído hablar de eso...

—Sí, he oído.

—Los salvajes se retiraron a la profundidad de la selva y las misiones cayeron en el olvido, como esta.

Ruben señaló la cruz descompuesta que el hombre que se hacía llamar padre José y Cristobal habían cargado hasta allí.

—Entonces, ¿hubo aquí una misión anterior?

—Quién sabe, hijo mío, quién sabe. —El padre José desató una bolsa que provocó que el papagayo se balancease nervioso. El guacamayo cogió ansioso las nueces que el padre José iba sacando de la bolsa—. Hay historias duras sobre cruces como esta. Los señores blancos las levantan en medio de la selva y encargan a los indios que las mantengan en condiciones. Pero eso es imposible; todo se desmorona con rapidez, como sus cabañas, que tienen que rehacer constantemente. Al cabo de cierto tiempo, vuelven, les acusan de no haber cumplido con la tarea y exigen como compensación hombres a los que arrastran a la esclavitud. ¡Y todo ello en nombre de mi Dios! Créeme —dijo apoyando una mano sobre el hombro de Ruben—, ¡si de mí dependiera asaría a esos tipos en picas! ¿Quieres un poco más de cocido?

Ruben se frotó el hombro dolorido. Recordó oscuramente haber jurado en Manaos que nunca más tomaría comida de las manos de un hombre como ese. ¿Qué más daba?

—Sí —levantó su cuenco casi vacío y el padre José lo llenó de nuevo con un enorme cazo de cobre—, encontré a uno como tú que vestía de negro en Manaos. También él se rasuraba la parte posterior de la cabeza. ¿Por qué lo hacéis?

El padre José se acarició la zona redonda de su cabellera, cubierta de cortos pelos.

—Hay muchos motivos. Por ejemplo, para que los piojos no puedan anidar tan fácilmente. He oído que los yanomami lo hacen por eso. —Rio, como si supiera demasiado bien que en sus sucios cabellos anidaban muchos otros parásitos además de piojos—. Pero sobre todo es para recordarme a mi Dios. Lo que significa que de vez en cuando me olvido de Él en este infierno verde. Cristobal, anda y trae mi navaja de afeitar, ¡ya toca!

Evidentemente contrariado, Cristobal apartó su potaje de lagarto y arrastró los pies hasta una de las cabañas.

—¿Por qué está él aquí todavía? —preguntó Ruben.

—Le encontré hace un par de años en el río Blanco. Desnutrido. Casi muerto. Todo lo que averigüé de él fue que pertenecía a la gente del río. Viven en grandes barcazas en las que celebran ceremonias idólatras y hacen fiestas. Sus mujeres tienen a sus hijos en ellas. Solo bajan a la orilla cuando es completamente imprescindible.

—He oído hablar de ellos.

—En algún momento se marcharon. Yo saqué adelante al muchacho y le di un nombre cristiano decente. Se marchó como tantos otros antes que él, pero volvió al no encontrar a su familia.

—¿Y Teresa?

—Ah, Teresa. Buena chica. Se sienta siempre fuera, pero te tiene miedo. Toma, dale de comer. Así le gustarás, seguro. —El padre José llenó un cuenco con el cocido de la olla borboteante y se lo dio a Ruben, quien no estaba muy dispuesto a dar un paso innecesario, pero se levantó y siguió a José hasta una de las cabañas. Era tan miserable como la del jefe del poblado: apenas más que un refugio cubierto de hojas de palmera, paredes de paja, caña y lianas, mínimamente elaborado. Completamente envuelta en una hamaca yacía una persona menuda. El padre José apartó la tela, dejando ver el rostro de una anciana.

—Mira, Teresa, Ruben te trae rico cocido. Comerás un par de cucharadas, ¿no?

Ayudó a la temblorosa mujer a incorporarse. Ella esbozó una sonrisa desdentada y temerosa mientras agarraba el cuenco. La mujer era todo piel, huesos y unos pocos pelos que emergían de su cráneo, por lo demás calvo. Tras negarse al principio, la anciana dejó que José le diese de comer. Miraba a Ruben fijamente mientras el cocido le resbalaba de la boca. Cuando terminó, José acarició la arruga de su nuca.

—Bien hecho, viejita. ¿Ves? Es grande pero inofensivo.

De vuelta en la hoguera Ruben sintió su hombro dolorido. Los pocos pasos le habían agotado. El padre José desenterró una botella del suelo y la destapó.

—Un poco de ginebra te hará bien. Y a mí también. —Bebió sin vacilar, eructando acto seguido—. La malaria puede llevárselo a uno por delante en cualquier momento.

Pasó la botella a Ruben, que escupió tosiendo el primer trago y la devolvió.

—¿No te gusta? A todos los indios que conozco les gusta la ginebra, sin embargo no les sienta bien, luego se comportan como salvajes. Pero tú no eres un indio, ¿verdad?

—Conozco este sabor —replicó Ruben con aire sombrío. Uno no podía ser hijo de Kilian Wittstock y no conocerlo—. ¿Encontraste también a la mujer?

—La compré a unos indios deambulantes por un cuchillo decente. Querían abandonarla. Me dijeron que la había alcanzado un árbol al caer. Les creí, al fin y al cabo en la selva se muere uno antes por un árbol que tumba la lluvia que por una picadura peligrosa.

—¿Y tu crees que está mejor aquí que en el mundo del más allá de su pueblo?

—¿Crees que se debería abandonar a alguien para que muera en la selva? —La mirada del padre José sobre Ruben decía más que todas las palabras que el padre podía encontrar. De pronto se inclinó hacia él; su voz rasposa adquirió un tono conspirativo—. Anda, dime quién eres. Dios sabe que no conozco a todas las tribus de esta zona, pero si hubiese uno con tu cabello claro lo habría sabido. Eres un mestizo, ¿no es cierto? Pero, por Dios, ¿en qué parte del mundo son las cabezas tan rubias como la tuya?

—En Europa. —murmuró Ruben. La sangre latía en su hombro y detrás de su frente.

—¿Tú vienes del Viejo Mundo? Extraordinario, extraordinario... —El parloteo del padre sonó tras él mientras se dirigía con esfuerzo a su hamaca.

El tiempo no significaba gran cosa entre los yayasacu. Nadie tallaba muescas en varilla alguna para contar los días, como había hecho él en los meses en que fue espíritu. Ahora que estaba separado de su gente sentía el apremio de su ascendencia civilizada por conocer el tiempo. Cavilaba constantemente sobre cuánto tiempo había estado de camino, cuánto faltaba para que estuviese lo bastante fuerte para proseguir. Y cuánto tiempo era necesario para encontrar al resto de los yayasacu. Paseaba por la selva, buscaba fibras con las que se hacía taparrabos, y tintes vegetales en los que empaparlos.

Al pasar el tercer día se quejó al padre José porque el correo no había aparecido.

—Vendrá mañana entonces. O pasado, seguro, hijo mío. Empieza la temporada de los aguaceros, y a Amaral no le gusta demasiado mojarse. —José sacudió la cabeza desmañada sin comprender, mientras se arrodillaba entre la mandioca y limpiaba el huerto de plantas trepadoras. Madalena revoloteaba por encima de él—. Dos días no tienen importancia. Si la espera se te hace demasiado larga puedes tallar algún animal bonito en el taburete que he hecho hace poco. ¿Sabes hacerlo? Los indios saben hacerlo bien. Pero animales, no ídolos. ¿Me oyes?

Ruben se agachó con un pequeño cubo perfumado de madera de ceiba entre las rodillas e intentó deducir por las vetas que contenía qué espíritu de animal podía conjurar en la madera. ¿Y si no funcionase así y al espíritu del papagayo, que había comenzado a tallar, no le importase su hacer? Observó las poses de Madalena. José la reñía y hablaba con ella como con una persona, y ella respondía como una persona. Sabía desde su niñez que los guacamayos pueden repetir un par de palabras; pero no lo había aprendido porque se le hubiese ocurrido a ningún yayasacu la singular idea de enseñar a hablar a un papagayo.

Si Ruben llamaba a un espíritu en su trabajo de talla, desde luego no era el de Madalena. En el mundo de los *otros* no creían estas cosas. En su mundo. Él no era un yayasacu, y no los volvería a encontrar. No tenía la menor idea de adónde podían haber ido después de tanto tiempo. ¿De vuelta a su antiguo territorio? ¿O buscarían todavía la buena tierra negra, que en la lengua de los ambue'y llamaban *terra preta*? Escuchaba atentamente al padre José con la oreja sana. El hombre hablaba en su lengua materna consigo mismo, o con Madalena y también con Teresa, ya que ella no entendía nada. Ruben entendía cada día más y más portugués. *Porque de niño ya lo hablaba. Porque soy uno de los otros. No quiero serlo. Pero los dioses me han separado de mi tribu. O el Dios, al que rezaba de niño.*

—¿Padre José?

—¿Sí, hijo mío?

No sabía explicarse por qué José le llamaba así. El viejo no estaba del todo bien de la cabeza.

—¿Cómo se llama la oración que recitan los niños en la cama por la noche?

El padre José se enderezó y apoyó la mano en la espalda.

—¿La oración? —Se secó el sudor de la zona de su cabeza recién tonsurada con la manga de su raído hábito—. Bueno... debes de querer decir el Padrenuestro.

—Dímelo.

—Padre nuestro que estás...

—No en la lengua de los ava. Quiero oírlo en portugués.

—*Pai nosso que estais no céu,*
santificado seja o vosso nome,
venha a nós o vosso reino,

seja feita a vossa vontade,
assim na terra como no céu.
O pão nosso de cada dia nos dai hoje;
perdoai-nos as nossas ofensas,
assim como nós perdoamos a quem nos tem ofendido,
e não nos deixeis cair em tentação,
mas livrai-nos do mal.
Porque teu é o reino, e o poder, e a glória,
para sempre.
Amen!

Sí, lo conocía. Lo repitió una vez más para sí mismo, en silencio. Creyó por un fugaz momento oír la voz de su madre brasileña. Y al mismo tiempo vio cómo su madre verdadera se lanzaba a los pies del cacique para salvar su vida.

Mi madre verdadera está muerta.

—Y bien, hijo mío, ¿te dice esta oración algo? —La sombra del padre José cayó sobre él—. Ah, ¿será Madalena? Bien.

Ruben continuó trabajando la madera. Siempre le había llamado la atención que él, a diferencia de los yayasacus, raramente lloraba. Entretanto sabía por qué: a los niños prusianos les extirpaban el llanto antes de que fuera demasiado tarde. Incluso ahora las lágrimas no querían venir.

Yami estaba en el suelo, atada de pies y manos. Había llovido a cántaros y el lodo amenazaba con ahogarla. Su enorme vientre se elevaba como una isla. Alargó el cuello y jadeó buscando aire. Uno de los intrusos blancos estaba de pie sobre ella con las piernas separadas y los pantalones abiertos. Orinaba sobre ella un chorro interminable y ella movía la cabeza de un lado a otro para escapar de la muerte por ahogamiento que la amenazaba. Del cinturón del hombre se bamboleaba una cabeza, los ojos ciegos de Oapojas estaban abiertos de par en par. El ambue'y reía atronadoramente. En la mano derecha tenía una escopeta. Se la lanzó a otro hombre, que apuntó con ella a la sien de Yami. El disparo se fundió con el silbido de la locomotora.

Ruben luchaba por salir de aquel atroz sueño. Pero seguía oyendo el silbido. Se golpeó la oreja y entonces entendió que no era su espíritu del ruido que le atormentaba. El ruido era real... Abrió los ojos, esperó ver la locomotora saliendo de la selva. Una cara encima de él; un segundo después estaba en pie, con la navaja de tallar en la mano. La hoja presionaba contra la garganta de Cristobal, que en aquel momento sudaba por todos los poros de la piel, aterrorizado.

—Pa-padre José ha... ha dicho que te despierte —tartamudeó—. Amaral ha llegado.

Ruben retiró la navaja sin una palabra y salió en dirección al igarapé. Un pequeño barco a vapor había amarrado en una de las palmeras junto al agua. En aquel momento el padre José recibía un cajón de madera tintineante sobre la borda. El sonido conocido reveló a Ruben que se trataba seguramente de botellas de ginebra. Amaral, tan desgreñado y flaco como el padre José, clavó la vista sobre Ruben. Silbó a través de sus dientes rotos.

—¿Quién es ese, padre?

—Un huésped. Vamos, vamos, ¿dónde está el correo?

Amaral sacó un par de sobres reblandecidos del bolsillo de la camisa que el padre José guardó en su hábito. Después recogió un paquete de hojas impresas. Periódicos, pensó Ruben. El padre José echó un vistazo rápido a la portada de un *Jornal do Boa Vista*.

—Cada vez son más viejos, Amaral. Antes me traías algunos que solo tenían dos meses, ¡pero estos son de cuando Cristobal Colón preparaba el viaje!

—Sí —gruñó Amaral impasible—. Parece que la última colecta del convento de los jesuitas ha sido algo floja. No ha llegado ni para tabaco.

—¿No hay tabaco? —El padre José estaba visiblemente horrorizado—. ¿Qué significa eso? ¿Tengo que plantarme el tabaco yo mismo? ¡La avaricia es uno de los pecados capitales! ¡Maldita sea!

Ruben cogió el primer periódico del paquete. Un término familiar llamó su atención: *Lei Áurea*. Su padre había discutido apasionadamente sobre la ley de abolición de la esclavitud. Y ahora comprobaba que estaba en vigor desde hacía tiempo. Pero parecía propio de Kilian Wittstock no preocuparse lo más mínimo por ello. ¿Quién sabía? ¿Quién preguntaba qué pasaba con los ava en las profundidades de la selva? Por ley les correspondía la propiedad de un trozo de tierra, siempre que nadie viviese allí antes. Un ava contaba tanto como un animal. Ruben comprobó sorprendido que el rey Pedro II había sido derrocado. Brasil era un república.

Amaral saltó sobre la barandilla con una red en la mano en la que llevaba dos peces que exhalaban un fuerte olor.

—Los he pescado esta mañana —dijo. El padre José los cogió arrugando la nariz y se los lanzó a Cristobal.

»No había visto nunca un indio que leyera periódicos —dijo Amaral, sorprendido—, no conozco siquiera a un caboclo que sepa.

—¿Sabes quién es Kilian Wittstock? —preguntó Ruben.

—Sí, es uno de los barones del caucho.

—¿Has oído que su mujer perdida haya vuelto?

Amaral rio, descubriendo tres dientes mellados, negros de caucho.

—Los cotilleos sobre las tonterías de la gente rica no me interesan, no me dan de comer. Lo más que te puedo decir es que dicen de Wittstock que es un aventurero porque está construyendo una línea de ferrocarril en la selva.

—¿Por qué te interesa? —preguntó el padre José a Ruben.

—Bueno, ¿por qué no se lo iba a contar? Soy su hijo.

—Padre, tu huésped está loco —murumuró Amaral.

Los dos hombres se sentaron alrededor del fuego, comieron las pirañas que Cristobal había asado en una paella agujereada, bebieron ginebra y fumaron hasta que el humó los cubrió. Las luciérnagas bailaban al anochecer, que llegó rápidamente, las cigarras cantaban, los mosquitos se mantenían alejados del humo y torturaban a Ruben, quien se había sentado algo apartado y completaba su talla. No era una obra destacable, en su tribu nadie se la habría pedido. Pero le ayudaba a relajarse. La vieja herida de bala en la cadera había enmudecido, y la nueva, en el hombro, dolía poco.

Por fin tenía la sensación de poder confiar en su cuerpo de nuevo. Todavía tres, cuatro días y estaría completamente restablecido.

Amaral quería zarpar en tres días. No le importaba el aspecto de Ruben ni lo que llevaba. O no llevaba.

—A mí me da igual quién seas —le había dicho—. Si quieres te llevo conmigo, a cambio de la cadena con la bonita pluma de tucán que llevas al cuello.

Ruben dejó la navaja de tallar a un lado y cogió un hacha. No para partir cabezas, sino para talar árboles. Estaba en un estado lamentable. Fue a una de las cabañas en las que el padre José guardaba sus herramientas a la manera de los ava: atadas al techo con cordeles y en cestos colgantes. Teresa respiraba plácidamente en su hamaca, cerrada sobre ella como un capullo. Mientras él buscaba en los cestos, los dedos de Teresa asomaron por los bordes de la hamaca, como las patas de una araña. A continuación salió su cabeza desfigurada. Abrió la boca y su lengua se movió en el aire. ¿Había perdido la voz además del entendimiento? Su grito silencioso y los ojos desorbitados revelaban terror. Ella no vio su tatuaje de halcón, ni el adorno indio con la pluma de tucán del cuello, el único que no había perdido. Tampoco vio las agujas de hueso de la oreja. Su mirada estaba clavada en sus cabellos rubios y, al inclinarse sobre ella, queriendo tranquilizarla, se giró con un graznido desesperado y se encerró de nuevo en la hamaca. Él se preguntó si habría visto ella antes a un hombre con el pelo claro. Y quién había sido, y qué le había hecho.

Por fin encontró la piedra de afilar y salió. El padre José arrastraba los pies en la casa de piedra, como hacía cada mañana y cada anochecer. Luego hizo sonar la campana de hierro con su horrible repiqueteo bajo el techo a dos vertientes. *¿Quién está loco aquí?*, pensó Ruben. Sabía perfectamente cuál era la utilidad del repiqueteo, pero ¿quién iba a oírlo?

Lo que hacía Cristobal carecía igualmente de sentido: limpiaba el lugar de hojas arrastradas por el viento y cáscaras de nuez que había dejado Madalena con un haz de leña. Barría cuidadosamente alrededor de la vieja cruz que descansaba apoyada en la pared de la iglesia. El padre José todavía no había decidido si le haría un lugar en su iglesia o si la dejaría desmoronarse.

—Cristobal, coge tu hacha —le dijo Ruben.

Cristobal dejó caer la escoba, corrió a su cabaña y volvió con un hacha. Lanzó una mirada a su amo, buscando comprobar si llegaba un signo de reprobación, pero el padre José estaba inmerso de nuevo en una bulliciosa charla con el cartero de Boa Vista.

—¿Has hecho alguna vez una canoa? —preguntó Ruben.

—He ayudado a mi padre.

—Bien. También puedes ayudarme a mí; quiero hacerme una. Y tú sabes mejor que yo dónde encontrar por aquí un árbol que sirva para eso.

—¿Quieres irte otra vez? —El joven, que apenas le llegaba al hombro, se apresuró a su lado. Sonaba casi desilusionado.

—¿Pensabas que me quedaría aquí y me dedicaría a contar los piojos en la cabeza de José el resto de mi vida? ¿Acaso quieres tú hacer eso para siempre? ¿No tienes ganas de encontrar una mujer?

Cristobal se sonrojó bajo el tono cobrizo de su piel.

—A veces pienso cómo sería, irme con Amaral a Boa Vista. Trabajar allí, comprarme una casa pequeña y... —Se interrumpió, caviló—. Pero me da un poco de miedo.

—Haces bien en tener miedo —dijo Ruben con dureza.

Cristobal abrió la boca, como si quisiera refutar el reproche. Pero guardó silencio. Guio a Ruben por entre las matas, bajo helechos altos como un hombre, hasta un pequeño arroyo sobre el que había caído un pernambuco. Las raíces de otros árboles ya habían tomado posesión de él. Ruben caminó pesadamente por el agua, que le cubría hasta la rodilla, arrancó algunas plantas trepadoras y telas de araña de la corteza espinosa y espantó a una serpiente inofensiva que se había instalado cómodamente sobre una rama. Una mariposa *Morpho menelaus* aleteó ante sus ojos. La agarró y observó la figura de filigrana en su mano.

—¿Qué tiene de malo la ciudad? —quiso saber Cristobal.

Ruben levantó la mano y la mariposa salió volando.

—¿No te ha contado Amaral nada?

—No.

Suspiró interiormente. Levantó el hacha y la dejó caer sobre una gruesa liana que agarraba el árbol. Serían necesarios días, solo para liberar al tronco de la maleza y los bichos que se habían apoderado de él.

—Busca a tu mujer en la selva, Cristobal. Busca una tribu que te acepte. Quizá morirás, pero habrás muerto con orgullo.

El joven parecía ensimismado, hasta que por fin se puso manos a la obra. Por qué querría ir a la ciudad de los *otros* un hombre que había nacido en el río y allí había pasado su niñez, libre e independiente, era un misterio para Ruben. La ciudad atraía como la luz a los mosquitos, y devoraba a todo aquel que no tenía cuidado.

Él no quería ir a la ciudad. Pero tenía que hacerlo.

7

El trabajo le iba bien y le resultaba fácil a pesar de la incesante lluvia. El padre José no tenía nada en contra de que el joven ayudara, pero no podía comprender por qué Ruben se estaba matando a trabajar para construir una canoa.

—Hijo mío, lo podrías tener mucho más fácil. Te vas con Amaral a Boa Vista, te buscas cualquier trabajo que te proporcione suficiente dinero para que alguien te lleve a Manaos. Tal vez te encuentres a alguien que se crea tu historia y te preste algunos reales. Tu padre pagaría seguramente con creces esa limosna si pudiera estrechar entre sus brazos al hijo pródigo. Igual que en la historia del Evangelio según san Lucas, ofrecerá una fiesta que será la envidia de tus hermanos, ¡en el caso de que tengas alguno, claro, en el caso de que sea cierta toda esa historia!

Con la sotana y la borla chorreando rodeó el solar con la mano sobre la pipa. El tronco seguía estando sobre el arroyo, pues para moverlo habría sido necesario un puñado de hombres por lo menos. Y ni el padre José ni Amaral querían mover un dedo por esa tontería, tal como llamaban a aquello. A Ruben ya le iba bien así, podía ensimismarse en su labor sin la cháchara del padre. Cristobal, parco en palabras, no le molestaba. Con entrega y habilidad, este joven ava daba muestras de la herencia de su pueblo perdido. Ahora estaba alisando las paredes ya excavadas de la futura canoa; para tal fin había curvado el filo de una navaja y lo había endurecido al fuego. También golpeaba piedras para que tuvieran un canto duro, y se servía de huesos y arena.

—Así de diligente me gustaría verte siempre en el trabajo —le dijo renegando el padre José al marcharse. Y dirigiéndose a Ruben—: Amaral parte mañana a primera hora de la mañana; quiere regresar a su árida ciudad. Así que tienes todavía una noche para dormir sobre tu inútil trabajo.

Ruben ya había pensado ir con Amaral, pero no le agradaba el pensamiento de arrojarlo por la borda en el río Blanco para hacerse con la canoa motorizada y dirigirse hacia el sur; sobre todo porque no sabía si se las arreglaría manejando la canoa y si pasaría sin ser descubierto por el puerto de los trabajadores del ferrocarril.

Él había cumplido el perentorio deseo de Amely de no enfrentarse a los ambue'y. Le había dicho que quería saludar al padre en la selva, en ninguna otra parte si no. Pero ¿dónde debía tener lugar ese encuentro? No tenía tribu, era un apátrida. Incluso si hubiera un lugar al que su padre pudiera ir, ¿qué tipo de lugar debía ser? ¿Un claro en la selva, una mísera cabaña, un nido infame como esa población de ahí? Y él mismo, ¿recibiría a su padre venido a menos y próximo a la demencia como Teresa?

No. Así, no.

—¿Vas a darle un nombre a la canoa? —quiso saber Cristobal. A la mirada sorprendida de Ruben explicó—: Los *otros* lo hacen. La canoa de Amaral se llama *Quero namorar com você, Luisa*. Significa...

—Sé lo que significa. —Era lo que había hecho miles de veces con Amely y quería volver a hacer otras miles de veces—. Y había olvidado completamente que yo también poseía una pequeña gaiola pintada de rojo a la que puse un nombre cualquiera, no recuerdo ya cuál. Llamaré *Amely* a esta canoa.

—Amely —dijo Cristobal con un murmullo.

Se inclinó de nuevo sobre su trabajo, y Ruben prosiguió aporreando con el hacha la madera rojiza del palo de Brasil y limpiándose la lluvia del rostro. Los dos trabajaban en silencio pegados el uno al otro. La campana sonó más tiempo del habitual; eso significaba que el padre José llamaba a un ritual de adoración de su Dios. Cristobal recogió a toda prisa sus herramientas y se fue trotando en dirección al pueblo; mientras tanto, Ruben trabajó hasta caer rendido de cansancio junto a la canoa.

Tal vez debería darle el nombre de uno de sus hermanos. Gero. A Amely se le había escapado sin querer que Gero y su madre habían muerto, aquella vez que se lo susurró al oído creyendo que no oía de aquel oído, pero él lo entendió a cachos.

¿Cómo fueron sus muertes? Incluso para un joven fuerte como Gero había muchas posibilidades de morir. Tal vez le sorprendió la malaria. Tal vez una enfermedad como a su madre. Siempre había sido una persona débil. Demasiado débil para Kilian Wittstock.

La muerte tiene una presencia frecuente en la casa de mi padre... y yo he dejado a Amely que regresara allí.

Una tórrida sensación de miedo recorrió su cuerpo cuando pensó en el tiempo que todavía tardaría en estar lista la canoa. Y en realizar el trayecto hasta Manaos. Pero no era únicamente el temor lo que le apremiaba. Se retorció sobre el suelo mojado con la mano en los cordones del taparrabos.

—Te lo agradezco, padre José. Con gusto te daría algo por tu ayuda, pero...

—¡Ah, déjalo estar, hijo mío! —dijo el padre con un gesto negativo de la mano—. Sucedió *ad majorem Dei gloriam*, para mayor gloria de Dios. Pero que te lleves contigo al chico... Bueno, se va, como se han ido todos los indios.

Cristobal llegó corriendo desde la cabaña de Teresa, donde se había despedido de ella. Llevaba bajo el brazo el pequeño hatillo con sus pertenencias.

—Cristobal, hijo mío —dijo el padre José poniendo una mano sobre el hombro del joven ava y mirándole a los ojos con gesto serio—. Cuídate mucho. No caigas en las tentaciones de la vida de la ciudad. Si necesitas ayuda dirígete a mi orden; allí te darán al menos de comer.

—Ya me las apañaré —replicó Cristobal con fervor—. Además tengo que ir con Ruben, porque de lo contrario no encontraría el camino al río Blanco.

Únicamente este había sido el motivo por el que Ruben cedió a los ruegos del chico, que insistía en acompañarle. La canoa esperaba ya en el igarapé, cargada con unas pocas provisiones, un arco que Ruben se había fabricado, además de flechas y un arpón. También habían tallado dos remos. Achicaron el agua de lluvia que había entrado en la canoa, se subieron y se sentaron en ella; el padre José soltó la soga que la mantenía sujeta a un árbol.

—Saluda a Wittstock de mi parte, hijo mío —exclamó.

—Yo soy el hijo de él —replicó Ruben—. No el tuyo.

El padre José se echó a reír.

—Todo este tiempo me has llamado «padre», ¿no te has dado cuenta?

Hora tras hora transcurrieron por sinuosas corrientes de agua; la lluvia y el sol se alternaban. Cuando la proa alcanzó las aguas de color pardo lechoso del río Blanco, Cristobal levantó el puño con orgullo. Ruben depositó tranquilamente el remo en la canoa. Con la misma tranquilidad extrajo su navaja, se fue hasta él y le rodeó el cuello por detrás con el brazo. El filo de la navaja hacía presión contra la mejilla de Cristobal.

El chico se quedó petrificado del susto. Se le cayó el remo en el regazo.

—Calma, mucha calma, no voy a hacerte nada si saltas ahora al río. Me parece que lo puedes hacer sin problemas; no tiene el río pinta de ser peligroso. Pero si no obedeces, te mato. Y créeme que lo haré.

—¡Pero yo quiero ir a la ciudad!

—¡No! —Ruben lo agarró del hombro y lo giró violentamente hacia él. Empuñando la tela de la camisa de yute sacudió a Cristobal—. ¿Crees que quiero verte sentado en una acequia, borracho y medio muerto de hambre, con los cuervos picoteándote las piernas y que un coche de caballos te pase por encima? Eso es lo que les pasa a los ava ignorantes como tú.

—Eso... Eso no me lo creo.

—¡Yo mismo lo he visto con mis propios ojos!

—A mí no me pasará eso —dijo Cristobal lloriqueando.

Con sorprendente rapidez levantó el remo y golpeó con él en la sien de Ruben. Este se tragó el dolor y le dio tal puñetazo en la cara que comenzó a sangrar por la nariz. A continuación lo tiró de espaldas al agua. Pataleando y realizando grandes esfuerzos se asomó Cristobal a la superficie; braceando en el aire sus manos dieron con el borde de la canoa. Quiso subirse jadeando. Ruben le golpeó con el filo de la navaja en la mano. Se soltó dando un grito. A una distancia debida fue nadando junto a la canoa a la deriva.

—¡Que te maldiga Tupán! —dijo entre sollozos y escupiendo sangre—. ¡No! ¡El diablo!

—Ya lo hizo hace mucho tiempo. ¡Vete de vuelta a casa del padre José! —exclamó Ruben por encima del hombro—. Sin ti no sobrevivirá mucho tiempo por aquí.

Introdujo el remo en el agua y dirigió la canoa hacia la corriente.

Así pues, iba a regresar por segunda vez a Manaos. Y ojalá fuera la primera vez, porque él regresaba ahora a la ciudad como un hombre con recuerdos. Hoy sabía cómo se llamaba el igarapé que conducía a la casa de su padre, cómo se llamaba la casa, cómo olía y qué ruidos había en ella; sabía cómo los estallidos del padre podían hacer callar a todo el mundo, incluso a los guacamayos del salón. Tuvo que confesarse a sí mismo que no se encontraba libre de temor ante ese encuentro. El viaje era como un aplazamiento que él detestaba al tiempo que lo aceptaba como algo oportuno. Sin embargo los días transcurrieron rápidamente y ya presintió el olor del puerto mucho antes de que pudiera oírse el ruido y también mucho antes de que el río se llenara de basuras. Decidió pasar la noche en aquella bahía a la que Amely lo había llevado en aquel entonces. La región había cambiado; el río bajaba muy crecido, pero él la descubrió con facilidad.

Había algo que no encajaba con lo que acostumbraba a haber en la selva. Él se puso tenso y atento, con todos los sentidos vigilantes. Entonces comprendió lo que le resultaba extraño: unos sonidos que no casaban con el entorno. Música, un violín.

Pero claro que casaban con el entorno. Allí estaba ella y...

Remó lentamente entre las imponentes hojas de nenúfar y bajo las arqueadas ramas de los sauces, por encima de una alfombra verde. Allí estaba ella. Yacurona vestida de blanco. A sus pies yacía una nube de color azul oscuro de una tela abombada. Un corsé. Parecía que se había desembarazado de toda la ropa, conservando únicamente las enaguas de seda. Se hallaba ligeramente inclinada a un lado y tocaba totalmente entregada su canción que curaba. Sumergió el remo en el agua lo más silenciosamente posible. Tan solo un poco más adelante... La canoa crujió al contactar con la arena. Ella bajó el violín. Le vio.

Dejó el remo a un lado con todo cuidado. De rodillas sobre la madera levantó la mirada hacia ella, con las manos a los lados, preocupado por no hacer ningún ruido ni ningún gesto brusco para no espantarla. Hasta su espíritu del ruido estaba en completo silencio.

—Ruben —dijo ella con un lamento—. Todavía sigo sin haber visto el boto.

Echándose a reír dejó caer el arco y el violín. Él saltó de la canoa. Ella se precipitó en los brazos de él.

8

Estaban sentados uno al lado del otro en la orilla del agua. Amely le rodeaba con su brazo por el talle; el brazo de él la rodeaba por los hombros. Ella pensó que tenía que estar ocurriéndole a él igual que a ella: no estaba segura de que él estuviera realmente a su lado. Hasta su interpretación al violín le parecía ahora irreal. No había logrado un sonido armonioso, sino más bien machacón; la humedad había afectado al instrumento. ¿Qué piezas había tocado? ¿Y por qué? ¿Pretendía llamarlo de verdad a la manera india de los espíritus? ¡Bah, tonterías! Tan solo había querido sumergirse un instante en el recuerdo de aquel día de Año Nuevo, hacer como si el tiempo volviera atrás, y si ella mirara a un lado él yacería allí herido, y todo comenzara desde el principio. Tan solo entregarse brevemente a la ilusión...

Todo eso era indiferente si lo de ahora no se trataba de ninguna ilusión.

Por favor, Dios mío, haz que sea verdad que él está sentado a mi lado y que yo estoy sintiendo su piel, todas sus cicatrices, toda su vida. A él parecía estar sucediéndole otro tanto de lo mismo. Estaba temblando ligeramente. Sentía la pulsión de la sangre en la punta de los dedos. Tal vez estuviera pensando si debía atreverse a decir algo sin que ella se fuera volando como un pájaro asustado. Amely se pasó la lengua por los labios, estaba luchando por formular la pregunta que le estaba quemando por dentro: ¿qué estás haciendo aquí? No has venido porque sabías que estaba aquí, ¿verdad?

—¿Qué estás haciendo aquí, Amely? —preguntó él en voz baja y con la voz tomada. Giró el rostro hacia ella. Moreno cobrizo enmarcado por una cabellera dorada.

Amely agarró aquellos mechones. La mano de él se posó sobre la suya, acarició su mejilla.

—La canoa de ahí, ¿es tuya, Amely? Amely, Amely... —preguntó pasándole la mano por el pelo, todavía incrédulo—. Te has escapado, ¿verdad?

—Sí. De alguna manera así es. En realidad me ha echado.

Él esperó. Giró sobre sus nalgas, rodeó con las piernas el regazo de ella, siguió acariciándole la cabeza y observándola como a una maravilla.

—Simplemente salté por la noche al agua desde mi embarcación —dijo ella. De pronto acudían las palabras con facilidad a su boca—. Miguel me había procurado la canoa y también me la amarró a la orilla. Primero fui remando un trecho, luego esperé a que hubiera claridad, y entonces me puse a remar rápidamente para alejarme de allí todo lo que pudiera. ¿Tienes hambre? Miguel me ha metido una olla de feijoada; a mí no me gusta. Kilian quiere divorciarse, y yo tengo que pudrirme en Berlín para el resto de mi vida como castigo porque fui tan insensata como para creer que podía arañar algo de su poder procurando convencerle de que se podía plantar caucho en otra parte.

—¿Eso es lo que querías decir cuando dijiste que querías ponerle coto?

—Fue una idea estúpida.

—¿Y qué ibas a hacer ahora?

—Correr a la selva. Buscarte. —*Morir en el intento si era necesario*, pensó sin pronunciarlo—. De algún modo me las habría apañado.

Los ojos de él se dilataron.

—¡Gracias a Tupán que he pasado yo por aquí! Amely, eso era una estupidez. Te crees que eres una mujer ava porque puedes remar con fuerza, pero no lo eres en realidad.

—Sí, sí, tienes razón. ¿Y tú? Estás solo. ¿Qué ha sido de tu tribu?

Aunque él lo reprimió, ella se dio cuenta de que él se tensó por unos instantes como si albergara alguna pena dentro. Él dirigió la vista al agua.

—Muchos han muerto. Y no sé dónde está el resto. Pero los encontraré.

—¡Oh, por Dios, Ruben! —*¿Muertos, muertos? ¿Cómo...?*, se preguntó para sus adentros, pero ella ya tenía una idea de lo que debió de suceder. Ahora no era el momento de hablar de tal cosa.

—He venido a arrebatarte a mi padre —dijo él—. Un propósito también bastante insensato, ¿verdad?

—Ya no tienes que hacerlo. Pero ¿sabes que todos creen que estoy chiflada?

—Eso es lo que creían también mis gentes de mí.

—¿Y lo estamos?

—Cuando todos lo dicen... —dijo él sonriendo burlonamente.

Ella no podía hacer otra cosa, tenía que, sí, *tenía que* besar aquella boca hermosa. Los brazos de ella lo agarraron como por iniciativa propia. Y él la rodeó con los suyos tan firmemente que se sintió envuelta por su calidez. Y ahora más ya que su lengua jugueteaba con su gota de oro, que le cosquilleaba. Unas gotas cayeron sobre su piel, pero una mirada a la copa verde brillante de los árboles le confirmó que el aire era seco. Las gotas recorrieron todo su cuerpo, la volvió blanda y deseó caer al suelo y abandonarse a Ruben. Todavía la sujetaba él. Todavía...

Él se crispó de golpe. Apartó a Amely de sí por los hombros. Antes de que pudiera decir nada, él se había llevado el dedo a la boca avisándola. Mirando en torno suyo agarró el arco, que siempre dejaba cerca de él, y una de las flechas con plumas que sobresalían del carcaj. Amely se puso a escuchar con atención, pero de entre los murmullos y pitidos y crujidos no era capaz de filtrar ningún sonido que no perteneciera a aquel entorno. Ruben se puso en pie lentamente. En su semblante se reflejaba el enfado por su oído malo mientras movía la cabeza de un lado a otro.

Entonces se quedó quieto y tensó el arco.

—Ve detrás de mí —le susurró al oído.

Amely se agachó y se puso a gatas. Estiró el brazo en busca de la cerbatana en el taparrabos de Ruben. El peligro no era ningún animal, lo presentía. Y cuando oyó aquella voz le pareció que no podía ser de otra manera.

—¡Tira el arco, indio! ¡Te estoy apuntando!

—¿Quién es? —preguntó Ruben en voz baja.

—Felipe da Silva Júnior —dijo ella jadeando—. El hombre que te disparó en el igarapé de tu padre. —Por Dios, ¿cómo había podido seguirle la pista? ¿Se lo habría delatado Miguel? No, no quería creer que fuera así.

Ella se incorporó de rodillas por detrás de Ruben. —¡El indio es Ruben Wittstock! —gritó ella—. ¿Me oye usted, Da Silva? —Felipe tenía que oírlo, tenía que comprender; tal vez así le avivaba los escrúpulos—. ¡Ruben Wittstock! ¡Ruben Wittstock, el hijo de su patrón!

—Yo solo veo a un indio, *senhora* —fue la réplica. Ahora, igual que antes, no podía distinguirse dónde se encontraba—. Y usted sabe tan bien como yo cómo me juzgará mi patrón cuando le diga que he matado a un indio. ¡Y ahora apártese!

—¡Oh no, no, no voy a apartarme de ninguna de las maneras! —Su voz sonó quebrada por el temor. Lo mejor sería situarse delante de Ruben. Mientras todavía pensaba que le estaban temblando demasiado las rodillas, se puso en pie y se colocó delante de él.

—Amely —dijo Ruben entre dientes—. ¿Qué haces?

Ella no se movió del sitio. No quería pensar en que Da Silva sería capaz de dispararle a ella también a pesar de su advertencia. Ella había huido de casa; no se enteraría nadie.

Presentía más que veía cómo la punta de la flecha seguía los movimientos de la cabeza de ella. Ruben no podía arriesgarse a disparar al buen tuntún; sería desperdiciar una flecha y el tiempo para colocar la siguiente. Como antiguo seringueiro, Felipe sabía cómo moverse sin hacer ruido. Tal vez estuviera ahora apostado en algún otro lugar.

—¿Ha sido Miguel quien me ha delatado? —exclamó Amely sin grandes esperanzas de que él diera a conocer su nueva posición contestando.

Delante de ellos se oyó crujir algo. El estampido de un disparo. Ruben dejó volar la flecha.

No estaba herido; Amely comprendió que Da Silva solo había querido incitarle a disparar la flecha. Felipe apareció por detrás de una ceiba con el rifle en alto y subiéndose con paso seguro a las raíces.

—Supongo que ese salvaje será lo suficientemente listo para no echar mano ahora de otra flecha. Y usted, *senhora*, agarre el carcaj y láncelo fuera de su alcance.

Llena de rabia se agachó y lanzó el carcaj ante sus pies con tanta fuerza que se salieron todas las flechas de él. Ella dejó caer la cerbatana al suelo en los breves instantes en que el otro bajó la mirada.

Se acercó.

—Ese escarabajo no la delataría a usted jamás, *senhora*; observé que él le proporcionaba a usted la canoa. No perdí de vista la embarcación porque me temía algo así. En algún momento me di cuenta de que usted sabía lo de Ruben porque había dado con él... No había otra explicación. Y que usted iba a encontrarse de nuevo con él. —El cañón del Winchester señaló unos instantes al vientre de ella—. Supongo que la criatura es de él.

—Y usted estará deseando ansiosamente irse para contárselo de buena tinta a Wittstock, ¿no es cierto? —le preguntó con un tono despectivo.

En otro tiempo había estado enamorada de él, ¿cómo pudo suceder tal cosa? Ahora, lo odiaba. *¿Lo odio?* Más bien le daba lástima que se viera obligado a pagar con su alma una mejor vida. Probablemente se creía de verdad que era algo más que un lacayo de Kilian.

La comisura de sus labios se contrajo en un asomo de sonrisa.

—Eso depende de si sigue con vida cuando regrese. Lo más probable es que no.

Lo había matado. *¡Dios santo bendito!* Se llevó involuntariamente la mano al cuello. Había sucedido algo en la Casa no sol que había provocado a aquel perro guardián a hincar el diente.

O se habían vuelto *todos* locos sencillamente.

—Y ahora, *senhora*, apártese si no quiere que la mate de un disparo por culpa de él.

—¡Jamás!

Ruben la empujó a un lado con el codo y ella cayó de rodillas por el susto. Rápidamente, Da Silva levantó su arma un poco más, y Ruben tensó el arco al máximo. Se dirigió con paso solemne a Da Silva; volvía a ser el audaz Aymaho que anhelaba la muerte.

—¡Con calma, bichejo! —Da Silva retrocedió medio paso—. ¿No sabes que ella también me hizo sitio a mí entre sus muslos? ¿Te lo ha contado? ¿Te ha dicho quién soy yo?

—Sí lo hizo —replicó Ruben con tranquilidad.

Ella estaba segura de no haber mencionado nunca a Felipe. Ni siquiera se le habría pasado por la cabeza en plena embriaguez de epena.

Los hombres tenían sus miradas clavadas el uno en el otro. Por encima de ellos retumbaba el cielo. Amely levantó la mirada hacia ellos mientras se esforzaba en palpar la zona buscando la cerbatana sin llamar la atención. ¡Tenía que estar ahí! En la arena no había nada. Ahí estaba su vestido de seda; lo apartó a un lado. Sus dedos tocaron agua. ¿Había tirado el arma sin querer al río? En la comisura de sus ojos se dibujó un destello plateado: pirañas... y tenía los dedos de los pies metidos en el agua. Sacó los pies lentamente. Se fue arrastrando lentamente por la arena, detrás de Ruben, como buscando protección. Unas gotas gruesas salpicaron en sus manos buscadoras. La cerbatana, ¿dónde estaba la cerbatana...?

—¡Le he dicho que se fuera, *senhora*!

—Haz lo que dice, Amely.

Ella se arrastró a la parte saliente de la maleza mohosa. La lucha comenzaría en cuanto ella saliera de la línea de fuego, eso lo tenía claro. Entre dos truenos sonó el clic del fusil.

El disparo no se produjo. En su lugar oyó el silbido de la flecha suelta.

Todo sucedió en un segundo. Cuando ella se dio la vuelta sobre las rodillas vio a Da Silva precipitarse sobre Ruben, rabioso, agitando el arma poco segura. ¡La flecha de Ruben estaba clavada en su brazo, *solo* en su brazo! Ruben se agachó por debajo del cañón del fusil, que describió un arco sobre su cabeza, echó la mano atrás para sacar su navaja y la extendió hacia arriba con rapidez. Felipe gritó. Un rastro de sangre recorría su rostro de través, pero tampoco esta herida le hizo desistir de echarse encima de Ruben.

¡Ojalá que la vieja herida no estorbara a Ruben! Pero no daba esa impresión, porque cargó con todas sus fuerzas contra su adversario. Enseguida la sangre de Da Silva manaba ya de varios cortes recibidos. Consiguió hacerle soltar la navaja de la mano a Ruben, pero este, en su furia, no vaciló en bloquear al otro con las piernas y en clavarle los dientes. Da Silva ya no aullaba únicamente por la cólera. Sus manos resbalaban por el cuerpo empapado por la lluvia de Ruben, mientras que a él su pesada vestimenta le dificultaba los movimientos. Ruben lo acosaba igual que Chullachaqui, hasta el punto de que le entró miedo incluso a Amely de verlo de aquella manera. Ella se arrastró más adentro en la espesura, quería quedarse ahí porque ya apenas albergaba duda alguna sobre el triunfo de Ruben. Y la estúpida cerbatana, la única arma con la que ella habría podido ayudarle, seguía sin aparecer.

Una mano la agarró igual que una cadena por la articulación del pie. El grito que iba a dar se le quedó detenido en la garganta por el susto. Se desplomó boca abajo, pataleó, no pudo evitar que la arrastraran de nuevo un poco desde la espesura. El pesado cuerpo de Da Silva se arrojó sobre su espalda. El brazo sangrante de él rodeó su garganta como para estrangularla. Él volteó hasta que ella estuvo encima de él. La lluvia arrastró el sudor ardiente a los ojos de Amely dejándola ciega por unos instantes. Entonces vio a Ruben a gatas, respirando con dificultad. Se fijó sin querer en la cuchilla en su vientre. No, Felipe no lo había conseguido. Al parecer tan solo le había dado una potente patada de la que se estaba doliendo.

—¡No te me acerques! —vociferó Felipe debajo de ella, por detrás de ella, muy pegado a su oído. Algo metálico destelló en su ángulo visual. La punta de la navaja de Ruben pendía muy cerca del ojo de ella—. ¡Si no, la degüello!

Ruben se puso en pie tambaleándose. Se sacudió de modo que salieron volando gotas de agua de su cabello. También él había tenido que encajar lo suyo, tal como podía comprobarse por los bultos enrojecidos en su pecho y en sus brazos. Se apoyaba en las rodillas y respiraba ruidosamente.

—Agarra tu canoa y desaparece —exigió Da Silva. En sus palabras flotaba un deje de decepción por no haber podido cargarse a su adversario.

Temblaba la punta de la navaja. Amely intentó girar la cabeza en vano; el brazo en torno a su cuello apenas le permitía respirar.

Ruben se acercó agachado y resollando pesadamente. Tenía un aspecto espantoso. Tenía la boca embadurnada con la sangre de Felipe. Sus ojos fulgían. Amely sabía que su furia guerrera era más fuerte que toda razón. El halcón quería matar sin importar que ella estuviera ahí abajo. Sus dedos, también manchados de sangre, se retorcían hacia los lados, como si pidieran un arma.

—¡Atrás, tú, bichejo salvaje —dijo Da Silva refunfuñando—. ¡Hace ya muchísimo tiempo que dejaste de ser el hijo de Wittstock! ¡Diablos!

Se incorporó sin soltarla un solo instante. Ella sentía mareos, porque cada respiración era una tortura para ella. Tenía las uñas clavadas en el brazo de Da Silva, pero este no parecía ni notarlo. Ella se dio la vuelta y vio con horror la cerbatana en su mano libre. Intentó agarrarla, pero le faltaron las fuerzas. El tronco de Felipe se estiró hacia arriba; se llevó la caña de bambú a la boca. Entonces ella sintió debajo de su mano izquierda un escozor familiar. Metió la mano entre las hormigas y las lanzó con la arena tras de sí.

Él se puso a renegar y apretó el brazo estrangulándola aún más. A ella le daba lo mismo con tal de que él hubiera errado el disparo.

No.

Ruben emitió un jadeo largo. Se agarró del cuello y dio un paso adelante. Todavía se sostenía sobre las piernas esparrancadas; sus cabellos se movían de un lado a otro delante de su cara. El sonido del resuello que salía de su garganta le atravesó hasta la médula.

¡No! ¡Eso no! ¡No ahora!

Entre llantos golpeó a Da Silva; por fin acabó él soltándola. Apoyado en los codos miraba fijamente a Ruben con una mueca de triunfo en su rostro.

—¡Ruben! —Por fin conseguía ella gritar—. ¡Ruben!

De pronto se echó el cabello para atrás y se irguió. Y con la misma sorpresa levantó el Winchester del suelo y apuntó con él. Amely vio con toda claridad el dardo de la cerbatana clavado en su cuello.

Con tres pasos rápidos se plantó delante de Da Silva, que intentó arrastrarse de espaldas para escapar de él.

—No sabes cómo funciona eso. Lo has olvidado, lo has olvidado... —repitió como un conjuro, queriendo hacérselo creer a Ruben.

Y tú, Felipe, tampoco sabes que él es en verdad el salvaje por el que tú le tienes. Va a hacer exactamente eso, o algo peor.

Apuntó a la cabeza de Da Silva, pero entonces se inclinó el cañón hacia abajo. Amely esperó secretamente que el arma se encasquillara impidiendo de nuevo el disparo. Cuando se produjo la detonación y tembló el cuerpo de Da Silva, también ella se echó a temblar. Ruben arrojó lejos de sí el rifle y se agachó sobre él con las piernas abiertas. Da Silva profirió un sonido torturador. Había perdido la navaja hacía rato; Ruben la alzó y señaló con la punta entre sus ojos.

Amely se arrojó junto a la cabeza de Felipe. Le llameaban los ojos; sus labios temblaban. Se estremecía como si estuvieran azotándole una docena de látigos.

—Felipe... —Ella le agarró la cabeza y la volvió hacia ella.

—Amely... Él... es de verdad un salvaje. Yo... yo no sabía esto. Wittstock... debería haberme contado más... cosas sobre él.

—¿Felipe? ¿Qué quiso decir usted antes con eso de que quizá Kilian podía seguir con vida?

Su boca se movía, pero ella no entendía ninguna palabra. Una oleada de dolor le obligó a apretar con fuerza los ojos. Le salía la saliva por entre los dientes apretados.

—Amely —dijo él con un graznido y tosiendo sangre. La lluvia se la llevó mejillas abajo.

Kilian, ¿qué sucede con Kilian?, es lo que quería saber ella, pero en lugar de eso salió inesperadamente de sus labios otra pregunta:

—¿Me acosté realmente contigo?

Ella no contaba con una respuesta aunque él hubiera sido capaz de dársela. Ese canalla se alegraría de dejarla para siempre en la incertidumbre. Con los puños cerrados tiró de la camisa que siempre llevaba, con los cigarrillos en el bolsillo; los palpó ahora también. Hasta en la hora de su muerte ofrecía un aspecto temerario.

—N-no. Amely. No, tú no lo... consentiste...

Con la última palabra exhaló su último suspiro y se quedó inmóvil.

Ruben le acercó el filo de la navaja a la sien.

—No. —Amely le agarró la muñeca—. Por favor, no lo hagas.

Él asintió vacilante y retiró la mano. Amely se puso en pie de un salto y corrió a la orilla. Se obligó a llevar sus pensamientos hasta aquel día ahí en esa bahía. Ahí estaba su violín. Lo levantó, también encontró el arco y apretó las dos cosas contra su pecho. Todo era como aquel entonces... Sin embargo, el pez raya prefería permanecer en el fondo arenoso, especialmente en ese lugar en el que los granos de arena eran extremadamente finos. ¿No acababa de moverse sospechosamente el fondo de ahí enfrente? Amely se arrodilló lentamente, se alzó el camisón de noche y se lavó la sangre de los muslos. Las pirañas la detectaron y regresaron, pero las espantó la mano de Amely al agitar el agua. Quizá también porque comprendieron que Amely no estaba herida. No era la sangre de ella.

Ella no prestó mucha atención cuando Ruben arrastró el cadáver hasta el agua y lo empujó dentro con los pies. Luego dio unos pasos más allá para evitar a las pirañas y se lavó medianamente. Amely se dirigió corriendo hasta él. Lo examinó atentamente de arriba abajo. Dejando aparte algunas pequeñas heridas estaba sano y salvo. Todavía tenía clavado el dardo. Él mismo se lo extrajo cuando se dio cuenta de dónde se había quedado fijada la mirada de ella.

—No llegué a empaparlo de veneno —dijo con una sonrisa. Le apartó de la cara los mechones húmedos con una dulzura tal que ella se preguntó si ya se había olvidado en serio de la lucha que acababa de librar—. ¿Y ahora, Yacurona? ¿Qué hacemos?

El cielo volvió a retumbar. Ruben frunció el ceño después de levantar la vista. Enseguida iba a ponerse a llover con fuerza. Agotada se desplomó en los brazos de él. Durante un buen rato permaneció quieta dejándose consolar en silencio por ese hombre que había hecho cosas tan terribles.

—Tenemos que regresar, Ruben. Si Kilian ha muerto realmente, todo será distinto ahora.

—Y si está con vida... —Él dejó en el aire la continuación de la frase. Ella consideró que todo era posible. Pero sucediera lo que sucediera, había llegado el momento de que el hijo se presentara ante el padre.

Ella se embutió en su corsé y en su vestido, pues ¿cómo iba a regresar en enaguas? Dejó los botines tirados en la arena. Puso el violín en su canoa, que iba a quedarse allí. De todas formas el delicado instrumento no había sobrevivido a la tormenta. *Esta no es una tierra para violines...* Ruben se quedó mirando detenidamente y con asombro aquella vestimenta de dama. Ella se arremangó las faldas mojadas y se subió a la canoa de él. Embutida en toda aquella tela no le era posible remar tan rápidamente como Ruben. Él estaba sentado en la proa, pues conocía el camino. Amely se esforzó en no dirigir la mirada buscando el rastro de Felipe mientras la canoa se deslizaba por entre jacintos de agua y pasaba junto a imponentes nenúfares saliendo de la bahía.

¡Que Dios se apiade de su alma!

Ruben se había atado a la espalda el arco y el carcaj. Se armaría un buen escándalo cuando pisara la casa. Ahora que aquel río de aguas lentas con sus sonidos y rumores familiares estaba siendo como un bálsamo para su agitado interior, ella comprendió lo que había sucedido. Él estaba a su lado. Ella estaba disfrutando con la visión de sus músculos, que suscitaban los movimientos del halcón. La brisa hacía ondear su cabello rubio. Llevaba pocos adornos de plumas en ese momento; tal vez los había perdido. La pluma de tucán que le había regalado ella seguía allí. Su tucán tallado seguía allí. De repente a ella le pareció completamente justo que ella tuviera que ir allí donde se encontraba él.

Apenas se dio cuenta de cómo transcurría el tiempo. Un aguacero la dejó calada, pero no le molestó. Sus pulmones no se hartaban de toda aquella humedad aromática. Daba igual lo que sucediera ahora; ella estaba allí donde debía estar.

Llegó el momento menos agradable en el que la ciudad hizo acto de presencia con su hedor y sus basuras. Pero al poco rato la canoa estaba ya en el igarapé do Tarumã-Açú. Paulatinamente, el corazón de Amely comenzó a latir de miedo. En el muelle privado de Kilian todo parecía estar como siempre. Allí, la escalerilla; solo sobresalían del agua dos escalones en ese momento. Ruben llevó la canoa hasta el terraplén, saltó afuera y la ayudó a bajar. Ella lo ayudó a levantar la canoa. Cuando quiso él comenzar a subir, ella le puso una mano encima del brazo.

—Por favor, no con tus armas. Ese no sería un buen comienzo.

En los dedos percibió que él se ponía tenso de mala gana. Sus cejas fruncidas le daban un aire funesto.

—¿Estás segura de que no hay por aquí una segunda persona que preferiría verme muerto?

Segura no lo estaba del todo. ¿Qué ocurriría si esa segunda persona era Kilian? Sin embargo ella asintió con la cabeza.

Ruben se quitó el arco y el carcaj y los depositó en la canoa. Finalmente se sacó la navaja del taparrabos y la arrojó sobre las demás cosas. La mirada que le dirigió a ella denotaba que a pesar de aquello no se sentía ni estaba completamente indefenso. Amely subía la escalinata por delante y miró hacia la izquierda, a las tumbas. ¿Yacería Kilian entretanto allí?

El pequeño cementerio tenía el mismo aspecto de siempre. Amely dio unos pasos hacia los arbustos y apartó el follaje empapado de agua hasta que pudo verse la tumba de Ruben.

—¿Qué clase de persona es quien hace algo semejante? —preguntó él.

—Tal vez solo un perturbado —dijo ella en un murmullo—. Ven.

Ella lo condujo a través de las sendas de gravilla por debajo de las copas bajas de los árboles primorosamente cuidados. Había dos jardineros ocupados en los hibiscus con las espaldas vueltas a ellos, otros dos se dedicaban con la misma entrega al césped inglés. Los monos alborotaban y hacían oscilar aquí y allá las hojas de las palmeras salpicando brillantes gotas de lluvia. No había nadie en la escalinata blanca. Algo pesaba sobre la casa; no podía verse, no había nada que lo indicara así, pero estaba allí, exactamente igual que aquel día de su llegada, cuando divisó la «choza» desde la litera en la que la transportaban. *Gero ha muerto*. ¿Quién saldría ahora y diría que Kilian estaba muerto? De manera involuntaria, Amely dirigió la mirada a la fuente junto a la puerta de hierro forjado, como si esperara ver en cualquier momento a Felipe a lomos de su campolina. Agarró la mano de Ruben.

—No es como antes —dijo él—. Me da la impresión como si la casa se hubiera encogido. Y la pintura ha perdido el color.

A Amely le sorprendió escuchar aquello; las baldosas de color rosa resplandecían y todo el blanco de las barandas y columnas estaba recién limpio, como siempre. Subieron lentamente las escaleras. Amely agarró el picaporte de la puerta de dos hojas.

—Está cerrada. Así está realmente solo por las noches. Espera un momento.

Ella recorrió a paso rápido el mirador hasta llegar a las ventanas altas que eran las del despacho del señor Oliveira. Ojalá tuviera suerte... Sí, lo oyó hablar. Lo vio sentado al escritorio a través de las láminas de la contraventana, que había cerrado para protegerse del sol. Cuando golpeó en las láminas, él se levantó de golpe. En su semblante había un gesto de incredulidad infinita. Abrió la ventana de par en par, luego la contraventana.

—*Senhora* Wittstock! Nos habíamos preguntado todos si la habían vuelto a secuestrar a usted cuando dijeron que...

—¡Claro que no! —le interrumpió ella con una sonrisa—. ¿Sería tan amable de abrir la puerta?

—Por supuesto.

Desde la entrada les llegó un sonido estruendoso, como si se astillara alguna madera. ¡Santo cielo! ¡Ruben había tirado la puerta abajo de una patada! El señor Oliveira se llevó la mano a la frente del susto.

—Disculpe usted, *senhora* —exclamó saliendo a toda prisa del cuarto. En lugar de desandar el camino, se introdujo en la casa a través de la ventana y echó a correr detrás de él. En efecto, Ruben entraba en ese momento en el salón. Toda la servidumbre acudió corriendo al oír aquel estruendo. Todos se quedaron como petrificados, incluso el señor Oliveira, que se puso a toquetear el nudo de su corbata. Solo el doctor Barbosa se encaminó hacia Ruben.

—¡Oliveira, llame usted a la policía! —dijo a voz en grito.

Amely no le habría creído capaz de semejante voz de trueno a aquel hombre bajito de agradables patillas. ¿Qué estaba haciendo ahí, con el chaleco abierto, el cuello de la camisa abierto y la camisa arremangada más arriba de los codos? Del bolsillo de su pantalón sobresalía un pañuelo con manchas de sangre.

—No —exclamó Amely, y lo repitió en portugués para mayor seguridad—: Não! ¡Mire usted bien quién es!

Giró la cabeza hacia ella y frunció la frente como si estuviera pensando por qué razón estaba de vuelta la extravagante señora de la casa y abría la boca.

—*Senhor* Oliveira, haga usted lo...

—¡No! ¡No, no! —gritó ella. Y sacudió la cabeza.

Todas esas personas no conocían a Ruben. Sí, las de más edad sí, pero no entendían la situación. Se negaban a creer que ese hombre, desnudo y lleno de tatuajes bárbaros, con el cabello largo y revuelto, era el hijo pródigo. ¿Dónde estaría Maria? Ella sí lo entendería. Amely no se atrevía a perder de vista a Ruben para ir a buscar a la negra. Ruben estaba en el centro del salón mirando a los ojos y examinando a cada uno de los presentes. Dos criadas se marcharon corriendo. Una tercera dio un paso rápido hacia atrás, tropezó y se cayó sobre el trasero. Hasta Miguel estaba allí, con la mandíbula inferior caída.

Ruben se detuvo ante el señor Oliveira.

—De usted me acuerdo yo. —Siguió avanzando y se quedó mirando fijamente al doctor Barbosa—. De usted, también. —A continuación contempló a una pálida Consuela, cuyas rodillas le temblaban a ojos vista—. De ti, no. —Antes de llegar a Bärbel, esta se fue disparada hacia Amely.

—¡Señorita! ¡Señorita! —exclamó frotándose las orejas como asegurándose de no llevar ella también esas horrorosas agujas de hueso—. ¿Es él...?

Amely asintió y se llevó el dedo a los labios. Ruben se situó delante de Maria *la Negra*, que tenía las manos cruzadas delante del pecho. De sus ojitos manaban las lágrimas como cuentas de cristal. Fue la única que sonrió, y su sonrisa era de felicidad.

El señor Oliveira carraspeó con la mano en la boca.

—*Senhor*... Wittstock. —Apenas quedó pronunciada aquella monstruosidad, un rumor se extendió por entre la servidumbre reunida—. Llega usted justo a tiempo. Si usted quiere ver a su padre antes de...

—¿Qué ha ocurrido? —preguntó Ruben—. ¿Ha pillado finalmente la malaria? ¿O ha sido la ginebra? —Apartó a algunas de las personas junto con Maria *la Negra*.

Amely se asustó profundamente cuando descubrió a Kilian. Yacía sobre la mesa del comedor; alrededor de él había objetos terribles: unas tenazas finas, unas pinzas. Una pistola. Estaba vestido con su batín dorado, descalzo. Tenía una manta enrollada debajo de las corvas; una almohada debajo de la nuca.

—*Doutor* Barbosa. —Amely se fue corriendo hasta él. Él dirigió una mirada de asombro a los pies desnudos de ella, que sobresalían de su vestido plisado de seda—. ¿Quién le ha disparado?

—Él mismo.

¿*No Da Silva?*, tenía en la punta de la lengua. Consiguió tragarse esa pregunta en el último instante.

—¡Por Dios! ¿Por qué? No habrá sido por mí, ¿verdad?

—Los precios del caucho han caído brutalmente en todas las bolsas —contestó el señor Oliveira en lugar del médico—. Solo puede haber una razón para que haya sucedido tal cosa: alguien ha conseguido llevar una gran cantidad de semillas fuera del país y cultivarlas con éxito. En realidad eso es algo imposible, pero ¿quién puede decir lo que es posible o no? En Malasia, dicen los primeros rumores.

¡Santo cielo!, ¿dónde estaba Malasia? En alguna parte del sureste asiático, donde dominaban los británicos.

—¿Y no puede tratarse de una oscilación normal de los precios? —La pregunta le pareció estúpida. Los precios del caucho no oscilaban, solo subían. Julius se lo había dicho así. ¿Qué entendía ella de esas cosas? Nunca había mostrado un interés especial por ellas. Para ella, el caucho era un olor que rodeaba a Kilian, y ella había respirado ese olor solo de mala gana.

—No, *senhora*.

Poco a poco fue entendiendo lo que había sucedido. Alguien había logrado lo que ella había intentado torpemente. Hacía años. Décadas quizá. Todo ese tiempo había ido creciendo en el mundo lo que haría dar un traspié a los barones brasileños del caucho, y ninguno de ellos había presentido lo más mínimo. O no habían querido presentirlo mientras celebraban sus fiestas en el éxtasis de su opulencia.

Cuando un imperio llega a estos extremos, se desmorona, pensó Amely. *¿No me lo había imaginado yo así?*

—Pero contestando a su pregunta, *senhora*: también por usted.

De golpe percibió el olor a sangre que flotaba detenido en aquella atmósfera pesada. Una venda manchada de rojo rodeaba la cabeza de Kilian cubriendo sus ojos.

—¿Vive aún? —preguntó ella con un suspiro.

Antes de que nadie pudiera contestar, Ruben se dirigió a la mesa y dio una vuelta entera a su alrededor.

—¿Está muerto? ¿No volverá a vulnerar nuestras selvas? ¿Ni hará esas cosas horribles a los ava? ¿Nunca más irá aporreando a la gente que se queda paralizada a su paso por el miedo? —Su voz, todo su porte, chorreaba un desprecio infinito.

Así no, pensó Amely. *Por favor, Dios mío, no permitas que acabe así, no por los dos.*

El olor se convirtió para ella en hedor. Sus piernas amenazaban con ceder. Agarró la mano de Maria, que no pareció darse cuenta, porque toda su atención estaba puesta, como hipnotizada, en Ruben. Él parecía querer despertar a la vida de nuevo a Kilian con toda la fuerza de su mente.

—Quería que vinieras a mi casa en la selva —dijo él. Le temblaba la voz ligeramente—. Deseaba que vieras donde estoy. Pero ahora mírame, mira qué soy.

Kilian permanecía en silencio.

Ruben chilló, golpeó fuertemente con el puño sobre el tablero de la mesa, junto a la cabeza de Kilian.

—Tienes a Tiacca en la conciencia. ¡Tú, tú has asesinado a Tiacca! ¡Tú mismo! Tú eres Vantu, no eres un ser humano.

La calma era tal que hasta los guacamayos permanecieron en silencio. Al principio de una manera imperceptible pero luego cada vez más clara se fue destacando la respiración de Kilian de aquel silencio.

—¿Te acuerdas de la mujer a la que todo el mundo llama Mamae, de cómo la importunaste con tus maneras crueles?

Un temblor de culpabilidad recorrió el cuerpo de Kilian. Amely recordaba ese nombre. Mamae. Ruben, que por aquel entonces era el ignorante Aymaho, la había descubierto en los barrios más bajos de Manaos. Una madama de burdel al que Kilian acudía regularmente y a la que se había beneficiado de la manera más repugnante. *Y cuando lo oí, todavía no sabía que era mi padre*, le había soltado Ruben temblando de odio. Y ella, Amely, había pensado: *Hay cosas que un hijo jamás debe saber sobre su padre.*

Ruben tiró todos los instrumentos al suelo pasando la mano por la mesa. A Amely le pareció que todo se volvía aún más silencioso, aunque eso resultaba imposible. Todos estaban paralizados a la vista de su furia.

—¡Ruben! —le gritó ella—. ¿No te das cuenta de que eres como él?

—Soy Aymaho kuarahy. Soy un ava —le espetó lleno de desprecio—. Los ava exponen sus sentimientos ante todo el mundo, ¿te has olvidado de eso?

—Tú eres el hijo de tu padre. Y estás justo a punto de demostrarlo.

Él se mesó los cabellos, sacudió la cabeza como si tuviera que luchar contra un presunto espíritu del ruido. Dijo algo en indio que ella apenas entendió. No podía negar su origen por mucho que lo intentara. ¿No habrían podido tener los dos un origen mejor? Ella se lamentaba casi.

—Nunca supo comportarse —murmuró Kilian.

Ruben se detuvo al final de la mesa, donde estaba la cabeza de Kilian, y le miró fijamente. Tenía los labios por encima de los dientes en un gesto repugnante.

—¿Me reconoces entonces?

—Te tendría que haber pegado con más frecuencia. Con mucha mayor frecuencia. —Kilian movió ligeramente la cabeza. Las gotas de sudor hacían surcos al atravesar las estrías rojizas. Sus dedos se cerraron en puños sobre el abdomen—. No reina disciplina alguna en este país. Allá en el Imperio haría ya mucho tiempo que estarías en el colegio militar de cadetes inculcándote los buenos modales prusianos. «¡Cuádrate!, ¡cierra la boca!, ¡mantén el estilete en alto!, ¡extiende las manos para golpear!», eso es lo que te ha faltado aquí en la escuela. Fui contigo siempre muy indulgente en todo. Y este es ahora el resultado.

—Su padre está ciego —objetó el señor Oliveira confuso.

—¡Ah, vaya... ciego! —Ruben resolló pesadamente—. Y yo

no puedo oírte, padre. —Se llevó la mano al oído derecho—. ¿Qué acabas de decir?

—He dicho que te has merecido cada uno de mis bofetones, que han sido demasiado escasos...

¿Estaba en sus facultades ese hombre? Amely notó cómo Maria le apretaba fuertemente la mano.

—Doña Amely está también aquí. —La Negra tiró de ella hasta la mesa.

Amely no quería ir; apoyaba los pies pesadamente en el suelo, pero Maria *la Negra* no tuvo que esforzarse con ella. Con aire desafiante levantó Ruben la cabeza y replicó a la mirada sombría de Maria. Amely vio su orgullo, su rabia o sencillamente su desamparo. Hervía dentro de él una rabia que llevaba cociéndose desde hacía mucho tiempo y que no conocía otra manera de extenderse que hiriendo a todo el mundo.

—*Senhor* Wittstock, aquí está su esposa. —Maria puso la mano de Amely en la de él. Había cedido toda tensión en aquella garra que en otro tiempo tuvo tanta fuerza. Estaba húmeda y tan débil que Amely se asustó. Muy débil. Pero entonces sintió los dedos moviéndose tímidamente.

—Amely... —suspiró Kilian—. Al parecer no voy a poder librarme de ti. Has ganado. Mi caucho no valdrá ya nada dentro de poco. Dime, ¿quién es ese que está ahí? ¿Es mi hijo de verdad?

—Sí, Kilian. Es Ruben.

—No. No, no me lo creo. Está muerto. Lo sé mejor que tú...

Sus rasgos se distendieron. Su tórax se quedó quieto de pronto. ¿No debía suponer eso un alivio para ella? No, en su lugar, ella le frotó la mano para recuperar la vida.

—Kilian, es él. ¡Oh, por Dios! No te mueras ahora, todo saldrá bien... saldrá bien... *Tu alma puede curarse solo con que tú se lo consientas.*

Vio con alivio cómo tomaba aire jadeando.

—No, déjame. Me quedaría ciego, pronto estaré arruinado, y la criatura es de él, ¿verdad?

Lo dijo con tanta sobriedad que el horror se le metió definitivamente en todas sus extremidades.

—Sí —contestó ella con un suspiro. Las lágrimas cosquillearon sus mejillas. Sin soltar su mano se llevó el brazo a la nariz para sonarse con la tela del vestido. ¡Debía odiarlo, sí, claro que sí! Pero con su disparo había apagado toda su monstruosidad. Ante él tenía a un hombre digno de lástima.

—Me estoy muriendo, Amely, querida. Está bien así. Solo lamento que... que yo... que Ruben...

—Me arrinconaste en la jungla —profirió Ruben lamentándose en voz alta—. Tú me...

—No, Ruben, no, ¿a quién le sirven ahora los reproches? —Agarró su mano por encima de Kilian; la otra la seguía manteniendo en la mano de Kilian—. Y al fin y al cabo, ¿no fue bueno para ti, o dirías que no habrías querido ser un yayasacu? Las cosas no pudieron suceder de otro modo.

—¿Qué estás diciendo? ¡Echó a todo aquel que no podía soportarlo! A mí, a ti. ¡A mi madre! Él la llevó a la muerte —gritó, y luego volviéndose a su padre—: Porque sucedió así, ¿no es verdad? —La cabeza de Kilian se movió esforzadamente de un lado a otro como si quisiera defenderse de ese reproche negando rotundamente con la cabeza. Ruben no le prestó atención. Volvió a dar vueltas alrededor de la mesa—. Admitid las cosas que han sucedido aquí —dijo refunfuñando al señor Oliveira, al doctor Barbosa y a todos aquellos que se habían atrevido a permanecer allí—. ¡Tisis! ¡Una mentira, ¿verdad?! ¡Maria! Dímelo tú.

Le temblaban las mejillas. —¿Qué decir? Dona Madonna de tuberculosis murió. Siempre débil. Cuando tú fuera, *escarlatina*. Siempre fiebre, siempre enferma, pobre mujer.

—No entiendo esa palabra, «escarlatina». Bueno, ¡ni una palabra! —Dio unos pasos atrás, se desplomó en una silla.

Maria se fue hasta él, y Ruben levantó la mano defendiéndose, como si temiera que le fuera a propinar una bofetada. Se encontró con su abrazo. El puño de él golpeó la espalda de ella mientras rugía de la rabia. Todo aquello que había querido echarle en cara a su padre, todo el tiempo que había llevado esa inquina consigo, completamente encerrada en él, y ahora no era como se lo había imaginado tantas veces desde que sabía quién era él. No era ningún triunfo. Tan solo un hurgar en viejas heridas.

El señor Oliveira se frotó las manos nervioso, como había estado haciendo todo ese rato.

—Su señora madre enfermó de escarlatina por aquel entonces, cuando usted se metió en la selva. También padeció de malaria, dos veces si mal no recuerdo. Nos pareció un milagro que sobreviviera las dos veces. ¿No se acuerda usted, *senhor*?

—Escarlatina... Yo la pasé también. En algún momento; me acuerdo oscuramente. —Ruben apartó a Maria y se levantó. Estaba tan pálido y compungido que Amely habría querido dar la vuelta a la mesa y tomarlo también en brazos para consolarlo si no hubiera tenido miedo de su falta de dominio en esa grave situación—. Así que esa fue la enfermedad que yo llevé a mi pueblo sin darme cuenta. Sabía que era yo el culpable, pero yo siempre... siempre esperé que no fuera así.

—Ruben —dijo Kilian entre jadeos. Su voz no era más que un susurro desesperado—. Me estoy muriendo.

Ruben se inclinó sobre él.

—Hijo... hijo mío —dijo Kilian con un suspiro lo que se había impedido a sí mismo expresar todos esos años—. Me gustaría verte.

Ruben levantó las manos por encima del rostro de Kilian. Las tenía flotando por encima, muy pegadas a su cara, y Amely consideró que podía suceder de todo, incluso que lo estrangulara. Detrás de él gemía Maria.

Ruben dejó caer lentamente las puntas de los dedos sobre el rostro de su padre. Se deslizaron por él, temblorosos, con cautela. Una gota cayó sobre la mejilla de Kilian. Ruben se inclinó hacia delante, agarró con las dos manos aquel rostro maltratado, y puso su mejilla junto a la mejilla de Kilian.

—Las cosas no pudieron suceder de otro modo. —Las palabras de Kilian para él eran apenas un hilo de voz—. Ahí tiene... Amely... razón.

Agarró el cabello de Ruben. Su mano se desplomó hacia atrás; la otra se distendió definitivamente en la mano de Amely.

EPÍLOGO

«*André Chenier*, una ópera sobre la Revolución francesa, de Umberto Giordano», leyó Amely en un enorme cartel que colgaba entre las enormes columnas blancas del primer piso del Teatro Amazonas.

—En tiempos del emperador Pedro II no la hubieran podido incluir en el programa. ¿Quieres que vayamos a verla? No te vendría mal respirar un poco de cultura. De todas maneras, no te vas a escapar de un acontecimiento público que te presente a la *haute societé*, como diría la señora Ferreira. Me imagino que te parecerá una mujer horrible, pero tú a ella le encantarás. Maria ya está organizando *soirées*. Ahora se estila dejarse ver por el Grand Hôtel International, tienen champán y un helado delicioso.

La mirada dubitativa de Ruben fue vagando por la fachada de la ópera. Amely sabía por sus historias que ya había estado allí antes, la noche de la *véspera do Ano Novo*. En otra vida, en otros tiempos...

—Por un momento me preguntaba si todavía habrá muchachas y hombres que celebren la fiesta del uirapuru.

Amely le tomó la mano. ¿Tendría alguna vez respuesta aquella pregunta?

Codo con codo, se adentraron en la hermosa luz del sol, que les hacía sudar por todos los poros, atravesando el pavimento forrado de caucho de la plaza de la ópera. La gente los miraba.

No era habitual ver a una dama con un sombrero profusamente decorado, enormes mangas de globo igualmente ornamentadas, un vestido hasta el suelo con volantes bordados de diamantes y un abanico para defenderse de los mosquitos, del brazo de un hombre con camisa abierta y el pelo largo. Seguía llevando las agujas de hueso en la oreja. Maria había puesto el grito en el cielo cuando, en su presencia, se había negado a quitárselas. Pues bueno: seguía siendo el hijo de su padre. Asimismo, cuando le había explicado que, al quitárselas, oiría todavía más fuerte al espíritu del ruido, ella se había llevado las manos a la cabeza. Lo de llevarse las manos a la cabeza se había hecho más frecuente desde su regreso. Por lo menos habían conseguido meterlo en unos pantalones de paño y unos zapatos. Eso sí, todavía no podía cerrarse del todo la camisa: como cualquier yayasacu que se precie, se hubiera avergonzado de tener que cubrirse también el pecho. Aun así, el tocador de Amely sí que le había parecido interesante. Le encantaba abrirle o cerrarle el corsé, y acariciarle el vientre, que ya pronto no le cabría en él.

A decir verdad, a él le hubiera gustado ir con ella por la calle con su camiseta interior.

¿Qué sería de aquel lugar sin la existencia del caucho? ¿Se convertiría Manaos algún día en una ciudad fantasma, con sus fastuosos edificios cubiertos de enormes raíces y plantas trepadoras? ¿Y aquel teatro de la ópera, orgulloso de su cúpula de oro con los colores de la bandera de Brasil? ¿Se adentrarían los aventureros en la jungla para buscarla como habían buscado El Dorado?

Pasaron junto a una hilera de vehículos a motor; cada vez había más en la ciudad.

—Esto es un Benz Velo —le explicó Amely—, Kilian tiene uno guardado en la cochera.

Con agilidad, como si lo hubiera hecho toda la vida, Ruben se sentó detrás del volante y puso las manos encima.

—Que lo venda Oliveira, ¿qué íbamos a hacer con él? —reflexionó—. ¿Es verdad lo que dijo mi padre, que pronto seré pobre? No me lo puedo imaginar, pero tampoco sé muy bien qué significa eso de ser rico o pobre.

—Si estás satisfecho, eres rico. Si te puede la codicia, eres pobre. Yo creo que funciona así en todas partes.

—A lo mejor es raro que un barón del caucho libere a todos los esclavos y pare el trabajo.

—¿Eso quieres hacer, de verdad? ¿Hasta en los lugares donde ya hace tiempo que no queda ni un ava?

—El árbol que llora debería llorar cuando *él* quiera. De todas maneras, yo no entiendo nada de la recolección del caucho. También podría comprar una plantación de café o una de caña de azúcar. Un latifundio, como dicen por aquí. Papá no tendría que haberse quitado la vida por aquella noticia, pero el caucho era su vida. El caucho apesta: yo no lo he entendido nunca.

—Yo tampoco —susurró Amely.

—*Vai te foder!* —El chófer del automóvil llegó corriendo con el puño levantado.

Ruben saltó del vehículo y se llevó a Amely. Ella se ruborizó.

—A eso lo llamo yo amabilidad —se rio Amely cuando ya se hubieron alejado un trecho.

A la sombra de la iglesia de São Sebastião se detuvieron y se miraron. Él se echó el sombrero hacia atrás y la besó. Con la lengua le palpó la gota de oro y se adentró con impaciencia en su boca.

—¡Ay, no, Ruben, aquí no! —dijo apartándolo de un codazo.

—Podríamos meternos en la iglesia.

—¡Ruben!

Él sonrió.

—Amely, soy lo suficientemente rico para encontrar a mi pueblo. Aún no sé cómo me las arreglaré, pero espero que mi tribu todavía esté viva. No, no lo espero: lo sé.

—Y yo soy lo suficientemente rica para encontrar a Nuna. La hija del hombre que quería traficar con el caucho por mí. Tengo que compensarla por algo. Y tengo que encontrar una cosa más, si no, no me quedaré tranquila. Lo he buscado muchísimas veces, siempre sin éxito.

—¿El qué? —le preguntó él mirándola con curiosidad.

—Al boto.

En el puerto reinaba la misma atmósfera de siempre. El ruido, el hedor y la agitación. Ruben remaba con su canoa hacia el río. En la ribera, los flamencos rosados metían el pico en el cieno, buscando comida. De la superficie del agua emergió el caparazón reluciente de una tortuga. Una serpiente pasó rozando la canoa. Se iba haciendo el silencio, se hacía ya de noche. Amely se echó hacia atrás, apoyándose en los codos, y observó la gran anaconda celestial. Se sentía otra vez como una india sin sus ropas de diario. Y Ruben volvía a ser el halcón del sol, un hombre de su tribu, con el carcaj y el arco al hombro. Se los descolgó y los dejó a un lado con cuidado. Tenía la mirada tan fija que Amely no pudo resistirse a darle un golpecito con los dedos de los pies.

—¿Y qué, crees que vendrá y nos llevará hasta Encante?

Ir a Encante no era más que entregarse a un salvaje devaneo con la pasión. Y en aquel momento la pasión les invadía.

—Ya verás como lo encuentro, Yacurona.

Saltó al agua tan inesperadamente, que Amely se levantó del susto.

—¿Ruben? ¡Ruben!

Ni rastro. Se había alejado. Amely apoyó la cabeza entre las manos y exhaló un suspiro. ¿Por qué se tenía que enamorar de un indio, de un cazador, de un guerrero? ¿Es que no lo podría haber tenido más fácil como cualquier mujer? ¿No se podría haber casado con Julius, con un oficinista al que en definitiva no amaba porque el amor de verdad no existe? Entonces no tendría por qué estar como ahora, atenta a los sonidos de la noche, a cada murmullo y cada siseo, esperando que fuera él.

¡Oh, no!, pensó. *Tampoco tiene encanto si no hay que pasar miedo por alguien. Tiene que haber una persona así.*

Él salió a la superficie entre jadeos, la agarró y se la llevó al agua.

POSTFACIO

En la película *Fitzcarraldo*, de Werner Herzog, el intrépido Fitzgerald sueña con construir una ópera en medio de la jungla y que la inaugure Enrico Caruso. Su modelo era el Teatro Amazonas, un edificio suntuoso en una de las ciudades más ricas del mundo: Manaos, la «París de los trópicos» en mitad de la selva. Sin embargo, la actuación de Caruso no es más que una leyenda: el cantante no fue nunca.

El dinero necesario para costear aquella excentricidad salió de la insignificante *Hevea brasiliensis*, el árbol del caucho. En el siglo XIX, Charles Goodyear desarrolló la vulcanización del caucho, que se obtenía de manera casi exclusiva en la selva tropical de Brasil. La repentina demanda de este material propició el auge y la riqueza de Manaos. Sobre las espaldas de los nativos esclavizados, los barones del caucho, entre ellos algunos inmigrantes del Imperio alemán, fueron acumulando inagotables riquezas, con una crueldad igualmente inagotable. Su codicia no conocía límites: sus esposas se decoraban los dientes con brillantes, mandaban la colada a lavar al otro lado del Atlántico y abrevaban los caballos con champán. Ese símbolo de riqueza desmedida como es encender un puro habano con un billete de banco surgió en aquella época. Sin embargo, las semillas de caucho fueron exportadas fuera del país ilegalmente y el lujo se derrumbó junto con los precios del mercado mundial.

En la novela, Kilian Wittstock muere sin saber quién es el contrabandista que les destruye la vida a él y al resto de los barones del caucho. Fue Henry Wickham, un astuto naturalista y aventurero inglés, conocido en Brasil como el «biopirata». Recibió, por parte del director del Real Jardín Botánico de Londres, el encargo de llevar la ingente pero necesaria cantidad de 70.000 semillas de caucho a Inglaterra. Sobre cómo logró atravesar la aduana brasileña en 1876, en la que se amenazaba a los contrabandistas con la pena de muerte, ha sido fuente de inspiración para numerosas historias: se dice que metió las semillas en cañas de bambú, debajo de colecciones de orquídeas, bajo la piel de caimanes disecados. Quizá sean verdaderas, quizá son historias heroicas alimentadas por él mismo. En cualquier caso, 2.700 semillas robadas sí que acabaron en invernaderos de Londres, a continuación fueron enviadas por barco a Malasia y allí sobrevivieron ocho árboles que pusieron fin al monopolio de Brasil sobre el caucho. Manaos se derrumbó tan rápidamente como se había levantado, si bien ese proceso duró algunos año más de lo que se indica en la novela por motivos de la trama.

La vida diaria de los indios que se describe en la novela está inspirada en los yanomami, y una pequeña parte nace de la imaginación de la autora, ya que, naturalmente, la tribu de los yayasacu es totalmente ficticia. La lengua que utilizan, también modificada, procede del tupí-guaraní, una de las muchas lenguas indígenas que se hablan en la Amazonia y que nos ha legado palabras como tapir, ananás, jaguar o piraña.

Quiero dar las gracias a Katharina Dornhöfer por su magnífica colaboración. A Natalja, Julia, Uschi, y a Juliana, por todo. Y al doctor Gerhard Briemle *el Chismoso*, por las respuestas pasadas y futuras.

Isabel Beto, *junio de 2011*

ÍNDICE

Prólogo 7
La ciudad del dinero candente. 9
La tierra del halcón del sol. 213
La bahía de la luna verde 339
Epílogo 455
Postfacio 459